바다뱀자리 장편소설

3

흑근의 뜰에 핀 꽃

동아

흑곤의 뜰에 핀 꽃 3권

초판 1쇄 인쇄일 | 2019년 09월 20일
초판 1쇄 발행일 | 2019년 09월 30일

지은이 | 바다뱀자리
펴낸이 | 박성면
펴낸곳 | (주)동아

출판등록 | 제 396-2011-000014호
주소 | 경기도 파주시 문발로 115, 세종출판벤처타운 201-A호
전화 | (031)8071－5201
팩스 | (031)8071－5204
E－mail | bear6370@hanmail.net

정가 | 11,800원

ISBN 979－11－6302－249－7 (04810)
      979－11－6302－233－6 (set)

흑궁의 뜰에 핀 꽃

DONGAROYANCESTORY

바다뱀자리 장편소설

동아

차례

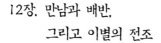

12장. 만남과 배반,
그리고 이별의 전조

비가 더욱 거세게 내렸다. 이제는 작은 물방울의 무게가 느껴질 만큼 거칠게 어깨를 때린다. 려화는 공영을 발견하지 못한 것처럼 손을 내밀어 나무에 가리지 않은 빗물을 받았다. 손바닥에는 금세 물이 고이고, 그 위로 떨어지는 빗방울들이 연신 파문을 만들어 냈다.

찰나가 지났을까, 비척이는 걸음이 눈앞에 닿았다. 젖은 옷감이 다리에 달라붙어 흐르는 것이 눈앞에서 멈추었다. 려화가 고개를 들었다.

그 속을 알 수 없는 눈빛이 거기에 있었다. 형언할 수 없는 감정이 휘몰아치는 눈빛에서 그나마 려화가 알아볼 수 있는 감정이란 의문이었다.

왜?

그 질문은 자신을 향한 것이 아니었으나, 공영의 눈 안에 담긴 질문이 그녀의 가슴을 찌르고 찢어 가르고 있는 것만큼은 훤히 보였다.

"안녕."

여상한 인사였다. 그러나 지금의 공영에게 이만큼이나 어울리지 않는 말이 또 없을 것이었다. 공영은 안녕하지 못한 목소리로 그리 말했다. 세상이 전부 젖어 가고, 려화가 주저앉은 나무 그늘마저 빗물에 질척이게 변하는 것을 피하지 못했는데 말이다.

공영의 목소리는 지나치리만치 건조했다. 아무것도 남지 않은 공허한 자의 버석거리는 소리와 같았다. 려화는 이런 목소리를 알았다.

얼마 전의 자신 또한 겪었던 일이다. 공영의 눈가를 적신 저 물기는 전부 하늘이 뿌린 눈물일 것이다. 울 수조차 없는 비탄에 빠진 공영의 모습이 얼마 지나지 않은 자신을 닮았다.

꼭 그러했다.

"넌 안녕하지 못하구나."

하여 려화는 제 속을 숨기지 않고 가감 없이 말했다. 그래야지만 저 자존심 높은 동기가 발길을 돌리지 않고 제게 하려던 말을 꺼낼 것 같아서였다.

려화의 생각 그대로였다. 금세 공영의 얼굴이 일그러졌다. 마른 울음이 터졌다. 차마 누가 들을까 소리조차 내지 못하고 꺽꺽거리는 모습에 려화의 가슴까지 시려 왔다.

와중에도 공영은 제 아랫배를 지그시 누르듯 붙잡고 있었다. 려화는 저곳에 무엇이 자리 잡는지, 지금에 와서는 누구보다 잘 알았다.

려화가 손을 뻗어 공영을 잡아당겼다. 미약한 반발이 느껴졌으나, 곧 그녀는 려화의 옆으로 끌려왔다.

누가 볼세라 접었던 향설의 우산을 펼쳤다. 지금에라도 제 동기에게 내리꽂히는 세찬 비를 막아 주고자 하였다.

"태가 나지 않을 때 더욱 조심해야 해. 이리 비를 맞고 돌아다니면 어쩌자는 거야."

려화가 공영을 나무랐다. 공영이 려화의 손에 우산 안으로 이끌려 들어왔다. 숨을 색색대던 공영이 눈을 크게 뜨고 려화를 바라보았다.

공영의 크고 새침한 눈이 어찌 알았냐고 물어 왔다. 그 시선이 잠시 려화의 아랫배에 닿았다가 사라졌다. 려화는 그저 고개를 가로저었다.

"지금도 날 신경 쓸 생각이야? 아니, 내 처지를 어떻게 고해바쳐야 할지, 거기에 몰두할 생각이야?"

"너……."

"내가 얼마나 알고 있는지가 궁금한 거야, 아니면 내게 할 말이 있는 거야? 그것부터 정해."

"넌 대체……."

"내가 네게 줄 수 있는 자비는, 당장은 이것이 전부야."

공영이 가엽지 않은 것은 아니었다. 그러나 아직도 제가 무엇을 해야 옳은지 파악하지 못하고 몸에 익은 대로 사고하고 행동하는 공영에게 해 줄 말은 없었다.

려화의 단호함에 공영이 정신을 차렸다. 흐려졌던 눈에 제빛이 돌아왔다. 다시, 공영이 고개를 숙여 제 아랫배를 바라보았다.

그리고 아주 작은 목소리가 공영의 입술을 타고 흘러나왔다.

"……도와줘."

"뭘?"

"염치없지만, 날 좀 도와다오."

"그러니까, 무엇을?"

공영은 쉬이 입을 열지 못했다. 지엄한 국법을 어기고 천륜을 저버린 행위를 했음에, 그것을 선불리 입 밖으로 꺼내기 어려운 것이리라. 더군다나 눈앞의 제 동기 려화에게 정말로 부탁할 염치가 없기도 했다.

작금 려화를 힘들게 하는 그 모든 행위에 공영 또한 동참하지 않았다 할 수 없었다. 아니, 직접 입을 놀리지 않았을 뿐 윗전과 그들의 연이 닿은 신료들의 명을 전하고 일해 왔던 자신이었다. 누구보다 깊이 연관되어 있었다.

그런데도 지금은 일신을 살리고자 자신이 힘들게 한 려화를 찾아왔으니 제 꼴이 우스웠다. 몰염치한 사람은 자신을 이름이라.

그러나 제 한 몸 죽고 마는 것이면 모를까.

공영의 배 속에 움트고 있는 것은 어쩌면 연인의 마지막 흔적일지도 몰랐다.

"아이를……. 아이를 살려 줘."

공영이 모든 것을 포기하듯, 그러나 어떠한 희망의 끈을 놓지 못한 목소리로 말했다. 려화는 담담한 얼굴로 공영의 충격적인 발언을 받아들였다.

공영 또한 려화가 그리 놀라지 않는 것에 당황하지 않았다. 려화는 이미 알고 있었다. 그리고 제게 알고 있다는 실마리 또한 주었다.

그저 입을 열기만 하면 되는 것이었다. 그것이 가장, 어려웠으나. 그저 기댈 곳이라곤 없는 자가 할 수 있는 마지막 발악이니 하지 않을 수도 없었다.

"누구의 아이지?"

"그건⋯⋯."

"폐하께서 승은을 내리신 거라면 네가 이리 찾아올 일이 없지. 그러나 필부의 씨 또한 아닐 것이 자명한데."

공영이 입을 꾹 다물었다. 차마 거기까지 입을 열기는 어려웠다. 이리, 려화에게 배 속의 아이를 살려 달라 애원하러 온 처지에도 말이다.

오히려 그러하기에 더욱 입을 열 수 없었다. 공영이 입술을 꽉 깨물었다. 거둘 길 없는 분노와 자신을 향한 환멸을 담아 질척해진 땅을 노려보았다.

그러한 공영의 머리 위로 청천벽력 같은 려화의 말이 떨어졌다.

"시중의 사람인가?"

정답이었다.

화급히 공영이 려화를 바라보았다. 불에 덴 것처럼 어서 이 자리를 벗어나고 싶게 되었으나, 려화의 담담한 시선에서 도저히 도망칠 수가 없었다.

더군다나 당장 이곳을 벗어난다 한들 어쩌겠단 말인가. 붙잡을 치맛자락이라곤 려화밖에 생각나지 않아 찾아온 마당에.

"시중이 길러 쓰는 사람에게 마음을 빼앗겼니? 한데, 연락이 오지 않는 모양이구나."

"어떻게, 알았어?"

공영이 황망한 얼굴로 물었다. 사실을 시인하는 것과 다름없었다. 려화가 낮게 한숨을 내쉬었다. 이야기가 길어질 것 같았다.

공영의 몸을 생각하자면 어디 비를 제대로 피하고 몸을 데울 수 있는 곳으로 옮기면 좋으련만. 그러한 곳은 모두 사람의 눈과 귀가 닿는다.

아무 데서나 함부로 꺼낼 수 있는 이야기가 아니었다. 공영이 자신을 모함하고 핍박한 자들과 한패였던 것은 사실이나, 그녀의 안에 자리한 아이에게는 죄가 없었다.

이미 아이를 잃는 아픔을 겪어 본 려화로서는 지금 공영의 처지가 몹시 안타까웠다. 차라리 말이라도 빨리 끝내 주자, 그리 마음먹은 려화가 단호한 목소리로 말했다.

"궁녀는 들어도 듣지 못한 듯, 보아도 보지 못한 듯 살아야 한다지. 시집에서 며느리가 삼 년을 그리한다면, 궁녀는 평생을 그리 살아야 한다고 배웠어."

궁녀들은 모두 예비궁녀 시절, 려화가 지금 뱉은 말과 같은 교육을 받았다. 공영과 려화도 같은 날에 같은 곳에서 이와 같은 가르침을 받았다.

"그러나 그렇다고, 정말로 눈이 멀고 소경이 되는 것은 아니잖아. 나를 중심으로 한 모든 흐름을 내가 모를 것이라 여긴 것은 너무 교만한 생각 아니니?"

"그렇지만……."

기실 려화가 공영의 처지를 깨달은 것은 자신도 회임한 경험이 있어서였다. 공영이 누구의 사람이고 어떠한 사내를 만났는지 추측한 것은 직감이었다. 향설이 남긴 유언이 실마리를 주기도 했다.

그러나 이를 공영에게 전부 알릴 필요는 없었다. 공영을 도울 마음이 없는 것은 아니나, 그로 인해 위험을 무릅쓸 생각도 없었다.

꿰뚫어 보듯 한 려화의 눈빛에 공영은 모든 것을 시인했다. 씁쓸한 목소리는 찬비에 점점 사그라들어 종국에는 빗소리보다 작아졌다.

공영의 연인은 노 시중이 키운 사내였다. 달리 말을 아끼긴 하였으나, 려화가 듣기에 그는 아마도 향설과 비슷한 처지였으리라.

다만 육관억과 노 시중에게 다른 점이 있다면 노 시중 쪽이 훨씬 더 철저한 사람이라는 것이었다. 사람 목숨을 귀하게 여기지 않기는 매한가지였지만, 육관억은 쓸모가 남았다고 여기면 살려는 두는 편이었다. 반면 노 시중은 달랐다. 쓰임새가 남았더라도 자신을 위험하게 할 가능성이 있다면, 죽여 없앴다.

"알게 된 것이 많으니, 어쩌면 죽을지도 모르겠단 생각을 했다고?"

"그이는 그리 생각지 않았지만……. 난 그리 생각해. 그 사람은 이제 이 세상에 없을 거라고."

"시중이 죽였으리라 생각하는구나."

"황 여어 마마께서 시중과 그런 얘기를 나누는 것을 들었던 적이 있어."

려화가 고개를 끄덕였다. 그리 들었다면, 아마 공영이 수태한 아이의 아비도 처지가 다르지 않을 것이었다.

다만 궁금한 것이 있었다.

"네 남자가 무엇을 알았기에 시중이 손을 썼으리라 생각한 거야?"

공영이 눈을 꼭 감았다. 억지로 숨겨 놓고 있던 죄책감이 다시금 물밀 듯 밀려왔다. 공영이 습관적으로 제 아랫배를 짚었다. 이 추위에서 태중의 아이를 지키려 함이다. 다행인지 비는 조금 잦아들었다. 그래해도 공영의 불안은 가시지 않을 테지만, 그래도 좀 여유를 되찾아 이야기할 시간을 벌게 되었다. 다만 여전히 비에 젖은 몸이 떨리는 공영은 가여운 모습이었다.

"네 본 신분, 그리고……."

려화가 침중한 얼굴이 되었다. 근본 없는 계집이라는 것을 이유로 들어 자신을 음해하던 시중이 제 신분을 알았다니. 언젠가 신분을 속여 궁에 들었단 평계로 제게 다시금 위협을 가할까 걱정이 들었다.

"가족이 네게 남긴 선물. 그것을 쫓고 있었어. 그이는."

"뭐라고?"

려화의 입술이 파르르 떨렸다. 담담하던 심정의 평정이 완전히 박살 났다. 공영은 차마 려화를 마주할 수 없다는 듯 고개를 숙였다.

"아마 그것은……. 그이가 소식이 끊겼다면, 쓸모가 다했다는 것이니까……."

"시중의 손에 있겠구나."

공영이 고개를 끄덕였다. 려화의 한숨이 깊었다. 이미 이곳에 없는 부모에게 또 불효를 저질렀다. 그리, 마지막 가는 길에 딸의 안위를 위해 반드시 찾아 두라 말했던 선물을 놓쳤으니.

그것으로도 모자라 이제는 부모님의 선물이 자신에게 해가 닿을 계책으로 쓰일 수도 있으니 어찌 마음이 답답하지 않을까.

"일이 복잡하게 되었네."

생각을 정리하고 나니 려화의 머릿속이 차갑게 식었다. 무엇보다 이 사실을 휘강이 알고 있을까 싶었다. 아니, 알고 있을 것만 같았다.

공영이 찾아오기까지 걸린 시간, 휘강이 저를 찾지 않은 시간이 비슷하게 맞물렸다. 공영이 곧바로 자신을 찾지는 않았을 테니, 아마도 확실할 것이다.

"일이, 복잡하게 되었어."

"이 모든 것을 이해해 달라 하진 않을게. 그래도, 염치없지만 아이를 살릴 수 있게 도와줘."

"누구에게서? 폐하에게서, 아니면 시중에게서?"

"둘 다."

이미 거의 모든 것을 이야기한 마당이다. 공영은 몰염치한 것을 알면서도, 려화를 바라보며 둘 모두에게서 아이를 지켜 달라 말했다.

치맛자락을 붙잡지도, 무릎을 꿇지도 않았지만 공영의 눈빛은 애원하듯 간절하기 그지없었다.

"시중이 네 아이의 아비처럼 너의 아이를 쓸 거라곤 생각지 않는구나."

"그는 나와 아이를 한꺼번에 죽여 치울 사람이야."

"네가 그렇다면 그렇겠지."

이야기가 길어졌다. 공영의 입술이 파랗게 질렸다. 슬슬 끝을 맺어야 했다. 공영은 려화에게 부탁하고 있었지만, 사실 려화의 뒤에 선 휘강의 힘을 빌려 달라는 것이었다.

공영을 도와야 하는가?

려화의 고민은 이번 일의 근본으로 돌아갔다. 공영을 제 사람이라 여기진 않았다. 그저 예비궁녀 시절, 길지도 짧지도 않았던 궁녀 시절의 동기 그 이상은 되지 못했다.

물론, 공영에게 도움을 받은 적이 있었다. 그것으로 휘강을 만났으니 어쩌면 려화의 삶에 도움이라기보단 악수라고 할 수 있었으나. 휘강과 자신의 사이가 지금 어떠하든, 과거에 자신이 품었던 감정까지 모두 악한 것으로 치부하고 싶지는 않았다. 그러니 그것은 차치하고 생각하자면.

나는 공영을 돕고 싶은가?

그녀와 그녀의 태중의 아이를 살리고 싶은가?

"하나만 물을게. 부탁할 사람으로 왜 나를 떠올린 거야?"

"……먼 곳에서지만 폐하께서 너와 마주한 것을 몇 번은 보았어."

"그래서?"

"그분의 눈빛이, 감히 나를 보는 그이의 눈빛과 닮아 있었어."

생각지도 못했던 답이었다. 공영이 자신과 휘강이 마주하는 것을 보았을 때가 언제일진 모르겠으나 말이다.

그저 공영의 간절한 마음이 부른 착각이라 여겼다. 만일, 공영이 제대로 본 것이라도 그 마음은 금세 변하리라 생각했다.

휘강은, 제 입으로 변덕이 많은 사람이라 하였으니 말이다.

그러나 마음에 닿는 말이기는 하였다. 몹시 당혹스러워 잠시 할 말을 잊을 정도로.

"……내 질문에 충분한 답은 아니네."

려화의 작은 읊조림에 공영이 다급히 손목을 붙잡았다. 파들파들 떨리고 있는 손에는 힘이 하나도 없었으나 간절함만은 고스란히 전해졌다.

"그래도, 그래도 도와줄 순 없을까?"

"싫다고는 안 했어."

"그럼……."

려화가 얕은 한숨을 내쉬었다. 생각나는 방법이 하나 있었다. 어쩌면 모두에게 잔인한 방법이었으나, 아이를 어미의 손에 자라게 하려거든 이 방법 말고는 생각이 나지 않았다.

다소 변명이 섞였다. 이것으로 혹여 휘강을 흔들 수 있다면 흔들어 보고 싶기도 하였고, 그리해 조금이라도 자신이 편하고 싶은 마음도 없진 않았다.

어찌 되었든, 모든 것은 휘강의 선택에 달린 방법이기도 했다. 그런대로 잘 해결된다면, 공영의 태중에 있는 아이에게는 적당히 행복할 방법이라고.

려화는 그리 생각했다.

"아이가 살아 있기만 하면 괜찮겠어?"

"그게, 무슨…… 뜻이니?"

"네 손으로 아이를 키우고 싶지는 않아?"

"물론……."

"너도 아이도 살릴 방법이, 있을 것도 같아."

공영의 눈에 생기가 돋아났다. 미약한 희망의 불꽃이 한낮의 태양만큼이나 거대해졌다. 공영의 안에서 말이다.

"다만, 아이의 성별에 따라 허튼 마음을 꺾어 놓기 위해 모진 방법을 써야 할 수도 있어."

"그게 무슨……."

"내가 도울 방법은 내가 정하고, 그게 싫다면 난 오늘을 없던 일처럼 치부할 거야. 네가 정해."

공영의 얼굴에 다시금 그늘이 생겼다. 그러나 려화에게 처음 이야기를 털어놓을 때보다는 나았다. 고민이 많은 듯 공영의 얼굴이 수척했다.

그러나 답은 하나였다.

"아이와 내가 같이 살 수만 있다면……. 나는 아이의 목숨만을 살려 달라 원했는데, 무엇이든 내가 네 도움을 거절할 수 있겠니?"

구슬픈 목소리였으나 결심을 마친 단단함이 배어 있었다. 처음 려화에게 안녕을 물었던 그 메마름과는 달랐다. 각오를 마친 공영을 보고 려화는 그저 고개를 가볍게 끄덕였다.

"돌아가. 내가 돕기도 전에 네가 죽게 생겼다. 몸을 따뜻하게 하고……."

려화가 공영에게 축객령을 내리며 잠시 말을 머뭇거렸다.

"백복령과 백출, 대추. 이것을 달인 물로 몸을 보하도록 해."

향설이 제게 일러 준 약재의 이름을 읊자니 기분이 퍽 이상했다.

쓸쓸함이 고인 입을 꾹 닫고 공영을 바라보았다.

공영이 눈을 동그랗게 뜨고 려화를 바라보다가, 고개를 끄덕이고는 곧 두 손으로 아랫배를 감쌌다. 미약한 온기나마 제 아이에게 전하려는 모습이 못내 안타까웠다. 공영이 먼저 려화에게 예를 취하고 몸을 돌렸다.

려화는 그러고도 곧바로 처소로 향하지 못하고 있다가, 주변을 한 바퀴 휘 둘러보고 나서야 차마 누가 볼까 향설의 우산을 쓰지도 못하고 손에 든 채 채선궁으로 돌아갔다.

금일 밤은 할 일이 많을 것이었다.

"언니! 세상에 이게 다 무슨 일이야!"

홀딱 젖은 꼴로 채선궁에 당도하니, 자리를 비웠던 세야와 산여가 돌아와 있었다. 세야는 급히 따뜻한 것을 준비해 오겠다며 채선궁에 딸린 주방으로 향했고, 산여는 닦을 것을 가져와 려화의 몸을 닦았다.

"호들갑 떨 것 없어. 나는 괜찮으니."

"분명히 우산을 들고 나갔다고 하였는데……. 웬 비를 혼자 다 맞고 왔어! 우산은 접어 들고!"

정말 속상해 죽겠다는 듯 말하는 산여가 퍽 귀엽긴 하였으나, 그를 다정하게 달래 말해 줄 여유가 없었다. 려화는 잠시 픽 하고 웃어 보인 다음 산여가 제 몸을 닦아 주던 작은 수건을 빼앗듯 건네받아 직접 얼굴을 닦았다.

"그저 그러고 싶은 기분이었을 따름이야. 너나 다른 아이들이 책잡히지 않도록 할 것이니 걱정하지 마."

"그런 뜻이 아니잖아!"

이제는 숫제 산여가 울상이었다. 속상해 죽겠다는 얼굴에 려화도 화급한 마음을 누그러뜨리고 산여에게 시선을 건넸다.

큰언니 같은 따뜻한 눈빛에 산여도 표정을 조금 풀었다. 그러나 여전히 려화가 이런 꼴이 된 것에 불만이 가득한지 볼은 불퉁하게 부풀어 있었다.

"미안해. 네가 나를 얼마나 신경 쓰고 있는지 알면서도 오늘은 어쩔 수 없었어. 마음을 정리하고 다잡을 일이 있었거든."

"훈훈한 곳에서, 그냥 조용히 서책을 읽든 꽃을 그리든 해도 좋았잖아……."

"때로는 그것으로 부족해 꼭 이리 기행을 펼쳐야 할 때도 있더라. 오늘 한 번만 이해해 달라고 하면 어렵겠니?"

어찌 산여가 모시는 려화를 이기겠는가. 굳이 서로의 신분이나 위치 때문이 아니라도, 산여는 마치 언니와 같은 려화를 이길 수가 없었다. 그녀가 마저 려화의 젖은 머리칼을 닦아 주며 고개를 끄덕였다.

"따뜻한 것 많이 드시고, 몸 보중하셔요. 알겠지?"

"다음엔 꼭 그리하마. 그보다 오늘은 급히 치장부터 해야 할 것 같으니. 준비해 줄 수 있어?"

려화의 질문은 산여를 향했으나 대답은 다른 곳에서 들려왔다. 주방에서 데운 찻물과 먹기 좋은 부드러운 간식을 들고 온 세야였다.

"이리 비를 맞고 또 나간다고? 어디로?"

"폐하를 뵈오러 가려 해."

세야와 산여가 동시에 눈을 동그랗게 떴다. 그러곤 서로를 마주 보다가, 다시금 일시에 려화를 바라보았다.

"언니가 먼저?"

"폐하를 뵈러 간다고?"

"그래. 내 처지가 이러하니 혹여 문전박대를 당할 수도 있겠구나. 먼저 연통을 넣는 것이 좋을까?"

려화의 답에 다시금 두 궁녀가 묘한 표정이 되었다. 산여는 우선 려화의 명을 먼저 해결해야 하나 싶어 발을 동동 굴렀다.

그보다는 나이가 있어 차분한 세야가 려화가 앉은 탁자에 가져온 다구를 내려놓으며 물었다.

"설마 폐하께서 총애하시는 널 황제궁에서 박대하지는 못할 거야. 그렇지만, 일단 찬비를 맞아서 파래진 입술 색부터 돌리고 식사도 좀 한 다음에 천천히 가도 되지 않겠어?"

"술시가 머지않은 것 같은데. 너무 늦게 황제궁에 쳐들어갈 순 없으니 식사는 내일. 내일 많이 할게."

려화가 세야의 조언을 완곡히 거절했다. 대신에 그녀의 손이 직접 다구의 차를 따르고 곁들여 나온 조청을 탔다. 뽀얀 김이 오르는 차를 한 모금 들이켜고, 세야에게 안심이라도 시켜 주듯 간식으로 들고 온 과일 떡도 한 입 베어 물었다.

입안에서 달콤한 찻물과 섞여 떡이 사르르 녹아내렸다. 곧 따갑게만 느껴지던 실내의 따뜻한 공기가 훈훈하게 느껴졌다. 몸에도 열이 돌기 시작한 것이었다.

"이리 금세 좋은 차와 다과를 준비해 줘서 고마워."

"네가 그렇다면……. 그래도 미음 정도는 먹는 게 좋겠다. 그것도 준비해 올게."

"난 괜찮아."

"아냐. 미음 정도는 금세 먹을 수 있잖아."

려화가 묘한 눈으로 세야를 주시했다. 세야가 시선을 내리깔고 려화에게 물었다.

"동기간을, 친구를 걱정해서 그러는 거야. 내가 이 정도 부탁은 할 수……, 있지?"

"말도 꺼내지 못하게 하지 않았어. 다만 괜찮다고 하는 거지. 정 걱정된다면 폐하를 뵈면서 간단한 끼니를 청해서 챙길게."

려화가 이렇게까지 말하는데 세야도 더는 려화를 채근하지 못했다. 그녀가 고개를 끄덕이고는 물러났다. 세야는 윗전의 치장을 배운 적도 없는 데다 손재주도 미적 감각도 좋은 편이 아니었다. 그러니 려화를 계속 마주하는 것보다 주방이 편하다며 아예 처소를 나갔다.

려화는 세야의 시무룩한 모습이나 어떠한 태도가 묘하게 신경이 쓰였으나 우선은 뒤로 넘겼다. 지금은 늦지 않게, 되도록 휘강이 황제궁으로 돌아갈 시각에 길목에서 마주칠 수 있도록 채비를 마치는 데만 집중하기로 했다.

우선 젖은 몸을 향초(香草) 달인 물에 씻고 닦아 냈다. 화장은 밤이 깊어 가니 짙지 않게, 뽀얗게 보일 정도로 하고 다홍빛 연지로 입술만 물들였다. 그리고 의도가 보이는 옷을 골라 입었다.

"정말로 이리 입고 갈 생각이야?"

려화의 성장을 도운 산여가 묘한 얼굴로 고개를 갸웃거렸다. 양 볼에 띤 홍조는 앞으로 일어날 일을 상상하고 있기라도 한 듯하였다.

려화가 겉옷인 오(袄)의 옷깃을 다듬어 여몄다. 산여가 괜히 려화의 오를 돌면서 주름진 곳은 없는지 다시 살폈다.

"그럼 갈까?"

산여가 려화의 눈치를 살피면서 물었다. 정작 려화 본인보다도 산여가 더 각오가 대단한 얼굴이었다. 그것이 퍽 귀여워 려화가 픽 웃으며 산여의 머리를 쓰다듬었다. 곱게 다듬어 짧게 자른 손톱이 조금 아팠다.

"혼자 다녀올 거야."

"어찌 별궁의 주인이 혼자 다닐 생각을 해? 언니 참……."

"앞으로는 되도록 꼭 같이 다닐 테니 오늘만."

"되도록이 아니라 반드시. 응?"

"음……. 노력해 볼게."

의뭉스레 웃으며 넘기는 려화를 산여가 밉지 않게 흘겼다. 결국 산여가 려화의 고집을 꺾을 수는 없었다. 더군다나 려화의 결심 뒤에 어떤 미래가 있는지 아는 마당에, 려화의 뒤를 쫓아가기엔 괜히 객쩍기도 했다.

산여가 자신의 체념을 알리듯 한 걸음 물러났다. 려화가 웃음으로 답하고는 채선궁을 나섰다. 산여는 물렸으나 은호의 동행은 거절할 수 없었다. 궁녀 하나 달고 가지 않는 마당인 데다, 호위 하나 없이 궁을 돌게 할 수는 없다는 은호의 의지가 강력했다. 게다가 이미 려화는 오후 나절 비를 쫄딱 맞고 들어온 전적이 있었다.

결국 려화는 꼬리를 달고 황제궁으로 향했다. 려화의 걸음은 빨라지기도 했고, 종종 멈추다시피 느려지기도 하였다.

그리해 황제궁이 다른 건물에 가리지 않고 눈에 훤히 보일 무렵, 그 길목에서 려화는 원하던 대로 휘강을 마주쳤다.

"폐하."

나직하고 조용한 목소리였다. 그러나 아직 땅은 젖었더라도 비가 그친 적막한 밤에, 인적조차 드문 황제궁이었다. 목소리는 들리지 않을 리가 없었다.

더군다나 휘강이 꿈에도 그리는 목소리였다. 그가 걸음을 멈추었다. 소리가 들린 쪽으로 고개를 돌리니, 겨울옷을 입고 단정히 서 있는 려화가 보였다.

"이 밤에…… 산책이라도 하는 것이냐."

려화가 나붓나붓한 걸음으로 휘강에게 다가갔다. 허리를 숙여 예를 취하고 휘강을 바라보았다. 사내의 동공이 갈피를 찾지 못하고 떨리는 것을 담담한 눈으로 마주했다.

"산책하는 차림으로 보이십니까?"

"아니다. 그리 보이지 않아서 묻는 것이다."

"그렇습니다. 폐하를 배알하러 가는 길이었습니다."

"그대가 나를 찾으러, 그러니까 황제궁으로 오는 길이었다고?"

려화는 말없이 그저 휘강을 바라보았다. 휘강은 그것이 그녀의 긍정임을 알고는 얕은 한숨을 내쉬었다. 그러고는 겨울옷 사이로 비죽 나온 려화의 희고 가는 손가락을 내려 보았다. 유난히 희게 질린 듯해 마음이 쓰였다. 어쩌면 다른 생각을 머리에서 떨쳐 내기 위해 신경을 돌린 것일지도 모르겠다.

휘강이 려화의 손을 붙잡았다. 생각했던 것처럼 온기 없이 차가운 피부가 손안에 감겼다.

"겨울 오를 걸쳤는데도 몸이 차다. 오후에 흠뻑 비를 맞았다지?"

"알고 계실 줄 알았습니다."

"아직 온전치 않은 몸인데 조심해야지."

"충분히 온전한 몸입니다. 그러니 이 밤에 폐하를 뵈오러 채선궁을 나섰지요."

제게 답하며 입꼬리를 올려 방긋 웃는 려화가 유난히 생경하였다. 휘강은 려화의 속셈을 혹여 은호는 알까 싶어 그를 바라보았다. 그러나 은호는 조용히 고개를 숙여 자신은 아는 바가 없다고 답했다.

기분이 묘하였다.

좋기도 하고, 그러면서도 무언가 불안하기도 하고, 목구멍에 뜨거운 것이 걸린 것도 같고, 마냥 려화를 끌어안고 싶기도 했다.

두꺼운 외투에 싸인 저 안의 말캉한 속살을 매만지고 싶었다. 그런 욕망이 일면서 한편으로는 마음이 불편하기도 했다. 려화를 보면, 결국 놓치고 만 그녀의 장신구가 떠올라 죄책감이 일었다.

휘강은 려화를 앞에 두기만 하면 여태 몰랐던 수많은 감정을 느끼게 되니, 그것이 좋으면서도 버거웠다.

"제 아래의 사람들을 책하진 않으실 것이지요?"

려화는 휘강의 속도 모르고 일전의 약속을 들먹였다. 휘강은 할 말을 찾지 못하고 가볍게 고개를 끄덕였다. 그녀의 앞에서 죄인이 된 심정을 지울 수 없었다.

묘한 불안함이 자꾸만 퍼져 나갔다. 거기에 려화가 불씨를 키울 단초를 던졌다.

"폐하의 궁에 저를 초대해 주시라 청해도 되겠습니까?"

"언제고 들러도 좋다."

"다만 오늘, 오늘은 폐하께서 신임하시는 최측근 외에는 물리고 싶습니다."

"어째서 그리하고 싶은지 묻겠다."

려화는 휘강의 물음에 입을 열지 않고, 대신에 제 손을 붙잡은 휘강의 손에 깍지를 꼈다. 그대로 조금 힘을 주어 잡으니 크고 긴 손가락에 가늘고 작은 손이 얽혔다.

휘강이 눈을 꼭 감았다 떴다. 아찔한 감각이, 단순히 맞잡은 손을 통해 전해지니 마치 제가 한창때의 열이 끓는 소년이라도 된 기분이었다.

"네 뜻대로 하겠다."

"제 무사님께도 돌아가 있으라 해 주세요."

"왜?"

"폐하께서 아시는 것보다 저는 부끄러움이 더 많습니다."

려화가 직접적으로 뜻하는 바를 깨달은 휘강이 답지 않게 얼굴을 붉혔다. 기어이 자유로운 손으로 이마를 짚은 휘강이 조금 잠긴 목소리로 말했다.

"대체 무슨 생각이냐."

"폐하. 어렵겠습니까?"

눈썹을 누그러뜨리고 그리 묻는 려화의 앞에 대고, 안 된다 말할 자신이 없었다. 휘강이 거칠게 고개를 끄덕이곤 손을 휘저어 은호를 물렸다.

은호가 눈에 띄게 눈을 동그랗게 뜨고 휘강을 바라보다가, 그것이 불충한 짓이기에 화급히 고개를 숙였다. 그러나 려화가 신경이 쓰여 채선궁으로 돌아가진 못하다가, 휘강과 려화가 제 시야에서 멀어지고 난 뒤에야 걸음을 물렸다.

은호를 두고 걸음을 옮긴 휘강과 려화는 곧 황제궁에 당도했다. 려화를 제 품에 숨기듯이 폭 감싸 안고 들어온 휘강은, 려화의 청을 잊지 않고 들어주었다.

본디 휘강이 침수에 들고 나서도 그의 곁을 지키는 환관과 궁녀 대부분이 황제궁을 비우고 처소로 떠났다.

반드시 자리를 지켜야 하는 태감과 늙은 여어 두엇, 그리고 황제궁 처소 안의 소리가 가까스로 들릴 법한 자리에 수호대 군사장만이 남았다.

"이 밤에…… 아니, 그 옷차림은 무어냐. 비를 흠뻑 맞았다더니 고뿔 기라도 도는 것이냐?"

휘강은 처소에 당도하고 나서야 려화의 옷차림이 지금 날씨에는 심히 과하다는 것을 알아챘다. 겨울, 그것도 한겨울에나 입을 누빔이 있는 두꺼운 오를 걸친 려화가 혹여 고뿔이라도 난 것인가 뒤늦은 걱정이 생겼다.

휘강이 려화에게 다가갔다. 그의 뒤를 따라 걸음을 옮겼던 려화는 휘강과 몇 걸음 떨어져 있었다. 그런데 려화가, 휘강이 제게 다가오는 것을 가만히 두지 않고 뒷걸음으로 물러났다.

휘강이 한 걸음 다가오면, 려화는 한 걸음 물러났다. 그리 휘강의 침소를 빙 돌아 그의 침상 위에 려화가 풀썩 주저앉았다.

괜히 애가 탔다. 연유도 모르고 처음으로 먼저 저를 찾아온, 그것도 묘한 옷차림의 려화가 자신을 피하기까지 하니 더욱이.

휘강이 안타까움에 손을 뻗었다. 려화가 휘강을 올려다보며, 그의 손이 자신에게 닿기 전에 옷을 더욱 여몄다.

옷을 벗길 생각은 없었던 휘강이 괜한 억울함에 입술을 깨물었다. 려화가 그런 휘강을 올려다보며 눈을 깜박였다.

"아프지 않습니다."

"네 손을 잡았을 때 열이 있지도 않았다. 네 목소리도 청아하니 그것을 나도 안다만……. 대체 왜 나를 피해 물러나는 것이냐?"

"옷을 벗기 전에 폐하께 여쭐 것이 있습니다."

려화가 입을 열었지만 휘강은 여전히 려화의 속셈을 알 수가 없었다. 머릿속이 복잡했다. 휘강이 다시금 잠긴 목소리로 말했다.

"물어도 좋다."

"벗은 다음에는 폐하께 청할 것도 있습니다."

"그게 네가 오늘 나를 찾은 연유냐?"

"절반은 그렇습니다."

"이제 와 나는 네가 내 앞에서 사라질 셈이 아니라면, 모든 것을 그대로 수긍할 생각이다. 하나 네가 이리 구니 답답증이 인다."

려화는 상황이 재밌다는 듯 까르르 웃었다. 아주 오랜만에 보는 사심 없는 미소에 휘강은 제대로 얼이 빠졌다. 대관절 려화의 속을 알 수가 없다. 궁리하면 할수록 오리무중이 되었다.

"폐하께서 인내심이 많이 느셨습니다."

"진심이냐, 놀리는 것이냐?"

"진심입니다. 감히 만인지상의 폐하를 놀리겠습니까?"

"내 그대를 이길 도리가 없다. 그러니 이제 그만하고 말하라."

까르르 어여쁘게 올랐던 웃음이 삽시간에 사라졌다. 려화는 평소 휘강을 대할 때보다 더욱 표정 없이 서늘한 얼굴이 되었다.

"폐하께서는 제 장신구의 행방을 아십니까?"

휘강의 얼굴이 딱딱하게 굳었다. 려화의 지근궁녀들은커녕 은 호조차 모르게 은밀히 진행한 일이다. 한데 려화는 모든 것을 다 알고 있다는 듯이 단호하게 제게 묻고 있었다.

자못, 황제에게 던지는 물음이라기에는 도발적이기까지 하였다.

거짓을 말할 수는 없었다. 려화는 거짓을 허하지 않겠다는 얼굴을 하고 있으니 말이다. 휘강이 려화에게 내밀었던 손을 그대로 꽉 주먹 쥐었다.

장신구의 행방이라면, 지금 그를 지니고 있는 노 시중 다음으로는 휘강이 가장 잘 알고 있었다.

"그에 대해 어찌 알았지?"

"찾으려 하셨습니까?"

"……그렇다."

"그렇다면 시중이란 자의 손에 있는 것도 알고 계시겠군요."

휘강이 고개를 끄덕였다.

"너는?"

"예?"

"너는 어찌 아느냔 말이다. 마치 시중에게 직접 듣고 오기라도 한 듯 내게 말하고 있으니, 되묻는 것이다."

려화의 물건을 노 시중에게 빼앗겼다는, 그래서 쉬이 되찾지는 못하리란 죄책감은 휘강 안에 여전했다. 그러나 지금 그 장신구를 지닌 이가 노 시중인 이상, 이것은 단순히 그가 려화에게 가진 죄책감만의 문제가 아니었다.

이제 려화의 장신구는 정쟁의 한복판으로 떨어졌다. 그것도 밖으로 드러난 정치가 아니라 물밑에 숨어 진흙탕 싸움에 이용되게 생겼다. 그러니 휘강은 개인적인 사감은 뒤로하고 황제가 되어 려화에게 물었다.

"어차피 제가 시중의 사람이 될 것도 아니거늘, 폐하께서 하문하신 사안의 답이 그리 중하겠습니까?"

"그런 뜻이 아니다. 네게 무슨 일이 있었는지, 앞으로 있을지 내 알아야겠으니 묻는 것이다."

"이는 폐하께 제가 청할 일과 관련이 있으니, 답을 미루겠습니다."

"내가 허할 거라 보는가?"

휘강의 날 선 물음에 려화는 그저 웃었다. 그러곤 아까 휘강의 손을 물린 것과는 반대로, 이번에는 그의 손을 끌어와 여민 오를 걷어 냈다.

겨울 외투 안으로 가을날 투명한 잠자리의 날개처럼 속이 투명하게 비치는 여름옷이 자리했다. 마른 몸에 비해 풍만한 가슴을 꽉 옥죄인 치마는 겹겹이 싸 놓아 속이 비치지 않았으나, 저고리는 한 겹짜리로 희고 얇은 실을 썼으니 안 입은 것만 못한 옷이었다.

"이건, 무슨."

"무슨 뜻이겠습니까? 저와 지낸 밤이 적지 않으시니, 폐하께서 모르지 않으시겠지요?"

려화가 일어나 휘강의 품에 제 몸을 맡겼다. 입느니 못한 옷의 감촉이 맨 살갗만큼이나 자극적이었다. 휘강이 헛웃음을 흘렸다. 대체 무엇을 부탁하려 이리 구느냐고 우선 물어야 하거늘.

려화가 먼저 제게 안겨 오는 순간부터 흥분이 주체되지 않았다.

졌다. 완패였다. 휘강이 려화의 턱을 들어 올렸다. 아무리 부드럽게 하려고 해도 다급한 손길은 거칠기 짝이 없었다. 려화는 그에 당혹하지 않고 휘강의 손길에 몸을 맡겼다. 그러고는 휘강의 입술이 제게 다가오는 것을 기다리듯 꼭 다물고 있던 입술을 살짝 벌렸다.

희고 곧은 이 너머로 선홍색 혀가 실내의 등불에도 반짝인다. 젖은 그녀의 입안으로 휘강의 그린 듯한 욕망이 밀려들었다.

오랜만에 받아 내는 휘강의 혀는 한없이 거칠었다. 잠시 숨을 돌리듯, 아니면 자신을 배려하듯 멈추고 부드럽게 훑어 올리는 때도 있었다. 그러나 그는 잠시였고, 이내 다시금 거칠게 입안을 헤집었다.

휘강은 려화의 입속 단 한 곳도 놓치지 않겠다는 듯이 그녀의 입안을 핥고 빨고, 입술을 물었다. 제 입속이 휘강의 것이 된 것 같은 착각을 일으켰다.

려화의 몸이 휘강의 힘에 밀려 자꾸만 뒤로 물러났다. 휘강이 그를 허하지 않겠다는 듯 려화를 품에 꼭 끌어안았다.

"하으……."

농밀한 입맞춤이 끝나는 데에는 제법 시간이 필요했다. 아직도 제 안에 휘강의 혀가 남아 있는 느낌이었다. 려화가 얼얼한 입안을 제 혀끝으로 훑으며 숨을 색색거렸다.

려화의 입술연지는 휘강에 의해 몽땅 지워졌다. 그러나 남의 색을 빌려 입혔던 것보다 지금 려화의 입술 색이 더욱 붉었다. 자극으로 도톰해진 입술은 방금의 입맞춤으로 온전히 채우지 못했던 휘강의 욕망을 더욱 부채질했다.

"젠장."

"폐하."

"젠장, 젠장!"

그가 려화를 거칠게 침상에 밀쳐 버리곤, 뒤로 물러났다. 려화가 그러하듯 휘강 또한 자신의 입술에 아직 려화를 탐하던 감각이 남았다. 그것을 지워 내듯 휘강이 자신의 입술을 거칠게 닦아 냈다.

후회, 짜증, 미련. 갖가지 감정들이 갈무리되지 않고 그대로 휘강의 표정에 묻어났다. 고이 아껴 주겠다, 거칠게 다루고 죄를 지은 만큼 그녀를 배려하겠다 맹세했던 날이 얼마 지나지 않았다.

그런데 전부 잊은 것처럼, 려화의 입술이 제게 닿자 게걸스럽게 그를 탐하기 바빴다. 천성부터 미치광이, 그 혈기를 다스릴 방법도 모르는 황궁의 전쟁광이 바로 자신이었다.

사랑이라는 인간다운 감정을 배웠기에 조금은 나아졌을까 했다. 려화를 알고 나서부터는 피를 보지 않고서는 가라앉지 않는 화가 이는 일도 거의 없었기에 더욱이 그랬다.

아니었다. 자신이 화를 다스리는 것은 전부 려화를 통해서였다.

더욱 절실히 깨달았다. 자신을 통제하는 것은 려화의 존재 자체이나, 가장 빠르게 감정을 다스릴 방법은 려화를 망가뜨리고 취하는 길뿐이니.

차라리 사랑을 몰랐던 때라면 모를까. 지금은 본능이 원하는데도 그를 거부해야 했다. 려화를 지키기 위해 자신을 다스려야만 했다. 그렇지 않고선 계속 려화를 거칠게 안고 희롱해 그녀를 망가뜨릴 따름이다.

그저 품에 조심히 끌어안고 있는 것만으로는 역시 다스려지지 않는 혈기가 휘강을 더욱이 분노하게 했다.

죄책감, 그를 덮는 괴물 같은 감각. 여러 가지가 혼재된 형언할 수 없는 무언가가 제 안에서 울컥 솟았다.

"무엇을 겁내십니까?"

"내가, 겁을 내고 있다?"

"저를 안는 것이 겁이 나십니까?"

"나는!"

울컥 솟는 짜증을 그대로 분노로 바꾸어 려화에게 소리쳤다. 그러나 곧 그마저도 후회로 바뀌어 휘강을 감쌌다.

괴롭게 일그러진 얼굴을 두 손으로 가린 휘강이 신음하듯 말했다.

"그래 나는, 너를 안는 것이 겁난다."

"폐하께서 저를 아끼겠다 다짐한 것이, 깨어질까 두려우십니까?"

"그런 것이 아니다."

"그것이 폐하의 자존심을 다치게 할까, 그것이 두려우십니까?"

"그런 것이 아니라 하였다!"

노도와도 같은 외침이었다. 분노가 발밑에 피어나 발목을 붙잡은 것처럼, 휘강은 그리 다리가 무거워졌다. 그 감각이 전신을 휘감는 데에는 오랜 시간이 필요하지 않았다.

거친 목소리에 본능적으로 몸을 움츠린 려화를 보고 있는 것이 아팠다. 눈알을 날카로운 단도로 도려내는 것처럼 괴로웠다.

"아니다, 나는. 그런 것이 아니야……."

려화를 안아 상처 입히는 것이 두려운 자신이 한심했다. 뒤이어 그녀의 입술을 타고 나온 말이 비수처럼 날카로워 화가 났다. 그 화를 참아내지 못하는 자신 또한 한심했다.

기어이, 먼저 날 선 말을 뱉었다는 핑계로 려화에게 상처를 돌려주고야 마는 자신을 향해 드는 마지막 감정의 이름은 자괴감이었다.

그리고 미약한, 려화를 향한 원망이 고개를 들었다.

"대관절 네 안의 나는 어떤 사람이냐. 나를 대체 무엇으로 여기는 것이야?"

"폐하는 제 안에서 폐하이십니다."

"나는, 너를 다시 안을 자격이 없다 여겼다. 그리고 너를 다시 품을 자격이 되더라도, 그를 행하며 네게 다시금 상처를 남길까 두려웠다."

려화는 이해할 수 없다는 얼굴이었다. 휘강의 감정이 일반적이지 않아서가 아니었다. 그가 그리 정상적인 사고를 하리라 생각지 못했다는 쪽에 가까웠다.

티 내지 않으려 하고 있겠지만 휘강의 눈에는 훤히 읽혔다. 휘강의 사랑은 연모하는 이의 모든 것을 쫓고 탐하게 만드는 걸귀와 같았으니, 려화의 감정을 읽지 못할 리가 없었다.

그러나 그러한 휘강조차도 려화가 꺼낼 이 한 마디는 예상하지 못했다.

"그렇다면 괜한 걱정이십니다. 폐하께서 제게 다시금 상처를 주실 일은 없을 텐데요……."

단단한 벽에 가로막힌 기분이 휘강을 찾았다. 커다란 가시가 빼곡하게 들어찬 벽이었다. 려화의 말이 휘강에게 주는 느낌이 그러했다.

잘못 생각했다. 어쩌면 려화에게 자신이 아직도 그리 상처와 절망을 안겨 줄 수 있는 존재라 여긴 것 자체가 휘강의 오만이었다.

의아한, 그러나 담담한 목소리에 이리도 상처받을 수 있을지 알지 못했다.

얼빠진 얼굴로 멈췄던 휘강이 키득거렸다. 이윽고 그는, 차라리 다행이라 여겼다. 상처받는 쪽이 려화가 아니라 자신이라면 정말로 다행이었다.

어쨌든 그녀를 안으면 제 혈기는 다스려지리라. 그렇다면 의도치 않게 려화가 상상치 못할 방법으로 그녀를 상처 입힐 일은 없을 것이다.

"그래, 그렇다면……. 그렇다면 다행인 일이지……."

"그러니 폐하께서는 원하시는 대로 절 취하시면 됩니다."

려화가 무슨 일이 있었냐는 듯 생긋 웃으며 그리 말했다. 던져진 몸을 추슬러 침상에서 일어나 휘강에게 다가갔다. 그의 목에 팔을 감았다.

투명한 비단 천이 려화의 팔을 따라 흘렀다. 드러난 맨 살갗이 희고 고왔다. 목덜미의 맨살에 그녀의 온기가 닿는 것이 육욕을 일으켰다.

"하나 네가 단순히 이를 알려 주기 위해 나를 유혹하는 것은 아닐 터."

휘강이 려화의 허리를 강하게 부여잡았다. 살랑거리는 얇은 천에 겹겹이 싸인 치마 아래로 려화에게도 열기가 퍼졌다.

어떻든 려화에게 휘강의 손길은 자극을 부르는 기폭제였다. 그의 손에 익숙해진 몸뚱이는 평생 이 손길을 잊지 못하리라.

그의 손이 천천히 려화의 허리를 타고 내려가 말캉한 엉덩이를 쥐었다. 손길은 부드러웠으나 그 안에 담긴 욕정마저 달콤하고 부드럽지는 않았다.

"오늘 밤 내가 치러야 할 값이 얼마나 비쌀지, 네 입술을 넘을 청을 내 기대하마."

*
**

처음이 아니되 처음 같았다. 휘강은 초야의 부인을 품에 안듯 려화를 아끼려 애썼다. 시작은 그러했다.

조심스레 입은 듯 만 듯한 저고리와 치마를 벗기고 속옷조차 입지 않은 려화의 다리가 교태를 부리듯 꼬이는 것을 보고 허탈하게 웃었다.

더는 자신을 억누르고 부드럽게 대할 인내심이 남지 않았다.

려화 또한 그러지 않으셔도 된다며 자신을 부추기듯 하니, 휘강은 자신의 욕망을 려화의 육신에 고스란히 풀어놓았다.

"아, 으응……!"

휘강의 아래서 흔들리는 려화의 흰 나신에는 본연의 깨끗한 색을 가진 곳이 없었다. 울긋불긋하게 휘강이 물고 빤 흔적이 남아 얼룩졌다. 더러 가슴이나 팔뚝, 지금은 정자세로 누워 보이지 않는 엉덩이같이 살집이 넉넉한 곳에는 가볍게 깨물린 잇자국도 있었다.

야살스럽기 그지없었다. 휘강은 타인의 시선을 고려해 흔적을 남기는 위치를 조심하는 배려조차 잊고 려화를 탐했다. 그러니 아마 단정한 옷을 입는다 하여도 이 밤 그녀와 그의 사이에 무슨 일이 있었는지 모르는 이가 없을 것이었다.

"네 신음이 기껍다. 그러니 더 울어 보라."

"목이, 쉴, 아흥! 것, 같습니다……!"

"울어도 좋다. 기운이 모자라 몸살이 진다면 약을 지어 보내마."

"그렇, 훗, 흐응, 게까지……! 아웃!"

휘강이 려화의 다리를 들어 제 어깨에 걸쳤다. 신장 차가 꽤 나다 보니, 려화의 발목이 겨우 휘강의 어깨에 걸렸다.

려화는 오랜만에 자신의 안을 채운 휘강의 것이 이리 컸나 기함하듯 입을 크게 벌렸다. 더욱이 조여지는 제 안쪽으로 묵직한 감각이 버거울 정도였다.

그대로 휘강이 이번에는 뭉근하고 느리게 허리를 돌리며 려화의 안을 탐했다. 려화가 제 손으로 얼굴을 가리고 도리질 쳤다.

육신은 이 자리에 있건만 정신이 어디론가 도망친 것처럼 이질적인 기분이 들었다.

연신 신음이 흘렀다. 이미 목은 쉬어 버렸다. 쉰 소리가 섞이기 시작한 목소리는 결국 끝까지 이어지지 못하고 색색대는 숨이 되었다.

정신도 육신도 제대로 가누지 못하는 려화의 모습이 휘강을 더욱 흥분시켰다. 그가 허리를 거칠게 쳐올리자, 려화의 몸이 경련하듯 자지러졌다. 보이지 않는 은밀하고 습한 안쪽에서는 휘강을 꽉 물어 댄다.

휘강이 미간을 찌푸렸다. 몇 번이고 려화의 안을 헤집고 그녀의 육신을 탐하며 괴롭혔지만, 욕망의 불꽃은 아직 꺼지지 않았다. 한데 그의 중심은 이제 려화의 안에 자신을 풀어놓고자 하였다. 버티기 힘들었다. 그러나 오랜만에 맛본 려화의 은밀한 곳에서 물러나기가 몹시 아쉬웠다.

"흐, 아응, 읏, 제발……!"

침상에 널브러져 이리저리 휘둘리던 려화의 다리가 휘강의 허리를 죄었다. 휘강의 거근이 제 안을 희롱하고 탐하는 것이 려화를 극상의 쾌락으로 이끌었다. 제 몸 안쪽에서 용암이 솟구치듯 자꾸만 열이 올라 괴로웠다.

처음엔 뭉근한 통증과 간질거림으로 느껴지던 것들이 이제는 아픔인지 쾌락인지 분간할 수도 없을 만큼 강렬한 감각으로 바뀌어 려화의 전신을 휘돌았다.

휘강은 려화의 다리가 제 허리를 감는 순간 그녀의 안에 사정하고야 말았다. 제발, 이라던 려화의 말이 어쩌면 통한 것이리라.

그러나 뒤는 려화가 생각했던 대로 흐르지 않았다.

"어, 째서…… 다시 커지는……!"

"나는 더 그대를 맛보고 싶은데 그대가 주는 자극이 너무 강해 이리 이르게 끝나는 것이 아쉬웠거든."

"제가, 흐응……. 앗……!"

려화가 말을 다 잇지 못하고 숨을 헐떡였다. 려화의 좁은 배 속을 듬뿍 채우고 있던 휘강의 정액이 그가 허리를 뒤로 물린 틈을 타고 쿨쩍이는 소리를 내며 새어 나왔다.

황제가 눕는 고귀한 자리가 음탕한 냄새로 물들고, 음란한 물빛으로 젖었다. 려화가 만들어 낸 샘물이 뒤엉켜 그의 침상을 잔뜩 적셨다. 몸을 흥건하게 적신 땀 때문에 머리칼이 이리저리 달라붙은 것까지 휘강은 그저 려화를 보는 것만으로도 흥분이 가시지 않았다.

이 얼마 만이던가. 자신이 려화를 이리 만들었다. 그것이 휘강의 흥분을 돋우는 기폭제가 되었다. 휘강은 언제 사정했냐는 듯 다시 제 크기를 찾은 양물로 려화의 안을 느리게 탐했다.

그 얕은 자극에도 이미 몇 번이나 절정에 올랐던 려화는 몸을 움찔거리며 새된 신음을 뱉었다.

"네가 아는 것과 내가 다른가?"

려화가 다급히 고개를 끄덕였다. 휘강은 려화가 얼마나 앙큼한 말을 뱉을지 궁금하여, 그녀에게 기회를 주듯 잠시 움직임을 멈추었다. 더해 어깨에 올려놓고 있던 려화의 다리를 내려 주기까지 하였다.

려화가 제 안에 여전한 휘강의 존재감을 느끼며 조심스레 숨을 골랐다. 어쩐지 그가 얄밉다는 생각을 버릴 수가 없어 정신을 차린 직후에는 우선 휘강을 흘겨보았다.

휘강은 그런 려화의 시선조차도 기껍고 귀엽다는 듯이 내려다보며 웃었다.

"제가 궁녀가 되어 배운 방중술, 흐읏, 그러니까 방중술에서는 사내가 한 번 토정하고 나면 다시 기운을 차리는 데 시간이 필요하다고 하였습니다. 한데……."

려화는 마른 제 아랫배를 가득 채우다 못해, 어쩌면 조금 불룩하게까지 만든 휘강의 거근을 머릿속으로 떠올렸다. 그러잖아도 새빨갛던 려화의 얼굴이 더욱 붉어졌다.

휘강이 나른하게 웃으며 허리를 숙였다. 휘강의 것이 각도를 바꾸어 조금 빠져나가자 다시금 아찔한 감각이 그녀를 찾아들었다.

그것만으로도 정신을 차리기 힘들진대 휘강이 짓씹듯 낮은 목소리로 야릇하게 속삭였다. 귓전으로 그의 숨결이 닿는 것에 려화의 온몸에 소름이 돋아났다.

"그대가 나를 이리 만들었다."

"흣, 저는……!"

"서글프면서도, 기껍다. 그대가 얼굴을 붉히면 내 양물은 다시금 힘을 얻어 지금처럼 안을 헤집고 싶어지니 말이다. 하나 그로 인해 그대가 힘들 것을 아니 서글프기도 하지."

"……그만두자고 말씀드린 것이 아니었습니다."

"알고 있다. 그대의 말은 그저 솔직한 지금을 알려 주는 것일 뿐, 내게 얻을 것이 있고 나의 도움이 필요한 그대가 나를 거부할 생각이 없음을 나 또한 몹시 잘 알고 있어."

그리 말하며 휘강이 허리를 짧게 치댔다. 안으로 쿵 박히는 느낌과 함께 려화의 몸 안으로 삽시간에 번갯불이 번졌다. 이미 흥건한 안쪽에서 다시금 물이 흘렀다.

휘강이 슬그머니 물러나는데, 려화의 물기가 휘강의 정액과 섞여 야한 소리를 만들었다. 더불어 참을 수 없이 간질거리는 느낌이 그녀를 찾아들었다.

려화가 저도 모르게 발가락에 꼭 힘을 주었다. 다리가 뻣뻣하게 굳어졌다. 그 굳어짐이 허리까지 이어지니, 기어이 휘강의 것을 다시금 옥죄었다.

"젠장."

휘강이 안색을 굳혔다. 그도 연달아 려화의 안에서 자극을 받는 처지다. 의도는 아니더라도 제게 엄청난 자극을 선사하는 려화의 안쪽 덕에 휘강은 다시금 아찔한 순간을 버텨야만 했다.

오늘만 몇 번이나 욕지거리를 뱉었는지 모른다. 저 자신이 제어되지 않았다. 나신이 된 려화의 앞에서 휘강은 늘 그래 왔으나, 오늘은 오랜만인 데다 목적을 가진 려화가 적극적이기까지 하였다. 그러니 이전보다 훨씬 힘들었다.

이리 좋은 어려움이 있던가. 휘강은 실소했다. 려화가 의도한 것이 아님을 알면서도 그녀가 얄미워 그녀의 안으로 자신의 중심을 깊이 치받았다. 려화가 비명 같은 신음을 질렀다. 통증보다는 강렬한 자극으로 인함이었다.

휘강은 귀를 찌르는 려화의 신음에 다시금 그녀의 안에서 자신을 키웠다.

"너무, 너무 큽니다……! 아까보다 어찌 더!"

려화가 경악하며 말했다. 부피감이 아까보다 더 압도적이었다. 한 번 일을 치른 후이거늘 어찌 이럴 수 있는가. 아무럼 사내라고는 휘강밖에 모르는 려화라지만 배워 알고 있는 것들이 있었다.

려화가 아는 사내라는 자들과 휘강은 격이 다른 것만 같았다. 그것이 버겁기도 하고 아연하기도 하였다.

휘강은 려화가 귀여워 그만 키득거리고 말았다. 그 울림까지 고스란히 전달되어 려화는 휘강이 느리게 움직이든 말든 헐떡이기 바빴다.

격렬한 자극 다음으로 오는 은근한 느낌까지 려화에게는 너무 강하게 닿았다. 이것이 몹시 서러워 기어이 눈물이 터졌다.

휘강이 다시금 허리를 숙여 려화의 눈물을 입술로 훑어 음미하며 속삭였다.

"말하지 않았느냐. 이 모든 것이 그대로 인함이다."

휘강이 유유자적하게 말했다. 하나 그 또한 그리 여유 있는 상황은 아니었다. 반쯤 원망스럽게까지 느껴지는 휘강을 려화가 흰 눈으로 노려보았다.

"솔직히 말하마. 사실, 덕분에 나도 여유가 없거든."

후, 귓속으로 불어넣는 숨이 뜨거웠다. 열기 안에 섞인 축축함이 귓바퀴 안에 달라붙어 다시금 려화의 허리를 들썩이게 했다.

움직이면 휘강의 것이 안에서 움찔거리므로 더욱이 자극이 몰아치고야 말았다. 한데 마음대로 몸을 가눌 수 없을 만큼 자꾸만 쾌락이 자신을 쫓아오니 도리가 없었다.

이제는 신음 지를 기력도 없었다. 반쯤 넋을 놓은 려화를 내려다보며 휘강이 목울대를 울렸다.

그것이 신호였다. 휘강이 려화의 목덜미를 팔로 받쳐 들어 올렸다.

"아윽!"

그대로 제 몸을 뒤로 비스듬히 눕힌 휘강이 려화를 제 품에 꼭 끌어안았다. 그의 아래에서 위로 올라탄 듯이 되었으니 당연지사 휘강의 것이 더욱 깊이 안으로 파고들었다.

려화가 잔뜩 쉰 목소리로 비명을 질렀다. 숨 돌릴 새도 없이 휘강이 려화의 자세를 고쳐 주곤, 그대로 아래서 위로 쳐올리기 시작했다.

소리가 되지 못한 숨이 휘강이 쳐올리는 박자대로 끊기며 려화의 입을 타고 내쉬어졌다. 그것으로 모자라 휘강의 판판한 가슴에 기댄 채 들썩였다.

자꾸만 안으로 파고드는 휘강의 거근이 려화의 가장 깊은 곳을 찔러 댔다. 한계까지 벌어진 입구의 살갗이 화끈거리며 아팠다. 려화의 고개가 뒤로 꺾였다. 실금처럼 떠진 눈으로 흐릿한 시야가 잡힌다.

그 사이에 오직 휘강의 얼굴만이 유독 선명하게 보였다. 여상한 표정으로 오만하게 웃으며 자신을 탐하고 있으리라 여겼거늘.

"흐으응!"

휘강 또한 흥분을 어찌지 못하는 아찔한 얼굴로 자신을 찔러 대고 있었다. 그 표정이 려화에게 묘한 기분을 불러일으켰다.

저로 인해 미친 듯이 흥분하여 평정을 찾지 못하는 사내의 얼굴이 려화를 달구었다. 휘강 또한 다르지 않았다.

서로가, 서로의 얼굴을 보며 절정했다. 휘강이 려화의 허리를 꼭 붙잡아 깊이 박았다. 자신을 품은 려화의 모든 속살이 자신을 꽉 붙잡았다. 그리 붙잡고 쥐어짜듯 하였다.

경련감에 려화 또한 휘강의 목에 팔을 감고 그대로 꽉 매달렸다. 세상에 오직 의지할 곳이라곤 그뿐이라는 듯이 말이다.

두 번째 파정이었다. 불가해하게도 처음보다 더욱 짙고 농밀한, 야한 냄새를 풍기는 그것이 려화의 아랫배를 가득 채웠다.

꽉 맞물린 틈을 비집고 한계를 넘어선 정액이 스멀스멀 흘러나왔다. 려화의 경련은 끝을 모르는 듯 멈출 기미가 보이지 않았다.

사정으로 한껏 예민해진 휘강의 양물이 려화의 내벽이 저를 꽉 옥죄는 것에 용틀임했다.

"너는, 이미 미쳐 있는 나를 더욱 미치게 한다."

휘강조차 목이 조금은 쉬었다. 낮고 거친 목소리가 그의 입을 타고 흘렀다. 짐승과도 같은 숨이 려화의 머리통에 닿았다. 그 훗훗한 느낌이 되레 기꺼운 것처럼 려화는 정신을 차리지 못한 채로도 휘강에게 더욱 꼭 안겼다.

휘강의 단단하고 너른 가슴에 려화의 말캉하고 풍만한 가슴이 꽉 맞물려 일그러졌다. 땀으로 질척하지만 반면에 보드랍고 따뜻한 것이 몹시 좋아 휘강은 실소했다.

본디 가볍디가벼운 려화라지만, 미묘하게 무게감이 조금 늘었다 싶더니 혼절한 모양이었다. 힘들게 색색거리던 숨이 차분해졌다. 근육에 바짝 들어갔던 힘도 풀렸다.

휘강의 양물도 단단하게 곧추섰던 것이 천천히 풀렸다. 그래도 려화의 좁은 밀지에는 빡빡하기만 하여 흘러나오지 못하고 꽉 막고 있었다. 다만 안쪽에서 자리가 없어 삐져나올 곳을 찾던 휘강의 정액이 주르륵 쏟아졌다.

휘강이 려화의 안에서 제 중심을 조심히 빼냈다. 려화는 혼절하듯 잠든 상태에서도 그 자극을 느껴선 잠시 몸을 움찔거리며 으응, 하고 신음을 뱉었다.

휘강은 다시금 반응하려는 저를 다스리며 미간을 찌푸렸다. 그러곤 제가 빠져나온 자리를 따라 왈칵 터지듯 쏟아져 나온 정액을 보고 실소했다.

이리 참고 있던 것들을, 려화의 안에 흘려보낸 탓인가. 휘강은 전에 없이 평온한 자신의 정신 상태를 깨닫고는 다시 한번 허탈하게 웃었다.

허전해진 안으로 찬 바람이라도 드는지 다리를 오므리며 려화가 휘강의 품으로 파고들었다. 려화의 밀지는 금세 도도하게 제 문을 닫아걸었다.

아직 안에 고여 있을 정액이 불편하련만.

휘강은 려화를 걱정하며 그리 생각하고는, 감히 황제답지 않게 려화가 깨어나 불쾌하지 않도록 그녀의 몸을 닦아 주었다.

려화를 추슬러 주기 위해 잠시 자리를 비운 사이 정사의 흔적이 적나라하게 남은 침상도 궁녀를 시켜 정리했다.

그리고 휘강은, 려화를 깨워 돌려보내지 않았다. 도국에 유례없는 일이었으나 정사가 끝난 뒤에도 려화의 자리는 황제궁 침상 위였다. 려화는 휘강의 팔을 베고 곤히 잠이 든 채였다.

황제에게는 황실의 혈통을 보존할 의무가 있었다. 하여 법으로 황후 외에도 여러 후궁을 두도록 권장하고 있었다. 그러니 자연히 황제가 후궁들의 별궁과 황후궁을 찾아가는 것은 권장되었으나 반대로 황제궁에서는 황후라 하여도 황제와 함께 침수에 들 수 없었다.

그뿐인가. 아무리 여인의 투기를 칠거지악 중의 하나로 두어 엄하게 금하는 도국이었으나, 응당 사람이 가진 마음이 절로 향하는 것까지 막을 도리는 없었다. 하여 그 투기를 조금이나마 방지하기 위해 황제는 황후를 포함한 그 어떤 여인이라도 늦은 밤 황제궁에 들이는 것을 지양해야 하였다.

물론 이는 잘 지켜지지 않았다. 엄한 법도 아니었고, 만인지상인 황제가 원하는데 그 앞을 누가 감히 막아섰겠는가.

다만 휘강의 대에는 처음 있는 일이었다. 본디 려화를 알기 전에도 휘강은 그리 여인을 즐기지 않았고, 려화를 알고 나서는 오직 려화와만 정을 통했으니.

그런 휘강과 려화조차도 황제궁에서 정사를 치르고 이리 밤까지 함께 보내게 될 줄을 누가 상상이나 하였을까.

누구보다도 려화의 생각이 가장 그러했다. 하여 려화는 까무룩 기절하듯 잠들면서, 자신이 깨어났을 때는 채선궁으로 어서 떠나야 할 것으로 생각했다. 혹은 이미 다른 이의 손에 채선궁으로 옮겨진 뒤거나 말이다.

"좀 더 자지 그러느냐."

하여 려화는 지금 제가 처한 상황이 몹시 당황스러웠다. 사위가 밝았다. 이것은 단순히 황제궁 처소 안을 채운 많은 수의 등

불만으로는 만들 수 없는 밝음이었다. 그렇다면 주변 풍경이 황제궁 처소가 아닌 채선궁 처소여야 했다.

그리고 지금 제 등으로 느껴지는 사내의 온기는 없어야 했다.

"아웃……!"

급히 몸을 돌리던 려화가 뻐근한 허리에서 올라오는 통증에 신음을 흘리고야 말았다. 휘강이 서두르지 않고 려화를 부드럽게 돌려 마주 안아 품에 가두었다.

"무엇이 그리 다급해. 좋지도 않은 몸으로."

"폐하, 제가 어찌 아직도 이곳에……. 더구나 해가 떴습니다. 정무를 보러 가셔야……, 콜록!"

다급히 뱉은 말들이 그러잖아도 잔뜩 가라앉아 있던 거친 목구멍을 자극했다. 휘강이 긴 팔을 뻗어 침상 곁의 협탁에서 물잔을 잡아 려화에게 건넸다.

려화가 그를 받아 목을 축였다. 그러고는 짐짓 엄한 얼굴로 휘강을 바라보았다.

"정무를 보러 가실 시간이 아니십니까?"

"내가 일도 마다하고 여색에 빠져 있다 힐난하는 것이냐?"

휘강의 반문에 웃음기가 가득했다. 려화는 여전한 얼굴로 말없이 휘강을 바라보았다.

"그대가 내게 할 말이 있지 않은가."

"화급한 나랏일부터 보소서. 저의 일도 급하긴 하나 오늘 폐하의 정무가 끝나고 말씀드려도 됩니다."

"급한 일이니 날 직접 찾아온 게 아니었나?"

"물론……."

화급하기는 하였다. 휘강이 자신의 청을 들어주지 않아 일을 그르칠 경우와 청을 들어주는 경우 모두에 그러했다. 전자의 경우 적어도 그의 도움을 받아 국법을 그르치고라도 공영을 빼낼 생각이었다.

후자의 경우 더욱 급했다. 공영의 배가 차오르고 산달이 가까워지기 전에 빠르게 일을 해결해야 했다. 다만 그 모든 것이, 휘강이 국정을 미루어 두고 자신과 함께해야 할 만큼 중한 것인가.

"······물론 급하긴 합니다."

"아직 조정이 열리기까진 시간이 남았다. 아침 강론은 없는 날이지."

"그래도······. 정사를 돌보시는 것 외에도, 여인을 황제궁 침소에서 재우신 것 또한 도리에 어긋납니다."

"그렇다 한들 내가 괴롭혀 혼절한 너를 어찌 그냥 보내겠느냐?"

려화가 입을 꾹 다물었다. 휘강의 입에서 저런 이야기를 듣는 것이 이번이 처음도 아니건만 적응이 되지 않았다. 휘강에게서 이런 모습을 보게 되리라 생각한 적이 있었던가.

앞뒤 생각하지 않고, 오로지 자신을 향한 감정만을 직설적으로 표현하는 휘강이라니. 려화에게서 얕은 한숨이 새어 나왔다.

아무리 피곤했어도 정신을 차리고 있었어야 했던 모양이다. 때늦은 후회였다.

이리 시간을 끌어 좋을 것도 없었다. 사람을 대다수 물려 달라 하긴 했지만 그래도 남아 있던 궁녀와 환관 수가 적지는 않을 것이었다. 더구나 밝은 대낮에 황제궁에서 채선궁까지 돌아가야 하니 사람들의 눈 또한 피하지 못할 것이다.

심란함에 굳어졌던 려화의 얼굴에 곧 결심이 섰다. 어차피 그르친 것을 가지고 고민하기에는 한시가 급했다.

"간밤에 말씀드린 대로, 폐하께 청할 것이 있습니다."

이런저런 생각으로 심란하던 얼굴이 정리된 려화는 이제 완연한 협상가의 얼굴을 하고 있었다. 휘강이 흥미 가득한 얼굴로 려화를 바라보았다. 제 품에 안긴 협상가라니 이런 불가해한 일이 있나.

그러니 흥미가 동하지 않을 수 없었다. 휘강이 나른하게 웃으며 고개를 끄덕였다.

"편히 말하라."

"편히 듣기는 어려우실 청입니다."

"그래도 그대가 내게 부탁하는 일이라면."

"후궁을 들여 주세요."

전혀 예상치도 않은 말이 려화의 입을 타고 나왔다. 여유롭다 못해 자못 흐뭇하게까지 보이던 휘강의 얼굴이 단번에 굳어졌다.

후궁을 들여 달라니?

다음에 나올 말이 무엇이든 휘강은 려화의 입을 막을 생각이었다. 휘강이 생각하기에 려화는 지금 다른 여인을 곁에 두면 곧 저를 향한 관심이 사그라들리라 생각하는 듯하였다.

자신의 속을 전부 알지 못하고 하는 말인 것만 같았다.

"불가하다."

"폐하께서 생각하시는 그런 뜻이 아니었습니다."

"내가 생각하는 뜻이 무엇인데?"

"제가 폐하에게서 도망치기 위해, 폐하의 관심을 옮기려는 연유로 후궁을 맞이하시라 청하는 것이 아닙니다."

작금, 휘강은 려화를 사랑하였다. 그는 자신의 마음을 절대로 의심치 않았다. 그녀를 사랑하고 사랑하여 이제는 그녀가 원하는 대로 모두 들어주고자 하였다. 단 하나 그녀가 제 곁을 떠나는 것만 빼고.

한데 려화는 제가 절대로 들어줄 수 없는 것을 바라는가. 지금의 휘강은 려화의 말을 믿지 못했다. 후궁을 들여라, 하지만 당신의 마음이 옮겨가기를 기대하는 것은 절대로 아니다…….

휘강은 제가 쌓은 부덕을 몹시 잘 알고 있었다. 그러니 더욱, 려화를 사랑하는 만큼 오히려 그녀를 믿지 못하였다.

려화에게는 차근차근 마음을 다해 휘강을 설득할 여유가 없었다. 그렇기에 이리 휘강을 먼저 유혹하여 몸을 던진 것이었다. 그러나 휘강은 넘어가지 않았다. 도리어 저를 믿지 못하는 모습을 보였다.

시간이 없었다. 려화는 마음으로 휘강을 설득하기보다는 협상가처럼 이점을 조목조목 짚기 시작했다.

"제가 살기 위해서는 맞지만, 폐하의 곁을 떠나기 위해서는 아닙니다."

"불가하다."

"폐하께선 아직, 제가 어떤 이유로 이리 말하는지도 모르십니다. 더해서 어떤 이점이 있는지 또한 모르십니다."

"들을 필요 없다. 불가하다. 그대가 나에게 밤을 허락하면서까지 얻어야 할 것이 있다면 무엇이든 들어줄 생각이었다. 그러나……."

휘강은 완고했다. 처음으로 그의 말끝이 흐려졌으나 려화가 원하는 대로 그의 마음이 움직여서는 아니었다.

후궁을 맞으라 했다. 아마도 아무나 들이라는 소리는 아닐 것이었다. 휘강의 추측으로는 려화가 내정해 둔 이가 있을 것이다.

아니, 있든 없든 휘강에게는 유의미하지 않았다. 려화가 도망가려 이러한 계책을 꾸민 것은 아니라고 단언하였으니 일견 안심이 되었으나, 그것 말고도 불가한 이유는 많았다.

휘강은 차마 려화에게 자신의 반려가 되어 달라 말할 염치가 없었다. 그렇다고 다른 여인을 먼저 자신의 옆에 두고 싶지 않았다.

가장 처음이며 유일한 여인으로 곁에 두고 함께하고 싶은 이는 오직 려화뿐이었다.

휘강의 얼굴은 단호하고 준엄했으나, 그 얼굴 안에 숨은 휘강의 덜 여문 심장은 려화의 한 마디에 난도질이 되었다.

려화도 자신이 태황태후나 신료들의 후궁이나 황후를 맞으셔야 한다는 등쌀에 얼마나 시달렸는지 아주 잘 알고 있었다. 작금에 그들의 듣기 싫은 소리가 사그라들자 이제는 려화가 휘강에게 후궁을 들이라 주청하다니, 당연히 불가할밖에.

"후궁을 들이라니. 그는 안 될 말이다. 상대가 누구이든 말이다."

완고한 휘강의 태도에도 려화는 그다지 당황치 않았다. 그저 가만히 눈을 깜박이며 휘강을 직시할 따름이었다. 아직 꺼내 놓지 못한 수가 많았다.

"그럼 어젯밤의 값은, 우선 폐하께서 제가 왜 이러한 청을 드렸는지 들어 주시는 것으로 받겠습니다. 그것도 안 됩니까?"

"어차피 들어주지 않을 것이다. 그러니 네 입만 아플 것이다. 또한, 그것만으로 치르기에 그대의 밤이 값싸지 않다."

"값싸지 않으니 저의 이야기라도 들어 주세요."

려화의 각오 또한 휘강의 완고함에 뒤지지 않았다. 휘강이 서글픔을 뒤로 숨긴 피곤한 낯으로 고개를 끄덕였다.

"우선, 저를 다른 이들의 관심에서 밀어낼 방패가 필요합니다."

"틀린 말은 아니다."

"더해, 폐하께 힘을 실어 줄 편을 좀 더 만들어야 합니다."

휘강이 고개를 저었다. 기실 그는 려화의 첫 번째 말에도 크게는 동의하지 못했다. 작금 려화는 후궁이라는 방패를 만든다 하여도 신료들의 관심에서 밀려나기에는 존재감이 너무 커졌다.

노 시중이 이미 려화의 본래 신분을 알고 있었다. 노 시중은 아마 자신이 후궁을 맞이해서 려화를 멀리한다 하여도 그녀를 곱게 두지는 않을 것이었다.

계속 주시하고 있다가, 휘강의 관심이 멀어졌다 싶을 때가 오면 곧장 려화를 어떻게든 궐 밖으로 끌어내 죽이려 들 터였다.

려화의 두 번째 말은 가당찮게까지 느껴졌다. 이 궁에 이미 휘강을 따르고 있는 이들을 제하면 대부분이 노 시중의 사람이었다. 중립을 표하는 자들도 노 시중과 같은 중앙귀족 출신이었다. 그들이 당장 자신들의 말을 들어 후궁을 맞은 휘강에게 온건하게 군다 해도 중앙귀족의 이득을 앞두고도 황제를 따를 리가 없었다.

"이 궁에 지금 나를 따르지 않는 자들은, 당장 나를 따르는 척을 하더라도 금세 이익에 따라 돌아설 자들뿐이다."

"신료들만 두고 보면 폐하의 말씀이 응당 다 옳으십니다. 하나 폐하. 황궁의 가장 큰 어르신께서는 다르지 않으시겠습니까?"

황궁의 가장 큰 어르신이라면 태황태후를 이름이었다. 휘강이 다소 놀란 얼굴로 려화를 바라보았다. 곧 려화의 설명이 차분하게 이어졌다.

려화는 무엇보다도 이전 후궁 후보를 들이게 했던 태황태후의 힘에 주목했다. 비록 후궁 후보 살해 사건 뒤 다시 태후전에서 은거하다시피 몸을 숨기고 있다지만, 황궁에 남은 유일한 황실의 어르신이 가지는 힘은 유효했다.

굳이 그때처럼 태황태후가 직접 전면에 나설 필요도 없었다. 휘강이 후궁을 맞이함으로써 태황태후의 소원을 들어주고, 태황태후가 휘강을 지지한다는 언급 한 번만 해 주어도 큰 힘이 될 것이었다.

적어도 신료들이 전처럼 직접 나서 태황태후를 움직일 수 있는 유일한 방법이 차단되기까지 하는 것이니 이것은 분명 큰 이득이었다.

"태황태후, 그러니까 내 할마마마에 대해서는 네 생각이 옳다. 그러나 신료들의 너를 향한 관심은 후궁이라는 방패를 세워도 끊이지 않을 것이다."

휘강은 려화의 설명을 차분히 듣고 그리 말했다. 려화는 휘강의 말에 달리 어떠한 반응을 보이지 않고 그를 바라보았다.

어쩐지 그녀의 침묵이 무겁고 버거웠다. 협상가를 앞에 두고 휘강은 처음으로 먼저 시선을 피했다.

"그들이 제 진짜 신분을 알아서 말입니까?"

"네 신분은……."

"폐하께서도 이미 알고 계시겠지요. 제가 공진성 성주의 고명 딸이었음을 말입니다."

휘강이 침통한 얼굴로 고개를 끄덕였다. 마치 혼날 일을 해 놓고 덮어 두었다가 들킨 것처럼 가슴이 뜨끔했다.

지난밤, 정사를 나누기 전 려화의 입에서 장신구의 행방에 대해 추궁하는 말을 들었던 휘강이었다. 그러니 려화가 그 안에 담긴 다른 일 또한 파악하고 있으리라 예상은 하고 있었다.

다만 그것을 예상만 하는 것과 려화의 입을 통해 직접 듣는 것은 파급력이 달랐다.

"내가 알고 있는 것을 그대에게 숨길 생각은 없었다."

"감히 폐하를 추궁코자 말씀드리는 것이 아닙니다."

"말과 표정이 다르군."

"그리 느끼시는 것도 이해합니다. 그러나 저는 폐하를 이것으로 추궁코자 하는 것이 아니라, 어떤 수든 써서 제 청을 폐하께서 들어주시도록 하려는 것뿐입니다."

"네 모든 것을 써서?"

려화가 고개를 끄덕였다. 어느새 휘강과 려화 모두 침상 위에 몸을 일으켜 앉은 채였다. 려화는 황제의 금침을 가져다 몸에 둘러 맨살을 가리고 있었다. 저 안에 숨은 살갗은 달고 보드랍기만 하거늘.

저를 차근차근 설득하고 압박해 가는 려화의 모습은 달콤함과는 거리가 멀었다. 지금 려화의 모습은 잘 교육받은 귀족가의 자제였다. 그것도 아주 영특하기 짝이 없는 데다 심지 곧고 도도하기까지 한.

'이런 일로 여인에게 더한 매력을 느끼게 될 줄이야⋯⋯.'

휘강은 불가해하게도 지금의 려화에게 자신이 몰랐던 새로운 매력을 느꼈다. 협상가를 앞에 두고 정신을 차리지 못하는 자신의 꼴에 실소했으나, 별개로 이리 영특하고 사리 판단에 밝은 려화의 모습에 다소 놀랐다.

궁녀인 려화에게서도, 죄인이었던 려화에게서도 보지 못했던 모습을 오늘 아주 많이 보았다. 간밤 자신을 유혹할 때는 마치 제 몸을 던지는 것도 개의치 않는 요부처럼 보였고, 지금은 웬만한 사내도 뛰어넘는 기개가 돋보였다.

그러나.

"왜 이렇게까지 하지? 왜 그대가 이리 나서서, 그대 자신만을 위해서라면 절대 나서지 않던 그대가. 왜?"

"물론 답해 드릴 생각이었습니다."

"그럴 생각이었다면 어째서 그것부터 설명하지 않았지?"

려화가 이야기를 시작하고 처음으로 휘강의 시선을 먼저 피했다. 휘강은 그제야 여유를 찾고 팔짱을 낀 채 려화를 바라보았다. 고민 깊은 얼굴이 사랑스러웠다.

휘강은 려화가 보지 않는 사이 쓸쓸한 패배의 고소를 지었다. 자신을 설득하려는 협상가를 앞에 두고 사랑스러움을 느낀다니. 처음부터 이길 수 없는 싸움을 하고 있었구나, 그런 생각이 들었다.

"다시 묻겠다. 그대는 이미 후궁으로 세웠으면 하는 여인을 내정해 두었다. 지금 그대가 쉬이 입을 열지 못함은, 그 후보의 신상과 관련이 있는가?"

휘강의 추궁에 려화가 고개를 끄덕였다. 답을 미룬다고 해서 해결될 일이 아니었다. 어차피 정면으로 부딪쳐야 했다. 쓸 수 있는 모든 것을 써서 말이다.

"제가 졌습니다. 역시 국정을 논하시는 폐하께 감히 여인의 몸으로 이길 생각을 한 것은 아니었지만 말입니다."

"내 그대와 승부를 겨룰 생각은 추호도 없는데."

휘강이 씁쓸하게 웃으며 고개를 내저었다. 제가 졌다며 고개를 내젓는 려화의 말은 그러니까, 결국엔 휘강이 제 속셈을 맞추었다는 긍정이었다. 서로에게 졌다는 생각을 하는 두 사람 사이로 어색한 미소가 오고 갔다.

"폐하께 후궁으로 삼아 달라 부탁하고 싶은 이는, 회임한 궁녀입니다."

일순 휘강의 얼굴이 딱딱하게 굳었다. 그는 려화를 마주한 이후 단 한 번도 궁녀를 안은 적이 없었다. 그런데 려화는 회임한 궁녀라 하였다.

휘강이 어찌 생각하든 궁녀는 황제의 여인들이었다. 려화는 국법을 어기고 지아비인 휘강이 아닌 다른 사내와 통정한 여인을 후궁으로 삼으라고 얘기하고 있었다.

그것도 단순히 통정하는 것으로 끝난 게 아니라, 사내의 아이를 가진 궁녀를 말이다. 려화의 뜻이 읽혔다. 려화는 궁녀와 그녀의 아이까지 전부 휘강의 아래에 들일 생각이었다.

그는 안 될 일이었다.

휘강이 전에 없이 싸늘한 얼굴로, 단호하게 입을 열려던 찰나였다.

"더해, 예비궁녀 시절 저를 도와 폐하와 제가 만날 수 있도록 해 주었던 저의 동기입니다."

휘강의 표정이 묘해졌다. 려화의 얼굴과 그녀의 목소리에 고인 간절함이 잠깐이나마 휘강을 멈춰 세웠다.

공영을 만나야 하나 섣불리 들켜서는 안 됐다. 하여 려화는 매일 같이 황궁 안을 산책하며 돌았다. 우연하게라도 공영을 만날 확률을 높이기 위해서였다.

산책길에서 마주치는 자들은 려화를 묘한 눈으로 바라보았다. 뒤섞인 감정에서 가장 확실하게 비치는 것은 려화를 꼴불견으로 여기는 마음이었다.

감히 황제궁에서 온전히 밤을 보내고 나오는 그야말로 총애의 끝이라 할 모습을 보였다. 더군다나 처음 근본도 모를 죄인 계집이라 여겨졌던 것조차, 이제는 도국 전역에 홍련이 만개한 일 이후 종식된 지 오래였다.

도국 전역이 려화의 이름은 모르나 채선궁으로부터 홍련이 시작됨은 알았다. 려화가 누구인지까지 입에 오르내리진 않았으나, 채선궁의 주인을 세간에선 홍련부인이라 부르기까지 하였다.

그러나 휘강이, 려화 본인이, 또한 노 시중이 각자의 이유로 그녀의 본 신분을 밝힐 마음이 없으니 여전히 그녀는 근본을 알 수 없는 한미한 신분의 여인이었다. 이제 궁녀조차 아니고, 내명부의 궁녀부에서도 조용히 이름이 삭제되기까지 하였다.

그런 려화를 휘강은 죄인의 신분을 벗겨 주다 못해 여전히 궁에 두고 있었다. 그러니 도국 전역에서 려화가 홍련부인으로 평판이 높다고 하나 궁 안의 분위기는 크게 달랐다.

휘강의 사람이 아닌 모든 신료가 신분도 불분명하고, 황제를 모욕하는 죄를 지었다 알려진 려화를 노골적으로 싫어했다. 더군다나 칩거 중인 황궁의 유일한 어른인 태황태후조차 후궁 후보 살해 건에 얽혔던 려화를 탐탁잖게 여겼다.

무엇보다 려화가 자주 마주칠 이들이라면 궁을 종종거리며 바삐 움직이는 궁녀들이었다. 이들은 자신이 따르는 황궁의 어른과 뒷배가 되어 줄 신료들을 따르니 응당 려화를 향하는 시선은 곱지 않았다.

궐 밖에서 려화가 홍련부인이라 불리며, 내막을 가볍게라도 아는 이들 사이에선 암암리에 하늘이 내린 황제의 반려로 여겨지는 것과는 몹시 달랐다.

그러니 지금 려화가 매일같이 궁궐을 산책하는 것을 황궁 안의 사람들은 과시로 여겼다. 황제의 옆자리를 공고하게 굳힌 총애의 과시. 그것을 꼴불견으로 여기는 것이었다.

하나 려화는 뭇 사람들의 시선과 생각을 신경 쓰지 않았다. 그것 말고도 신경을 곤두세워야 할 것들이 천지였다. 그중에 당장 시급한 것이 바로 공영을 만나는 것이었다.

공영도 같은 마음이었던 것이 틀림없다. 그리하여 비 오던 그

날 서로 마주했던 곳에서 두 여인은 다시 만났다.

려화는 공영을 발견하곤 저를 호위하던 은호와 뒤를 따르던 산여를 멀찍이 물렸다. 어차피 은호에게야 거리와 상관없이 이야기가 모두 들리리라 생각했지만, 은호는 휘강의 직속인 데다 충성심이 대단했으니 달리 큰 걱정은 없었다. 그저 공영이 편히 이야기할 수 있도록 배려한 것이었다.

"내가 널 찾았듯 너도 날 찾았니?"

공영이 려화를 보고 고개를 끄덕였다. 그러곤 뒤늦게 깍듯한 인사를 건넸다. 공영의 시선은 먼발치의 은호에게 꽂혀 있었다. 그녀가 황제의 사람임을 제대로 알고 있는 모양새였다.

"어찌 되었어?"

"너는? 네 마음은 어느 쪽인데? 그날의 대답은 유효하니?"

비장한 얼굴로 공영이 고개를 끄덕였다.

"내 계획을 똑바로 듣고도 바뀌지 않을 자신 있어?"

"그래."

"그렇다면……."

려화가 말을 끝맺지 않고 공영에게로 허리를 숙였다. 완전히 귓가로 다가가 속삭이지는 않았지만, 은호 정도가 아니면 절대로 듣지 못할 만큼 작은 목소리가 려화의 입을 타고 흘렀다.

그러나 그 작은 목소리는 어딘가 섬찟한 데가 있었다.

"네 딸과 너는 틀림없이 살아남을 거야."

"딸……? 아직 배도 부르지 않았는데 어찌 아이가 딸이라고……."

"딸이야. 제국의 영광을 이국의 왕족에게 전달할 수 있는 아리

59

따운 황녀로 자라겠지."

공영은 려화의 말이 품은 뜻을 깨닫고는 하얗게 안색이 질렸다. 자신을 황제의 여인으로, 아이를 황제의 아이로 만들겠단 소리였다.

어쩌면 홍복이었다. 황궁을 전부 채웠다가 도국 전역을 휩쓴 때 늦은 홍련의 축복이 자신을 향한 것이라 보아도 진배없었다. 다만 그 내막은 복과는 거리가 멀었다.

황제의 아이로 자란다 한들, 사내아이는 있을 수 없다는 뜻이었다. 만일, 사내가 태어나더라도 여인으로 자라야 하리라. 어쩌면 어릴 때 씨를 뿌리지 못하도록 거세당할 수도 있었다.

자신과 태어나지도 않은 배 속 아이에게는 한없이 잔인한 말이었으나, 공영은 그것이 최선임을 깨닫지 않을 수 없었다.

황제가, 자기 씨가 아닌 것이 확실한 아이까지 거두는 것을 윤허했다.

그러니 얼마간의 위험과 손해는 공영 쪽에서도 감수해야 했다. 그러나 섣불리 대답이 입 밖으로 나오지 않았다.

차라리 아이가 정말 딸로 태어난다면 다행이었다. 하나 아들로 태어난다면 사내의 정기를 가지고 치마폭을 두른 채 제 양기를 누르고 살다가 죽는 게 과연 행복할까.

기실 딸이라고 하여도 완전히 행복하지는 못할 것이었다. 려화의 말인즉슨, 아이가 딸이라도 이국의 왕족과 국혼을 치르게 하여 도국에 오래 발붙이지는 못하게 하겠다는 뜻이었다. 려화의 입을 통했으나 공영은 어쩌면 휘강의 의견이리란 생각이 들었다.

그러나 배 속의 아이라도 살려 보려 발악하던 것이 얼마 전이었다. 공영은 자신이 커다란 것을 얻는 만큼, 포기해야 하는 것도 있음에는 수긍했다.

다만 궁금한 것이 있었다.

"이렇게라도 나와 아이를 살려 주려 하니 고마워. 다만…… 누구의 계책인지가 궁금해."

"중요하니?"

공영이 고개를 끄덕였다. 황제의 씨가 아닌 아이를 황제의 자식으로 키우겠다는 기상천외한 계책을 짠 것부터, 그리 자란 아이를 도국에서 떨어뜨릴 방법까지 전부.

황궁 생활과 노 시중의 끄나풀로 살며 곁눈으로 배운 황제의 생각이라기엔 너무 온건했다. 거기다 제왕학을 배웠을 황제가 자진하여 제 씨도 아닌 아이를 품으려 할까.

그러나 공영이 아는 려화가 짠 계책이라 보기에는 또 너무나 과격하였다.

려화가 자신을 직시하는 공영을 마주 보았다. 그러나 려화의 시선은 공영의 어깨보다 좀 더 먼 쪽을 향하고 있었다. 그곳에 누군가가 있다기보다는, 생각에 잠긴 것이었다.

'대관절 나는 그대를 이해할 수 없음이다. 어찌 짐이 아닌 다른 씨를 수태한 여인을 후궁으로 삼으라 할 수 있는가?'

'제 벗을, 그 아이를 살리고자 하였더니, 이 방법이 떠올랐습니다. 이것이 최선이었습니다.'

휘강은 담담하기 짝이 없는 려화의 표정에 제가 대신 깊은 한숨을 내쉬었다. 복잡한 머리를 부여잡고 미간을 찌푸린 휘강이 도무지 이해할 수 없다는 듯 물었다.

'나와 도국의 안위는 생각나지도 않더냐? 대체 그 궁녀가 누구기에 그리 돕는 것이냐? 예비궁녀 시절 너를 도왔다고? 그러나 일이 벌어지고 나서야 네가 후처리를 하는 것이라면 지금 네 곁에 있는 아이는 아닐 터, 그만큼 소원한 사이였던 게 아니냐? 대체 네 박애주의의 끝은 어디지?'

'박애주의자는 아닙니다.'

'네가 만민을 사랑하지 아니한다니 어미 품에 안겨 자는 팔삭동자도 웃을 소리다.'

휘강이 퍽 오랜만에 신랄한 소리를 뱉었다. 그에도 려화는 그저 희미하게 웃으며 단정한 얼굴로 휘강을 바라볼 따름이었다.

휘강은 제 품에 그냥 가려지는 저 작은 몸뚱이에 들어찬 의중을 읽고자 하였다. 하나 도무지 읽히지 않았다. 언제부터 려화가 이리 어려워졌던가.

연모하는 마음으로 그녀의 일거수일투족을 알고자 하여도 정작 한길 마음속은 전보다 더욱 알 수가 없음이니. 사랑이 자신의 눈을 가렸던가.

'구하고자 하는 것은 벗보다는 태어나지 않은 태중의 아이일 것입니다. 사랑하는 것 또한 친우보다 미래에 태어날 그 아이일 것입니다.'

담담하지만 폐부를 찌르는 려화의 말에 휘강은 려화를 탐색하기라도 하듯 뚫어지게 바라보던 시선을 거두었다. 죄책감이 눈에 보일 듯한 답답한 공기가 되어 휘강의 목을 죄었다.

무엇보다도, 담담하게 말을 꺼낸 려화 또한 제 말에 상처라도 받은 듯 말간 눈동자에 그림자가 찾아들어 먹빛으로 잠겼다.

'폐하, 황의를 통해 폐하께서도 들으셨겠지요. 저는 이제 아마도, 아이를 갖지 못할 것입니다. 제게 생명이 찾아온 것도 모르고 그것을 놓쳤지요. 비록 폐하께는 아이를 가질 생각조차 없다고 말한 적이 있었으나, 잃은 아이는 기실 지금조차 가슴에 사무칩니다.'

'려화⋯⋯.'

휘강이 먹먹한 목소리로 려화를 불렀다. 그녀의 아픔을 그가 대신 표현하기라도 하는 듯 보였다. 담담한 표정이 더욱 아파 휘강은 이제 차마 려화를 바라보지조차 못하였다.

'과거 소녀를 도왔던 벗이, 비록 지금은 소원하다고 하나 배 속 아이를 지켜 달라 말했습니다. 그것으로 저는, 어쩌면 저의 가슴에 깊이 남은 상흔을 지워 보려 하는 것일지도 모릅니다. 나의 아이는 지키지 못했지만, 그녀의 아이를 지키는 것으로 말입니다.'

'⋯⋯차라리 궁녀와 수태한 아이를 빼돌려 지켜 달라 했으면 쉬웠을 것이다.'

'잃어버린 제 아이를 대신하여 벗의 아이가 커 가는 것을 지켜보려 합니다. 만일 제가 그날 아픔을 겪지 않았다면, 두 아이는 비슷하게 태어나 동기간으로 자랐겠지요.'

'대관절, 그대는.'

려화는 여전히 희미하게 웃고 있었으나, 그 미소는 파르라니 떨리고 있었으며 입술 안쪽의 얇은 살은 연신 잇새에 씹히고 있었다.

무엇을 참고 있는 것이겠는가. 슬픔이다. 말라붙어 채 토해 내지도 못했던 거대한 슬픔이 목구멍을 뚫고 나와 악의가 되고 울음이 되려는 것을 가까스로 참고 있는 것이었다.

'그리고 황궁 밖은 위험합니다. 폐하께서도 손을 뻗어 다 감 싸기에는 너무 크고 거대한 도국 아니겠습니까.'

'어차피 짐이 도망친 궁녀를 쫓지 않겠다고 하면 될…… 가만.'

려화가 제 벗을 지키려는 대상은 오로지 황제에게서만은 아 니었다. 이리 복잡하게 일을 꼬아서 해결하려는 이유가 있었다. 휘강의 머릿속이 복잡해졌다. 가슴은 더욱이 답답하게 눌렸다.

'노 시중이 부리던 계집이냐?'

'……그렇습니다.'

'그렇군. 그대가 장신구의 일부터 신분에 이르기까지 전부 알 게 된 이유가 거기에 있었어. 한데 그런 자를 후궁으로 삼으 라…….'

'이제 노 시중의 사람이 아닙니다.'

휘강이 고개를 내저었다.

'단언할 수 없다.'

'아이를 품은 어미의 마음입니다. 제가 읽은 진심을 저는 믿 습니다.'

'사람의 마음은 간절함을 잃으면, 그 위기에서 벗어나면 부패 하기에 십상이다.'

'폐하…….'

'거기다 황실에서 황족의 피가 한 방울도 섞이지 않은 아이를

직계 황족으로 키우는 일이다. 허할 수 없다. 만일 아이가 사내라면 어찌할 것이냐?'

휘강은, 려화가 앞뒤 가리지 않고 궁녀와 아이를 살릴 생각만 하여 거기까지는 떠올리지 않았겠거니 생각했다. 하나 그의 예상은 틀렸다.

'어떻게 태어나든 후궁의 황녀로 키우면 됩니다.'

'뭐라?'

'제 벗의 배에서 나온 아이는 무조건 여인으로 자랄 것이라고요. 그래야만 하지요. 저도 황실의 진짜 맥을 끊어 놓을 만큼 생각이 없지는 않습니다.'

휘강은 제 눈앞의 여인이 려화가 맞는지 다시 살펴야 할 것만 같았다. 사내아이가 태어나도 여인으로 키우겠다는 것은, 아이를 아껴 주기 위해 곁에 두고 보겠다는 아까의 언사와 정반대로 대치되었다.

'사내를 여인으로 키운다는 게 어떤 의미인지 아느냐?'

'아이가 어른으로 자라기 전에 퇴궐시켜 신분을 바꿔 줄 수 있다면 좋겠습니다.'

동문서답처럼 들렸으나, 휘강의 의도를 제대로 파악하고 뱉은 답이었다. 사내가 여인의 태를 가지고 자라려거든 사내가 되는 흔적이 나타나선 안 되었다. 수염도, 넓어지는 어깨도, 굵어지는 목소리도 전부 아이의 인생에 없어야만 했다.

려화의 답은, 그렇게 되기 전에 아이의 신분을 바꿔 제 성별을 찾아 줄 수 있기를 바란다는 뜻이었다.

'그리 간단한 일이 아니다. 차후 나의 행보에 따라, 그 아이가 유일한 황실의 손으로 자랄 수도 있어. 그렇다면 그놈이 황제가 되겠다고 설치지 않으리란 확신이 없지 않으냐.'

'그것은…… 그때쯤이면 폐하께서도 후사를 보셨겠지요.'

'네 생각은 그러하냐?'

려화는 대답도, 휘강의 시선도 피했다. 려화와 이야기를 나누며 연신 한숨을 뱉어 내던 휘강의 한숨이 어느 사이 뚝 그쳤다.

처음 후궁을 맞으라 말했을 때는 려화가 야속했다. 저를 연모한다는 사내에게 다른 여인을 부인으로 맞으라는 소리가 그리 담담하게 나올 수 있는가 하여 염치없지만 야속하기도 했다.

더해서 다른 여인을 던져 주고 도망가려 하는 것인가 하여 두려우면서도 괘씸했다.

하나 설명을 찬찬히 들으면서 따져 보니 진정 려화는 자신의 말대로 궁에서 도망칠 생각은 없었다. 되레 궁에 있는 것이 가장 안전함을 누구보다 잘 알고 있는 듯하였다.

다만 어째서 그렇게까지 후궁을 맞게 하길 바라는지 도통 이해가 되지 않았다. 그리하여 상식선의 사람이라면 친구를 구하기 위함인가 하여 그를 물었더니, 친구를 구하기 위해서는 아니라는 답을 들었다.

려화가 그녀답지 않다는 생각을 하기가 무섭게 지난날 지었던 죄로 가슴이 쥐어 터지는 것 같았다. 육신은 하나의 해도 입지 않았으나, 사람이 이리 마음만으로 괴로워 가슴을 쥐어뜯고 싶어질 수도 있음을 처음 깨달았다.

떠나보낸 아이를 반추하며 깊어지는 려화의 그림자에 자신의 죄를 곱씹으며 후회를 더했다. 지금조차 울지 못하는 려화를 어쩌면 좋을까, 그리 생각하며 저 또한 입술을 깨물었다.

반면에 마음이 울렁거리기도 하였다. 려화가 자신을 믿기에 제 벗을, 그리고 본인 또한 지켜 달라 제게 의탁하는 것처럼 여겨져서 말이다. 그리하여 죄책감을 느끼면서도 범람하는 감정이 기꺼웠다.

그러다간 궁녀가 노 시중의 사람이었다는 것을 알게 되고는 또 한 번 감정이 일변했다. 아니, 감정이 격양된 것은 그보다 조금 뒤였다.

그녀는, 도휘강을 믿으면서도 믿지 않았다. 자신을 지켜 줄 것이라 여기면서도 그의 감정이 끝까지 자신을 향하리라 믿지 않았다.

감정의 문제를 떠나서도 황제라는 자리가 언젠가는 황후를 반려로 들이고 후사를 보리라고 확신하고 있었다.

몹시 분노가 일고 속이 답답했으나, 반박할 수가 없었다. 려화에게 차마 자신의 반려가 되라, 그 가시밭길을 걸으라 할 자격이 제게는 없었으니 말이다.

더해, 만일 려화가 그를 허해 려화를 황후로 삼더라도 그녀에게서 후사를 볼 가능성은 없다시피 했다. 자신이 려화를 그리 만들었다. 애초에도 아이를 가지기 쉬운 몸은 아니라 하였으나, 희망마저도 꺾일 유산을 겪게 만든 것은 자신의 과오였으니 말이다.

'그대의 뜻대로 하겠다.'

그러니 휘강의 대답은 정해져 있는 것이나 진배없었다.

'후궁을 들이고, 네가 말한 이점을 취하겠다. 그것이 그대를

좀 더 안전하게 만들 길일 수 있으니.'

그러나 어쩐지 휘강의 목소리는 서글픈 체념 조였다. 려화조
차 느낄 수 있을 정도였다.

'내 그 길을, 피하지 않겠다.'

*
**

노 시중의 얼굴에 오랜만에 웃음꽃이 피었다. 그의 앞에 앉은
홍덕권의 표정 또한 전에 없이 밝았다.

바로 며칠 전까지만 해도 황제궁을 매일같이 들락이던 려화
덕에 시체처럼 죽은 낯빛을 하고 있던 둘이었는데 말이다.

그럴 만한 이유가 있었다.

이틀 전 황제궁에서 큰 소리가 들렸다. 휘강이 진노하여 일갈
하는 소리이자, 그에 려화가 지지 않고 대거리하는 소리였다.

이후 황제궁을 향하던 려화의 걸음이 뚝 끊겼다. 휘강의 침소
에서 밤을 보내고 햇빛 찬란한 오전에 채선궁으로 돌아가던 기
행이 완전히 끝이 난 것이었다. 둘 사이의 기류가 심상치 않았다.

휘강이 려화를 황제궁으로 들이면 믿을 만한 사람이 아니고선
궁녀도 환관도 전부 멀리 물리니 진정 무슨 일로 둘 사이가 틀어
진 것인지는 알 수 없지만 말이다.

"황궁 안에서 감히 국법과 강상의 도리를 무시하고 황제궁을
드나들던 모습을 보지 않게 되었으니 이것만으로도 화통하지 않
겠습니까."

"그렇다고 무턱대고 안심할 수는 없네."

"물론 시중 어르신의 말씀대로 긴장의 끈을 완전히 놓을 수야 없겠지요."

홍덕권의 대답이 마음에 차는 듯 노 시중이 흐뭇한 얼굴로 고개를 끄덕였다. 그러나 노 시중이야말로 안심이 너무 일렀다.

"다만, 시중 어르신께서 가진 비장의 한 수를 꺼내지 않고 일이 끝날 수도 있겠으니 기쁘기 한량없습니다."

노 시중의 얼굴이 딱딱하게 굳어졌다. 홍덕권은 어찌 그리 놀라시냐는 표정으로 눈을 동그랗게 뜨고 노 시중을 바라보았다.

"무슨 뜻인가? 이 노인에게 무슨 수가 있다는 것이지?"

"어르신께 가까이 부름받아 지낸 것은 얼마 되지 않았으나, 제가 보는 어르신의 성향이 그러했습니다. 절대로 한 가지 수만 가지고 일을 논하지 않으시잖습니까?"

"자네가 나를 잘 아는군. 다만, 그 외에 다른 뜻이 있어선 안 될 것이야."

"여부가 있겠습니까?"

노 시중은 홍덕권의 대답을 그대로 믿지 않았으나, 우선은 자신의 노파심을 잠시 덮고 넘어갔다. 지금 홍덕권을 파 보았자 긁어 부스럼이 될 것 같았기 때문이었다.

작금 신료들은 후궁 후보 살해 사건 이후 여전히 찢어진 채였다. 파벌이 조각조각 찢어진 와중에 자신에게 가장 힘을 보태 주는 홍덕권을 우선은 믿어야 했다.

노 시중은 영민하게 구는 홍덕권이 마음에 찼으나 반면에 불안하기도 하였다. 문득 노 시중은 육관역을 떠올렸다. 지금은 완전히 풍비박산하여 도국의 귀족들 사이에 육씨 성을 가진 자는 모조리 사라지다시피 했지만, 그가 멀쩡하던 당시는 가문을 잘 유지하고 있었다.

어찌 가문의 성세를 유지했나 싶을 정도로 아둔한 데가 있었으나, 대신에 제 꿍꿍이속을 완전히 숨기지는 못했던 자였다. 단순하여 쓰기 좋으며, 후궁 사건 이전까지만 하더라도 충심을 의심할 필요가 없었던 오른팔이었다.

홍덕권은 육관억과는 정반대였다. 계책을 짜고 토론해 발전을 시키는 일에는 효율적이었으나, 간혹 이리 도통 그 속을 알 수가 없었다.

홍덕권은 지금도 노 시중의 속이 읽히는 것처럼 태평하게 웃었다. 그러고는 예상대로 화제를 전환하였다. 꼭 필요한 이야기라서 이전의 이야기로 되짚어 돌아가기도 모호하게 말이다.

"그나저나 이리 폐하와 그 계집의 거리가 벌어졌을 때 저희가 쐐기를 박아야 하지 않겠습니까? 혹, 어르신께서 생각하시는 바가 있으신지요?"

"글쎄……."

노 시중은 홍덕권의 앞에서 입을 열어야 할지 말아야 할지 고민하며 턱을 쓰다듬었다. 이전보다 더욱 새하얗게 센 수염은 그가 얼마나 많은 세월을 짊어졌는지 보여 주었다.

살날이 얼마 남지 않아서인가, 아니면 믿었던 육관억에게조차 뒤통수를 맞고 조심성이 과해져서인가.

홍덕권이 짐짓 서운한 기색을 감추지 못하고 말했다.

"아직도 절 못 믿으십니까?"

노 시중이 고개를 저었다. 아무리 생각해도 홍덕권은 육관억과 대척점에 있었다. 그러니 육관억처럼 헛짓을 하여 그나마 얼마 남지 않은 자신의 휘하를 찢어 놓을 걱정은 없었다.

그를 완벽히 신뢰하지 못하게 하는 의심은 노 시중 안에 여전하였으나, 우선은 황제를 원수로 여긴다는 홍덕권의 진심을 믿기로 했다.

만일, 그가 다른 마음을 품고 있다고 한들 자신을 벼랑 끝까지 몰 깜냥은 안 되리라. 노 시중의 눈은 형형하게 홍덕권을 바라보았으나, 그의 목소리는 평이하게 홍덕권이 원하는 답을 늘어놓았다.

"아닐세. 태황태후마마께서 후궁 후보를 불러들였을 때 일어났던 사건의 충격에서 벗어나셨는지 좀 알아보아야겠네."

노 시중의 말에 홍덕권이 눈을 빛냈다. 이리 한마디를 해도 홍덕권은 금세 그 저의를 파악하고 본질을 찔러 왔다.

"그분을 움직여서 계집을 완전히 쫓아내 버릴 작정이시군요."

"그렇다네."

노 시중의 나긋한 긍정에 홍덕권은 시원스레 웃으며 손뼉이라도 치고 싶은 듯 대신해 제 무릎을 툭툭 두드렸다. 격의 없는 행동이었으나 노 시중은 그를 책하지 않았다.

어쨌든, 그의 곁에 남은 측근 중에 영리하게 움직이는 쓸 만한 말은 홍덕권뿐이었으니 말이다.

"훌륭하십니다. 시중 어르신께서 원하시는 바대로 전부 이루어질 것입니다!"

노 시중이 의식 없이 느리게 고개를 끄덕였다.

"그래야지. 꼭 그리되어야지……."

아니, 노 시중은 반드시 제가 원하는 대로 상황을 끌고 나갈 자신이 있었다. 연락은 끊겼을지언정 여전히 태황태후전에는 그가 준비한 약이 들어가고 있었다.

태황태후의 신경 줄은 노 시중이 쥐고 있는 것이나 다름없었다.

**

약속된 장소에서 우연인 것처럼, 사내와 여인이 마주했다. 배속에서 아직 고동조차 느껴지지 않을 아이를 품은 여인은 무감정한 손길로 자신의 손을 이끄는 사내의 뒤를 따르며 애써 눈물을 참았다.

**

황제가 궁녀에게 승은을 입혔다.

당대 황제에게서는 영원히 없을 것만 같았던 일에 황궁에 파란이 일었다. 있을 수 있는 일이 벌어진 것이건만 사람들은 조용한 호들갑을 떨었다. 아무렴 황제의 일이므로 대놓고 입을 놀리고 다닐 순 없는 까닭이었다.

그러나 궁녀부터 환관, 신료들에 이르기까지 둘 이상이 되기만 하면 황제의 승은을 입은 궁녀에 대해 떠들기 바빴다. 종종채선궁의 주인인 려화의 이름 또한 끌려 나왔다.

특히 신료들끼리 이야기를 나누거든 반드시 려화의 이야기가 뒤따랐다. 드디어 황궁의 격을 떨어뜨리는 눈엣가시 같은 여인에게 폐하의 관심이 떨어져 나오겠구나, 하고 말이다.

기실 이리 묘하게 들뜬 것도 같고 혼란한 것도 같은 황궁의 분위기를 채선궁도 피하지는 못했다.

불안감과 다른 무엇이 섞인 묘한 기류가 채선궁을 휘돌았다. 뒷말이 나도는 것을 세야가 나서 단속했지만 그때뿐이었다.

산여는 다른 궁녀들과 말을 섞어 몸소 이 분위기를 체험할 일은 없었으나, 그저 분위기만으로도 불안함에 떨었다.

채선궁에서 정말로 평정을 유지하고 있는 것은 려화와 은호 정도였다.

"무슨 걱정이 그리 많아?"

"언니······."

산여가 언니는 걱정도 안 되냐며 묻고 싶은 마음을 꾹 참았다. 저 속이야 모르겠지만, 불안해도 당사자인 려화가 더 불안하리라. 하여 산여가 비 맞은 강아지 같은 눈으로 려화를 바라보았다. 려화는 그런 산여를 바라보다가 손짓으로 불러 제가 앉은 탁상 맞은편에 그녀를 앉혔다.

"폐하께서 날 내치실까 두렵니?"

직선적으로 치고 들어오는 질문에 산여가 차마 답하지 못하고 입을 꾹 다물었다. 그러곤 시선마저 내리깔며 치마를 붙잡는 것이 입으로 뱉는 긍정보다 더욱 강하게 와닿았다.

려화가 실소 섞인 한숨을 내뱉었다. 아는 사람이 많아 좋을 것이 하나도 없는 일을 벌이고 있었다. 그러니 산여에게도 말을 조심하는 것이건만, 이 어린아이는 속을 모르니 전전긍긍했다. 그렇다고 지금 와서 산여에게 뒷사정을 모두 이야기할 생각은 없었다.

산여를 못 믿는 것은 아니었다. 다만 자신뿐 아니라 공영과 공영의 태중 아이까지 얽힌 일이었다. 고의가 아니라도 산여의 태도나 행동에서 안심하고 있는 티가 난다면 누군가에게서부터 뒷말이 나돌지 몰랐다.

지금 당장은 채선궁조차 피해 가지 못한 이 불안한 분위기가 필요했다. 그러나 이로 인해 산여가 진심으로 걱정하고 힘들어하는 모습은 려화에게 적잖이 마음 쓰이는 일이기도 했다.

곰곰이 고민하던 려화가 입을 열었다.

"이번에 승은을 입은 궁녀의 이름을 아니?"

"들었지. 이 궁에 그 이름을 모르는 사람이 지금 있겠어?"

"일전 우리가 채선궁에 당도해 처음 산책하러 나갔을 때 마주쳤던 궁녀를 내 동기라 소개한 적이 있었지. 기억나니?"

"어……."

산여가 곧장 고개를 끄덕였다. 려화의 말대로 그녀와 첫 외출 때에 마주쳤던 궁녀이자, 자신도 아는 얼굴이었다. 산여는 공영이 려화에게 궁에나 박혀 있으라며 서늘한 목소리를 내던 것마저 뒤늦게 떠올렸다.

저를 아껴 주는 언니이자 저 또한 친동기처럼 따르는 려화에게 날을 세웠던 사람이다. 산여의 얼굴이 다소 굳어졌다.

"응, 기억나. 그 사람이야?"

"맞아. 나와 동기간이었던 궁녀야."

산여에게 공영은 아는 얼굴이긴 하였으나 가까운 사이는 아니었다. 지나며 인사를 올린 적은 있었지만 자신은 장인서, 공영은 태황태후를 모시는 여어의 아래에 있다가 지금은 여사의 아래에 있었다.

접점이 없으니 기억은 오래 남지 않고 삽시간에 흩어졌고, 더군다나 황제의 승은을 입었다니 너무나 멀게 느껴져 마주한 얼굴이라곤 생각지도 못했다.

한데 려화가 되짚어 주니 기억이 나긴 했다. 다만 동기간이었다고 하여도 만인지상의 황제를 앞에 두고 그녀가 려화의 편의를 살펴 줄 것 같지는 않았다. 지난 마주침 때에도 싸늘한 말을 던지기나 하지 않았던가.

산여의 얼굴에 고인 수심은 여전했다.

"나쁜 이는 아니야. 자신이 불안하다고 날 내칠 성정 또한 아니고. 너무 걱정 마."

"얼마 전에 언니가 폐하와 큰 소리가 났다고도 하니까 걱정이 돼. 미안해 언니……."

"폐하께서는 언제나 변덕이 심하시고……. 언젠가 또 날 찾으시겠지. 불안해한다 한들 바뀌는 것은 없고, 네가 생각하는 것처럼 큰일이 날 일도 없어."

"하지만……."

산여가 입술을 깨물며 말을 흐렸다. 때마침 세야가 낮것을 들고 들어왔다. 밖에서부터 이야기가 들려왔는지, 세야는 탁자에 소반을 내려놓으며 한 마디를 보탰다.

"나도 아랫사람들을 단속하고 있지만, 산여의 생각에 동의해. 그리고 폐하도 폐하지만……. 공영이 그런 성정이 아니라고?"

"세야."

세야의 날이 선 목소리에 놀라 려화가 그를 나무라듯 그녀의 이름을 불렀다. 그러나 세야는 아랑곳하지 않고 말을 이었다.

"우리 동기들 다 천성이 나쁜 사람은 없긴 해. 하지만 권력이나 야욕 앞에서도 그리 착한 사람은 말이야, 려화 너뿐일걸?"

"굉장히 확신에 찬 말투로구나."

"그 아이만큼 냉정한 이가 또 없을 거야. 내가 곤란한 일이 있어 청을 하러 갔을 때, 만나 주지도 않던걸."

사감이 가득한 목소리였다. 한데 궁에 잘 적응하고 사는 줄 알았던 세야에게 곤란한 일이 있었다는 것은 처음 알았다.

려화 자신의 사정이 이중 가장 편치 않았으니, 아마 세야가 말을 아낀 것이리라. 다만 이제라도 알았으니 그 곤란이 무엇이었는지 궁금하고 마음이 쓰였다.

더해, 려화는 공영이 행동하는 바에 있어 차갑고 냉정한 것은 있으나 그 속까지 그리 냉정하지는 않다 여겼다.

도리어 속살이 여리고 연하지만 자신의 처지가 그런 마음가짐을 지녀선 안 되기에 더욱 날을 세우는 아이라고도 생각했다. 그런 공영이 세야를 만나 주지도 않았다?

대관절 세야의 곤란이 무엇이었기에?

"힘든 일이 있었구나. 아마도 내가 도움 주지는 못했을 때일 터인데, 궁에 살아남아 내 곁을 지켜 주는 것에 고마워."

"……그리 공치사 들을 정돈 아닌 것 같은데."

"무슨 그런 말을. 낮것, 오랜만에 우리 셋이 같이 들까?"

잠시 고민하던 세야가 고개를 끄덕였다. 공영에 대해서 할 말이 남았든가, 아니면 작금의 상황이 세야에게도 제법 걱정이었든가 하는 모양이었다.

세야가 셋이 먹을 수 있도록 식사를 더 챙겨 오고 탁자에 둘러앉았다. 대화를 위한 자리였지만 처음은 조용했다.

반쯤 배가 찼을 무렵 려화가 먼저 입을 열었다.

"폐하께서 승은을 입은 공영에게 첩지를 내리실까?"

려화의 나긋한 한 마디가 식사 자리에 파문을 몰고 왔다. 산여는 눈을 동그랗게 뜨고 려화를 바라보았고, 세야는 반대로 인상을 일그러뜨렸다.

"그랬으면 좋겠어?"

"그냥, 궁금해서."

"궁금할 게 따로 있지. 그 아이가 첩지까지 받는다는 건 곧 네 입지가 흔들린다는 거야!"

격렬하게 반응하는 세야를 살피며 려화가 시선을 내리깔았다. 처음부터 세야의 반응을 살피고자 꺼낸 이야기였다. 더해서, 이번에 공영이 승은을 입은 것에 자신이 관련이 없는 것처럼 확실히 꾸미기 위한 방편이기도 했다.

"내 입지란 공영이 아니어도 한 번도 위험하지 않은 적이 없었어."

"이번엔 다르지!"

"맞아, 언니! 이번엔 좀 달라. 그쵸, 세야 언니?"

산여의 맞장구에 세야가 급히 고개를 끄덕였다. 려화는 한숨을 폭 내쉬며 창밖으로 시선을 던졌다. 채선궁 사람이 아니라면 인적조차 드문 곳이건만 마치 누군가를 기다리듯이 말이다.

려화의 시선을 기다림, 그것도 휘강을 향한 기다림으로 해석한 세야가 입을 열었다.

"근래 계속 폐하를 찾아뵈었잖아. 오늘도 찾아뵈어 봐. 지금 당장이라도!"

"그럴 수 없어."

려화의 단호한 답에 세야가 정색했다.

"그럴 수 없다니?"

"과거의 일을 잊지 못해 폐하께 원망 섞인 말을 던졌다가 큰 호통을 들었거든."

깊은 한숨을 내쉬는 려화를 보고 세야가 얼이 빠진 얼굴을 하였다. 그러고는 마주 한숨을 내쉬는 산여를 흘긋 보았다가 려화를 보았다.

"네가, 그런 실수를 하였다고?"

"결국 다툼이 되긴 했지만…… 실수라니. 이게 실수일까?"

"널 돌봐 주시는 분에게 대들다니 실수지. 거기다 감히 폐하시잖아. 어찌 다투었다 할 수 있어?"

"그렇게 생각해?"

여전히 평온한 어조였지만, 어쩐지 려화의 말에 뼈가 있었다. 그 단호함에 세야도 더 입을 열지 못하고 꾹 다물었다. 그러나 눈빛만큼은 여전히 려화를 쏘듯 하였다.

려화가 먼저 세야의 시선을 피했다. 처음 공영의 이야기를 꺼내면서부터 걸리던 기분. 그 기분이 다시금 느껴졌다.

예비궁녀로 훈육 받고 완벽하게 궁녀다운 사고를 해서 그렇다고 쉬이 넘길 수도 있었으나, 어쩐지 까슬한 모래가 씹히는 기분이었다.

문득 공영의 처지가 다시금 떠올랐다. 거슬릴 것 없이 제가 타고난 끈을 붙잡고 빠르게 궁에 자리 잡은 그녀조차 윗사람의 명에 자신을 괴롭히는 데에 가담했었다.

예비궁녀 시절 세야는 려화가 한 번 대신 벌을 받아 준 적이 있을 정도로 실수가 잦고 행동이 굼떴다. 이제는 어엿한 궁녀가 되었으니 그런 모습이야 찾아볼 수 없었지만, 그렇다 하여도 세야가 해의 직첩을 받은 것은 꽤 빨랐다.

동기 중 아직도 일반 궁녀인 자들이 여럿이었다. 새로운 궁녀들이 들어오며 궁을 떠나게 된 자들도 제법 되었다. 궁궐은 쓸모가 없는, 모자란 자들까지 평생 감싸 줄 정도로 포근한 품이 아니었다.

세야가 저의 힘만으로 해가 되었을까?

자신의 의심은 타당한가?

"……산여도 세야도, 너무 조바심 내지는 마. 만일 폐하께서 공영에게 첩지를 내리신다면 그때 일은 그때 가서 생각하면 되지."

려화가 언제 세야를 압박했냐는 듯, 늦가을에도 찾아오는 찰나의 따사로운 햇살 같은 미소로 두 사람을 둘러보았다.

"만일, 일이 그리된다면 내 너희를 지키기 위해 폐하의 앞에서 발가벗고 오체투지를 해서라도 이 질긴 목숨 이어갈 테니 말이야."

***

휘강이 오랜만에 태황태후전을 찾았으나, 몹시 공교롭게도 선객이 있었다. 태황태후가 후궁 살해 사건 이후 칩거하여 아무도 만나지 않고 있었거늘, 하필 이리 날이 겹쳤다.

휘강은 문안조차 거부할 정도였던 태황태후가 사람을 만날 여유와 정신이 아직 남아 있다는 것이 기꺼웠다. 그러나 하필 이리 궁이 조용한 요란을 떨던 때에 첫 손님을 맞이한 것만큼은 떨떠름했다.

황제이기에, 태황태후와 선객을 무시하고 태후전으로 들어도 좋았으나 휘강은 잠시 기다리는 것을 택하였다.

얼마 지나지 않아 선객이 태후전에서 나왔다. 태황태후에게는 조카손녀가 되는 어사대부의 딸 곽인령이었다.

"감히 도국의 옳은 길이시며 빛이신 폐하를 뵈옵니다."

"인사는 되었다. 웬일로 궁을 찾았지?"

"그것이……. 태황태후마마께선 저에게 높디높은 황실의 어르신인 것이 사실이지만, 그에 앞서 멀어도 핏줄이라고 이모할머니이시지 않겠습니까. 하여 아무도 들이지 않고 홀로 계시는 것이 퍽 외로우시지 않을까 싶어……."

"그래서 말벗이 되어 드리고자 찾아왔다?"

곽인령이 대답을 대신해 고개를 깊이 숙였다. 그것으로도 충분히 긍정의 대답이 되었거늘 휘강의 시선은 쉬이 거둬지지 않았다.

조정 신료들과 황궁의 담이 두꺼워 휘강이 광증을 지닌 황제라는 사실은 황궁 밖이나, 전쟁터가 되었던 지역의 사람이 아니라면 잘 알지 못하였다. 그러니 곽인령에게는 준수하고 조금 난

폭하나 백성을 생각하는 어진 황제가 저를 바라보는 상황이 되었다.

아비인 어사대부는 혹 황궁에서 황제를 마주치더라도 먼저 마음을 빼앗기지 말라, 그를 사로잡을 자신이 없거든 반드시 그래야 한다 하였다. 그랬음에도 곽인령의 볼은 발갛게 달아올랐다.

"네 마음이 어여쁘니 어사대부가 좋은 아비임을 알겠다."

인사치레에 가까운 휘강의 칭찬에도 곽인령은 여전히 볼을 붉히고 어찌할 바를 몰랐다. 다만 휘강의 말은 그로 끝이 아니었다.

"다만 어떠한 이유이든 앞으론 사사건건 황궁을, 그것도 최고 어르신인 태황태후마마를 찾아서는 안 될 것이다."

준엄하고 날이 선 목소리였다. 소녀다운 착각에 빠져 홍조를 띠었던 곽인령의 얼굴이 삽시간에 희게 질렸다.

"며, 명심하겠습니다."

"물러가라."

휘강의 축객령에 곽인령의 걸음이 다급해졌다. 귀신을 속일 것이지 감히 자신의 눈을 속이랴, 조카손녀인 곽인령이 처음 태황태후를 찾은 시점부터가 공교로웠다.

분명 저 뒤에 어사대부, 어사대부의 뒤에는 노 시중의 간교한 뜻이 숨어 있을 것이었다.

'다만, 어사대부라면 지난 일로 노 시중과는 길을 달리했을 것인데……. 관계가 있는지 다시 알아봐야 하겠군.'

휘강이 전음으로 기밀대에게 저의 뜻을 전했다. 그리고 더는 지체하지 않고 태황태후전 처소의 문을 열라고 명했다.

들어서자 태황태후는 무언가를 숨긴 것인지 움직임이 부산했다. 휘강의 눈에 거슬릴 만한 움직임이었으나, 그는 지금 사태를 파악하기보다는 잠시 두고 보기로 하였다.

그보다 지금은 당장의 목적이 더욱 급했다. 려화의 청을 들어 주기로 하였으니, 일이 틀어지지 않도록 최대한 빠르게 움직여야 했다. 공영이라는 궁녀가 이미 회임 사실을 알고 려화와 접하였으니, 못 잡아도 아이는 이미 석 달이 가까워 오리라.

황의의 의견도 휘강의 생각과 같았다. 두 주 새 벌써 아기의 겹 맥이 느껴질 정도로 달이 찼다고 하였으니 말이다. 휘강은 황의에게 사실의 함구를 명했다.

황의는 산달까지 공영의 곁에서 그녀를 돕고 산실청을 꾸리는 데까지 함께했다가, 목숨값을 대신해 가족들이 오 대는 먹고 살 재물을 받기로 하였다.

밑바탕은 깔아 놓은 셈이다. 아직 공영의 회임 소식은 아무도 모르는 채였다. 이를 토대로 태황태후에게 말을 붙여, 태황태후가 직접 황궁의 큰 어른으로서 첩지를 내리게 할 작정이었다.

더해, 려화가 말한 대로 태황태후를 자신의 사람으로 완벽하게 바꿔 놓는 결과도 기대하였다. 휘강은 떨떠름한 얼굴로 자신을 바라보는 태황태후에게 가볍게 인사를 취하고 자리에 앉았다. 자꾸만 머릿속의 영특한 려화가 떠올라, 이 상황이 씁쓸하면서도 피식피식 웃음이 흘렀다.

"무슨 좋은 일이라도 있는 게요, 황상? 어찌 얼굴에 웃음꽃이 피었소?"

"하면 할마마마께선 조카손녀까지 만나 보시고는 어찌 얼굴이 어두우십니까?"

"내 얼굴이야 나이를 먹었으니 응당 얼굴빛이 죽었겠지요."

"그런 뜻으로 드린 말씀이 아닌 것을 아실 텐데요."

휘강의 말에 태황태후가 아직도 죽지 않은 선명한 눈빛으로 그를 직시했다. 속 깊은 여인의 눈빛은 그가 이 황궁 안에서 얼마나 한 많은 세월을 고고하게 버텨 왔는지 보여 주었다.

휘강은 우선 태황태후의 눈빛이 맑은 것에 안도했다. 마지막으로 태황태후를 마주했을 때, 정신이 맑지 못한 모습을 보았었기에 더욱 그러했다.

다만 완전히 마음을 놓지는 못하였기에 언제 다시 태황태후가 곱게 정신을 놓을지 걱정되었다.

지체할 이유가 없었다. 휘강이 입을 열었다.

"할마마마께서 얼굴을 펴실 만한 소식이 있습니다."

"우리 황상께서 후궁도 맞지 않으시고 혼례를 올려 황후를 맞지도 않으신데 어찌 이 할미가 얼굴을 펴겠습니까?"

"그와 관련한 소식이라면 믿으시겠습니까?"

전에 없이 태황태후의 눈이 커졌다. 세월을 이기지 못해 다소 탁한 기운이 있던 눈동자에도 빛이 번쩍였다. 엄청난 기대감에 휘강이 쓸쓸함을 숨기면서 말했다.

"무엇입니까? 황후를 들일 생각이십니까? 이 할미가 죽기 전에요?"

"그 기대는 채워 드리지 못해 죄송하군요. 다만 실망은 마십시오. 할마마마께 손자를 안겨 드릴 수 있을 듯하니 말입니다."

"손자를……!"

태황태후가 소녀처럼 두 손으로 입을 가렸다. 믿을 수 없다는 것처럼 눈을 크게 떴다.

"그게 사실입니까? 정말이에요, 황상?"

"감히 할마마마의 안전에서 거짓을 고하겠습니까?"

"대체 그 기특한 일을 해낸 여인이 누굽니까? 내 당장이라도 첩지를…… 아니, 잠시. 혹시 그 아이는 아니지요?"

거칠 것 없이 기쁨을 표현하던 태황태후가 기쁨을 누그러뜨리며 우려를 내비쳤다. 태황태후가 말하는 그 아이란 려화를 이름이었다. 아이를 수태했다는 것은 기쁜 일이나, 감히 황실을 모욕해 죄인이었던 여인의 태에서는 아닌 모양이었다.

휘강은 입에 모래를 가득 문 기분을 숨기며 웃었다. 그대로 고개를 가로저으며 태황태후의 질문에 답하였다.

"궁녀입니다. 여사의 아래서 일하는 궁녀라고 하더군요. 전에는 이 태황태후전에서도 일했다고 알고 있는데, 혹 이름을 들으면 할마마마께서 아실까 모르겠습니다."

"이 할미가 늙어서 눈도 정신도 많이 흐려지긴 했지만, 그래도 여사의 아래 들어가 육궁을 다스리는 일에 손을 보탤 정도로 기특한 아이라면 기억에 남았을지도 모르지요. 기특한 일을 또 해낸 그 아이의 이름이 무엇입니까?"

"제미공영이라 하더군요."

"그 아이라면……. 그래요. 기억에 있습니다. 어찌나 싹싹하고 눈치가 빠르던지. 그 아이가 해내고야 말았군요."

정말로 태황태후가 공영을 기억하는지 어떤지는 모르겠지만, 휘강은 그저 웃었다. 거짓된 기쁨이라지만 잠시나마 유일하게 남은 직계 혈육이 기뻐하는 모습이 휘강의 마음에 파문을 일으켰다.

이처럼 진득하게, 사람다운 마음을 알게 되고 느끼게 된 것은 려화를 향한 자신의 마음을 깨닫고 난 뒤부터였다.

이리 자신을 사람의 방향으로 이끌어 주는 려화이건만, 당장에 휘강은 려화를 위해 직접 움직일 수가 없었다. 더군다나 태황태후조차 려화를 꺼리니, 참으로 생각이 많아졌다.

그러한 씁쓸함과, 또 하나.

황후의 맑은 눈이 어느 순간부터 급히 흐려졌다. 소녀처럼 기뻐하는 모습은 여전하였으나, 구름 뒤에 숨은 듯이 사람의 이지를 찾아볼 수 없는 눈빛이 되었다.

"그러니까…… 우리 태자가 고집이 있어서 태자비는 싫다 이거지요?"

"……할마마마?"

"으음, 가만있자. 후궁이라도 좋지요. 첫 손주를 보게 생겼으니, 우리 태자가 어서 제위에 올라야 할 텐데요. 내 아들의 고집을 꺾지 못하는 못난 어미라 내 태자께 미안합니다."

목구멍에서 무언가가 울컥하고 치받았다. 또다. 또 태황태후는 세월을 거슬러 과거의 다른 때를 보고 있었다. 과거, 이 모습을 처음 접하였을 때는 태황태후가 잠시 그런 것이 아닐까 하였다. 유일하게 남은, 유일하게 그가 살려 둔 황실의 어른이 이리 쉬이 무너지지 않으리라 생각했다.

한데 두 번이었다. 한 번은 몰라도 두 번이나 태황태후가 무너지는 모습을 보았으니 휘강도 더는 태황태후가 온전하다 믿을 수가 없었다.

"……괜찮습니다. 제 미래는 누구도 끌어내리지 못할, 대단히 입지가 탄탄한 황제일 것이니 말입니다."

"내 태자의 말을 믿습니다. 암요, 그리될 것입니다. 이 할미가 그리되도록 지켜 줄 것입니다."

"그러니 당장은, 잊지 말고 할마마마의 손자를 잉태한 궁녀를 지켜 주십시오. 할마마마께서 직접 첩지를 내려 주시고 말입니다."

"내 반드시 그리하리다. 황후가 반대하여도 그리해낼 테니, 태자도 다른 걱정은 말고 반드시 황제가 되세요."

목이 메어 더는 말을 꺼낼 수 없었다. 어느 때보다 강렬한 감각이었다. 하여 휘강이 대답을 대신해 눈을 찡그리면서 고개를 끄덕였다.

태황태후는 멀쩡하지 않은 정신으로도 휘강의 슬픔을 읽어 내고는 고개를 갸웃거렸다.

"좋은 일로 할미를 보러 온 것인데 어찌 태자의 표정이 좋지 않을까요?"

"그럴 리가요. 소손이, 날이 건조해 그럽니다."

"한 해 전부터 강건하기 그지없었던 태자이건만 어찌 그럴까요? 이 할미가 좀 더 신경을 써야겠습니다. 황의의 진맥이라도 받으세요. 꼭이요. 알겠지요?"

황의의 진맥이라는 말에 휘강이 고개를 숙인 채 눈을 번뜩 떴다. 방 안을 채운 향이 평소 태황태후전에 사용하는 향과는 묘하게 달랐다. 은은하게 숨은 듯 퍼지는 달콤한 냄새가 뒤늦게 느껴졌다.

그것이 휘강의 예민한 신경을 거슬렸다. 곽인령이 다녀간 지 얼마 되지 않은 시각이었다. 분명 연관이 있으리라.

그리고 곽인령과 지금 냄새의 연관, 나아가 이것이 태황태후의 이상과도 연관된다면.

휘강은 가만히 있지 않을 생각이었다. 당장은 조용히 뒤로 일을 확인하더라도.

휘강이 그러한 제 속을 전부 숨긴 채, 태황태후를 보고 웃으며 고개를 끄덕였다.

이튿날 곧바로 지체할 것 없이 공영에게 첩지가 내려졌다. 다만 태황태후는 황실, 내명부의 최고 어른으로 공영에게 후궁 첩지를 내린 직후 다시 칩거했다.

황제인 휘강을 제외한 그 어떠한 객도 받지 않겠다고 밝혀 왔다. 휘강은 내심 그 칩거에 품은 뜻을 알고는 씁쓸한 입맛을 다셨다. 태황태후도 자신의 이상을 감지하고 있었다는 뜻이리라.

하여 태황태후는 처음으로 첩지를 받아 황제의 반려가 된 여인 공영의 인사조차 받지 아니했다. 보통이라면 이를 트집 잡아 공영을 헐뜯을 자들이 많았겠으나, 지금은 상황이 조금 달랐다.

지금까지 휘강에게는 격이 떨어지는 여인이라 할 수 있는 려화뿐이었다. 그에 반해 궁녀 출신으로 승은을 입었다 하여도 공영은 괜찮은 가문 출신에, 여러 신료와 손이 닿아 있기까지 했다.

더군다나 첩지와 함께 별궁을 받은 공영이 회임하였음까지 알려졌다. 상황이 이리되니 그 누구도 공영을 쉬이 건들지 못했다. 도국에서 유일하게 황제의 핏줄을 태중에 품은 여인이니 말이다.

그들은 감히 태황태후의 칩거와 공영을 엮지 않았다. 다만 앞으로 공영과 려화의 처지가 어찌 돌아갈지에 귀추가 주목되었다.

공영은 한동안 조용히 하사받은 별궁에 들어앉았다. 보통 황제의 눈에 들어 첩지를 받은 여인이 자신의 권력을 확인하기 위해 움직이는 것과는 다른 모습이었다. 그러나 그 이유가 회임한 지 얼마 되지 않은 몸을 다스려야 한다는 것이었으므로 아무도 이를 이상하게 생각하지 않았다.

그러했던 공영이 안정기에 들어섰다는 소식과 함께 가장 먼저 행한 일은, 바로 채선궁의 주인인 려화를 불러들인 것이었다.

그것도 그냥이 아니라, 정일품 숙비의 품계를 받은 부인으로서 품계가 없어 이름뿐인 부인이라 불리는 려화의 인사를 받겠다는 이유로 말이다.

려화는 정식으로 첩지를 받은 비빈이 아니니 그 어떠한 궁녀도 대동하지 아니하고 자신을 찾으라는 명은 덤이었다.

사람들은 공영이 오랫동안 황제의 총애를 독차지한 려화의 콧대를 눌러 놓기 위해 그리한다 여겼다.

"도아궁의 진정한 주인이신 숙비마마를 뵙니다."

려화가 공영을 향해 예를 취했다. 슬슬 불러 오는 배를 겹겹천으로 부풀린 치마로 숨긴 그녀의 뒤로 공영을 보필하는 궁녀셋이 준엄한 얼굴로 려화를 압박하고 있었다.

공영은 묘한 얼굴로 제 주변의 궁녀들과 함께 려화를 바라보았다. 인사를 곧장 받아 주지 않고 뜸을 들이는 것은 누가 보아도 총애받는 첩을 압박하는 본처의 모양새였다.

그대로 침묵이 이어지다가, 공영이 제 뒤의 궁녀들을 물렸다. 그들이 우려를 표하였으나, 공영은 설마 려화가 생각이 있으면 감히 황제의 씨를 품은 자신에게 위해를 가하진 않을 것이란 말로 일축하였다.

그리 려화와 공영, 둘만 남았다. 공영이 손짓으로 려화를 가까이 불렀다. 그녀의 눈시울이 붉었다. 려화는 주변을 섬세하게 살피면서 공영에게 다가가 치마폭 속에 숨은 부른 배에 조심스레 손을 올렸다. 그러곤 공영을 마주하며 웃었다.

"둘뿐이니, 말 편하게 해."

"그럴 순 없습니다."

"네가 계속 말을 높이면 내가 네게 면목이 없어."

"숙비 마마께서 제게 면목이 없을 이유가 없으시지요. 더군다나……."

려화가 잔뜩 목소리를 낮췄다.

"황궁에서는 쥐새끼도 벌레도 사람 말을 알아듣지 않습니까?"

속삭이는 려화의 목소리에 그제야 정신을 차린 공영이 굳은 얼굴로 고개를 끄덕였다. 려화가 말한 황궁의 쥐새끼와 벌레에 과거의 자신도 속했다. 그러니 누구보다 그들의 무서움을 잘 알았다.

아이도, 자신도 살길을 찾았다는 안도감과 언제 들킬지도 모른다는 불안감이 뒤엉켜 잠시 잊고 있었을 뿐.

"그래. 언젠간 적응되겠지. 그리고 언젠가는……."

공영이 뒷말을 흐리며 의미심장한 눈으로 려화를 바라보았다.

그러곤 제 배 위에 올라간 려화의 손을 부드럽게 붙잡았다.

공영의 손끝이 떨리고 있었다. 긴장감, 어쩌면 두려움이리라. 공영의 감정이 려화의 손에 곧바로 전해졌다.

"두려우십니까?"

"아니라 할 순 없네."

"불안하세요?"

"아무래도……."

려화가 공영의 손을 감싸 꽉 붙잡았다. 깡마른 몸에 깃든 힘이 이리 강한가 하여 공영이 놀란 눈으로 려화를 바라보았다.

화등잔만큼 커진 눈동자를 바라보는 려화의 눈은 단단하고 심지가 곧았다. 엄청난 일을 벌인 주도자의 불안함 따위는 찾아볼 수도 없었다.

"숙비 마마님도 아이도 절대로 죽게 두지 않을 것입니다."

"너와 내가 원하는 대로 흐르지 않을까 두려워."

"아이 가진 엄마는 배 속의 아이가 평탄할지만 고민하시면 됩니다. 나머지는 제가 할 거예요."

"하지만……."

"절 찾아와 살려 달라 하실 때의 간절함과 용기는 다 어디로 가신 겁니까?"

단호한 려화의 목소리에 공영도 입을 닫고야 말았다. 려화는 공영에게서 불안한 기색을 지우기 위해 엄하게 말하긴 하였으나, 기실 그녀의 불안을 이해했다.

배 속의 아이가 열 달을 전부 채우고 나올까, 그 걱정만으로도 무서울 것이다. 살아서 어미의 밖으로 나와 첫 숨을 들이켤 순간까지 세상 모두가 위협으로 보일 것이다.

아마, 자신도 그랬을 것이다. 려화가 입술을 깨물었다. 생명으로 가득 찬 것을 느낄 새도 없이 허하게 비어 버린 제 아랫배가 유난히 차갑게 느껴졌다.

침묵뿐인 공기가 무거웠다. 려화가 도아궁 처소 안, 이제는 공영의 공간이 된 이곳을 둘러보았다.

처소 문밖에는 궁녀들이 서 있을 것이다. 그들은 참으로 숫자가 많았다. 온전히 황제의 사람이라 확신할 궁녀란 어느 나라의 궁에도 존재치 못할 것이다. 도국의 황궁도 다르지 않았다.

어쩌면 가장 조심해야 할 사람은 바로 공영일 것이다. 아이를 위해 무엇이든 할 사람. 그녀가 배신하지 않으리라 확신할 수 있는가?

아이와 자신을 지키기 위해 왕래가 없던 자신까지 찾아와 애원했던 공영이 노 시중의 접근과 허튼 말에 넘어가지 않을 확률은?

려화가 차분히 공영을 바라보았다. 공영의 불안함이 진짜인 것만큼은 확실히 알 수 있었다. 그리고, 불안함에 미쳐 있더라도 누구를 찾아 어떻게 부탁해야 할지 잘 아는 사람이 공영이었음을 떠올렸다.

예비궁녀 시절에도, 공영은 새침을 떨며 어른스러운 척을 하던 아이였을지언정 속이 여물지 않은 철딱서니는 아니었다. 그때의 모습이 분명 지금의 공영에게도 있으리라. 사지와 생지를 구분할 줄 아는 머리가.

"아이를 반드시 지킬 것입니다. 제가 그리 돕겠습니다."

"이미 넌 가능하리라 생각지도 못했던 일을 내게 해 줬어. 더는 바랄 면목이 내게 있을까. 내가 철이 없었어. 이 불안함은 ……."

"절 찾아오셨던 첫날 제게 아이를 가진 적이 있는지 물으셨지요."

공영의 말을 끊었다. 본디 상대의 말을 쉬이 끊고 끼어드는 일이 없는 려화가 말이다. 공영은 려화가 하려는 말이 무엇인지 깨닫고는 그녀의 말을 경청했다.

"채 자리 잡기도 전에 흘려보낸 아이가 있습니다. 그리고 이제 저는 아마도, 평생 아이를 가질 수 없는 몸이 되었습니다."

"그런……."

"나서서 숙비 마마께서 낳으실 아이의 대모가 되지는 못하겠지만, 그 아이를 저의 아이처럼 생각하고 뒤에서 지지하고 지키는 어미가 되려고 합니다."

무거웠다. 려화의 목소리보다도 그 말에 담긴 뜻이 너무나 무거웠다.

공영은 무너져 내리려는 자신을 추스르기가 몹시 힘들었다. 이 말에 기대어 안도하고 울부짖고 싶었다. 그러나 려화를 두고 눈물 바람이 되었다간 은혜를 원수로 갚는 꼴이 되리라.

공영이 곱게 색을 바른 입술을 깨물며 눈물을 삼켰다.

"어찌, 어찌 그런……."

"저는, 나는. 나는 공영 널 믿지 못해."

존대를 고집하던 려화의 말투가 평대로 바뀌었다. 그러나 몹시 자연스러웠으므로, 격양된 감정에 휩싸여 있던 공영은 그를 깨닫지조차 못했다. 다만 마디마디에 스며 있는 려화의 진심은 확연히 공영에게 전해졌다.

"나는 네게 몹쓸 짓을 하던 자들의 수족이었으니까."

"널 용서하겠다는 말도 하지 않을 거야."

"그것도 이해해."

"하나 네 아이에게는 죄가 없어. 죄 없는 아이의…… 엄마를 빼앗지는 않을 거야."

려화는 제 입에서 엄마, 라는 말을 뱉으며 몹시 괴로운 표정을 지었다. 찰나이지만 공영은 그 표정에 실린 감정을 보았다.

"려화……."

"난 내 동기였고, 나를 배신했던 자와 그의 아이를 지키는 게 아니라. 세상을 보지도 못한 내 아이만큼이나 소중한 아이를 지키기 위해, 그 어미인 너 또한 지키겠다고 말하는 거야."

공영은 차마 무어라 말하지 못하고 고개를 수그렸다. 배 속에서 뽀글, 무언가 피어나는 느낌이 들었다. 어미를 대신해 아이가 답하기라도 하는 듯한 첫 태동이었다.

공영의 얼굴이 형언할 수 없는 감정으로 덮였다. 그녀가 려화의 손을 잡아 제 배를 다시 짚도록 하였다. 겹겹의 치마를 넘어서 려화의 손에도 이 감각이 전해지기를 바랐다.

아이는 어미의 마음을 아는 것처럼 아까보다 좀 더 세차게 제 존재를 알렸다.

려화 또한 공영과 같은 얼굴이 되었다. 아니, 그보다 그녀의 슬픔은 조금 더 깊었다.

"네 진심은 내게 전해졌으니, 더는 자신을 후벼 파는 말은 하지 말아."

"……그래."

"나의 대답은 이것으로 대신할게. 아이가 어미보다 현명하게 답을 주는구나."

려화가 여전한 얼굴로 입꼬리를 간신히 올려서 웃었다. 제 배를 내려다보는 공영의 얼굴은 이미 어엿한 어미의 것이었다. 어린 시절 새침을 떨던 그 모습은 연기처럼 흩어져 보이지 않았다.

"……먼저 부르신 것은 숙비 마마이시지만, 정작 용건은 제게 있었군요. 그리고, 저는 할 말을 다 마쳤습니다."

"내 용건은 아직 시작조차 하지 않았어."

돌아가겠다는 말을 완곡히 돌려 표현한 려화에게, 공영은 언제 불안한 얼굴을 했냐는 듯 담담하면서도 완고한 표정으로 말했다.

공영이 허리를 짚으며 자리에서 일어났다. 려화가 짐짓 놀라며 공영을 부축했다.

"네 공을 다 갚을 수는 없겠지만, 받기만 해서는 내 자존심이 허하지 않아."

"그래도 자중하세요. 홑몸이 아니십니다."

"황의가 조용히 귀띔해 주길, 태동이 곧 시작할 거라 하였고 그때부터는 안정기에 접어든다 하였어. 괜찮아."

려화는 고개를 끄덕였으나 여전히 심란한 표정이었다.

공영은 아랑곳하지 않고 려화와 발을 맞추어 걸음을 옮겼다. 처소 밖까지 려화를 배웅하는 모양새였다.

공영의 생각을 알 것 같았다. 황실의 첫 손을 잉태하여 대단한 권력을 쥘 거라 예상되는 여인, 공인된 황제의 유일한 여인이 직접 배웅하는 사람.

채선궁의 주인에게 조금이나마 입지를 주기 위함이리라. 여기에 태교에 좋은 말벗이 되어 줄 사람이라는 변명 따위를 섞으면 한동안이나마 누구도 려화를 무시하지 못할 것이었다.

모두가 공영과 려화의 반목을 상상하는 이때에, 공영이 먼저 려화에게 친밀감을 보인다면 이를 대수롭지 않게 넘길 수 있는 이는 없으리라.

지금의 일을 공영이 려화에게 한 수 물러 주는 것으로 여기어 그녀를 쉬이 보는 이들이 생길 수도 있었다. 그래도 당장 공영의 배가 불러 있는 한 섣불리 나서진 못하리라. 광증을 지닌 황제는 모든 이의 목숨을 공평하게 미물처럼 여기나, 반대로 제 혈통을 지키려는 본성을 지니기도 하였으니 말이다.

그래도 공영이 려화를 쉽게 보지 못하도록 하려 선택한 이 친밀한 태도는 공영에게도 어려운 결정이었을 것이었다. 황궁이라는 복마전이 사람의 태도를 어찌 해석하느냐는 아무도 알 수 없으니 말이다.

공영에게 제 진심을 내비치기 위해 날카로운 말을 뱉은 려화는 괜스레 미안함을 느꼈다. 하나 공영의 선택이 틀리지 않음을 알았다. 거기다 자신의 안위는 곧 제가 지키고자 하는 사람들의 안위와 연결되었다. 섣불리 거절할 수 없었다.

공영의 갚음은 이것으로 끝이 아니었다.

"나는 동기였음에도 너를 위험으로 이끌었어. 그러니 네게 도움을 청하면서도 늘 면목이 없었어. 그저 나만 살자고……."

힘에 부치는 것처럼 몇 걸음 걷다 말고 멈춘 공영이 말했다. 그러곤 려화를 가만히 바라보았다. 이제 그런 것은 상관없다는 듯 아무런 사감 없이 저를 바라보는 시선이 되레 공영의 죄책감을 부추겼다.

말만 칼 같더니. 공영은 저도 모르게 설핏 웃음을 터뜨리고야 말았다. 어쩜, 려화는 변한 듯이 하나도 변하지 않았다.

"한데, 널 모함한 동기는 나만이 아닐 거야."

"그렇겠지. 나와 네가 입궐할 때 같이 동기로 온 아이들이 몇이었는데."

려화의 답에 공영이 고개를 저었다.

"후궁 후보 사건이 마무리된 뒤 얼마 지나지 않아, 지금은 네 궁에 있는 그 아이가 날 찾아온 적이 있었어."

려화의 안색이 삽시간에 일변했다. 채선궁에 있는 그 아이라면, 공영이 말한 이는 세야이리라. 고민할 것도 없이 바로 세야의 얼굴이 떠올랐다.

그러잖아도 최근 세야의 행적에 의심이 생긴 터였다. 그리고 얼마 전 세야가 공영을 언급했던 일로 의심에 심증을 더하기도 했었다.

"……고마워. 큰 도움이 되었다."

아직은 머릿속이 복잡했으나 큰 줄기로서는 앞뒤의 상황이 그려졌다. 세야가 한동안 누구의 사람이었을지 정도는 아주 똑똑히 말이다.

곧 다시 시작된 걸음은 처소를 넘었다. 도아궁의 출입문까지 이어져서야 그쳤다. 이제는 보는 눈이 많은 곳이었다.

공영은 언제 려화의 앞에서 불안한 모습을 보였냐는 듯, 유일한 황제의 여자로 아이를 잉태한 자의 오만함을 둘러썼다.

그녀가 려화를 보며 아량을 베풀 듯 웃었다. 그것으로는 모자란 모양인지, 직접 손을 뻗어 인사하듯 려화를 안아 주기까지 했다.

"조심히 돌아가. 언젠가 또 내 부름이 있거든 나의 말벗이 되어 주러 와."

너그러운 공영의 미소에 려화가 고개를 깊이 숙여 예를 표했다. 공영이 말없이 그저 궁녀들과 도아궁을 지키는 병사들을 바라보았다.

그러자 거짓말처럼 사람으로 막혀 있던 길이 열렸다.

아직 불안함이 남은 것인지, 아니면 다른 이유가 있는지 공영이 머뭇거리며 려화에게 손을 뻗었다간 거두었다.

려화가 그것을 흘긋 보고는, 묘한 미소로 답을 대신했다. 어서 처소로 돌아가시라는 뜻이 담긴 듯하여, 공영이 려화의 가는 길을 끝까지 지켜봐 주고 싶은 마음을 접고는 돌아섰다.

려화가 채선궁으로 걸음을 옮겼다. 도아궁을 완전히 벗어난 려화의 얼굴에는 미소 따위는 한 톨도 남지 않았다.

**

"확인 결과 달리 문제 되는 조합이 아니었사옵니다. 독초가 섞인 것도 아니옵고, 달인 약을 취하셨다면 강장과 노환에 몹시 뛰어난 효능을 보였을 것이옵니다."

"달여 보진 않았나?"

"어느 안전이라고 확인에 있어 아쉬울 일을 남겼겠습니까? 달여서 확인해 보았습니다만 역시 궁에 들어오는 것만큼 귀한 약재를 사용해 달인 약일 따름이었습니다."

이어지는 황의의 설명에 휘강이 턱을 짚었다. 아무런 이상이 없다. 황의가 확신에 찬 얼굴로 그리 말했다.

하나 휘강은 여전히 곽인령이 들고 온 이 약재가 의심스러웠다. 그래서 부덕임을 알면서도 태황태후전의 담을 넘어 약재를 조금 가져오기까지 하지 않았던가. 그것을 즉시 황의에게 맡겨 몸에 어떠한 해를 끼치는지 확인케 하였다.

그리고 들은 결과가 이것이었다. 아무 이상도 없다. 신경 써서 조합한 약재이고, 큰돈을 들여서 준비한 귀한 약재들이다.

황의가 엄한 마음을 먹고 제게 거짓을 고하는 눈빛은 아니었다. 분명 그러할진대 휘강은 여전히 곽인령의 방문과 이 약재가 거슬렸다.

너무 공교롭기 짝이 없지 않은가. 황제의 승은을 입은 궁녀가 생기고 얼마 가지 않아, 황제의 혼례를 그토록 바라던 태황태후전에 사람이 드나들다니.

후궁 후보 사건 이후로는 어떠한 발걸음도 없었는데, 이 시점에 다시금 어사대부의 딸을 움직여 태황태후에게 접선하였다. 천치가 아니라면 누구라도 휘강처럼 합당한 의심을 하였을 것이다.

다만 그 연유가 무엇인지는 휘강도 쉽사리 짐작하지 못했다. 해서 황의를 통해 약재를 확인해 보라 이른 것이었다. 어쩌면 거기에 실마리가 있으리라 생각했다.

더군다나 태황태후의 방에 들었을 때 느꼈던 묘한 단내까지, 이리 예민을 떨어 댈 이유는 휘강에게 차고 넘쳤다.

"처음 짐이 이 약재를 접했을 때, 그냥 넘기기는 어려울 만큼 거슬리는 단내를 느꼈다. 한데 황의가 짐에게 써서 보여 준 이 약재의 목록에는 단내가 나는 약재가 보이지 않는데 어찌 된 일인가?"

휘강은 내친김에 자신이 느꼈던 단내에 관해서도 물었다. 황의가 늙어 주름진 입술에 힘을 단단히 주고 오물거렸다. 고민이 씐 눈빛이 약재 목록을 향했다. 손가락으로 짚어 가며 그것을 다시 살핀 황의가 아, 하는 소리를 내며 아뢰었다.

"아뢰옵니다. 폐하께서 느끼신 단내는 아마도 이 말린 차수국 꽃에서 느끼신 것이라 사료됩니다."

"감로차라면 짐도 이미 맛과 향을 잘 알고 있다. 그와 달랐다."

"감로차에 사용하는 것과 약재로 사용하기 위해 재배하는 수국 꽃의 종이 조금 다릅니다. 더군다나 가져다주신 약재에 들어간 차수국 꽃은 그중에서도 최상으로 야생에서 비바람을 이기고 자라난 것입니다."

휘강이 황의의 말에 수긍하듯 고개를 끄덕였다. 그러다간 이내 황의를 똑바로 바라보며 명했다.

"짐이 직접 확인해야겠으니, 이 약재에 쓰인 것과 동일한 것으로 갓 말린 것을 구할 수 있겠나?"

"감히 황명을 내리심이니 안 되는 일도 되게 하도록 해야지요. 급히 구해 보겠습니다."

휘강이 고개를 끄덕였다. 다만 수국차의 식수 종류가 다르더라도 이리 다를까 하는 의심이 자꾸 들었다. 하여 의심 어린 눈초리로 황의를 바라보게 되는 휘강이었다.

"혹시 말이다."

"하문하시옵소서."

"황의가 죽을 날을 받아 두었다 하여 짐을 원망하고 알아낸 것을 숨기는 것은 아니겠지?"

장난인 것처럼 웃으며 말하였으나, 휘강의 눈빛만큼은 온전한 장난이 아니었다. 자못 살벌하기까지 한 시선을 받았음에도 황의는 대단히 초연했다.

황의가 죽을 날을 받아 두었다는 휘강의 말은 빈말이 아니었다. 지금 그의 앞에 있는 자는 다름 아닌 려화의 진맥을 보고, 최근에는 숙비가 된 공영의 전담 의원이었으니 말이다.

휘강은 이 황의에게 자손까지 책임지고 살길을 펴 주겠다는 약속을 대신해, 공영의 출산이 끝난 뒤에는 입막음을 위한 자진을 명했다.

노환을 핑계로 황의에서 물러난 그는 정말로 목숨을 버리든지, 아니면 신분과 가족을 버리고 말년을 초라하게 보내야 하리라.

이러한 미래가 확정되어 있으니 처음에는 기꺼운 마음으로 휘강의 제안을 받아들였더라도, 사람이라면 지금에 와서는 반발심이 들 수도 있었다.

하나 눈앞의 황의는 그런 사람은 아니었다. 가족의 영달은 중요할지언정 자신에 있어서는 의원으로서의 신뢰와 명예가 가장 중한 사람이었다.

"폐하, 소신 황궁의 일 등급 의원으로 살아온 것을 자랑으로 여기는 자이옵니다. 소신이 걸어온 길을 걸고 신은 폐하께 속이는 것이 없습니다."

"확신하나? 네 대답의 진실성. ……여부에 따라선 가족들의 안위를 걸고서도 말이다."

황의의 초연하던 눈빛이 바람 앞의 등잔불처럼 휘몰아쳤다. 거짓을 아뢰었기 때문이 아니라 가족들의 안위를 언급한 휘강 때문이었다.

휘강은 눈빛을 번득이며 황의의 답을 기다렸다. 맹수 앞에 놓인 심정이 되어서인지 황의의 입은 쉬이 열리지 않았다.

황실의 의원이기에 그도 황실 혈통을 타고 흐르는 광증에 대해 제법 잘 알았다. 지금 휘강의 눈빛은 오랜만에 그의 광증이 도졌다 하여도 부족함이 없을 모양새였다.

황실에 전해지는 광증이 보통의 것이었다면, 황의는 당장 자신이 죽을 것을 예감했을 것이었다. 하나 황실의 것, 지금 휘강이 지닌 혈기는 그와는 달랐다.

마치 감정을 느끼지 못하는 듯, 저의 일에는 남들보다 발화점이 몹시 낮되 싸늘하게 타오르는 불꽃 같은 것이 황실의 광증이었다. 간혹 제 혈기를 표출하지 못하고 눌러 참다 보면 정말 천지 사방에 혈겁을 일으키긴 하였다.

다만 지금의 휘강은 그리 불안한 상태가 아니었다. 그의 광증을 가라앉혀 주는 것이 여태까지 전쟁과 타인의 목숨이었기에, 본래라면 불안한 것이 맞았으나 말이다.

외려 휘강은 전쟁터를 전전할 때보다 지금이 더욱 안정적이었다. 황의가 가늠하기로, 필시 여기에 려화의 역할이 큰 것으로 보였다. 근래 려화와 휘강의 사이는 겉으로 드러난 것과 달리 유례없이 좋았다. 황의가 알기로는 그러했으므로, 그는 두려움을 가라앉히고 차분히 답하였다.

"……소신은 이 약을 드시는 분이 누군지도 모릅니다. 또한 어디서 흘러와 제게 닿은 것인지도 모르고 말입니다. 이러한 제가 이것이 무엇인 줄 알고 사실을 숨기고 거짓을 아뢰겠습니까?"

"네가 그렇게까지 말하니 짐이 이번에는 그런 줄 알고 있겠다. 단, 그렇다 하여 짐이 너를 완전히 믿는 것은 아니니 네 가족과 너의 호위를 늘리겠다."

호위라는 이름의 감시이리라. 황의는 제 늙어 늘어진 피부를 타고 흐르는 식은땀을 느꼈다. 그나마 다행이라면 식솔들은 황제의 광증에 대해서도, 자신의 앞일에 대해서도 모른다는 것이었다.

가족들은 감시가 늘더라도 그저 황제의 유일한 손을 지키는 황의인 자신을 귀히 여기서 폐하가 내리는 은덕으로 여기리라.

"폐하의 은혜에 감읍하나이다."

휘강이 허리를 깊이 숙여 예를 표하는 황의를 보고 피식 웃음을 터뜨렸다. 려화를 떠올렸음이다. 려화가 자신에게 감읍하다 빈말을 던지는 것에 딴지를 걸었던 상황이 떠올라서 웃음은 쉬이 그치지 않았다.

황의는 흘긋 고개를 들어 휘강의 입꼬리를 살피고는, 그 웃음이 고소가 아님에 안도했다.

휘강의 웃음이 슬슬 그쳐 갈 즈음이었다. 문밖에서 궁녀의 나긋한 목소리가 들려왔다.

"폐하. 채선궁 부인이 폐하를 뵈옵고자 한다 청하였사옵니다."

"채선궁 부인? 채선궁에서 사람이 왔는가?"

"직접 찾아오셨습니다. 혹 배알을 원치 않으시면 마음이 풀리실 때까지 기다리겠다 하셨사옵니다."

휘강이 인상을 굳혔다. 공영을 숙비로 맞으며 사람들이 의심 없이 납득할 상황을 만들기 위해 려화와의 냉전을 꾸몄다. 그러나 실상 휘강은 어느 때라도 려화를 기다리게 할 생각이 없었다.

기실 근래 자신이 먼저 려화를 찾아 채선궁으로 가고 싶은 마음을 달래기 위해 얼마나 참았던가. 특히, 공영의 첩지를 청하기 위해 태황태후전을 찾고 마음에 입은 상흔을 달랠 길이 없었던 날은 더욱이나 그러했다.

그러나 그리했다가, 감히 려화의 계획을 틀어지게 하고 그녀의 분을 살까 두려워 차마 행하지 못했다. 그것이 쌓이고 쌓여 눈앞의 황의를 자근자근 밟으며 풀지 않았던가.

애달픈 마음이 있었으나, 그를 드러낼 수 없으니 대신하여 인상만 구겼다. 휘강의 상황을 어렴풋이 알고 있는 황의가 조용히 휘강의 눈치를 살폈다.

"폐하, 소신 이만 물러가도 좋겠습니까?"

가시방석보다 더한 자리였다. 더해 이리 나가며 휘강에게 문너머로라도 려화의 모습을 보여 주는 것이, 의원으로 생각하기에 휘강의 광증을 다스리는 데 좋을 것으로 생각되었다.

황의의 좋은 뜻에 곧장 휘강이 표정을 다소 풀고 고개를 끄덕였다. 황의가 뒷걸음으로 휘강에게서 물러났다.

문이 열리고 늙어 허리가 굽은 황의의 뒤로 려화의 얼굴이 보임에 휘강의 가슴이 크게 달음박질을 시작하였다.

채 안으로 들이지도 않았거늘 늦가을의 바람을 타고 려화의 향기가 스며들었다. 그것이 코에 스치니 억지로 엄한 표정을 짓던 휘강의 얼굴이 자꾸만 스르르 풀려 버렸다.

가을이건만 려화를 마주하면 봄 같다. 봄이거늘 꽃샘추위가 북풍한설보다 무섭기도 하였다. 조마조마해도 그녀를 곁에 두는 것이 좋았다.

애써 눈에 부릅 힘을 준 휘강이 시선을 내리깐 려화의 창백한 뺨을 노려보았다.

"……들라 하라."

휘강의 심란한 한 마디에 려화를 막아서듯 하였던 궁녀들의 팔이 내려졌다. 려화는 말 한마디 없이 걸어 휘강에게 다가갔다. 그러곤 허리를 숙여 예를 표하였으나 진심이 들지 않은 껍데기처럼 보였다.

휘강이 려화를 노려보다간 직접 처소의 문을 닫으며 궁녀들에게 이후 처소 주변을 비우고 아무도 들이지 말라 명했다.

문을 닫고 돌아서는 휘강의 눈빛은 언제 살벌했냐는 듯 애처롭기 그지없었다. 휘강은 처소 문을 닫기 위해 걸었던 걸음보다 훨씬 다급히 려화에게 다가갔다.

그러고는 거리낄 것 없이 려화를 품에 안았다. 가슴 가득 봄의 내음이 스몄다. 바깥의 찬 바람을 머금어 싸늘하기 그지없던 려화의 육신에는 휘강의 열기가 옮겨 왔다.

"한 번은 거절하고 문전박대를 하셨어야지요."

"나는 이미 그대를 많이 참았다. 아주 많이. 이 이상의 인내를 내게 바라지 말라."

"지금 폐하께서는 몹시 아이처럼 보이십니다."

려화가 피식 웃으며 휘강을 완곡히 밀어냈다. 휘강은 제 품에 남았던 려화의 향기와 촉감이 연기처럼 흩어지는 것에 안타까움을 느꼈다.

멍한 얼굴로 저를 안았던 팔을 내려다보는 휘강의 모습에 려화는 만감이 교차하였다. 적응되지 않았다. 궁녀 시절의 휘강과, 자신이 죄인이던 시절의 그와도 달랐다.

'지금의 폐하라면…… 내게 없는 것을 바라는 것만 제하곤 정말로 믿음직한 우군이시구나. 단지 바라시는 것이 너무 커서 그것이 부담스러울 뿐.'

하나 려화가 생각하는 휘강은 고작 이것이 전부였다. 려화는 휘강이 자리든 침상이든 제게 앉을 곳을 권하기를 기다렸다.

휘강은 입을 놀리기보단, 다리가 불편해 조금 엉거주춤한 그녀의 상태를 핑계 삼아 직접 려화를 안아 침상 위에 눕혔다.

"앗, 폐하……!"

갑작스러움에 놀란 려화가 휘강의 목을 부여잡고 눈을 동그랗게 떴다. 폭신한 침상 위에 몸을 누이고도 여전히 휘강의 목에 감긴 손을 풀지 못했다.

휘강은 당장에 려화의 입술을 물고 핥고 싶은 욕심을 가까스로 내리눌렀다. 그녀의 안을 헤집고 싶은 마음은 더했다.

갈급한 욕망에서 벗어나기 위해서라도, 별수 없이 휘강이 먼저 려화의 손을 제 목에서 풀어냈다.

"내게 배알을 청하기 전부터 이미 오래 기다렸던 모양이지?"

"자존심이 있는 여인이라면 응당 그리하리라 생각해, 한동안 머뭇댔습니다."

"그러지 말지 그러했느냐."

"이리 저를 즉시 불러들일 폐하를 알면서도 말인가요?"

려화의 새침한 답이 이어졌다. 이런 여인이었음을 새삼 다시 느꼈다. 휘강이 기억하는 과거에도 려화는 마냥 부드럽기보다는 톡톡 튀는 새콤함이 있는 여인이었다.

단 지금은 새콤함이라기보다는 목을 톡 쏘는 매콤함에 가까웠다. 그리해도 자신에게 아무것도 바라지 마시라며 저를 밀어내던 때에 비하면야.

"그대 앞에선 광증과 함께 얻은 내 이지도 빛이 바래는군."

"이번엔 변덕까지, 오래가십니다."

"더는 변덕이 오지 않을 것이다."

려화가 입을 꾹 다물었다. 대답도, 수긍도 모두 피한 것이었다. 휘강은 그나마 눈을 피하지는 않은 것을 다행이라 여기며 자위했다.

"네게 붙인 무사의 보고를 통해 아는 바로는 다른 위험이 있어 온 것은 아닐 터, 오늘 너의 본론은 무엇인가?"

화제를 전환하듯 휘강이 방문 목적을 물어 왔다. 거리낄 것이 없기에 려화가 내심 기꺼워하며 곧바로 답하였다.

"도아궁 안팎으로 사람의 접근을 막을 군사를 더 파견해 주실 수 있으신지요?"

"이미 회임한 비빈을 지키는 평균 군사 수를 훌쩍 웃도는 이가 지키고 있다."

"부족합니다. 숙비 마마는 제가 폐하의 씨를 품은 적이 있음을 알고 있습니다."

휘강이 돌연 표정을 바꾸며 려화를 바라보았다. 저를 꿰뚫어 보는 듯한 휘강의 표정에 려화가 슬쩍 시선을 피했다.

"알려 주었던가?"

"그녀도 아이를 품은 어미입니다. 자신을 돕고자 하는 제 마음이 어디서 기인한 것인지 깨달은 것이지요."

"확신은 네가 주었겠지. 그러지 않고서야 박쥐 같은 그 계집이 어찌 네 신변에 있었던 일을 확신하겠는가?"

"해서 절 벌하시렵니까?"

언제 시선을 피했냐는 듯, 이번에는 려화가 당돌한 눈으로 휘강을 먼저 보았다. 그의 목에 다시금 팔을 감아 감히 황제의 용안을 제게 가까이 당겼다.

가까스로 참고 있는 소유욕이 용틀임했다. 그녀의 안에 저를 밀어 넣고 싶은 휘강의 탐욕의 둑에 금이 갔다.

휘강이 눈을 감으며 입술을 악물었다. 려화의 다리가 쉬이 불편해지는 것은 어쩌면 저의 탓이었다. 오랜만이었던 정사가 진득하고 집요해 피로가 쌓였으리라.

애정은 깊었으나 그보다 육욕이 더했다. 휘강은 감히 황제인 자신을 속으로 몇 번이고 욕했다. 려화를 통해 사랑을 깨달았던들 사람이 덜된 작자라고 말이다.

"폐하. 저를 벌하시려는지 여쭈었습니다."

"이러지 말라. 미치겠다. 아니, 난 이미 미친놈이다마는, 네게 미칠 것 같다."

"몸이라면 언제든 드리겠다 하였습니다. 무엇을 망설이심입니까?"

기어이 욕망에 진 휘강이 짙은 한숨을 목구멍 뒤로 삼켰다. 그러곤 려화의 아랫입술을 진득하게 물고 빨아들였다.

살결이 약해 금세 부풀어 오른 려화의 입술이 연지를 바른 것보다 훨씬 붉었다. 야밤, 방을 밝히는 등잔불을 받아 반짝이는 것까지 더하여 야살스럽기 그지없었다.

"내가 진정으로 바라는 것은 네 몸이 아니거늘, 어째서 나는 이다지도 욕망에 약한 것이냐……."

서글픔을 둘러쓴 뜨거운 갈망이 려화를 향했다. 휘강이 려화의 머리칼을 손가락으로 쓸어 정리해 주었다. 갈피가 잡히지 않는 마음이 눈동자 너머로 한껏 쏟아졌다.

차라리 육욕뿐이라면 이 눈을 대하기 편하리라. 려화가 침을 꿀꺽 삼키며 눈을 내리깔았다. 휘강에게 향하던 자신의 마음을 전부 비워 냈다고 해도, 그의 마음이 이리 강렬한데 제게 닿지 않을 리가 없었다. 그것이 긍정인가 부정인가를 떠나서 말이다.

받아 줄 수 없는 부담감은 언젠가 미안함이 되고, 또 분노가 되리라. 그를 원수로 여긴다면 미안함을 느끼는 것이 이상할 일이나, 려화는 자신을 아주 잘 알았다.

자신은 그리 생겨 먹은 사람이었다. 타인의 감정을 무작정 무시하고 넘기기에는 너무나 정에 약했다. 이러한 자신의 모습은 려화에게 무던히 당연한 일이었거늘, 결국엔 휘강이 반추하게 했다.

당장 이 상황을 벗어날 방법이 무엇이던가. 려화는 가까스로 참고 있는, 휘강의 금 간 둑을 무너뜨리는 것으로 모면하고자 했다. 그녀의 손이 휘강의 가슴을 타고 내려갔다.

손끝이 두꺼운 옷을 사이에 두고 가볍게 닿아 흐를 따름이거늘 어찌 이리 뜨거운가. 휘강이 얼굴을 일그러뜨리며 려화에게 달려들었다. 다급해지는 몸짓을 숨길 겨를도 없었다.

휘강의 입술이 려화의 입술을 막았다. 맞닿아 벌어지고 혀가 얽히었다. 진득한 설왕설래는 끝이 보이질 않았다. 이것은 이어질 색사를 미리 일러 주는 과정과도 같았다.

잠시 떨어진 입술 사이로 려화가 화급히 숨을 삼켰다. 그마저도 필요한 만큼 들이켜기 전에 다시금 휘강의 입술이 그녀의 입술을 물고 그의 혀가 깊이 침투했다.

치열 안쪽을 훑던 그의 혀가 려화의 혀 안쪽을 진득하게 누르면서 저를 비틀었다.

"흐읍……!"

먹먹한 신음이 흘렀다. 휘강의 눈에 더욱이 강렬한 불꽃이 일었음은 자명한 일이다.

그가 커다란 손으로 려화의 옷가지를 흐트러뜨렸다. 제가 먼저 도발하여 놓고는 잠시 당혹했던 려화가 곧 정신을 차리고는 휘강을 도왔다.

가슴 위를 단단히 동여맨 끈이 풀리고 헐거워진 저고리와 치마 사이를 헤집어 휘강의 손이 찾아들었다. 려화의 모양이 좋고 체구에 비하면 풍만한 가슴에 그의 손이 감겼다.

말캉하게 주무르다가 쓸어 모으듯 하더니 유두를 잡혔다. 그대로 살살 비트는 것에 짜르르한 감각이 온몸을 휩쌌다. 려화가 허리를 뒤틀었다. 휘강의 품 아래이기에 큰 움직임이 되지 못했지만 말이다.

"흐, 폐……, 하."

"그대는, 왜 이리도 나를 미치게 하는가?"

"자극이, 너무 강합니다……! 아흥!"

이윽고 휘강의 입술이 려화의 유두를 물었다. 유륜까지 덮어 부드럽게 빨아올리는 자극이 상상 이상이었다. 려화의 얼굴이 단번에 빨갛게 달아올랐다.

집요할 정도의 괴롭힘에 려화의 허리가 기어이 들썩였다. 휘강의 배에 꽉 눌린 상태로도 조금씩 허공에 떴다 내려오기를 반복했다.

그녀의 손이 언제 휘강을 유혹했냐는 듯, 그의 어깨를 붙잡고 밀어내기까지 하였다. 하나 요지부동이었다. 휘강은 조금 아쉬운 선에서 려화의 유두를 놓아주고는, 그대로 려화의 봉긋한 가슴 산을 따라 입을 맞추었다.

이미 열감이 올라 버린 려화의 몸은 그 가볍고 장난스러운 자극에도 온몸의 감각을 일깨웠다. 홧홧한 열이 아랫배로 모였다.

"폐하, 부디 천천히……."

발동이 걸리고 나자 휘강은 지체하는 법이 없었다. 망설임도 고민도 없이 휘몰아쳐 려화를 몰아세웠다. 이미 려화의 옷가지는 언제 그녀의 몸을 따뜻하게 감싸고 있었냐는 듯 흐트러져 침상 위에 널브러졌다.

휘강은 자신의 몸에도 열이 확 오른 것을 느끼며 숨을 크게 몰아쉬었다. 잠시 틈이 생긴 사이 려화가 몸을 조금 움츠렸다. 그러고는 휘강을 흘긋 노려보고는, 그의 옷을 벗겨 주었다.

이번에는 휘강이 려화의 손길을 느끼며 나른하게 눈을 감았다. 약간이나마 려화를 원하던 욕심을 채운 까닭에 여유가 생겼다.

려화의 야무진 손길에 휘강의 옷 또한 금세 주인의 몸을 벗어났다. 온전한 나신이 된 사내와 여인이 서로를 바라보았다.

휘강에게 가진 감정과 별개로 그와의 색사는 힘들지만 아주 괴롭고 싫지는 않았다. 물론, 죄인의 몸인 채로 그를 받을 때는 괴롭고 싫은 마음이 있었던 것이 사실이다.

그러나 지금은 그런 무거운 마음 따위는 없어서일까. 숨길 수 없던 육신의 감각을 고스란히 받아들이자, 휘강과 자신의 상성이 보였다.

"폐하와 저는 어쩌면 육신의 궁합은 좋은지도 모르겠습니다."

난데없는 려화의 말에 휘강이 눈썹을 들어 올리며 묘한 표정을 지었다가, 이내 영문을 알 수 없는 허탈한 미소를 지었다.

"틀린 말은 아니다."

"꺄앗!"

휘강이 뒤로 드러누우며 려화를 들어 올려 제 허리 위에 앉혔다. 거근이라는 말에 부족함이 없는 그의 중심이 려화의 엉덩이 골 사이를 톡톡 두드렸다. 그 느낌에 려화가 낯을 붉혔다.

휘강은 려화의 얼굴을 기껍게 바라보며 희미하게 웃었다.

"한데 갑자기 그게 왜?"

"어쩌면 폐하께서는 육욕과 연정을 착각하시는 게 아닐까 하옵니……, 훗! 폐하! 그리 자꾸 찔러 대시면……."

휘강의 얼굴에 고인 웃음이 커졌다. 그저 발기하여 꺼덕이는 것에도 낯을 붉히는 여인이 요부도 되었다가 소녀도 되었다가 하는 것이 퍽 귀여워서였다.

하나 웃음에 씁쓸함이 고인 것은 그녀가 자신의 마음을 인정하지 않기 때문이리라.

"그대는 내 마음이 평생 가더라도 날 의심할 테지."

"만에 하나라도 평생 가시면 곤란합니다."

"어찌 그러냐?"

"그러지 않고서야 폐하의 고집에, 도국이 황후 없는 제국으로 끝날까 두려우니까요."

"내 마음이 그만큼이나 깊은 것은 아는 것이지."

비스듬히 올라간 휘강의 입술을 바라보며 려화 또한 웃었다. 다만 어설프기 그지없어 웃음이라 부르기 민망할 정도였다.

휘강이 손끝으로, 려화가 자신을 유혹하였을 때와 마찬가지로 그녀의 몸을 쓸었다. 다른 것이라곤 가리는 것 없이 맨 살갗이라는 것뿐이었다.

려화가 으응, 하는 얕은 신음을 흘리며 고개를 뒤로 꺾었다. 드러난 가녀린 목덜미는 한 손으로 쥐어 힘을 주기만 해도 바스러질 듯 가련했다.

차라리 정말로, 진심이 아니었더라면 이리 미쳐 돌아가는 자신의 속내가 답답해서라도 그녀의 목을 꺾어 죽여 버렸을까.

그리 생각하다 보니, 휘강은 어쩌면 자신이 려화에게 지금과 같은 마음을 품은 것이 아주 오래되었을지도 모르겠다는 생각이 들었다.

그녀를 황후로 삼으려 하였을 때.

그녀가 자진하려는 것을 막아섰을 때.

이미 그때부터 자신은 본능적으로 이 여인이 제 곁에 없는 미래는 생각조차 하기 싫음을 알고 있었던 모양이다. 그것이 휘강을 복잡하게 만들었다.

"불초한 생각이나, 저는 폐하께서 깊이 가지고 계신 그 마음의 근원조차 의심합니다."

"의심이라……. 그렇다면 말이다."

휘강이 려화의 보기 좋은 곡선을 그리는 허리 아래의 골반을 꽉 붙잡았다. 그러고는 들어 올리자 려화가 짐짓 긴장으로 몸을 굳히면서도 앞일을 예상하는 듯 그의 가슴을 두 손으로 짚었다.

살짝 들린 려화의 엉덩이 사이로 휘강의 중심 끝이 닿았다. 불에 덴 듯 화들짝 놀라면서도 똑바로 자신을 바라보는 려화는 어찌 이리도 사랑스러운지.

그러나 자신을 의심하고 또 의심하는 려화의 작태는 괘씸하기 짝이 없었다. 이해가 가면서도 섭섭한 것은 별도리가 없었다.

해서 휘강은 약간의 심술을 부렸다. 려화의 나약한 육신에는 약간이 아닐 것을 알면서도, 그리 자신을 주체하고 자제하기 어려웠다.

"아읏!"

"만일 그 의심을 모두 걷어 내고 나면 어떨 것 같으냐?"

려화의 허리가 휘강의 의지로 천천히 내려앉았다. 그녀의 좁은 밑지는 휘강이 준 자극으로 말미암아 촉촉하게 젖어 있었으나, 이리 색사를 나누는 날의 첫 삽입만큼은 어찌해도 도리 없이 고통이 느껴졌다.

휘강의 중심이 과히 큰 까닭이다. 그런 커다란 것에 꿰뚫리니 아프지 않고 배길 수가 없었다.

"흐읏……. 아프, 아프잖습니까……!"

흐느낌이 섞인 미약한 저항이 이어졌다. 려화가 천천히 제 아래를 빠끔거리며 휘강을 조금씩 삼켰다. 그러나 육신과는 달리 말로는 휘강을 원망했다. 그녀의 손도 감히 황제의 가슴을 팡팡 소리가 나도록 두드렸다.

"아, 으읏……!"

가까스로 휘강을 다 삼키자 약하게 구역감이 일 정도로 부피감이 엄청났다. 려화가 훌쩍거리며 눈물을 삼켰다. 그의 가슴을 치던 미약한 손길은 이미 그쳤다. 버티고 있기만도 힘들었기 때문이었다.

"대답하기 어려우냐?"

조금이나마 숨을 돌린 려화가 휘강을 잔뜩 노려보며, 그녀답지 않게 큰소리를 내었다. 차라리 고통스럽고 버겁기만 하면 나으련만, 이 와중에도 간질거리는 감각을 찾아낸 제 육신이 원망스러울 정도였다.

"이, 이렇게, 흐읏, 어떻게, 답한단 말입니까!"

이미 눈가가 촉촉하게 붉은 눈으로 노려보아야 안타깝고 귀엽기만 하건만. 휘강은 자신이 부린 심술에 힘들어하는 려화에게 아주 조금의 미안함과 엄청난 충족감을 느꼈다.

"하하하! 그래, 답하긴 어렵겠지. 어려울 거야, 하하하……!"

기어이 휘강이 파안대소를 터뜨렸다. 그가 웃을 때마다 허리가 흔들렸다. 당연지사 그의 위에 올라앉아 그의 거근을 품고 있는 려화의 육신에까지 그 흔들림이 전해졌다.

려화의 얼굴이 삽시간에 붉게 달아올랐다. 깊이 박힌 그의 것이 자꾸만 야릇한 곳을 묵직하게 간질이는 것이 그녀를 미칠 것처럼 몰아갔다.

려화가 서러움과 아찔함에 입술을 깨물었다. 그 표정에 기어이 휘강이 제 중심을 더욱 뻣뻣하게 세웠다.

려화의 울상이 가중되었다. 휘강의 손이 다시금 려화의 허리를 단단히 붙잡았다.

"노여워 말라. 먼저 공격한 것은 내가 아니라 네가 아니냐."

"그흣, 그래도……."

"이제 그만. 지금 못 할 대답은."

휘강이 강하게 제 허리를 들썩이며 쳐올렸다. 려화가 차마 소리가 되지 못한 신음을 헛숨처럼 내뱉으며 고개를 꺾었다. 그녀의 가냘픈 두 팔을 휘강이 제 가슴팍으로 인도했다.

그러니 려화의 허리가 자연스레 수그러들었다. 이곳을 찔렸다가, 또 저곳을 자극당하니 려화의 입장에서는 죽을 맛이었다.

"볼일이 끝나고 듣겠다."

*
**

위에서, 또 아래서.

다음에는 옆으로.

사내와 여인이 통하는 자세가 이리도 많다는 것을 이 밤 려화는 새삼 느꼈다. 엎어 치고 메치면서 자세를 몇 번이나 바꿔 가며 괴롭힘을 당하였으니, 려화의 몸은 남은 기운이라곤 없이 픽 늘어졌다.

"내가 너무 과했다."

일은 다 저질러 놓고, 휘강이 뒤늦게 려화의 눈치를 살피며 말했다. 원망이라기보다, 야속함에 가까운 감정이 들기는 하지만 려화는 그것을 표할 기운조차 남지 않아 그저 침묵했다.

려화의 침묵이 휘강을 더욱 안달복달하게 했으니, 휘강이 슬그머니 려화의 고개가 향한 쪽으로 몸을 옮겼다.

"려화……."

잔뜩 졸아붙은 목소리가 티가 났다. 웃으면 안 되는데, 웃음이 터져 버렸다. 려화가 결국 키득거리다, 허리에 자극이 가서 욱신거리는 것에 허리를 부여잡았다.

"아, 하아, 아으윽……."

"괜, 찮으냐?"

"죽기야 하겠습니까? 이리 못난 모습 보이실 것이라면 처음부터, 콜록! 자제하실 것이지……."

"목소리도 완전히 잠겼구나."

휘강이 협탁의 물 주전자에서 물을 따라 려화에게 건넸다. 물 잔을 받은 려화가 차마 목이 아파 물을 꿀꺽꿀꺽 삼키지는 못하고 겨우 입만 축였다.

안타까워 죽겠다는 눈빛이 자신을 향한다. 휘강의 이러한 시선은 몇 번을 마주해도 낯설고 객쩍기만 했다.

"미안하다."

슬그머니 사과를 건네는 휘강을 보며 려화가 깜짝 놀랐다.

처음은 아니었다. 그에게 미안하다는 말을 들은 것은 아마도 이번이 두 번째이리라. 처음은 그에게 사과조차 하지 말라고 말했던, 유산 사실을 알게 된 그 날 밤이었다.

그리고 이번이 두 번째였다. 려화는 휘강의 이 작은 사과가 오늘의 색사에 국한된 것임을 알면서도 받아 주고 싶지 않았다.

조금은, 휘강에 대한 어떠한 마음이든 희석되었나 하였지만 아니었던 모양이다. 껍질만 남은 몸뚱이에 덕지덕지 붙은 그를 향한 미움은 그대로 남았다.

려화는 슬그머니 말을 돌렸다. 휘강의 미안하다, 에 대답은 돌아가지 않았다.

"폐하께서 제게 물으셨지요?"

"무엇을, ……아. 그랬지."

"폐하에 대한 의심을 다 지운다면, 그때는 어떨 것 같으냐 하셨지요?"

휘강이 고개를 끄덕였다. 려화는 가까스로 입꼬리만 끌어올려 웃었다. 휘강은 려화의 그 표정이 어쩐지 겁이 나, 그녀를 조심스레 끌어안아 제 품에 가두었다.

이제 그녀의 얼굴은 보이지 않았다. 려화의 작고 축 늘어진 몸에서 느껴지는 박동 같은 것이 휘강에게 조금이나마 안정을 주었다.

"달라질 것이 있겠습니까? 제가 폐하께 드릴 수 있는 건 오직 몸뚱이뿐인데요."

"그래. 알고 있던 사실을 그저, 다시 확인했을 따름이군."

변치 않은 려화의 마음을 확인한 휘강이, 그러면 이 껍질이나마 온전히 가질 수 있냔 물음을 애써 삼키며 려화를 조심히 더 끌어안았다.

휘강의 서글픔이 읽혔다. 려화는 제가 느끼는 죄책감을 깨닫곤 미안함과 짜증이 동시에 몰려왔다. 헛한 웃음이 터졌다. 그를 상처 주고 싶기도, 혹은 마음이 움직이지 않아도 안아 주고 싶기도 했다.

이러한 불가해한 마음이 뒤엉켰다. 그를 밀어내고 싶은 것을 반대로 마주 끌어안아 주었다. 휘강의 목덜미에 얼굴이 묻혔다. 려화는 제가 느끼는 이 묘하고 불가해한 감정을 휘강에게로 풀어 버릴 것처럼 그의 목덜미에 입술을 꾹 눌렀다.

껍질이 일어 까칠하지만, 본질은 말캉하고 보드랍기 짝이 없는 입술이었다. 그것이 닿으니 휘강의 가슴에 이루 말할 수 없는 감정의 소용돌이가 휘몰아쳤다.

그가 조심, 아주 조심히 려화를 끌어올려 그녀의 입술을 부드럽게 제 입술로 축여 주고, 혀를 내밀어 쓸어 주었다.

"하음……."

부드러운 신음, 그 사이로 혀가 얽히며 오갔다. 곧 휘강이 애틋한 눈으로 려화를 바라보았다.

어쩔 수 없다. 자신은 이 껍질만 남은 려화의 몸뚱이라도 포기하고 눈앞에서 치울 수 없음을 알았으니.

려화의 껍데기뿐인 얼굴도 이리 해사하게 웃지 않는가. 그리

환히 웃은 얼굴에서, 앙증맞은 입술이 열리며 사랑스러운 목소리를 늘어놓지 않던가.

비록 지금은 꽉 잠겨 답답하고, 또한 꺼내는 말은 날카롭기 그지없지만 말이다.

"하아…… 폐하. 저는 그리 생각한답니다."

"무엇을?"

"폐하와 저의 합이 맞는 것이 참으로 다행이라고요."

"어쩌면 그것으로 너와 내가 엮이지 않았던가? 네게는 그게 불행이 아니냐?"

휘강의 자학과도 같은 물음에, 려화가 바스러질 듯 웃으며 고개를 저었다. 자조적인 미소였으나 그마저도 휘강의 눈에는 아름답게만 보였다.

그가 려화를 품에 안은 그대로 조심스레 누웠다. 절로 같이 눕게 된 려화의 자그마한 머리통이 제 팔을 베고 있는 것이 이리도 좋았다.

"어떠한 인연인가는 몰라도, 폐하와 저는 필시 인연의 실로 엮여 있는 사이였을 겁니다. 그러니, 어차피 이리 흘렀을 것이라면 제가 폐하께 드릴 것이 하나라도 있음이 어찌 다행이 아니겠습니까?"

"그러한가?"

려화가 고개를 끄덕였다. 차라리 그에게 요구하고 자신도 그의 욕구를 충족시켜 줄 수 있으니 나쁘지 않았다. 제게도 휘강과의 색사는 과해서 힘들지언정 즐거움을 느끼기에 부족함이 없었으니 말이다.

휘강은 려화가 자신과 인연의 끈으로 엮여 있었으리란 말을 하는 것에 드러내지는 않았으나 매우 놀랐다. 려화의 입에서 저런 말이 나오리라 생각지 못했다. 그것도, 려화와 사이가 좋았던 과거가 아닌 지금에 말이다.

그러나 려화의 입장에서는 당연한 말이었다. 단 한 번도 휘강에게 제 마음을 전한 적은 없지만, 그에게 먼저 연심을 품었던 것은 자신이니 말이다. 지금 와서 그 사실을 알려줄 마음은 추호도 없지만.

"이번에는 무엇을 위해 나에게 그대를 주었는가?"

휘강은 슬며시 보이는 려화의 목적에 설핏 웃으며 물었다. 려화가 휘강의 품에서 고개를 갸웃거렸다. 그의 손이 알게 모르게 저의 허리를 다니며 굳은 근육을 문질렀다.

그랬더니 당장 힘도 들어가지 않던 허리에 기운이 돌았다. 그의 손이 닿는 곳에서부터 상쾌한 느낌이 퍼졌다. 무슨 조화인가 싶었다.

"아시면서 물으시는 것으로 보입니다. 아닌지요?"

"네가 나와 대면하자마자 꺼낸 말이 숙비에 관한 것이었으니, 숙비의 일과 관련한 수고비를 먼저 치른 것이 아니겠느냐."

"옳게 보셨습니다. 으음……."

시원하게 풀어지는 느낌이 이어지자 이것도 나름대로 색다른 자극이었다. 하여 려화가 휘강의 품에 감겨들었다. 그에게서 상쾌한 내음이 풍기는 것만 같았다.

"폐하, 이것은 무슨 조화인가요?"

"수련을 통해 갈고 닦은 나의 기운으로 너의 몸을 보하는 것이다. 본디 무인이 아닌 자에게는 쉬이 해서는 안 될 일이나, 곰곰이 떠올려 보니 너는 내게 검을 배우지 않았더냐."

"해서 시험해 보신 것입니까?"

슬쩍 눈을 흘기는 려화가 귀엽게만 보였다. 하여 휘강이 그녀를 바라보며 파안대소하였다. 그러곤 려화의 이마에 입을 맞추었다.

"내 너를 너무 험히 대한 듯하여 미안한 마음도 있어서 해 보았다. 다행히도 문제는 없어 보이는데. 왜, 어디가 불편한가?"

려화가 고개를 저었다. 제 몸을 어루만지는 그의 커다란 손 중 하나를 끌어와 깍지 끼곤, 그의 손가락 끝의 내음을 맡았다. 청량한 냄새가 난다. 기운에 향도 있음을 처음 알아 퍽 신기하면서도, 옛일이 생각났다.

"무인들끼리는 가능한 일이란 말씀이시지요? 그리고 보니, 돌아가신 제 아버지께서 저와 오라버니에게 검을 가르치고 나선 꼭 오라버니에게만 이리 도움을 주셨습니다."

"한 성의 성주가 제 딸에게까지 무예를 가르쳤다면, 그것이 차별은 아니었을 것이다."

려화가 입을 비죽이며 말하는 것에 휘강이 그녀를 달래듯 답했다. 려화가 추억에 잠긴 얼굴로 배시시 웃으며 고개를 끄덕였다.

"맞습니다. 일절 차별 없이 공평한 분이셨습니다. 어쩌면 제가 편애를 받았을지도 모릅니다. 딸이 귀한 집안이어서요. 근데, 어릴 땐 그것을 몰라 아버지께서 다른 사람들처럼 사내아이만 편애한다고 생각했습니다. 서운해서 어머니를 잡고 펑펑 운 적도 있답니다."

"네가? 항상 어른스러운 모습만 보아서, 나로서는 상상이 가지 않는데."

"네. 제가 그랬답니다."

"아······. 아까 내 위에서도 펑펑 울기는 했구나. 하하하, 그랬었지."

"폐하!"

휘강이 려화를 놀리듯 하는 말에 려화의 눈이 뾰족하게 되어선 휘강을 흘겨보았다. 그에 휘강의 웃음은 오히려 더 커지기만 했다.

기어이 눈가가 흐려질 때까지 웃고 나서야 휘강이 웃음을 그쳤다. 다시금 아련한 추억에 빠져든 려화의 얼굴이 몽롱한 안개 너머에 있는 듯 흐리게만 보였다. 휘강은 려화가 제 품에 있는 현실을 자각하고자 그녀의 머리칼을 매만졌다.

"아무튼, 아버지께서 오라버니에게 한 게 폐하께서 지금 제게 해 주신 것과 같았겠네요."

"아마도 조금, 다르지만 같을 것이다."

"거기까진 제가 모릅니다. 뭐, 결과는 비슷하지요?"

휘강이 고개를 끄덕였다. 어느덧 여명이 밝아오고 있었다. 늦가을은 곧 겨울로 향할 테니, 아마도 이 여명은 휘강이 어서 하루를 시작해야 한다는 채근이리라.

휘강이 아쉬움을 느끼며 자리에서 일어났다. 대충 속옷을 걸친 뒤 려화의 이마에 입을 맞추고 그녀의 몸을 이불을 끌어와 덮어 주었다.

이불을 덮었어도 휘강의 체온만 하지는 못해서, 려화가 추위에 몸을 움츠렸다.

휘강이 아쉬움이 뚝뚝 떨어지는 눈으로 려화를 바라보았다. 얕은 한숨과 함께 돌아섰다. 그러다간 결국 처소를 나서지 못하고 다시 려화에게 다가갔다.

그녀가 누운 자신의 침상 곁에 무릎을 꿇고 앉았다. 감히 황제의 무릎을 바닥에 닿게 한 여인이 된 려화가 눈을 화등잔만 하게 뜨고는 자리에서 일어나려는 것을, 휘강이 말리며 다시 눕혔다.

"추운데 일어나지 말라."

"폐하께서야말로 이러시면 아니 되십니다. 일어나소서."

"전장에서는 날아드는 검과 화살을 피하기 위해 수없이 꿇었던 무릎이다. 아까워 말라."

"그와 지금이 같지 않습니다. 폐하. 저를 역사에 남는 악녀로 만들 셈이십니까?"

"여긴 우리 둘뿐이지 않으냐."

려화의 눈썹이 팔자로 기울어졌다. 휘강은 아쉬운 마음을 가득 담아 려화의 눈썹을 연신 어루만졌다. 그러고는 머리칼을 쥐어 입을 맞추기도 하고, 괜히 이불을 다시 끌어 올려 덮어 주기도 했다.

"채선궁의 아이들에게 직접 명을 내려 널 이곳으로 데리러 오라 할 터이니, 너는 먼저 나가지 말라."

"폐하, 대관절……. 어떤 여인이 폐하의 처소에서 밤을 지내고, 제 궁녀들을 불러들여 채비까지 한단 말입니까?"

"너는 그래도 된다. 네가 총애받는 여인이 될수록, 네게 집중

되는 시선은 많아지겠으나……. 생각해 보니 내가 다 지켜 주면 될 일 아니냐."

"폐하……."

"난 이미 네 말도 안 되는 소원을 들어주었다. 너는 나의 이 작은 것 하나 들어주기가 어려우냐?"

말도 안 되는 소원이란 공영의 일일 터다. 다른 사내의 아이를 자신의 아래에 넣어 달라, 그것도 황제에게 그리 부탁한 것이니 말도 안 되는 소원이 맞았다.

그러니 려화는 입이 열 개라도 할 말이 없어, 그저 불만을 표정으로만 표하며 고개를 끄덕였다.

휘강이 마지막으로, 한 번 더 려화의 머리를 쓰다듬곤 자리에서 일어났다. 그리 다시 몸을 돌리고 용포가 준비되어 있을 방으로 향했다.

처소 문을 나가기 전, 휘강이 꼭 해야 했을 말을 꺼냈다.

"네 오늘 올린 청도 들어주마. 그러니 걱정하지 말고, 한숨 푹 잔 뒤에 네 사람의 도움을 받아 황제궁을 나서거라."

"……감읍합니다."

그제야 휘강이 무거운 발걸음을 돌려 처소를 떠났다. 그의 잠자리에 혼자 남은 려화가, 짧지만 깊은 한숨을 푹 내쉰 채 눈을 감았다.

이미 자신은 휘강을 마음대로 휘두르고 있었다. 역사가 자신을 악녀로 기록할 것이라고?

그것이 겁난다 하였던 것이 바로 조금 전의 자신이란 말인가.

이미, 자신은 충분히 그리 기록되고도 남을 일을 행하고 있었다. 더 무서워할 것도 없건만, 별 핑계를 휘강에게 내밀었다 싶었다.

려화가 실소했다. 곧, 그녀를 괴롭히는 여러 생각조차 려화에게서 멀어지기 시작했다.

그녀의 숨이 고르게 변했다.

***

근래, 잠시 안색이 펴지나 했던 노 시중의 얼굴이 지금은 몹시 흙빛이었다. 며칠은 잠도 들지 못하고 세상 걱정과 근심을 끌어 안은 얼굴이었다.

"폐하께서 다시 채선궁의 계집을 안으셨다……. 그것도 또 황제궁 안에서 말이시지."

가장 가까이에 있었던 일을 읊조리고 곱씹으며, 노 시중의 얼굴은 아까보다 더욱 싸늘하게 식었다. 숙비가 된 공영과 접선이 되지도 않는 와중에 이리 일이 돌아가다니, 별로 좋지 않은 방향이었다.

"더군다나, 숙비와는 연통을 넣을 구멍 하나 없고 말이지."

이번에는 노 시중의 얼굴에 비릿한 미소가 고였다. 어느 하나 그의 표정과 행동에 신경 쓰지 않을, 오로지 그만의 공간이니 노 시중은 거슬릴 것 하나 없이 자신의 감정을 모두 토해 냈다.

그의 늙어 주름진 손이 자신의 수염을 쓰다듬었다. 부드러운 손길이었으나 노기가 가득했다.

"감히, 나의 사람이어서 폐하의 가까이에 얼굴을 디밀 자리까

125

지 올랐으면서도, 그 은혜를 모르고 틀어박혔단 말이지?"

작금의 여러 가지 상황들이 엮여 노 시중의 머리를 복잡하게 만들었다. 어느 순간부터는 자신의 속을 시원하게 긁어 주며 상황을 돕는다 여겨졌던 홍덕권에게까지 의심의 감정을 지우지 못하고 있는 그였다.

조심성이 과한 자신의 성정 때문인가 하였다. 하나 그 이상의 무언가였다. 그는 지금, 자신이 인생에 가장 큰 절체절명의 순간에서 줄타기하고 있다는 느낌을 지울 수가 없었다.

우선 채선궁의 계집을 움직일 장신구가 자신에게 있었다. 그 계집의 본래 신분 또한 알고 있고, 숙비가 된 제미공영은 자신이 보살피던 궁녀들 중 하나였거늘.

이리 작금의 상황을 겉핥기로 늘어놓으면 자신에게 불리할 것이 없거늘 그는 몹시 두렵고 불안했다. 더군다나 이상할 정도로 자신의 마음을 잘 간파하고 깊은 곳을 파고드는 홍덕권은 이제 거북하다 못해 의심의 골이 깊어지기까지 하였다.

해서 근래 정자 회의조차 물렸다. 그리 혼자 고민하길 여러 날, 오늘에 이르러서 노 시중은 있을 수도 없는 의심까지 품게 되었다.

만일 자신의 의심이 옳다면 자신의 모든 패는 물거품이나 다름없었다.

"숙비가 이쪽으로 연통을 하지 못함이, 작금 철통처럼 이어지는 폐하의 수비 때문만은 아닐 것이란 말이지. 그 계집의 머리도 보통은 넘기에 연락책을 맡겼으니 더욱더."

직접 가까이 두고 말을 나눈 것은 몇 번 되지 않았으나, 노 시중은 공영의 영민함이 보통은 넘는다 여겼기에 그녀를 궁과 바깥의 일을 통하는 연락책으로 삼았었다. 그러니 아무럼 황제가 보호라는 미명으로 친히 그녀가 바깥으로 통할 모든 수단을 끊어 놓았다고 해도, 연락할 의지가 있었다면 충분히 제게 연락이 닿았으리라 여겼다.

한데 아무런 연락이 없었다. 먼저 접근하려는 모든 방법 또한 막혔다.

이는, 숙비가 된 공영이 자신과 연락할 생각이 없다고 여겨도 틀림이 없을 상황이나 마찬가지였다.

"폐하께서는 더해 곽인령에게 직접 경고하며 태황태후마마께로 접근하는 것마저 막으셨다. 마치 무얼 느끼신 듯이 말이야."

노 시중이 자신의 의심이 시작된 것들을 하나하나, 마치 눈앞의 누군가에게 알려 주듯 늘어놓았다. 이리해서라도 자신의 말도 안 되는 의심을 누를 수 있을 것 같아서였다.

한데, 이리 늘어놓으니 의심은 오히려 자꾸 커지기만 하였다.

"전부 관련 없는 일인가, 있는 일인가."

침통한 얼굴로 그가 중얼거렸다.

"있으나 없으나, 내게는 그리 좋은 상황은 아닐 터······."

그의 손끝이 앉은 자리의 탁자를 까드득 긁었다. 나이가 들며 두꺼워진 손톱 끝이 괴이쩍은 소리를 내면서 탁자에 갈렸다. 평생을 문관으로 살았던 늙은이의 힘이 만들었다고 보기엔 무서울 정도로 깊은 흔적이 탁자에 남았다.

그 긁힌 흔적을 내려다보는 노 시중의 얼굴에 어떠한 표정도 남지 않았다.

"제미공영 그 요망한 계집년이, 동기였던 채선궁의 계집에게 연통을 넣었음이 확실하다. 폐하의 마음은 어떨지 모르나 채선궁 계집은 분명 폐께 마음이 없는 듯 보였단 말이지. 그렇다면, 저의 살길을 위해 사내에게 여인을 붙여 주는 것이 어렵지도 않았을 터!"

그가 차마 인정하기 싫어 마음속으로만 담고 있던 의심을 확신으로 바꾸어 입 밖으로 내뱉었다. 말이 되어 바깥으로 토해지자, 의심은 기묘한 힘을 얻었다.

이 가정이, 노 시중을 사로잡았다.

공영은 궁과 바깥을 오가는 자신의 수족과 내통을 하던 궁녀였으니, 이 가정이 사실이라면 몹시 큰일이었다.

자신의 치부를, 그 누구에게도 보이지 않으려 했던 모든 것들의 일부를 공영이 알고 있었다. 그 영민한 계집이라면 겉으로 보이는 움직임의 기저에 숨은 뜻까지 어느 정도 파악하고 있었으리라.

그것이 채선궁 계집의 입을 타고 황제에게 전해지리라.

등골이 오싹해졌다.

"그럴 순 없지. 태황태후마마께 쓴 수는 천천히 더 힘을 더할 테니, 그 앞을 막아서는 폐하를 치워 버리면 될 일 아닌가."

노 시중이 다급히 자리에서 일어났다. 자신이 지정한 상대가 아니면 읽을 방법이 없는 서신을 써야 했다.

종이와 붓, 문진이 다급히 그의 손에 잡혔다. 엉망진창으로 구겨진 종이는 평소 노 시중이 보이는 진지함이나 여유로움과는 전혀 어울리지 않는 꼴이었다.

그가 그것을 곱게 펼쳐 문진으로 고정하고, 벼루에는 먹이 아닌 다른 것을 부었다. 투명하기 짝이 없는 그것은 종이를 곱게 태우고 나면 글자만 남게 해 주는 특수한 용액이었다.

노 시중이 그것으로 도국의 말이 아닌, 오랑캐 나라의 말을 짧게 적었다.

<공진성 침략 청탁. 내부 상황 전달 가능. 필승 요구.>

십이 년 만에 보내는, 같은 내용의 서찰이었다.

13장. 봉수대에 일렁이는 꽃잎은 피어올라

가을이 무르익다 못해 찬 바람에 날카로운 기운이 실렸다. 그러니 무릇 겨울이 더 가까웠다 하겠다.

이제, 가을 내내 단내를 풍기며 익었던 과실은 날카로운 바람에 터지고, 새벽이면 하얗게 서리가 앉으며 사각거리는 얼음이 끼었다.

이때 얼음이 낀 과일의 풍미를 즐기는 것도 황궁의 소소한 여흥이었다. 일부러 따지 않고 남겨 두었던 과실이 설게 얼면, 그것을 따서 껍질을 조심스레 벗기고 먹는 것 말이다.

지금 려화의 앞에 놓인 홍시 또한 그리 살짝 얼어 있었다. 그것을, 휘강이 예쁘게 세공된 은수저로 떠서 려화의 입에 가져다 댔다.

"이때만 먹을 수 있는 별미다. 너, 은근히 단 것을 좋아하지 않으냐."

"주시니 먹는 것이지, 기실 좋아하지는 않습니다."

"그럼 먹지 않을 테냐?"

휘강이 어울리지 않게 시무룩한 얼굴로 려화를 바라보았다. 려화가 그의 품으로 파고들어 작게 한숨을 쉰 뒤, 그의 손목을 붙잡아 수저에 뜬 언 홍시를 입에 물었다.

실내는 난방하여 따뜻하기 그지없었다. 어쩌면 후텁지근하다 느껴질 정도였다. 그런 곳에서 달고 차가운 것을 입에 머금었으니, 단 것을 좋아하고 아니고를 떠나서라도 몹시 호강하는 기분이었다.

"맛이 어때, 그리 단 것이 별로더냐?"

"시원한 것이 입맛을 돋울 듯합니다."

"이리 잘도 받아먹으면서, 어찌 단 것을 싫다 하는지."

휘강이 기어이 한 마디 더 덧붙이는 신소리에, 려화가 피식 웃음을 터뜨리며 반박했다.

"폐하께서는 그저 여인이라면 단 것을 좋아하리라 여기시면서, 제가 위리안치 중이던 시절 식음을 전폐하자 무작정 단 것만 들이미시지 않으셨습니까?"

"……내가 그러했는가?"

"그러셨습니다. 아무리 싫다 해도 감히 폐하께서 직접 떠 주시는 것을 죄인의 몸으로 받아먹지 않고 버티는 데도 한계가 있었기에 먹은 것을……."

새초롬한 눈을 하고, 려화가 휘강을 올려다보았다. 그의 품 안에 안겨 머리를 단단한 팔에 기댄 채 올려다보는 모습이 새침하면서도 야릇하기 그지없었다.

휘강은 이미 오늘 밤의 몫을 끝냈다는 것을 까맣게 잊고 다시 금 려화의 안을 찾아들 뻔했다. 하초에 불끈하게 힘이 들어갔다. 이 불길이 쉬이 꺼지지 않을 것만 같아서 그의 얼굴에 난감함이 깃들었다.

당연지사 휘강의 품에 안겨 있는 려화가, 그의 변화를 눈치채지 못했을 리가 없었다. 그녀가 두 번째 수저를 휘강에게 받아먹고는, 그의 품에 언제 찾아들었냐는 듯 휙 떠나갔다.

공허한 싸늘함만이 남은 자신의 가슴팍을 내려다보며 휘강이 한숨을 내쉬었다. 근래 평화롭다 못해 지루하다시피 흘렀던 나날들을 전부 려화로 채우며 보냈던 그였다.

그러기를 며칠, 려화는 몸이 축나다 못해 건강에까지 타격이 미치기 일보 직전이 되었다. 이리되니 려화는 휘강에게 단호하게 요구했다. 아니, 요구할 수밖에 없었다.

'이리 매일 찾으시려거든 두 번. 그 이상은 제 몸이 버티지 못합니다. 폐하.'

려화의 요구에 휘강은 쉬이 그러마 답은 못 했으나, 차마 반박하기에는 또 양심이 찔려 꿀 먹은 벙어리가 되었었다. 그리 어영부영, 휘강과 려화가 밤을 보내거든 딱 두 번. 그것이 암묵적인 규칙처럼 자리 잡았다.

오늘은 이미 두 번을 채운 터였다. 려화는 은은하게 지끈거리는 허리를 휘강의 품에 기대어 쉬고 있다가, 이래선 안 되겠다 싶어 피해 엎드린 참이고 말이다.

괜한 반응을 보인 제 중심에 품에 안고 있던 보물을 놓친 휘강이 크게 한숨을 내쉬었다.

휘강이 수저로 몇 번 찔끔거리며 려화에게 내주고 남은 커다란 홍시를 한입에 털어 삼켰다. 제 속에 인 천불을 끄기 위해서말이다.

그리해도 목구멍만 시릴 뿐 몸에 오른 열기는 식지 않았다. 려화는 오늘은, 도통 도와줄 생각은 없는지 딴청만 부렸다.

휘강은 제가 어쩌다 이런 신세가 되었나 한숨을 또 내쉬며 제 중심으로 손을 뻗었다.

"아."

려화는 딴청을 피우다간 갑작스레 무언가 떠올렸다는 듯 입을 열었다. 그러잖아도 려화를 눈요기 삼고 있던 휘강의 시선이 더욱 진득하게 그녀에게 달라붙었다.

"왜 그러느냐?"

"숙비께서 입덧이 끝나 갈 터입니다. 그분께 이 홍시를 올리면 좋을 텐데요."

"알아서 찾아 먹겠지."

"폐하께서 직접 찾아가 건네주셔야지 않겠습니까?"

려화의 군소리에 휘강은 어찌할 바를 모르던 제 안의 열이 뚝 떨어지는 것을 느꼈다. 그에 따라 곧 자신의 중심에도 반응이 왔다.

하다 끊긴 떨떠름한 느낌에 휘강이 잔뜩 인상을 찌푸렸다. 려화가 그제야 휘강의 눈치를 살살 살폈다.

"너는 대체, 그 궁녀의 일은 내 비로 삼는 것으로 끝 아니었느냐?"

"일을 하려거든 끝까지 잘 마무리를 해야지 않겠습니까? 아직 아이가 태중에 있거늘, 태어나니 딸이라 흥미가 식었다는 흉내를 내시더라도 출산 전까지는 잘 대해 주셔야 말이 맞지요."

려화의 말은 옳았다. 하나 틀린 것 없이 옳았으나, 휘강은 대관절 자신이 그렇게까지 해야 하는가 하는 생각을 지울 수가 없었다.

"본래 이 도국의 황제란 변덕이 죽 끓는 미친놈이니, 적당히 알아서 생각하겠지. 거기까지 신경을 써야 하겠느냐?"

"폐하. 태황태후마마의 시야는 아직 명정하십니다."

려화의 말에 휘강이 그녀를 향하던 시선을 거두었다. 그 말대로 자신의 조모인 태황태후의 두 눈이야 멀쩡하겠지만, 자신이 보고 들은 것을 옳은 머리로 사고할지는 알 수 없는 일이었다.

'언제, 정신을 잃으실지 알 수 없다. 치매는 이미 시작되었으니.'

다만 아무리 려화의 앞이라도 이런 이야기를 쉬이 꺼낼 수는 없었다. 그러니 휘강은 입을 꾹 다문 채 고집부리는 아이의 형색을 할 따름이었다.

"폐하……."

멀찍이 떨어져 엎드려 있던 려화가 휘강의 곁으로 다가왔다. 그의 어깨를 손으로 짚고, 그의 앞에 무릎을 꿇은 채 남은 손으로 휘강의 중심을 감쌌다.

시킨 일이 많지 않으니 서툰 손길이, 그러나 그러므로 더욱 자극적인 손길이 휘강의 거근에 몰아쳤다. 힘을 잃고도 크기가 범상치 않은 것이 곧 제 본래의 크기를 찾아 더욱 거대해졌다.

언제 김이 팍 새서 죽었나 싶을 정도였다.

휘강은 괜스레 려화가 얄미워 그녀를 흘겨보았다. 려화는 휘강의 날 선 시선을 느끼고도 그저 피식 웃었다. 이제 그녀의 안에서 황제의 위상이란 바닥에 떨어지고도 남았으리라.

"으음……."

저음의 만족감이 휘강의 입술을 타고 흘렀다. 려화가 기꺼이 더욱 정성을 쏟아 손을 놀렸다. 연모하는 여인의 손을 빌려 하는 수음이었다.

휘강은 확 몰려오는 사정의 기운을 참지 않고 그대로 내질렀다. 참으면 려화의 손길을 더 느낄 수 있겠으나, 그만큼 려화의 가녀린 팔을 힘들게 할 터이니 말이다.

"후우, 숙비를 찾는 값을 미리 치른 것이냐?"

"모자라십니까?"

"한참."

려화에게 아주 오랜만에 당혹감이 찾아들었다. 그녀가 어찌할 바를 모르는 표정을 지었다. 그것이 귀여워, 조금 토라지나 싶었던 휘강의 속이 확 풀렸다.

그가 자신이 사정한 흔적을 뒤처리하며 려화의 손에 묻은 것도 닦아 주었다. 그리고 이번에는 자신의 의지로 려화를 품에 안아 제게 기대도록 도왔다.

여전히 황망하게 멍한 려화를 품에 안고, 그녀의 머리를 쓰다듬자 휘강의 마음은 더욱이 차분해졌다.

"뭘 그리 당황하고 그러느냐?"

"음……. 제가 폐하께 드릴 수 있는 게 더 없으니 이를 어쩌면 좋을지 몰라서요."

"기어이 날 숙비에게 보내야겠느냐?"

려화가 입술을 비죽이 내밀고 고개를 끄덕였다. 내리깔린 눈매를 따라 늘어진 속눈썹이 그늘을 만들었다. 그 그늘이 길고 깊어서, 휘강은 려화의 말간 담갈색 눈동자가 그새 퍽 그리워졌다.

하여 려화의 고개를 들어 올리고, 그녀의 입술을 부드럽게 훔쳤다. 려화가 놀라 눈을 동그랗게 뜬 채 휘강을 바라보았다.

가볍게 떨어지는 입술에 안도하는 기색이 가득한 려화를 보자, 야속하면서도 귀엽기 짝이 없었다. 휘강이 부드러운 목소리로 려화에게 속삭이듯 말했다. 그녀의 말간 찻물 같은 담갈색 눈동자를 똑바로 바라보며 말이다.

"그렇다면 네 몸 말고, 내 추억을 내게 달라."

"그것이 무슨 말씀이신지요?"

"내 너의 말대로 숙비가 있는 도아궁을 방문하겠다."

"그리 해 주신다면야 어찌 제가 더 바랄 것이 있겠습니까?"

말과는 달리 요즘 은근히 바라는 것이 참 많았던 려화였던지라, 휘강은 그저 웃으며 려화의 콧등을 부드럽게 쥐고 흔들었다.

"아픕니다!"

"얄미워서 한번 해 봤다. 한데 그리 아프게 잡지도 않았거늘."

"폐하께서는 무인이십니다. 무인의 살살과 일반인의 살살이 그 경우가 다름을 상기해 주셔요."

"설마 내 너를 대하는 것에 있어 그것을 모를까."

려화가 괜히 제 엄살이 까발려진 기분에 휘강을 슬쩍 흘겼다. 밉지 않은 시선이었기에 휘강은 그를 웃음으로 답해 주었다. 려화가 새침하게 시선을 피하며 말을 돌렸다.

"그래서, 추억을 달라는 말씀은 무슨 뜻이신지요?"

"내가 숙비를 찾은 이후에, 날을 잡아 복숭아 농원에서 잠시 시간을 보내자는 뜻이다. 아주 오래전의 기억을 떠올리며 말이지."

휘강의 말에 려화의 얼굴이 묘해졌다. 그의 입술을 타고 추억이라는 단어가 흘러나온 것부터가 낯설 정도로 생소한 감각이건만.

그는 정말로 과거의 그때를 추억하자고 제게 말하고 있었다. 도휘강이라는 사내가 말이다.

정말로 연심이 그를 변하게 한 것인가? 저 마음은 언제까지 이어질 것인가. 아니, 이 모든 것을 다 떠나서 공려화 자신은 어떠한가.

당장 눈앞의 휘강을 두고는 어떠한 감정도 지니지 않았다. 필요하다면 그를 이용하기까지 했다. 어쩌면 그도 자신을 이용하는 것이라 여겼다.

그의 마음을 농락하는 것일 수도 있으나, 그보다 자신의 몸을 취하는 것으로 값을 치른다고 생각하고 넘겼으니 말이다. 제가 엉덩이 가벼운 여인이 된 것인가 싶어 간혹 실소를 터뜨리긴 하였으나, 그 상대가 만인지상의 황제 하나라면 나쁘지 않다 여겼다.

휘강을 도휘강이 아닌, 자신이 이용할 황제로 여기고 그리 철저히 분리해 나갔다.

그 이유가 무엇인가.

과거의, 전쟁에 미친 악귀인 것과 황제인 것을 몰랐던 도휘강에게 품었던 제 마음마저 다 버리지는 못했기 때문이었다.

후회 가득한 감정이었을지언정, 이제 텅 비어 버린 마음으로는 앞으로 다시 가질 수 없을 감정이라 여겼기에 더욱이 버릴 수 없었다. 그래서 과거의 조각이나마, 제가 가졌던 마음의 파편이나마 남겨 쓸어 보고 꺼내 보려 하였다.

오로지 혼자 말이다. 어머니와 아버지, 그리고 동생과 오라비를 추억할 때 그러했듯 혼자서.

그랬던 추억을, 누구보다도 가장 함께하고 싶지 않은 휘강이 저와 함께 반추하자 말한다.

"저는⋯⋯."

거절하고 싶었다. 차라리 당장 몇 번이고 안아 달라고, 그것으로 값을 치르라고 하고 싶었다. 하나 그리 말해 휘강에게 제 속을 내 밝히는 것이 더욱 싫고 괴로웠다.

려화는 꺼내려던 말을 모두 씹어 삼키고, 표정까지 바꾼 채 제 속과는 다른 말을 뱉었다.

"폐하께서 고작 그러한 것으로 제 부탁을 들어주신다면, 제게만 너무 이득이 아니겠습니까?"

려화는 자신과 휘강을 모두 기만하는 말을 꺼내며 웃었다. 그 웃음이 몹시 해사하여 휘강은 려화의 진짜 속내는 알아채지도 못했다. 하여 제게 닿은 려화의 해맑은 독기에 씁쓸하게 웃을 따름이었다.

"지금의 네겐 그저 고작이구나."

"그저 흘러간 시간이니까요."

"한데 내가 네 부탁을 들어주는 것이 그리도 기쁘더냐?"

휘강의 물음에 그제야 려화는 자신이 얼마나 과하게 웃고 있는가 깨달았다. 볼 가에 경련이 느껴질 정도였다.

"어찌 기쁘지 않겠습니까?"

"근래 보던 중 가장 밝은 웃음을 짓고 있지 않으냐. 나를 다른 여인에게 보내 놓고."

"응당, 정치적으로도, 제게도. 꼭 필요한 결정을 내려 주신 것이니까요."

이번에 려화가 지은 미소는 조금 진심이었다. 휘강이 이번에는 차마 미소로 화답조차 하지 못한 채, 쓴 것을 입에 가득 문 표정으로 려화를 향해 팔을 벌렸다.

려화가 조심히 그의 품 안으로 안겼다. 뜨거운 피가 흐르는 여인을 안았건만 휘강이 느끼는 온도란 몹시 차가운 돌을 안은 것만 같았다. 내도록 봄처럼 따뜻한 사람이었던 이를 이리 만든 것은 저인지라, 휘강은 차마 그것을 서운하게 여길 자격도 없었다.

려화는 반대로 제 등을 끌어안는 휘강의 팔에서 절절한 열기를 느꼈다. 하나 들끓는 용암도 차디찬 파도에게 때려 맞으면 식고야 말지니.

이리 매일 저를 안는 휘강의 마음도 언젠간 식지 않을까, 그리여겼다.

같은 자리에서, 서로를 안고 온기를 공유하고 있을진대 느끼는 바도 생각하는 바도 달랐다. 아직은 서로 그리할 수밖에 없는 사이였다.

"폐하께서 날 찾으신 건 역시 네 부탁이 있어서였구나."

"응당 그리하셔야 옳은 일이지 않습니까. 잠시 잊으신 것을 제가 귀띔해 드린 것에 지나지 않습니다."

"폐하께서 반드시 날 찾아오셔야 할 이유는 없지."

이번이 두 번째, 숙비가 된 공영과의 만남이었다. 공영은 늘 자신의 배 속에 품은 아이가 진실로는 휘강의 아이가 아니며, 지금의 자리는 빌린 자리인 것을 잊지 않았다.

하여 려화가 휘강에게 자신을 찾으라 청을 올린 것 또한 고맙기보다는 죄스럽고 불편하게 여겼다. 려화는 새삼스러운 눈으로 공영을 바라보았다.

공영이 자신의 진짜 처지를 잊거나, 혹 다시금 노 시중의 편에 붙을 수도 있다는 생각을 했었다. 그리하여 휘강을 통하여 그녀를 경계했던 것이 사실이었다.

기실 궁녀가 된 이유부터가 권력을 좇기 위해서였던 아이다. 그리해 제 속을 숨길 방법을 덜 배웠던 어릴 적엔, 아무 생각 없이 궁에 들어온 려화를 이해할 수 없다는 눈으로 바라보기도 하였지 않던가.

세월인가, 아니면 태중에 품은 아이인가. 과거의 공영과 지금의 그녀가 다름을 려화는 새삼스레 느꼈다. 또한, 자신이 얼마나 그녀를 신뢰치 않았는가 하는 것도 느꼈다.

그리 깨달으니 보였다. 만일 태중의 아이가 사내아이인지라, 제 기를 펼쳐 보지도 못하고 정말로 음양의 이치를 그르치고 살다 죽을까 걱정하는 어미의 모습이 말이다.

그녀의 불안함은 태어난 아이가 딸임이 확실해지면 나아질까. 아니, 그렇지는 않을 것으로 보였다. 숙비가 된 것부터가 려화를 통해 억지 감투를 빌려 쓴 것에 지나지 않았기 때문일까.

"폐하의 유일한 비가 숙비 마마이시온데 어찌 그리 생각하십니까?"

"정무에 바쁘신 분이지 않으냐."

공영이 제 말을 다 잇지 못하고 려화에게 말했다. 그녀는 차마 답답한 가슴을 치지 못하고, 그사이 더욱 눈에 띄게 부른 배 위로 손을 올렸다.

려화가 그 위로 제 손을 포개어 부드럽게 쓰다듬었다. 둘을 지켜보던 궁녀들의 눈에 날이 섰다. 공영이 궁녀들을 서늘한 눈으로 훑었다. 그리해도 그녀들의 날 선 시선이 가라앉지 않자, 아예 처소 밖으로 물려 버렸다.

공영이 두 번이나 자리를 비우고 물러가라 언성을 높이고 나서야 궁녀들은 물러갔다. 차마 제가 낄 자리는 아닌지라 입을 다물고 있던 려화가, 기어이 공영이 궁녀들을 내보내고 둘이 되자 조심스레 입을 떼었다.

"저들은 숙비 마마께서 받는 총애를 함께 받아먹고 사는 것과 다르지 않은 처지, 마마의 태중 아이에게 가해지는 위해에 예민할 수밖에 없지 않겠습니까?"

"아무리 그리해도 나는 몇 번이나, 네가 내게 위해를 가할 인사는 아니라고 말했다."

"저들에게 저는 폐하의 옆을 차지하고 있는 간악한 계집입니다.

궁녀도, 비빈도 아닌데 폐하를 휘어잡고 휘두르는 악녀이지요."

"네 본심이 그렇지 않다고는 내 몇 번이나 말했다."

"깊은 속까지 알 수 없으니, 저들이 소인을 경계함은 당연한 일입니다."

서글픈 얼굴로 공영이 시선을 내리깔았다. 마치 자신을 죄인으로 여기는 것만 같았다. 지금의 자리가 그녀에게 그리도 무거울까. 사실, 려화는 공영이 비빈의 자리를 얻거든 처음 자신을 찾아왔을 때보다 그저 행복하기만 할 줄 알았다.

그리해 그녀에게 그 자리가 그저 만만한 자리가 아님을, 쉬이 마음을 바꿔서는 안 됨을 상기시켜 줄 생각을 계속 품고 있었다.

정말로 자신이 악녀라도 된 기분이었다. 공영이 이리 불안해하는 모습을 보니 그러했다. 제 태중의 아이가 안전을 찾아 그저 행복해할 줄만 알았다. 하여 아이가 태어나면 혹 기고만장할까 그런 것만을 생각했거늘.

자신이 생각한 것보다 공영의 속은 깊었고 보다 나은 어른이 되어 있지 않은가. 되레 려화는 자신의 낯이 더 부끄러워졌다. 공영은 자신을 도움이 될 어른으로 보고 다가왔거늘, 자신은 공영을 계속 어릴 때의 그녀로 보고 있었다.

미안함이 물밀 듯 몰려왔다. 더해 아이에게 공영의 부담이 해가 되지는 않을까 걱정되었다.

"아직도 두려우십니까? 노 시중이, 그리고 폐하가요. 그리도 두려우십니까?"

"두려워. 진실을 숨기는 것이 이리도 두려움을 나는 몰랐어. 내가……."

정말로 짙은 죄책감이 어린 공영의 시선이 려화를 향했다. 짙은 밤색의 눈망울 아래로 그보다 더욱 깊은 어둠이 내리깔렸다.

"내가 너에게 거짓을 뒤집어씌울 때는 몰랐던 두려움임에, 더욱이 수치스럽기도 해."

먹먹하고 무거운 말이었다. 그 무게가 려화에게까지 고스란히 느껴졌다.

려화가 공영의 배를 쓰다듬던 손을 옮겨 그녀의 손을 붙잡았다.

"마마께서 저의 처지를 곤란케 했던 과거를 용서합니다. 그 죄책감의 무게를 보았으니."

"려화……."

"그래서 마마께 절대 허하지 않으려던 말을 드리지요. 만일, 마마께서 시중을 두려워하지 않아도 될 미래가 온다면 말입니다."

공영은 상상조차 가지 않는 미래를 말하는 려화를 바라보며 침을 꿀꺽 삼켰다. 제 어미의 속을 아는지, 아까까지 려화와 제 어미의 손을 즐겁게 톡톡 치던 태중의 아이조차 조용해졌다.

"마마와 아기님을 먼 곳에서 편히 살 수 있도록 돕겠습니다. 마마께서, 정히 이 궁이 두려우시다면."

"그런……."

"다만……. 마마께 송구하게도 이런 미래가 온다 한들, 궁을 떠난 아기님이 불온한 생각을 품게 되는 미래까지 제가 수습해 줄 수는 없습니다. 이해하시지요?"

공영이 고개를 끄덕였다. 자신이 차지한 숙비의 자리가 타인의 눈에는 분명 영화롭고 권력 있는 자리로만 보일 것이다. 하나 그 안에 숨은 뜻을 다시 보면, 황제와 려화의 감시에서 쉬이 벗어날 수 없는 자리였다.

려화는 미래에 이러한 치부가 밝혀질 위험을 감수하고 이리 말하는 것이었다. 만일 자신이 숙비의 자리를 벗어나 살다가 과거의 일을 밝히기라도 했다간 모든 책임을 둘러써야 하는 것은 려화이리라.

지엄한 황제의 권위는 땅으로 떨어질 수 없기에, 그의 치부까지 전부 려화의 악행이 될 것이었다. 폐하의 총애와 어진 마음을 흩뜨려 황실 기강을 무너뜨린 것은 전부 려화의 죄가 되리라.

그것을 알고서도, 려화는 궁에서 자라 범인이 될 아이가 혹 품을 불온한 마음마저 막아 줄 수는 없다고 말했다. 그것까지는 품어 줄 수 없는 자신의 처지가 미안하다는 듯이 말이다.

"떠나지……."

그 마음을 엿보았는데, 감히 혼자 조금이나마 편한 길을 떠날 수는 없었다.

"않을 것이다."

"숙비 마마……."

"궁에 남아, 폐하와 네게 도움 될 일이라면 모두 할 것이다."

려화가 안타깝다는 기색을 숨기지 못한 채 고개를 내저었다.

"단언하지 마십시오. 마마께서 수태한 따님이 음기보다 양기가 강한 아이이거든, 지금의 선택을 후회하실 터입니다."

"그래도 죽을 목숨을 구명 받았는데, 거기까지 욕심낼 정도로 염치가 없지는 않아."

려화의 생각보다, 공영의 심지는 아주 일찍 단단하게 굳어졌다. 저것이 아이를 가진 어미의 강함인가 하는 생각이 문득 려화를 스쳐 지나갔다.

혀의 뿌리부터 잔잔한 씁쓸함이 느껴졌다. 자신의 궁은 이제 무엇을 품을 수 없으니, 저리 곧은 단단함은 이제 자신의 것이 될 수 없을 터이다.

은혜를 잊지 않고 저와 휘강의 은혜를 갚겠다, 같은 모습으로 행동하는 공영에게 감사함을 느꼈다. 그것은 속내를 가린 거짓이 아니라 진실로 려화가 느끼는 감정이었다.

그러나 부푼 배가 부럽고, 부럽고 부러웠다. 마음을 다시 다잡기에 오랜 시간이 걸렸다. 공영의 말에 바로 답하지 못한 이유는 그 때문이었다.

처음부터 공영이 어미가 된 것이 부러우면서도, 그를 시기하기보다는 그녀의 아이를 제 아이처럼 함께 아껴 주고 곁에 두고 보자 다짐한 것은 자신이면서 말이다.

"어떠한 처지이든, 숙비 마마의 아기님은 행복하시겠군요."

"전부 네 덕이야."

려화가 고개를 저었다. 말라 가는 입술을 혀로 축이고 얕은 한숨을 뱉었다. 가질 수 없는 아이에 대한 슬픔을 차라리 일찍 곁을 떠난 가족들에 대한 슬픔으로 바꾸었다.

"아닙니다. 심지 곧고 단단한 어미의 아래서 자라는 아이는 행복하니까, 그런 뜻으로 드린 말씀입니다."

"나는……. 나는 그러하지 않아. 곧고 단단한 심지와 인내를 너에게 비할까."

"어미 된 자의 것은 조금 다릅니다. 그리 느껴져요. 아니, 제가 잘 압니다. 돌아가신 저의 어미께서 제 곁에 계셨을 때, 저 또한 행복했기에 말입니다."

단호한 려화의 어조 때문일까, 아니면 어릴 적 행복할 때를 떠올리며 슬퍼하는 려화의 얼굴 탓일까. 공영은 마주한 려화의 곧 터질 듯 가득한 감정을 마주하곤 아무런 말도 할 수가 없었다.

그저 의미 없이 고개를 끄덕였다. 려화는 숨을 깊이 들이마셔 뒤늦게 감정을 갈무리해 넘기는 데에 성공했다.

다만 조가비처럼 꽉 다물린 입술은 다시 열릴 줄을 몰랐다. 공영은 조심스레, 어설프게 웃는 낯으로 려화에게 먼저 말을 꺼냈다. 어쩌면 려화를 달래는 듯도 보였다.

"네가 말한 것처럼 시중을 무서워하지 않아도 될 때가 오면 말이야."

"편히 하문하셔요."

"너야말로 폐하께 고향으로 돌아가고 싶다 청해도 되지 않을까, 그런 생각을 했어."

편히 말해도 좋다 하였지만, 공영의 입에서 이런 말이 나올 줄은 몰랐다. 려화는 하여 또 한 번 입을 꾹 다물었다. 떠나온 지 오 년을 훌쩍 넘은 공진성은 어찌 변했을까.

이제 아비도, 어미도, 형제들도 남지 않은 그곳은 과연 전쟁의 상처를 모두 수복했을까. 다음 성주가 되어 그곳을 다스리고 있는 이의 성정은 온화하고 공명정대할까.

의식적으로 잊고 있었던 공진성을 향한 생각들이 봇물 터지듯 터져 나와 려화의 안에서 갈래를 치고 흩어졌다.

공영은 자신의 질문이 되레 려화에게 더 큰 상처를 남긴 듯이 보여 안절부절못하였다. 려화가 공영을 달래듯 따뜻한 시선으로 바라보며 고개를 내저었다.

"어찌 그런 눈으로 보십니까. 그저, 잊고 있던 것들을 떠올리니 생각이 복잡해 표정이 잠시 어두웠던 것이 마마의 심기를 어지럽힌 모양입니다."

"부러 잊고 있기보다……. 나는 네가 고향을 그리워할 줄 알았어. 미안해. 미안해 려화. 나는 죽 수도에 살아 너와 같은 아픔을 겪지 못하였으니……."

"아니에요. 마마의 따뜻한 마음은 제게 다 전해졌습니다. 그저, 제겐 다시 돌아갈 마음이 없을 따름입니다."

려화의 답에 공영이 고개를 끄덕였다. 려화의 반응이 그녀의 심기를 적잖이 어지럽힌 모양이었다. 이제 제법 부른 배가 딱딱하게 굳어졌다. 혈색 없이 희게 질리는 공영의 얼굴에 려화가 물러간 궁녀들을 다시 부르려 했다.

"괜찮으신지요? 궁녀를 통해 황의를 부르셔야 하겠습니다."

"아니, 그런 것은 아니야. 그저 간혹 이리 배가 싸르르 아픈 것은 문제 될 것이 아니라 했어."

"제가 마마의 심기를 어지럽힌 것입니까?"

공영이 고개를 저었다. 려화의 말이 틀리진 않았으나, 먼저 려화를 불편하게 한 것은 자신이었다. 이는 자신이 죄책감을 느껴 일어난 것이니 려화를 탓하듯 답할 수 없었다.

"어찌 이게 네 탓이야. 그저……."

공영의 심지가 곧아졌던들, 아이를 수태한 산모인 이상 그녀

147

의 마음은 깨지기 쉬운 사기그릇과도 같았다. 사소한 것에도 감정이 휘둘리고, 어지러워지고, 모든 것에 신경이 쓰이게 되는 것이었다.

이런 공영의 앞에 자신이 오래 있어 좋을 것이 없었다. 려화가 얕은 한숨을 내쉬었다.

자신은 괜찮다며 만류하는 공영을 부축하여 침상에 눕혀 주고는, 슬슬 자리를 뜰 준비를 하였다. 때마침 곧 휘강과 복숭아 농원에서 만나기로 한 시각이 가까웠다.

"부디 몸 보중하셔요. 당장 황의를 불러야 옳을 터인데 고집을 부리시니, 도리를 모르겠습니다."

"지금 황의를 불렀다간 네가 곤란해지니, 그럴 수 없어. 어차피 곧 황의가 찾아올 시간이기도 하고······."

"그나마 다행입니다. 그러시다면, 전 이제 물러가겠습니다."

공영이 려화의 손을 붙잡고 쓰다듬으며 고개를 끄덕였다. 이마에 식은땀이 맺히기 시작하는 것을, 려화가 품에 지니고 다니는 손수건으로 닦아 주었다. 홍복을 기원하는 홍련을 그려 놓은 것이었다.

공영은 혹여 제가 려화를 붙잡는 것일까 하여, 려화의 수건을 받아들고 직접 땀을 닦았다.

려화가 안타까운 눈빛으로 공영을 바라보며 인사를 대신하였다. 파르르 떨리는 눈꺼풀을 내리감은 공영의 얼굴에는 금세 혈색이 돌아오기 시작했지만, 려화의 마음은 쉬이 안정을 찾기 어려웠다.

먼저 아이를 잃어 본 어미의 마음이 노파심을 불러일으켰기 때문이었다. 그마저 뒤늦게 파악한 공영이 웃음으로 려화를 배웅했다.

"걱정 마. 정히 걱정된다면, 이 홍복이 담긴 수건을 너라 생각하며 마음을 다스릴게. 지금 내게 있어 너만큼 든든한 사람이 없으니 말이야."

차마 공영을 말릴 재간이 없던 려화가 가벼이 예를 취하곤 물러났다.

곧 궁녀들이 공영의 처소로 다시금 돌아와 자리를 채웠다. 공영은 려화의 손수건을 손에 꽉 쥐고, 이불 안으로 제 손을 숨겼다.

손끝으로 느껴지는 안정감 때문인지, 공영의 굳어졌던 배는 정말로 금세 풀렸다.

*
**

바로 일여 년 전까지, 려화를 만나러 이 길을 오르는 동안 어찌 그리 입꼬리가 간지러웠는지 이제야 깨달았다. 설렘이었다. 려화를 만나면 광증도, 간악한 신료들도 신경 쓰이지 않았던 모든 이유가 전부 려화였다.

그런 여인에게 자신은 큰 아픔을 주었다. 려화를 알던 때부터 모르는 때까지 전부를 통틀어 말이다. 이 깨달음이 조금만 더 일렀더라도 려화의 상처를 덜 수 있었을까. 그러한 생각들 때문인지 휘강의 걸음은 도통 속도가 나지 않았다.

하여 약조한 시간보다 일다경이 조금 넘어서야 휘강은 복숭아 농원에 도착했다. 가을을 맞아 오색 찬연한 빛으로 물들었던 이 파리들도 하나둘씩 바닥으로 떨어져 메말랐다. 그러하니 휘강이 걸어온 길에 남은 것은 앙상한 가지와 몇 개의 갈색 이파리뿐이었다. 그러나 초라한 겨울 초입의 가운데 자리한 복숭아 농원은 달랐다.

땅은 연녹색의 잔디가 보드랍게 돋아나, 이곳만큼은 언제나 봄이었다. 과거의 어느 때처럼 지금도 그러했다. 그 봄의 가운데에 가냘픈 가을꽃처럼 바람에 이리저리 휘둘릴 듯한 려화가 있었다.

추억을 반추하는지, 아니면 다른 생각에 잠기운 것인지 려화의 시선은 아주 먼 곳을 향하고 있었다. 하여 휘강이 도착한 것마저 아직도 알아채지 못했다.

휘강은 인기척을 내어 려화에게 자신의 도착을 알리려다가 그만두었다. 그녀의 사색을 방해하고 싶지 않았다. 그저 이 공간에 도착하고도 없는 사람인 것처럼 려화의 뒤, 가까운 나무에 등을 대고 앉았다.

바람이 불었다. 얇고 보드랍게 땅을 덮은 잔디와 복숭아나무 잎사귀가 흩날려 사락거리는 소리를 냈다. 려화의 눈은 여전히 먼 곳을 보고 있었다. 휘강이 려화의 눈이 향하는 곳을 가늠해 보았다.

넓고 광대한 황궁을 훌쩍 넘어서까지 이어진 시선의 끝에 선명하게 잡히는 것이라고는 홀로 높게 세워져 외로운 봉수대뿐이었다.

려화가 어찌하여 저것을 바라보는가. 고민에 빠져 휘강의 미간에 얕은 주름이 잡혔다. 고민의 실마리는 려화의 본래 신분에 있었다. 그녀는 공진성 성주의 딸이었으니, 저 봉화에서 과거의 전쟁을 읽었을지도 모른다.

도국은 전쟁이나 침략에 있어 확실하게 상황을 파악하는 것을 몹시 중히 여겨, 봉화의 관리는 지방의 영수들에게 직접 맡겨 왔으니.

"고향에서 이곳까지, 저는 저 높은 탑을 따라 왔답니다. 간혹 선두가 길을 잃으면, 가까운 봉수대를 찾으면 좋을 것이라 말을 전했어요."

"내가 왔음을 알고 있었구나."

휘강의 답에 려화가 그를 보며 흐리게 웃었다. 휘강이 다가와 려화를 품에 안았다. 려화가 휘강의 품에 익숙하게 제 머리를 기대고 편히 고쳐 앉았다.

"한데, 그때의 저는 고작 열셋의 나이였습니다. 거기다 겉보기에는 열하나에서 둘의 나이로밖엔 보이지 않았으니 어떤 어른도 제 말을 따르지 않더군요."

"그랬겠군."

"나중에는 그냥 따라갔습니다. 도국이 넓기는 하더군요. 족히 이 년을 헤맸으니 말입니다."

아둔한 백성들에 의해 려화가 고생한 기간이 길어졌다. 그 생각을 지울 수 없어 휘강의 미간에 잡힌 주름이 짙어졌다.

그의 품 안에서 슬며시 몸을 돌린 려화가, 휘강의 미간에 잡힌 주름을 손끝으로 문질러 펴 주었다. 그러고는, 저는 괜찮았다는 듯이 웃으며 고개를 가로저었다.

사방 천지에 복숭아 향이 달콤하게 감돌건만, 휘강에게는 오로지 려화의 은은하고 따뜻한 꽃향기만이 느껴졌다. 세상에 유일하게 느껴지는 것이라곤 연모하는 이의 것들뿐이었다. 이 생경한 감각이 나쁘지 않으니 참으로 불가해한 일이었다.

"그래도 혼자가 아니라 외롭지 않았습니다. 지저분한 꼴을 하고 누더기를 걸치고 있으니, 저의 신분도 성별도 조금은 숨겨져 아무도 해코지하려 하지 않아서 마음 또한 편했습니다."

저를 달래듯 뱉는 려화의 말에 마음이 사르르 녹는다. 녹다가도 다시, 그녀의 말을 들어주지 않은 자들을 향해 분노가 샘솟았다.

그러다간 다시.

결국 려화를 가장 괴롭게 하고, 그녀의 어떠한 것도 제대로 들을 생각을 하지 않았던 것은 바로 자신임을 깨닫고야 휘강은 수그러들었다.

"네가 그렇다면 그리 아마."

"그들도 전쟁으로 모든 것을 잃은 팍팍한 사람들이었으니까요. 어린아이의 말을 믿고 따르기는 쉽지 않았겠지요."

휘강의 답이 못 미더운지 려화가 한 마디를 더하였다. 휘강은 괜히 그런 려화가 얄밉기도 하고 귀엽기도 하여 그녀의 콧잔등을 매만지다가 아프지 않게 잡았다 놓았다.

잠시 미간을 찌푸렸던 려화가 이내 표정을 풀고는 다시 봉수대가 있는 곳을 바라보았다. 실은 휘강에게 말한 것 이상의 먼 과거를 반추하고 있었다.

지금 그녀의 머릿속을 채운 것은 평화롭고 고즈넉했던 공진성의 어느 때였다. 성주였던 아비와 그를 보필하던 어미가 살아 있던 때.

오라버니는 계집애가 무슨 검이냐며 제 작은 목검을 가져가 놀리다가도, 아버지에게 혼나고 온 날이면 슬그머니 옆에 와서 목검을 돌려주었다. 그러곤 등을 토닥이며 얼른 검을 배워서 아버지를 혼쭐을 내 주자며 웃으며 달래 주기도 하였다.

아버지는 종종 천방지축인 고명딸을 엄히 혼내긴 하셨지만 자애롭고, 어떤 아버지보다도 자유를 주셨다. 가끔 조막만 한 손으로 만든 매듭끈을 직접 검에 달아 놓으면 어찌나 칭찬을 아끼지 않으셨는지 얼굴이 붉게 달아오를 정도였다.

어머니는 어떠했던가. 평시에는 조용하시지만 아버지의 결정이 탐탁지 않거든 물러서지 않고 맞서셨다. 어조는 부드러웠으나 말에는 힘이 있었고, 가냘픈 몸으로도 결국 제 딸아이를 지켜 내셨지.

늘 어미의 품에 안겨 앙앙대는 것만 보았던 제 어린 동생은 마지막에는 누구보다 의젓했다. 어미의 슬픔을 다 알기라도 하듯, 그리 불길에 잡아먹히면서도 울음소리 하나 내지 않았다. 대신에 어미와 먼 길 가는 것을 놓치지 않을 거라는 듯, 어미의 어깨를 아주 꽉 붙잡고 동그란 눈으로 생의 길을 홀로 가야 할 제 누이를 배웅했더랬다.

제 가족은 그런 사람들이었다.

"아무리 그래도 좋은 기억은 아닐진대, 그때를 떠올리는 너의 얼굴은 몹시 좋은 시절을 추억하듯 보인다."

"좋은…… 좋았던 때 또한 떠올리긴 하였습니다. 폐하께서 이리도 저를 살피고 계실 줄은 몰랐습니다."

려화가 얼굴을 붉히며 말했다. 속을 들킨 듯하여 부끄러운 까닭이었다. 휘강이 부드럽게 웃으며, 어느덧 복숭아의 향기를 담은 려화의 머리칼을 제 코끝에 대었다.

복숭아의 녹진한, 그리해 조금은 씁쓰레하게까지 느껴질 단향에 려화의 따뜻하고 가벼운 향이 섞여 새로운 조화를 만들었다. 그것이 좋았다. 려화의 어느 하나 좋지 않은 것이 있겠냐마는.

"네게 향하는 내 마음을 깨달은 이후로, 내 눈은 한 번도 너를 향하지 않은 적이 없으니 말이다."

"낯부끄러운 말을 연이으시는군요. 정말로, 정말로 다른 사람 같으십니다."

"다른 사람이라……. 어떻게 다른가? 예전 이곳에서 마주쳤던 황제가 아닌 도휘강 같으냐?"

아주 약간의 기대를 심어, 휘강이 짓궂은 얼굴로 물었다. 대수롭지 않은 장난인 체를 하였지만, 그의 가슴은 어느 때보다 쿵쾅거리고 있었다. 전쟁의 선봉에 섰을 때도 이만치 긴장한 일이 없던 휘강이었다.

이러한 휘강의 한 마디에 려화는 가족들과의 과거에서, 지금과 훌쩍 더 가까운 어느 때로 끌려 나왔다.

이곳에서 휘강에게 검을 배우고, 그와 시답잖은 이야기를 나누고, 그를 향한 연심을 키웠던 때로 말이다.

무엇보다 려화의 안에서 가장 산산조각이 난 시간들이었다. 그러니 그때의 기억을 억지로 기워 붙이자 날카로운 모서리들이 려화의 가슴을 찔러 댔다.

단단하게 딱지가 앉은 가슴에도 다시금 생채기는 생겼고, 날카로운 비수는 꽂혔다.

"저는, 허상을 되짚어 떠올리는 방법은 모릅니다."

제 가슴에 박히려던 비수를, 어여쁜 웃음으로 곱게 싸서 휘강에게로 돌렸다. 가슴에 갑작스레 날카로운 검이 박힌 것은 암만 휘강이라도 충격을 받지 않을 수 없는 일이었다.

눈에 보이지 않는, 심상의 어떠한 강렬한 격통이 폐부까지 움켜쥐어 왔다. 이런 아픔을 휘강은 처음 겪었다. 그러니 려화에게 울컥 화가 나면서도.

다시 그녀에게 상처를 주었다간, 그것이 더욱 괴로운 일이 되리라는 걸 알았다. 알기에 참았다. 내리깔린 시선이 짙고 검푸르렀다.

"네게 그때의 나는 허상이 되었는가?"

"지금의 폐하는 제게 다시없을 버팀목이시니, 굳이 과거를 아쉬워하지 마셔요."

"그래도……. 너와 내가 쌓아 온 시간 아닌가."

아이를 유산한 이후 차라리 거짓 웃음을 뒤집어쓸지언정, 부정적인 감정만큼은 휘강의 앞에서 보인 적이 없던 려화였다. 한데 지금 려화의 눈에는 더없이 싸늘한 기색만이 완연했다. 꾸며 낸 것이 아니었다. 되레 그보다 더한 감정이 빗발치는 것을 꾹꾹 눌러 담아 차갑게 식혀 놓은 것에 가까웠다.

"거짓으로 쌓은 시간에 의미가 있겠습니까?"

"나누었던 모든 이야기와 감정들이 거짓은 아니었잖느냐."

인생에 처음 변명이라는 것을 해 보았다. 휘강의 말에 려화가 낮게 웃었다. 독기를 가까스로 숨겼으나, 감정의 울컥임까지는 어쩌지 못한 웃음이었다.

"그러나 변덕이 많은 폐하께서, 제게 진심을 보였으리라 믿기에는 어렵습니다."

어찌하여 려화가 저를 변덕이 가득한 사람으로만 기억하는가. 빌어먹을 정도로 비상한 머리가 그것을 기억지 못할 리가 없다. 휘강은 자신이 자신의 모든 감정은 변덕이라, 그리 려화에게 떠벌떠벌 내뱉었던 과거를 금세 떠올렸다.

'변덕. 처음 노인의 말을 들어준 것은 다른 궁녀들과는 달랐던 네게 느낀 흥미 때문이었지만, 널 도운 것도 죽 너를 만난 것도 내겐 변덕이었다.'

'그러셨나요.'

'그랬지. 그리고 가끔 보는 네가 종알거리는 것이, 슬슬 질렸지만, 그것을 무시했다. 광증과 상관없이 사람을 오래 사귈 수 있음을 증명하고자 내 마음에 또한 변덕을 부렸다.'

휘강은 말을 잃고 입술을 깨물었다. 입이 열 개라도 할 말이 있으랴. 제 입으로 과거에 뱉어 내 그녀에게 상처를 주었던 말로 다시금 제가 찔린 것에 불과한데 말이다.

휘강이 처음으로 먼저 고개를 돌렸다. 제가 어떤 표정을 하고 있을지, 그 표정에 자신이 없었다.

려화는 이러한 휘강의 태도를 지켜보다, 어쩌면 조금 미안해졌다. 해서 휘강의 품에 바싹 안기면서 그를 달래듯 때늦은 한마디를 덧붙였다.

"저 또한, 거짓 신분으로 폐하를 대하던 때였으니 폐하만의 탓은 아닙니다."

이리 엇갈리고 틀어진 상황에서도 려화는 상대를 배려했다. 그것이 제 삶을 망쳤을 사람이라도 말이다. 휘강은, 이런 사람이 제게 마음 한 톨 남기지 않도록 만든 과거의 자신이 더욱이나 미워졌다.

더는, 사과도 무엇도 원하지 않는다는 려화에게 미안함과 야속함을 동시에 느꼈다. 호도 불호도 아닌 엇갈리는 감정들이 한번에 밀려오는 것은 참으로 생경한 감각이었다.

그녀로 인해 자신은 몰랐던 것들을 배워 가는데, 그녀에게 줄 것이라곤 자신이 만든 아수라장에서 보호해 주는 것뿐이었다.

그 밖의 다른 것을 하나도 원치 않으니, 정작 려화에게 주고 싶은 것들은 하나도 꺼내서 줄 수가 없었다.

그 아쉬운 마음을 달래기 위해서였을까. 휘강은 려화의 입으로 그녀의 이야기를 듣고 싶어졌다. 그리하면 알수록 더욱 모르겠는 려화를 조금이나마 더 파악할 수 있지 않을까. 어쩌면 그런 마음이었다.

"나와의 옛일을 떠올릴 수 없다면, 너의 옛일을 이야기해 다오."

"그 또한 부질없습니다."

"그래도 듣고 싶다. 내겐 너무 과분한가?"

황제의 도움을 얻었는데 어떤 것이 과분하랴. 제 씨가 아닌 아이를 황실의 일원으로 받아 주기까지 했는데 말이다.

하여 려화는 차마 휘강의 청을 거절하지 못하고 느리게 입을 열었다.

"폐하께서도 제가 어디에서 온 어떤 사람인지는, 이제 알고 계시지요."

"공진성 전 성주 공지황의 딸."

"그렇습니다. 제 아버지의 이름이지요. 다른 사람의 입에서 듣기는 참으로 오랜만이라……. 감회가 남다릅니다."

휘강이 고개를 끄덕였다. 려화가 이야기를 이어 가는데 맥을 끊고 싶지 않았기에 되도록 입을 닫고, 그녀의 이야기를 들었다.

"슬하에는 저 말고 오라버니와 동생도 두었습니다. 딸이 귀한 집안이었대요. 제가 다섯 대를 지나고야 생긴 딸이라고 들었답니다. 그래선지, 어머니께서는 아버지와 의견이 갈리실 때만 아니라면 누가 보아도 모범적인 귀족가의 여인이셨는데 저는 참 왈가닥으로 자랐답니다."

혼자 추억하는 것과 휘강에게 이야기를 들려주는 것은 또 달랐다. 그에게 자신을 전부 밝히지 않았던 예전에도 가족 이야기를 한 적이 있었지만 그때와도 달랐다.

진짜 자신과 함께했던 어머니와 아버지, 오라버니와 막 달음박질을 배워 뒤뚱거리고 뛰던 동생이 생생하게 그녀의 머릿속에서 살아났다.

추억은 어머니와 동생과 함께한 것들이 가장 많았다. 아무래도 성주가 해야 할 몫 이상을 해 나가며 사람들을 굽어살피던 아버지는 바빴으니 말이다. 더해 아버지의 뒤를 이을 예정이었던 오라비 또한 함께 바빴다.

그나마 오라버니는 점심 무렵이 지나면 일찍 돌아와 함께 검연마를 빙자한 칼싸움 놀이 따위를 했기에 추억할 거리가 많았다. 려화의 이야기가 휘강에게는 사랑하는 사람의 추억으로 차곡차곡 쌓여 나갔다.

"한 날은 아버지께 왜 오라버니만 성에 데려가느냐고, 자식들을 차별하시는 것이냐고 대들었다가는 엄청 혼이 났답니다. 아버지께만 혼난 게 아니라, 어머니께서는 처음으로 회초리까지 드셨지요."

"귀족가에서 딸아이에게 매를 드는 일은 흔치 않은데……. 정말로 아끼는 딸이었던 게 맞느냐?"

"그럼요. 부모님께옵서 저를 아끼지 않으신 게 아니라, 제가 그만큼 엄청나게 대들었던 탓이지요. 체면도 잊고 일곱 살이나 먹은 계집이 치마가 다 뒤집어지도록 바닥에 구르고 떼를 썼으니 말입니다."

"하하하, 네가 말이냐?"

"예에……."

그때는 서럽기 그지없었으나 지금 와서 떠올리면 전부 아련하고 즐거운 일들이었다. 하여 말을 잇는 려화도 흥이 돋아 그만 낯부끄러운 일까지 다 밝혀 버리고 말았다.

려화의 얼굴에 홍조가 돌았다. 민망한지 슬그머니 휘강의 시선을 피해 고개를 돌리기까지 하였다. 마치, 제 입으로 절대 떠올릴 일 없다고 말한 과거의 어느 한때로 돌아간 것만 같았다.

이상하게도 가슴이 시렸다. 휘강에 관해서라면 아무것도 남지 않고 전부 바스러져 사라졌건만. 이 마음에 혹여 새로운 것들이 차곡차곡 쌓여 가는 것인가.

려화가 고개를 바로 하고 휘강을 바라보았다. 마주한 그의 시선은 여전히 깊고 깊은 어둠이건만 그 어둠이 따스하게만 여겨졌다.

려화는 차마 휘강의 앞에서 고개를 저을 수 없어 대신에 의미 없는 빈 미소를 지었다.

무언가 느껴지는 것이 있다면 이것은 다, 겨울의 초입에서도 내도록 봄과 같은 이 복숭아 농원에 걸린 어떠한 술법 탓이리라. 제가 아니라 이 농원이 이상한 것, 무엇이 쌓였다면 자신의 마음이 아니라 이 공간에 쌓여 있어 그러리라.

그렇다면 도로 이곳을 벗어나, 다시는 찾지 않는다면 괜찮을 일이다. 그리 자신에게 변명하니 마음은 다시 한결 편해졌다.

"그때부터 오라버니가 배우는 건 저도 같이 배우겠다고 고집을 부렸습니다. 가문 대소사를 처리하는 소양에서부터 검에 이르기까지 말입니다."

"그것을 다 허해 주셨느냐? 그리 너를 혼내 놓고?"

"오 대 만에 가문에 나온 첫 딸이었습니다. 제 고집을 전부 꺾을 어르신이 없었지요. 제가 다섯 살까지 살아 계시던 할아버지께서도 제 고집은 못 꺾으셨으니 말 다 하지 않았겠습니까?"

"네가 그러했다니……. 상상이 가질 않는군."

려화가 포스스, 마치 하늘 위의 구름처럼 부드러운 미소를 지었다.

"그런 아이도, 자라면 어른이 되어 어릴 때의 치기는 어디론가 잘 여며 숨기게 되는 모양입니다. 폐하께서는 예전과 지금이 한 치 다르지 않고 같으신지요?"

"어디 너만큼 다를 수 있으랴."

다시금 려화의 입에서 까르르 하는 웃음이 터졌다. 스물하나, 이제 곧 스물둘을 앞둔 여인은 물이 오르다 못해 만개했거늘 어디서 이리 사랑스러운 풋내가 나는지.

"그래도, 어머니께서 현명하게 잘 대처하셨지요. 오라버니와 같은 것을 배울 테니 스승은 같게 해 주마 하셨습니다. 그러나 칠 세가 넘어서도 남녀가 유별한데 같은 방에서 공부할 수는 없으니, 오라버니가 성에 간 오전이 저의 공부 시간이었습니다."

"오라비의 스승이라면 안주인의 일은 알려 주지 못했을 터인데?"

"바깥의 일 중 안주인이 알아 두면 위험에 대비할 수 있는 것들을 따로 배웠습니다. 안주인의 일이야 어머니께서 놀이처럼 알려 주셨고요."

"참으로 현명하군."

돌아가신 어머니나 황제의 입에서 그를 칭찬하는 말을 듣자 몹시 기분이 좋았다. 정말로 어머니는 여러 면에서 현명하셨다. 더구나 강단이 대단하여 아버지라도 어머니의 앞에서 자신의 의견을 무조건 관철하지만은 못하셨다.

보통은 어머니가 굳이 나서 언성을 높일 정도면, 어머니의 말이 옳기도 했다.

좋은 분이셨다. 어머니도, 아버지도.

"그런 어머니께서도 제가 목검을 들고 설치는 것은 막지 못하셨습니다. 그 때문에, 부모님께서 서로에게 언성을 높이신 적도 있답니다."

"그때도 어머니 말이 옳았나?"

려화가 어깨를 으쓱였다. 자신이 검을 쥐고 다닌 것에 대해서는, 아버지의 견해도 어머니의 견해도 옳다 그르다를 논하기 힘들었다. 지금의 자신이 생각해도 그럴진대, 당시 어린 딸을 두고 했던 부모님의 생각 또한 그러했을 것이다.

"유일하게 어머니께서 아버지께 진 날이 되었습니다. 아버지께서, 혹 제가 시집간 가문이 이상하면 죄다 패 주고 돌아와야 할 것 아니냐고 하시는데 어머님께서 말문이 막히셨거든요."

"하하하, 완전히 엉망이군. 엉망이야."

"그래도 화목한 가족이었습니다."

휘강이 려화의 말에 고개를 끄덕였다. 이제 이야기는 려화가 어떤 일들로 부모님께 혼났는가로 이어졌다. 오라버니와 목검으로 대련 비슷한 것을 하다가 크게 다친 날, 동생이 걸음마를 배워서 신나는 마음에 여기저기 데리고 다닌다는 것이, 같이 길을 잃었던 날.

아주 크게 혼날 일이 생기거든, 자신을 혼내는 것은 어머니의 몫이었다. 어머니께 눈물이 쏙 빠지도록 소리를 듣고 한참을 방에서 우두커니 서 있곤 했다.

아무것도 하지 않고 잘못을 반성하라 하시는 어머니의 얼굴이 무서워 앉을 생각도 못 했다. 그리 어두운 방에서 훌쩍거리고 있노라면, 아버지의 심부름으로 오라버니가 슬그머니 저를 부르러 왔었다.

그 길로 오라버니를 따라 나가면, 아버지는 오라버니와 자신을 앉혀 놓고 오늘 한 일이며 성주의 덕목에 대해 조곤조곤 알려 주셨다. 위로 대신이었다.

어미가 딸의 잘못을 벌했는데 위로한다며 모두 괜찮다, 어머니가 널 미워해서가 아니다, 하고 말해 봐야 어린 딸의 귀에 제대로 들리지도 않았음을 아서서였을까.

오라버니와 같은 취급을 받아야 성이 풀리는 딸에게 그만큼 꼭 맞는 위로가 없었다.

"지방 성주의 딸이라기엔 정치에 대한 감각이 비상한 것에 이유가 있었구나."

"그리 말씀하실 정도로 제가 대단치 않습니다."

"넌 항상 내가 하는 말의 진의를 금세 깨닫지 않았느냐."

"과찬이십니다. 살아남기 위한 본능이 없는 사람이 있겠습니까?"

저와 제 가족 모두를 칭찬하는 휘강의 말에 려화가 겸양을 보였다. 진심이었으나 한편으로는 칭찬에 기뻐하는 자신이 불가해하게 여겨지기도 하였다. 그는, 휘강은 제 가족을 몰살시킨 전쟁을 일으킨 황제가 아니던가.

그러나 가족의 죽음에 대한 원망마저도 전부 부서져 없어진 지 오래, 어머니께서도 자신에게 복수와 원망보다는 앞으로 살아갈 날의 행복만을 떠올리는 것이 옳은 태도라 가르치셨다.

돌아가신 어머니를 기리기 위해서라도 그 가르침을 따르리라.

그리 다짐한 려화는, 이제 할 이야기는 끝났다는 얼굴로 휘강을 바라보았다.

그에게 말을 전하며 제 안의 감정 또한 갈무리했으니, 이 시간이 그리 나쁘지 않았다. 하나 휘강은 아직 이 시간을 끝낼 생각이 없는 모양이었다.

"해서, 아버지께서 해 주셨던 이야기들은 어떤 것들이었느냐. 그건 왜 자세히 말해 주질 않아."

"국정을 다스리시는 폐하의 앞에 꺼내 놓기 부끄러운 내용들입니다."

"무엇에서든 배우고 익혀야 옳은 황제가 된다 하였다. 널 이리 대견하게 키워 낸 이들에게 내가 배울 것이 없을까."

이야기를 마치고 싶지 않은 휘강의 억지가 느껴져 려화가 픽웃음을 터뜨렸다. 이리 막무가내인 사람이었나 싶었다. 아무리 배울 점이 있다 하여도 아비가 어린아이에게 하는 말이었다. 얼마나 대단했으려고 그걸 다 말해 달라 하는지.

무엇보다, 지난 세월이 너무나 길었기에 려화에게도 흐릿한 것들이 많았다.

"제게도 너무 오래 지난 이야기들입니다. 속속들이 기억나는 것은 없……."

그리 고개를 돌린 려화의 눈에, 처음 복숭아 농원에 올라와 계속 바라보고 있던 봉수대가 들어왔다.

그러자 선명히 기억하는 것 없이 흐리기만 한 기억 중 하나가 날카롭게 려화의 뇌리에 박혔다.

'려화 너도, 다 커서 어른이 되면 네 어머니처럼 어떤 성주의 아내가 되겠지?'

'그렇겠죠! 어여쁜 혼례복도 입고 세상 제일 어여쁜 여인이 될 거랍니다! 한데 그 기쁜 일을 어찌 그리 슬픈 얼굴로 얘기하세요?'

'부모에게 딸을 떠나보내는 일이 마냥 기쁘기만 하랴. 지금도 걱정이 태산인데, 널 보내면 그건 또 얼마나 큰 걱정이 될까 하여 그렇다.'

그리 말하는 아버지의 얼굴은 여전히 슬프기도, 또 기쁘기도 해 보였다. 유난히 이야기가 길어져 다 큰 오라버니마저도 꾸벅꾸벅 졸던 차였다. 자신 또한 꾸벅거리다가 아버지의 말에 번쩍 잠시 정신이 든 것에 불과했다.

'그럼 제가 성주가 될까요? 오빠보고 예쁜 색시 얻어서 성의 안일을 보라 하고요!'

'황제 폐하께서 세우신 나라의 근간을 흔들 일을 쉽게도 말하는구나! 아마 폐하께서 허하지 않으실 테다. 만일 이 아비에게 자식이 려화 너뿐이라면 모를까, 네 오라비가 있는데?'

'칫, 나도 오라버니도 아버지의 같은 자식인데……'

'나와 네 어머니도 너와 네 오라비, 동생의 부모이지만 유별한 일을 하고 있지 않니.'

'어……. 그리 생각하니 또 그렇네요? 그럼 저는 어머니처럼 멋진 부인이 될래요!'

어린 딸의 발랄한 목소리에 아버지는 껄껄 웃으셨다. 그러고는 어린 딸의 머리칼을 쓰다듬고 또 쓰다듬으며 한참 뒤의 일을 걱정해 깊은 한숨을 내쉬었다.

그즈음, 변방의 고을에서는 전쟁을 우려하는 목소리들이 제법 튀어나왔다. 도성의 소문이 늦긴 하였으나, 당대 황제가 유일한 황손인 태자를 전쟁터로 돌리려 한다는 말이 나돌고 있었다. 그렇다면 그 전쟁터는 분명 변방이 될 터.

그래도 변방 성 중 안전하고 좋은 곳을 골라 어린 딸을 시집보내면 될 일이건만 아버지는 걱정이 많았다. 어렵게 본 가문의 딸이었다. 오 대 만에 본 딸을 가까이 두자고 석연치 않은 낮은 가문에 보낼 생각은 없었다.

고르고 골라 좋은 곳에 보낼 생각이었다. 다 큰 공려화가 아비의 생각을 짚어 보니, 그 속뜻이 보였다. 해서 해 준 말일 것이다.

아직 오라비에게도 제대로 가르치지 않았던 것을 자신에게 말해 준 이유는 분명, 앞으로 이런 일은 일어나지 않아 잊어버리고 살라고. 그런 뜻이었을 게다.

'멋진 부인이 되어라. 그러다 네 지아비가 다스리는 성에 무슨 일이 있거든, 봉화의 불꽃에도 다 뜻이 있음을 기억해 둬.'

'그마다 다 뜻이 있어요?'

'그럼. 봉화는 전쟁이 났을 때, 그 화급함을 알리기 위해 쓰이는 것이니 일변하는 상황을 표하고자 몇 가지 방법을 쓴다.'

'알려 주세요! 궁금해요! 오라버니도 배운 거죠?'

아버지가 조용히 웃으며 고개를 저었다. 오라버니는 완전히 잠에 빠져들어 탁자 위에 엎드린 지 오래였다.

'이 봉화 불꽃의 의미가 퍼져 나갔다간, 그것이 나라 간의 판세를 뒤집을 수도 있느니라. 그래서 본래 폐하와 그의 직속 군관, 그리고 이 아비와 같은 성주들만이 알고 있을 수 있어. 그래서 성주가 되지 못한 네 오라비도 아직은 몰라.'

속닥이는 아버지를 따라, 어린 저도 아비의 귀에 입술을 가져다 대고 작게 소곤거렸다.

'그런데 제게 알려 주셔도 된단 말이어요?'

'본래는 안 되지. 하나 네게만 조용히 알려 줄 터이니, 잘 듣고 마음에만 품고 있거라. 우선 그저 평범한 불꽃의 봉화가 올라갈 때에는⋯⋯.'

아버지가 어린 저의 귀에 속삭였다. 뭐가 그리 좋고 신기한지 눈을 반짝이며 들었던 기억이 역력하다. 한데 무슨 조화인지, 그리 열심히 들었던 것이 제대로 기억나지 않았다. 드문드문 불꽃의 색과 흐름, 일렁임을 설명하던 말은 기억났으나, 정작 그것이 무엇을 뜻하는 것인지는 하나도 기억나지 않았다.

유일하게 하나, 기억나는 것이 있었다. 그마저도 그것이 무엇을 뜻하는지는 알 수 없었으나. 녹색의 불꽃이 짧게 일렁일 때는 반드시 돌아와야 한다는 아비의 말만큼은 방금 들은 것처럼 뇌리에 선명히 살아났다.

'이것만큼은 절대 잊지 않고 기억해야 한다. 새싹 같은 맑은 녹색의 불꽃을 빨간 불꽃이 감싸는 봉화가 올라오면, 절대로. 절대로 그 자리에 남아 있지 말고 이 공진성으로 돌아와야 해. 그리고 넌 그곳에 없었던 것으로 해야 한다. 알겠느냐?'

엄중한 아버지의 얼굴 때문이었을까. 이 부분만큼은 토씨 하나 틀리지 않고 기억이 났다. 어린 제가 아버지와 같이 진지한 얼굴로 고개를 끄덕였다.

무엇이 그리 긴장되는지 침까지 꼴깍 삼키는 어린 딸을 보고, 아비는 귀엽고 걱정이 되어 참을 수 없다는 얼굴로는 머리를 쓰다듬어 주었다.

아비의 손과는 다른 손이 려화의 머리를 쓰다듬었다. 그 감각이 비슷한 듯 전혀 다르게 겹쳐 와, 려화를 현실로 잡아끌었다.

"봉화⋯⋯. 저기 저 봉수대에 오르는 불꽃에 대한 설명을 들었습니다."

"그는 기밀일 터인데⋯⋯."

"이미 하늘로 가신 분의 허물이니, 덮어 주실 수 없으신지요. 그저 딸을 향한 작은 걱정 때문이었습니다. 저 또한 그 내용을 전부 잊었으니, 기밀이라 하여도 어디로 퍼지지 않을 것입니다."

휘강은 처음부터 려화와 그의 아비를 벌할 생각이 없었다. 려화는 모르겠으나 그는 공진성 성주에게 도움을 받은 적이 있었다. 바로 저 봉화로 말이다. 그러니 그녀의 생각과는 달리, 처음부터 려화의 신분을 알고 있었더라도 그녀의 가족을 전범으로 취급할 생각은 없었다.

"내 그 죄를 덮어 준다면 너는 내게 무엇을⋯⋯."

하여, 작은 농으로 려화와의 달콤한 시간을 하루 더 늘릴 생각이었다. 그래서 짓궂은 웃음으로 려화를 바라보며 말을 건넸다. 하나 휘강의 말은 끝까지 이어질 수 없었다.

려화의 표정이 전에 없이 창백했다. 핏기가 모두 가신 얼굴이 마치 저승사자라도 마주한 듯하였다.

"봉화가……."

려화의 얼굴에 일렁이는 붉은 빛이 맺혔다. 휘강은 그것이 초겨울 늦은 오후의 노을이 내려앉아 생긴 것이라고만 여겼다.

한데 려화가 가리킨 손가락의 끝에, 불길이 활활 타오르고 있었다. 불길은커녕 연기 하나 없이 우두커니 서 있던 봉화에 말이다.

밝은 주홍빛의 거대한 불길, 멀리서 보아도 족히 한 자는 되는 저 불꽃은 필시 먼 곳에서 침략이 일어났음을 알리는 신호였다.

한데 하필이면 방향이 문제였다. 휘강에게 등골이 오싹한 기시감을 일으키는 방향이었다.

그가 불길함을 느끼기가 무섭게, 귓전을 타고 뇌리에 곧바로 기밀대의 전음이 꽂혀 들었다.

[땅개미들이 급습해 왔습니다. 폐하.]

[위치는 공진성, 도국 남서방 끝쪽입니다.]

외적의 급습이란 몹시 화급한 사안이었으나 엄청난 땅덩이를 자랑하는 도국의 도성, 중앙에서는 제법 먼일이었다. 화급히 움직이는 것은 오로지 신료들과 군관들, 그들 전부의 우두머리인 휘강뿐이었다.

도성의 평민들은 여전히 평화로웠으며, 올랐던 봉화 또한 금세 사그라들었으니 이를 신경 쓰는 이조차 드물었다.

도국에 전쟁의 물결이 그친 지도 벌써 사 년 가까이 되었으니, 사람들의 경계심은 바닥을 쳤다. 황궁 안의 분위기 또한 그리 다르지 않았다. 긴장된 기색이라곤 오가는 신료들과 군사들뿐, 모두 전쟁을 그리 피부에 와닿게 느끼지 않고 있었다.

신료들마저 얼굴이 굳은 채 돌아다니는 것은, 작금의 상황을 어떻게 이용해야 좋을지 궁리하기 위해서일 따름이었다.

그들에게 먼 곳의 전쟁은 그저 이용 가치가 확실한 사건의 하나에 지나지 않았다.

"바로 어제 봉화가 올랐음을 모르는 이는 없을 터."

"그러하옵니다, 폐하. 마갈족 일당들이 공진성 일대에 침략해 온 것을 급히 파악하였사옵니다."

"어젯밤까지는 일만의 군사를 공진성의 고작 사천삼백 명의 군사들이 막아 내었다지."

"그렇사옵니다. 도국의 군사들은 참으로 용맹하기 그지없지 않겠습니까."

"하나 적은 숫자로 계속 많은 수의 군사를 상대할 수는 없을 터."

휘강의 말에 모두가 고개를 조아렸다. 노 시중은 허리를 깊이 숙인 채로 고개를 모로 틀어 슬쩍 휘강의 얼굴을 살폈다. 휘강이 그를 바라보기 직전 그의 고개는 올바로 돌아갔다. 그러나 휘강은 그의 시선을 눈치채고 있었다.

"중앙의 군사들을 파견하려 하십니까?"

"마갈족 놈들이 항상 첫 진격에서 전군을 움직이지 않는 것은 짐도 알고 그대들도 알고 있는바, 앞으로를 생각하면 응당 당연한 일이다."

"옳으신 말씀이십니다. 다만, 군사를 일으켜 공진성까지 가시는 길에 백성들이 그를 보고 놀라지 않을까 그것이 걱정됩니다."

응당 해야 옳은 일임에도 딴지를 걸어오는 신료들의 말에 휘강의 미간에 내 천자가 아로새겨졌다. 변방 공진성의 백성들은 도국의 백성이 아니란 말인가. 당연히 황제로서 그들 또한 지켜내야 하니, 추가로 병사를 보내야 함은 몹시 당연한 일이거늘.

그저 반대의 반대를 위해 입을 나불거리는 것은 아닌가, 그런 생각을 하지 않고는 배길 수가 없었다. 휘강이 피식 웃으며 그를 노려보았다.

"거기에 대해선 내 방법이 있으니 크게 걱정치 말라. 그보다, 조용하던 마갈족이 어찌 갑자기 침략을 일으켰는지에 대해서는 파악되는 바가 있는가?"

휘강이 싸늘하게 낮아진 목소리로 물었다. 그것에 모두 목을 움츠렸다. 저 목소리 뒤로 항상 한, 둘의 머리가 달아났던 것을 모두가 몸으로 기억하는 까닭이었다.

와중 숙이고 있던 허리를 펴고 노 시중이 휘강을 보며 답하였다.

"본디 마갈족 오랑캐들이 겨울을 나기 전, 가까운 나라를 침략하는 것은 연례행사가 아니었사옵니까?"

"그도 우리 도국의 땅을 침략한 것은, 십일 년 전의 공진성 난전 이후 없는 일이었다. 한데 이들이 어찌 갑자기, 지금에 와서 다시 우리를 침략하겠는가?"

"소신은 대제국인 도국의 신료로, 그들의 마음이야 알 수 없습니다. 하나 감히 유추해 보자면 몇 년간 전쟁이 없던 도국의 방심을 셈했을 수도 있지 않은가, 하는 생각이옵니다."

듣기에 일리 있는 말이었다. 하나 휘강의 생각은 달랐다. 그들은 자신을 직접 마주했다. 마갈족 사이에서 도휘강의 이름이 폐허검이라 불리는 것을 누구보다 그가 잘 알고 있었다.

지나간 자리마다 폐허가 되고, 그 어떠한 마갈족도 살려 보내지 않았던 과거가 만든 위명이었다. 한데 고작 십여 년의 세월로 그를 잊었다?

"시중은 진짜 전쟁이 무엇인지 모르는군. 그래서 할 수 있는 말이다."

당시에 휘강은 강제로든 자의로든 정녕 전쟁에 미쳐 있었다. 적을 도륙 내고 피가 튀는 것을 보며 끓어오르는 혈기를 가까스로 눌렀다. 그의 악명이 전쟁터를 전전하며 그 크기를 키웠기에, 선황은 먼저 침략하는 자가 없어 악수를 두어서까지 휘강을 전쟁으로 내몰아야 했다.

바로 그 악수와 관련한 곳이 공진성이었다. 마갈족은 당시에 휘강의 위명이 두려워 움직이지 않다가, 선황의 뒷공작을 믿고 공진성을 침략하였다.

그리고 휘강의 손에 마갈족의 삼 할이 죽었다. 삼 할이라 하면 아주 큰 숫자는 아닌 듯 보이나, 싸움이 가능한 사내 삼 할이라 하면 몹시 큰 수였다.

그들은 치를 떨며 물러갔다. 한데, 그러했던 자들이 휘강의 두려움을 잊고 다시 공진성을 침략했다는 것은.

휘강에게 있을 수 없는 일이었다.

"폐하의 말씀대로, 소신은 진짜 전쟁터의 생리에 대해서는 모릅니다."

"과연 그러한가."

"어찌 거짓을 입에 올리겠습니까?"

휘강이 뚫어지게 노 시중을 바라보았다. 그는 여전히 평정을 유지하고 있었다. 정말로 노 시중이 전쟁을 모르는가.

단 한 번도, 전쟁의 참상을 눈앞에서 마주할 일이 없는 위치에 있었던 자이니 그 말은 옳을 것이다. 다만 그가 이번 마갈족의 공진성 침략과 전혀 연관이 없는가. 그것을 묻자면 답이 조금 다를 것만 같았다.

휘강의 직감은 이번 일에 노 시중이 관련이 있으리라, 자꾸만 그리 몰아갔다. 시점이 참으로 공교로웠다. 승기를 잡을 듯하면서도 놓치기를 일쑤, 겉으로는 평온하나 벼랑 끝에 몰려 있는 것이 작금의 노 시중이었다.

이번 일로 만에 하나 자신이 도성을 비운다면 가장 이득을 보고, 저를 추스를 시간을 얻을 수 있는 것이 바로 노 시중이었다.

더해, 그는 선황 때부터 살아남았던 신료 중 아직도 중역을 지키고 있는 유일한 자이기도 하였다.

공진성의 피해를 줄이기 위해서는 한시가 시급한 때이나, 휘강은 노 시중을 떠보기로 마음먹었다.

"짐은 아까, 추가로 병사를 파견하면서도 백성들을 놀라지 않게 할 방법이 있다 하였다."

"정녕 그러한 방법이 있으십니까?"

공진성은 아니나 그와 가까운 쪽에 처가를 두고 있는 신료 하나가 눈을 반짝이며 되물었다. 휘강은 그를 건방지다 꾸짖지 않고, 되레 그를 보며 고개를 끄덕였다.

"십일 년 전 그들은 짐의 손에 제 군력의 삼 할을 잃었지. 그

악명을 기억하는 자가 적지 않을 터. 짐이 직접 나선다면 백성들을 놀라게 하지 않을 만큼의 군사만으로 수습이 가능할 것이다."

휘강의 말에 놀라는 이가 절반, 머리를 굴리느라 침묵하는 이가 절반이었다. 대경한 이들 중 하나가 옆의 신료와 귓속말을 나누었다. 휘강은 사방을 둘러보듯 하며 오로지 노 시중의 행태만을 살폈다.

아무도 쉬이 입을 열지 않았다. 휘강이 황궁을 비우는 것이 반가운 자들은 그것이 티가 날까, 반대로 휘강의 출전을 반기지 않는 이들은 감히 황제의 말에 거역한 것이 동티가 될까 하여서였다.

이런 때에 나서는 것이야말로 늘 노 시중이었다. 휘강의 기대대로 되었다. 입을 연 것이 노 시중이었으니 말이다.

"폐하, 소신 노필상 한 마디 아뢰어도 되겠습니까?"

"아무도 입을 떼지 않아 답답하던 참이다. 그대가 말해 보라. 짐이 출전해도 되겠는가?"

"소신은, 폐하께서 이 황궁을 지키셔야 옳지 않은가 사료되옵니다."

어쩌면 예상과 같은 답변이었다. 휘강은 아무런 사감도 없다는 듯이 노 시중을 바라보았다.

"어째서?"

"백성들에게는 황제가 황궁을 비우는 것 또한 엄청나게 큰일이 아니겠습니까?"

"흐음……."

옳은 말을 듣고도 심기가 상한 황제. 휘강의 얼굴은 바로 그것을 표현하고 있었다. 노 시중은 황제의 얼굴이 과연 진심인지 연기인지를 파악하기 위해 눈을 부릅떴다.

사내로서는 일가를 이루어도 두 번은 이루었을 나이라 하나, 휘강은 황제로서는 어렸다. 자신의 나이로 두고 보면 한참은 늦게 본 막둥이뻘이었다.

거기다 휘강의 광증은 사람을 상하게 하고 전쟁을 쫓아다니게 하는 혈기가 치미는 것으로, 이리 반대를 하면 반발심이 솟아오르는 종류였다. 적어도 노 시중이 알기로는 그러했다. 휘강이 태어날 적부터 지금까지 전쟁터를 전전하던 때를 빼면 계속 제 눈으로 지켜보았으니 제 판단에 대한 신뢰도는 하늘을 찔렀다.

이리 반대하는 것으로 휘강에게 부추김을 할 셈이었다.

자신의 속내를 숨기고 원하는 결과를 얻는 것이니 일 타 이 피라 할 수 있으리라. 휘강은 너구리처럼 얼굴의 주름으로 제 진짜 표정을 숨기는 노 시중을 빤히 바라보았다.

심증뿐인 직감은 자꾸만 확신으로 변모해 갔다. 노 시중으로서는 자신을 황궁에 잡아 둘 이유가 없는데, 자꾸만 잡아 둔다면.

예전의 휘강이었더라면 공진성이야 어찌 되든 차후의 수습을 꾀하며 노 시중의 장단에 놀아나지 않았을 것이다. 하나 지금은 달랐다. 공진성은 려화의 고향이었으며 무엇보다 지금 마음에 걸리는 것들의 실마리가 숨어 있을 곳이리라.

'유 태감의 바짓가랑이라도 잡아야겠군.'

휘강이 자신을 대신해 려화의 보루가 되어 줄 이를 머릿속으로 꾀하며 피식 웃음을 터뜨렸다.

"짐은 이미 출정할 생각을 굳혔다. 그러니, 시중의 말은 일견 옳으나 참고치 않겠다."

"폐하!"

"백성들이 짐의 출정을, 황궁이 빈 것을 깨닫고 불안에 떨기도 전에 공진성을 정리하고 돌아올 것이다."

휘강의 지엄한 목소리에 신료들이 두 번은 그를 불러 막지 못하였다. 끙끙 앓거나, 내심 속 시원하게 여기는 자들의 면면을 둘러보며 휘강이 한숨을 삼켰다.

"그러니, 호부상서는 이번 전쟁에 필요할 군량미와 기타 재정을 금일 내로 정리하여 보고할 것이며."

화를 참지 못하는 듯 부들부들 떨리는 노 시중의 입꼬리가 미묘하게 올라간 것을 휘강은 놓치지 않았다.

저 얄미운 자, 빌어먹을 너구리 노친네를 언젠가는 끌어내려 나락으로 밀어뜨리리라. 그리고 나면 선황의 그림자 또한 볕으로 나온 듯 흩어지리니 려화의 복수이자 자신의 복수가 될 것이었다.

"병부상서는 지금부터 짐이 원하는 병력과 장군을 차출할 준비를 시작하라!"

아직은 심증뿐이나 꽤 적절한 실마리를 얻었다. 휘강의 마음에 시원한 바람이 불어 들어왔다. 그러나 하나, 오직 마음에 걸리는 것이 있다면 려화를 향한 걱정이었다.

도국에 전쟁의 물결이, 그것도 공진성에 밀려온 것에 시름 할 자신의 여인. 그리고 자신이 황궁을 비운 틈을 타 조금이라도 해를 입을 수도 있는, 무정한 채선궁의 주인을 향한 걱정 말이다.

**

 금번 조정회의는 회의라기보다 휘강이 제 뜻을 펼치는 시간이 되었다. 전쟁 준비를 위한 명이 하달되고 다른 안건은 간결하게만 정리되고 끝났으니, 평소보다 이르게 끝마쳤다.

 휘강은 출정 준비보다도 더욱 바쁜 일을 처리하기 위해 재게 대전을 나섰다. 대전에 남은 신료들이 저마다의 생각을 가지고 묘한 얼굴로 휘강의 뒷모습을 바라보았다.

 그런 와중에 홍덕권만이 휘강이 아닌 노 시중을 바라보고 있었다. 뚫어지게 저를 바라보는 시선을 느낀 노 시중이 문을 나서 사라진 휘강에게서 시선을 거두어 홍덕권을 바라보았다.

 "어찌 그리 나를 보는가?"

 "시중 어르신."

 "이리 부르지만 말고 말을 하게. 우리가 이리 서먹할 사이인가?"

 홍덕권은 넉살 좋게 웃으며 말하는 노 시중을 굉장히 억울하다는 눈빛으로 바라보았다. 노 시중은 자신을 한동안 오른팔처럼 가까이 두고 대하다가 근래에는 다른 이들보다도 멀리하고 있었다. 이를 자신만 느끼고 있는 것은 아닐진대, 방금의 물음은 홍덕권의 입장에서 얼이 빠질 만한 발언이었다.

 "어르신, 말씀대로 저희가 이리 서먹할 사이는 아니니 잠시 이야기 좀 나누시겠습니까?"

 무언가 단단히 결심이라도 선 얼굴로 홍덕권이 물었다. 대전에 남은 신료들의 시선이 한둘씩 그들에게로 몰렸다.

노 시중은 홍덕권이 이 상황을 미리 그리고 있었던 것은 아닌가 하는 생각을 내심 하며 고개를 끄덕였다. 자신의 편으로 확실히 세워 두었던 홍덕권의 청을 거절하기에는 면이 서지 않았기 때문이었다.

이리 오랜만에 홍덕권과 노 시중이 같이 퇴청하였다. 홍덕권은 노 시중의 한 걸음 뒤에서 그를 따랐다. 가마에 오르고도 그는 같았다.

한데 홍덕권의 생각과 달리 노 시중은 가마의 방향을 저의 집이 있는 곳으로 잡지 않았다. 그리 두 사람이 도착한 곳은 고급스럽기 짝이 없는 한 다루였다.

가마에서 내려 노 시중의 뒤를 따르는 홍덕권의 표정이 오묘하였다. 다루를 둘러보는 눈빛이 의뭉스럽기 짝이 없었다.

노 시중은 별다른 말도 없이 다루의 복도 끝, 가장 깊고 사람이 없는 곳의 방으로 향했다. 홍덕권이 다루를 둘러보며 노 시중의 뒤를 따랐다.

"이곳은……. 어르신과는 처음 오는 듯합니다. 한데 어르신께서는 굉장히 익숙해 보이십니다. 혹 어르신과 연이 있는 곳입니까?"

이번에는 노 시중이 의뭉스레 웃으며 홍덕권의 질문에 답을 피했다. 어쩌면 무언의 긍정이었다. 직접 무슨 연관이 있는 곳인가 듣지는 못하였지만 말이다.

이 다루는 노 시중이 제가 부리는 하수인의 이름으로 운영하는 곳이었다. 도성의 중앙 귀족이라면 제 가문의 부를 유지하기 위해 이런 식으로 상단이나 전장 따위에 곁다리를 걸치는 일이

잦았다. 감히 벼슬아치가 되어 가문의 이름을 걸고 운영하지야 않았지만 말이다.

그래도 보통은 누가 어디의 진짜 주인이니 하는 사실은 알음알음 떠돌기 마련이었다. 더러 순수하게 상인 집안에서 운영하는 곳도 있긴 하였다. 그러나 도성 안에서 그러한 곳은 소수였고, 홍덕권이 알기로 이 다루 또한 그 소수에 속하는 곳이었다.

그런데 암만 봐도 아닌 모양이었다. 노 시중은 익숙하게 다루 건물의 심중으로 찾아들었고, 문이 열리고 나타난 방은 다루에서도 가장 고급스러웠다.

화려하진 않았으나 우아하고 담대한 멋이 있었고, 방안을 채운 모든 물건의 면면에서 값짐이 느껴졌다. 삼 대째 도성의 제법 괜찮은 땅에 거처를 잡고 살았던 홍덕권에게도 부담스러울 정도였다.

노 시중이 먼저 자리를 잡고 앉았다. 홍덕권이 맞은편으로 앉았고 말이다.

"어찌 댁으로 향하지 않으시고요."

"자네와 내가 오늘 나눌 이야기가, 내 집에서보다 더욱 엄중한 기밀이 유지되어야 할 것 같아서 말일세."

"엄중한 기밀을 요한다면 더욱이 어르신의 댁에서 나누는 게 맞지 않겠습니까? 뭐, 제가 올릴 이야기야 사소한 것이지만……."

"들어보면 알지 않겠나. 자네 이야기나, 내가 자네에게 할 조언이나."

한껏 인자한 미소가 고인 얼굴이었으나 그 이상으로 단호하고 칼 같았다. 노 시중의 기세가 그러하니, 홍덕권은 슬그머니 궁금한 것들을 캐 보려던 입을 닫았다. 별일 없는 사담만이 오갔거늘 목덜미로 서늘한 소름이 돋았다.

길게 끌어 좋을 것이 없었다. 노 시중이 괜히 한 번 거꾸러지고도 시중의 자리를 지키고 있는 것이 아니었다. 삼상의 자리가 사라진 다음에 받은 벼슬이니 사실상 신료들의 최상위 자리는 지키고 있는 것이었다.

그런 자를 앞에 두고 캐 보겠다고 시간을 끌었다간 괜한 의심이나 살 것이었다.

"그리 여기신다면, 소인 굳이 말 돌리지 않겠습니다. 어르신, 어찌 폐하의 출정을 원치 않는다 하셨습니까? 지금은 폐하께서 궁을 비워 주시는 것이 어르신께 유리하지 않습니까?"

"정녕 그리 생각하나?"

홍덕권이 긴장한 기색을 지우지 못하며 무겁게 고개를 끄덕였다.

이 대답이 중할 것이나, 달리 더 기특한 답은 찾지 못하였다. 하나 몹시 상식적인 답이 아닌가. 단 한 번도 머리를 조아릴망정 고꾸라진 적도 꺾인 적도 없는 노 시중이었다. 그런 자가 아래에 두었던 육관억을 제대로 다스리지 못해 이리 자빠졌다.

하여 절치부심하여 다시금 신료들의 생각을 한데 모으고 중심이 되고자 한다면, 분명 휘강이 도성을 비우는 것이 몹시 유리했다. 그런데 이러한 홍덕권의 생각을, 노 시중은 틀리다 말하였다.

"내 폐하의 앞에서도 말하지 않았나. 폐하께서 황궁을 비우고 출전하실 정도가 된다면 백성의 걱정이 나라 밖을 넘을 걸세."

"하오나 폐하께서는……."

"광증으로 얻은 재능이 있어 사람을 도륙하는 것에 있어서는 감히 앞지를 자가 없으시지."

"전쟁의 판도를 보는 눈도, 인정하고 싶지 않으나 분명 명확하시지요."

"그러니, 폐하께서 금시에 돌아오셔서 말씀마따나 문제가 되지 않을 것이다?"

홍덕권이 고개를 끄덕였다. 사실 노 시중도 그리 생각하긴 하였다. 더군다나 백성들이 불안하든 말든 도성에까지 그 영향이 미치지는 않을 것이었다.

그러니 홍덕권의 말대로 휘강이 자리를 비우는 것이 자신에게 유리한 것도 맞았다. 다만 그것이, 오로지 휘강의 의지여야 하였다. 더해 그의 반골 기질을 자극하는 편이 좋았다.

제법 영특하게 구는구나 싶었던 홍덕권의 수도 이만큼인 모양이었다. 한심하다 여기면서도 한편으로는 안심이 되었다. 너무 저 잘난 줄 알고 수를 읽어 대는 자라면 언제 뒤통수를 칠지 모른다.

육관억처럼 너무 우둔해도 곤란했다. 그저 제 아래 있으면서 배운 것이 있으니 그것으로 얌전히 제 자리나 보전하고 일을 도왔으면 좋으련만. 그에 그치지 않고 자신의 능력을 자만해 혼자 일을 꾸미다가 저까지 잡아끌어 고꾸라뜨렸으니 말이다.

"하나만 알고 둘은 모르는군. 이보게 홍 주부. 우리가 폐하를 옳은 길로 이끌기 위해 이리 힘쓰는 이유가 무엇인가?"

"그야 이 도국의 성세를 유지하기 위해……."

"아니지. 도국의 만민이 안정을 찾기 바라서네. 도국의 성세가 유지되기 위해서라는 자네 말도 틀리진 않네만, 그렇다는 말일세."

"하나, 어르신……. 결국 그리 폐하를 이끌기 위해서는 저희도 힘을 찾아야 하지 않습니까? 그렇다면 멀리 보고 당장은 폐하께서 출정하는 것이 저희에게 더욱 큰 이득이지 않으냔 말입니다."

"허허……!"

기가 찬다는 듯 웃는 노 시중을 바라보며 홍덕권이 침을 꿀꺽 삼켰다. 신료들의 영수, 그 자리를 오래 지킨 저 늙은이의 속이 그 어떤 바다보다 깊었다. 하나 깊은 바다는 물길의 색으로 그 깊이를 가늠할 수 있기 때문일까.

그를 바라보고 바라보니, 노 시중의 속내가 조금은 파악이 되기 시작하는 홍덕권이었다. 그러자 뒤늦게 등골이 서늘해졌다.

'만일 일이 잘못되어 민심이 흉흉해질 일이 생기거든, 그 모든 흉을 폐하께 돌리려 함이로구나.'

홍덕권이 파악한 대로였다. 노 시중은 어느 하나라도 제게 불리한 수를 던질 생각이 없었다. 만일 노 시중이 한 수 앞만을 바라보고 휘강의 출정을 반겼다가, 일이 잘못되기라도 한다면 그것이 그의 약점이 될 것이었다. 신료들은 목적이 같을 때는 서로를 믿고 의지하며 움직였으나 조금이라도 일이 잘못되면 썩은 부위를 도려내는 것에 주저함이 없었다.

노 시중이라면 그런 일이 있어도 충분히 빠져나가고도 남았을 사람이나, 애초에 자신이 당할 일을 만들 사람이 아니었다. 더해 일이 잘못된다는 것은 황제의 안위에 문제가 생기거나, 혹은 백성들의 생활에 어려움이 생긴다는 뜻인 터. 이 모두가 백성들에게는 민감하기 짝이 없을 일이었다. 노 시중은 추호도 이러한 위험을 자신이 감수할 생각이 없었다. 그는 두 수, 세 수 앞을 내다보는 무서운 사람이었다.

홍덕권은 자신이 지금의 노 시중의 연배가 되었을 때 어떨지 생각해 보았다. 이리 지금보다 훨씬 더 노회하게, 넓고 깊게 사방을 파악할 수 있을까. 자신이 없었다.

홍덕권이 지금 파악한 것만으로도 노 시중이라는 인물은 무섭고 대단한 자였다. 다만 홍덕권은 노 시중이 휘강의 반골 기질을 이용하고, 의심을 차단할 생각까지 가지고 움직였음은 꿈에도 몰랐다.

"자네는 좀 더 백성을 생각하고 움직여야겠네."

"송구합니다."

그러나 옳지 못한 답을 연신 뱉어 낸 것에 되레 노 시중의 눈빛에서는 싸늘함이 거두어졌다. 의심하고 조심할 필요성이 차츰 사라진 까닭이었다.

그가 늘 같은 인자한 얼굴로 턱수염을 쓰다듬으며 홍덕권에게 말하였다.

"내 근래 그대를 가까이 두지 않음은, 이 노인의 보살핌이 필요치 않을 정도로 영특하다 여겨서였네. 더해서, 그것이 너무 과하여 이리 우스운 생각을 품을 것을 알고 있어서이기도 하였지."

"어르신의 크신 뜻을 제가 다 몰랐습니다."

홍덕권이 허리를 깊이 숙여 인사했다. 나온 줄도 몰랐던 다구에 담긴 차가, 잔에 따라 보지도 못하고 미지근하게 식었다.

그러나 이 다루의 심중에 위치한 방 안의 분위기는 차라리 처

183

음에 비하여 몹시 안온하였다.

"아닐세. 내 다시 그대를 가까이 두고 가르치면 될 일이네."

"그리 해 주신다면 어찌 감사하지 않을 수 있겠습니까. 이 은혜를 무엇으로 갚겠습니까? 어르신께 성심을 다하겠습니다."

홍덕권이 떨리는 목소리로 그리 말했다. 무릎에 얹은 주먹 쥔 두 손도 떨리고 있었다. 노 시중이 그를 위아래로 훑어보며 만면에 만족스러운 미소를 띠었다.

"그리 말해 주니 이 노구야말로 고맙네. 이리 기특한 사람을 만나는 것도 복이니 말이야."

"저야말로 큰 복을 얻었습니다."

"허허. 그래. 앞으로는 내 자네를 내 집이 아닌 이곳에서 만날 걸세. 이곳은 본디 미리 날을 잡지 않으면 방을 빌릴 수 없는 곳이나, 자네에게는 언제나 열려 있을 걸세."

노 시중은 이리 은연중에 이 다루가 자신의 소유가 맞음을 확실히 밝혔다. 홍덕권이 나이에 맞지 않게 반짝이는 눈으로 노 시중을 바라보았다. 그 눈빛이 부담스럽다며 손사래를 치는 노 시중의 눈은, 여전히 홍덕권을 위아래로 훑고 있었다.

경계의 기색을 거두긴 하였으되, 끝끝내 자신이 아닌 사람을 믿지 못하는 것. 노 시중의 성정이 그대로 담긴 시선이었다.

어쩌면 홍덕권을 자택으로 부르지 않는 것마저도 이유가 있는 선택이리라.

*
**

연모하는 이를 마주하고도 휘강의 표정은 침중하기 그지없었다. 더하여 려화 또한 그리 얼굴이 밝지 않았다.

황궁 내에서 유리된 듯 따돌림당하는 려화라 한들 황제의 출정같이 크고 떠들썩한 사안을 모르랴. 려화는 이미 휘강이 다시금 피바람이 일고 있는 가운데로 들어서야 함을 알고 있었다.

마음이 참으로 싱숭생숭하였다. 방향이 엇나간 원망이 자꾸만 휘강을 향하였다. 하여 출정을 코앞에 앞두고야 채선궁으로 찾아온 휘강에게 말을 건네는 목소리가, 영 건조하였다.

"공진성으로 향하신다고요."

"그리되었다. 감히 도국을 침략한 오랑캐들을 최대한 빠르게 몰아내는 데는 그것이 가장 좋은 방법일 터이니."

"폐하의 안정에 걱정이 가득 고여 있습니다. 행여 패전할까 걱정하시는 것은 아닐 테지요."

저를 떠보듯 슬쩍 말을 건네는 려화를 보며, 휘강이 씁쓸한 웃음을 픽 터뜨렸다.

"이를 말이냐. 나는 지는 것을 모른다. 내 앞의 너를 제하고 나는 이기지 못한 상대가 없었으니."

"한데 안색이 어두우십니다."

"너 때문이다."

"제가 폐하께 심려를 끼쳤단 말씀이신지요?"

려화가 눈을 동그랗게 뜨고 휘강을 바라보았다. 가슴이 뜨끔하는 것이, 마치 잘못을 들킨 것만 같았다. 자신의 갈 곳 잃은 원망이 저를 향하는 것을 휘강이 알아챈 것인가 하였다.

"그래. 네가. 네가 출정하게 된 나를 미워할까 두려워 그렇다."

"저는……."

차마 폐하를 원망치 않는다는 말을 꺼낼 수 없었다. 원망하고 있었으니까. 어찌 전쟁귀에 씌어 이리 천지 사방을 들쑤시고 다녔느냐고, 그리 따지고 싶은 마음을 참는 것으로도 려화는 버거웠다. 그를 원망하지 아니할 수 없었다. 이 원망이 억지인 것을, 이 감정이 향할 곳이 휘강이 아님을 알면서도 그러했다.

그러니 할 말이 없는 려화가 입을 꾹 다물었다. 휘강의 입에서 얕은 한숨이 흘렀다.

사랑하는 이를 앞에 두고 있지만 가까이할 수 없었다. 눈에 뜨이게 안색이 어두운 쪽은 외려 려화였다. 그 어두움을 만들어 낸 것이, 공진성을 침략한 외적들뿐이겠는가.

그녀가 제게 아무것도 남기지 않았다고 한들 전쟁으로 가족을 잃은 슬픔까지 다 씻기었을까. 그러니 다시금 공진성에 불어닥친 피바람에 느낀 분함은 자신을 향했으리라.

휘강의 생각은 틀림이 없었다. 려화의 침묵이 그것을 말해 주지 않는가. 하여 가까이 다가가 품에 안지도 못하고 이리 전전긍긍하는 것은 그의 몫이다.

이제 가면 최대한 빨리 정리하고 돌아온다 하여도 족히 한 달은 걸릴 테다. 겨울이 깊어질 무렵일 테니 려화의 몸을 가린 저 옷가지도 더욱 두꺼워지겠지.

그리고 려화의 가슴에는 더욱이나 사무치는 겨울이 찾아와 있을지도 몰랐다. 그때가 되면, 자신의 사람들을 살리기 위해서라면 몸을 내주어도 아깝지 않다던 려화의 결심까지 흐려지리라. 휘강의 생각은 그러했다. 그러니, 다시 환궁한다 하여도 려화와 자신의 거리는 눈에 보이는 것을 떠나서 더 멀어질 게다.

차라리 그 전에 안아 볼까. 이미 그녀는 저를 향한 원망을 키운 듯하니, 그 미움이 더 커져 손길을 거부하기 전에 안아 볼까 하였다. 이 이기적인 마음을 가눌 길이 없어 기어이 휘강이 려화를 끌어안았다.

"폐하……."

"네 마음은 너의 것이다. 차마 날 미워하지 말라 명하진 않겠다. 내게 아무것도 바라지 말라 했던 네 말 또한 나는 기억하고 있으니……. 그러니까."

"제 가슴엔 커다란 구멍이 있으니……. 이 마음마저 금시에 사라질 것입니다. 더구나 이는 맞지 않는 원망임을 저 또한 알고 있으니까요."

"내 누구보다 사람의 마음을 모르는 자라 할 수 있으나, 그래도 네게 마음을 품어 보니 알게 된 것이 하나 있다."

휘강은 제 품 안에서 딱딱하게 굳은 채로 경계를 풀지 못하는 려화가 안타깝고, 슬펐다. 하여 그의 목소리에 서글픔과 한숨이 깃들었다. 처음 있는 일이었다. 있을 수 없는 일이었다. 감히 만인지상의, 누구도 위협할 자가 없는 그의 목소리가 이리 서글퍼진 것은 말이다.

늘, 제 마음을 안정시키고 혈기를 눌러 주던 려화의 향기는 여전하였다. 휘강은 그것을 담뿍 느낄 수 있는 그녀의 머리칼에 코를 박았다.

오늘만큼은 슬픔과 원통함의 내음이 함께 느껴진다. 이 짙은 기색이 어찌 쉬이 빠지랴.

타인의 앞에서는 여전히 예부터 그래 왔던 미치광이 황제인 자신이건만, 려화의 앞에서만큼은 그녀의 기색에 예민하게 반응하게 되었다. 아마도 자신이 마음을 깨달았던 때보다 더 예전부터였을 것이다. 려화의 웃음, 눈물, 속상함. 이러한 사사로운 감정에 동화되었던 것은 말이다.

그때는 어찌하여 그것이 사랑이 피어나는 기색임을 몰랐을까. 지금은, 제 마음대로 되지 않는 마음의 끌림을 이리도 잘 아는데.

"마음이라는 건, 제 주인도 원하는 대로 이끌 수 없더군."

처음이었다. 휘강이 제게 보내는 말에서 정말이지 부정할 수 없는 진심을 느낀 것은 말이다.

상황은 다를지나, 려화도 휘강이 말한 것과 같은 마음을 품었던 적이 있었다. 살아온 삶이 길지 않은 려화에게는 꽤 긴 시간이었다.

족히 오 년. 그리고 더해, 휘강이 저를 바닥으로 끌어내린 뒤로도 무려 일 년을 훌쩍 넘도록 그를 향한 마음을 깨끗하게 접을 수 없었다. 부스러기처럼 남은 연모의 잔재가 자꾸만 제 가슴을 콕콕 찔러 댔었다.

이제야, 저의 비정한 원수. 한때 평생을 연모할 듯하였던 사내는 자신이 겪었던 마음을 깨달은 모양이었다. 그 아픔이, 그 연정이 전부 진심인 모양이었다.

이조차 거북하니, 이제 려화의 원망은 차츰 풀어져 미안함이 되리라.

그가 어떠한 마음으로 어두운 안색이 되었고, 무슨 마음으로 전쟁에 나가는지 알아 버리고야 말았으니 말이다.

"……그래도 이 원망은 틀린 것이니 끊어 낼 것입니다. 껍데기뿐이라지만 폐하의 백성으로, 폐하의 우군으로 승전을 기원할 것입니다."

"아니. 그대가 내게 했던 말을 나는 기억하고 있다."

휘강이 조용히 입술을 깨무는 려화를 더욱이 품에 끌어안았다. 그녀를 품에 안은 이 느낌을 기억한 채로 전쟁터로 갈 생각이었다. 려화의 고향을 짓밟고 있는 간악한 자들이 다시는 도국으로 발 들일 생각조차 못 하게 목을 전부 베어 버리리라.

그리고, 감히 다시금 이 따뜻하고 애타는 려화를 한 번은 품에 안을 것이었다. 제 이기심을 버리지 못함은 못난 핏줄을 타고난 탓이겠지만, 그래도.

그래도 그것을 원동력으로 하여금 이르게 돌아올 생각이었다.

"아무것도 하지 말라. 아무것도 바라지 않으리니."

"그때 제가 올린 말씀은, 이러한 뜻이 아니었습니다."

"그렇다 하여도 그리하라. 네가 누굴 위해서든 아플 정도로 마음 쓰는 것은 이제 내가 싫어. 그것이 나를 위한 것일지라도."

"폐하."

"내가, 나는 황제라 하나 저주와도 같은 핏줄을 타고난 못난 사내일 뿐이다. 특히나 그대의 앞에서는 그러해."

더욱, 한동안 그녀를 볼 수 없으니 욕심이 치밀었다. 그래도 휘강은 제 품 안이 불편해 몸을 굳힌 려화를 놓아주었다.

바라지 않겠다고 말하면서, 제 욕심을 자꾸만 채우려 드는 배반적인 행동을 계속하여 보일 수는 없지 않은가.

"그러니 떼를 쓰겠다."

휘강의 입가에 희미한 미소가 돌았다. 그저 보기만 해도 안타까운 사람. 언제 이리되었는가, 이제는 가늠하는 것조차 의미가 없도록 연모하게 된 여인.

앞에 두면 그 어떠한 감정보다도 미안하고, 사랑하고, 사랑하는 여인이다.

제가 지은 죄를 갚아 줄 길이 없으니 더욱이나 안타까워 어쩔 줄을 모르게 만드는 사람이다.

"돌아오면 네가 어떤 마음이든, 그저 한 번만 다시 너를 안아 보겠다."

"그리하셔요."

"네가 내게서 피 냄새를 맡고 도망치려 해도, 딱 한 번만."

휘강이 말하는 피 냄새란 전쟁을 치르고 돌아온 자의 거친 혈기를 이름이리라. 려화는 그때의 제가 과연 그러한 휘강의 품에라도 안길 수 있을지 가늠해 보았다.

"한 번만 너를 안겠다."

휘강은 자기 자신을 이해할 수 없다는 얼굴로, 슬픈 눈을 하고 있었다. 그런 눈으로 계속 려화를 바라보았다.

그러나 제 속을 이해할 수 없는 것은 오히려 려화가 더했다. 응당 침략한 자들을 벌하고 백성을 지키기 위해 나서는 휘강을 원망하는 것이 옳겠는가.

이기적인 것이 누구인가. 떼를 쓰는 것이 누구인가. 저 또한 공진성을 침략한 자들이 미우면서도 그들에게 칼을 휘두를 휘강마저도 밉고 원망스러운 것은 참으로 우습기 짝이 없었다.

오히려 아이처럼 떼를 쓰고 있는 것은 자신이었다. 이리 생각하니 참으로 부끄러웠다. 껍데기만 남았다 하여 사람의 도리까지 저버려서야 되겠는가 말이다.

"한 번뿐이겠습니까?"

려화의, 조금 가라앉았지만 충분히 나긋한 목소리에 휘강의 눈에 고인 슬픔이 기대감으로 변모하였다. 려화는 그러한 휘강을 보며, 이제는 제가 슬픈 눈을 하고는 웃었다.

"폐하의 어심이 감히 어여쁘다 여겨지니, 그저 지금과 같은 정도로도 족하시다면 얼마든지 안으셔요."

려화의 슬픈 눈이 마음에 걸리나, 아직도 휘강이 배워 나간 복잡한 감정이란 얕기만 하였다. 그러니 그 눈빛이 어디에서 오는 줄도 모르고 마주 웃었다. 그것이 할 수 있는 전부였다.

"네 말이야말로 어여뻐, 나야말로 이제 조금은 가벼운 마음으로 다녀올 수 있을 듯해."

"그러하시다면, 부디 폐하께서도 휘하의 병사들도 무탈하게 다녀오기를 기원하겠습니다."

"그리하마. 도국의 백성 그 누구도 내가 있는 자리에서 털끝 하나 다치지 않도록 할 테니……."

휘강이 아쉬움이 맺힌 손끝으로 려화의 옷깃을 매만졌다.

"너 또한 무탈하라."

"이 복마전에서요?"

"이 복마전에서. 네 곁에서 널 지키지 못하고 떠나는 나를 조금은 미워해도 좋다."

휘강의 말에 려화가 저도 모르게 설핏 웃음을 터뜨렸다. 그러니 무겁기만 하였던 분위기도 조금은 가셨다.

"감히 만인지상의 폐하를 이리 세워 두기만 하였습니다. 그러니 폐하께서야말로 저를 조금 미워하셔도 좋습니다. 이제라도, 가시는 길 따뜻하시라 속을 데워 드릴 차를 올려도 좋겠습니까?"

"아니. 당장 이튿날 새벽 군사들을 이끌고 출정하니 바쁘기 그지없다. 그저 너를 보고자 하여 시간을 냈을 따름이야. 하여 나는 이미 바라는 만큼의 시간을 너와 보냈다."

"그래도……."

"그대의 생각보다 전쟁에는 준비할 것이 많아."

려화의 얼굴에 난처한 기색이 떠올랐다. 제가 휘강을 어찌 여기든, 그러한 것들을 떠나 감히 황제가 채선궁을 직접 들러 주었다. 그랬는데 제 몸도, 차 한 잔도 대접하지 않고 서 있다 돌려보내게 생겼으니 이것은 예에 어긋났다.

"저야말로 폐하께 생떼를 썼습니다. 이리 그냥 돌려보내게 되었으니……. 그것도 먼 길 가실 분을……."

"그리 생각하지 않아도 돼. 난 이 짧은 시간이 산해진미보다도 좋았으니까."

휘강의 말이 진심임을 알면서도 려화의 마음은 쉬이 안정을 찾지 못하였다. 휘강은 그런 려화를, 괜히 한 번 더 안아 도닥였다. 그녀를 위로한단 핑계로 제 몫을 한 번 더 챙겼으니 나쁠 것이 없었다.

"그저 송구합니다."

"네 송구함에 하나를 더 얹게 생겼으니, 이를 어찌하나."

"예?"

휘강이 품에 안았던 려화를 살포시 풀어 주며, 대신에 그녀의 고개를 들어 올렸다. 동그랗게 뜬 눈이 언제나처럼 어여쁘기 그지없어, 휘강은 다시금 웃고야 말았다.

"네게 선물이 있다. 선물인지 아닌지는 네가 결정하면 될 일이다마는."

"제게 선물이랄 게……."

"내일이면 알게 될 것이니, 나를 원망하는 마음을 조금만 옮겨 궁금함에 쏟아 봐."

려화가 픽 웃음을 터뜨렸다. 그가 자신을 봐 온 햇수도 적지 않으니, 물질적인 선물은 아닐 터. 허튼소리를 하는 이는 아니니 정말 내일이면 알게 될 터였다.

어차피 작금의 려화에게 신경 쓸 것은 그것 말고도 많았다. 려화가 웃으며 고개를 끄덕였다. 난처하고 아쉬운 마음이야 여전하였으나, 바쁘다 직접 말하는 황제를 더 잡아 둘 수는 없었다.

"부디 무탈하시길 다시금 바랍니다."

"그러지."

"그리고……."

휘강이 려화의 말을 다 듣지 않고, 그녀의 입술을 검지로 짚어 막았다. 이미 그녀의 입에서 흘러나올 말을 듣지 않아도 알고 있었다.

"내일은 숙비에게 들러 주십시오. 네가 내게 할 말은 이것이지 않으냐?"

려화가 겸연쩍은 얼굴로 고개를 끄덕였다. 적어도 지금만큼은 휘강에게 그저 미안하고 민망할 뿐이었다.

"부디……. 그대야말로 이 복마전에서 무탈하게 살아 있으라."

과거의 언제와 같은 인사를 마지막으로 휘강이 채선궁을 나섰다. 려화를 뒤로한 그의 얼굴은 몹시 시원섭섭한 표정을 짓고 있었다.

　가장 걸리는 것, 두 가지를 해결하고 마주했다.

　이제는 려화의 고향을 쑥대밭으로 만든 몹쓸 외적을 해결할 일만 남았다. 거기에 보탤 것이 있다면, 과연 이 침략이 정말로 마갈족 것들이 생각이 없어 저지른 것이 맞는지 확인하는 것이리라.

　초겨울의 싸늘한 공기가 그의 품에 남아 있던 려화의 온기를 천천히 흩어 냈다. 아쉬움이 남아 느리기만 하였던 휘강의 걸음이 살벌한 기세를 담고 빨라졌다.

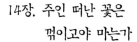

14장. 주인 떠난 꽃은
꺾이고야 마는가

익일 새벽이면 출정할 휘강의 표정이 몹시 밝았다. 이는 려화를 향한 그의 걱정이 다소 해소되어서였으나, 그 속을 모르는 신료들에게는 다르게 보였다.

전쟁광 황제가 오랜만에 먼저 걸어온 싸움에 기뻐하고 있다. 지금까진 그 혈기를 자제하고 있었으나, 이제 당장 뛰쳐나가기만 하면 되니 이리 기쁨을 주체하지 못하고 있다.

그리 생각하는 속이 휘강의 눈에 훤히 보여 그는 더욱 웃음을 감추지 못했다. 아둔한 자들, 그러나 자신이 세상 누구보다 대단하고 총명하다 여기는 자들이었다.

그 와중 평온을 가장한 부드러운 시선 안에 날카로움을 숨긴 이 또한 존재했다.

문하시중 노필상.

한 번, 휘강을 향한 것도 아닌 제 휘하에 대한 방심으로 고꾸라질 뻔하였던 그 노인만큼은 달랐다.

"익일, 짐이 출정함은 여기 모인 그대들 모두 알고 있음이라."

"그러합니다. 폐하."

"이번 짐의 출정에 대해 그대들은 제대로 함구하였겠지?"

"여부가 있겠습니까?"

모두가 하나같이, 그리 당연한 것을 확인하고 또 확인하느냐는 눈으로 휘강을 바라보았다. 하나 휘강의 감은 이 중 거짓말하는 자가 필시 있으리라 알려 주고 있었다.

휘강이 피식 웃으며 좌정한 대신들의 면면을 바라보았다. 공진성에서는 이미 한 번, 그의 아비에게 뒤통수를 맞은 적이 있었다.

당시 휘강은 마갈족을 일시에 쓸어버리기 위해 부러 공진성 백성들을 미리 대피시키고 그쪽으로 마갈족을 유인하였다.

한데 그들은 휘강의 유인을 따르는 척하였을 뿐이었다. 휘강에게 유명을 달리한 마갈족은 침략한 전사 중 절반에 불과했다. 나머지 절반은 처음부터 거리를 벌리고 뒤늦게 찾아와, 휘강이 자리를 비운 공진성 중심을 초토화하였다.

휘강은 그를 몰랐다. 당시 그가 철석같이 믿었던 휘하의 수색 병들은 눈에 보이는 마갈족 전사가 침략한 군사 수의 전부라 하였기 때문이었다. 해서 승기를 잡고 안심하고 있던 그 찰나.

아주 잠깐이나, 이미 불꽃이 내렸어야 할 공진성 봉수대에 초록빛 불꽃이 찰나 간 깜박이는 것을 보았다.

그것으로 휘강은 자신이 다스리는 군에 내통자가 있음을 알아챘다. 수색병과 그의 상관인 장수 둘, 그리고 휘강이 믿어 의심치 않았던 제 사람이 바로 배신자였다.

휘강보다 조금 늦게 불꽃을 확인한 곁의 장수가 검을 빼 들고 휘강에게 달려들었다. 하나 장수의 무위는 휘강에게 미칠 것이 아니었기에, 휘강은 발검이 늦었음에도 먼저 그의 목을 쳐 냈다.

그리고 다시 살핀 공진성 봉수대는 언제 녹색의 불꽃이 올랐었냐는 듯 잠잠하였다. 다만 한 줄기 연기 자락만이, 봉수대에 불꽃이 올랐던 일이 착각이 아님을 알려 주었다. 이리 봉수대의 불꽃이 빨리 꺼진 것은, 용기 내 봉화를 올렸던 성주가 죽어서임이라.

승리라 여겼던 전투는 패배에 가까웠다. 휘강은 어수선해진 전열을 바로잡는 데 제법 시간을 써야 했다. 그가 믿고 써 온 군사 전원의 거의 절반이 배신자였다. 자신을 다스리는 장수의 뜻을 따라 진짜 휘강의 사람들과 뒤엉켜 싸웠다.

모든 것을 마무리한 뒤, 공진성으로 갔을 때는 이미 때늦은 후였다. 늦게나마 공진성을 짓밟고 있던 마갈족을 모조리 잡아 죽였다. 목을 베는 것으로는 화가 풀리지 않아 찢어 죽였다.

다만 내통의 증좌가 될 몇은 살려 두었건만, 그들은 도국으로 이송하는 도중 어떤 방법을 썼는지 조용히 자결하였다. 손발을 묶어 두고 재갈까지 물려 두었음에도 말이다.

'모든 부모가 아들을 전부 사랑하겠습니까?'

그중 하나는, 마치 휘강이 저를 죽여 주길 바라는 것처럼 눈을 희번덕이며 그리 말했다. 그는 무엇이 겁이 나는지 그리 말하며 온몸을 바들바들 떨더니, 미치광이처럼 소리를 내지르며 차라리 지금 죽여 달라 하였다.

하나 그를 당장에 죽였다간 무정한 아비의 패륜도, 그에 엮여 저를 위협한 아첨꾼들도 잡을 수 없기에 살려 두었건만. 결국 그는 죽었고 휘강의 가슴에는 답답한 멍울이 앉혔었다.

그리고.

"뭐, 짐이 직접 정신 나간 마갈족과 싸워 보면 알 일이지. 그대들이 정말로 제대로 함구했는지는 말이야."

또 한 번. 같은 일이 반복된 것이라는 직감은 휘강의 안에서 점점 커졌다. 휘강은 의미심장하게 말하고는 대놓고 노 시중을 바라보았다. 그는 어찌 저를 보시느냐는 듯 휘강을 마주 보다간 고개를 깊이 숙였다.

항상 반복하기를 반복하던 사이였기에 신료들은 휘강의 시선을 대수롭지 않게 흘려 넘겼다. 휘강이 짚이는 곳이 있어 그리 바라보는 것은 아니라 여긴 것이다.

"그럼 출정하기 전 마지막 확인을 하지. 우선 짐과 함께 출정하기로 한 군사의 수는 삼천오십이 명, 그리고 전쟁 도중 필요한 군량미와 이에 따른 소모 비용은……."

이윽고 휘강의 주도로 이번 출정에 대한 마지막 정리가 이어졌다. 이번에는 갑론을박이 오갈 필요조차 없었기에 정리는 짧았다.

휘강은 마치 이미 치러진 전쟁을 뒷정리하듯 처음부터 신료들에게 딱 정해진 수치만을 말하고 이를 처리하라 일렀다. 하니 보고 또한 휘강이 예상한 바에서 벗어나지 않았다.

신료들은 오랜만에 겪는 전쟁 중의 휘강이었다. 그의 치밀함에 혀를 내두르며 다급히 처리했건만, 처리 후의 보고까지 더하니 더욱이 기가 찼다. 한동안 아직은 젊은 황제이니 하며 그를 무시하고, 목덜미만 조심하며 뒷공작을 해 대던 이들은 찔끔하기까지 했다.

"이리, 폐하께서 명하신 대로 처리되었습니다. 하여 혹한기의 구휼에 영향이 미치진 않을 것으로 사료됩니다."

"그렇군. 그대들이 짐의 말을 제대로 이해하고 처리했다니 참으로 다행 아닌가."

"망극합니다."

"한데 짐은 전쟁터로 나가는 본인보다 짐이 비운 이 황궁이 걱정되니 참으로 큰일이로고."

휘강이 웃음기를 섞어 그리 말했다. 농으로 들리라고 하는 말이었겠으나 그 안에 뼈가 있으니 모두가 쉬이 휘강을 따라 웃지 못했다.

이리 다시금 대전 안이 조용해졌을 무렵, 알게 모르게 노 시중과 홍덕권이 서로 시선을 주고받았다. 그러고는 조용히 있던 홍덕권이 거수하였다.

휘강이 미간에 주름을 만들고는, 홍덕권을 바라보았다.

"무슨 일인가?"

"신 예부 주부 홍덕권, 한 말씀 올려도 되겠사옵니까?"

"나불거려 보라."

휘강은 제게 토를 달듯이 입을 연 홍덕권에게 불편해진 심기를 숨기지 않고 거친 언사를 뱉었다. 홍덕권은 황제의 노기를 샀을까 잠시 주저하듯 어깨를 움츠리고 휘강의 눈치를 살폈다.

휘강은 도발이라도 하듯 홍덕권을 바라보며 턱을 까닥였다.

"감히 폐하의 능력을 의심하는 것은 아니오나, 소신은 능히 삼천여 명의 군사와 폐하께서 움직이는 것이 여전히 백성들의 불안을 가중할까 두렵습니다."

"그렇단 말이지?"

홍덕권이 깊이 고개를 숙였다. 휘강은 홍덕권이 고개를 조아린 꼴을 보고 키득거렸다. 이윽고 키득거림은 기어이 박장대소가 되었다.

대전이 조용한 가운데 휘강만이 미친 듯 웃고 있는 모습은 퍽 불가해하고 살벌한 풍경이었다. 휘강의 웃음소리 말고는 아무것도 들리지 않았다. 그리 끝을 모르고 이어지던 웃음이 어느 순간 뚝 그쳤다.

눈가에 눈물까지 고이도록 웃어 대던 것을 그친 휘강이 홍덕권을 싸늘한 눈으로 노려보았다.

"그거 아는가?"

"소신의 귀는 열려 있습니다, 폐하."

"짐이 말한 삼천의 군사는 이미 공진성 근저에 도착한 지 오래야."

휘강의 말에 신료 일동이 전부 눈을 크게 뜨고 휘강을 바라보았다. 휘강은 다시 웃음이 터지려는 것을 가까스로 참았다. 그러한 표정을 지었다. 그리고는 파안대소 대신에 숨을 한껏 들이켜고 후, 하고 내쉰 다음 말했다.

"새벽에 출정하는 것은 오로지 짐 혼자. 어느 백성이 도국 황제의 얼굴을 틀림없이 알아보겠는가. 그대들의 걱정은 하등 쓸모가 없다는 뜻이지."

"하나, 어찌……."

"어찌? 짐의 손이 바로 닿는 군사가 정녕 이 황궁 안에만 있는 줄로 알았는가? 족히 오, 육 년 전까지만 하여도 전쟁터를 떠돌았던 짐의 군권이 그뿐인 줄 알았어?"

육 년은 긴 세월이었다. 응당 따르던 이가 있더라도 부름 없이 기다리라 하면 변심을 하고도 남을 만큼 말이다.

그러니 휘강의 군사가, 바로 손이 닿는 도성 근방의 이들뿐이라 여겼다. 모두가 그러하였다. 심지어 노 시중마저도 이번 휘강의 발언에는 적잖이 놀라고야 말았다.

휘강은 분명, 황궁 근처의 병사 삼천오십을 긴급 소집해 둔 터였다. 병부가 휘강의 손에 꽉 쥐여 있다 하여도 그 정도의 정보가 없을까. 이는 거짓이 아닌 확실한 정보였다.

'도성에서 소집한 병사들은 단순히 보여 주기 식이었다, 이 말인가. 허허, 기실 소집만으론 전시 대비라 둘러댈 수 있으니 백성들이 공포에 질릴 것은 안중에도 없었겠어. 그래 놓고 따로 연락이 통하는 지방군을 움직였다……. 이리 과감히 움직이실 줄은…….'

생각이 많아진 눈으로 노 시중이 휘강을 바라보았다. 그의 눈에 어린 감정 중 가장 큰 것은 어쩌면 회한이었다.

'나도 많이 늙었구나. 모시는 이의, 대적하는 이의 진신을 채 파악하지 못하다니 말이야.'

하나 후회해도 때는 늦었다. 이제라도 신경을 더 곤두세워야 할 따름이었다. 어쨌든 휘강은 익일 새벽 궁을 떠나니, 그나마 다행이었다.

이는 변하지 않을 사실이니 노 시중은 황제가 궁을 비운 동안에 원하는 바를 모두 해결하면 되었다.

그리 생각했는데, 휘강이 생각지도 않던 말을 던졌다.

"이리 짐을 물로 보는 자들이 많은 황궁이니, 혹여 짐이 자리를 비운 사이 헛짓을 할까 두렵군."

"어느 누가 폐하를 사사로이 본단 말씀이십니까. 폐하, 그 말씀 거두어 주십시오."

"시끄럽다. 짐의 백성이 침략으로 고통받고 있거늘, 그대들은 마치 짐을 마음대로 할 수 있다는 듯이 궁에 둘지, 밖으로 보낼지나 고민하느라 바빴잖은가!"

"어느 누가 폐하의 안전에서 그러한 삿된 마음을 품었겠습니까."

휘강은 제게 반박이라도 하듯 변명을 내뱉는 노 시중을 노려보았다. 이럴 때만 노 시중의 뒤에 숨는 다른 신료들조차 그의 날카로운 시선을 피하지 못하였다.

휘강이 한숨을 푹 내리 쉬었다. 부디 이 분위기가 계속 유지되어야 한다. 자신이 없는 동안 려화를 조금이라도 지탱해 줄 이를 궁으로 불러들여야 했다. 그가 힘을 조금이라도 더 쓰려면, 무엇보다 다시 궁으로 돌아오는 그의 시작에 잡음이 적어야 하였다.

"이미 짐의 마음에 의심이 들어앉았으니, 그대들은 짐이 궁을 비운 사이에 짐의 의심을 가라앉히도록 부디 얌전히 있어야 할 것이다."

"여부가 있겠습니까?"

"여부가 있을 수 있지. 하여 짐은 평생을 바쳐 나의 사람이었던 자를 궁으로 불러들였고 말이야."

휘강의 말에 가장 먼저 안색을 달리한 사람은 노 시중이었다. 곧 평소의 얼굴을 찾았으나 찰나의 변화를 휘강은 놓치지 않았다.

노 시중은 이어서 휘강의 입을 통해 나올 말을 이미 예상하고야 말았다. 아마 자신의 추측은 틀리지 않으리라.

"요즘 주 태감이 노모의 병환으로 시름이 깊어 그도 늙어 가는 것이 태가 나더군. 결국 짐에게 퇴청을 요구하는 것을 몇 번이나 거절했었으나, 이번에 수락하였다."

"그렇다면……."

"짐이 태자이던 시절부터 짐을 보필하던 유 태감이 아직 살아 있더군. 그를 불러들였다."

휘강의 말은 '앞으로 그러할 것이다'가 아닌, '이미 그렇게 처리하였다'였다. 그러니 이미 유 태감을 궁으로 불러들였다는 말이었다. 일종의 통보인 것이다.

한데 이리된다면 휘강의 성정에 그를 곧바로 대전으로 불러 소개했어야 맞다.

노 시중은 자신의 계획대로 일이 진행되지 않을 법한 흐름을 느꼈다. 그에 분노하기도 전에 돌아가는 상황을 파악해야만 했다.

그는 여태껏 휘강을 은연중에 쉬이 여겼다. 제 분을 못 이겨 목을 베어 버리고 억지 논리로 입을 다물게 할 줄이나 알 뿐이라고 말이다. 한데 어찌 이리 지금에 와서는 마치 계도제를 대하듯 어렵고 복잡하기만 한 것인지.

노 시중은 이리 생각하면서도 한편으로는 휘강의 속셈을 파악하기 위해 궁리하는 것을 멈출 수 없었다.

'설마……'

아마도 복잡한 것은 노 시중의 머릿속뿐이었다. 대다수의 신료는 유 태감이라는 자를 불러온다 한들, 한낱 환관이 무얼 할 수 있느냐 생각하였다.

하나 노 시중은 직접 유 태감을 겪었던 사람이다. 그 말고도 한둘, 가까스로 제 자리를 지키고 있는 노신들의 표정이 묘하게 굳어 있었다.

그들은 기억하는 것이다. 감히 황제를 지근에서 보좌하는 태감의 몸으로 황제와 반목하고, 기어이 태자를 황위에 올린 유 태감을 말이다.

물론 그는 오로지 유 태감만의 작품은 아니긴 하였다. 하나 그와 함께 휘강을 황위에 올리게 힘쓴 것이 지금은 유일한 황실의 큰 어른인 태황태후였다.

둘 사이의 신뢰야 말할 것도 없이 돈독하기 그지없었다. 유 태감이 태감직을 내려놓고 출궁하려던 당시 그를 가장 말렸던 이는 휘강이 아닌 태황태후일 정도였으니 말이다.

"태감이라면 폐하를 지근에서 모시는 자, 환관에 불과하더라도 중책이거늘 어찌 이리 급히 정하셨나이까……."

노신 중 하나가 용기를 내어 휘강에게 말했다. 노 시중이 생각에 잠겨 입을 열지 않으니 섣불리 나선 것이었다. 혹 제가 뒤로

하는 나쁜 짓을 들킬까, 제 발이 저린 것이기도 하였다.

휘강은 노신을 바라보았다. 아무 말도 없이 그저 의뭉스러운 눈빛으로 보다가 느긋하게 입꼬리를 올려 웃었다. 그 웃음이 벼려진 검날처럼 날카로워 노신은 잠시간 숨 쉬는 것도 잊고야 말았다.

"태감을 선택하고 곁에 두는 것은 오로지 짐의 선택에 달렸다. 누구의 참견도 필요치 않아."

"하오나……."

"우복야는 짐을 그대의 손주로라도 여기는가? 해서 어린아이처럼 참견하고 계도해야 할 존재로 보여?"

"소, 송구합니다."

상황이 이리 흐르니 더는 누구도 휘강에게 유 태감의 복직을 두고 말을 꺼내지 못했다. 더해 신료들이 속내를 정리하고 휘강에게 다시금 반박하고자 한다 하여도, 그때는 휘강이 도성에 없을 것이었다.

완패.

그 말이 노 시중의 머릿속에 그려졌다. 더해서 휘강이 이곳에 유 태감을 불러내지 않은 이유 또한 짚었다.

'채선궁이다. 채선궁의 그 계집을 지키려고……!'

대관절 그 방자한 계집이 무엇이기에.

노 시중은 한숨을 대신해 반대로 천천히 숨을 들이켰다. 폐부 가득 들어찬 숨에 가슴이 뻐근하고 답답해졌다.

이윽고 휘강의 시선이 느껴졌다. 휘강은 이제, 굳이 숨길 이유도 없다는 듯 노 시중을 향해 비소를 날리고 있었다.

휘강의 그 싸늘한 비소가 궁 밖의 공진성에서도, 황궁 담장 안에서도 둘의 본격적인 수 싸움이 시작되었음을 알렸다.

**

노 시중의 예상대로 지금 유 태감은 채선궁에 있었다. 휘강의 은밀한 지시가 있었기에 지체 없이 전임자인 주 태감에게 태감직을 넘겨받았다.

아마도 노 시중은 지금 분노하고 의아한 상황일 터다. 자신의 손길이 환관과 궁녀에게도 닿아 있는데 유 태감의 복직을 미리 알지 못한 것에 말이다.

이는, 그가 환관의 생태도 유 태감에 대해서도 잘 모르기에 일어난 일인 것은 꿈에도 모를 것이다. 당시 노 시중과 여하 노신들을 직접 상대하였던 유 태감은 그를 매우 잘 알았다.

'환관을 어디 사람으로라도 여기는 자던가.'

궁녀나 후궁, 혹은 겁도 없이 황녀에게 우를 범할까 거세를 하고 나서야 궁에 자리를 틀 수 있는 것이 환관이었다. 그러다 보니 계집도 사내도 되지 못하는 이들을 반편이 취급하는 것이 어디 노 시중뿐이겠느냐마는.

그중에서도 노 시중은 달랐다. 그는 환관을 반편이를 넘어 사람으로조차 여기지 않았다. 쓰임이 필요해 사용하다가도 쉽게 버리는 물건쯤으로나 보았으랴.

아둔하게 굴다 그의 손에 쓰이고 죽은 환관의 수도 열 손가락을 채우고도 남을 것이었다. 유 태감은 그들 모두의 얼굴과 이름을 기억했다.

그리 쉽게 쓰고 버릴 이라 생각하였으니 방심했을 터다. 자신의 처지와 입지 때문에라도 환관들끼리의 신의가 두터운 것을 모르고.

더불어 유 태감은 날카로운 인상과 칼 같은 말투로 정이 없는 사람으로 비추어졌으나, 실상은 환관 중 직간접적으로 그의 도움을 받지 아니한 자가 없었다. 그러니 환관들은 손을 잡은 신료들이 있어도 유 태감의 복직에 관해서만큼은 철저하게 입을 다물었다.

모두가 그의 복직을 환영하였으니 말이다.

"태감 유객춘, 채선궁의 주인을 뵙습니다."

"혹 폐하께서 제게 준비한 선물이라는 것이 태감이신가요?"

"그렇습니다."

"어찌 폐하께서 태감을 저의 선물이라고……."

유 태감은 지금 려화가 과거에 알던 모습과는 그 면면이 확연히 달랐다. 꾀죄죄하던 모습이며 굽히고 다니던 허리는 모두 변장이었으니 말이다.

유 태감이 된 그는 연륜이 심어 준 굵은 주름만큼은 여전하였으나 행색은 말끔하다 못해 칼처럼 날카롭게 다듬어져 있었고, 허리는 곧게 세워 그 누구보다도 바른 자세를 취하고 있었다.

목간은커녕 세수는 하나 싫던 꾀죄죄한 몰골은 어디에도 없으니, 려화는 그가 자신이 아는 유 노인임을 쉬이 알아보지 못했다.

"그런데 왜인지……."

"낯이 익으시지요?"

그러나 유 태감을 마치 친조부처럼도 따랐던 려화였다. 해서 시간을 들여 유 태감을 바라보고 있자니 그가 자신이 아는 유 노 인을 닮았다는 것을 알 수 있었다.

아니, 그가 바로 유 노인이었다.

"설마, 유 어르신?"

"그렇습니다. 허허허, 알아보지 못하셨다면 조금 섭섭했을 터 인데 이리 기억해 주시는군요."

"세상에나!"

려화는 두 손으로 입을 가리고 눈을 크게 떴다. 제가 아는 그 유 노인이 환관, 그것도 태감이었던 것을 새로이 알아서만은 아 니었다.

그 놀람은 반가움의 표시였다. 궁녀의 일을 하면서 자주 마주 해야 했던 사이였기에, 아니 그것을 떠나서라도 려화는 유 노인 을 짓궂은 데가 있는 제 친조부처럼 따랐던 사이였기에.

족히 이 년 가까이가 되도록 얼굴을 보지 못하다가 다시 마주 했으니 그 반가움이 오죽하랴.

"이리 다시 뵙게 될 줄은 몰랐습니다! 세상에나, 어르신께서 태감이셨군요!"

"이리 반겨 주시니 감읍할 따름입니다."

"어찌 반갑지 않겠습니까? 제가 어르신을 얼마나 따르고 의지 했는데요. 제 궁녀 생활이 평온했던 것의 팔 할은 어르신 덕이 아니었겠어요!"

려화는 당장에 유 태감의 손부터 붙잡았다. 그러고는 그 늙어 주름진 손을 연신 쓰다듬었다. 마디가 굵고 고생이 고인 손은 몹시 따뜻해, 려화는 괜스레 찬바람이 휭휭 불던 제 마음에까지 이 온기가 닿는 것만 같았다.

"그보다 태감이라 해도 환관 나부랭이인 제게 이리 말을 높이 시면 안 됩니다."

"어찌 그리 말씀하십니까? 환관 또한 궁에서 일하는 폐하의 사람이며 더해 태감이시라면 폐하를 가장 지근에서 모시는 분이 아닙니까? 그리 대단한 분께 정해진 신분조차 모호히 궁을 떠도는 제가 말을 낮추다니요. 더해 저는 어르신에 비하면 한참 애송이인 어린 계집 아니겠습니까."

유 태감이 정말 더없이 따뜻한 눈으로 려화를 바라보았다. 궁의 어느 누가 자신을 이리 높이 사 주던가. 휘강과 태황태후야 자신을 존중해 주긴 하였으되 그것도 환관으로서였다.

한데 려화는, 환관이라는 업과 존재를 모두 존중하고 있었다. 제 자리를 지키며 대단한 일을 하는 '사람'들로 여기며 그 마음을 비쳤다.

그저 친하고 마음 주었던 어른인 자신의 앞이기에 그리 높인 것이 아니라, 진심으로 그리 여기는 것이 보였다.

이리 따뜻하고 올곧고, 사랑스러운 아이를.

휘강을 보위에 올리면서부터 번번이 대치하며 인생의 숙적처럼 되어 버린 노 시중이 몇 번이고 괴롭게 한 것을 들었다.

직접 궁에 들어와 짧게나마 겪은 공기 또한 려화에게는 날카롭기 그지없었다. 려화는 봄부터 겨울까지 오로지 한겨울의 한파에 맨몸으로 서 있는 것과 다르지 않았으리라.

휘강이 그녀의 두툼한 누빔 옷이 되어 준 것도, 아둔하리만치 때늦게 감정을 깨달은 최근부터였을 것이었다. 그렇다면 이 아이는, 짧고도 긴 그 기간을 얼마나 홀로이 고통받았을까.

그리 고통받으면서도 이 깨끗한 마음은 어찌 하나도 변하지를 않고 지켜 냈을까.

"황제 폐하께서, 자신의 여인으로 인정하신 분입니다. 비록 때가 때인지라 직첩을 내리진 아니하셨으나 진실이 변할까요? 그러니, 폐하의 여인께서는 제게 말을 낮추시는 것이 옳습니다."

"아무리 그리 말씀하셔도, 저는 어쩔 수 없이 궁에 남은 한낱 계집일 따름입니다. 절 아껴 주시고 보살펴 주신 어르신께 쉬이 말을 낮출 수는 없어요."

"정 그러시다면 이 노인이 졌습니다. 다만 호칭만큼은 바꿔 주셔야 합니다. 그저 태감. 하고 저를 불러 주셔야지요."

려화가 겸연쩍은 얼굴로 웃으며 고개를 끄덕였다. 그러고 보니, 연로한 유 태감을 한참이나 세워 두었다는 것이 떠올랐다.

려화가 얼떨떨한 얼굴로 저와 유 태감을 바라보고 있는 산여에게 활짝 웃으며 말했다.

"우선 어르신, 아니 태감께 차라도 한 잔 내어야겠어. 다음으로는 네게도 이분을 소개해 줄게. 그러니 산여, 세야에게 다과상을 준비해 달라 전해 주겠니?"

"으, 응. 냉큼 다녀올게!"

산여가 고개를 끄덕이고는 제가 말한 대로 냉큼 잰걸음으로 세야가 있는 채선궁 주방으로 향했다. 려화는 유 태감을 바라보며 다시금 반가움을 숨기지 못한 미소를 지었다가, 뒤늦게야 자리를 권했다.

유 태감은 몇 번이나 려화를 만류하다가 자리에 앉았다. 환관이 사사로이 주인 있는 궁에서 자리에 앉을 수는 없다는 이유였다.

"다른 누구도 아니고, 제게 태감을 대하는 데 있어 그리 칼처럼 옳고 그름을 따지시면 섭섭합니다."

"이 정도면 제가 많이 봐 드린 것입니다. 제가 소싯적 궁에 있을 때는, 제가 있는 자리에서 법도가 어긋난 행위는 있을 수가 없었어요."

"세상에나, 어르신께서요? 제가 아는 어르신과 달라 상상할 수조차 없습니다."

"허허허, 태감이라 칭해 달라 부탁드렸지 않습니까?"

"아차……."

소녀 시절을 지켜봐 주었던 이의 앞이어서인가, 아니면 정말 조부처럼 여겨서인가. 려화는 자꾸만 어릴 때의 자신이 튀어나오는 것처럼 굴었다.

볼을 발그레하게 붉힌 려화를 보며 유 태감이 껄껄 웃었다. 저리 아직 어리게만 보이는 여아의 눈에, 자세히 들여다보면 깊은 시름과 슬픔이 고여 있었다.

그래도 이리 웃을 수 있는 것이 대견하면서도 퍽 가여웠다. 그러니 제가, 두 번은 궁에 돌아오지 않겠다 말하며 태감의를 벗어 놓고는 다시 궁에 자리한 것이겠지.

물론 휘강이 다시 돌아와 달라 애원할 때에는 이런 속마음을 죄 숨기긴 했다. 려화를 죄인으로 삼았다 했을 때 그래서는 아니 되신다고 간언을 올렸건만 무시한 것이 괘씸해서였다. 또, 궁에

211

들어올 마음이 진실로 없기도 하였고 말이다.

'짐이 처음으로 깨달은 연심의 상대가 죽을 수도 있다! 해서 짐이 미치고 난 뒤에야 도국을 지키겠다고 자리할 참인가?'

'어찌 그런 무서운 말로 이 늙은이를 겁박하십니까? 허허, 노년을 편히 즐겨도 좋다고 말씀하시고, 그 뒤론 정말 아무것도 아닌 노인네의 간언은 죄 망언 취급하시던 분이 말입니다.'

'그때의 짐과 지금의 짐이 어디 같은가?'

'……폐하를 전쟁에서 털끝 하나 다치지 않게 한 방패는 얼굴이셨습니까?'

무슨 말을 해도 휘강은 철면피였다. 평소라면 진노하고 상대방을 자근자근 밟아 놓았을 성정까지 죽이고 내 같은 얼굴로 자신을 설득하였다.

사실, 처음부터 유 태감은 이기지 못하는 것처럼 슬그머니 휘강의 청을 들어줄 생각이었다. 휘강이 아니라 려화가 눈에 밟혀서였다.

태감일 때도, 농원의 관리인일 때도 한 번도 살가운 대접과 나이에 맞는 대우를 받은 적이 없다시피 한 그였다. 한데 려화는 고 어린 나이, 보이는 것에 휘둘릴 나이에도 기특하게 공손한 인사를 해 처음부터 그의 눈에 띄었다.

뒤로는, 농원의 일을 하면서도 려화는 예의를 지켰다. 점점 허물이 없어지면서 조부에게 그러하듯 농을 부리고 투정을 하기는 하였지만 말이다.

그래서인가, 저는 사내로 살아온 세월보다 환관으로 산 세월이 길었음에도 유 태감은 마치 려화를 어쩌면 있었을지도 모를 손주처럼 느끼게 되었다. 휘강에게 느끼는 특별함과는 달랐지만 말이다.

한데 제 의지와 처지가 이러하니 쉽사리 먼저 려화를 도울 수가 없었다. 그저 지켜보고, 그러다 정 안 되면 얄미운 휘강에게 한소리 하는 정도가 딱 유 태감이 할 수 있는 한계였다.

'폐하께 양심이라는 것이 존재하십니까?'

'짐은 목표밖에 몰라. 작금 짐의 목표는 내 정인의 안위. 그뿐이다.'

'그 궁녀, 아니 채선궁의 여인을 이리 만든 게 본인인 건 잘 알고 계시고 말입니다?'

'······그대의 적은 짐이 아닐 터인데.'

그리 일을 크게 벌이지 말라, 그 아이를 아껴 달라. 그런 뜻이 아니리라. 애타게 간언할 때는 그 모든 것을 들은 적도 없다는 듯 씹어 삼켜 버렸던 자가 제 앞에서 할 말인가.

유 태감은 속으로 그리 생각하였으나, 휘강의 인내심이 극에 달한 표정을 보았으니 깐족거리며 튕기는 것도 이쯤 해야겠다는 생각을 했더랬다. 이만하면 제 억울함은 어느 정도 해소되었다. 이제 생때같이 어리고 불쌍한 여인을 도우러 가야 할 시간이었다.

'이만하면 충신은 간언을 무시당한 설움을 다 풀었으니, 폐하의 뜻을 따르겠습니다.'

멀지도 않은, 사흘 전의 일이었다.

"이리된 일입니다."

"폐하께서 태감께 그리 간곡히 청하셨다고요······."

려화는 휘강의 이야기에 아까까지 유 태감을 반갑게 맞았던 것과 달리 다소 무덤덤한 얼굴로 그리 말했다. 하나 유 태감의 눈에는 그것이 조금 달리 보였다.

그가 세월을 허투루 살았더라면 태감의 직위까지 올랐겠는가. 환관과 궁녀라는 자리는 수많은 이권을 쥔 신료와 황족들의 손에 이리 휩쓸리고 저리 휩쓸리기 태반이거늘 말이다.

그러니 그리 비범한 세월을 견뎌 낸 유 태감의 눈에는 려화가 숨기고 있는 표정이 읽혔다.

믿으면서도 믿을 수 없다는 표정. 대체 그가 왜 그리 행동했는지 알 수 없다는 듯 혼란이 려화를 사로잡고 있었다.

유 태감이 려화의 그 혼란을 파고들었다. 그 또한 둘의 복잡하게 꼬인 감정의 매듭들이 어찌 풀려 갈지 궁금했으나 지금은 그보다 중한 것이 있었다.

"전쟁터로 직접 향하신 폐하보다 여기 이곳, 황궁의 홍련께서 더욱 위험하시니까요."

"하긴, 그분께서 항시 황궁은 복마전이라 하셨지요. 한데 저를 홍련이라 칭하시다니, 태감께서도 그 일을 알고 계시······. 아니, 혹 그 계책은 태감께서 만드신 것인지요?"

유 태감의 입가에 진득한 미소가 떠올랐다. 짙은 주름과 어우러진 미소가 려화를 긴장시켰다. 그의 연륜 깊은 눈은 묘한 이채를 띠었다.

유 태감은 려화를 새삼 다시 보았다. 대수롭잖게 찔러 본 듯이 보이는 저 물음에는 실은 많은 생각이 담겨 있었기 때문이었다.

휘강이 다시 불러 저를 궁에서 지키려 보낸 사람. 아무리 황궁과 도국 전체에 퍼진 일이라 하나 늘 홀로 지내기에 이러한 일을 알 수 있을 리 없는 사람.

마치 오류처럼 설명이 대치되는 사람이 사실은 한 사람이라면, 려화처럼 한 번 더 의심하고 생각을 전환하기 쉽지 않았다. 여느 여인이었다면 그저 휘강을 통해 모든 일을 전해 들었으려니 쉬이 넘기고 말았을 것이다.

한데 려화는 아귀가 맞지 않은 공백을, 하나의 의심으로 딱 맞게 채웠다.

타고나기를 영특하고, 의심이 많고, 더해 마땅히 그 능력을 길러 주는 가르침을 받았으리라. 이런 여인이 어찌 궁녀 시절에는 그를 하나도 티 내지 않고 있었단 말인가.

아니, 저리 영민한 머리가 있었기에 단번에 궁녀가 되고도 더 튀지도 모자라지도 않게 자리를 지킨 것이었을 테다.

저런 여인이라면…….

저런 성품을 지녔다면, 그녀가 있어야 할 자리는.

태감이 길어지는 저의 생각을 차단했다. 아직은 섣부른 생각이었다. 그녀가 쓰는 수를 직접 보아도 늦지 않았다.

"부디 긴장하십시오. 폐하께서는 금일이 지난 야심한 밤 출정하시니 말입니다."

"여부가 있겠습니까."

"부디 이 늙은이가 홍련께 믿음직한 방패가 되길 빕니다."

유 태감의 말에 려화가 조심스레 입가에 미소를 띠었다. 그의 능력이야 직접 본 것은 아니나, 뿌리 녹은 꽃을 홍련으로 단번에 압살해 버린 유 태감이었다. 려화는 휘강이 없는 동안의 걱정이 사르르 녹는 것을 느꼈다.

하나 긴장이 완전히 사라지진 않았다. 눈보라의 전야일지, 아니면 무던한 날의 시작일지는 아무도 알지 못했다.

괜스레 잠들기 어려워 뒤척이던 새벽, 평소와 달리 흐트러져 몸을 옹송그리고 자는 려화의 얼굴 위로 길고 곧은 사내의 손이 그림자를 만들었다.

음흉함이나 위험한 감정 따위는 느껴지지 않았다.

그저 소중하고 또 소중하게, 몇 번을 망설이던 손은 여인의 뺨에 붙은 잔머리를 귀 뒤로 곱게 넘겨 주고.

온기를 품은 입술로 조심스레 입술을 훔쳤다.

딱 그뿐인, 너무나 소중한 손길과 입술이 려화를 스쳐 먼 곳으로 떠났다.

전장에 닿은 휘강의 발걸음은 날쌔기 그지없었으나, 그의 마음이 지닌 무게는 둔중하기만 하였다. 황궁에 유 태감을 들이고, 려화의 곁에 기밀대 수석을 다섯이나 두었음에도 불안은 가시지 않았다.

황궁을 떠난 지 닷새째. 전음을 통해 하루가 느린 황궁의 소식을 들은 휘강이 얕은 한숨을 뱉었다.

그 한숨의 저의를 착각한 공진성 성주 강택주가 휘강의 눈치를 살피며 입술을 잘근잘근 씹었다. 야심한 밤인 터라 공진성을 침략했던 마갈족도 잠시 물러났다. 한데 저 한숨은 무슨 의미를 담고 있는가.

휘강이 오기 전, 아니 봉화를 올리고 난 후 하루가 되지 않아 삼천의 병사가 급파되었다. 황궁에서 어떠한 기별도 받기 전에 말이다. 하여 사실 도성에서 알고 있는 것보다는 공진성의 피해가 크지 않았다.

비록 공진성에 주둔한 병사 이천 중 팔백만이 남았고, 급파된 병사도 삼천 중 이천칠백밖에 남지 않았으나 말이다.

그런데 어찌 휘강이 이리 한숨을 내쉬는가. 혹…….

강택주가 불길한 상상을 하였다가 고개를 내저었다. 행여 상상으로라도 불길한 생각은 품지 않으리라.

"혜, 혜헤……. 여독을 채 풀지도 못하셨는데, 이리 공진성을 위해 힘써 주시는 폐하께 감읍하기 그지없습니다. 한데 폐하, 어찌 그리 안정이 어두우신지요? 혹시…….."

"혹시 뭐."

"아, 아닙니다."

"하던 말은 똑바로 하라. 짐은 뒤를 늘이는 놈들을 좋아하지 않으니."

휘강의 살벌한 눈빛이 강택주를 아래위로 훑었다. 그가 히이익, 하고 숨을 들이켜며 어깨를 단단하게 굳혔다.

"왜. 짐은 말하라 일렀다. 어명이 같잖은가?"

휘강의 손이 자신의 검병을 쥐었다.

"아닙니다! 그것이 아니오라! 그, 그저 군사의 피해가 커서 진노하신 것이 아닌가 하여……."

"짐이 고작 그만한 군사를 잃은 것에 벌벌 떨 위인으로 보였는가?"

"아, 아닙니다! 황공합니다, 폐하!"

"짐의 표정에 일희일비하지 말라. 지금 성주가 할 일은 그것이 아닐 터인데?"

휘강의 말에 강택주가 한걸음 뒤로 물러나며 허리를 깊이 숙였다. 벌벌 떠는 강택주의 꼴이 한심하기 그지없었다. 수상할 지경이었다. 아무리 전쟁으로 한 번 초토화가 되었던 곳이라 하나 어찌 이런 자가 전 성주의 자리를 이었는가.

"하문할 것이 있다."

"하문하십시오! 이 한 몸 바쳐 무엇이든 거짓 없이 답하겠사옵니다!"

"그런 결심까지는 필요 없다."

너무 과하다 싶을 정도로 강택주는 벌벌 떨었다. 행동이 과한 것이 제 발 저린 도둑의 꼴과도 같았다. 한때 공진성은 지방 호족들의 영수가 다스리는 지역이기도 했건마는. 이자의 손에서는 침략이 있기 전에도 멀쩡히 다스려지기는 했었을지가 의문일 정도였다.

"본래 공진성은 대대로 공 씨 가문이 다스린 것으로 알고 있다. 그런데 너는 강 씨로군."

"아, 소, 소인은……. 아니 소신은 그러니까……."

"선황께서 그대를 이 자리에 앉히셨는가?"

"바, 바로 그렇습니다! 육 년 전의 전쟁 때 공 씨 가문이 직계와 방계를 가리지 않고 초토화가 되어서……."

"하나 방계라면 공진성을 떠나 사는 자도 있었을 터, 생존자가 남아 있을 법도 하지 않은가?"

계속 허리를 수그리고 있던 강택주가 슬그머니 고개를 들어 휘강의 눈치를 살폈다.

"아마도 제가 공진성을 잘 다스리기에……. 그래서 그들이 소인이 성주가 된 것을 납득한 것이 아닐지……."

"글쎄."

한 성의 성주라는 자리가 어디, 그저 지역을 잘 다스리니 그대로 두겠다 하고 포기하기가 쉬운 자리겠는가. 더구나 공진성은 육 년 전의 전쟁이 있기 전에는 변방이라 믿을 수 없을 정도로 융성한 지역이었다.

휘강은 강택주에게 무언가 켕기는 것이 있음을 느꼈다. 다만 지금 이 자를 다그쳐 정보를 얻어 낸다 하여도 그는 겉핥기에 불과하리라.

이곳으로 달려오기 전부터, 당도하기까지. 그의 안을 채우던 의심과 어떠한 직감이 점점 확신으로 변해 갔다.

휘강은 강택주를 지그시 바라보다간 돌연 대화를 끊어 버렸다.

"어쨌든 그대가 이곳을 잘 다스린 것이 맞으니 마갈족도 군침을 흘리며 게걸스레 이리로 온 것이겠지."

"서, 서, 성은이 망극하옵나이다."

"짐이 괴수라도 되는가? 작작 떨라. 인사가 끝났다면 이만 가보겠다."

"원하는 대로 하시옵소서. 부디, 지, 지내시는 간에 편하시길 바랄 따름입니다."

전쟁에 참전하는 이상, 안락한 잠자리를 바라겠는가. 자신이 다스리는 지역에 피바람이 불고 있건만 백성들을 걱정하긴커녕 제 눈치를 보기 급급한 강택주의 꼴이 몹시 우스웠다.

휘강은 비웃음을 흘려 줄 가치조차 없는 자를 뒤로하고 떠났다.

공진성의 군사를 통솔하던 장수와 휘강이 파견한 장수들은 성벽 바로 안쪽의 막사에 이미 모여 있었다.

아까 성주를 상대하며 답답하던 가슴이 다소 나아지는 기분에 휘강의 입가에 미소가 고였다. 공진성의 중앙보다 이곳이 더욱 전쟁터와 가깝건만, 이리 편히 웃는 휘강을 보고 장수들 또한 잠깐이나마 얼굴에 미소를 띠었다.

휘강의 미소에는 자신감을 넘어선 당연함이 있었다. 제가 참전한 곳에서는 절대 패전할 리가 없다는 확신 말이다. 그러니 함께 싸우고 휘강의 명을 하달받아 실행해야 할 장수들에게는 휘강의 웃음이 몹시도 반갑게 느껴졌다.

"현 상황은?"

"마갈족은 새벽엔 몹시 조용합니다. 해가 떠서 질 때까지는 약 천오백의 병사들을 한 조로 묶어 각개로 공진성 안을 휘젓고 말입니다."

"그것 하나 잡아내지 못했는가?"

"송구합니다, 폐하. 저희의 능력이 모자라 이곳으로 폐하의 걸음을 이끌었습니다."

휘강이 고개를 저었다. 이런 의미 없는 사과 따위를 받자고 하는 소리가 아니었다. 쭉 공진성을 책임지고 있던 장수가 막사 가운데의 탁자에 장기짝 열 몇 개를 다시 배치했다.

탁자에는 공진성의 지도가 상세히 그려져 있었다. 그곳에 장수, 원 장군의 손으로 장기짝이 배치되었다.

"이곳, 이곳, 이곳. 이렇게 세 곳이 금일 피해가 심하였습니다. 아마 이쪽을 집요하게 공격하고 들어올 것이고 추가로 세 군데 더 공력이 모일 것입니다."

"마갈족이 계속 이런 식으로 움직였는가?"

"그렇습니다."

"추가 세 군데의 추측은?"

원 장군이 고개를 저었다. 마갈족이 본디 유목민이어서 마상 전투가 익숙하다곤 하지만, 이번에는 육 년 전과 비교해도 괄목할 정도로 신출귀몰해졌다.

어디서 나타날지 도무지 예상할 수 없으니, 어설픈 찍기를 하느니 차라리 모르는 것을 시인한 것이었다. 휘강의 앞에서 어설프게 아는 척을 하던 장수들은 휘강의 손에 목이 달아났다.

잠시 탁자를 뚫어지게 노려보던 휘강이 다시금 질문을 던졌다.

"여태까지 피해를 심하게 입은 지역을 전부 짚어 보라."

원 장군이 곧바로 장기 말을 새로 배치했다. 추가로 말 몇 개를 더 꺼내 탁자 위에 올렸다.

첫 침략으로부터 열흘이 지난 지금 대부분 지역이 피해를 면치 못했다. 한데 유일하게 아무 말도 놓이지 않은 지역이 있었으니, 바로 공진성 성주가 기거하는 중앙 지역이었다. 그보다 더 도국의 심처로 치우친 곳조차 피해를 보았는데 말이다.

휘강이 낮은 목소리로 물었다.

"……군사의 일부가 성주를 지키고 있는가?"

"그들은 현 성주를 따라온 자들입니다. 오로지 성주의 말만 듣습니다."

"지랄하는군. 짐이 모르는 사이 도국에 사병제라도 생겼다든?"

휘강이 코웃음을 쳤다. 도국은 국법으로 사병 양성을 엄히 금하였다. 물론 공진성처럼 이리 변방에 위치한 곳이라면 다스리는 지역을 효율적으로 방어하기 위해 약간의 병사를 두는 것은 묵인하긴 하였지만 말이다.

하나 지금은 전시, 공진성의 피해를 막기 위해 하나라도 더 외곽으로 돌려 마갈족을 막아도 부족하겠건만.

더해 하나 더.

강택주가 선황의 임명으로 이곳 공진성의 성주가 되었다면 그는 원래 중앙 귀족이었다는 뜻이었다. 최소 중앙 귀족과 연이 닿는 방계의 어디 나부랭이라든가.

그런 자가 사병을 키우다 못해 국토와 백성을 지키기는커녕 자신의 안위만을 위해 사용한다?

불쾌한 냄새가 풍겼다. 휘강이 막사 안을 채운 장수들의 얼굴을 다시 살폈다. 역시 이곳에는 자신이 모르는 얼굴은 없었다.

그런데 어째서 이곳에서조차 더러운 오물 냄새가 진동하는가?

"우선 그대들은 해 왔던 대로 마갈족이 다시 보일 것이 확실한 곳을 맡아. 짐이 마갈족의 동향을 살피며 그때마다 지시를……."

길어야 닷새. 이 모든 찜찜함을 덮어 두는 것은 닷새로 족했다. 당장 쓸어버리고 싶었으나, 이곳에 맴도는 오물 냄새의 뿌리를 뽑으려면 확실한 증좌를 찾아야 하니 말이었다.

휘강의 지시가 길어졌다. 막사의 주변으로 대여섯의 병사가 경비를 서며 번갈아 오가는 발걸음 소리만이 조용히 들려왔다.

전쟁 등으로 황제가 궁을 비우게 되면 그 자리를 채울 이가 필요한 것이 당연했다. 하여 보통 이러한 경우에는 선황이 살아 있다면 선황이, 그도 아니라면 황실 가장 큰 어른이 자리를 채웠다.

지금 도국에서 그 자리를 맡아 줄 이라면 응당 태황태후뿐이었다. 문제는 그녀가 연로한 나이와 쇠한 기력을 들어 태황태후전에서 두문불출 중이라는 것이었다.

'그러니 짐이 비운 자리는 당분간……. 그래, 시중이 맡아야겠군.'

하여 휘강이 떠나간 동안은 궁의 모든 일이 시중의 손을 통하게 되었다. 시중은 이리 선선히 자신에게 황제 대리를 맡긴 휘강에게 잠시 의구심을 품었으나, 제게 나쁠 것이 없는 제안이었기에 곧바로 수긍하였다.

다만 휘강은 만에 하나라도 태황태후가 누운 자리에서 일어날 수 있다면 시중이 아닌 그녀에게 모든 권한을 넘겨야 한다며 엄히 명했다.

그리, 휘강이 궁을 떠난 지 닷새째였다. 그간 아무 일도 없이 흘러간 시간에 슬슬 궁의 분위기도 평소와 같이 돌아갈 즈음이기도 하였다.

"지난번 내사복부에서 치수를 재어 갔던 것이, 옷이 완성되었대! ……고 합니다. 그래서 다녀오려 합니다."

"태감께서 안 계실 땐 편히 해도 괜찮아."

산여는 예법에 대해 칼 같은 유 태감에게 눈물이 쏙 빠지도록 혼이 났던 참이었다. 아무렴 편히 대해 준다 하여도 모시는 분께 말을 낮추는 것이 과연 옳은 일이냐고, 반성문까지 수십 장을 썼다.

지금 채선궁에는 유 태감이 없으나 그의 존재감은 대단했다. 하여 산여가 눈치를 보며 말을 높이는 것이었다.

려화의 눈에는 그런 산여의 모습까지 퍽 귀엽게 보여 나붓이 웃으며 그리 말했다. 올해가 열여덟, 한 달이 지나면 어른이 된 지도 한 해를 채우건만 여전히 젖살이 붙은 얼굴이 귀엽기만 하다. 더해 이제는 무를 수도 없이 겨울인지라 반비까지 갖춰 입은 모습이 꼭 아이 같기만 한데.

려화의 마음속이 어떠하든 산여는 언제 유 태감이 나타날지 모른다는 듯 주변을 둘러보느라 바빴다. 그러다간 결국 시무룩한 얼굴로 려화를 보며 고개를 저었다.

"이제껏 부인께서 제게 내려 주신 은혜만으로도 족하고 또 족합니다. 이제는 예법을 따라야지요……."

"태감께서 그리 말하라 시키시든?"

산여가 꿀 먹은 벙어리처럼 입을 다물었다. 하나 그것이 곧 무엇보다 확실한 긍정이었다. 려화가 보기에는 아무리 보아도 제 동생처럼 귀엽기만 하였다. 려화가 정말 친언니처럼 웃으며 산여에게 다가와 그녀의 머리를 쓰다듬었다.

"내 나중에 태감께 궁녀가 여염의 여인에게 존대하는 것도 이상한 일이라 간곡히 청해 볼 테니, 네가 불편하면 존대는 물러도 좋아. 알겠지?"

"하지만……."

산여가 고개를 수그리며 입술을 깨물었다. 기실 그녀가 이제라도 존대를 고수하려는 이유가 단지 유 태감의 호령이 무서워서만은 아니었다.

'네가 모시는 분은 폐하께서 유일하게 마음을 품으신 정인이다.'

'그야, 그야 저도 잘 압니다…….'

'그럼 폐하께서 언제고 채선궁의 부인을 진짜 부인으로 만드실지 모른다는 것도 알 터인데?'

그 당연한 미래를 누가 모를까. 다만 려화가 그것을 원치 않으니 휘강이 나서지 않는다는 것까지 포함해서 말이다. 산여는 려화를 가장 지근에서 모시고 있으니, 누구보다도 그를 잘 알고 있었다.

려화만 마음을 달리 먹으면 려화가 지금 숙비와 같은 자리에 오르는 것이 어려우랴. 그를 잘 알고 있으니 더욱 유 태감의 말에 한마디 반박조차 꺼내지 못했다.

'그때 가서도 내내 너 좋을 대로 평대를 할 참이냐?'

'그것이 아니라……'

'너와 채선궁의 다른 궁녀들이 부인을 편히 대하는 것이, 다른 이들의 눈에 어찌 보일 것 같으냐? 그들이 더욱이나 부인을 낮추어 볼 것이라곤 아무도 생각지 못한 것이야?'

궁이 얼마나 무서운 곳인지 알면서도, 거기까진 생각도 하지 못하였다. 제가 모시는 려화를 바라보는 눈이 얼마나 매서운지 알면서도 말이다.

거기에 도움이 되지는 못할망정, 저 편하다고 여태껏 신경조차 쓰지 못하고 있었다니. 유 태감의 서릿발 같았던 어떠한 말들보다 지금의 말이 산여의 가슴에 가장 날카롭게 박혔다.

"나는 언니가……. 언니가 지금보다 더 대단한 사람이 되었으면 좋겠어."

"응? 그게 갑자기 무슨 말이니?"

"나한테 언니는 세상 여인 중에서 가장 지고한 사람이야. 그러니까, 나부터 언니를 그리 대해 주고 싶어."

려화에게는 정말이지 뜬금없는 말이었으나, 산여의 진지함은 진실로 느껴졌다. 그 안에 담긴 감정들이 동그랗고 똘망똘망한 눈동자를 통해 고스란히 려화에게 전해졌다.

알겠다. 산여에게서 전해지는 마음을 말이다. 또한 산여를 통해 유 태감이 자신에게 기대하는 마음을 말이다.

려화는 그 기대에 보답할 수 없었다. 지금으로는 그러하였다. 다만 제겐 늘 어린 동생 같은, 그러면서도 저를 같이 지켜 주겠다 고군분투하고 마음을 써 주는 산여를 무시할 수는 없었다.

"누군가 너의 평대에 트집을 잡을 수는 있으니……. 네 마음이 그리로 향한다면 그리해."

"응, 아니아니, 네! 부인."

어차피 유 태감이야 자신의 보잘것없음을 알게 된다면 마음을 접으리라. 산여의 아쉬움은 저의 아낌으로 채워 주면 된다는 생각으로 려화가 그리 답했다.

산여가 해맑게 웃으며 려화에게 꾸벅, 허리를 숙여 예를 취하고는 채선궁을 나섰다. 산여의 뒷모습이 오랜만에 해맑기 그지없었다. 제 것도 아닌 새 옷을 가지러 가는 것이 그리 기쁠까 싶어, 려화의 입가에 잔잔한 웃음이 고였다.

산여가 잰걸음으로 내사복부에 도착했다. 계절이 바뀌는 시기인지라 내사복부는 여지없이 바빴다. 산여는 제게 관심 한 톨 없이 바쁘기 그지없는 내사복부 궁녀들을 두리번거리며 살폈다. 그중 하나가 제 가까이로 다가오기에 늦게야 말을 걸 수 있었다.

"겨울 부인복과 오, 피백을 받으러 왔습니다."

"도아궁의 것은 이미 보냈……, 아. 채선궁에서 왔구나."

"그렇습니다. 의복이 완성되었다는 연통을 듣고 재게 달려오는 길입니다."

려화에게 어여쁘고 따듯한 옷을 입히리라 설레는 걸음을 재촉해 당도했다. 그리해선 어서 완성된 옷을 달라 말하였더니, 내사복부 궁녀들의 표정이 좋지 않았다.

본디는 내사복부에서 직접 옷을 보내 주어야 하건만. 려화가 아무리 후궁의 첩지를 받지 아니하였다 하여도, 엄연히 채선궁을 처소로 받은 여인이었다.

비공식적이라도 황제의 여인이라는 말이었다. 그것도 총애가 자자한. 한데 휘강이 자리를 비운 지 며칠이나 되었다고 이리 괄시한단 말인가.

내사복부의 해를 마주한 산여의 표정도 그리 곱지 못하게 되었다. 사실, 산여의 입장에서는 이미 많이 양보한 것이었기 때문이다. 내사복부 궁녀가 아닌 려화의 지근궁녀인 자신이 움직여 의복을 가지러 오다니 말이다.

"아무렴 싫은 일이라도 내사복부 궁녀의 솜씨가 죽을까?"

퉁명스레 답한 내사복부의 궁녀가 려화의 옷을 가지고 돌아왔다. 필시 겨울옷이라면 부피가 커야 옳건만 이건 여름옷을 받아 갔을 때와 다르지 않았다.

산여가 옷이 담긴 보자기를 그 자리에서 풀어 보았다. 내사복부의 궁녀가 대체 뭐 하는 짓이냐는 듯 크게 놀라 눈을 동그랗게 떴다.

"무슨 짓이지?"

"옷이 너무 적어서요. 저희 부인께서 겨우내 단벌로 지내기를 바라시나요?"

풀어 낸 보자기에는 옷이 한 벌뿐이었다. 붉은 석류군 치마에 유 하나, 그리고 외투로 걸치는 오도 하나뿐. 심지어 휘강이 늘 려화에게 허했던 피백은 들어 있지도 않았다.

피백이란 본디 저고리 위에 가볍게 걸쳐서 그것이 흩날리는 모습을 즐기는 것이었다. 그 자태가 마치 선녀와 같아, 높은 여인이 아니고는 걸칠 수 없도록 한 사치품이기도 하였다. 그것을 휘강은 려화가 죄인이던 시절부터 그녀의 의복을 새로 짓거든 항상 함께 보냈다.

한데 그것이 없었다.

"더군다나 피백은 어찌 보이질 않는답니까?"

"어머나, 분명 피백은 미리 다 만들어 두었는데……."

내사복부 궁녀가 의아한 얼굴로 산여가 제게 들이미는 보자기 안을 살폈다. 석류군 하나, 은사로 지은 유 하나, 자줏빛의 오 하나. 여기에 저고리와 같은 은색 비단과 보라색 비단을 함께 쓴 피백을 분명 같이 싸 두었는데 말이다.

의아함은 금세 가셨다. 그보다 자신에게 대거리라도 하듯 대든 산여의 행태가 신경을 거스른 탓이었다.

"그런데, 말투가 참으로 건방지기 짝이 없구나? 첩지도 받지 않은 여인의 궁녀가 감히 내사복부의 해에게 따지다니, 간이 배 밖으로 나온 것이야?"

"모시는 부인의 의복을 챙기는 것은 저의 일이니까요! 그런데 이렇게 내사복부의 대접이 엉망이니, 제가 어찌 조용히 이것만 들고 돌아가죠?"

"웃기네. 네 윗전조차 이 내사복부의 궁녀 누구에게도 너처럼 따질 자격이 없다는 것 모르니?"

"폐하의 여인이십니다! 왜 안 되죠? 폐하께서 친히 챙기신 의복입니다. 본래 맡기신 벌 수도 다섯 벌이라고요!"

두 사람의 언성이 점점 높아졌다. 산여의 눈에는 억울함을 참지 못해 눈물까지 고였다. 이리 소란이 커졌으니, 그 소리는 내사복부의 일을 다스리는 큰 어른에게까지 닿았다.

내사복부 심처에서 승전하고 돌아올 휘강의 연회복 지을 준비를 하고 있던 여사가 궁녀와 산여 곁으로 다가왔다.

"이게 무슨 소란이지?"

나이가 지긋한 여사의 목소리는 나긋함에도 어떠한 힘이 있었다. 산여와 내사복부 궁녀가 움찔하며 소란을 멈추고 고개를 수그렸다.

"원 여사 마마……."

"채선궁 궁녀 소산여, 내사복부의 원 여사 마마님을 뵙습니다."

"이곳은 황실 일가의 의복을 짓는 중한 일을 하는 곳이다. 그런데 이런 곳에서 소란을 만들다니, 대체 무슨 일인가?"

여사는 둘 모두를 꾸짖고 나서기보다는 사태를 파악하고자 하였다. 산여가 여전히 눈가에 눈물을 매단 채, 자신이 받은 보따리를 여사 쪽으로 내밀었다.

"지난날 폐하께서 채선궁 부인을 위해 겨울옷 다섯 벌을 청하셨습니다. 그런데 오늘 받은 것은 한 벌뿐이고, 그마저……."

산여의 말은 끝까지 이어지지 못했다. 여사가 그녀의 말을 끊어 버린 까닭이었다.

"지금 내사복부는 숙비 마마와 태중 원자의 옷을 짓느라 바쁘다. 그리고 폐하께서도 금세 승전하고 돌아오실 터이니, 연회 때 입으실 옷 또한 짓고 있다."

"예?"

"바쁘단 말이다. 뜻을 모르겠는가?"

팔은 안으로 굽는다 하였다. 내사복부의 여사는 자신의 궁녀를 챙겼다. 더군다나 채선궁의 부인, 려화라면 꼭 궁녀들 간의 알력 싸움이 아니더라도 미움받는 처지가 아닌가. 응당 여사가 려화의 아랫사람이자 채선궁의 궁녀인 산여의 편을 들 이유는 하나도 없었다.

여사는 려화가 예비궁녀이던 시절부터 그 아이를 보았다. 같은 부서에 속했던 적은 없으나, 려화는 최단 시간에 정식 궁녀가 되고 또 몇 년 지나지 않아 휘강이 직접 죄인으로 삼았던 궁녀였다.

려화가 죄인이 되기 전부터, 그녀를 은연중에 지켜보던 이는 많았다. 여사 또한 그중에 하나였으니, 건너 들은 려화의 성정을 잘 알고 있었다. 그녀는 자신이 당한 일을 쉽게 남에게 토로하는 아이는 아니었다.

황제의 눈이 멀쩡하게 궁을 지켜보고 있을 때라면 모를까, 지금 휘강은 먼 곳에 있었다. 심지어 이 궁에 있을 때도 휘강은 려화가 먼저 나서 고하지 않으면 그녀를 무시하는 태도를 크게 문제 삼지 않았던가. 궁의 모두가 려화를 향한 황제의 총애는 고작 그 정도에 그친다고 여겼다.

만일 그들의 생각보다 휘강의 총애가 크면 또 어떠한가. 그녀도 궁녀로서 이 자리에 오르기까지 서로를 도왔던 신료들이 있

231

었다. 휘강이 만일 자신이 없던 동안에 있던 일을 도마 위에 올리더라도, 그 정도는 충분히 막아 줄 수 있을 정도의 힘은 가진 이들이었다.

그들이 려화를 미워하니, 여사 또한 려화에게 감정이 썩 좋지만은 않았다. 굳이 산여의 편을 들 이유가 없다는 뜻이었다.

"하, 하지만……. 부인의 옷 또한 폐하께서 명하신 일이온데……."

"숙비 마마와 그 아이의 옷은 태황태후마마께서 명하신 일이다. 작금, 이 궁의 최고 어르신이 태황태후마마시다. 폐하께서 자리를 비우셨으니 최고 결정권자 또한 마마님이시지. 그러면 그분의 말씀 또한 어명이 아닌가?"

"그, 그건 그렇습니다……."

"그럼 어명으로 내려온 일에서 경중을 결정하는 것은 이 내사복부 여사의 일이다. 너는 지금 내 결정에 반박하려 하는 것이다. 알겠느냐?"

여사의 말에 반박할 거리가 없었다. 산여가 입을 꾹 다물고 허리를 숙였다. 만일 이 자리에, 제가 사랑해 마지않는 려화가 있었더라면 어떠했을까.

려화는 과거 죄인이던 시절마저 자신을 지키기 위해 궁녀와 맞섰다. 려화의 손바닥에 아직도 남은 상처를 보고 얼마나 마음 아팠던가. 한데 자신은 이리 해 주는 것 없이 소란만 만들었으니, 속상하기 짝이 없었다.

"……여사 마마의 말씀이 다 옳습니다. 하지만,"

해서 지금 받은 옷이라도 다 옳게 챙겨 가고 싶었다. 그러니 빠진 피백이라도 받아 가려 하였다. 려화에게는 지금 겨울옷에 올릴 피백이 없었다. 그렇다고 피백 없이 저고리만 걸치게 하고 싶지는 않았고 말이다.

"또. 태황태후마마의 명에 토를 달려 함인가?"

"⋯⋯아, 아닙니다."

그러나 제 욕심에 려화를 곤란하게 할 수는 없었다. 가뜩이나 태황태후가 려화를 언짢게 여김을 궁에 모르는 이가 없었다. 혹자는 태황태후가 다시 궁에 들어앉은 채 두문불출하는 것도 려화 탓이라 하기도 했다.

산여가 기어이 눈에 고인 눈물을 뚝뚝 떨어뜨렸다. 그러고는 여사에게 꾸벅 인사를 하고, 보따리를 다시 고이 챙겨 들고는 비틀거리는 걸음으로 내사복부를 빠져나갔다.

그런 산여의 뒷모습을, 그녀와 대치했던 내사복부의 궁녀가 아주 쌤통이라는 얼굴로 바라보았다.

**

매일 밤 유 태감은 채선궁을 찾았다. 사람들에게 휘강이 궁에 없더라도, 자신이 황제의 눈이 되어 려화를 지켜보고 있음을 알리기 위해서였다.

그 때문인지, 아니면 다른 이유인지 지난 오 일간은 려화를 향한 어떤 수작질도 없이 지나갔다.

오늘도 다르지 않게 유 태감은 채선궁을 찾았다. 마침 려화는 금일 산여가 받아 온 겨울옷을 입어 보고 있었다.

"환관 유객춘 채선궁 부인을 뵙니다."

"태감께서 오셨군요."

새 옷을 입어서인지 금일 려화의 표정은 제법 밝았다. 다만 무언가 걸리는 것이 있는 모양새였다. 유 태감이 기민하게 주변을 돌아보니, 려화보다도 그 곁을 지킨 산여의 얼굴이 가라앉아 있었다.

물론 겉으로는 제가 모시는 려화가 고운 옷을 입고 둘러보는 것에 해사하게 웃고 있었다. 하나 코끝이 유난히 촉촉하고 눈가가 발그레하니 눈물을 펑펑 쏟은 지 얼마 되지 않은 것으로 보였다.

유 태감은 그를 지적하지 않고 그냥 넘어가기로 하였다. 마침 좋은 감탄사를 터뜨릴 일이 눈앞에 있었다.

"정말로 아름답습니다."

"옷이요?"

"옷을 입은 부인께서도 같이 말입니다."

"궁녀 시절 저를 그리 못난이 천덕꾸러기처럼 여기시더니······."

려화가 기분 좋게 웃으며 그리 말했다. 유 태감이 려화의 농에 껄껄 웃었다. 산여도 따라 웃긴 하였으나 어째 그 웃음에는 여전히 힘이 없었다.

"그때는 꼬맹이셨고, 지금은 어엿한 여인이 되셨으니 말입니다. 본래 어릴 때 좀 못난 아이들이 크면 어여뻐진다고 하더군요."

"태감께서 의관을 고쳐 입으셔서 사람이 완전히 바뀌신 줄만 알았더니, 여전하십니다."

옷을 입은 제 태를 경대로 둘러보며 려화가 그리 말했다. 려화
는 은빛의 저고리가 가장 마음에 들었다. 가장 밖에 걸친 오 위
에 이와 같은 은빛의 피백을 걸쳤다면 더 좋았을 것이란 생각이
들었다.

하나 이번에는 피백이 없었다. 려화가 알기로 저의 옷은 항상
휘강의 취향이 더해져 완성되었다. 그렇다면 휘강이 이번에는
피백이 없이 입은 것을 보고자 하였으리라, 그리 생각하고 아쉬
운 마음을 접었다.

한데 마치 려화의 속내를 읽은 듯이 유 태감이 입을 열었다.

"그런데 왜 피백은 걸쳐 보지 않으셨습니까? 폐하시라면 필시
내사복부에 피백의 색도 같이 지정하여 넣으셨을 터인데."

"그렇지 않습니다. 금번에는 피백이 없이 이리만 한 벌로 받았
습니다."

유 태감의 미간에 깊은 골이 생겼다.

"피백이 없이 말입니까? 거기다 한 벌이요?"

려화가 의아한 얼굴로 고개를 끄덕였다. 산여가 저도 모르게
찔끔하며 한걸음 뒤로 물러섰다. 유 태감의 시선이 자연히 산여
를 향했다.

"내사복부에서 이리만 가져다주던가?"

"네? 네……. 그게, 제가 가지러 갔는데 이리만……."

"내사복부의 임무가 어디 옷을 짓는 것뿐이던가? 지은 옷을
주인이 입어 보고 어디가 불편하진 않은지, 혹 이보다 더 나은
색은 없을지. 그것을 전부 확인하는 것이 그들의 일이거늘!"

눈앞에 있는 것이 내사복부의 궁녀들이 아니기에, 유 태감의 호통은 마치 산여를 향하듯 하였다.

산여에게 죄가 없는 것도 아니었다. 유 태감이 볼 때는, 이러한 것들을 전부 제대로 확인하고 처리하는 것 또한 산여의 일이었다. 그런데 이리 허술하게 가져와 자신이 모시는 분의 체통을 상하게 하였으니 말이다.

다만, 유 태감도 황실 내명부와 궁녀들의 알력이 신료들의 영향을 받아 어찌 돌아가는지 알고 있었다. 올해가 되어서야 성년이 된 산여가 그를 모두 이겨 내고 려화를 제대로 모시기가 쉽지는 않았을 것이다.

"송구합니다……. 흡, 흐윽……."

산여는 제 억울함을 호소하기보다는, 낮에 있었던 일의 서러움까지 끌어와 눈물을 터뜨리기 바빴다. 근래 유 태감에게 몇 번이나 혼쭐이 났던 탓에 그가 무섭기도 해서였다.

려화가 이 상황을 지켜보다간 입을 열었다.

"어디 지금의 일이 산여의 탓이겠습니까. 태감, 이는 황궁에서 제 위치가 모호한 탓에 벌어진 일이니 산여를 너무 뭐라 하진 마셔요."

"하오나 부인, 이는 부인을 위해서 꼭 필요한 일입니다."

"산여는 지금까지도 충분히 잘 해 주었습니다. 태감께서 제게 지닌 감사한 마음을 제가 모르는 바는 아니지만요."

자주색 오를 벗고 은빛 저고리에 붉은 치마를 입은 채, 자리하고 앉은 려화의 모습에는 그 옷의 아름다움을 압도하는 무언가가 있었다. 유 태감이 려화를 지긋이 바라보았다.

문득, 태황태후의 젊었던 시절이 떠올랐다. 지금의 려화보다는 원숙했으나 황후에서 황태후가 되며 황실을 걱정하던 그녀의 위엄 또한 떠올렸다.

당시는 유 태감 본인도 젊었던 시절이다. 감히 황실의 일가 앞에서 고개를 드는 것조차 두렵던 시절, 그때 느꼈던 그 위엄을 지금은 려화에게서 느꼈다.

저런 모습을 보이시면서.

"지금까지 제가, 오롯이 폐하께만 기대어 이 복마전을 헤쳐 나왔겠습니까?"

"응당 부인께서도 지닌 바 능력이 있으니 살아남고, 폐하의 마음 또한 사로잡으신 것이지요. 제가 그것을 몰라 이러는 것이 아닙니다."

"태감, 저는 얼마 전까지도 위리안치 중으로 어디로 갈 수도 없이 갇혀 있던 신세였습니다. 한데 저의 어떠한 능력으로 살아남았겠습니까? 오히려 지금까지, 제가 죄인이던 시절부터 저의 말동무가 되고 절 지켜 주던 이는 바로 지금 제 곁의 산여였습니다."

산여의 훌쩍임은 줄었으나, 그녀의 볼을 타고 흐르는 눈물의 줄기는 더욱 거세어졌다. 려화는 자신이 지킴을 받았다고 하지만 아니었다. 그때도 지금도 자신을 지키는 것은 려화였다.

산여는 더욱이 자신이 미워졌다. 어찌 이런 연을 얻었을까 하여 려화에게 고맙기도 하면서 말이다. 그러자니 더욱이나 낮의 일이 속상해졌다. 왜 저는, 려화에게 도움이 하나 되지 못할까.

하나 당장은 자신이 어떻게 그들에게 호통을 칠 수 있을 만큼 대단치 않았다. 산여의 흐린 시야에 자신을 바라보는 유 태감이 보였다.

무섭고 또 무섭기만 한 분이나 려화에게는 더없이 다정한 분이다. 또한, 지금 려화의 처지를 조금이라도 더 좋게 해결해 주실 수 있는 분이다.

감히 황제 폐하께 말을 올릴 수는 없으나, 차라리 무섭더라도 유 태감이라면 여태 있던 설움을 전부 고할 수 있을 것 같았다.

"저어…… 태감님께 올릴 말씀이 있습니다. 흡, 흐윽……."

심상치 않은 기류에 려화의 표정이 돌변했다. 유 태감이 어디 말해 보라 고개를 끄덕이기도 전이였다. 려화가 먼저 선수를 쳤다.

"이곳에서 들어 보시지요. 행여나 산여가 부담을 느낄 수 있으니, 저는 잠시 밖을 거닐고 오겠습니다."

평소라면 려화를 붙잡았을 산여이나, 이번만큼은 제가 먼저 급히 고개를 끄덕였다. 유 태감은 그러한 산여의 행태가 마음에 차지 않는 부분이 있는지 잠시 미간을 찌푸렸다가, 이내 저 또한 고개를 끄덕였다.

산여가 혹여 제게 질겁하여 사소한 것이라도 놓치고 말했다가는 오히려 듣지 않느니만 못하게 될 수도 있기 때문이었다.

"이제 말해 보아라. 대체 무슨 일이 있었던 건지."

유 태감이 려화가 다른 궁녀와 함께 채선궁을 떠나기가 바쁘게 산여를 채근하며 물었다. 산여는 곧바로 답하지 못하고 잠시 히끅거리며 숨을 고르다가, 아주 무거운 표정으로 입을 열었다.

"오늘 내사복부에서 있었던 일부터 말씀드리겠습니다……."

야심한 새벽이었다. 궁녀도 환관도 본래라면 다음 날의 일을 대비하며 깊은 잠에 빠져 있어야 할 시간이니 말이다.

때마침 달조차 기울어 흐릿한 손톱자국처럼 하늘을 채운 밤, 유 태감이 내사복부의 엄 여사를 마주했다.

엄 여사는 작금 유 태감이 누구를 위해 자신을 만나러 왔는지 아주 잘 알고 있었다. 서로가 상대의 드러난 패 정도는 꿰고 있을 정도의 나이와 위치였으니 말이다.

해서 엄 여사의 표정은 그리 좋지 않았다. 손끝이 시릴 정도의 한기가 두 사람이 마주하고 앉은 빈 정자를 채웠다.

"이리 야심한 시각에 환관이 궁녀를 만나면 되겠습니까?"

"다 늙어 꼬부라진 것들끼리 만나는데 누가 무슨 생각을 한다고 그런 것을 걱정하시는가?"

"태감께서는 그리하실지 몰라도, 저는 아직 그 정도는 아닙니다."

단 한 번도 사내의 손을 잡아본 적 없어도, 그대로 나이 들어 주름을 늘리고 있어도 여인이라는 말인가. 유 태감이 허허, 하고 실없이 웃었다. 본의 아니게 처음부터 한 방 먹이고 시작하게 되었으니 다소 미안한 감도 있었다.

"몰라서 미안하다네. 내 여인을 알 길이 없어서 그만 실언을 하였군."

"사내가 아니시니 여인을 모르셔도 괜찮……."

"그런데 말이야. 엄 여사 자네도 나를 너무 모르는 게 아닌가?"

유 태감의 목소리는 나긋하고 평온하기 그지없었다. 그러나 엄 여사는 등의 털이 바짝 서는 듯한 느낌을 받았다. 저 부드러운 목소리에 실린 것이 살기는 아닐진대 말이다.

유 태감의 말대로 그녀는 유 태감을 잘 몰랐다. 공교롭게도 유 태감이 한창 궁에서 단단한 입지를 자랑할 때에 엄 여사는 이제 막 궁에 들어와 정식 궁녀가 될 것을 걱정하던 처지였으니 말이다.

엄 여사가 황궁이 돌아가는 기류를 파악하고 여사직에 오를 즈음에는 유 태감은 이미 궁에서 물러나 이름조차 거의 언급되지 않을 적이었다. 어디로 갔는지, 어떻게 사는지조차 누구도 모를 정도였다.

누구도 유 태감이 황궁 바로 근방의 복숭아 농원에서 여생을 보내고 있는 것을 몰랐다. 그저 꾀죄죄한 꼴을 하고 허리를 수그리고 있다는 이유로 말이다.

사람 취급조차 받지 못하는 환관의 생이라 하나 유 태감은 달랐다. 사람들이 그리 여겼다. 무려 하늘에게 받은 삶을 다 살지도 못하리라 여겨졌던 휘강을 보위에 올린 이였기 때문이었다.

그가 원한다면, 역대 도국의 다른 태감들이 그러했듯 삼성의 수장들이 남부럽지 않을 만치 호화찬란하게 살 수 있었다. 그 모든 것을 벗어던지고, 어쩌면 비렁뱅이처럼 보이는 꼴을 하고 황궁 뒷산에 숨어 있으리라고 누가 알았을 것인가.

그러니 사람들은 유 태감이 낙향하여 적당히 살다가, 천수를 누리고 죽었으리라 생각하였다. 금년 유 태감의 나이가 일흔셋이니 사람들이 그리 생각하는 것도 무리는 아니었다.

"제가 뭘 모른다니요?"

엄 여사는 삶 앞의 질겁한 쥐처럼 되레 날카롭게 이를 세우고 물었다. 그것이 더욱 겁을 집어먹은 그 속내를 보여 주는 것 같았다.

유 태감이 허허, 하고 웃었다. 그의 웃음이 깊은 울림을 만들며 정자의 냉랭한 분위기 사이로 울려 퍼졌다.

"자네의 윗전들이 내 얘기를 안 해 주던가? 정말로 다들 내가 죽어 없어진 줄 알았던 모양이네."

"그게 무슨……."

"아니면, 죽었길 바랐든가."

유 태감은 이제 웃을 가치도 없다는 듯 얼굴을 싸늘하게 굳혔다. 엄 여사는 궁녀로서는 핏덩이와 같은 산여의 앞에서 제가 잘난 듯이 굴었던 자였다. 이제 자신이 산여의 처지가 되리라는 것은 상상조차 하지 못했으리라.

"내사복부에 자네의 조카가 있지?"

"예?"

"오라비의 호적에 입적시킨 자네의 딸 말이네."

금시초문이라는 표정을 지어야 했다. 그러나 엄 여사는 경악하고야 말았다. 지금은 퇴궐한 지긋한 윗전들이 감싸 주었던 일이다. 그것을 어찌 유 태감이 알고 있는지 도무지 이해할 수가 없었다.

"아비는 고환 한 짝이 남아 있던 환관이었던가. 가만있자……. 황태주. 황가 그놈이었던 것 같아. 얼굴을 보니 그놈을 꼭 닮았더군."

"어찌, 어, 어찌 제 조카를 저의 자식이라고 하십니까! 이게 무슨 모욕이란 말입니까!"

엄 여사가 뒤늦게 호통을 쳤지만, 그마저 목소리는 떨렸고 소리조차 크게 내지 못하니 우스운 꼴이었다. 자신의 치부가 까발려졌으니, 이것이 행여나 누구의 귀에 들어가 의심이라도 살까두려운 것이었다. 제 발이 저린 것이었다.

"모욕이랄 거 있나. 전부 사실인 것을."

"감히 황제 폐하의 여인으로 평생을 살 것을 맹세하고 궁에 들어온 궁녀를 어찌 이리, 이리 모욕을……."

"그리 말하고 뒷구멍으로 사내와 흘레붙는 궁녀의 수가 어디 적던가?"

"나는 아닙니다!"

유 태감은 악이라도 지르듯 소리치고 자리에서 일어난 엄 여사를 아무 말 없이 빤히 바라보았다. 그 눈빛이, 엄 여사의 눈에는 마치 뱀의 것처럼 차갑고 속을 뒤집히게 하는 무언가로 느껴졌다.

금방이라도, 먹은 것도 달리 없는 속을 게워 내야 할 것만 같았다. 입덧을 숨기려 꾸역꾸역 제게 주어진 밥을 처먹던 그때로 돌아간 것만 같았다.

유 태감의 입꼬리가 비틀려 올라갔다.

"그렇지. 엄 여사 자네는 아니지. 궁 안의 환관이랑 붙어먹은 것이면, 뒷구멍으로 내통한 것은 아니니 다른 궁녀들보다는 사정이 낫지."

"나는, 내게는 딸이 없단 말입니다. 조카, 조카뿐입니다. 궁으로 들어온, 조카, 조카의 뒤를, 봐준 적은, 있, 있지만……."

"진정하고 얘기하게. 아니지, 들을 필요가 없는 얘기는 하지 말게."

비참한 얼굴로 엄 여사가 눈을 질끈 감았다. 이미 모든 것을 알고 있는 유 태감의 앞에서 아니라 우겨 봐야 제 꼴만 우스워진 다는 것을 뒤늦게 깨달은 것이었다.

"자네의 뒤는 그때의 여사들이 봐주었다지만 황태주의 뒤는 누가 봐주었을 거로 생각하는가?"

엄 여사가 알고 싶지 않은 사실을 유 태감은 구태여 밝혔다. 이리 자신의 손이 닿지 않은 곳이 궁내에 없음을 이제라도 알라 는 경고였다.

파르르 떨리는 손으로 치맛단을 붙잡은 엄 여사는 한참이 지 나서야 진정했다. 그리고 유 태감의 말에 숨은 뜻을 가까스로 파 악했다.

겨우 이렇게, 안정된 자리에 올랐다. 궁녀가 되어 황제의 승은 을 입진 못하였으나 나름 여인으로서 성공한 인생이라 여겼다. 그랬는데 자신이 이뤄 놓은 모든 것들이 사상누각 위였다.

그것을 알려 준 유 태감이 찢어 죽이고 싶을 정도로 미웠다. 미우면서도, 그 미움을 뛰어넘을 정도로 두려웠다.

"……갑자기 궁에 나타나 과거의 일을 꺼내 입에 올리시는 저 의가 뭡니까?"

"무엇 때문 같은가?"

유 태감의 물음은 사실 이미 알고 있지 않으냐는 압박이었다. 비틀린 미소를 머금은 주름진 입술을 바라보며 엄 여사가 침음 을 삼켰다.

"잘 알고 있는 얼굴이군."

"제가 다리 뻗고 잘 수 있도록 해 주시는 분들의 말을 마냥 거역할 수는 없습니다."

"그건 내가 해결할 걸세. 자넨 자네와 휘하 궁녀들의 분위기만 단속하면 될 일이니 거기까진 걱정 말게."

엄 여사는 유 태감의 말 속에서 그가 알고 있는 것이 단순히 궁녀와 환관의 치부만이 아님을 알아챘다. 처음보다 훨씬 핼쑥하고 하얗게 얼굴이 바랜 엄 여사가 두려운 것을 보듯 유 태감을 바라보았다.

"당신은……, 정말 무서우신 분이로군요."

"어디 내가 모시는 분만 하겠는가?"

유 태감이 너스레를 떨며 먼저 일어났다. 정자 가운데에 고정된 탁자에 손을 올린 엄 여사는 도통 일어날 생각을 하지 못하고 굳었다. 다만 딱딱하게 굳은 그녀의 전신에서 유일하게 손끝만이 달달 떨리고 있었다.

"태감께서……, 태감께서 모시는 분은 그 두려운 폐하가 아니십니까."

뒤돌아 정자를 빠져나가는 유 태감의 발길을 멈춰 세운 한마디였다. 태감이라는 자리가 무릇 황제의 곁을 지키며 보좌하는 자리임을 모르는 자가 어디 있겠는가.

그 당연한 것을 묻는 엄 여사의 진의는 멍청하기 짝이 없었다. 황제를 모시는 자가 어찌하여 아무것도 아닌 여인을 지키느냐니.

유 태감이 저도 모르게 실소했다.

"폐하께서 자신을 보필하듯 모시라 한 여인이시다."

"그 마음이 얼마나 갈 것이라고, 그리 진심을 다해 그 계집을 지키냔 말입니다."

"글쎄……."

엄 여사의 말은 틀렸다. 휘강을 아주 오래 보아 온 유 태감은, 작금 휘강의 이 연심이 끝끝내 변하지 않으리라 확신했다. 그러나 이 진실을 눈앞의 엄 여인에게 알려 줄 이유는 없었다.

"난 그저 폐하께서 원하는 일을, 원하는 때까지 충성하여 이행할 뿐이라네."

"그러다 태감까지 폐하께 버림받으실 수도 있습니다!"

엇나간 발악이었다. 여전히 달달 떨고 있는 채로 눈에 핏발을 세우고 소리치는 엄 여인의 모습은 차라리 가엾을 정도였다.

"자네는 말이야. 황제의 여인이라는 궁녀가 되어선 폐하를 너무 모른다네."

"어르신만큼은 아니어도, 저 또한 이 궁에서 오래 살아남은 사람입니다. 그리 말씀하실 순 없어요!"

"폐하께서는 그릇된 명을 내리시는 일조차 드무시지만, 만일 그러했다 하더라도 자신의 치부를 아랫사람에게 덮어씌우지 않는다네."

처음에는 안타까움에 젖어 있던 유 태감의 눈동자가, 점차 얼음장처럼 차갑게 얼어붙었다. 이내는 엄 여사를 경멸 어린 시선으로 바라보았다.

"누구와는 다르게 말이지."

그 누구는, 자신이 따르는 신료들을 이름이었다. 그중에서도 그들의 영수 역할을 하고 있는 노 시중을 이르는 말일 수도 있었다.

실로 그러하였다. 엄 여사도 노 시중이 벼슬아치가 아니며 귀족이 아닌 자들에게 얼마나 잔인한 자인지 이미 잘 알고 있었다. 자신은 방계나마 귀족의 피가 섞여 덜하였으나, 그조차 아닌 부평초와 같은 궁녀들이 어찌 되었는가.

자신의 동기들이, 가까스로 버티고 있던 윗전들이, 또 제 아래의 궁녀들이.

엄 여사는 궁에 들어와 처음으로 제 목의 안위를 진심으로 걱정하였다. 퇴궁 조치 따위가 아니라, 정말로 머리가 목에서 분리되어 떨어질 것만 같은 두려움을 느낀 것이었다.

이제는 저가 사시나무인 양 떨고 있는 엄 여사를 뒤로하고 유태감은 미련 없이 다시금 등을 돌렸다.

*
**

〈황실 군사는 별도 움직임. 길의 주인은 별개 행동. 열한 번째 달 서른 날 총공격, 난전 예상.〉

공진성 현 성주 강택주에게서 도착한 비밀 서신이었다. 이 역시 노 시중이 그러하였듯, 종이를 태웠을 때 아주 잠시만 확인할 수 있는 방식을 사용하였다.

글자들이 뒤늦게 검은 재가 되며 내용을 알리다간, 노 시중의 입김 한 번에 흩어져 사라졌다. 그가 다원의 심처에서 손끝으로 탁자를 톡톡 두드렸다.

아직은 마냥 웃을 수가 없어 그의 입꼬리는 한없이 딱딱하게 굳은 채 한일자를 그렸다.

새로운 종이 위로, 찻잔에 찻물인 양 담긴 액체가 보이지 않는 글씨가 되어 그려졌다. 노 시중의 손에 의해서였다.

강택주에게 받은 내용과 같은 것이, 오랑캐의 말이 되어 적혔다.

**　*　*
**

오늘로 궁을 떠나온 지 이레.

공진성에서 이뤄지는 전쟁은 난전이었으며 격전지는 매일, 매시 바뀌었다. 큰 피해는 없었으나 군사들은 피곤함에 절어 지쳐갔으며 신경은 예민해져 서로 다투기가 일쑤였다.

휘강이 군사들의 천막 사이를 돌아다니면 일순 조용해지긴 하였으나 그마저 잠시였다. 막사 주위를 순방하고 군사 회의를 앞둔 휘강이 고개를 돌려 공진성 중앙, 성주의 성을 바라보았다.

여전히 이곳만이 평화로웠다. 참으로 수상한 일이 아닐 수 없었다. 이리 군사들을 피곤하게 할 수 있는 능력이 있는 마갈족이라면, 조금 더 욕심을 내 공진성의 군사 본진을 쓸어버릴 마음을 먹고도 남았을 터인데.

바로 이틀 전까지만 하여도 당장 공진성 중앙, 군사들의 턱 끝까지 치고 들어올 것만 같던 이들이 이리 지지부진하게 굴 이유가 무엇인가. 그것도 바로 총접전을 준비하라는 명이 떨어진 날부터 말이다.

"가장 중요한 것을 모르니 섣불리 건들 수가 없군."

휘강의 미간에 깊은 주름이 아로새겨졌다. 어서 이 전쟁을 마무리해 려화의 고향에 평화를 찾아 주고, 또한 복마전에서 겨우 유 태감 하나에 기대 홀로 버티고 있을 려화를 구해야 하건만. 마음이 급한데 일이 마음대로 풀리지 않으니 그조차도 드문드문 짜증이 일었다.

다만 작금의 상황으로 그의 확신에 가까웠던 의심이 사실이라는 정황이 포착되고 있었다. 지금은 그것만이 휘강의 유일한 위안이었다.

필시 강택주가 이 일에 연루되어 있으리라. 마갈족에게 직접 전하든가, 아니면 의심 많은 윗전을 통해서 내통하든가. 그러나 휘강은 아직 강택주에게 작전 회의의 내용을 전달하는 이를 잡지 못했다.

모두가 휘강이 알고, 써 왔던 자들인데 그들 중 누가 과연 자신을 배신하고 나라를 배신했단 말인가.

"폐하. 슬슬 날이 밝고 있사옵니다."

휘강이 등 뒤에서 들려온 목소리에 고개를 돌렸다. 휘강의 명으로 공진성에 남아 이곳을 지키던 우 장군이었다.

"짐의 눈에도 떠오르는 태양이 보인다. 오늘 또 시작이로군."

"폐하께서 이곳에 계시니 저희는 오늘도 편안한 마음으로 전투에 임할 수 있사옵니다."

진심이 담긴 말투마저 냉막한 것이 마치 장수의 표본과도 같은 사내였다. 지난 전투에서 얻은 눈가의 검상은 이제 길쭉한 흉터로 자리 잡아 그의 인상을 험악하게 만들고 있었다.

휘강이 그를 보고 과거를 떠올리며 피식 웃었다.

"그대의 얼굴에 남은 검흔조차 막지 못한 짐이 무어라고."

"당치 않습니다. 폐하께서 아니 계셨더라면 저는 검흔을 얻은 것이 아니라, 목숨을 잃었을 터이니까요."

휘강은 방금의 대답에서 묘한 위화감을 느꼈다. 아무렴 육 년이나 지나 다시 만났으니 사람이 전과 완전히 같을 수 없기야 하겠지만 자신이 알던 그와는 묘하게 달랐던 까닭이다.

그가 뱉은 말은 정답이었으나, 자신이 알던 우 장군은 결코 이리 주야장천 말을 늘어놓는 사내가 아니었다. 또한 냉랭한 인상과 말투라 하나, 제 앞에서는 조금이나마 풀어지고 얼굴을 붉히던 이이기도 하였다.

"그리 말해 주니 고맙군."

휘강이 웃으며 답하였다. 떠보듯 던진 말에 제가 걸려든 것을 저치는 알까. 그가 자신을 똑바로 바라보며 꾸벅 인사하고 휘하의 군사들을 통솔하러 떠났다.

휘강 또한 그와는 다른 방향으로 발길을 돌렸다. 지나는 길마다 마주치는 군사와 장수들이 휘강에게 너도나도 인사를 올렸다. 가볍게 대답해 주며 성주의 성으로 향하는 휘강의 눈빛은 평온함 안에 휘몰아치는 해일을 숨기고 있었다.

그의 눈에 숨은 요동치는 감정이야 어찌 되었든 오늘의 전투 또한 몹시 지지부진하였다. 잠시 공진성을 수복하는가 하면, 마갈족의 증원군이 와서 다시 밀렸다. 그러다가 휘강이 전선의 밀리는 곳으로 지원을 가면 다시금 마갈족이 물러났다.

계속 이러한 대치 상황이었다. 동에서 서로 번쩍이며 돌아다니느라 엄청난 체력을 자랑하는 휘강조차도 오후 나절이면 지쳤다.

마갈족은 마치 휘강을 계속하여 지치게 할 것처럼 움직였다. 이 무의미한 전투를 일부러 길게 끌고 나갈 것처럼 굴었다. 휘강이 지쳐 움직임이 더뎌지면 마갈족 또한 체력을 아끼듯 전투에 소극적으로 임했다.

'나를 죽이려 함인가, 아니면 환궁을 막으려 함인가.'

마갈족은 휘강에게 지금과 같은 행태를 과거에도 보여 준 적이 있었다. 그때는, 힘이 빠진 휘강의 목숨을 앗으려 한 것이었다. 그렇기에 휘강을 지치게 하면서도 중간중간 과욕에 찬 마갈족 전사가 날카로운 공격을 던졌다. 그러나 결국 휘강의 손에 쓸려 나갔지만.

하나 이번에는 달랐다. 그들은 누구도 휘강의 목숨을 앗을 생각이 없어 보였다. 도국의 황제가 사망하거든 마갈족의 형편이 더 나아질 것을 알면서도 말이다.

'과연 이 소극적인 행태는 과거의 짐이 기억에서 사라지지 않아서인가.'

관련이 없지는 않아 보였다. 다만 그뿐만은 아니리란 생각이 들었다. 빌어먹을 오랑캐에 불과한 족속이면서, 마갈족은 자신들을 전신의 후예라 일컬었다. 부족의 몰살은 두려워할지라도 전쟁에서 죽는 개인은 명예롭게 여겼단 말이다.

한데, 공포를 아직 학습하지 못한 어린 마갈족 전사조차도 휘강에게는 섣불리 달려들지 않고 물러났다. 이는 필시 다른 목적이 있다고 보는 것이 옳았다.

"나를……."

후방으로 물러난 휘강을 향해 화살이 몇 발 쏘아졌다. 휘강이 화살이 쏟아진 방향은 보지도 않고, 제게 꽂히는 화살을 검날로 쳐냈다.

이윽고 생각을 굳힌 휘강이 제게 활을 쏜 먼 곳의 마갈족 전사를 노려보았다. 마갈족 전사가 히죽거리고 웃으며 휘강을 마주 보았다. 그러나 그의 눈에는 휘강의 얼굴이 다 보이지 않으리라. 그만큼 먼 거리였으니 말이다.

"궐 밖에 묶어 둘 셈이군!"

휘강이 손에 쥔 검을 날렸다. 엄청난 소리를 내며 눈에 보이지 않을 정도로 빠른 속도로 검이 허공을 갈랐다.

그 검이 히죽거리던 마갈족 전사의 목에 깊이 꽂혔다. 찰나도 긴장을 풀어서는 안 될 전쟁터의 시선이 일순 휘강에게로 몰려들었다.

그만큼 강렬한 장면이었다. 적군도 아군도 경악에 찬 표정으로 바라볼 정도로 말이다. 휘강과 함께 과거를 누볐던 장수들조차 눈을 뗄 수 없을 정도였으니 말이 필요치 않았다.

"폐하의 무위가 상상을 초월하시는군……."

휘강의 가까이에 있던 장수 하나가 그리 말하며 고개를 저었다. 그 목소리가 휘강의 귀에까지 들려왔다.

그리 전쟁에서 있어서는 안 될 침묵이 찾아왔다. 이번에는 휘강이 입술을 길게 찢어 웃었다. 그 웃음이 마갈족 전사들에게는 죽음을 부르는 명계의 신처럼 보였으리라.

"네놈들 뒤에 숨은 뜻을 파악했으니, 내 적당히 놀아 주는 것도 지금까지다!"

휘강이 도움닫기 하듯 땅을 거칠게 디뎠다. 이내 허공으로 붕 떠오른 몸이 쏜살같이 마갈족 전사들의 한 가운데로 이동하였다.

멀리 떠났던 제 검을 되찾는 것도 순식간이었다. 주인이 돌아와 찾아 준 검은 드디어 제 차례가 왔냐는 듯 시뻘건 피를 머금고도 날카롭게 번쩍였다.

그 뒤로는 마갈족이 기억하는 공포의 시간이 재림하였다. 일순 침묵하고, 흐트러졌던 전선이 팽팽한 긴장감으로 다시 조여졌다. 도국 군사들의 사기는 이루 말할 수 없을 정도로 올랐다. 최고 수장인 휘강의 형언할 수 없는 무위가 그들에게 이길 수 있다는 자신감을 심어 준 까닭이었다.

휘강은 말 한마디 없이 웃는 얼굴로 마갈족 전사들을 일순에 쓸어 내었다. 내심 한동안 전쟁을 쉬었던 휘강의 무위가 과거보다 못하리라 여겼던 마갈족 전사들의 얼굴에 경악이 내려앉았다.

그들은 떨리는 발이 뒷걸음치지 못하도록 힘주어 발을 딛고 있는 데만도 많은 심력을 소모해야만 하였다. 마갈족이 원하는 대로 흐르던 전쟁의 양상이 휘강 하나의 분노로 바뀌었다.

체력을 소모하더라도 상황을 파악고자 마갈족을 봐주고 있던 휘강을 몰랐던 아둔함에 값을 치르는 시간이었다.

「폐허검에게 달려들어 봐야 개죽음이다! 물러나라! 물러나!」

「체력에 여유가 있는 놈들은 더 물러나! 오늘 전투에서 힘을 소진한 자들이 폐허검을 둘러싸라! 전신께서 네 죽음 뒤를 축복으로 이끌 것이다!」

도국의 말과는 다른 번잡스럽고 둔탁한 발음의 외침이 울려 퍼졌다. 휘강 또한 굳이 오랑캐의 말을 배우지는 않았으나, 그 말을 못 알아들어도 뜻은 능히 짐작할 수 있었다.

그들은 체력이 월등히 좋은 자들을 뒤로 물리고 있었다. 다음 날, 또 다음 날의 전투를 염두에 두고 있는 것이었다.

미친 듯이 마갈족을 압살하면서도 휘강의 머릿속은 별개로 바삐 돌아갔다. 과연 이놈들이 서른 날에는 접전을 펼쳐 줄 것인가. 공진성에서 나온 전쟁과 관련한 말은 모두 알고 있는 것만 같은데.

아니, 이들은 그럴 생각이 없었다. 차근차근 피를 말리다가 공진성 일부 땅을 먹어치우고 일부의 승리를 얻은 채 돌아가리라.

마갈족이 본디 지닌 성질머리와는 다른 행태이나, 그리할 거라는 생각이 강하게 들었다. 지금 마갈족을 움직이는 것은 다름 아닌 노 시중의 의지일 것이니 말이다.

*
**

휘강이 떠난 지 이레, 황궁의 불안한 평화가 깨졌다.

"꺄아아아악!"

찢어지는 비명과 함께 주저앉은 자는 다름 아닌 도아궁의 궁녀였다. 그녀의 손가락이, 아직 저를 보는 자가 하나 없거늘 저도 모르게 도아궁 입구를 가리켰다.

뒤늦게 뛰어나온 도아궁 소속의 궁녀들이 충격으로 달달 떠는 궁녀를 둘러싸고 그녀를 달래었다. 그러다간 그녀의 손이 가리킨 곳을 바라보며 다 같이 경악에 차 얼굴이 하얗게 질리곤 말았다.

그 뒤로 걸음을 빨리해 다가온 숙비의 지근궁녀가 상황을 수습하며 외쳤다.

"무슨 소란인가!"

"마마님, 저, 저기 좀 보십시오!"

먼저 달려온 궁녀들의 손이 하나같이 같은 곳을 가리켰다. 도아궁의 입구.

아무리 큰일이 있어도 감히 황상의 씨앗을 품은 후궁의 처소에서 이런 소란이 웬 말인가. 그리 생각하던 지근궁녀마저도 궁녀들의 손가락이 향한 곳을 바라보고는 하얗게 질릴 수밖엔 없었다.

"이 무슨……!"

새끼줄이 걸려 있었다. 아이를 출산한 뒤에야 걸려야 할 새끼줄이 말이다.

하나 익히 보아 알고 있는 금사를 섞어 고운 짚으로만 엮은 새끼줄이 아니었다. 그것은 흰색과 자줏빛의 비단을 갈기갈기 찢어 엮은 것이었으며, 새끼줄 사이에는 아이의 성별을 알리는 열매가 아닌 썩어 문드러진 쥐의 사체가 매달려 있었다.

그뿐인가, 아이에게 잡귀가 달라붙지 말라 붙이는 격문 대신에 주술사가 저주할 때 쓴다고 알려진 핏빛을 입힌 부적 따위가 함께 달려 있기도 하였다.

찢어진 비단 새끼줄도 미미하게 악취를 풍기는 핏물을 군데군데 뒤집어쓰고 있었다.

지근궁녀가 떨리는 걸음으로 새끼줄이 걸린 도아궁 입구로 걸어갔다.

"우윽······!"

멀리서는 긴가민가하였던 쥐새끼의 사취가 구역질을 불러일으킬 정도로 풍겼다. 더군다나 지근궁녀가 다가오는 것을 느낀 것인지 쥐새끼의 사체에 붙어 있던 작은 구더기들마저 저들끼리 움직이다가 바닥으로 투둑 소리를 내며 떨어졌다.

"흐으억, 이게, 이게 무슨······!"

이는 필시 숙비의 태중에 있는 아이를 저주하는 것이었다. 지근궁녀가 떨리는 다리를 주체하지 못하고 결국 자리에 주저앉았다. 제 발치에서 꾸물거리는 떨어진 구더기들을 보고 저도 모르게 몸을 뒤로 물렸다. 치맛단 속에서 바둥거리는 다리가 참으로 볼품없고 애처로웠다.

"구, 구, 군사를 불러와라! 냉큼! 형부의 군사들을 불러오란 말이다!"

지근궁녀가 처음 비명을 질렀던 궁녀보다도 더욱 소란을 피우며 그리 외쳤다. 벌벌 떨고 있던 궁녀 중 그나마 간담이 큰 아이가 하나 일어서 냉큼 도아궁의 울타리 뒷문을 통해 달려 나갔다.

***

황궁에 유지되던 묘한 평화가 깨졌다. 작금 유일하게 황제의 씨를 품은 숙비가 기거하는 궁에 누가 보아도 저주로 보이는 새끼줄이 걸렸으니 응당 당연한 일이었다.

이 여파는 황궁에서 홀로 떨어져 있는 것만 같은 채선궁에마저 미쳤다. 당장 오늘 아침에 벌어진 일이거늘 채선궁에는 오전

255

나절부터 황군이 들이닥쳤다. 도아궁에 위험한 일이 생겼으니 채선궁도 혹 모른다는 핑계였다.

하나 정말 핑계에 불과하였다. 당장 일이 벌어진 도아궁보다도 채선궁을 지키는 군사의 수가 월등히 많았다.

"이건 아무리 봐도 보호가 아니라 감시고 감금이라고요!"

산여가 씩씩거리며 외쳤다. 의자에 앉아 탁자 위로 팔을 괴고 있던 려화가 그런 산여를 보며 희미하게 웃었다.

"황궁에 비빈이 많았더라면 그들 모두에게 이런 감시가 붙었을 것이니 너무 패념치 마."

려화의 말에 산여가 입술을 비죽였다. 이해가 가지 않는다는 표정이었다. 그도 그럴 것이, 산여의 신분은 평민인 데다 그녀가 입궐해 모시던 황제는 오로지 휘강뿐이었다. 휘강에게는 여태껏 여인이 없었다.

보통 왕과 황제가 휘강의 나이 즈음 될 참이면 벌써 후사도 서넛, 왕후와 비빈의 수는 열 손가락을 넘어서는 것이 보통이다. 그러면 응당 여인들이 총애를 갈구하는 마음과 정치적인 사정이 엮이어 이런저런 일이 일어나게 마련이었다.

그렇다면 작금 숙비 공영에게 일어난 일 또한 궁녀들에게는 몹시 익숙한 일일지나, 휘강은 역대 황제들과는 길을 달리하지 않았던가. 그에게 공적으로 직첩을 받은 비빈은 숙비가 유일하였다. 그러니 도국 황궁의 젊고 어린 궁녀들은 이런 일이 익숙지 않았다.

그나마 방계라도 귀족의 피가 섞인 이들이라면, 가문 어르신들을 통해 전해진 역사를 알았다. 려화 또한 중앙과는 거리가 멀다지만 지방에서는 범접할 이가 없는 세력의 호족이었다.

궁녀가 될 줄이야 알았겠냐만 그의 아비는 어린 딸의 조름에 아들에게 가르쳐야 할 것을 함께 가르쳤다. 해서 려화는 역사에서 이러한 상황을 몇 번이고 보았다.

"하지만 언니는……, 아니 부인께선 이런 일을 할 사람이 아니시잖아요!"

"이 궁에서 너와 나, 그리고 세야와 태감 나리를 제하면 그리 여겨 주는 이가 없을걸."

"그들이 부인을 몰라서 그래요. 이리 타인을 사랑하고 배려하고 생각하는 사람이 또 어디 있다고요!"

"날 그리 보아 줘서 늘 고맙구나."

현 상황이 걱정되지도 않는지 무덤덤하게 답하는 려화를 보고 산여의 속만 열불이 탔다. 하나 제가 모시는 려화에게 이 화를 풀 수는 없는 노릇이었다. 감정의 방향이 잘못되기도 하였고 말이다.

산여는 괜히 입술을 더 비죽이다가, 채선궁을 둘러싸고 있는 군사들 중에 말이 통하는 자가 있는지 보고 오겠다는 핑계를 대며 밖으로 나갔다.

려화는 혼자 남고 나서야 수심에 깃든 표정을 내비쳤다. 촉촉하게 젖은 담갈색 눈동자가 눈꺼풀에 반쯤 덮였다. 입술 사이로는 엷은 한숨이 내비쳤다.

"우습구나……."

제 꼴이 우스웠다. 모두들 당연하게 숙비를 향한 악의가 자신의 짓이라 생각하는 것이 우선 그러하였다. 또한, 이리될 것을

257

알고 자신을 다시금 사건에 휘말리게 한 자의 악의 때문에 그러하였다.

산여에게는 휘강에게 다른 후궁이 있었더라면 이 의심이 모든 후궁을 향했으리라 말했다. 그러나 사실 려화는 그리 생각지 않았다. 혹 모두에게 같은 감시가 붙었더라도 결국에 범인으로 몰린 것은 자신이 되었으리라.

누구보다도 불안한 처지였으며, 누구보다도 보잘것없는 처지였으니 말이다. 그런 자신을 눈엣가시처럼 여기는 이가 어디 궁에 한둘인가. 더군다나 황제를 제 의지대로 부리는 듯 보이니 더욱 거슬렸을 것이다.

그러니 휘강이 자리를 비운 이 시기에 누군가는, 아니 노 시중은 자신을 반드시 없애려 할 것이었다. 애초에 지금 숙비에게 벌어진 일은 필시 그의 계략일 것이니, 그것을 자신에게 뒤집어씌울 준비 또한 되어 있으리라.

"어르신을 뵈면 좋으련만······."

휘강이 자신의 처지를 안배하여 다시 입궐시킨 유 태감이 눈에 아른거렸다. 휘강이야 이런 일이 있을 때 유 태감을 쓰라는 의미로 려화의 곁에 둔 것일 테지만, 려화는 그보다 조부 같은 태감에게 기대고 싶었다.

힘든 기색을 내비치지 않아도 제 손녀가 어려운 것을 보고 기어이 성을 내는 그의 호령이 듣고 싶었다. 하나 황군이 지금 채선궁을 지키고 있으니, 유 태감조차도 쉽사리 이 안쪽으로 걸음하긴 어려울 것이었다.

그것을 아주 잘 아는 려화인지라 달리 유 태감의 방문을 기대하지는 않았다. 그러나 보고 싶은 마음이야 완전히 막을 수는 없으니, 그저 혼자 있을 때에 조용히 읊조려 보는 것이었다.

다만 그 읊조림 안에는 단지 유 태감을 향한 그리움만 있는 것은 아니었다. 려화조차 그를 몰랐지만 말이다.

"낮것을 안으로 들여도 되겠습니까?"

문밖에서 익숙한 목소리가 들려오며 적막이 깨졌다. 려화가 자연스레 문 쪽으로 시선을 돌렸다. 단단한 문에 막혀 그림자조차 보이지 않았으나, 목소리는 몹시 익숙한 이의 것이었다.

"들어와."

하여 려화가 가벼운 말투로 답하니, 곧 문이 열리고 목소리의 주인인 세야가 소반을 들고 들어왔다.

그러곤 려화가 앉은 탁자 위에 낮것을 올려두는데, 그것이 몹시 초라하기 짝이 없었다. 본디 도국의 사람들이 낮것이라면 황제조차도 가볍게 먹는 것이 보통이라지만 그를 감안하여도 너무 빈했다.

그것을 변명하듯 세야가 얼굴을 굳히고 말했다.

"채선궁 안팎으로 사람이 오가지 못하도록 막아서, 어제 저녁을 만들고 남은 것으로 급히 준비했어."

유 태감의 불호령으로 사람들이 많은 곳에서는 세야조차 려화에게 공대했으나, 지금은 둘뿐이니 세야가 말을 낮추었다. 려화가 탁자에 놓인 음식들을 보며 의미 없이 고개를 끄덕였다.

"내겐 만찬이나 지금의 식사나 다를 것 없으니 괜찮아."

"그래도 저녁때는 바깥 황궁 대주방에서 만든 음식을 가져다준다고 하더라."

"그러니?"

려화가 씁쓸히 웃다간 무거운 손길로 젓가락을 들었다. 세 가지의 소채를 이용한 반찬과 흰 죽에는 온기가 담겼지만, 어제의 것을 재활용한 것이 확실히 느껴졌다.

차라리 속이 불편한 지금에는 만찬보다도 나은 차림이었으나 려화의 젓가락은 어느 곳으로도 향하지 않았다. 지금 상황이 어디, 입맛이 돋을 상황이던가.

"입맛이 없어?"

"좀 그러네."

려화가 젓가락을 내려놓으려 하였다. 그러자 세야가 다급히 려화의 손을 붙들었다. 어정쩡하게 려화의 손가락 사이에 젓가락이 걸린 채 달랑거렸다.

려화가 다소 놀란 표정으로 세야를 바라보았다. 세야는 전에 없이 엄한 얼굴로 려화를 보고 있었다. 어쩌면 이상하리만치 표독스럽게도 보였다.

"이럴 때일수록 네 몸은 네가 돌봐야지."

"아니, 먹었다간 더 탈이 날 것 같아서."

"아냐. 그래도 한 숟갈이라도……. 아니, 다 먹어. 기왕이면. 응?"

"글쎄 난……."

"먹어."

세야는 반드시 려화에게 식사를 마치게 할 것처럼 굴었다. 그 단호함에 기가 질린 려화가 젓가락을 고쳐 쥐었다.

양념이 얼마 되지 않아 차라리 속에 편할 소채를 조금 집어 입에 넣었다. 그러나 그마저도 려화의 속은 곱게 받아들일 생각이 없어 보였다. 려화의 얼굴이 일그러졌다.

"……천천히. 따뜻한 차로 몸을 데우면 좀 나을 거야."

세야가 한발 물러서듯 그리 말했다. 려화가 얼떨떨한 얼굴로 고개를 끄덕였다. 세야의 말대로 따뜻하고 고소한 차를 입에 머금으니 속의 울렁거림이 조금 나아지긴 하였다.

기어이 세야의 고집대로 식사를 마쳤다. 다만 다 비우진 못하고 절반 정도가 한계였다. 그것만으로도 려화는 더부룩함을 느껴 거의 의자에 널브러지듯 앉았다.

"오히려 더 기운이 빠지는 것 같아."

평소 바른 자세를 고수하는 려화답지 않았다. 그녀가 늘어진 자세 그대로 세야를 바라보며 말하였다. 소반 위에 반쯤 빈 접시들을 옮겨 담던 세야가 어설프게 웃었다. 어쩌면 윗전을 모시는 궁녀로서는 버릇없게, 친구로서도 이해가 안 될 정도로 의뭉스러운 태도였다.

세야가 뒤늦게 려화 쪽은 바라보지도 않은 채 답했다.

"지금만 그리 느껴지는 거야. 계속 건강하게 챙겨 먹고 하다 보면 괜찮아질 거야."

"……그래?"

려화의 얼굴은 언제 불편함을 느끼던 이의 것이었냐는 듯 표정 하나 없었다. 세야는 끝끝내 려화와 시선을 마주하지 않았으므로 그를 몰랐다. 세야가 연신 메마른 입술을 혀로 축였다. 곧 소반 위에 접시들이 정돈되고, 세야가 그를 들고 나갔다.

'후궁 후보 사건이 마무리된 뒤 얼마 지나지 않아, 지금은 네 궁에 있는 그 아이가 날 찾아온 적이 있었어.'

다시, 처소에 혼자 남은 려화는 공영에게 전해 들었던 말이 문득 떠올랐다. 세야가 공영을 두고 흥분할 때 했던 말들 또한 떠올렸다. 그러자 잠시 덮어 두었던 의심이 다시금 고개를 쳐들고 올라왔다.

필시, 자신이 위리안치 중일 때 세야는 따르는 이가 있었던 것이 확실하리라. 아마도 지금은 명이 끝나 잊힌 육관억과 연관이 있었겠지.

그러니 궁에서 질기게 살아남은 노 시중의 쓰임을 받는 공영을 찾아갔을 것이다. 저는 잘못이 없고 아무 일 없이 지금까지 살아남았으니, 노 시중에게 자신을 써 주시라 청을 넣어 주길 바라며 말이다.

그러나 공영은 세야를 만나 주지조차 않았다. 그리 자신의 미래가 좌절되었으니, 끈 떨어진 연 신세인 채로 불안에 떨었으리라.

그러다, 죄인 신분에서 풀려난 공려화의 부름을 받았다. 과거에 무슨 마음을 품었는지 꿈에도 모르는 제 동기의 부름으로 이 채선궁에 똬리를 틀었다. 당분간은, 아니면 앞으로 쭉 궁에 남을 수 있으리라 여겨 고마운 마음으로 아래의 궁녀들까지 단속을 해 주었다.

그리 생각했다.

"그런데 그게 아닌 것 같아."

려화의 서늘한 눈이 세야가 소반을 들고 나간 문간을 향했다. 저 두꺼운 문밖으로 나가 지금은 채선궁 소주방에 있을 세야를 꿰뚫어 보기라도 하는 듯이 말이다.

한데 작금 세야의 뒤를 봐주는 누군가가 있다면, 그건 누구일 것인가. 공영을 통하지 않았다면 세야가 감히 그를 조우하지는 못했을 터인데.

"벗을 의심하게 됨은 몹시 서글픈 일이나, 이 의심은 네가 산 거야."

려화가 입술을 질끈 물었다.

"······너의 탓이야."

**

산여가 괜히 채선궁 주변을 맴돌았다. 려화에게는 말이 통하는 이가 있는지 보겠다는 핑계를 대고 나왔지만 멀리서도 살벌하기 짝이 없는 군사들의 살기가 느껴졌다. 하여 산여는 쉬이 황군들이 있는 쪽으로 향하지 못했다.

"언니에게 도움이 되어야 하는데······."

산여의 속상함이 절절하게 고인 눈동자가 채선궁 처소, 려화가 있을 곳을 향하였다. 그 눈에는 더없이 순수하고 선한 마음만이 가득하여 누가 보아도 산여를 어여쁘다 여길 정도였다.

그러나 한없이 나약했다. 금방이라도 꺾일 의지만이 산여의 떨리는 동공을 따라 흔들리고 있었다.

"도움이 되어야 하는데······."

산여의 시선이 채선궁에서 벗어나 채선궁을 감싼 울타리를 둘러싸고 있는 황군들을 향했다. 그녀의 입술이 단단한 한일자로 다물렸다. 눈동자의 떨림도 조금이나마 멎었다.

울타리 쪽으로 여전히 느리지만 확실한 걸음이 옮겨졌다. 초겨울 한기에 서리가 내린 바닥으로 산여의 치맛자락이 쓸리며 사락거리는 소리가 났다.

그러나 그 결연하고도 두려움을 숨기지 못한 걸음은 목적지까지 이어지지 못했다.

울타리를 둘러싼 황군들에게 갑옷에 매단 술의 색이 다른 황군들이 찾아와 말을 걸었다. 그러자 누구도 들여보내지 않을 것만 같았던 푸른 술을 매단 황군들이 길을 열어 주었다.

지옥에서 올라온 것처럼 새카만 술을 단 황군들이 빠른 걸음으로 산여의 앞까지 달려와 멈추었다.

"이곳 채선궁의 궁녀인가?"

"그, 그러하옵니다만……. 누구신지요? 무슨 일로……."

산여가 달달 떨리는 목소리로 답하였다. 응당 채선궁에 있는 궁녀라면 채선궁 소속일 터인데 어찌 물은 것인가. 거기에는 이유가 있었다. 황군들이 채선궁을 지킨다는 명목으로 둘러싸며 누구도 출입하지 못하게 한 까닭이었다. 혹여 산여가 채선궁에 갇힌 다른 소속의 궁녀일까 물은 것이다.

산여의 대답에 흑색 술의 황군들이 서로를 바라보며 고개를 끄덕였다.

"네 이름을 밝히라."

어찌하여 자신의 이름을 묻는가. 산여의 마주 잡은 손끝이 달달 떨려 왔다. 자신의 힘으로는 이 떨림을 멈출 수가 없었다.

검은 술을 달고 있는 황군은 형부의 소속이었다. 그중에서도 황실의 일가에게 위해를 가하거나 역모를 저지른 자들을 다루는 특수부서에서 일하는 자들이었다.

그들이 이곳을 찾은 것만으로도 산여는 몹시 겁이 났다. 한데 그들의 형형한 눈길이 잡아먹을 듯 자신을 향하고 있잖은가. 어찌 겁이 나지 않겠느냔 말이다.

하나 이들의 물음에 답하지 아니할 수는 없었다. 이름을 밝혀야 했다. 혹 이들이 려화를 잡으러 온 것이라 채선궁 안으로 들려 하거든 이름을 밝힌 뒤 매달려서라도 려화에게 손끝 하나 대지 못하게 하리라.

달달 떨리는 입술이 열렸다.

"채, 채선궁 소속의 해이자 채선궁 부인의 지근궁녀인 소, 소산여라 합니다."

황군들이 일제히 서로를 바라보며 눈빛을 교환하였다. 그리고 그중 우두머리로 보이는 자가 엄히 외쳤다.

"이 자를 포박하라!"

산여의 눈이 동그랗게 커졌다. 금세 두꺼운 밧줄로 포박당한 산여가 제 발로 걷지도 못하고 황군의 거친 손길에 끌려 나갔다.

"제, 제가 왜……."

려화에게 누명이 씌워지지 않을까 걱정하였다. 그러나 자신이 이리 황군에게 끌려가는 미래는 추호도 상상치 못하였다. 차라리 려화를 찾으러 온 것이라면 자신이 대신 끌려가겠다고 악이라도 썼을 것이다.

하나 처음부터 황군은 소산여, 바로 자신을 잡아가기 위해 친히 채선궁으로 걸음 한 것이었다. 이것은 상정치 못하였던 상황이었다.

얼이 빠져 초점조차 잡히지 않은 산여의 눈에서 주르륵 눈물이 흘러내렸다. 가까스로 내린 결심으로도 떨림을 멈추지 못했건만, 생각과는 달리 흐르는 상황에 그저 어안이 벙벙했다. 넋이 나갔다.

이번에조차, 자신은 려화의 도움이 되지 못하였다. 또 그녀의 갈 길에 방해가 된 것만 같았다.

무섭고 두려운 마음이 크면서도, 사실은 그것이 가장 산여를 괴롭게 하였다.

공진성 중앙의 본성에서는 조금 먼 곳. 지금 휘강이 몸을 숨긴 이곳은 몹시 황량하기 짝이 없었다. 본디 도국의 땅이었으나 지금은 마갈족이 점령하고 있는 곳으로, 얼마 지나지 않은 과거 전쟁터의 한복판이 되어 어느 것 하나 제대로 형태를 남기지 못한 채 무너지고 불타 없어졌다.

그 위에 마갈족의 본진 막사가 섰다. 그리고 휘강은, 그 본진 막사와 머지않은 후방의 수풀에서 자신의 기척을 숨긴 채 숨죽이고 있었다.

'과연 노 시중은 이들과 어떠한 방법으로 내통하고 있을 것인가.'

어제 휘강이 마갈족을 휘저어 놓으며 엄청난 무위를 자랑한 것에는 두 가지 이유가 있었다.

우선 그 하나, 공진성과 지금 모인 도국 군사들 사이에 숨은 노 시중의 사람들과 마갈족에게 자신의 위험을 다시금 각인시키기 위하여.

그리고 두 번째. 마갈족이 노 시중과 내통한 직접적 증좌를 찾기 위해서.

여태까지 휘강은 마갈족의 행보를 통해 노 시중의 의중을 파악하고자 그저 숨죽이고 있었다. 더해 공진성과 군사들 사이에 숨은 그의 사람들을 추려 보는 시간이기도 했다.

그리고 어느 정도 실마리가 잡혔다. 그러니 이제 더는 시간을 지체할 필요가 없었다.

하여 휘강은 어제 그리 전열을 아수라장으로 만들며 마갈족의 중앙으로 뛰어들었다. 기어이 체력이 다한 마갈족을 베고 또 베어 내 그들의 삼분지 일을 쓸어 냈다.

그리고 그들이 우왕좌왕하며 후퇴하는 길, 자신 또한 기력이 쇠한 체를 하며 몸을 숨겼다. 마갈족이 가는 길을 따라가다 길게 빙 둘러 그들의 본진 뒤쪽으로 향했다.

하여 시간이 흘러 지금이다. 필시 노 시중의 명이든 마갈족의 의견이든 전달이 된다면 이리 야심한 시각일 것이다.

'역시 전서구로군.'

소리도 없이 조용하게 야심한 밤하늘을 가르는 비둘기가 보였다. 한데 보통의 것과 달리 전신이 새까만 놈이었다.

흔치 않은 종이었으나 거대한 금전을 가지고 구하려 하면 못

구할 것도 없었다. 아마 노 시중이 준비한 것이리라.

휘강은 부러 마갈족 쪽에서 날아가는 것은 잡지 않았다. 어차피 그것을 잡아 봐야 공진성 측에 내통하고 있는 자가 상황을 알리면 그만이었기 때문이었다.

물론, 공진성에서는 연락이 있는데 마갈족 쪽에서 아무런 반응이 없다면 노 시중이 의심에 겨워 쉽게 움직이지 못할 것이다. 그러나 그것은 아주 짧은 시간 끌기에 지나지 않았다.

휘강이 원하는 것은, 노 시중 쪽에서 답신으로 돌려보내는 비둘기였다.

전서구가 날아서 도성으로 닿는 데는 두 시진이면 충분할 터, 다시 돌아오는 덴 일각 하고 두 시진을 더하면 될 터였다.

노 시중이 상황이 급박할 때 시간을 허투루 잡아먹는 인사는 아니니 말이다.

'역시, 생각대로……!'

새까만 비둘기의 날갯짓이 가까이서나 들릴 소음이었다면, 휘강이 손가락을 튕겨 쏘아 낸 바람탄은 소음조차 없는 무엇이었다. 그것이 전서구를 옮기는 비둘기에게 명중하였다.

낙하하는 비둘기에게서 쌔액, 하는 그리 크지도 작지도 않은 소리가 났다. 번을 서고 있던 마갈족 전사 하나가 소리가 들린 쪽을 바라보았으나, 곧 아무것도 발견하지 못하고 고개를 돌렸다.

그때, 이미 비둘기는 어떤 신묘한 묘기를 부린 것인지 휘강의 손에 안착하였다.

휘강이 조용히 비둘기의 다리에 달린 자그마한 흑갑에서 돌돌

말린 종이를 꺼냈다.

'아무것도…… 쓰여 있지 않다?'

노 시중이 이들에게 아무런 의견도 보내지 않은 것인가? 그럴 턱이 없었다. 휘강이 심각한 얼굴로 그 손바닥만 한 종이를 제 코에 가까이 가져다 대었다.

혹 무슨 장치가 되어 있는지, 그것이 냄새로 잡히진 않을지 확인하는 것이었다.

그러나 아무것도 느껴지지 않았다. 증좌를 잡았으되 내용을 확인할 방도가 없었다. 낭패였다.

'노 시중 그자가 이리 간단히 내게 져 주리라 생각하진 않았지만, 이렇게 철저할 줄은 또 몰랐군.'

휘강이 소리 없이 실소를 터뜨렸다. 그는 곧 자신의 품에서 전서구에 들어 있던 크기와 비슷한 종이를 꺼내, 같은 방법으로 말아 흑갑에 넣었다. 그리고 비둘기의 머리 아래를 몇 번 신기한 방법으로 툭툭 건드렸다.

휘강의 탄지를 맞고 혼절했던 비둘기의 정신이 아무 일도 없었던 것처럼 돌아왔다. 여전히 눈알은 맹했으나 날개를 푸드덕거리기 시작했다.

휘강이 최대한 소리를 조심하며 다시 비둘기를 날려 보냈다.

그리고 얼마 지나지 않아, 비둘기는 원래의 목적지인 마갈족의 본진으로 날아갔다. 비둘기가 울었다. 보통의 비둘기처럼 구룩거리는 소리가 아닌 휘파람 같은 소리였다.

곧 마갈족 막사 중 가장 큰 곳에서, 사람이 하나 나왔다.

마갈족 전사라기에는 체격이 왜소했다.

'낡고 찢어진 것을 기워 정확하진 않으나, 저건 필시 도국의 복식인데······.'

신장은 제법 컸으나 허리가 굽어 있었다. 더해 한쪽 팔은 어찌 된 일인지 존재하지 않아 빈 소매가 펄럭거렸다. 비쩍 마른 것을 보아, 아마도 마갈족 사이에서 좋은 취급을 받는 것은 아닌 듯하였다.

포로인가? 아니면 납치라도 당하였는가?

휘강이 인상을 잔뜩 찌푸렸다. 마갈족에게 잡혀 그들에게 이용당하는 것이라면, 그리 목숨을 부지하는 것이라면.

'차라리 명예롭게 자진이라도 할 것이지······.'

그리 생각하던 휘강의 눈이 일순 휘둥그레졌다. 팔이 없고 허리가 굽은 이의 얼굴이 명확히 보였기에. 한데 너무나도 낯익은 얼굴이었기에.

어째서, 하필이면.

어둡기 짝이 없는 깊은 새벽에도 확연히 보이는 백발이 성성한 저자의 얼굴이.

공진성을 지켜 왔던 우 장군의 것과 이리도 닮았단 말인가.

휘강이 숨 쉬는 것조차 멈추었다. 분노와 의문이 뒤엉켜 가슴이 미친 듯이 두근거렸다.

어찌 됐든 한 가지, 가지고 있던 의심이 해결되었다. 이 사실이 그나마 휘강의 분노를 가까스로 눌렀다.

공진성에서 자신의 의심을 샀던 그 장수. 그곳의 우 장군은 가짜다. 처참한 몰골을 하고, 마갈족 수장의 막사로 사라진 저자가 진짜였다.

휘강은 확신할 수 있었다. 무슨 일이 있었는지 한쪽 팔을 잃고 허리는 낫처럼 굽은 저자가 바로 자신이 알던 우 장군이라고 말이다.

다만 이해할 수 없는 것이 하나 있었다. 휘강이 아는 우 장군, 그는 결코 자신의 적이었던 자의 아래에서 비참한 삶을 이어 갈 성정이 아니었다.

한데 지금 본 광경은 다 무엇이란 말인가.

조금 더 지켜보면 우 장군이 살아 버틴 이유를 알 수 있을지도 몰랐다. 굳이 그것이 아니더라도 휘강은 꼼짝없이 이곳에서 마갈족의 동태를 살펴야 했다.

날이 밝아 다시 전투가 시작되고 나서야 난전을 틈타 본진으로 조용히 돌아갈 수 있을 것이었다. 자신이 돌아온 것을 공진성과 도국의 군사들조차 몰라야 하니, 다른 방법이 딱히 없었다.

해서 휘강은 날이 밝고, 부디 마갈족 전사들이 어제의 막심한 피해를 감수하고라도 다시 전투에 나서 주길 바랐다.

노 시중에게서 온 내용이 자신에 의해 바뀌어 백지가 되었을 것이니, 기실 하던 대로 하는 것 외엔 다른 방법이 없으리라.

'잔뜩 분노했군.'

휘강의 예상은 아마도 맞아떨어질 것 같았다. 그의 입가에 비틀린 미소가 올랐다. 누구도 따를 수 없을 정도로 대단한 휘강의 청력에, 전서구를 가지고 들어간 막사 안의 소란이 잡혔다.

뒤이어 낮은 목소리로 몇몇이 중얼거리는 소리가 들려왔다. 하나 휘강은 굳이 오랑캐의 말을 배우지 않았기에, 그 뜻까지는 전부 몰랐다. 다만 분위기상 분노한 마갈족의 수장을 주변에서 만류하는 것이 아닌가 싶었다.

'……아이가 맞는 소리?'

휘강은 전쟁터에서 호령하던 마갈족 수장의 목소리를 기억했다. 그의 으르렁거리는 목소리가 몇 마디를 뱉더니, 곧이어 가죽으로 된 북 터지는 소리가 들렸다.

뒤이어 들려온 흐느끼며 신음을 참는 목소리는 고작해야 열네댓 살이나 되게 들렸다. 이제 막 변성기를 거치는 소년의 목소리였다.

마갈족 전사 중에 저 또래의 아이가 있던가. 있기야 했겠지마는 그들 중 누구도 지금 저 막사에 있을 턱이 없었다. 은밀하게 타국과 내통하는 자리에 철모르는 아이를 함께 앉혀 두겠는가.

그렇다면 지금 고통에 찬 비명을 삼키고 있는 저 소년은 누구일까. 휘강은 점점 짙어지는 의문에 연신 청력을 돋우어 막사 안의 소리를 살폈다.

얼마 안 가 소년이 맞는 소리가 그쳤다. 그러고는 마갈족 수장이 짜증 섞인 목소리로 짧은 단어를 뱉었다.

'축객령이었는가.'

막사 밖으로 우 장군이 마갈족 수장에게 작신 얻어맞은 소년을 부축해서 나왔다. 휘강이 고개를 갸웃거렸다.

우 장군이 비참하게나마 목숨을 부지한 이유가 저 소년을 지키기 위해서였단 말인가?

휘강은 도통 이해가 되지 않았다. 대관절 저 소년이 누구이기에 우 장군이 저런 몰골을 하고까지 자진하지 않고 마갈족의 틈바구니에서 목숨을 부지하고 있단 말인가.

어슴푸레, 어둠이 걷히고 여명이 찾아들고 있었다. 아직 해는 떠오르지 않았으나 광대한 햇살의 축복은 공진성을 사로잡고 있던 적막한 어둠을 걷어 내기 시작하였다.

그리하여 안력을 돋운 휘강은 소년의 얼굴을 확인할 수 있었다. 하나 얼굴만으로는 무엇도 추측할 수 없었다. 그저 우 장군보다도 처참하게 마르고 빈한 꼴에 어울리지 않게 곱게 자란 도령의 얼굴을 하고 있다는 것밖에는.

다만 그 얼굴이, 저 생김과는 전혀 다른 누군가의 분위기를 담고 있었다. 특히 분노로 일렁이는 갈색의 눈동자가 그러했다. 어둡지도 밝지도 않은 지금에 갈색으로 보이는 눈동자라면, 밝은 햇살 아래에선 말간 담갈색을 띨 것이었다.

설마.

"도련님, 조금만 더 참으십시오. 이제 곧입니다."

"우 아저씨, 나는 이제 더는 헛된 희망에 끌려가기 벅찹니다."

"조금만, 조금만 참아 주십시오. 폐하께서는 한 번도 패하신 적이 없으니, 이번에도 이 자들을 몰살하고 저희를 구하실 겁니다."

공진성을 지키던 우 장군이 도련님이라 부를 인사라면 누구겠는가.

저 비참한 꼴의 소년은…….

살아남은 려화의 동생일지도 몰랐다.

*
**

려화의 안색이 전에 없이 창백하였다. 또한 그녀의 눈동자에는 그 어느 때보다도 분노한 기색이 역력하니, 지금만큼은 세야조차 그녀에게 식사를 강요치 못했다.

분노로 홧홧하게 열이 오르니, 려화가 참지 못하고 처소 침상 곁의 창문을 열었다. 열한 번째 달의 끝 무렵, 겨울이 완연해지는 시기의 찬 바람이 처소 안으로 몰아닥쳤다.

그 싸늘한 바람마저 려화의 피부를 딱딱하게 얼게 했을지언정 그녀의 가슴 속 가득한 화를 가라앉히지는 못하였다. 창밖으로 을씨년스러운 겨울의 풍경이 걸렸다. 모든 것이 멈춰 버린 채 선궁의 모습은 황궁이라 부를 수 없으리만치 삭막하였다.

메말라 앙상한 나뭇가지는 바람에 나부끼고, 그 아래로 떨어진 낙엽은 바람을 타고 휘몰아치다 바스러졌다. 주인의 분노를 아는 것인지, 땅은 사철 푸르다는 솔잎마저도 싯누렇게 물들었다.

온통 누렇고, 하늘은 흐린 빛으로 질려 있는 가운데 멀리 보이는 황군의 옷에 달린 푸른 술만이 유일하게 파란빛이었다. 살풍경한 광경에 오롯이 존재하는 선명한 색인지라 려화의 눈은 자연히 그들을 향하였다.

"차라리 날 잡아갔어야지. 나를 건드렸어야지."

려화의 턱이 바들바들 떨렸다. 잠시 알아보겠다 나갔던 산여가 잡혀갔다. 아이가 돌아올 시간이 되었는데도 오지 않아, 려화가 직접 그녀를 찾으러 나설까 마음먹었을 즈음이었다. 궁녀들을 통해 검은 술의 황군이 산여를 잡아갔단 이야기가 들려왔다.

려화는 올 것이 왔다고 생각하였다. 자신을 곧바로 잡아들일 수는 없으니, 자신의 지근궁녀인 산여를 통해서 제 행각을 알아

보겠답시고 데려갔으려니 여겼다.

그렇다면 차라리, 산여가 고생하기 전 자신이 선수를 쳐 산여를 빼 오고 직접 무고를 고하려 나설 참이었다.

'부인, 궁녀 소 씨가 이번 도아궁 일의 범인으로 잡혀갔답니다!'

'그게 무슨 말이냐?'

'정확한 내용은 다 말해 주지를 않아 저희도 잘 모르오나…….그들은 궁녀 소 씨가 분명 이 사건의 진범이 확실하다 여기고 있었습니다!'

하늘이 무너졌다. 오로지 자신을 노리고 움직일 줄 알았건만. 주변부터 착실히 쳐 나가며 결국에는 자신의 목을 쥘 생각이었단 말인가.

해서 또, 공려화라는 계집은 주변인을 죽음의 구렁텅이로 몰아넣는 존재가 되었는가.

체면도 잊고 자리에 주저앉았다. 그리 처음 느낀 감정은 망연함이었다. 눈동자가 떨려 오며 초점을 잃은 눈은 저를 걱정하며 치맛단을 팔랑거리고 나가던 산여를 비추었다.

그리고 이내 그 망연함은 분노가 되었다. 채선궁의 다른 궁녀들은 자신 또한 이 일에 연루될까 벌벌 떨고 있었다.

그들도 멀다지만 자신이 지켜야 할 사람들이었다. 한데 작금의 려화는 무엇도 할 수가 없었다. 지금 이 황실에 기댈 이라고는 유 태감이 유일한데, 그조차도 만날 수가 없었다. 채선궁에 구금된 꼴로, 황군이 모두의 출입을 통제하고 있었으니 말이다.

"나는, 이제 결심을 세웠답니다. 저승길을 걷게 되더라도 끝끝내 당신들을 곱게 두지 않으려고요."

스산한 목소리로 려화가 그리 읊조렸다. 사람을 해하는 것에, 과하다 싶을 정도로 치를 떨던 그 려화가 말이다.

그리 결심을 세운 려화의 귀에 작은 소란이 들려왔다. 황군이 막아선 채선궁 입구에서였다.

"들어가실 수 없습니다."

"폐하께서는 내게 황궁의 모든 것을 살피라 하셨소. 그러니 내가 갈 수 없는 곳은 없소."

"그래도 안 됩니다. 도아궁에 위해를 가한 궁녀가 잡혀간 곳입니다. 그렇기에 더욱 누구도 들일 수 없습니다."

황군이 단호하게 말했다. 소란을 만든 이는 바로 유 태감이었으니, 누구도 들일 수 없다는 저 말은 사실 유 태감만큼은 들일 수 없다는 뜻에 가까웠다.

유 태감의 주름진 얼굴에 노기가 깃들었다. 하나 그는 언제 그랬냐는 듯 다시 평정을 되찾았다. 세월을 허투루 보냈겠는가, 황궁에서 노익장을 꼽으라 하면 거기에 유 태감의 이름이 빠질 일은 없을 것이었다.

"나는 지금의 폐하께서도, 선황께서도, 그 전의 계도제께서도 믿고 일을 맡기었던 태감이라오. 그를 아시는가?"

"그와 태감이 지금 채선궁으로 드는 것에는 아무런 연관이 없습니다."

"있다면 어쩔 것이오?"

젊은 황군은 과거 유 태감이 떨치던 위명을 다 알지 못하였다.

하나, 평생 검 한 번 들어 본 일이 없었을 노인의 기세에 밀렸다. 오로지 지금 유 태감이 보이는 자신감과 분노에서 오는 무형의 기운만으로 눌려 버렸다.

황군이 입술을 꽉 깨물었다.

"……그럴 수가 없는 것을 태감도 아시지 않습니까. 폐하께서 자리를 비우신 지금, 황궁의 유일한 통수권자는 노 시중 나리십니다."

"그러니까, 지금 당신은 노 시중 나리를 믿고 이리 나를 막아서는 것이다?"

황군이 헛기침을 하며 대답을 피했다. 눈알이 옆으로 굴러가는 것이 적잖이 당황한 것으로 보였다.

유 태감은 상황에 어울리지 않게 껄껄 웃음을 터뜨렸다. 곧 웃음이 잦아든 그의 얼굴에는 황제에게도 굽히지 않고 직언하는 충실하고 냉정한 태감의 모습만이 남았다.

"폐하께서 돌아오실 날이 머지않았소. 그 뒤에 내가 폐하께 오늘의 일을 말씀드리면 되겠습니까?"

"그, 그건……."

"폐하께선 내게 매일매일 채선궁의 일을 살피고 기록하여 전하라 명을 내리셨지. 어명이라는 말이외다. 나는 이미 당신들 덕에 그 어명을 하루 어겼소."

황군의 얼굴에서 조마조마한 기색이 커졌다. 지금은 자리에 없는 황제의 어명과, 당장 황궁을 손에 쥐고 휘두르는 노 시중 사이에서 갈팡질팡하는 모양새였다.

휘강의 손속이야 이미 황궁 내에 모르는 이가 없었다. 엄밀히 말하면 자신은 황제의 사람이 아니라 노 시중의 명으로 지금 채선궁을 지키고 있는 것이고 말이다. 그러니 휘강이 돌아와 오늘의 일을 전해 듣는다면, 필시 자신을 곱게 두지는 않을 것이었다.

하나 노 시중 또한 자신의 명을 그르친 아랫것에게 유한 태도를 보이는 이는 아니었다. 이러지도 저러지도 못할 상황에 황군은 눈앞이 캄캄해졌다.

"폐하께서는 늘 세 번은 봐주시지. 지금 대전에 드는 신료들께서도 그 세 번 안에 들었기에 아직 살아남아 계시는 것이라오. 그리고……."

은근한 목소리로 말을 건네며 한 걸음씩 다가오는 유 태감을 따라 황군이 저도 모르게 물러났다. 그의 목울대가 꿀꺽 울렸다. 침을 삼켜도 목의 버석함은 가시지 않았다.

결국 유 태감의 얼굴이 황군의 코끝까지 다가왔다.

"그 세 번을 넘긴 과거의 육 시중이 어찌 되었는지는, 자네도 직접 지켜봤을 연배라 생각되는데?"

"하, 하지만!"

"오늘로 두 번이 되겠소. 내가 폐하의 어명을 어기도록 도운 것이. 나는 내일 또 채선궁을 찾을 것이니, 그럼 내일로 세 번째!"

황군이 기어이 헛숨을 집어삼켰다. 주변에서도 어명이라는 말에 차마 유 태감과 대거리 중인 황군을 두둔하며 끼어들지 못하였다. 모두 제 목숨과 자리는 아까운 것이리라.

어찌 보면 이들의 대표라 유 태감에게 대거리하고 나선 황군만이 불쌍하게 되었다.

"폐하의 어명을 섬기는 나를 방해한 것이! 세 번을 채우겠소."

괴로운 것을 피하려 날갯죽지에 대가리를 숨기는 축생의 얼굴을 하고, 결국 황군이 대답 없이 자리를 비켜 주었다.

유 태감은 끝까지 황군에게 의미심장한 눈빛을 잊지 않고 던진 다음에야 좁게 뚫린 길을 따라 채선궁으로 들었다.

"유 태감!"

려화가 기어이 참지 못하고 처소에서 나와 궁의 입구에서 유 태감을 맞이하였다. 그 얼굴이 하얗게 질려 핼쑥하기 그지없었다.

유 태감이 려화의 몰골을 보고는 분노와 안타까움이 뒤섞인 표정으로 그녀를 마주했다.

"하루 사이 얼굴이 상하셨습니다."

"곧 괜찮을 것입니다. 이리 유 태감께서 절 찾아오셨으니까요."

"인사가 늦었습니다. 태감 유객춘이 채선궁의 부인을 뵙습니다."

유 태감은 잊지 않고 려화에게 예를 취했다. 평소보다도 보란 듯이 깊이 허리를 숙이고 공손하게 말이다. 이 모습을 황군들에게 보이는 것이었다.

감히. 감히 함부로 대할 여인이 아니라고 못을 박는 것이었다. 이제 와서는 자신의 태도로 말미암아 려화를 향한 경계가 더해질 것을 걱정할 것도 없었다. 어차피 상황은 이미 극에 치달았으니 말이다.

"불편하게 그리 허리를 굽히지 마십시오. 저는 이런 공대를 받을 사람이 아닙니다."

"부인이 아니시라면 누구에게 이런 공대가 필요하겠습니까?"

"됐습니다. 제가 태감을 어찌 말로 이기겠어요. 어서 안으로 드세요. 바람이 찹니다. 들을 것도, 말할 것도 많고요."

유 태감의 등장으로 한결 긴장이 풀린 려화가 흐리게 웃으며 말했다. 유 태감이 웃음으로 답하곤 려화의 뒤를 따랐다.

"어디까지 알고 계십니까?"

"일이 일어난 후 이곳에 갇혀 있던 제가 얼마나 알겠습니까. 그저 산여가 도아궁 일의 범인으로 지목되어 잡혀간 것밖에는 모릅니다."

상황이 상황이다 보니 두 사람은 곧바로 본론으로 들어갔다. 유 태감의 물음에 려화가 시름 깊은 목소리로 답함에, 그는 곧바로 지금 정확히 어찌 돌아가고 있는지 상황을 설명하였다.

"일전 내사복부에서 산여가 겨울옷을 받아 온 날의 상황을 기억하십니까?"

"얼마 지나지 않은 일입니다. 응당 기억하지요."

"그때 제가, 필시 폐하께서 피백 또한 같이 주문을 하셨으리라 이르지 않았습니까?"

"기억합니다."

"한데 피백 없이 치마와 저고리, 외투로 쓰는 오만이 왔다 하셨지요?"

려화가 고개를 끄덕였다. 이만큼 들은 것만으로도 상황이 파악이 되는 것인지, 점차 려화의 얼굴에 먹구름이 끼었다. 미간에 아로새겨진 주름조차도 고운 얼굴에 분노가 가득해졌다.

"새끼줄을 이룬 재료가, 제가 받아야 했을 피백이로군요."

"바로 맞추셨습니다. 비단이 황실 일가의 의복을 이루는 것이라 내사복부를 통해 조사하고, 범인이 산여로 좁혀졌다고 하더군요."

려화가 머리를 짚었다. 자신은 까맣게 모르는 뒷사정이 있었으니 이를 어째야 좋을까.

혹, 산여가 정말로 자신을 아끼는 마음에 일을 벌였을까 하는 생각도 해 보았다. 사람 일은 모르는 것이니 말이다. 최근에는 산여가 자신의 뜻을 따라 공영을 향해 가시를 세우지 않았지만, 과거에는 그녀를 퍽 경계하였으니 어쩌면 고려해 볼 일이었다.

그러나 려화가 곧 고개를 저었다. 아니다. 산여는 그리 독한 짓을 할 성정이 되지 못했다. 제 사람이라 감싸는 것이 아니라, 그럴 사람이었다면 곁에 두지 않았을 자신을 믿는 것이었다.

세야와 공영의 경우가 있었으나 그들은 어릴 때 알던 이들이다. 그때와 지금의 자신이 달라졌듯, 그들도 과거와 현재가 달라졌을 따름이다.

"산여는…… 진범이 아닙니다. 그럴 아이가 아니에요."

"어찌 확신하십니까?"

유 태감이 려화를 시험하기라도 하듯 물었다. 의문보다는 네 생각을 밝히라는 의도가 몹시 명확하였다.

려화가 쉬이 답하지 않고 유 태감을 바라보았다. 대관절 이리 급히 돌아가는 상황에서 어찌 저를 시험하는가, 저 또한 유 태감을 처음으로 판단하듯이 바라보았다.

어찌 되었든, 지금의 유 태감은 확실한 근거가 없는 말을 뱉었다간 실망할 듯이 보였다. 저를 도울 유일한 이를 실망시키긴 싫었다. 또한, 자신의 말 한마디에 유 태감의 산여를 향한 신뢰를 잃게 할 수는 없었다. 모두가 자기의 사람이었다.

려화는 곧 오만한 표정이 되었다. 도도하게 턱을 치켜들었다. 언제 유 태감을 어르신이라 부르며 높였던가, 그리 생각이 들 정도로 도도한 얼굴이 되었다.

"제가 저도 모르게 움직일 사람을 곁에 두었겠습니까?"

"모를 일이지요. 산여라는 궁녀에게는 그것이 부인을 향한 충정이라 여겨졌을지도."

"그리 여겼다 한들, 실행치는 않았을 아닙니다. 태감께선 지금 폐하께서 제게 내린 선물을 상하게 하여 곧바로 저를 의심 사게 할 일을 벌일 아둔한 아이를 제가 곁에 두었다는 말씀이신가요?"

"어디 그렇다는 뜻이겠습니까?"

돕고 도움을 받기 위해 모인 두 사람이 어찌 이리 팽팽하게 대립하게 되었는가. 서로를 마주하는 눈빛이 날카롭기 그지없었다.

"지금 태감께서 산여를 의심하심은, 폐하께서 믿는 저를 의심하는 것과 다름없습니다. 그리 멍청한 수를 쓴 아이를 제가 아래에 두었다고 저를 모욕하는 셈이십니다. 모르고 하신 말씀은 아니시지요?"

유 태감이 생각했던 것보다 려화는 독하게 나왔다. 가시를 세운 꽃이 이러할까, 그 가시 끝에는 독이 발려 있으리라.

곧, 언제 서로를 염탐하는 눈으로 바라보며 날을 세웠냐는 듯 유 태감이 먼저 표정을 누그러뜨렸다.

"허허, 어디 그렇겠습니까? 죽을 날을 받아 둔 늙은이도 폐하의 검은 무섭습니다. 정말 무서운 말씀을 아무렇지도 않게 하시는군요."

려화의 긴장도 다소 풀어졌다. 한숨을 내쉬며 려화가 의자에 몸을 뉘였다. 새침하게 토라진 표정으로 려화가 유 태감을 흘겼다.

"저를 시험하신 것 다 압니다. 대체 왜 이런 시기에까지 그러신단 말입니까?"

"제가 시험한 것을 아셨다면, 그 뜻 또한 간파하셨을 텐데요?"

"……제가 태감께 노망드셨냐는 말까지 올려야 그치실까요?"

려화의 말은 다소 건방지기까지 했지만, 유 태감은 이를 껄껄 웃어넘겼다. 제가 과하긴 했다. 이 시기에까지, 사실 저도 쉬이 풀어낼 수 없는 일을 앞두고도 려화를 시험하듯 떠보았으니 말이다.

하나 얻은 결과에는 만족하였다. 상대의 의도를 파악하는 것도, 거기에 옳은 대답을 내놓거나 상황을 이끌어 가는 것도 빨랐다. 영민하였으며, 또한 자기 사람을 챙기는 마음이 대단하고 필요한 만큼의 독기도 있었다.

자신이 원하던 상이다. 휘강의 곁에 세우고 싶었던 바로 그러한. 휘강 또한 평생 모를 줄 알았던 연모의 마음을 눈앞의 려화에게 가졌으니, 어찌 금상첨화가 아닌가. 다만 려화의 뒤틀린 감정의 물꼬가 다시금 휘강을 향하면 좋으련만.

유 태감은 진심으로 려화에게 사죄하였다. 허리를 깊이 숙여 말이다.

"이 노인이 편히 눈감고 싶은 마음에 과욕이 앞섰습니다. 송구합니다."

이에 반대로 려화가 더욱 화들짝 놀랐다. 유 태감의 극진한 사죄를 받기 위해 한 말이 아니었기에 그러했다. 려화가 자리에서 일어나 유 태감을 부축하듯 그의 허리를 펴 주었다.

"이리하지 마세요. 저흰 이미 시간을 많이 지체했습니다. 이제 일을 풀어 나갈 도움을 제게 주셔야지요."

"그러하시다면 그것으로 마저 사죄를 대신하겠습니다. 단, 이번 일은 제게도 쉽지 않습니다."

려화가 유 태감의 말에 고개를 끄덕였다. 휘강조차도 전에 있었던 후궁 후보 살해 건에서 자신을 단번에 빼내지 못했다.

그런 휘강의 일부 권한만을 이양받은, 그것도 사람들이 곱게 여기지 않는 환관 신분의 유 태감이 움직일 수 있는 반경은 적으리라.

그리해도, 려화에게는 크나큰 도움이 될 것이었다.

"폐하께서 돌아오시기 전까지 산여의 몸을 온전히 보존하는 것만으로도 족합니다."

"부인께서 이 황궁에 온전히 남도록 하는 것이 가장 중요합니다."

려화가 단호한 유 태감의 말에 어설프게 웃었다. 어쩌면, 산여만 이 수라장에서 구해 내고 나면. 자신은 이번 기회로 어떤 형식으로든 궁을 떠나고 싶었는지도 모르겠다. 그러니 유 태감의 말에 미안한 마음이 생겼다.

하루하루를 살아가면서, 염치라는 것을 잃게 되는 것만 같았다. 려화는, 뒤늦게야 이번 일로 크게 놀랐을 공영을 떠올리기까지 하면서 더욱이 자신이 몹쓸 사람이 되어 간다 여겼다.

어쩌면, 참으로 슬픈 변화였다.

*
**

날이 밝았다.

다행인지 불행인지, 마갈족은 침략을 재개하지 않았다. 휘강이 휩쓸리듯 돌아갈 길은 막혔으나, 대신에 우 장군과 려화의 동생으로 추정되는 소년을 살필 기회는 늘어난 것이었다.

소년을 향한 마갈족의 괄시는 상상 이상이었다. 그저 지나가는 모습이 보이기만 하여도 발길질을 하거나 혹은 침을 뱉었다. 검날을 살리기 위해 불을 먹이다가도, 그 불씨를 칼로 후벼 소년에게 던지기도 하였다.

사람을 다루는데 손속이 험하기로는 휘강도 남들 못지않았다. 그러나 지금의 광경은 휘강이 보기에도 괴로울 정도였다. 이유를 따지자면, 아마도 그 소년이 려화의 분위기를 닮아서일 것이다.

어쩌면 정말로, 그 소년은 려화가 죽은 줄 믿고 있는 친동생이 맞을 수도 있었다. 제가 연모하는 여인의 가족이 멸시받고 있는 것을 보는 것이 어찌 괴롭지 않으랴.

반면에, 의외로 폐인이 다 된 우 장군은 마갈족 내에서 크게 괄시당하지는 않았다. 오히려 우 장군이 소년을 지켜 주며 상처를 늘리면 늘릴까.

아마도 그들이 한때 뛰어난 장군이었던 우 장군을 알고 있는 듯이 보였다. 마갈족은 타국의 전사를 적대함과 동시에 무위가 뛰어난 자를 존중하기도 했다. 아마도 그 영향이리라.

"우 아저씨. 희망을 버리세요. 그분은 저흴 구하러 오지 못하십니다."

"그게 무슨 소립니까?"

그게 무슨 소리냐는 말은 휘강 또한 소년에게 묻고 싶었다. 작은 목소리로 속삭이는 소년의 눈이 죽어 있었다. 우 장군이 소년을 걱정스러운 얼굴로 바라보며, 소년의 어깨에 묻은 재를 털어 주었다.

"그분이 실종되었다는 이야기가 돌고 있다더군요. 공진성에서 바로 들어온 소식이니 허언은 아닐 겁니다."

"그럴 리가 없습니다."

"수만의 전사 사이에 뛰어들었답니다. 마지막엔 지쳐 보였다 하더군요. 살아 있을까요?"

"그분이라면 그 지쳐 보이는 모습조차도 연기일 겁니다."

"우 아저씨. 저는 이제 지칩니다. 차라리 이 목숨을 끊고 싶어요. 제가 살아남는 것이 옳습니까? 살아서 공진성을 엉망으로 만드는 데 일조하는 게 과연 맞는 길일까요?"

소년의 진심 어린 질문에 우 장군은 차마 쉬이 답하지 못했다. 우 장군은 진실로 휘강이 살아 있다고, 무슨 뜻이 있어 몸을 숨겼다고 믿었지만 말이다.

그러나 휘강의 생사와 관련 없이, 소년의 말은 우 장군 또한 고민 중인 바였다.

"어차피 이 부족 전사 놈들의 머리로 헤아릴 수 없는 고사만 풀어 주는 정도에 불과하잖습니까. 큰 도움을 주는 것이 아니라······. 그냥 도련님의 목숨을 부지하기 위해서요."

"어쩌면 내 누이가 살아 있을지도 모르는 공진성을 위협으로 빠뜨리는 게 저인 것 같습니다. 나라를 팔아넘기는 짓 같단 말입니다. 혹 이번 일로 누이가 다치거나 죽기라도 하면, 저는······."

마갈족의 뭇매를 맞으면서도 눈물 한줄기 보이지 않던 소년의 눈이 촉촉하게 젖었다. 우 장군이 소년의 눈물을 닦아 주는 것이 휘강의 눈에 보였다.

휘강이 혹시, 하고 생각하던 것이 점차 확신이 되어 갔다. 한데 대관절 어찌하여 저들이 마갈족 사이에서 겨우 목숨을 부지하고 있는가. 어째서.

"도련님의 누이는 살아 계실 겁니다. 저와 성주를 피해 도망쳐 나와 수소문 해 보았지만, 도련님 누이의 시체를 본 자가 없었지요. 도련님의 기억에 남은 마지막 또한 죽음이 아니었다 하지 않았습니까? 그것이 무엇을 뜻하겠습니까? 지금의 성주를 피해 눈에 띄지 않는 곳에 숨어 계시다가, 필경 그 영특하다 하셨던 모습을 십분 발휘하여 다른 지방으로 가셨을 겁니다."

"그렇다 한들······. 지금의 제가 나라를 팔아먹는 짓과 다름없는 일을 하고 있다는 사실은 변치 않습니다."

"나서서 직접 도국의 군사를 죽이지도 않으셨고, 그저 목숨을 부지하고 있을 뿐 아닙니까? 도련님은······ 그저 마갈족이 알지 못하는 고사를 알려 주는 역할만 하실 따름입니다. 목숨을 부지하고, 공진성 성주직을 다시 되찾기 위해서요."

우 장군의 말로 휘강은 저 소년이 려화의 동생임을 확인받았다.

휘강이 어느 때보다 냉정하게 가라앉은 눈빛으로, 어느 때보다 맹렬하게 머리를 회전시켰다. 사랑하는 여인의 동생이 고통받고 있다. 동생과 어미가 죽은 것을, 자신의 탓으로 여겨 괴로워하는 여인의 동생만큼은 이리 살아 있었는데도 말이다.

더 재고할 이유가 없었다. 시간을 길게 끌어 완벽을 기하겠다는 휘강의 생각은 모조리 뒤바뀌었다.

전부 쓸어버리리라. 완벽한 승전을 만들고 저들을 구해 내면, 어차피 그들의 입으로 일의 전말을 일부는 알 수 있게 될 터.

"마갈족과 함께 네 놈의 뿌리를 뽑아 주지."

휘강의 입가에 잔인한 미소가 고였다.

새벽녘, 휘강의 인영이 마갈족의 병영 근처에서도 자취를 감추었다.

꽉 닫힌 태황태후전의 문을 마주한 유 태감의 얼굴에 근심이 가득했다. 하루의 시차가 있지만 끊이지 않고 지속되었던 휘강과의 연락이 끊겼다.

기밀대를 통해 전해 듣기론 난전에 마갈족의 한복판으로 뛰어든 이후 휘강을 찾을 길이 없다고 하였다. 공진성에는 과거 휘강과 함께 전쟁에 참여했던 여러 장군들이 포진해 있었다. 그들이 궁중의 비기인 전음에 대해선 모를지언정, 기밀대의 기척은 충분히 읽어 낼 수 있으리라.

아무렴 장수들이 휘강의 편이라 하나, 은밀함이 가장 중요한 기밀대의 정체를 그들에게까지 발각되게 할 수는 없었다. 해서 거리를 유지하다 보니, 휘강의 생사조차 알 수 없었다.

여하간 휘강의 실종 소식은 전쟁이 일어난 공진성에서도, 암투가 시작된 황궁에서도 반가운 내용이 아니었다.

'어찌하여 하필, 이 시기에 연락이 끊기셨습니까. 폐하. 대관절 이 노인을 얼마나 더 힘들게 하시려고.'

홀로 외롭게 선 노인의 앞을 닫아 섰던 문이 열렸다. 유 태감이 언제 그리 고민 어린 얼굴이었냐는 듯 금세 표정을 가다듬었다.

"태황태후마마께서 아주 잠깐의 시간만을 허하셨습니다."

"알겠네."

궁녀의 말에 짧게 대답하고 태황태후전으로 들어섰다. 과거에는 휘강을 보위에 올리고자 함께한 동지였던 사이나, 어쩐지 오랜만에 얼굴을 마주한 지금은 그녀의 얼굴이 몹시 심드렁하였다.

어쩌면 노기가 깃든 듯도 보였다. 아마도 유 태감이 어떤 목적을 가지고 저를 찾아왔는지 알고 있기 때문이리라.

"자네가 다시 입궐한 지, 시일이 지난 것으로 아네. 한데 이제 야 날 찾아와? 그것도 염치없이, 전쟁터로 떠난 지 오래인 황상의 어명을 전해야 한다고? 이제야?"

"그리되었사옵니다. 송구하게도 마마께 인사가 늦었지요?"

"송구하긴 한가? 오늘 자네에게 다른 꿍꿍이가 있음을 나는 알고 있네. 그게 아니었다면 늦게라도 어디 날 찾았겠는가? 어명 또한 핑계일 따름이겠지!"

"어디, 어떤 간 큰 자가 폐하의 어명을 핑계로 쓸 수 있겠습니까?"

289

태황태후가 나른한 목소리로 불보다도 뜨거운 힐난을 퍼부었다. 이어 유 태감의 답변에 피식 비웃음까지 지었다. 그 기상이 두렵기도 하련만 유 태감은 그저 나붓이 웃는 얼굴로 태황태후를 바라보았다.

"건강은 좀 괜찮으십니까?"

"……그는 어찌 묻나? 용건이나 말해 보게. 어디 황상이 내게 전하라 했다던 말이나 뱉어 보라고. 내 자네에게 허한 시간이 길지 않아."

"그래도 어느 안전이라고, 제 용무보다 마마의 건강이 더 중하지요."

"내 건강이야 챙겨 주는 사람이 있는데 나쁠 것이 있겠는가?"

태황태후의 건강을 챙겨 주는 사람이라 하면 당연히 황의를 떠올리겠으나, 유 태감은 저것이 누굴 뜻하는가는 이미 알고 있었다. 그렇기에 심드렁하게 넘어가려 하는 태황태후의 말꼬리를 잡고야 말았다.

"마마의 조카손녀라면 폐하께서 사사로이 드나들지 말라 명하신 것으로 압니다. 한데 폐하께서 궁을 비우시자 다시 출입하는 모양이지요?"

"황상이 내게 전하는 어명이 그것인가? 정말로 그래?"

태황태후의 목소리에 신경질이 가득했다. 그녀도 휘강이 곽인령에게 직접 함부로 궁을 오가지 말라 명했단 사실을 전달받아 알고 있었다. 그런데도 유 태감의 말을 쉬이 믿지 않는 태도를 보이는 데는 물론 이유가 있었다. 어명을 어기도록 도운 것이나 다름없는 제 처지가 찔리는 구석이 있어서였다.

나이가 들고 몸이 쇠하고 보니 핏줄의 챙김이 고팠다. 더군다나 기댈 언니라곤 진즉에 명을 달리했으니, 그를 닮은 곽인령의 얼굴이 퍽 반가울 수밖에 없었다.

제 손자 되는 휘강이야 그런 챙김을 바랄 수 있는 인사는 아니니 더욱이 그러했다. 여전히 엄한 황실의 큰 어른이나, 나이를 먹어 약해진 마음을 참으로 잘도 파고들었다.

곽인령의 뒤에 숨은 노 시중이 말이다.

"지금은 폐하를 모시는 자리로 다시 돌아오지 않았습니까. 제가 폐하의 손과 발은 못 되어도, 귀 한 짝은 되어야지요."

"그래서, 황상의 명을 어긴 내게 어명을 전한단 핑계로 가르치기라도 해 보겠단 말인가?"

"제가 어찌 그런 불손한 생각을 했겠습니까?"

분위기는 쉬이 풀리지 않았다. 태황태후의 매정한 태도가 바뀔 생각을 하지 않았기 때문이었다. 하나 유 태감이 군이 태황태후를 찾은 것은 이러한 그녀의 태도를 조금이라도 바꾸기 위해서였다.

노 시중이 아무리 휘강의 권한을 잠시 이양받아 황궁의 일을 보고 있다 한들, 지금 도아궁에 일어난 일은 내명부의 소관이었다.

만일 휘강이 있었더라면 휘강의 여인들 사이에 벌어진 일이니 그가 관여해도 문제가 안 되었겠으나, 지금은 아니란 소리였다.

결국, 이번 일로 인한 모든 것을 결정할 권한은 눈앞의 태황태후에게 있었다. 만일 태황태후가 곽인령을 통해 노 시중의 속살거림을 십분 믿는 상태로 도아궁의 일을 판결하게 된다면 결과가 좋지 않을 터였다.

산여의 목숨은커녕 려화의 목숨 또한 부지하지 못할 것이 자명했다.

"과거, 마마께서 저를 돕고 저 또한 마마를 도와 지금의 폐하께 황위를 드렸습니다. 그를 기억하시지요?"

"그땐 자네와 내가 한배에 올랐었지. 하지만 지금은 아니라네."

"저는 여전히 마마께서 저와 같은 배에 올라 있다고 생각합니다."

"우스운 소릴 하는군."

"작금 폐하께서 다스리시는 도국이라는 배에 오르지 않았습니까? 허니 저와 마마께서 어찌 다른 배를 탔다 하겠습니까?"

지금 유 태감의 말을 전면으로 반박하고 나가면, 태황태후는 황실의 웃어른이 되어선 황제를 믿지 않고 다른 이와 뜻을 같이한다는 것이 되었다.

태황태후가 헛웃음을 터뜨렸다. 유 태감 또한 저와 다르지 않게 흘러오는 세월을 마주했을 터인데, 모략이 반짝이는 저 머리는 도통 늙지를 않았구나. 그러한 생각이 들었다.

그러니, 태황태후는 몹시도 유 태감이 부러워졌다. 지금의 저는 깜빡깜빡하는 일이 많아져 곽인령이 가져다주는 약에 기대는 처지였기에 더욱 말이다.

하나 아직은 저 또한 궁에 버텨 남은 저력이 있는 몸이었다. 유 태감에게 책을 잡히지 않고 말을 돌릴 정도는 되었다.

"내 어디 한 번이라도 황상을 생각하지 않고 움직인 적이 있던가? 자네가 황상에게 전해 듣기로는 그러했어? 어찌 나를 그러한 말로 핍박하는가?"

"제가 어찌 감히 마마를 핍박하겠습니까? 더해 제게 그럴 이유가 무엇이 있겠습니까?"

"그럼 지금 날 찾아와 이리 못살게 구는 이유가 뭔가?"

유 태감은 곧바로 답하지 않고 뜸을 들였다. 곧은 시선을 태황태후에게 바로 맞추면서 말이다. 그 눈빛에 고인 감정은 아무리 비뚤게 보고 있는 태황태후라 하여도 쉽게 책할 수 없는 정순함이 있었다. 직언. 그것이 과거 유 태감의 무기였던 것을 알았다.

유 태감은 틀린 말을 하지는 않았다. 자신의 신분이 한미하기에 틀린 방법을 써야 할지언정 윗전에게 간신배처럼 군 적은 없었다. 태황태후는 오히려 지금, 그래서 유 태감이 무서웠다.

"조카손녀분 뒤에는 노 시중이 있습니다. 그의 말을 전부 믿지 마십시오. 폐하의 어명 뒤에 숨은 뜻이 그러합니다."

"……내 조카손녀의 기특한 마음을 어찌 그리 헐뜯는가? 정녕 이것이 온전히 황상의 뜻이 맞단 말인가?"

태황태후의 목소리에 담긴 노기가 누그러졌다. 여전히 쌀쌀맞은 태도였으나, 확신이 없는 태도였다. 휘강이라면 응당 그리 생각했을 것임을 알고 있었다. 또한, 제 손자의 생각이 과격할지언정 항상 옳은 쪽이었다는 것도 알았다.

그러나 상상치도 못하게 곽인령의 뒤에 노 시중이 숨어 있음을 알게 된 것이, 그것을 인정하는 것이 괴로웠다. 마냥 전처럼 당당하게 화를 풀어낼 수는 없었으나 자꾸만 반박하게 되었다. 헛된 말이라도 말이다.

노 시중, 그러니까 노 승상이라면 과거 선황을 도와 휘강을 죽이려 했던 일에 앞장섰던 이이다. 모를 수 없었다. 그를 어찌 잊을까. 하지만 제 조카손녀가 뒷사정을 모두 알고 자신에게 찾아와 기댈 곳이 되었다는 것은 믿고 싶지 않았다.

늙은이의 아집이라도 말이다.

"조카손녀분께서 찾아온 시기를 꼽아 보십시오. 그리고 그 뒤 곧바로 무슨 일이 터졌는지를 생각해 보십시오. 결국 그 일이 어찌 마무리되었는지도요. 마마께서는 이 궁을 떠나지 않으셨으나, 마마의 눈과 귀가 되는 궁녀들이 일을 전해 주긴 하였을 것 아닙니까?"

곽인령이 가져온 약재에 꽂혀 있던 쪽지가 있었다. 그곳에는 휘강이 슬슬 여인을 곁에 두고 있으니, 바로 지금이 후궁이나마 곁에 두게 할 적기라는 말이 적혀 있었다.

태황태후가 보기에도 근래 휘강은 여인을 곁에 두기 시작한 것으로 보였으니, 그 말이 옳게 여겨졌다. 다만 그때 휘강이 가까이하는 여인이 황실을 능멸한 죄인이라 하니, 그 여인만큼은 휘강에게서 떼어 놓고 싶었다.

해서 일을 벌였다. 오랜만에 엉덩이를 떨치고 일어나 후궁 후보들을 내명부의 이름으로 뽑아 궁에 불러들이고, 그다음에는……

살해 사건이 있었다. 몹시 골치가 아파 와 오랜만에 열렸던 태황태후궁의 문조차 다시 닫아걸었다. 그나마, 이 슬픈 일에 하나 다행이다 싶은 것이 있었다면 그 일을 벌인 것이 눈엣가시였던 그 죄인 계집이라는 소식이었다.

한데 그마저도 아니었다는 말이 들려왔다. 휘강이 직접 나서 일의 전말을 파악하고 오랜만에 황궁에 피바람이 불었다.

결국 그 일로 죄인 계집이 죄인의 자리에서 풀려났다. 그렇다면 궁을 떠나기라도 할 것이지, 휘강의 명으로 별궁을 선물 받았단다.

뒤로 또한 여러 가지 일이 있었다지.

'그러니 내 피곤하기 그지없다. 어찌 황궁에 일을 몰고 다니는지……'

'저어……'

'무어 할 말이라도 있는 게냐?'

'헉! 아, 아닙니다. 마마께서 아는 것 없는 소녀의 말에 귀 기울이지 않으셔도 됩니다!'

황궁의 누구에게도 하소연할 길 없는 일이었다. 눈앞의 조카 손녀는 더구나 황궁의 사람이 아니었고, 멀게나마 저의 핏줄이기까지 하였다. 태황태후는 저도 모르게 곽인령의 앞에서 하소연을 늘어놓았다. 그랬더니 곽인령이 할 말이 있는 것처럼 굴지 않는가.

'편히 말하거라. 내 어린아이의 말이라 무시하는 심보 못된 노인은 아니니.'

'마마님의 말씀을 듣고 있으면……'

그러나 그 말이 자신의 심기를 거스를 것을 걱정하는지, 곽인령은 한참을 주저하고 나서야 말을 이었다.

'그 여인만 궁에서 떠나가면, 궁이 조용해지지 않을까……. 그런 생각이 듭니다.'

'허어……'

'소, 송구합니다! 소녀 미욱한지라 앞뒤 가리지 않고 그만 ······!'

'아니, 아니다. 이 할미도 네 말이 옳다고 생각하니 그리 놀라지 않아도 된다.'

그땐 곽인령의 말이 옳다고 생각했다. 제가 생각하기에도, 그 죄인이라는 계집이 나타나고부터 궁의 분위기가 이상해졌으니 말이다.

한데 그 계집이 심지어 이번에는 황상의 씨를 품은 숙비의 일에까지 연루되었다. 그러잖아도 눈엣가시였는데, 이번에야말로 쫓아내야겠다는 생각이 들었다.

감히, 감히 제가 황상의 총애를 받고 있다 한들 첩지조차 받지 못한 계집에 불과하거늘. 내명부에 이름 올리고 황상의 씨를 품은 여인에게 투기를 부리다니 말이다.

누가 보아도 명명백백 이것은 그 계집이 벌인 일이었다. 태황태후는 그리 생각했다.

"······내 조카손녀가 찾아온 시기가 퍽 공교로울 수는 있으나, 그것을 태감에게 언질 받아야 할 정도는 아닐세."

"전 그저 마마께서 그 뒤에 누가 있는가를 알고 계셨으면 해서 올린 말씀입니다."

"노 시중 또한 지금은 황상이 쓰는 신하가 아닌가."

마지막 말은 억지였다. 태황태후마저 자신의 말이 억지임을 깨달아 얼굴을 붉혔다. 어찌하여 이리 아집이 강해지는가.

어쩌면 곽인령을 통해 이미 자신은 노 시중의 손아귀에 떨어진 것일 수도 있었다. 여러모로 머리가 아파 왔다. 이리되면, 또 깜빡깜빡하게 될지도 몰랐다.

태황태후가 머리를 짚었다. 벌써 머릿속이 흐려지며 골이 울렸다.

"마마⋯⋯. 혹 어디 불편하신 것입니까?"

"자네가 태황태후전의 환관인가? 내게 신경 쓰지 말래도!"

태황태후가 날카롭게 소리를 내질렀다. 그러잖아도 가장 신경 쓰고 있던 부분을 유 태감에게 들킨 것 같은 기분에 몹시 예민해진 탓이었다.

유 태감은 태황태후의 상태가 심상찮은 것을 느꼈다. 이미, 노 시중의 손길이 그녀에게 깊이 미친 것까지 말이다.

아무래도 태황태후를 조금이나마 이쪽으로 끌어들이는 것은 힘들 것으로 보였다. 그렇다면 아쉬운 대로 제가 더 재게 움직여 볼밖에.

"송구합니다. 마마의 심기를 불편케 하였으니 축객령을 내리지 않으셔도 이만 물러가 보겠습니다."

"어서 내 앞에서 썩 꺼지게!"

태황태후의 노성과 함께 유 태감이 자리에서 일어났다. 하나 그냥 떠나기에는 어딘가 아쉬웠던 모양이다.

유 태감이 지푸라기라도 잡는 심정으로 한마디를 보냈다. 자신이 태황태후의 미움을 사는 것은, 과거 함께했던 때를 떠올리면 서글플 일이긴 하였다. 그래도 당장 휘강이 마음에 품은 여인을 지키는 것이 급선무였다. 자신은 어차피 살날이 몇 년이나 남았을지도 모르는 늙은이 아닌가.

죽으면 이 분노도, 원성도 다 끝날 일이다.

"물러가기 전에 정말 마지막으로 부탁 하나만 올리겠습니다. 마마께옵서, 이번 일은 내명부의 소관으로 처리해 주십시오."

"썩 꺼지래도!"

"폐하께서는 이런 일이 일어날 것을 예견하셨습니다. 또한······ 아닙니다. 그저 마마께옵서 생각하시고, 마마께옵서 결정해 주십시오. 궁에서 벌어지는 일은 항시 보이는 것 외에 숨은 것이 아주 많지 않겠습니까."

전할 말은 모두 전했다. 그제야 유 태감이 정말로 태황태후전을 빠져나갔다. 이제는 바삐 움직여야 할 터다. 다시 궁에 홀로 남아 황망한 얼굴로 허공을 보고 있는 태황태후에게는 기대할 것이 없을 것으로 보이니 말이다.

'꼴 보기 싫은 년에게 골탕을 먹이고 싶지 않니?'

오랜만에 찾아온 동기의 말에 피백을 훔쳤다. 어차피 궁녀 중 려화를 고운 눈으로 보는 이는 없다시피 한 상황이었다. 차라리 죄인으로 위리안치 중일 때는 가엾게 여기는 이라도 있었지, 후궁 살해 사건 이후로는 그런 동정심조차 모두의 마음에서 자취를 감춘 지 오래였다.

내사복부의 분위기 또한 다른 궁녀전과 다르지 않았다. 그러니 려화의 피백 하나 사라진 것을 탓하지 않기에, 동기의 부탁을 들어주는 것은 어려울 일이 아니었다.

'그런데, 이거 하나 가지고 뭐 하게?'

'우리가 그 얄미운 것에게 장난을 친다면, 폐하께서 안 계시는 지금이 아니고 언제겠어?'

속살거리면서 잘도 까르르 웃기까지 하는 동기의 목소리에서 궁녀는 이르게 찾아온 한기를 느꼈다. 몸을 부르르 떨면서 어깨를 움츠리는 궁녀를 보며 동기는 눈을 갸름하게 좁혀 떴다.

그러곤 동기의 손이, 마치 목을 매달기 위한 고리를 엮는 것처럼 무언가를 그렸다. 살랑살랑 움직이는 그 손으로, 궁녀는 자신이 훔쳐 올 피복이 어떤 장난을 만들지 대충 예상했다.

해서 이번엔 저도 까르르 웃었다.

그랬었는데.

자신이 훔쳐다 가져다준 피백이 숙비가 기거하는 도아궁에 걸렸다. 저주의 형태를 띠고 말이다. 걸린 조사 결과 저주의 격문조차 틀림없이 진짜 태중 아이의 유산을 기원하는 내용이라 하였다.

궁녀는 참지 못하고 여축인 제 동기가 일하는 제전으로 쫓아갔다. 이럴 때일수록 몸을 조심히 가눠야 한다는 데까지는 생각이 미치지도 않았다.

그런데 여축들만이 있어야 할 제전에, 마치 짜기라도 한 듯 여러 궁녀가 모여 있었다. 그들이 하나같이 반갑다는 얼굴로 미소 지으며 자신을 맞이했다.

"어서 와, 공범."

　유 태감은 그 뒤로도 몹시 바삐 움직였다. 여전히 채선궁에 갇혀 바깥 사정을 제대로 파악할 수 없는 려화가 보기에도 여실히 느껴질 정도였다.

　그렇다 한들 상황은 쉬이 바뀌지 않았다. 사람들은 당연하게도 과거 황궁 내명부가 시끄러웠을 때의 상황을 떠올렸다. 자연스레 과거에 빗대어 황제의 아이를 회임한 숙비에게 해코지할 사람이라면 같은 황제의 여인인 려화뿐이라고 여겼다.

　처음부터 려화를 눈엣가시로 여기는 자들이 많았던 것도 한몫했다. 더군다나 려화에게는 황제가 아니고선 그녀의 뒤를 받쳐 줄 가문조차 없지 않은가.

　이러한 상황이니, 유 태감이 힘쓸 수 있는 것도 결국 상황이 느리게 흐르는 쪽으로 유도하는 것뿐이었다. 유 태감은 환관들을 통해 들려온 신료와 궁녀들, 혹은 황궁 소속 군사와 장수들의 비리 따위를 이용해 그들이 섣불리 나설 수 없도록 막았다. 거기까지가 작금 유 태감이 할 수 있는 최선이었다.

　휘강에게 려화를 지키기 위한 자유의지를 최대한으로 허락받았다 하나, 그가 가진 위치가 그러했다. 여기서 더 나서서 드러나게 움직인다면, 필시 휘강이 돌아오고 나서 이를 트집 잡을 이들이 많았다.

　유 태감은 그러한 거스러미가 일지 않는 선에서 낮과 밤, 흑백을 가리지 않고 열심히 뛰었다.

　"아직은 어렵습니다. 제가 애를 쓰고는 있으나 궁의 판도가 바뀌지조차 않지 않았습니까? 그런데 이런 시점에서 굳이 산여 그 아이를 만나야겠다니요?"

"이런 시점이기에 산여를 만나야 합니다. 실마리는 기실 그 아이에게 있습니다. 그렇지 않습니까?"

"제가 만나 보겠습니다. 그 아이의 입에서 들어야 할 말이 있다면 차라리 제게 질문을 전하시지요."

"제 앞에서만 할 수 있는 말이 있을 수도 있습니다."

답답하리만치 구는 려화 덕에 유 태감은 목이 꽉 막힌 듯한 기분이었다. 려화가 이렇게 직접 산여를 만나려 하는 이유를 알고 있기에 더욱 그러했다.

"그 아이가 걱정되어서 이러시는 것 아닙니까."

"그도 맞습니다. 하나, 저 때문에 누명을 쓴 아이입니다. 제 얼굴조차 비추지 못한다면 산여가 모든 것을 포기하고 죽음으로 걸어 들어가거나 위증을 한다 해도 저는 그 아이를 탓할 수 없습니다."

"그리 나약한 아이를 곁에 두셨습니까!"

"고작 열여덟 살입니다!"

"그 나이면 성인이지요. 어른입니다. 모시는 분을 위해 고문을 참을 나이가 아니 되겠습니까?"

두 사람의 언성이 높아졌다. 려화가 붉게 달아오른 얼굴을 두 손으로 감쌌다. 곧이어 그녀의 얼굴에 서글픔이 떠올랐다. 눈가는 메말랐으나 그 누구보다도 울고 있는 자의 얼굴이었다.

어이해 자신의 부족함을 뒤집어쓰고 잡혀간 아이의 구명조차 하지 못한단 말인가. 구명뿐인가, 산여를 찾아보고 얼굴을 비추며

힘내란 말 한마디를 하지 못하였다. 신세가 참으로 처량하였다. 울타리처럼 채선궁을 둘러싼 황군들이라도 사라지면, 차라리 누명이 깊어지더라도 산여를 찾아가고 싶었다.

하나 이것이 어리석은 생각임을 누구보다 려화 자신이 가장 잘 알고 있었다.

"제가, 욕심을 부렸습니다. 사실 알고 있습니다. 제 고집과 욕심이라는 것을 말이지요."

"알고 계시면 되었습니다. 이제 고작 사흘째입니다."

"폐하께서 일찍 돌아오시기를, 이번만큼 간절히 바란 적이 없습니다."

유 태감이 피식 웃었다. 이유는 엇나갔지만, 태감에게 있어 려화가 휘강을 기다린다는 것은 이 절망 속에서 유일하게 긍정적인 점이 아닐 수 없었다.

다만 휘강이 사흘째 연락 두절 상태였다. 유 태감의 감으로는 필시 노 시중 또한 이를 알고 있을 터였다. 그는 휘강이 쉬이 죽었으리라 여기지는 않았다. 노 시중도 그리 여기고 있을 것이다.

문제는 어쩌면 휘강의 생사가 아니었다. 려화가 궁에서 내쳐지거나 명을 달리하기 전에, 공진성의 전투가 끝나지 아니할 확률이 높아졌다. 노 시중은 필시 이를 노리고 공진성 쪽에 술수를 부렸으리라.

처음, 산여가 잡혀갈 때만 해도 빠르게 진행되었던 일이 지금에 와서는 생각보다 더디게 진행되는 것만 봐도 그러했다. 노 시중은 그가 타고난 성정대로 음험하되, 티끌 같은 여지 하나 남기지 않는 방식으로 려화를 궁에서 축출할 생각임이 틀림없었다.

그리되면, 려화는 축출되어 궁을 떠나는 바로 그날에 명을 달리할 것이다. 황궁 내에서 려화의 목숨을 빼앗지는 않겠지. 그래야 휘강이 돌아왔을 때 저는 큰 관련이 없는 듯 발을 쑥 내뺄 테니 말이다. 그는 쌓아 둔 것이 많아 제 목숨 아끼는 것에는 누구보다 머리가 빨리 돌아가는 자가 아닌가.

"희소식만은 아닙니다만, 이번 일은 생각보다 빠르게 돌아가지 아니할 것입니다."

"어찌 그리 생각하십니까?"

"어느 쪽을 물으십니까? 희소식이 아니라는 것과, 진행이 빠르지 않을 것이라는 점 중에서 말입니다."

"둘 다를 묻는 것입니다."

유 태감이 려화의 답에 뚜한 얼굴이 되었다. 이를 어디서부터 설명해야 옳을지 짚는 것이었다.

"폐하께서 공진성에서도 이곳과 연락을 하고 계셨습니다."

"그는 알고 있……. 어찌 과거형으로 말씀하시는지요. 지금은 연락이 끊겼다는 듯이……!"

유 태감이 무겁게 한 번, 고개를 끄덕였다. 려화의 얼굴이 하얗게 질렸다. 그 죽음이라곤 모를 것 같았던 천상천하 유아독존의 사내가 전쟁터에서 연락이 끊기다니.

파리한 낯빛에다 몸까지 가누지 못하던 려화가 간신히 의자의 팔걸이를 잡고 자세를 바로 하였다. 머릿속을 차분하게 정리하기 위해 침묵하는 것을, 유 태감이 조용히 기다려 주었다.

"저는 연락을 어떤 형태로 취하고 계시온지 모르나, 분명 남에게 쉬이 전해질 평범한 방법은 아니겠지요."

"그러합니다. 황궁의 기밀이니 아직은 말씀드릴 수 없지만 말입니다."

유 태감은 언젠가는 말씀드릴 수 있다는 여지를 남겼다. 그는 상황이 이리 좋지 않은 때에도 늘 려화의 앞에서는 일정 이상의 여유를 보였다. 그것이 려화에게는 큰 도움이 되었다.

곧 제 안색을 찾은 려화가 느리게 한숨을 뱉었다.

"연락을 방해당하거나, 연락을 받지 못하는 곳에 계시는군요."

"어느 쪽이든 연락만을 방해하는 것은 아닐 겝니다. 아마도 공진성의 백성들이 고통받는 시간 또한 길어지겠지요."

이루 말할 수 없는 텁텁함이 려화의 혀끝에 고였다. 가장 지척의 산여와, 충격받았을 공영을 떠올리는 것만으로도 충분히 괴로웠다.

한데 지금 휘강이 향한 공진성, 자신의 고향조차도 제게 휘말려 고통받고 있는 것이었다. 내심, 알고 있었음에도 밀어 두었다. 공려화라는 사람이 한 번에 감내할 수 있는 고통을 넘어서는 괴로움이라서 말이다.

그것이 유 태감의 말로 현실이 되었다. 괴로움이라는 이름의 비수가 가슴을 찔러 왔다. 그로 끝나지 않고 끝끝내 살점을 헤집어 놓으리라.

"이 모든 일이 저 때문이겠고요."

괴로움이 한계를 넘으니 현실적인 감각이 사라진 것인가, 되레 려화의 목소리는 퍽 무덤덤했다. 유 태감이 그 덤덤함의 내면에 숨은 깊은 상흔을 보고는 시름에 잠겼다.

"부인께서 그리 여기도록 저들이 작당한 것임을 잘 아셔야 합니다."

"제가 입궐해서는 안 되었던 겁니다."

"살기 위한 모든 행동이 죄가 될 수는 없습니다. 이 상황을 꾀하고 실행한 자가 누구입니까?"

려화의 눈에 독기가 서렸다. 담갈색의 이글이글 타오르는 눈동자가 유 태감을 향했다. 유 태감은 려화의 눈동자에 담긴 것은 자신이나, 그 시선이 향하는 곳은 다른 곳임을 알았다.

"제게 죄가 있다 여긴다고, 노 시중의 죄가 없다고 말하는 것이겠습니까?"

"그를 알고 계시면 지금은 그걸로 됐습니다."

려화가 알 수 없는 표정으로 고개를 끄덕였다. 노 시중을 향한 것이 틀림없는 눈빛만은 여전했으나, 어쩐지 려화에게서 서글픈 분위기가 감돌았다.

유 태감이 얕은 한숨으로 잠시 두 사람 곁을 떠돌던 침묵을 잠재웠다. 손끝이 차가웠다. 단순히 려화와 말뿐인 공방을 주고받느라 긴장한 탓이 아니었다. 그런 일로 긴장할 유 태감도 아니었거니와 말이다.

려화가 자리한 채선궁의 처소가 싸늘했다. 난방이 되고 있지 않은 것인가. 이는 소주방의 아궁이에 불도 들지 않는다는 뜻이니, 유 태감의 얼굴이 굳어질 수밖에 없었다.

"식사는 잘 들고 계십니까?"

아직 려화의 죄가 확정된 것은 아니니, 밥을 굶기는 일은 없을 것이다. 다만 그녀가 받는 찬이 따뜻한 온기를 지니고 있지는 않으리라.

차갑게 식은 밥과 찬을 지금 상황에서 무슨 심정으로 삼키랴. 그러잖아도 목이 깔깔하니 따뜻한 밥을 씹어 삼켜도 모래를 씹는 것처럼 괴로울 터였다. 한데 찬밥이 목구멍을 제대로 넘겠는가.

"챙기는 이가 있어서 거르지 않고 있습니다."

려화가 유 태감에게서 슬쩍 시선을 거두며 말했다. 제게 거의 억지로 식사를 챙기게 하는 세야의 모습이 떠올라 미간에 주름이 지려는 걸 참기가 어려웠다. 하나, 유 태감도 자신에게도 지금은 도아궁 건의 일이 더 화급했다.

그에게 걱정거리를 하나 더 보태고 싶지 않았다. 또한, 세야에게 정말로 다른 꿍꿍이가 있어 제게 음해를 가하는 것이라면 자신이 직접 처리하고 싶은 마음도 있었다.

"그렇다면 다행입니다. 옷을 단단히 입으세요. 지금도 의관이 두꺼움을 한 번에 알아보지 못한 저를 용서하시고 말입니다."

"제 일에 힘써 주시느라 얼마나 정신이 없으실지 가늠하기도 어렵습니다. 감사하면 모를까 용서라니요. 죄를 짓지 아니하셨습니다."

상황에 맞지 않는 공치사에 두 노소가 서로를 보며 웃었다. 몹시 쓴맛이 남는 웃음이었다.

시간이 많이 지체되었다. 재게 움직여야 할 아까운 시간을 허튼 일에 날린 셈이니, 유 태감이 분위기를 바꿔 오며 려화에게 단호한 얼굴로 물었다.

"본래의 화제로 돌아가지요. 부인, 부인께서 그 아이에게 묻고자 하는 질문을 제게 알려 주십시오."

"산여를 만나 보시려고요?"

"정작 중요한 걸 잊고 있었으니 말입니다. 그 아이를 만나 봐야지요. 우리가 지금까지 접해 아는 상황은, 오로지 노 시중이 의도한 대로 나불대는 자들의 입에서 나온 것뿐이니 말입니다."

려화가 유 태감의 말에 고개를 끄덕였다. 그러나 려화의 입은 조금 시간이 지나서야 열렸다. 홀로 적지에서 고통받고 있을 산여에게 전할 말이, 어느 하나 아픈 의심으로 비추지 않도록 고심하고 또 고심해야 했기에.

**

늑늑하고 추운 곳, 볕이 제대로 들지 않아 곰팡내가 진동하는 곳. 이런 곳이 궁에 있다고 상상이나 해 보았을까.

며칠 사이에 핼쑥하게 야윈 산여의 눈을 타고 눈물이 주르륵 흘러내렸다. 눈물마저 차갑게 얼리는 곳이었다. 해서 채 다 슬퍼할 겨를도 없이, 산여가 손등으로 눈물을 훔쳤다.

사흘째 속옷에 얇은 수의 차림으로 이곳 형부의 깊은 곳 옥사에 갇혀 있었다. 차라리 취조처로 불려가 무엇이라도 묻는 이가 있었으면, 억울함을 토로라도 해 보았겠건만 이들은 무슨 생각인지 자신을 가두어 두기만 하였다.

답답하고, 먹먹하고, 두렵고, 괴로웠다. 차라리 취조를 당하고 싶다 여기면서도 막상 황군들이 자신의 앞을 지나면 산여는 저도 모르게 몸을 움츠리고 옥사의 구석으로 몸을 숨겼다.

그래도, 어쩌면 잡혀가며 예상했던 것보다는 대우가 좋았다. 이리 윗전의 일에 연루된 궁녀들이 어떤 수모를 당하는지 산여도

307

건너건너 들어 알고 있었다.

"그러니, 울지, 말아야……. 흐흡……."

무릎이 꺾이고 손가락이 부러지고, 결국 무죄로 풀려나더라도 이미 시들어 버린 꽃들은 황궁을 떠나야 했다. 그런데 자신은 좀 야위고 추위에 떨고 있을 뿐, 아직은 아무런 고문도 당하지 아니하였다.

홀로 있으니 생각이 많아졌다. 자신이 아직 이리 멀쩡할 수 있는 것은 려화와 무섭지만 좋은 분인 유 태감 덕일 것이었다.

아는데도 자꾸만 마음속에서 이상한 감정들이 자라났다. 왜 어서 자신을 구해 주지 않을까, 려화라면 몰라도 유 태감에게라면 그럴 힘이 있을 것도 같은데. 언니는 무얼 하고 있을까.

유 태감을 통해서 내게 하고 싶은 말은 없을까.

산여가 그리 자꾸만 나쁜 쪽으로 이어지는 생각에 화들짝 놀라며 고개를 세게 저었다. 이 형부의 옥사에는 필시 잡귀들이 다닥다닥 붙어 있는 것이 분명했다.

그러지 않고서야 자신이 이리 나쁜 마음을 먹을 리가 없으니 말이다.

산여가 차라리 잠을 청하고자 몸을 웅크렸다. 아무 생각도 없이 시간을 보내려면 그것이 제일이었다. 이 옥에 갇히고 단 한 시진도 제대로 눈 붙인 적이 없지만 말이다.

해서 웅크리고 고개를 파묻자니, 시야는 가려지고 귀는 열려 주변의 소리들이 더욱 선명하게 귀에 박혔다. 늘 이곳을 오가는 황군들의 목소리, 발걸음 소리, 그리고 옥사 가장 깊은 곳의 빛 한 점 들지 않는 쪽에서 물방울이 똑똑 떨어지는 소리.

거기에 낯선 소리가 섞인다. 황군들의 텁텁한 걸음이 아닌 낮게 사박거리는 걸음 소리. 목소리는 차분하지만 단호함이 엿보이는 노인의 것이고…….

"이번만입니다. 다음부터는 상부에 보고할 것이니……. 지금보다도 더 불리해질 것이라고요."

"거기서 더 토를 달면, 자네가 찬 뒷주머니만으로 해결할 수 없는 일이 일어날 걸세. 나를 모르나?"

"태감 나리……!"

근래 산여에게 익숙해진 목소리이기도 하였다. 방금까지 원망 비슷한 것을 보내던 그 목소리. 산여가 웅크린 사이로 쏙 숨기고 있던 얼굴을 들어 올렸다.

"아, 아무튼……. 첫 조사가 잠시 뒤입니다. 드릴 수 있는 시간은 일다경뿐입니다."

"그만 가 보시게."

유 태감이 저를 안내하며 연신 종알거리던 황군에게 매섭게 뜬 눈으로 말했다. 말투는 정중하나 목소리가 서릿발과도 같으니, 황군은 결국 찍소리도 내지 못하고 물러갔다.

제가 찬 뒷주머니를 잘도 알고 협박질을 해 대던 유 태감을 차마 더 건드릴 엄두가 나지 않아서였다.

형부 옥사에 갇힌 이라곤 지금은 산여뿐이었다. 거기에 유 태감을 안내한 황군도 돌아갔으니 이곳에는 유 태감과 산여 둘만 남았다. 이리 둘만 남고 나서야 유 태감이 산여에게 가까이 다가가 말을 건넸다.

"혹 부인을 기다렸느냐?"

"태감 나리……."

"네가 힘들고 고달팠다는 건 내 충분히 안다. 하나 우리에게 허락된 시간이 길지 않으니, 눈물은 잠시 뒤로 미뤄."

이미 산여의 얼굴은 터져 나온 눈물로 엉망이었다. 장마 때의 하늘처럼 구멍이라도 뚫린 듯 펑펑 흐르는 눈물을, 산여가 손등으로 연신 싹싹 닦아 훔쳤다. 그러고도 흐르려는 눈물은 입술을 꾹 깨물며 참았다.

"구하러, 오신 건 아니지요……?"

"안타깝게도 폐하께서 돌아오시기 전까진 그런 일은 없을 게다."

"그럼……."

"하문할 것이 있어서 왔다. 곧 첫 번째 심문이 있을 거라 하더군."

그러잖아도 며칠 만에 수척해져 있던 산여의 얼굴이 더욱 흙빛으로 변하였다. 차라리 억울하다, 말이라도 꺼낼 수 있게 해 주었으면 한다는 아까의 생각이 우스울 정도였다.

막상 진짜 심문이 목전으로 다가오니, 두렵기 짝이 없었다. 산여의 그러한 두려움을 달래듯 태감이 나긋한 목소리로 말했다.

"고문은 없을 것이니 너무 걱정하진 말거라. 너 하나만 있는 자리가 아니라, 내사복부의 궁녀들과 일이 있었던 밤 그 근처를 지났던 모두가 함께 심문받을 것이다."

"그나마……, 다행이네요."

"그렇다고 애써 웃을 것까지는 없다."

이미 눈물은 그쳤건만, 산여는 일부러 손을 들어 자신의 눈을 다시금 문질렀다. 아직 물기가 남아 조금 흐리던 시야가 개었다.

마음을 다잡았다. 이번 일은 자신의 처지만이 걸린 일이 아니었다. 만일 자신이 진범으로 꾸며지거든, 자신이 모시는 려화 또한 무사치 못할 것이다.

참으로 신기했다. 유 태감 이 무서운 사람이 눈앞에 나타난 것만으로 머리가 맑게 개니 말이다.

"아녜요. 이제 하문하세요. 저는 언니, 아니 부인을 위해서라도 하나 숨기는 것도 거짓도 없이 답할 것이니까요."

산여의 눈빛이 맑아진 것을 유 태감이 대견한 얼굴로 바라보았다. 시련을 겪어 내는 아이들은 이다지도 짧은 시간에 금세 성장하곤 하였다.

이제는 유 태감에게도 산여가 단지 황제의 여인을 모시는 일개 궁녀가 아니게 되었다. 필시 려화와 함께 살려야 할, 려화를 곁에서 오래 모셔 줄 아이로 각인되었다.

이런 고통을 함께 겪은 것도, 시일이 지나면 모두 단단하게 다져진 기반 위에서 반추할 끈끈한 추억이 되리라.

"하면 묻겠다. 당일, 피백에 관하여 부인께 바로 말씀드리지 아니한 연유가 있는가?"

"달리 큰 이유는 없었습니다. 내사복부에서 제가 당한 수모를 부인께까지 전하고 싶지 않았을 뿐입니다."

유 태감이 고개를 끄덕였다. 확실히, 아랫사람은 윗전의 상황 때문에 자신이 겪은 수모를 무조건 전할 이유가 없었다. 그것이 가끔 이리 큰일이 되어 사달이 나기도 하나, 흔한 일은 아니었기 때문이다.

오히려 괜한 일을 전하여 가볍게 넘어갈 일도 크게 키우는 경우가 더 많았다. 보통은 내명부의 싸움이 이리 커져 황제에게까지 전해져, 모두가 안 좋은 결과를 맞이하는 경우도 더러 있었으니 말이다.

하여 유 태감은 일을 전하지 않은 산여의 이유를 수긍했다. 다만 아직 질문할 것이 너무나도 많이 남았다.

"당시 내사복부에서 네가 겪은 수모를, 그 소란을 들은 이가 몇이나 되는가?"

"거기까지는……"

잘 모르겠다 답하려던 산여가 입을 다물었다. 모른다는 답은 지금에 와서 도움이 되지 않으리라. 이야기책처럼 읽어 왔던 궁의 역사서에서는 이런 때에 어떤 대답이 도움이 되던가.

한동안 멀리했던, 책을 좋아했던 때의 자신을 기억해 보았다. 려화의 일에 휘말려 요즘은 여유 시간에 책을 읽는 것도 마다하게 되었지만, 그렇다고 읽어 왔던 것들이 허사로 돌아가진 않았다.

"제게 옷을 전달한 내사복부의 궁녀와 내사복부의 여사 마마님은 제가 피백을 받지 못하였음을 확실하게 아실 겁니다."

"나머지는 모른다?"

산여가 고개를 끄덕였다.

"만일 상황을 알더라도…… 그들이 제 편을 들어 줄까요?"

"일이 바빠 못 들었다 하겠지."

아주 잠깐이지만 산여의 안색이 눈에 띄게 시무룩하게 변했다. 그러나 곧 돌아온 결연한 표정으로 산여가 유 태감의 다음 질문을 기다렸다.

"엄 여사와 피백에 대한 말을 정확히 나누었느냐?"

"그건……."

산여가 그때의 기억을 떠올렸다. 당시의 수모는 잊을 수 없는 기억이었으므로, 제법 선명하게 떠올랐다.

'채선궁 궁녀 소산여, 내사복부의 원 여사 마마님을 뵙습니다.'

'이곳은 황실 일가의 의복을 짓는 중한 일을 하는 곳이다. 그런데 이런 곳에서 소란을 만들다니, 대체 무슨 일인가?'

'지난날 폐하께서 채선궁 부인을 위해 겨울옷 다섯 벌을 청하셨습니다. 그런데 오늘 받은 것은 한 벌뿐이고, 그마저…….'

그때 자신은 엄 여사가 말을 도중에 끊어 버린 탓으로, 피백에 관한 말까지는 꺼내 보지도 못했다.

'지금 내사복부는 숙비 마마와 태중 원자의 옷을 짓느라 바쁘다. 그리고 폐하께서도 금세 승전하고 돌아오실 터이니, 연회 때 입으실 옷 또한 짓고 있다.'

'예?'

'바쁘단 말이다. 뜻을 모르겠는가?'

당시 옷을 싼 보자기를 펼쳐 엄 여사에게 보이긴 했다. 하지만 옷을 전부 풀어헤치지는 않았다. 곱게 개어진 상태로 조심스레 확인했을 뿐이다. 감히 려화의 옷을 자신이 험하게 다룰 수는 없었기 때문에.

313

그런데, 그리 곱게 접힌 옷에서 피백이 빠진 것을 엄 여사가 알았을까?

만일 알았더라도…….

"여사 마마께서는 피백에 대한 저와 내사복부 궁녀의 실랑이를 들으셨을 겁니다. 하지만 마마님과 제가 직접 피백에 대해 주고받지는 못했습니다."

"그렇단 말이지? 그가 우리의 편을 들어 줄 일은 없을진저…….흐음."

"어쩌면 좋죠?"

유 태감은 노 시중이 일을 어찌 처리하고 진행하는지 제법 잘 알고 있었다. 그와 반목한 일이 어디 이번이 처음일까. 과거 휘강을 황위에 올리기 위해 그의 일을 방해하고, 저 또한 궁리했던 일을 방해받은 일이 십수 번이었다.

작금 진행 상황은, 노 시중의 마음에 여유가 있어 흐름이 아주 늦었다. 그러니까, 노 시중은 만에 하나까지 생각해서 한 점 티끌도 남기지 않고 일을 진행하려 할 것이다.

아직 산여에게 질문할 것이 남았다.

"아직 어쩌면 좋을까 걱정하기까진 이르다고 본다. 내가 네게 할 질문도 더 있고."

"계속 하문하셔도 되어요."

"피백이 사라진 바로 다음 날 도아궁에 일이 생겼다. 그렇다면 진범이 도아궁에 새끼줄을 친 것은 피백이 사라진 날 늦은 밤이거나, 도아궁에서 발견한 날 이른 새벽일 것이다."

"그렇……겠지요."

"당시 너는 어디서 무얼 하고 있었느냐?"

산여가 바로 며칠 전을 떠올렸다. 딱히 무엇을 하고 있었는지 말할 것이 없었다. 려화의 옷을 다시 정리해 두고, 유 태감과 대화를 나누며 많이 울어 피곤했던 탓에 일찍 잠들었다.

"일찍 잠에 들었습니다."

"일찍 잠에 들었다?"

"네……."

산여의 목소리가 의기소침했다. 만일 그날 밤 자신이 궁을 나서지 않았음을 밝히지 않으면 꼼짝없이 진범이 될 상황임을 알아서였다.

누가 봐도 의심 가는 것은 산여일 터이니, 이는 유 태감으로서도 어찌 해결해야 하나 고심해야 할 문제였다.

"그럼 너는 그날 밤 채선궁 밖으로는 걸음 한 적이 없는 것인가?"

"적어도 해가 떨어진 이후에는 그렇습니다."

"그걸 본 이는?"

"그건 모르겠습니다. 채선궁 궁녀들은 제가 궁 안에만 있는 걸 봤겠지만……. 절 위해 입을 열어 줄까요?"

유 태감이 뒷짐을 지고 눈을 감았다. 입술까지 지그시 깨무는 것은 필시 고민하는 표정이었다.

"채선궁의 궁녀 절반은 부인의 동태를 살피기 위해 숨어든 아이들이더구나. ……그러니 너무 기대는 말아라."

산여가 서글픈 얼굴로 고개를 끄덕였다. 유 태감은 그리 슬픈 얼굴의 산여에게 더 격려해 줄 말이 없었다. 괜한 말로 기대를 품게 하는 것은 쓸데없는 짓에 불과했다. 그 기대가 깨지고 찾아올 절망의 조각을 더욱 날카롭게 벼려 낼 뿐이니 말이다.

때마침 시간이 다 지난 것인지 거리를 벌려 주었던 황군이 찾아왔다. 떫은 얼굴을 한 그가 유 태감에게 헛기침으로 눈치를 주었다.

"아직 일다경이 지나지 않았을 터인데?"

"조사를 받을 자들이 일찍 모여 시간이 앞당겨졌습니다."

"말을 전하지 않겠다고 하더니, 내가 온 것을 전한 모양이지?"

유 태감이 살벌한 눈으로 자신을 보자, 황군이 입술을 불뚝 내밀고 억울한 표정을 하였다.

"이 궁에 태감 어르신을 지켜보는 눈이 얼마나 많은지 모르십니까?"

"자네의 억울한 얼굴을 이번만 믿겠네."

황군이 여전히 억울하고 성이 난 얼굴로 고개를 끄덕였다. 그러곤 태감에게 나갈 것을 요구하듯 산여와 유 태감의 사이로 끼어들려 하였다.

산여의 얼굴이 하얗게 질렸다. 성인이라 하나 세상 풍파를 크게 겪은 것도 없는, 유 태감의 눈에는 그저 어린아이에 불과한 산여였다.

유 태감이 얕은 한숨을 내쉬었다. 그러고는 옥사로 바짝 붙은 황군을 한 손으로 물렸다.

"어어, 어. 왜 이러십니까?"

"잠깐만 시간을 더 주게. 고작 숨 세 번 쉴 시간이면 되니까. 물러서게."

"이 이상은 힘듭니다."

"허어, 어차피 곧 조사인데 내가 한마디 더 보태 말해 준다고 이 아이가 무슨 꾀라도 낼 성싶은가?"

어차피 상황은 산여에게 유리할 것이 하나 없다고 다그치는 것이었다. 황군이 생각하기에도 그러했다. 유 태감이 아무리 대단한 사람인들 직접 나서지 않고 전하는 말 한마디로 판도를 바꿀 수 있으랴.

황군이 몇 걸음 물러났다. 산여는 무언가 체념한 얼굴로 여전히 창백하게 질린 채, 그저 옥사 구석진 바닥을 바라보았다.

유 태감이 산여에게 가까이 다가가려 옥사에 몸을 붙였다. 황군의 시선이 날카로워졌으나, 유 태감을 옥사로 들이며 그에게 어떠한 날붙이도 없는 것을 이미 확인한 차였다.

유 태감이 아주 작고 은밀한 목소리로 말했다.

"널 위해 이번에는 손바닥이 아니라 널 이리 만든 자의 목이라도 찢어 내겠다."

"예?"

그저 달래는 말, 아니면 조사 때 유의해야 할 것을 짚어 줄 줄 알았다. 한데 유 태감의 입에서 나온 말은 상상조차 하지 못한 말이었다.

어쩌면 잔인한 말이었으나, 산여는 말하지 않아도 그것이 본래 누구의 입에서 나온 말인지 알 것만 같았다.

제가 궁녀들의 괴롭힘을 받았던 때, 그때 려화의 손바닥이 얼마나 난도질이 되었던가. 깨진 그릇 조각을 쥐고 휘둘렀다고 했다. 려화 말고는 아무도 다치지 않았으나 그리 의지를 보였다 했다.

그런데 이번에는 정말로 상대의 목이라도 찢어 놓겠다고 했다.

"부인께서 네게 전하라 하셨다."

"흐읍……!"

"격려의 말을 듣고 울어서야 쓰나. 뚝 그치고, 마음 단단히 먹고 견뎌야 할 것이다."

여전히 산여는 눈물을 그치지 못하고, 그저 고개만을 연신 끄덕였다.

타인을 상하게 하는 것을 발작적으로 괴로워하던 려화가 저를 위하여 그런 마음까지 먹었다. 그 마음이 절절히 느껴져 일어난 감정의 격동을 이길 방법이 없었다.

"잊지 마라. 네가 모시는 분이 얼마나 좋은 분인지, 얼마나 대단한 분인지."

마지막으로 붙은 유 태감의 말에 산여가 결연히 고개를 끄덕였다. 려화가 저를 위해 잔당들의 목이라도 찢겠다고 하였다. 그리 마음먹은 려화를 위해서도, 자신도 기꺼이 이 시간을 버텨 낼 것이었다.

**

"물을 것을 묻고, 전할 것은 전했습니다."

"하여 실마리는 찾으셨는지요?"

유 태감이 고개를 저었다. 려화가 작게 한숨을 내쉬었다. 예상은 하고 있었으나 실제로 맞닥뜨린 현실이 답답하기 짝이 없었다.

아는 바에서 더 좋은 꾀를 낼 만한 사실은 없었다는 뜻이니 더욱 그러했다. 려화가 답답함에 가슴을 치며 일어났다.

가뜩이나 세야의 억지에 며칠째 연달아 과한 식사를 하는지라 속이 더부룩하기까지 했다.

려화가 처소의 창문을 열었다. 싸하게 들어오는 바람이 그리 춥지도 않게 느껴지는 건 마음이 답답해서일까.

"이러다 고뿔이라도 들면 어찌하시려고요?"

유 태감이 급히 달려와 려화가 연 창문을 닫으려 하였다. 하나 려화가 그를 말렸다. 창밖으로 채선궁을 감싼 황군들이 보였다. 그 너머로, 궁에서도 가장 높고 찬란한 휘강의 거처가 보인다. 저 가까운 곁으로는 도아궁이 있을 것이고, 곁으로 좀 더 걸어가면 산여가 지금 조사라는 이름의 압박을 받고 있을 형부가 있을 터였다.

"지켜볼 곳이 있어서 그렇습니다. 잠시만요."

"허어……."

"태감께서 힘써 주셔서, 이제 문을 닫고 있으면 조금만 지나도 따뜻해집니다."

어리광을 부리듯이 말하는 려화의 얼굴을 보곤 유 태감이 한숨을 내쉬며 물러났다. 려화의 시선은 황궁을 전부 둘러보듯 하다가, 이윽고 도아궁에 꽂혔다.

"태감께 부탁 하나 드려도 되겠습니까?"

"들어 보고요."

"또 떼를 쓸까 무서워 그러시는 거지요?"

"알긴 아시는군요."

려화가 설핏 웃으며 그제야 창문을 닫아걸었다. 슬쩍 눈이 마주친 황군이 저를 날카롭게 쏘아보았다. 려화는 그를 피하지 않고, 문이 완전히 닫히기 전까지 마주 그를 노려봐 주었다.

먼저 고개를 돌린 것은 황군 쪽이었다. 려화의 눈에 담긴 독기는 멀리서 보아도 보통이 아니었을 것이다.

"숙비 마마님을 뵈어 주세요. 가능한가요?"

유 태감이 려화의 말에 기겁하듯 눈을 동그랗게 뜨고 반문했다.

"제가 황군을 뚫고 채선궁을 드나드는 것보다, 도아궁에 한 번 걸음하는 것이 더 어려운 걸 몰라서 하는 말씀이십니까?"

응당, 유 태감이 움직여 온 것은 전부 려화를 보호하기 위함이었다. 그것을 모르는 이가 궁에 없으니, 유 태감의 말대로 그에게는 도아궁을 드나드는 것이 훨씬 어려운 일이었다.

"그래도 숙비 마마의 상황이 어떠한지, 저희 눈으로 직접 확인해야지요. 저들이 숙비 마마께서 지금 위독하시다 하여 일을 빨리 진행한다면, 그것 또한 저희에겐 손해이니까요."

"그건 그렇지만, 제가 다녀온 것을 빌미로 잡아 이후 흉계를 꾸밀 수도 있습니다."

"거기에 휘말릴 것이 두려우십니까?"

"지금 저를 도발하시는 것입니까?"

려화가 희미하게 웃었다. 잠시라도 찬 바람을 쐬었더니 한결 기분이 나아졌다. 투정 부리듯 하는 유 태감에게는 저도 미안함을 많이 느끼고 있었다. 하나 다시 생각해도 필요한 과정이었다.

"제가 같은 편인 태감을 도발해 어디에 쓰겠습니까? 그저 폐하께서 늦어지시니 태감께서도 뒷일을 걱정하실까 하여 물었지요. 여전히 폐하께서는 감감무소식이신가요?"

"당장은 그렇습니다."

려화가 유 태감의 답에 의미 없이 고개를 끄덕였다.

"폐하께서 빨리 돌아오셔서, 이 일에 도움 주시길 바라기는 요원하겠습니다."

"그렇습니다만……. 폐하께서 돌아오셨을 때, 반가워하는 것 없이 그런 티만 내셔선 곤란합니다."

"저를 바보로 아십니까?"

이런 상황에서도 웃음은 나왔다. 하나 속이 빈 강정 같은 웃음일 따름이었다.

대관절 어찌 연통 한 번이 없으신지. 휘강이 아무럼 제멋대로 구는 인사라 하나 려화에게 일이 생긴 것을 듣고도 이리 제 일이 급하게 굴지는 않으리라. 그리 생각했던 것이 실수였던가.

유 태감은 혀끝이 쓰게 아려 오는 것에 괜히 쩝, 하는 소리를 내면서 말을 아꼈다. 려화의 말대로 제가 다칠 뒷일이 두렵지는 않았다. 하나 자신의 행동거지로 노 시중이 무거운 몸을 일으켜 직접 움직이거나 려화까지 이 시궁창에 직접 발을 적시게 될까, 그것이 두려웠다.

이제 유 태감에게 려화는 휘강의 부탁이 아니더라도 지키고 싶어진 지가 오래인 아이이니.

그러나 려화의 말대로 직접 숙비의 상황을 확인하는 것도 중요했다. 다만 려화의 의지대로 이번까지 자신이 직접 움직일 수는 없었다. 유 태감이 저 대신 움직여 줄 발 빠르고 우직한 아이가 있는가, 제 휘하의 환관들을 꼽아 보았다.

한동안 궁을 비우며 생긴 공백 탓에, 완전히 자신의 사람이랄 아이는 이제 손에 꼽았다. 그래도 찾으면 없을까.

환관이라면 모르겠지만 황의라면 만나 볼 수 있었다. 휘강의 엄한 명으로 숙비를 진맥하고 회임 기간을 돌보는 것은 휘강의 손이 뻗친 황의만이 가능한 것으로 알았다.

그는 엄밀히 말하자면 휘강의 사람이랄 수 있었다. 하나 그의 성정이 노 시중에게 휘둘릴 자는 아니었다.

"직접 움직일 수는 없지만, 숙비 마마의 건강에 대해 좀 알아 보겠습니다."

"그리 해 주시겠어요? 더해 제 일에 휘둘리게 해서 미안하다 는 말도 전하고 싶습니다."

"거기까지는 욕심이 과하십니다. 언사 하나하나를 조심하셔야 할 때입니다."

려화가 유 태감의 엄한 눈빛을 피해 고개를 슬쩍 돌렸다. 그러 나 그 말에 동의하는지 별다른 반박은 하지 않았다.

"그럼 마마께서 괜찮으신지, 이 일에 대해 얼마나 알고 계신지 만 알아봐 주세요."

유 태감이 온 지 얼마 지나지 않아, 다시금 려화의 청을 들어 주기 위해 채선궁 처소를 떠나갔다.

오라에 묶인 산여가 고개를 돌렸다. 어쩐지 등 뒤로 따뜻한 시선이 느껴진 탓이었다. 어두운 옥사에 갇혀 있다가, 또 다른 의미로 음산하기 짝이 없는 조사실로 끌려왔다. 하여 산여는 어디가 해가 뜨는 곳이고, 어느 쪽이 해가 지는 곳인지조차 제대로 인지하지 못하였다.

그러나 어쩐지 자신이 느낀 따뜻한 시선의 방향에는 채선궁이 있을 것만 같았다. 유 태감이 마지막에 전해 준 말 때문이었을까. 그 말이, 그 잔인한 말이 산여에게는 그 무엇보다 따뜻한 손길처럼 여겨졌기에 그런 것일까.

"궁녀 소산여, 지금 어디를 보고 있는 것인가?"

조사관으로 들어온 형부 소속 관료가 냉엄한 목소리로 꾸짖듯 말했다. 산여가 그를 보고 고개를 숙였다. 송구하다는 뜻이었다.

조사실에는 산여 말고도 내사복부의 궁녀 둘과 엄 여사, 그리고 산여의 눈에도 낯이 익은 채선궁의 궁녀가 한 명 함께 있었다.

조사관은 방금까지 도아궁 사건의 용의자로 지목된 산여에게 질문을 퍼부은 참이었다. 그의 얼굴은 좋지 않았다. 보통 여인이라는 것들은 윽박지르듯 싸늘하게 질문을 퍼부으면 결국 제 죄를 시인하고야 마는 것들인데, 산여는 그렇지 않았던 탓이다.

"마저 질문에 답하라. 도아궁에 새끼줄이 걸렸을 새벽, 넌 무엇을 하고 있었냔 말이다."

"아까 말씀드린 그대로입니다. 내사복부에서 겪은 일이 서러워 시름하다가, 일찍 잠들었다 말씀드렸습니다."

"허어……!"

이미 피백과 얽힌 내사복부에서 있었던 일은 심문이 끝난 참이었다. 엄 여인은 그저 지켜보러 온 것인지 한마디도 하지 않고 내사복부의 궁녀들을 지켜보았고, 산여는 유 태감의 앞에서 답했던 것과 다름없이 답했다.

내사복부 궁녀들은 산여가 말을 마치면 조사관의 질문에 따라 산여의 대답에 반박하는 증언을 뱉었다. 이쯤 되면 보통의 어린 궁녀라면 대번에 마음이 무너져 내리고 모든 것을 포기했으리라. 아니면 자신은 아니다, 결백하다 난동을 부렸을지도 모르겠다.

하나 산여는 어느 쪽도 아니었다. 유 태감의 질문을 통해 이미 심문을 미리 겪어 본 것이나 마찬가지였다. 그러다 보니 질문에 답하는 긴장감은 한층 덜하였다.

더군다나 려화의 위로를 겸하는 격려까지 받았으니 두렵지 않다면 거짓말이었으나 까무러칠 정도는 아니었다 하겠다. 조사관은 그러한 산여의 태도가 마음에 들지 않는다는 듯 굴었다.

"네 말을 증언해 줄 이가 있는가?"

"없습니다. 제가 채선궁 부인의 지근궁녀인지라, 부인의 처소 바로 곁에 방이 있습니다. 복도로는 인적이 다니지 않으니까, 저를 본 사람이 없을 것입니다. 하지만 제가 나가는 것을 본 사람도 없을 테지요."

산여의 차분한 답에, 조사관이 딱 걸렸다는 듯이 비웃음을 보였다.

"아니라면?"

"……예?"

조사관의 눈이 여태 이 자리에 왜 있는지 의아했던, 한마디도 없이 앉아 있기만 하였던 궁녀를 향했다. 필시 채선궁에서 일하기에 산여도 얼굴과 이름은 알고 있지만 달리 눈에 띄는 일은 없던 아이였다.

"궁녀 채송필, 증언할 것이 있어 이곳으로 왔다 하였다. 어디 말해 보라. 네가 할 말이 무엇이냐?"

자신의 이름이 호명되자 겁에 질린 것처럼, 송필이라는 궁녀가 눈을 동그랗게 뜨고 좌우를 둘러보았다. 그러고는 떨리는 가슴을 손으로 탕탕 치면서 진정시킨 뒤에 입을 열었다.

"저는, 저는 보았습니다……."

"무엇을 보았지?"

"궁녀 소산여가……."

궁녀 송필이 산여를 똑바로 바라보았다. 그것으로는 모자랐는지, 손가락까지 들어 올려 산여를 가리켰다.

"인초시(寅初時) 경에 조용히 채선궁을 나서는 것을 말입니다!"

송필은 말이 끝날 즈음에 이르러선 흥분을 이기지 못한 것처럼 자리에서 벌떡 일어서기까지 했다. 그로도 모자라 입술까지 파들파들 떨었다.

겁을 집어먹은 것인지, 아니면 흥분한 것인지 표정만으로는 알 수가 없었다. 어쩌면 희열에 찬 것도 같았다. 대관절 지금 상황의 무엇이 그녀에게 희열을 가져다주기에.

"그 말이 사실인가!"

송필의 증언으로 원하는 흐름을 얻어 낸 조사관이 큰 소리로 호령하듯 물었다. 송필이 고개를 몇 번이고 끄덕였다.

작금 상황이 돌아가는 꼴에는 내사복부 궁녀들마저 어안이 벙

병해졌다. 엄 여인이 아주 미세하게 고개를 갸웃거렸다.

그녀는 유 태감과 노 시중 사이에서 중심을 잡아야 할 입장이 되어 버렸으니, 이곳에서도 딱히 입을 열지 않고 있었다. 하나 은연중 이번 일에 노 시중이 관련되어 있으며, 실제로 저 산여라는 아이에게는 죄가 없으리라 여기고 있었다.

산여가 피백이 없어졌다며 내사복부에서 떨어 댄 난리는 결코 연기 따위가 아니었다. 지금 가까스로 평정을 유지하고 있다지만, 엄 여인의 눈에는 본디 산여의 간담이 그리 크지 않을 것으로 보였다.

"이 자리가 어떤 자리인데, 감히, 제가 거짓을 고하겠습니까?"

"아닙니다!"

이번에는 엄 여인의 입에서 작은 한숨이 흘렀다. 만일 산여의 담이 컸더라면 지금 이 자리, 이 상황에서 저리 질겁한 얼굴로 아니라 외치진 아니하였을 것이다.

'저 송필이라는 궁녀, 노 시중의 *끄*나풀이 심은 아이인가 보군.'

간담의 크기를 따지려거든 산여보다야 저 송필이라는 아이 쪽이 훨씬 나았다. 그러니 노 시중의 *끄*나풀에게 붙어 감히 형부에서 위증을 하는 것이겠지.

엄 여인은 유 태감을 만나고 돌아온 뒤, 조용히 내사복부에서 산여와 대거리를 했던 궁녀를 불러들여 그때의 일을 확인했다.

'낮의 일을 묻고자 한다. 내 알기로, 채선궁으로 들어갈 옷의 시일을 늘리고자 차라리 첫 번째 옷은 완벽히 만들어 두자 정했

던 것으로 기억한단다. 그런데 정말로 피백이 없었느냐?'

'그러니까…… 이틀 전 옷의 마무리를 짓고 필시 제가 보따리에 함께 싸 두었습니다.'

'나는 네가 채선궁 궁녀에게 확인받았을 때를 말하는 것이다.'

'그때는…… 보이지 않았습니다. 감쪽같이 사라졌어요.'

엄 여인은 다른 이들의 생각보다 일찍부터 산여와 내사복부 궁녀의 대화를 듣고 있었다. 그녀가 생각하기로는, 산여가 피백을 일부러 숨기고 없어진 것처럼 꾸밀 시간은 없었다.

더군다나 만약 산여가 일을 치를 생각이었다면, 오히려 내사복부에서 그런 소란을 일으켜선 안 되었다. 피백이 없어졌다고 말한 다음에 곧바로 채선궁으로 돌아가 조용히 있었어야 옳았다.

그다음, 피백이 없어진 것이 기정사실이 되어 사람들이 그에 수긍한 다음에야 일을 벌였어야 했다.

지금 상황은 마치, 산여가 자신을 범인으로 보이도록 애쓰고 있는 것처럼 흐르고 있지 않은가. 누가 죽음으로 갚아야 할 수도 있는 죄를 저지르면서 이리 허술하게 움직이겠는가?

그것도 강자가 아니라, 황제가 자리를 비운 궁에서 철저한 약자일 수밖에 없는 여인을 모시고 있으면서 말이다.

차라리 휘강이 궁에 있는 상황에서 일어난 일이면 모르겠지만…….

"궁녀 송필이 네가 나가는 것을 보았다지 않느냐! 한데 네가 범인이 아니라 아직도 우기는 것이냐?"

"저는 그때 채선궁 처소 옆 곁방, 지근궁녀의 방에서 잠들어 있었단 말입니다! 만일 제가 밖으로 나갔다면 부인의 처소 앞을 지키는 다른 궁녀들도 보았을 것인데, 어찌 송필이만 저를 보았겠습니까?"

"그럼 저 계집이 위증이라도 하고 있다는 말이더냐?"

"그건……!"

산여의 생각으로는 송필이 거짓을 고하고 있는 게 맞았다. 하지만, 도대체 송필이 왜 그런 짓을 하는지 이해할 수가 없었다. 채선궁의 모든 궁녀를 믿는 것은 아니라지만, 그래도 부평초처럼 이리저리 떠밀리는 주인을 모시는 사이의 전우애 정도는 있다고 믿었다.

차라리 자신과 반목한 적이라도 있었으면 모를까, 자신과 송필은 공적인 것이 아니라면 말을 섞을 일도 거의 없는 사이였는데.

퍼뜩 유 태감이 제게 와서 한 말이 떠올랐다. 채선궁 궁녀의 절반은 다른 곳에서 심은 세작이라 귀띔해 주었다. 그럼 송필도 그 세작 중 하나란 말인가.

"처소 곁방 복도는 소주방으로도 통하잖아요? 소주방에는 인초시에 아무도 없으리라 생각하셨나요?"

"난 그곳으로 간 적이 없어!"

"하지만 전 보았는걸요. 소주방 아궁이에서 뭘 챙겨서 조용히 나가는 당신을요."

"소주방은 세야 언니가 칼처럼 관리하는데, 내가 대체 거기에 뭘 숨겼다고?"

일이 참으로 우습게 흘러갔다. 엄 여사가 한심한 꼴을 바라보다가 고개를 돌렸다. 조사관은 신이 나 죽겠다는 얼굴을 가까스로 숨기고 있었다.

산여가 송필이라는 궁녀에게 제대로 말려들고 있었다. 저리 지지부진하게 반박에 반박을 해 보아야, 사람들은 송필의 말이 진실이라 믿을 것이었다. 거기에 산여가 없는 변명을 지어내는 것이라 여기겠지.

엄 여사가 보기에 산여가 빠져나갈 구멍은 이미 막힌 것이나 다름없었다. 처음부터 끝까지 차분한 태도를 고수하고 흥분하지 않은 채 반박했어야 했다. 그래야 그나마 누군가는 송필의 말에 의심 한 줄기라도 품었을 것이다.

그러나 산여라는 아이는 그러할 깜냥은 안 되는 모양이었다. 딱하긴 하였으나, 도리가 있나.

엄 여사의 생각에 노 시중이 이번 일에 공을 많이 들인 것으로 보였다. 그렇다면 아마 저 산여라는 아이는 절대 살아남지 못할 것이다.

자신이 쓰는 궁녀조차도 하잘것없게 여기는 자가, 자신이 없애겠다 마음먹은 이의 사람을 곱게 둘 리가 없었다. 산여, 저 아이를 계기로 노 시중은 반드시 채선궁의 부인을 좀먹을 것이었다.

기어이 산여와 다툼과도 같은 반박과 반박을 주고받은 궁녀 송필이 두 손으로 얼굴을 가리며 눈물을 터뜨렸다.

엄 여사가 궁녀 송필을 바라보았다. 두 손으로 가렸으나 얼굴의 옆까지 완전히 가려지진 않아, 엄 여사의 눈에는 송필의 입꼬리가 미묘하게 올라간 것이 보였다.

*
**

"계획했던 전면전을 시작하지."

감쪽같이 사라졌다가 며칠 만에야 전초 기지로 돌아온 휘강이 처음 던진 말이었다. 새벽의 이른 동이 채 트지도 않은 사이에 홀연히 돌아온 휘강을 보며 병사들이며 장수며 할 것 없이 기함했다.

하나 황제인 그에게 감히 무어라 말을 할 수 있는 자는 없었다. 다들 눈치 싸움을 하는 그때에, 우 장군이 앞으로 나서서 말했다.

"폐하, 혹여 유명을 달리하신 것은 아니실지 모두가 걱정하였습니다."

"그래? 전쟁터에서 우 장군조차 날 찾지 않기에, 다들 내가 빨리 죽기만을 바라고 있는 줄 알았는데."

"어찌 그런 마음을 품었겠습니까!"

휘강의 농에 다들 수더분히 웃으면서 답했다. 모두가 휘강이 홀로 잘 살아 돌아올 것을 확신하고 믿고 기다렸기에 나올 수 있는 모습이었다.

휘강은 오로지 우 장군만을 바라보았다. 진짜가 아닌 가짜 우 장군. 너무나도 완벽하게 그를 본뜬 저 얼굴은 필시 돼지의 껍질과 기름을 이용해 장인이 만들어 낸 가면이리라.

"모두 무사한 것 같으니, 당장 저 빌어먹을 마갈족을 쓸어버리지."

"폐하, 폐하께서 계시지 않는 동안 군사들이 많이 상했습니다.

해서 당장 내일은 어렵습니다. 마갈족의 군사 수가 우리보다 훨씬 우위입니다."

"나 하나 없다고 땅개미 놈들에게 그리 밀릴 자들이었나? 나의 장수들이?"

그리 말하며 휘강은 유독 우 장군을 뚫어지게 바라보았다. 가짜 우 장군은 맡겨 준 일을 제대로 하지 못한 신하와 같은 표정을 지었다. 그러곤 고개를 숙이며 휘강의 시선을 피했다.

휘강의 질문에 답한 것은, 그가 돌아온 것에 몹시 신이 난 듯 보이는 다른 장수였다.

"폐하와 함께하지 못하는 기간이 길었잖습니까. 폐하께서 장성하시는 동안, 저희는 늙고 검은 무뎌졌습니다."

"그것을 자랑이라고 하는 소린가?"

"어찌 그렇겠습니까? 폐하라는 숫돌이 돌아왔으니 이제 저희의 날도 다시 벼려질 것입니다."

휘강이 저를 믿어 의심치 않는 눈빛을 빛내는 장수를 바라보며 시원스레 웃었다.

"그럼 오늘을 완벽한 승리로 이끌 자신이 있는가?"

휘강의 도발에 장수들이 곧바로 답하지 못하고 서로를 바라보았다. 이번에도 가짜 우 장군이 나서 입을 열었다. 저자는 목숨이 열 개라도 되는 것인가. 휘강이 속으로 그리 생각하며 우 장군을 바라보았다.

"하늘이……, 돕기라도 하지 않는다면 당장 오늘은 어렵지 않겠습니까? 차라리 중앙에 추가 군사라도 파견을 명하시고……."

"도국의 황제가 이끄는 군대가, 무려 땅을 기어 다니는 오랑캐를 해결하지 못해서 군사를 추가로 파견하려 한다고 도국 전역에 알리란 말이지? 참으로 하는 말인가?"

"소신은 그런 뜻으로 하는 말이 아니옵고……."

우 장군이 무어라 더 말을 하려 했으나, 휘강은 듣지 않았다. 무언의 압박을 주기 위해 우 장군에게 다가가 그의 어깨를 몇 번 도닥일 뿐이었다.

도국 전역에 나는 소문이 문제가 아니었다. 아니, 그 소문으로 말미암아 자신의 위신이 바닥에 떨어지는 것도 문제지만 그보다 더 큰 문제가 있었다.

오늘의 승리를, 자신의 계책을, 노 시중이 알아서는 안 되었다.

공진성 성주에겐 이미 손을 썼다. 기밀대 일부 인원을 불러들여 그들을 통해 구금하고 허튼짓을 하지 못하도록 양쪽 다리의 힘줄을 잘랐다. 강택주의 반항이 보통은 아니었으나, 휘강이 알아낸 사실을 기밀대를 통해 전하여 떠보자 그는 모든 것을 포기하고 조용해졌다.

해서, 공진성 성주를 통해서 날아가는 모든 정보는 이제 휘강이 원하는 것들로만 채워질 것이었다.

그렇다면 이제 차단해야 할 것은 두 곳이 남는데, 바로 눈앞의 가짜 우 장군과 마갈족이었다. 이들은 오늘 전쟁을 승전으로 이끌고 전부 잡아 족치면 더는 입을 열 수 없을 것이었다.

가짜 우 장군은 어쩌면 이러한 휘강의 저의를 눈치챈 듯 보였다. 하나 눈치채면 어쩔 것인가. 이 이상의 반대를 하면 의심을 살 것이고, 감히 지엄하신 황제에게 몇 번이나 반기를 드는 것만으로도 문제가 될 것이거늘.

"짐이 바로 하늘과 땅을 잇는 옳은 길을 뜻하는 도국의 황제야."

휘강이 검집째로 가짜 우 장군을 가리켰다.

"백성의 마음을 나의 길로 이끌고 돌아왔다. 민심을 천심이라 하지 않던가?"

가짜 우 장군이 아직 확신할 수는 없는 종류의 어떠한 한기를 느끼며, 저도 모르게 한 걸음 물러났다.

분명 휘강은 지금 마갈족을 쳐부술 자신이 있다고 말하고 있건만.

"그 백성이, 과거에도 짐을 따랐던 별동대들이 하늘이 되어서 짐을 도울 것이다."

진정한 사냥감은 자신이 된 것만 같았다. 가짜 우 장군의 등을 타고 식은땀이 흘러내렸다.

"짐이 죽기를 원하는 그 누구도 이 전쟁터를 마음대로 빠져나가지 못해."

***

호랑이가 없는 골에서는 토끼가 우두머리가 된다 하던가. 노 시중은 자신이 도국의 우두머리 역할을 하는 작금의 상황을 떠올리며 피식 웃음을 터뜨렸다.

"어찌 나를 토끼라 하겠는가."

"갑자기 그것이 무슨 말씀입니까?"

노 시중의 앞에서 막 찻잔을 내려놓은 홍덕권이 물었다. 노 시중이 저도 모르게 제 속내를 입으로 꺼냈는가 하여, 다소 놀란 얼굴로 홍덕권을 바라보았다.

홍덕권이 여전히 의아한 얼굴로 그를 보았다. 노 시중이 웃으며 고개를 저었다. 방심한 게다. 가는 세월이 자신의 명정함을 흐리고 있는데, 일의 흐름마저 자신의 의도대로 되어 가니 방심한 것이다.

노 시중은 여전히 눈앞의 홍덕권을 전부 믿지 않았다. 육관억을 향한 신임이 깊어져 방심한 사이 뜨거운 맛을 보아서도 그렇고, 홍덕권에게서 느껴지는 묘한 느낌이 종종 그를 긴장시켜서도 그러했다. 한데 오늘은 조금 많이 풀어진 모양이었다.

이미 홍덕권이 제 생각을 들어 버린 차였다. 여기서 숨기는 것은 그의 경계심을 더할 것이니, 노 시중은 별것 아닌 저의 생각을 홍덕권에게 알려 주기로 하였다.

"폐하께서 비운 황궁의 영수 자리를 이 늙은이가 취하고 있지 않은가? 그것이 마치, 호랑이 비운 굴에서 토끼가 왕 노릇을 하는 것과 같지 않은가 해서 말이야."

"하하, 어찌 그렇다 해도 어르신을 토끼에 비할 수 있겠습니까?"

"그럼 나를 무엇에 비유할 수 있겠는가?"

홍덕권이 노 시중의 물음에 짐짓 고민하는 얼굴이 되었다. 흐음, 하고 진지하게 고민하는 소리까지 내는 것이다. 노 시중은 홍덕권을 시험하듯 던진 질문에 괜히 집중하게 되었다.

"늑대. 늑대라면 옳겠습니다."

"어찌 그런가?"

"홀로 고독하지만, 사실은 무리를 옳은 길로 이끄는 구도자가 바로 늑대의 우두머리 아니겠습니까?"

"이 늙은이를 퍽 좋게도 봐주는군."

노 시중이 딱 적당한 대답을 기분 좋게 풀어내는 홍덕권에게서 잠시간 의심의 시선을 거두었다. 그러고는 자신을 이리 풀어지게 한, 너무나도 수월하게 흘러가는 지금의 상황을 다시금 돌이켜 보았다.

려화를 시기하는 자이거나, 혹은 자신에게 줄을 대고 싶어 하는 자들을 끌어모았다. 그들에게 하나씩 일을 맡겨, 그것이 큰 그림을 그리도록 하였다.

하여 벌어진 일이 바로 도아궁에 걸린 새끼줄이었다.

저주의 경문은 여축에게 쓰게 하였고, 여축의 사주로 내사복부에 있는 궁녀를 꾀어내 피백을 훔치도록 하였다. 그것을 새벽에 도아궁에 건 것은, 그를 가장 먼저 발견한 도아궁 궁녀였다.

노 시중은 처음 그 아이를 통해 자신을 만나지 않고 휘강의 보호만 받고 있는 숙비와 접선하려 하였다. 하나 그는 위험부담이 큰일이었는데, 이리 더 좋은 쪽으로 다른 쓰임을 찾은 것이었다.

그 아이로 하여금 이 일을 계획했다. 거기에 하나를 더해, 채선궁에서 제게 닿고 싶어 그리도 안달복달을 하던 궁녀 하나를 포섭했다. 그 아이가 려화의 지근궁녀인 산여를 궁지로 내몰 위증을 했다.

여기저기서 모은 낡은 구슬도 하나의 줄에 꿰니 꽤 쓸 만한 그림이 되었다. 그리 채선궁에 들어앉은 눈엣가시인 려화를 쫓아낼 초석이 닦였다.

"드디어 속 시원하게 채선궁 궁녀의 행각임이 밝혀졌으니, 채선궁이 다시 빌 날도 머지않았겠습니다."

"그렇겠지."

"폐하께서 돌아오시어, 이를 책잡지는 않으실까요?"

홍덕권이 꽤 일리 있는 질문을 했다. 노 시중도 그것을 걱정하고 있었다. 해서, 소산여를 진범으로 만드는 일에조차 공을 들였다. 만일 이 일이 자신의 계획임이 휘강에게 탄로 나 덜미를 잡히면 자리를 온전히 보존키 어렵기에 말이다.

지금까지는 마갈족과 공진성, 그리고 병부에 숨겨 둔 자에게까지 의심할 나위 없이 여전한 내용의 보고가 오고 있었다. 휘강은 여전히 실종 중이고, 전쟁은 지지부진하여 공진성에 파병된 병사들의 손해가 차츰 늘고 있다는 내용이었다.

이대로 휘강이 돌아오지 않기를 바라지만, 노 시중은 그럼에도 휘강이 불귀의 객이 되었으리라 여기진 않았다. 그리 그의 목숨을 꺾어 놓고자 애썼으나 결국은 지금까지 실패해, 휘강은 결국 황제의 권좌를 쥐지 않았던가.

이번에도 전쟁에서는 질지언정, 휘강은 살아 돌아오리라. 그러고 나면 그의 황권은 다소 불안정해지겠지만, 광증이라는 이름의 축복을 받은 황제들이 어디 그 불안함을 길게 끌고 가는 족속들이던가.

차후에라도, 자신이 죽기 전에 노 씨 가문의 명예를 바닥으로 처박는 일은 없어야 했다.

"범인을 잡는 것은 마땅히 우리가 해야 할 일이라 하였으니, 그를 벌하는 건 내명부의 큰 어른께서 도와주실 걸세."

홍덕권의 입술이 비뚜름히 올라가고, 양손은 주먹을 쥔 채 달달 떨렸다. 흥분에 젖어 주체를 못 하는 모습이었다.

"거기까지 수를 써 두셨군요. 역시 대단하십니다."

"아니, 이제 슬슬 이 늙은이의 무거운 엉덩이를 움직일 셈이라네."

그리 말하곤 노 시중이 먼저 자리에서 일어났다. 다루의 주인이 일어서니 객이 계속 남아 있기는 애매한지라, 홍덕권도 웃으며 자리를 털었다.

다루 밀실의 문이 열렸다. 안의 소리가 온전히 차단되는 곳인지라 바깥에 서 있던 루주가 다소 놀란 듯 눈을 동그랗게 뜨고 홍덕권과 노 시중을 바라보았다.

이윽고 표정을 가다듬은 그녀가 노 시중을 향해 허리를 깊이 숙여 예를 표했다. 반면에 홍덕권을 향해서는 눈길 한 번을 주지 않았다.

"벌써 몇 번이나 얼굴을 보았는데도, 이곳 다루의 사람들은 저를 손님보다도 못하게 취급하는군요."

"그것이 불쾌한가?"

"아니요. 이들이 저를 그리 대하게 만든, 어르신을 향한 충정심이 대단할 뿐입니다. 이리 사람들이 따르게 만드시는 어르신께서는 더욱 대단하시고요."

다루를 나서며 연신 제게 듣기 좋은 말을 하는 홍덕권을 향해 노 시중이 피식 웃어 주었다. 곧 두 사람이 행선지가 다른 마차에 각각 올랐다.

노 시중은 홍덕권의 마차가 출발한 것을 확인하고 나서야 제 마차를 출발시켰다. 마차 안에서 혼자가 된 노 시중이 생각에 잠겼다.

혹시나 놓친 것은 없는가, 면밀히 며칠간의 행보를 짚어 보았다. 황궁에는 어느 것 하나 걸릴 것이 없었다. 유 태감이 돌아와 휘강을 대신해 채선궁을 지키기에, 오히려 휘강이 있을 때보다 조심스레 준비하고 일을 실행시키지 않았던가.

유 태감의 실력은 여전하였다. 그래서 신료들이나 환관들 쪽은 도저히 어찌 건들 수 없었다. 살면서 켕기는 일을 많이 쌓아 온 궁녀들 몇몇 또한 마찬가지였다. 그러나 유 태감이 궁에서 떠나간 사이 궁에 들어온 어린 자들은 달랐다.

그들의 흠이야 유 태감이 직접 나서 이용할 정도로 쌓이지를 않았던 데다 젊은이들은 유 태감의 전성기가 어떠했는지 모르니 말이다.

이 궁을 떠났다 돌아온 자가 무서울까, 자신은 한 번도 이 복마전을 떠나지 않고 자리를 지켜 왔는데. 노 시중의 입가에 잔잔한 미소가 걸렸다. 턱수염을 쓰다듬는 그의 손길에 여유가 가득했다.

우두머리가 되어 걸리는 것 하나 없이 자신의 마음대로 이것 저것을 휘젓는 것은 퍽 마음에 들었다. 하나 그런다 하여 자신이 황제의 핏줄로 태어나지 못함을 아쉽게 느끼지는 않았다.

이런 자리에서 안하무인으로 날뛰는 황제를. 그들을 제자리로 돌려놓아 옳은 길로 인도하는 것이 바로 자신의 업 아니겠는가.

이리 보면 도국의 주인은 황제일지나, 그 주인의 진정한 주인은 바로 자신이 아니겠는가.

노 시중은 자신의 위치에 몹시 만족했다. 지금, 황제의 대리를 하는 이 시간은 잠시간 간식을 즐기는 것에 불과했다.

"그런데 한 가지…… 걸리는 것이 있다는 말이야."

이리 자신의 지적에, 손안에 있는 황궁은 완벽하게 돌아갔지만 노 시중의 마음에 걸리는 일이 없냐면 그건 아니었다.

황궁 밖. 전쟁터로 만들어 휘강을 내몰아 둔 공진성에서 자꾸만 불길함이 느껴졌다. 매일 세 곳에서 같은 답신이 날아오는 것은, 이러한 자신의 불안을 잠재우고 완벽을 기하기 위해서였다.

한데 그는 어찌하여 불안함을 느끼는가. 그것은 닷새 전에 마갈족 쪽에서 받은 연통 때문이었다.

<우두머리가 사라졌다 하여 경거망동하지 말라.>

노 시중은 휘강이 사라졌으니 다음 행동 강령은 어찌하면 좋겠냐는 마갈족의 물음에 이리 답신을 보냈다.

그리고 마갈족에게는 이리 답이 왔다.

<여래까지와 같길 바란다면, 그렇게 하겠다.>

자신의 물음에서 충분히 나올 수 있는 답이었다. 그렇기에 그당시에 문제 삼지 않고 대수롭지 않게 넘겼다. 경거망동하지 말라는 말에, 그리하겠다고 하였으니 말이다.

"그자들은 본래 이리 말을 길게 늘이는 것을 좋아하지 않는데 말이야……."

마음에 걸리지 않았을 깔끔한 답변은, <알겠다.>쪽이었다. 그것이 이제야 떠올라 마음에 걸려 오기 시작한 것이다.

턱수염을 쓰다듬던 노 시중의 손길이 멈추었다. 그러고는 곧 마차의 창문이 올라갔다. 싸늘한 겨울바람이 밀려들거늘 다시 문이 닫히지 않는 것에, 마차의 곁을 지키던 노 시중의 호위가 마차 안을 바라보며 말을 붙였다.

"어찌 이 추운 바람을 그냥 맞으십니까? 무슨 문제라도 있으십니까?"

"아닐세. 행선지를 좀 바꿔야겠어서 말이네."

곧 호위가 자신이 탄 말을 마차 가까이에 붙이고, 노 시중의 바뀐 행선지를 전달받았다. 노 시중의 고택으로 향하던 마차가 방향을 바꾸었다.

산여가 옮겨졌다. 이제는 유 태감조차 함부로 드나들 수 없는 형부 내관 죄수들을 수감하는 옥사로 말이다. 형부 내관 옥사를 관리하는 자들은 대대로 손속이 잔인했다. 과거 려화가 갇혔을 때야 휘강이 무슨 일이 있기도 전에 찾으러 갔으니 별일은 없었다만, 산여는 경우가 달랐다.

일개 궁녀. 그것도 황실의 유일한 후사를 품고 있는 여인에게 해를 입히려 한 누명을 쓴 궁녀였다.

"폐하께서는 아직이십니까?"

"송구하게도 그렇습니다."

"태감께서 더 해 주실 일은 없겠지요?"

"그 또한 송구하게도 그렇습니다."

려화의 목소리가 딱딱하기 그지없었다. 닫힌 창문 너머로 형부를 노려보는 려화의 시선이 얼음장보다도 차가웠다. 그 뒷모습에서도 서릿발이 날리는지라, 유 태감은 차마 그녀에게 이제는 산여가 아니라 본인을 걱정하셔야 한다는 말조차 건네지 못하였다.

알고 있으리라. 산여를 옥쥔 손이 처음부터 노리는 것은 자신이었음을. 누구보다도 려화가 제일 잘 알고 있었다.

려화가 몸을 돌렸다. 담갈색의 밝고 부드러운 눈동자가 어찌저리 싸늘하게 보일까 싶었다.

"폐하께서는 불귀의 객이 되셨을까요?"

"이 늙은이는…… 아니라고 확신합니다."

"어찌 연통이 없으실까요?"

"빨리 돌아오려 그러시는 것일 수도 있습니다. 기실, 폐하께서 직접 와서 해결치 않으시면 이 사건은 누구도 풀어낼 수 없게 되지 않았습니까?"

려화가 입술을 깨물었다. 새빨갛게 피가 몰리는 입술은 곧이라도 터져 핏물을 흘려 낼 것만 같았다. 조용히 타오르는 분노는 차갑기 그지없었다.

진짜 동생을 잃고, 이번에는 친동생처럼 여기던 아이를 잃게 생겼다. 그 뒤 나락으로 떨어질 자신의 안위 따위는 려화에겐 안중에도 없었다.

하여 차가운 분노를 내보이면서도 머릿속은 냉정해지지를 못하였다. 마음이 나약해지니 자꾸만 엄한 상상이 머릿속을 파고들었다. 혹, 산여와 자신을 구해 줄 수 있는 휘강이 이미 명을 달리하였을까 하는 두려운 생각 같은 것들이 말이다.

그러나 자신을 위해서도, 도국을 위해서도 미치광이 황제는 살아 있어야 하였다. 야속한 마음이 혹여 그의 생사를 의심케 한 것은 아닌지, 려화는 잠시나마 마음으로 자신을 꾸짖었다.

그러나 그리해도, 휘강을 향한 야속함과 속 타는 심정은 달래지지 않았다. 그가 늦어지는 만큼 궁에서는 산여가, 공진성에서는 고향의 백성들이 고통받으리라.

"이미 너무 늦으셨습니다."

"아직 부인께서 살아 계시지 않습니까. 그런데 어찌 늦었다고 할 수 있겠습니까?"

과격하게 소용돌이치는 감정이 담긴 눈동자는 되레 아무것도 담지 않은 것처럼 보였다. 그러한 무감정한 눈이 자신을 향하는 것에, 유 태감은 그 시선의 주인이 저보다 한참 젊은 여인인 것도 잊고 잠시 긴장하였다.

"부인께서 지키고자 하였던 아이이지요. 제가 실언을 하였습니다."

"태감께 사과를 듣자고 그런 것은 아닙니다. 다…… 다 제가 모자란 탓이지요."

아무 죄도 짓지 않은 산여가 이리 휘말린 것은 분명 려화의 사람이기 때문이었다. 그리 따지면 려화의 말이 아예 틀린 말도 아니었으나, 그것이 어찌 정말로 려화의 탓이 된단 말인가.

하나 려화는 진심으로 그리 생각하는 모양이었다. 적어도 그렇기에 자신이 어떻게든 산여를 구해 내야만 한다는 생각이 역력해 보였다.

그러나 유 태감의 생각은 달랐다. 려화가 산여를 구하려 할수록 작금의 사태는 좋지 않은 쪽으로 흐를 것이었다.

사람들은 자신이 믿고 싶은 것만을 믿는다. 하니 려화가 산여를 그리 감싸는 것을, 정말로 산여에게 죄가 없어서라 보겠는가. 몇 없는 자신의 패를 버릴 수 없어서라고 여길 테다. 자신이 시킨 일이라는 것이 새어 나갈까 다른 궁리를 한다고 여길 테다. 반드시 그리 생각할 것이다.

인생의 전부를 황궁에 바치다시피 한 유 태감이 그들의 생리를 모르겠는가. 이들은 자신에게 유리한 것, 믿고 싶은 것만 믿는다. 또한 그것을 사실로 만들기 위해서라면 무엇이라도 해내는 작자들이었다.

자신이 그러하니, 려화 또한 그와 다르지 않을 것으로 여기리라.

당장에 휘강이 언제 돌아올지 모르는 상황이기까지 했다. 그러니 시간 끌기를 하기에도 한계가 있었다. 다만 이리 서글퍼하는 려화를 보니, 어떻게든 의미 없는 시간 끌기라도 해야만 할 것 같았다.

태황태후에게 다시금 찾아가야겠다. 이미 한 번, 자신을 내치듯 축객했던 그녀라지만 말이다.

유 태감의 입이 무겁게 열렸다.

"산여 그 아이가 당분간이라도 좀 더 안전하기를 바라십니까?"

"이를 말이겠습니까?"

"하면 이 일을 내명부의 것으로 완벽히 넘기도록 다시 궁리를 해 봅시다."

"방법이 있습니까?"

유 태감이 무겁게 고개를 끄덕였다. 그렇다면 방법은 확실하나, 그에게는 내키지 않는 일이라는 뜻이었다.

려화의 생각대로, 유 태감에겐 태황태후를 확실히 끌어들일 방법이 있었다. 하나 그 방법을 이번에 쓰기는 정말로 내키지 않았다. 그녀를 끌어들여 산여를 구한다 한들 려화를 완벽히 지킬 수 있는 상황이 아니었다. 그런데 단순히 려화에게 마음의 위안을 주기 위해 언제든 쓸 수 있는 좋은 패를 버려야 하는 것이 몹시 아깝기 그지없었다.

물론 산여를 지키면 그만큼 그 뒤에 선 려화가 죄를 뒤집어쓰고 벌을 받는 시간이 지체되기야 하겠지. 하나 완벽한 수가 아니라, 추후 필승할 수도 있는 패를 아깝게 버리는 궁여지책이 아니겠는가.

그런데 늙은 것이 주책이지, 제 손녀 같은 아이가 이리 괴로워하는 것을 보고 있는 것도 몹시 힘들었다. 다른 어떠한 도움조차 제대로 주지 못한 자신을 향한 무력감까지 들었다.

휘강을 보좌하면서는 한 번도 느껴 보지 못한 감정이었다. 만일 제게 아들과 딸이 있고, 손녀가 있었더라면 이러한 감정을 일찍 느꼈을까.

"마마께서 제가 궁을 떠날 때, 아무것도 필요 없다는 제게 해줄 것이 없어 아쉬워하셨습니다. 하여, 혹 무슨 소원이 있거든 꼭 한 번은 뒤늦게라도 들어준다고 하셨지요. 산여가 진범이 아님을 믿어 달라는 말까지는 절대 들어주지 않으시겠지만, 내명부를 위해 무거운 몸을 일으켜 달란 청 정도는 들어주시지 않겠습니까."

"그런....... 그런 귀한 기회를 절 위해 쓰셔도 되겠습니까?"

주저하는 얼굴로 묻는 려화를 보며, 유 태감이 인자한 표정으로 답했다.

"그래서, 쓰지 않으셨으면 합니까?"

려화가 혼나는 어린아이처럼 고개를 숙이고 고개를 저었다. 지푸라기라도 붙잡고 싶은 마당이었다. 염치없어도 산여를 위해서라면 유 태감의 옷자락이라도 붙잡고 먼저 청해야 했다.

유 태감이 려화의 그러한 마음을 전부 읽고는, 제가 먼저 자리를 박차고 일어났다.

"그러면, 내친김에 당장. 산여 그 아이가 더 상하기 전에 마마를 뵙고 오겠습니다."

"어르신......."

"유 태감입니다. 그리 부르셔야지요."

이런 상황에서도 잊지 않고 호칭을 정정하는 유 태감을 보고 려화가 희미하게 웃었다. 유 태감은 여전히 진지함을 거두지 않은 얼굴로 려화를 바라보았다. 그러다간, 짙은 한숨과 함께 말했다.

"부인께선 이번 저의 선택으로 원치 않게 전면으로 나서셔야 할 수도 있습니다. 그러니, 부디 긴장하세요. 그리되거든 모든 것을 경계하십시오."

채선궁에서부터 태황태후전까지는 거리가 제법 되었다. 궁 안에서는 설령 곧 죽을 노인이라 하여도 황족이 아니고서는 마차나 가마를 이용할 수 없으니, 유 태감은 이 겨울에도 등이 촉촉하게 젖을 정도로 걸음을 빨리해야 하였다.

본디의 그라면 체통을 생각해서라도 먼젓발이 땅에 닿기 전에는 다음 발을 떼지 않았을 것이다. 하나, 이 길을 가는 도중 들은 소식 때문에 지금은 체통을 차릴 겨를 따위가 없어졌다.

늙어 주름진 볼은 매서운 바람에 싸늘하게 식어 가는데, 차려입은 의관 안에서는 김이 올랐다. 유 태감은 그리 씩씩대는 꼴로 태황태후전의 목전에 도착해서야 숨을 골랐다.

급히 달려와 흐트러진 의관을 정리하고 나서야 그가 태황태후전의 큰 문을 넘었다. 처음 유 태감을 막아서려던 호위들은, 꼴이 말이 아닌 그를 보고는 고개를 두어 번 저어 내곤 그냥 들여보내 주었다.

"태황태후마마님을 뵈러 왔네. 시급한 일이네."

"송구하오나 불가합니다. 선객이 계십니다."

자신조차도 만나 주지 않으려 해, 남발해서는 안 되는 어명이라는 무기를 사용해 들어갔던 것이 얼마 전이다. 그리 단단히 닫아걸어 두었던 태황태후전의 문이 선객에게는 열리다니. 유 태감이 불길한 예감으로 얼굴을 일그러뜨렸다.

'그래서 호위들이 그냥 나를 들여보내 준 것이군.'

그러나 계속 얼굴을 구기고 기다릴 수만은 없는 일이었다. 만일 선객을 핑계로 자신을 잡아 두는 것이라면 어쩐단 말인가. 아니, 차라리 그편이 나았다. 정말로 선객이 있는데, 그가 자신이 생각하는 최악의 인물이라면 더욱 큰일이었다.

이제는 려화의 부탁 때문이 아니라, 상황이 일변하여서라도 유 태감은 어서 태황태후를 만나야만 했다.

[연기에 몰린 너구리가 무거운 엉덩이를 씰룩거릴 것이다.]

기밀대의 전음을 통해 유 태감에게 전달된 한마디였다. 과거부터 너구리를 운운하던 사람이라야 유 태감이 알기로는 휘강 혼자였다. 당시에는 예부상서였던 노 시중을 늙은 너구리 따위로 불렀던 그였다.

그렇다면 필시, 전음으로 전해진 말의 첫 발화자는 휘강이 분명했다. 대관절 황제라는 자의 성정이 고약하기 짝이 없지 않은가.

제 입으로 처음 사랑이라는 감정을 느꼈다는 연모하는 여인의 소식을 들었을 터인데, 제 할 일이 바빠서는 깜깜무소식이다가 전달하는 말이 이따위라니.

위협을 알리는 한마디를, 그것도 어차피 전음으로 전해져 누가 듣지도 못할 것을 이리 꼬아 말하다니 정말로 짓궂음이 과했다.

"선객이 계신대도 기다릴 수 없는 화급한 일을 가지고 왔네."

"그래도 불가합니다."

다른 곳이라면 몰라도 태황태후전의 궁녀들이 이리 엄하게 막아서는 것이라면, 이는 필시 태황태후의 의지가 강력히 작용한 것이리라. 대체 태황태후가 이리 잡아 두고 이야기를 나누어야 할 자가 이 도국에 황제 휘강을 제하고 누가 있단 말인가.

유 태감의 불길함은 점점 커져 갔다. 저 안을 지키고 서서 자신의 입장을 막고 있는 자가 절대로 이곳에 자신보다 먼저 도착해서는 안 될 자인 것만 같았다.

유 태감의 얼굴이 전에 없이 굳어졌다.

"당장 만나 뵈어야겠네. 마마께 말이라도 전해 주게. 태감이 이전에 주마 하고 약조하셨던 것을 받으러 왔다고 말이네."

"그럴 수는 없……."

유 태감과 궁녀의 실랑이는 몹시 나긋한 목소리로 이어졌다. 한데도 그 작은 소란이 태황태후전의 두꺼운 문을 타고 안으로 전해진 모양이었다.

단단히 닫혀 있을 것만 같았던 문이 열렸다. 그리고 그 안에서, 태황태후의 앞자리를 차지하고 앉은 대단한 선객이 입을 열었다.

"유 태감이로군."

"……시중 나리."

절대로 저 안에 있지 않기를 바랐던 자가 웃으며 유 태감을 맞이하였다. 노필상 시중. 그가 득의양양한 미소를 만면에 띠곤 몇 계단 아래의 유 태감을 내려다보았다.

뒤로는 침중한, 혹은 은은한 분노를 띤 얼굴을 한 태황태후가 보였다.

한발 늦었다.

유 태감이 입술을 지그시 깨물었다. 오랜만에 마주한 노 시중의 얼굴이 그에게 진득한 패배감을 안겨 주었다. 려화와 함께일 때, 그녀의 말을 곧장 듣지 않고 실랑이를 벌인 것을 뒤늦게 후회했다.

그러지 않았더라면 유 태감보다 앞서 태황태후를 만났지 않겠는가. 대관절 노 시중이 무슨 이야기를 어찌 전했기에 태황태후의 안색은 또 저리 어둡단 말인가.

어느 것 하나 유 태감과 려화에게 불리하지 않은 것이 없었다. 하나 그렇기에 유 태감은 더욱이 정신을 차려야 했다. 그의 노회한 머리가 맹렬하게 회전했다.

"귀한 분과 중한 일을 논하고 계셨을 터인데, 이리 소란을 떨어 송구합니다. 하나, 급히 올리고 싶은 청이 있어 이리 염치도 체면도 불고하고 떼를 쓰고야 말았습니다."

자신을 한없이 낮추며 말하는 유 태감의 처세에, 내내 그에게는 닫혀 있을 것만 같던 태황태후의 입이 열렸다.

"이 노인과 함께 늙어 가는 처지인 그대가 그리 급히 달려올 일이라면 이유가 있었겠지."

"그리 알아주시니 감읍할 따름입니다. 마마, 하면 소인 청을 올려도 좋겠습니까?"

"그러나 나는 태감의 청을 듣겠다 말한 적은 없네."

태황태후는 너무나 단호했다. 막막함과 비참함에 유 태감이 눈을 질끈 감았다. 어떤 말로 끌어들였는진 몰라도, 노 시중이 이미 태황태후를 완벽한 자신의 편으로 만든 것만 같았다.

그래도 태황태후는 제가 한 말을 지키지 않는 사람은 아니었다. 과거의 약조를 꺼내 들어 단 한마디라도 듣게 하자. 려화가 자신에게 매달려 지푸라기라도 잡는 심정으로 그러했듯, 자신 또한 그리하는 게 어려우랴.

휘강을 황위에 올리던 시절에는 이보다 더 치욕스럽고 치졸한 짓거리도 해내던 자신이었지 않은가.

"하지만 마마께선 제게 한 가지 청은 무조건 들어주마 약조하신 적이 있지 않습니까. 소인은 지금 그 기회를 이용하려 합니다. 마마, 부디……."

"내 말을 끝까지 듣게. 그대가 내게 그리 간곡히 청할 이유가 없어."

"아직 소인의 청을 듣지도 않으셨지 않습니까?"

태황태후가 피식 웃었다. 유 태감은 문득 혀끝으로 단내를 느꼈다. 이곳까지 빠르게 달려오느라 턱 끝까지 미쳤던 숨은 이미 가라앉은 지 오래건만, 태황태후의 예상치 못했던 거절에 긴장한 탓인가.

"그대의 청은……."

태황태후가 잠시 하려던 말을 그치고 머리를 붙잡았다. 어지럼증을 느낀 것인지, 그녀의 눈이 반쯤 감겼다. 태황태후의 곁에서 병풍처럼 가만히 있던 노 시중이 참으로 간살맞게도 그런 태황태후를 걱정하며 제 옷의 기다란 소매로 살랑살랑 부채질을 하였다.

이 겨울에 말이다.

조금 뒤 통증이 조금 나아진 듯 미간의 주름을 편 태황태후가 말을 이었다.

"그대의 청은 어차피, 내게 이번 도아궁 일을 황상이 자리를 비운 이때 내명부의 수장이자 황실의 큰 어른으로서 나서 판가

름해 달라 하려는 것 아닌가?"

"마마……."

태황태후의 말대로였다. 만일 노 시중의 입김이 들어가기 전이라면 확실히 그리 부탁했을 것이었다. 다만 지금은 그에 보태, 처음부터 시시비비를 직접 가려 주시라 청할 것이었다. 그리고 궁녀 산여와 그의 윗전인 려화에게 내릴 벌이 있다면 그 또한 직접 정해 달라고.

노 시중의 손에서 이대로 도아궁 일이 마무리가 된다면, 산여는 물론이고 려화까지 단번에 죽음을 맞이하리라. 그는 려화의 본 신분을 알고 있다고 하였다. 또한 휘강은 이번 공진성 침략과 과거의 일에 노 시중이 연관이 있으리라 생각한다 하였다. 만일 그가 켕기는 것이 있거든 분명히 뒤탈 없이 일을 마무리하고자 할 것이었다.

그렇다면, 죽은 자는 말이 없다 하였으니 려화의 목숨을 끊어 놓으리라. 다만 끊겼던 공진성의 소식부터 휘강의 생사까지 단번에 알게 되었다고 하였다. 그러니 더욱이 급히 움직이리라 생각했다.

그런데, 태황태후의 입을 타고 흘러나온 말이 참으로 이상하였다.

"내 그러지 않아도 그리할 셈이네. 황상의 빈자리를 채워 주고 있는 시중이 친히 내게 부탁한 일 또한 그것이었거든."

유 태감이 기함하여 숨을 들이켰다. 일이 어찌 이리 흐르는가? 절로 유 태감의 시선이 노 시중을 향했다.

득의양양한 것만 같았던 노 시중의 얼굴에서 한줄기 초조함이 읽혔다. 휘강의 소식을 들었다 하였던가. 그렇다면, 노 시중의 얼굴로 추측해 보건대 휘강은 도성으로 돌아오고 있는 것이 확실하리라.

다만 그렇다면 어찌하여 더욱 일을 급히 처리하지 않고, 둘러 태황태후를 찾아 자신이 하고자 했던 청을 올렸단 말인가.

정녕 태황태후를 자신의 사람으로 만들었단 뜻인가? 고작 십수 년간 교류가 없던 태황태후의 조카손녀를 통해 몇 번 말을 주고받은 것만으로?

아아. 그것인가.

유 태감이 노 시중을 똑바로 노려보았다. 어떤 방법을 썼는지는 알 수 없으나, 노 시중은 태황태후를 이용하여 려화를 죽음의 길로 이끌 셈이었다.

휘강이 돌아오더라도, 이번 도아궁 건으로는 자신만을 탓하지 못하도록 말이다.

"해서…… 마마께서 이번 일을 판가름하실 생각이십니까?"

"그렇다네."

"그렇다면 제가 마마께 한 가지 청을 올릴 수 있도록 해 주신다는 약조는 유효한 것입니까."

무엇을 떠올리는지, 태황태후의 눈동자가 초점을 잃고 흐려졌다. 그녀의 입이 느리게 열렸다.

"……그렇게 되겠군."

"그럼, 소인 지금 청을 사용해도 되겠습니까?"

어쩐 일인지 태황태후의 시선이 발화자인 유 태감이 아니라, 노 시중을 향했다. 마치 그를 믿듯이 말이다.

노 시중은 곧바로 고개를 젓기보다는 제 초조함을 숨기며 느긋한 태도를 고수했다. 그러곤 태황태후에게 자신이 공명정대한 인물이다, 그리 피력하기라도 하듯 말했다.

"들어라도 보시지요."

"그렇지. 그리고 선택해도 늦지 않지."

"짧은 시간이라면 할애해 주실 수 있지 않겠습니까?"

태황태후가 고개를 끄덕였다. 어찌 이리되었는가, 정말로 알 수 없으나. 유 태감의 눈에는 노 시중이 태황태후를 마치 꼭두각시 부리듯 하는 것으로 보였다.

어쨌든 어디서 나왔는지 알 수 없는 노 시중의 여유로 하여금 유 태감은 약간의 시간과 청할 수 있는 기회를 벌었다.

여기서 더 떼를 쓰듯 려화와 그의 아래 궁녀 산여는 죄인이 아니니 그를 처음부터 다시 조사해 달라든가, 하는 소리는 들어 먹히지 않을 것이 자명했다.

결국 유 태감이 할 수 있는, 시간 끌기의 최선은 이것이었다.

"이번에 도아궁에 일어난 일이 이리 크게 황궁을 뒤숭숭하게 만든 것은, 다름 아닌 황실의 유일한 후사를 수태한 숙비 마마님께 행해진 위해이기 때문입니다."

한 번에 긴말을 뱉어낸 유 태감이 혀를 내밀어 입을 축였다. 다시금 입에 마른 단내가 느껴졌다. 아직도 자신이 긴장하고 있는 것인가.

알 도리가 없었다.

"해서?"

"그렇다면 숙비 마마님의 의견 또한 반영하여 주십시오. 아이를 수태한 어미라면, 제 아이를 해하려 한 위험을 쉬이 궁에 두지 않을 터, 또한 누구보다도 공명정대한 결론을 내리는 데 도움을 주지 않겠습니까?"

유 태감이 마지막 한 수를 던졌다. 노 시중의 표정이 일순 찌푸려졌다간 곧 미소를 되찾았다. 유 태감이 긴장하여 침을 꿀꺽 삼켰다. 지금은 노 시중의 얼굴을 살피는 것보다도, 태황태후의 입이 열리고 나올 대답이 중했다.

"하나 회임 중인 숙비에게 이번 일을 제대로 알리고 신경을 쏟게 해서야······."

"아이를 저주한 위험을 제거하는 데 제 손을 보탤 수 있으니, 차라리 그편이 차후 숙비 마마의 안정을 위해 도움이 될 수 있지 않겠나이까."

골몰하던 태황태후가 느리게 고개를 끄덕였다. 노 시중이 아무렴 어떤 수를 써서 태황태후를 제 사람으로 만들었다 한들, 작금의 상황에서 사실 숙비가 려화와 한배에 탄 사이임을 밝히지는 않았을 것이었다.

하나 사실 숙비는 려화의 기지와 휘강의 큰 결심으로 저와 제 아이의 목숨을 보전받은 적이 있는바, 누가 뭐래도 려화의 편이었다. 더군다나 유 태감이 황의를 통해 캐어 본 바로는, 숙비는 지금 몹시 안정적인 상태라 하였다. 물론 이번 일을 아주 모르지도 않고 말이다.

그러나 숙비와 려화가 대면하지 못한 지가 며칠이 되었으니 위험부담이 아예 없진 않았다. 만일 지금의 숙비, 공영이 과거 려화가 제게 준 구명의 은혜를 잊었다면. 혹 이미 숙비에게도 노 시중의 손길이 닿았다면 지금 유 태감의 선택은 최악의 수가 되리라.

"내 약조한 것도 있으니, 숙비가 응하겠다면 태감의 청을 받아들이지."

태황태후가 청을 수락한다는 뜻을 밝혔다.

악수이든, 최고의 수이든.

이미 패는 던져졌다.

도아궁의 숙비 저주 사건이 터지고 엿새째 되는 날, 려화는 이제야 구금되었던 채선궁에서 발걸음을 옮길 수 있었다. 하나 이는 려화의 의지에 의한 것은 아니었다.

태황태후전에서 궁녀 하나와 환관 하나가 채선궁을 찾아왔다. 그들의 몇 마디에 황군들이 둘러싸 철통같이 막혀 있던 채선궁의 입구가 열렸다.

"어서 채비하시오. 태황태후마마께서 부르셨습니다."

이리 부름을 받았다. 유 태감이 태황태후전을 찾은 것과 필시 관련이 있을 것이었다. 그에게 각오하고 있을 것을 미리 귀띔받았으니, 려화는 다른 물음 없이 채비를 마치고 곧 궁녀의 뒤를 따랐다.

그러나 예상했던 것보다 너무 일렀다. 유 태감이 길을 나선 지 한 시진도 지나지 않아서였으니 말이다.

다행히 조속하지 않은 걸음으로 자신을 이끄는 궁녀와 환관의 뒤를 따르며, 려화는 태황태후전에서 무슨 일과 대면할지에 대해 마음의 준비를 하였다.

다만 태황태후전에서 곧바로, 금번 사건의 중심이면서도 일신의 사정으로 한발 물러나 있어야만 했던 공영을 마주할 줄은 몰랐다.

둘 모두 황실의 큰 어른인 태황태후를 황제의 여인으로서 대면하는 것은 처음인지라, 다시금 어찌 예우를 갖춰야 하는지 안내를 받았다.

지켜보는 눈이 많아 둘은 인사조차 나누지 못했다. 려화와 숙비의 사이를, 마치 철천지원수를 한 자리에 둔 것처럼 궁녀들이 가로막고 지켜보았다.

하여 려화가 공영과 인사나마 주고받을 수 있는 순간은 태황태후와 문 하나를 두고 선 지금 이 순간에야 찾아왔다.

"아이도 숙비 마마께서도 강녕하신지요."

"나는 아무 영향도 받지 않았어."

"그저 송구합니다."

"네가 송구할 일이 아님을 누구보다 내가 가장 잘 알아."

뒤늦게야 전하는 려화의 사과에, 공영은 개의치 않는다는 듯 먼저 손을 내밀어 려화의 떨리는 손을 붙잡아 주었다. 배 속의 아이가 커 가면 어미의 몸은 아이를 보하기 위해 더욱 따뜻해졌다. 그 안온한 온기가 려화를 감싼 것이었다.

부러움과 커져 가는 미안함, 또한 표현키 어려운 복잡 미묘한 감각들이 려화의 가슴을 채웠다. 공영이 려화를 마주 보며 흐릿하지만 단호한 미소를 지었다.

"또한 누구보다도, 이 일을 벌인 진짜 범인이 누구인지 아주 잘 알기도 해."

"숙비, 마마……."

"나를 지켜 주고 살려 주고, 고작 이 정도의 위험만을 겪게 한 게 누구의 덕인지 잊을 정도로 내가 철면피는 아니야. 그러니까……."

문 안쪽에서 가까워지는 걸음 소리가 들렸다. 태황태후에게 두 사람의 준비가 끝났음을 알리고 돌아와 문을 열기 위한 걸음일 테였다. 공영의 목소리가 잦아들었다.

그러나 려화의 귀에는 아주 선명하게 꽂혔다.

"난 죽기 전까지는 널 배신치 않아."

마치 짜 맞춘 것처럼, 공영의 말이 끝나기가 무섭게 문이 열렸다.

문 안쪽의 정면으로 사람의 혼을 빼놓도록 영롱한 구슬을 꿰어 만든 발이 보였다. 그 너머로 태황태후의 그림자가 보였다. 세월을 이기지 못한 어깨는 내려앉았으나, 그 위를 겹겹이 덮은 의관이 또 한 번 위엄을 살렸다. 하나 옷만으로는 절대로 흉내 낼 수 없는 진짜 어른의 기운 또한 마치 눈에 그려지듯 넘실거렸다.

조심스레 풀리는 공영의 손끝 또한 이때부터는 떨리고 있었다. 어쩌면 질겁한 얼굴을 하고 있었으려나. 려화가 흘긋 공영을 보고는 의지를 다잡았다.

"태황태후마마께 예를 취하시고, 준비된 자리에 앉으십시오."

연유가 좋지는 못하나 황실 큰 어른을 처음 뵙는 자리였다. 공영과 려화가 미리 가르침 받은 대로 태황태후에게 예를 갖추었다.

357

황제와 태황태후, 이 둘의 앞에서는 다른 높은 윗전이 있어도 인사를 하지 아니하여야 함에 둘이 예를 취하고 자리를 찾아 앉는 데는 긴 시간이 걸리지 않았다.

자리에 앉고 나서, 발 너머의 태황태후를 한 번 곁눈질한 다음에야 려화는 주변을 살폈다. 태황태후와 그의 궁녀, 환관, 호위 말고도 사람이 둘 더 있었다.

공영의 편에는 찢어 죽여도 시원치 않을 노 시중이, 그리고 자신과 같은 왼편에는 유 태감이 서 있었다.

유 태감이 려화를 보며 속을 읽기 힘든 복잡한 얼굴을 하였다. 려화가 그를 보고 가벼이 고개를 끄덕였다. 괜찮다는 표시였으나, 그것만으로 유 태감의 고민을 몰아내지는 못한 것 같았다.

"내 이런 일로 귀한 씨를 품은 숙비를 처음 마주하다니, 몹시 안타깝고 민망하기 짝이 없구나."

"신 숙비 제미공영 말씀 올립니다. 괘념치 마시옵소서. 소첩이야말로 이리 늦게야 마마를 찾아 뵈옵게 된 불민함에 몸 둘 바를 모르겠습니다."

태황태후는 이 자리에 려화는 없다는 듯이 공영의 인사만을 받았다. 공영은 내심 초라해진 려화의 꼴이 미안하기 짝이 없으나, 앞으로의 일을 생각하면 태황태후에게 그를 지적할 수는 없는 노릇이었다.

공영에게도 궁녀로서 이 험한 황궁 생활을 버텨 낸 깜냥이 있었다. 지금 상황은 려화와 자신까지 모두 불러 놓고 자신에게 결정권을 쥐여 주기 위한 자리일 터였다. 그러나 진정 권한을 가진 자를 찾자면 바로 발 너머의 태황태후일 것이다. 그녀의 심기를 거슬러 좋을 것이 없었다.

태황태후는 공영의 말이 마음에 드는 듯 입가에 미소를 머금었다. 가장 마음에 드는 것은 알려진 달보다 이르게 부르기 시작했다는 공영의 둥근 배인 듯, 태황태후의 시선은 연신 그녀의 배를 향했다.

"그리 말해 주니 이 늙은이가 더욱 미안해지는구나. 숙비의 몸이 귀한 씨를 품고 있어 몹시 힘에 부칠 터, 더는 지체하지 않는 게 좋겠어."

"응당 그렇습니다. 더해, 이러한 일을 겪은 숙비 마마께 마땅한 보상도 따르면 좋지 않겠습니까?"

"내 노환으로 눈과 귀가 어두워졌어도, 그것을 놓칠 정도는 아니지."

틈을 놓치지 않고 노 시중은 자신이 공영의 대변자인 것처럼 굴었다. 유 태감의 시선이 날카롭게 변하였다. 하나 유 태감도 노 시중도 화려하게 빛나는 발 안쪽에서 태황태후와 함께 있었다. 지금 려화만큼이나 처세를 조심해야 할 유 태감은 함부로 노 시중을 노려보지조차 못하였다.

"그러나 이 자리는 우선, 이리 중한 일을 해낸 숙비에게 해를 가하려 한 간악한 이의 벌을 가려내는 자리이니 우선 그부터 해결하지."

"옳으신 말씀입니다."

유 태감은 태황태후가 아직은 죄인을 확정 짓지 않고 말하는 듯한 태도에 곧바로 호응하듯 말을 붙였다. 노 시중이 그런 유 태감을 가소롭다는 듯 바라보았다.

"이 자리가 어떠한 자리인 줄은 둘 다 알겠지?"

"예."

"능히 짐작됩니다."

"그렇다면 내가 너흴 왜 불렀는지도 알 터."

"그렇습니다."

각자의 처지대로 다소곳하게 대답하는 려화와 공영을, 태황태후가 발 너머로 지켜보았다. 그녀는 누구에게 무엇을 먼저 물을까 고민하였다.

고민은 길지 않았다. 태황태후는 심정적으로 기껍고 가까운 공영에게로 고개를 돌렸다. 재빨리 공영의 속을 듣고, 일을 빨리 마무리하고자 하는 마음도 크게 작용했다.

"숙비. 이번 일로 숙비가 큰일을 겪었어. 아이를 해하기 위한 뜻이 담겨 있었으니, 어미 된 도리로 충격이 더욱 컸을 게지. 해서 그대를 이 자리에 불렀어."

"부족하고 부족한 신첩을 이리도 생각해 주시는 하해와 같은 은혜에 감읍할 따름입니다."

"은혜는 무슨. 이 늙은이가 주책으로 몸도 무거운 숙비를 오라 가라 했으니 미안할 따름이지. 그래도 마음을 먹었으면 일의 마무리는 단단히 해야 할 터, 내 불렀으니 묻겠네. 죄인을 어찌 처리하면 좋겠는가?"

나긋한 태황태후의 물음에, 공영이 거칠 것 없이 곧바로 답했다. 지금의 날씨와도 같이 싸늘하게 서릿발이 내린 목소리였다.

"귀한 씨를 품은 몸으로 감히 이러한 말을 해도 옳은가 하지만, 응당 죽음으로 죄를 갚게 하여 차후 이런 일이 더는 없기를

바라옵니다. 아이의 명줄도, 저의 하찮은 목숨도 더는 위협받을
일 없게 말이지요."

"능히 그리 생각할 수 있네. 아이를 지키려는 어미의 마음에
어찌 감히라는 표현을 하겠는가?"

태황태후가 공영의 답이 기꺼운 듯 만족스러운 목소리로 답하
였다. 흐름은 노 시중이 원하는 쪽으로 흐르는 듯하였다. 더해
태황태후도 뒤탈이 없도록 냉정하게 죄인의 죽음을 청하는 공영
의 태도에 흡족해졌다.

이러한 분위기가 일변한 것은 공영의 한마디에서부터였다.

"하온데 마마. 그 죄인이 누구입니까?"

분위기가 얼어붙었다. 유 태감조차도 놀란 눈으로 공영과 려
화를 번갈아 보았다. 아무럼 공영이 려화의 은혜를 기억하고 있
더라도, 고작해야 죄를 덜어 주는 선에서 그칠 것이라 여겼던 탓
이다.

내심 마음 한구석에서는 다행이라 여기기는 하였으나, 저리
대놓고 려화를 죄인으로 인정치 아니하는 말을 뱉을 줄은 몰랐
다.

"그게…… 무슨, 말이지? 숙비는 분명 내 이 자리가 어떤 자리
라서 둘을 불렀는지 알고 있다 답하지 않았는가?"

태황태후조차도 황망하다는 듯 공영에게 되묻게 되고야 말았
다. 공영은 난처한 듯, 발 너머를 직시하면서 답했다.

"마마께옵서 채선궁의 여인을 어찌 불렀는지는 알고 있기에
올린 답이었습니다."

"그럼 숙비는 내가 저 계집을 범인이라 생각하는 것이 옳지 않

다 여긴단 말인가?"

"어찌 소첩 따위가 태황태후마마의 뜻을 곡해하였겠습니까? 그저, 채선궁의 여인은 제게 그러할 이유가 없음에도 이 자리에 있기에 올린 말씀일 따름입니다."

"저 계집이 숙비를 해할 이유가 없다?"

공영이 발 너머를 향해 깊이 고개를 숙였다. 홑몸이 아니라 배가 무거울 것임에도 거침이 없는 태도였다.

"그러합니다."

누구보다도 먼저 노 시중의 얼굴이 일그러졌다. 태황태후 또한 묘하게 흐르는 상황에 골치가 아파 오는 듯, 지끈거리는 머리를 손으로 짚었다.

궁에서 오랜 세월을 버틴 자신이 보기에도, 아이를 수태한 숙비를 시기하고 질시하여 일을 벌일 이라면 응당 려화뿐이었다. 한데 그 일을 겪은 당사자는 절대로 려화가 자신에게 위해를 가할 리가 없다고 말한다.

노 시중은 자신에게 내명부의 수장으로서 직접 엄벌을 내려 달라 청하며, 진범은 려화일 수밖에 없다고 하였다. 지금 형부에 갇혀 있는 산여가 려화의 수족이고, 정황이 그러하며, 산여가 일을 벌인 증거조차도 명확하다고 하였단 말이다.

그런데 정작 노 시중이 자신의 편처럼 둘러 감싼 숙비는 전혀 다른 말을 하고 있었다. 생각 같아서는 아둔하기 짝이 없는 아이라 저를 향한 살기조차 모르느냐고 왈칵 화를 내지르고 싶었다.

태중에 휘강의 유일한 아이를 품고 있지만 않았어도, 태황태후는 분명 그리했을 것이다. 그녀가 화기를 가까스로 누그러뜨리고 엄한 목소리로 물었다.

"어찌 그리 생각하지?"

"소첩이 지금 태중의 아이를 수태하고 나서도, 폐하께서는 소첩에게 직첩을 내릴 마음이 없으셨습니다. 그를 설득하여 저를 이 자리에 올린 것이 바로 채선궁의 여인입니다. 저와는 궁녀 시절 동기간으로 친분이 깊기도 합니다."

"황상이 내게 그대에게 직첩을 하사하라 청한 것이, 사실은 저 계집의 뜻이었다?"

"바로 그러하옵니다. 그러니 비약하자면 채선궁의 여인은 자신의 손으로 저를 이 자리에 올린 것과 다름없지 않겠습니까? 그래 놓고 이제 와서 저와 아이를 해할 이유가 무에 있겠습니까?"

태황태후가 공영의 말에 쉬이 답하지 못하고 입술을 깨물었다. 그제야 처음으로 려화를 바라보았다. 처음 자신의 앞에 설 때부터 지금까지 한 치의 흐트러짐도 없이 같은 자세로 서 있던 려화를 말이다.

여인을 안은 적은 있어도, 그 여인의 품이 따스하고 안온하다 여긴 적은 단 한 번도 없었던 휘강이었다. 그런 휘강의 곁에 여인의 흔적이 생긴 것 같아 잠시 기뻤다. 그 기쁨도 잠깐뿐, 그 여인이 황실을 능멸하고 황제를 모욕한 죄인이란 것을 알고 얼마나 분노하고 통탄했던가.

그래서 곽인령을 통해 신료들의 의지를 알게 되었을 때, 자신의 의지 또한 실어서 후궁 후보를 입궐시켰다. 휘강이 그것으로 진노할 것을 알아서 말이다.

그랬는데, 자신이 뽑아 올린 후궁 후보가 죽었다. 하여 또 저 계집이 미워졌다. 휘강의 곁을 차지하고 앉아서, 진작 일가를 이루었어야 할 황제를 묶어 두는 것만으로도 마뜩잖았는데 조용한 황실에 일을 몰고 다니니 말이다.

황실로 들어와 무던한 수난과 풍파를 겪으며 미움도 원망도 사라졌거늘, 제가 지켜 낸 황실 핏줄을 끊어 내려는 듯 구는 저 계집에게만큼은 치기 어린 미움과 분노가 살아났다.

그런데 공영은 자신이 알던 저 계집과는 다른 여인을 말한다. 황제의 후사를 잇기 위해서, 태중의 아이를 황실 일가로 세우기 위해선 아이를 수태한 여인에게 직첩이 필요했다. 그 직첩을, 휘강은 내릴 생각이 없었으나 그를 설득한 것이 저 밉고 또 미운 계집이라 말한다.

저 계집은 황실의 손을 끊어 놓고 황제가 안아선 안 될 여인에게 미치게 만든 간악한 여인이 아니란 말인가?

그리 믿고 싶지 않았다. 그러나, 듣기에 숙비의 말은 한 치의 빈틈도 없어 보였다. 갑작스레 회임한 궁녀에게 직첩을 내려야겠다며, 이제 자신도 잊고 있던 본분을 다하겠다고 말하던 휘강의 돌연했던 모습이 설명되었다.

황제의 총애를 차지한 여인이, 자신의 힘을 키우기 위해 제가 신임하는 다른 이를 황제의 비로 만드는 일이 역사에 없지도 않았다.

정말로 빈틈이 없었다. 믿지 않을 이유가 없는 말이었다. 다만 왜.

왜 하필 이때에.

그래도 꼴 보기 싫은, 제가 귀히 지켜 황제로 세운 휘강의 곁에 붙여 놓기는 싫은 계집이었다. 이제야 떨쳐 낼 수 있겠다 생각한 지금 이 시점에 와서 저 계집이 사실은 그러한 악녀가 아님을 알게 될 이유는 무어란 말인가.

태황태후의 내면에서 명정한 이성과 불벼락처럼 휘몰아치는 감성이 대치했다. 뒤엉키고 뒤엉켜도, 팽배한 대립은 끝날 줄을 몰랐다.

"……숙비의 뜻은 그렇다는 말이지."

단숨에 족히 오 년은 더 늙어진 목소리로 태황태후가 읊조렸다. 유 태감이 기쁨을 감추지 못하는 얼굴로 려화를 바라보았다. 려화가 그런 유 태감을 마주하고는 쓰게 웃었다. 아직은, 산여가 온전한가 아닌가를 알 수 없기에 내놓고 기뻐할 수가 없는 탓이었다.

노 시중은 가까스로 분노해 날뛰려는 표정을 진정시켰다. 하나 굳어진 얼굴은 아까의 여유라고는 찾아볼 수가 없었다. 그의 눈이 공영을 노려보았다. 그래도 한때는 제가 부리던 사람이었건만. 황제의 비가 되었다고는 하나 여전히 자신의 쓰임을 받아야 하는 처지를 모르고 날뛰는 공영에게 울화통이 치밀었다.

하나 지금은 단순히 분노할 때가 아니었다. 태황태후의 기미가 심상치 않았다. 바깥의 싸늘한 바람이 한 점 치미지 못하는 실내는 아늑하기 그지없었다. 그러나 더울 정도는 아니었다.

그럼에도 노 시중은 부득불 태황태후의 곁에서 손부채를 부쳤다. 식은땀이 흥건한 태황태후의 모습을 보았을 때 그리 이상한 광경은 아니긴 하였다.

"마마, 안색이 좋지 않으십니다. 잠시 고정하시옵소서."

"나는…… 나는 괜찮네."

태황태후가 상황을 피해 도망가려던 정신을 바싹 붙잡았다. 잔뜩 뒤엉켜 있던 머릿속이 신기하리만치 갑작스레 평온히 정리되었다.

노 시중이라면 휘강을 황위에 올리던 때, 분명 자신과는 대척점에 서 있던 인물이다. 신료들을 이끌어 선황의 의지와는 다른 길을 가고 있다며 자신을 압박하던 자였다. 한데 지금은 이상하게도 그의 목소리가 몹시 달콤하고 반가웠다.

처음부터 그러했다. 어쩌면 자신은 노 시중의 깊은 뜻을 모르고 있었는지도 모르겠다. 그는 휘강을 잠시 선황의 분노 앞에서 도망치게 물리고, 선황의 기력이 쇠한 다음에는 다시 휘강을 불러올 생각이었을지도 모르겠다.

갑자기 왜 이런 생각까지 드는가. 태황태후는 자신이 노망을 피하지 못한 것인가 하여 실소했다.

"숙비 마마의 뜻이 어떠하다, 저희는 이제 충분히 들은 듯합니다. 그렇지요?"

노 시중은 마치 아이를 어르듯 부드러운 목소리로 말했다. 태황태후가 홀린 듯이 고개를 끄덕였다.

"그래, 그렇지……."

"숙비 마마는 지금, 죄인의 처벌은 죽음으로 해 달라 분명히 자신의 뜻을 밝히셨습니다."

"오, 확실히 그러했지. 내 단단히 들어 기억하네."

듣기에 달콤한 말이었다. 숙비의 말 중에 들어 괴로운 것은 쏙 빼고, 태황태후의 마음에 드는 말만 콕 짚어 올려 주니 말이다.

잠시 려화에게 유리하게 흐르나 싶었던 기류가 일변하였다. 노 시중의 몇 마디 말에 말이다. 이를 느낀 유 태감이 급히 끼어들었다.

"마마. 시중 어르신의 말대로 안색이 좋으십니다. 하니 오늘은 이쯤 하고 다음 기일을 잡아……."

"어허, 유 태감 자네는 하나만 알고 둘은 모르는군. 건강이 좋지 않으신 마마님도 그러하고, 숙비 마마 또한 회임 중이라 이리 다시 자리를 만드는 것부터가 더욱 큰 무리를 부르는 일이야."

노 시중이 과하게 준엄한 목소리를 만들어 유 태감을 꾸짖었다. 이상할 정도로 극적이었다. 하나 그를 짚어 무어라 언급할 수 있는 신분의 사람이라곤 이곳에 태황태후뿐이었다. 그리고 태황태후는, 그럴 마음이 한 톨도 없어 보였다.

"그렇지, 나는 그렇다 하고 회임 중인 숙비를 다시 불러서야 되겠는가?"

"아닙니다, 마마. 소첩은 날을 다시 잡아도 괜찮습니다."

공영이 난처한 얼굴로 발 너머를 바라보며 다급히 말했다. 하나 노 시중과 의견을 같이한 태황태후는 마음을 돌릴 생각이 없어 보였다.

"숙비. 그대의 태중에 있는 황상의 씨 또한 몇 번이고 불려 나와도 괜찮으리라 확신하는가?"

"그건……."

아이를 수태한 여인의 마음이란 다 그렇다. 주변 모두가 건강한 아이를 출산하여 다복히 지내게 될 것이라 말하여도 불안하게 마련이었다. 회임한 아이를 세상에 내놓기 전까지는 어느 것 하나 불안하지 않은 것이 없었다.

한데, 겉으로나마 그 아이의 증조모가 되는 태황태후가 태중의 아이에게 무리가 없겠느냐고 묻는다. 아무렴 려화를 돕기 위해 죽음을 불사할 공영이라 해도 저 질문의 무거움만큼은 어찌하질 못했다.

저도 모르는 사이 공영의 손이 배를 덮었다. 배 속의 아이는 어미의 속도 모르고, 평소엔 과하다 싶을 정도였던 발길질 한 번을 하지 않았다.

"내 숙비의 답은 들을 만큼 들은 것 같네. 시중, 이제 어찌하면 좋겠는가?"

이제 숫제 태황태후는 노 시중이 자신의 정신적 지주라도 되는 양 의지하는 것을 숨기지 않고 드러냈다. 통탄할 일이었다. 유 태감은 여기에 분명 어떠한 이유가 있으리라는 것은 확신했으나, 정작 그 이유가 무엇인지를 몰랐다.

알면 어쩌겠는가. 작금 이 자리에서 결판을 내려는 노 시중의 손아귀에 태황태후가 떨어진 이상, 알더라도 막지 못할 것을.

"정에 약하고 유순하시어 사람의 어두움을 모르는 숙비 마마께 진실을 알려 줄 이들을 불러들여야지요."

공영이 정말로 유순하고 사람의 어두운 면을 모르겠는가. 사람의 어두운 일면이라면 노 시중을 통해 지긋지긋하게 본 것이 바로 공영이었다. 그러니 노 시중에게 반박하고 싶었으나, 이미 그녀의 발언은 힘을 잃었다.

태중 아이를 빌미로 한 태황태후의 공격에 제대로 답하지 못하였으니 말이다. 기운이 쑥 빠진 공영이 려화를 미안해 어쩔 줄 모르는 눈으로 바라보았다.

상황이 이리 흐른 것이 공영의 탓은 아닐 것이다. 려화는 공영을 보며 고개를 가로저어 그 뜻을 전했다.

"진실을 알려 줄 이들이라면?"

"형부 옥사의 죄인과 함께 준비해 두었습니다. 감히 마마님의 앞에 불러들여도 될는지요?"

"여부가 있겠는가. 가여운 숙비가 맘 편히 아이를 지킬 수 있도록 하기 위해서인데, 내 그 정도는 감수할 수 있다네."

마치 태어나서부터 지금까지 한 편이었던 것처럼 태황태후와 노 시중의 죽이 맞아떨어졌다. 유 태감이 허탈한 얼굴로, 등 뒤의 벽에 몸을 기대었다.

이윽고 노 시중의 명으로 그가 준비한 자들이 태황태후전으로 들었다. 그들의 얼굴을 살피던 려화의 눈이 놀라서 커지고야 말았다.

채선궁의 궁녀가 거기에 있었다. 아니, 채선궁의 궁녀 중 노 시중의 편이 있음은 려화도 유 태감을 통해 전해 들어 이미 알고 있었다.

한데 얼굴을 선명히 기억하고 있는 궁녀였다.

'사람의 감정만큼 덧없는 것이 없다. 증좌로 남는 것 하나 없는 것에 네 안위를 맡겨서는 안 된다.'

'그래도…… 연 해 마마께서도 부인을 지키기 위해 목숨까지 내놓을 마음을 먹으면, 필히 부인께서 지켜 주실 거라고…….'

향설의 유품을 전하러 온 황제궁의 궁녀와 대거리를 했던 아이였다. 황제의 총애를 받는 자신이 무슨 짓을 해도 지켜 주리라 믿었던, 바로 그 아이.

저 아이의 이름이 송필이었던가. 려화의 입에서 실소가 흘렀다. 당시에는 세야를 향한 의심을 키울 법한 답을 흘려 놓기에 세야에게만 집중했거늘.

저 아이 자신도 이미 노 시중의 아래에 들어가 있을 줄은 꿈에도 상상치 못했다. 달리 얼굴과 이름을 일부러 기억할 정도로 신임하거나 가까이 두었던 아이는 아니었다. 그래도 채선궁의 궁녀고, 딴에는 다른 이유가 있었어도 황제궁의 궁녀로부터 저를 지켜 주려 행동했던 아이였기에 나름대로 마음에 부채감을 갖고 있긴 했다.

그 부채감은 금시에 실망이 되었다. 정말로 황궁은 복마전이었다. 그 누구에게도 긴장을 내려놓을 수 없는 곳이었다.

"이번 일의 범인을 잡는 데 큰 공을 세운 증인들입니다. 달리 더 할 말이 있을 것이라 여겨 이리 불렀습니다."

"노 시중의 일 처리는, 과거 나와 그대가 반목할 때에도 감탄이 나올 정도로 꼼꼼했지. 나이를 먹어도 변하지 않았구나."

"허허허, 이리 칭찬해 주시니 몸 둘 바를 모르겠습니다."

자리가 어떤 자리인지도 잊은 것처럼 태황태후와 노 시중이 주거니 받거니 저들끼리 화기애애한 분위기를 만들었다. 그러니 자연스레 노 시중이 불러들인 증인이란 자들의 목에도 뻣뻣하게 힘이 들어갔다.

제 입에서 나올 말이 무엇이든 무섭지가 않을 것이다. 이곳에서 가장 영향력이 큰 태황태후가 자신들의 편이나 다름없으니 말이다.

"할 말이 많을 게다. 이 중에 먼저 나서 죄인과 죄인을 부리는 채선궁 계집에 대해 증언할 말이 있는 자는 누구인가?"

노 시중이 다시 분위기를 바꾸었다. 화제는 금세 넘어와 려화를 고발하는 자리나 다름없게 되었다. 려화가 떨리는 손을 진정시키기 위해 치맛자락을 꼭 붙잡았다.

가장 먼저 손을 들고 나선 이는 다름 아닌 채선궁 궁녀 채송필이었다.

"할 말이 있다면 지체 없이, 누구의 눈치도 보지 말고 해 보거라."

노 시중이 려화를 흘긋 보며 말했다. 그의 입가에는 비릿함을 감출 수 없는 웃음이 고여 있었다.

"채선궁 궁녀 채송필이라 합니다. 죄인 소산여가 채선궁을 나서는 것을 보아 증언한 바가 있지요. 오늘은, 이 자리에 모인 귀한 분들께 채선궁 부인에 대하여 반드시 알려야 할 것이 있어, ……이리 용기를 내었습니다."

미사여구가 길었다. 분위기를 잡는 것이 아주 수준급이었다. 태황태후와 도국의 재상인 시중이 있는 자리였다. 그런 곳에서 일개 궁녀가 입을 놀리는 것이라고는 믿기 어려울 정도였다.

이어 흘러나온 송필의 말에, 려화는 도국의 황제인 휘강을 오로지 자신의 사내로 여기는 악녀가 되어 있었다.

그녀가 황제궁의 궁녀와 반목하였던 날, 려화가 송필의 안위를 걱정하여 해 주었던 말은 감히 내 사내의 아랫사람에게 함부로 대하지 말라는 뜻으로 변해 있었다. 그것으로도 모자라 려화가 채선궁을 찾은 휘강을 대하는 태도가 건방지기 짝이 없었다는 말까지 덧붙였다.

죄인의 신분을 입고, 다시 벗어나기까지 하면서도 정신을 차리지 못한 여인이 되었다. 공려화가 말이다. 그래서 여전히 황제를 업신여기고, 그래도 자신의 치마폭에서 벗어나지 못할 사내를 주무르는 여인이 되었다.

대관절 송필이라는 저 궁녀는, 제가 뱉는 말이 도를 넘어 황제를 능멸하는 말이라는 것을 알고도 저리 방자하게 구는 것일까.

려화는 자신에게 원수와도 같은 휘강에게 제가 미안함을 느껴 낯이 뜨거워질 정도였다. 송필이 이 자리에 나온 이상, 어차피 자신이 몹쓸 여인의 껍데기를 뒤집어쓰는 건 예상한 바였기에 충격조차 받지 않았다.

"……하여, 폐하를 모시는 궁녀로서 더는 참지 못하고 이리 입을 열러 나왔습니다. 그리 폐하를 자신의 치마폭에 가두었다 생각하시는 분이시니 응당 제 총애를 빼앗은 숙비 마마께 해를 끼치고도 남을 것입니다. 제가 괜히 산여를 주시한 것이 아닙니다."

"허어……! 이런 몹쓸!"

송필의 이야기를 홀린 듯이 듣고 고개를 끄덕이거나, 혹은 얼굴을 붉히면서까지 흥분하던 태황태후가 려화가 있는 쪽을 노려보며 탄식했다.

려화는 그 어떠한 변명도 하지 않은 채, 처음의 자세를 고수하고 있었다. 당당하기 때문이었다. 자신은 그러한 마음으로 휘강을 대한 적이 없었고, 송필의 말은 진실을 비틀어 꾸며 낸 허구

이기 때문이었다. 그러나 태황태후의 눈에는 그리 보이지 않은 모양이었다.

"제 죄가 밝혀지고 있는데도, 눈 하나 깜짝을 안 하는구나."

"그러니 폐하를 주무를 수 있다 그리 나댈 수 있었던 것 아니겠습니까. 간악한 계집입니다. 괜히 마마께서 거슬리게 느껴 소신의 도움까지 받은 것이겠습니까?"

"그렇지, 그렇지. 그대의 말이 옳다."

태황태후가 또 노 시중의 말에 고개를 끄덕였다. 이제는 숫제 누구의 눈에도 의아할 정도로 과하게 보였다. 유 태감뿐만 아니라 그녀를 오래 모셔 온 궁녀들조차 우려하는 기색을 감추지 못할 정도로 말이다.

궁녀들의 분위기가 수상한 것을 느끼곤 노 시중은 재빨리 다음 증인을 불러 세웠다. 태황태후가 자신의 말에 모두 수긍하면서도 려화를 바로 내치지 않는 이유도 있었다.

"다음으로 죄인의 죄를 증언할 자는 누구인가?"

"여기 있습니다. 도아궁의 궁녀 백가렴입니다."

"너 또한 지체 없이 말하라."

송필이 물러나고 그 자리로 도아궁의 궁녀가 나왔다. 그녀가 목을 가다듬었다. 표독스러운 눈으로 려화를 찢어 죽일 듯 바라보면서, 그녀가 입을 열었다.

"숙비 마마께옵서는, 채선궁 여인의 간악한 수에 말려들어 불가피하게 위증을 하셨습니다. 하여 그것을 제가 바로잡고자 이 자리에 섰습니다."

궁녀의 말이 끝나기 무섭게, 태황태후가 대로하며 자리에서 벌떡 일어섰다.

"뭐라?"

"숙비 마마께서 직첩을 받으시고 도아궁에 자리를 트신 지 얼마 되지 않았을 때, 저 여인이 도아궁을 찾은 적이 있습니다. 이는 궁에 증언할 자가 여럿이니, 절대로 거짓이 아닙니다."

"그래서!"

"모두가 알듯이 지금 이 궁에 폐하께서 취하신 여인이라곤 숙비 마마와 저 여인뿐입니다. 그중에서도 먼저 폐하의 총애를 차지한 것은 저 여인이니, 마마께서는 처음에 저자의 방문에 몹시 긴장한 기색이 완연하셨습니다."

노 시중이 눈짓으로 태황태후의 궁녀들을 불렀다. 궁녀들이 떫은 감을 씹은 얼굴로 태황태후를 부축해 다시 자리에 앉는 것을 도왔다. 태황태후는 도움을 받아 자리에 앉으면서도 분이 식지 않았는지 연신 가슴을 씨근거렸다. 아직 도아궁 궁녀의 증언이 채 끝나지도 않았는데 말이다.

"그런데 이상하게도, 저자가 도아궁을 나설 때는 저희 숙비 마마께옵서 친히 배웅까지 하시는 겁니다. 당시 마마께선 회임 초기라 몸을 조심하셔야 하는 때였는데도 불구하고 말입니다."

"저 간악한 년이 회임한 숙비에게, 자신의 안위를 위해 그따위 연기를 시켰단 뜻이로고!"

"그러하옵니다. 그러고는 숙비 마마께옵서는……."

표독스레 려화를 바라보던 도아궁 궁녀의 눈에서 별안간 눈물이 주르륵 흘러내렸다. 계속 같은 자세와 표정을 고수하던 려화조차도 지금의 상황에서는 실소를 금치 못했다.

허, 하고 터지는 웃음과 함께 려화 또한 눈물짓는 도아궁 궁녀를 노려보았다.

"마마께옵서는 대체 무슨 겁박을 당하신 것인지 충격을 이기지 못하시고는 수태한 배가 단단히 굳은 채로 몸져누우셨습니다! 흐흐흑!"

말을 마치기 무섭게 도아궁 궁녀가 자리에 주저앉았다. 사위가 싸늘하게 얼어붙고, 숨소리조차 쉬이 낼 수 없는 분위기가 되었다. 넓은 태황태후전에 오로지 도아궁 궁녀의 비통한 울음소리만이 울렸다.

판을 이리 짜다니, 노 시중도 참으로 대단한 자였다. 이들 모두에게 대체 얼마나 밝은 미래를 약조했기에 이리 우습지도 않은 극을 꾸며 내는 것이란 말인가.

려화 못지않게 제 아래 궁녀의 발언에 충격을 입은 공영이 얼굴을 딱딱하게 굳혔다.

"아닙니다! 그날 저의 배가 굳었던 것은 려화의 탓이 아닙니다, 마마! 그는 단지 제가 배 속 아이의 첫 태동에 놀라서……!"

뒤늦게 공영이 그날의 진실을 밝혀 외쳤다. 그러나 채 말을 다 잇기도 전에 태황태후의 노성이 터졌다.

"그만! 숙비는 그만 입을 다무는 게 좋겠다! 대체 무슨 흠을 잡혀 그리 저 사지를 분리해도 좋을 계집의 편을 드는 것인가!"

"마마, 정말로 그것이 아니옵니다!"

"그렇지 않습니다! 흑, 흐윽, 숙비 마마! 이제 그만하셔도 됩니다! 그날 마마께서 도아궁의 것이 아닌 피 묻은 손수건을 손에 쥐고 있던 것을 제가 보았습니다! 대체 그것으로 무슨 겁박을 당

375

하셨기에 믿고 써야 할 저희에게까지 한마디 말씀이 없으셨던 것입니까?"

조용했던 태황태후전이 이제는 난장판이 되었다. 울고불고 고성이 오갔다. 태황태후가 기어이 다시 자리에서 일어났다. 그러고는 거친 걸음으로 발을 걷고 나서, 려화의 앞에 섰다.

"황실 핏줄을 끊어 놓을 작정으로 궁을 휘젓고 다닌 너를, 내 더는 참아 줄 수 없다!"

하늘 높이 들린 태황태후의 손이 거칠게 려화의 뺨을 내리쳤다. 살과 살이 맞닿아 터지는 소리가 들렸다.

그 둔탁한 파열음과 함께 다시금 태황태후전이 조용히 가라앉았다.

려화가 고개를 숙이고 터진 입술에서 흐른 피를 닦았다. 이 자리에서, 피조차 새카말 듯한 악녀가 되었건만 저의 핏물은 예전이나 지금이나 똑같이 새빨간 빛이었다.

무슨 말을 하랴. 무슨 변명을 하랴. 제가 하지 않은 일들이 모두 자신의 죄가 되었으니.

"저는……."

려화의 유일한 단벌 겨울옷, 그 붉은 치마에 려화의 손에 묻은 피가 스몄다. 이리될 것을 알고 폐하께서는 붉은 치마를 지으셨는가. 피가 터져도 당당히 내게는 죄가 없음을 고하라고.

"저는 아무것도 하지 않았습니다. 마마."

"같잖은 소릴!"

"아무것도 하지 않았습니다. 하지 못했습니다. 죄인의 몸이었다 풀려난 지 얼마 되지도 않았습니다. 가을에서 겨울이 된 것이 이제 막이니, 제가 죄인의 신분을 벗어난 것 또한 고작 그만큼입니다. 누가 저를 도왔겠습니까? 일 년을 갇혀 폐하께서 은혜를 내려 주지 않으시면 그 어떠한 말도 하지 못하고 살았던 제가 누구에게 숙비 마마의 흠을 들어 겁박을 하였겠습니까?"

려화는 지금에 와서도 차분했다. 그것이 묘한 분위기를 만들었다. 흥분하여 불을 삼킨 듯 굴었던 태황태후마저도 일순 움찔할 정도였다.

하나 그녀의 분노는 도를 넘어섰다. 곧바로 태황태후가 야차의 얼굴을 되찾고는 려화를 윽박질렀다.

"내 네가 궁녀 출신임을 모르겠는가? 유배소에 드나들던 궁녀 중 네년에게 말을 전한 궁녀가 하나쯤은 있었겠지!"

"현명하고 또 자애로우신 태황태후마마. 저는 예비궁녀 시절 마마님의 자비로 이르게 정식 궁녀가 되었습니다. 지금도 그 은혜에 감사하는 마음은 변하지 않았으나, 그 덕에 바로 저편의 숙비 마마와 몇몇 동기들을 제하곤 저를 시기하고 말조차 섞지 않았습니다. 해서 제가 죄인이 되자 그를 기뻐하며 저를 모멸하는 이들은 있었을지언정 제게 말을 전할 만큼 저와 친하고 가까운 이는 없었습니다. 그렇다면, 저와 가까웠던 숙비 마마께서 친히 제게 자신의 치부를 드러내었겠습니까?"

궁녀들만큼은 아니겠으나, 태황태후 또한 궁녀들의 생리를 알만큼은 알았다. 평생에 궁 밖에 있던 시간보다, 태자비가 되고 황후가 되어 궁에 살았던 시간이 더욱 길었다.

궁녀들 사이의 위계, 시기, 질투. 그런 것들을 아주 잘 알았다. 저의 지아비였던 계도제는 수십의 궁녀에게 승은을 내리기도 했다. 그들끼리 시기하고, 혹은 사랑받지 못하는 황후인 자신을 무시하는 이도 있었다.

여인들끼리의 사회는, 결코 꽃처럼 아름답지 않았다. 가시 돋은 덩굴이 서로를 얽고 얽어, 그리 화려하게 붉은 꽃을 피워 내궁의 보기 좋은 요깃거리를 만들 따름이었다.

너무나 잘 알았다. 그러니 려화의 말에 틀림이 없는 것도 역시나, 잘 알았다.

또다시 태황태후의 안에서 감정과 이성이 뒤얽혔다. 다시금 려화의 뺨을 내려치려 들어 올렸던 태황태후의 손이 그대로 멈추었다.

노 시중이 또박또박 제 할 말을 하는 려화를 노려보았다. 자신을 기묘할 정도로 따르던 태황태후의 분위기가 바뀐 것에 가만히 있을 그가 아니었다.

"마마, 말 몇 마디로 폐하와 숙비 마마를 제 손으로 쥐락펴락하던 사특한 계집입니다. 더 들으실 것이 있겠습니까? 모두의 증언이, 상황이 저 계집을 죄인이라 말합니다. 도아궁 일의 진짜 범인은 다름 아닌 채선궁의 저 계집이라는 뜻도 되지 않습니까?"

노 시중이 그리 말하며 저 또한 발을 건너 태황태후의 곁으로 다가왔다. 그러자 씨근대던 태황태후의 가슴이 가라앉았다. 그러나 그녀의 눈초리는 흐린 눈동자를 담고도 매섭기 짝이 없었다.

"그래. 내 사특한 계집의 말을 듣고 있을 필요가 없지!"

"응당 내릴 벌을 내리소서. 소신의 역할은 여기까지입니다."

태황태후가 노 시중을 바라보며 빠르게 고개를 끄덕였다. 마치 네가 무슨 말을 하든 네 말이 다 옳다는 태도였다.

"내 더는 사특한 네년을 이 황궁에 둘 수 없음이다. 그러니 숙비와 태중에 있는 황상의 아이에게 위해를 가한 너와 네 수족으로 움직인 궁녀를 다시는 궁에 돌아올 수 없도록……!"

"할 수야 없지."

이곳에 없어야 할 자의 목소리가 들렸다. 거칠게 열린 문을 타고, 바깥의 찬 바람이 태황태후전으로 파고들었다.

노 시중의 얼굴에 패색이 짙게 깔렸다.

이 자리의 누구도, 갑자기 끼어들어 태황태후의 말을 가로챈 이에게 뭐라 할 수 없었다. 그는 누구도 위에 설 수 없는, 만인지상의 존재였으니.

"내 여인에게는 죄가 없으니 말입니다. 할마마마."

도국의 진정한 주인. 황제 도휘강이 전쟁터의 혈향을 채 지워내지도 않은 채, 바람을 가르고 돌아왔다.

15장. 뿌리는 뽑고
열매는 맺으라

　말을 타고 달려도 사흘은 걸릴 거리를 이틀 만에 주파하였다. 전력으로 달려온 시간이 아깝지 않았다. 일을 완전히 그르치기 전에 도착하였으니 말이다.

　휘강이 가슴까지 차오른 숨을 눌러 내며 말했다.

　"내 여인에게는 죄가 없으니 말입니다. 할마마마."

　휘강이 한 자 한 자를 또박또박 내뱉으며 볼을 감싸 쥐고 있는 려화의 곁으로 다가갔다. 사위가 모두 가라앉아, 마치 시간이 멈춘 듯한 태황태후전에서 제 의지를 가지고 똑바로 움직이는 이는 오직 휘강과 려화가 유일했다.

　"무탈하게 돌아오셨는지요."

　"짐은 언제나 무탈하다. 그러니 무탈하지 않은 너를 내게 완전히 보여 다오."

　마치 휘강과 려화만 다른 세상에 있듯 하였다. 려화는 제가 감싸 쥔 볼을 절대 휘강에게 보이지 않으려는 듯 건방지게도 황제를 외면했다.

하나 막 전쟁을 마치고 돌아온 혈기 왕성한 사내의 힘을 어찌이기랴. 휘강이 려화의 가냘픈 손목을 붙잡아 내렸다.

새빨갛게 부어오른 려화의 뺨을 보곤 휘강의 눈에 불이 켜졌다. 려화를 이리 만든 이가 누구인가. 눈알을 굴리며 주변을 돌아보는 휘강의 옷깃을 려화가 잡아끌었다.

급히 달려오느라 뒤집어쓴 먼지가 려화의 손끝에 버석하게 만져졌다. 휘강이 제 옷깃을 잡은 려화의 손을 한 번, 그리고 고개를 들어 려화의 얼굴을 한 번 보았다.

려화가 눈썹을 누그러뜨리고 고개를 저었다. 눈동자는 어느때보다도 간곡하여, 휘강은 차마 려화가 제게 보내는 무언의 부탁을 거절할 수가 없었다. 더구나 려화가 이리 자신을 말리는 이유도 알 것 같았다.

'할마마마로군…….'

입안이 썼다. 휘강이 혀를 굴려 입안을 쓿었다. 얼이 빠져 휘강을 바라보던 태황태후가 뒤늦게 정신을 차렸다. 그러자, 전쟁터에서 급히 달려와 내명부에 무슨 일이 있었는지 알지도 못하면서 대뜸 려화를 감싸는 휘강을 향한 분노가 솟아났다.

"황상! 이게 대체 무슨 짓입니까!"

휘강이, 어느새 주변인처럼 밀려나 있던 태황태후를 돌아보았다. 날 선 분노가 번뜩이는 것 말고는 흐리게 변모한 조모의 눈빛이 저를 노려보고 있었다.

"무엇이 말입니까?"

"지금 이 할미가 늙은 몸을 이끌고, 내명부의 단속을 하고 있는 것이 보이지 않는 것입니까! 황상이 없는 동안 얼마나 큰일이 있었는지도 모르지 않습니까! 알고서 강짜를 놓고 있는 것입니까?"

"알고 있습니다."

"아주 힘든 적과 싸우고 오지 않았습니까! 그리 험한 곳에서 이제 막 돌아온 황상께서 어찌 이 궁의 일을 제대로 알고 있다고 그리 말하는 겁니까?"

태황태후는 휘강이 알고 있다 답한 것을, 제 여인을 지키기 위한 객기로 보았다. 노 시중의 말대로 정말 괘씸하기 짝이 없는 계집이었다. 여인에게는 밤톨만큼의 관심도 없던 휘강을 이리 홀려 놓았으니 말이다.

태황태후의 속은 이러한데, 휘강은 그런 조모의 속을 모조리 꿰뚫어 보고는 한숨을 내쉬었다. 사람이 나이를 먹어 감은 이리도 가슴 아픈 일이던가. 한데 하필이면 절대로 손잡을 일 없으리라 여겼던 노 시중의 손을 붙잡다니.

오히려 휘강이야말로 제 조모를 붙잡고 통탄할 일이었다. 기실 그의 가슴에는 당장 뱉어 내지 않으면 혈맥을 도는 피를 전부 불태워 버릴 불덩이가 이글거렸다. 붙잡은 손끝에 느껴지는 려화의 체온이 아니었거든, 눈이 뒤집혀 이 태황태후전을 초토화했을지도 모를 일이다.

휘강을 사람답게 제어하는 건 오로지 려화의 소관이었다.

"할마마마, 제게 어려운 전쟁이란 게 있었습니까? 조부님의 은총을 이어받은 제게 말입니다."

계도제의 광중을 이어받은 자신에게 어려운 전쟁이 존재하겠느냐 묻는 휘강에게 태황태후는 쉬이 답을 내놓지 못했다. 태황태후에게는 광중도, 자신의 반려였던 계도제도 모두 어렵고 떠올리기 싫은 주제였다.

그 둘로 인해 자신은 배 아파 낳은 황녀들을 잃었고, 지금의 휘강 또한 잃을 뻔했다. 휘강이 그를 모르지는 않을 텐데, 저리 웃는 낯으로 계도제와 광중에 관한 이야기를 꺼내다니.

겉으로는 웃는 낯을 고수하고 있으나 휘강이 얼마나 진노했는지 알 수 있었다. 적어도 자신의 앞에서는 많은 것을 양보하고 조심해 주었던 휘강이 아니었던가.

태황태후가 하얗게 질린 낯으로 한풀 꺾여 답했다.

"어렵지……, 어렵지 않은 전쟁이 어디에 있답니까."

"적어도 제게는 없지요. 그는 누구보다 할마마마께서 잘 알고 계시지 않습니까? 대관절 할마마마께 제가 아주 어려운 적을 상대하였다 귀띔한 자가 누굽니까?"

태황태후는 입을 열지 못했다. 휘강이 황명으로 입궐을 자제하라 이른 곽인령을 통해서 들은 이야기였으니 말이다. 기실 그녀의 말에 홀려 이제는 휘강의 철천지원수랄 수 있는 노 시중과도 한배에 탄 꼴이 되었다. 아무렴 휘강이 제 손자라고 하나, 황제다. 감히 황명을 거역한 것이니 아무리 그녀가 휘강의 조모라 해도 쉬이 입을 열 수는 없는 노릇이었다.

"답하지 않으심은, 그를 제멋대로 생각해도 되는 것으로 알겠습니다."

"황상……."

태황태후의 입에서, 오늘 처음으로 앓는 소리가 나왔다. 하나 휘강은 제 조모의 앓는 소리에도 아랑곳하지 않았다.

상황이 좋지 않았다. 노 시중이 눈알을 굴렸다. 지금, 몸을 빼야 옳은가 아니면 태황태후에게 아직까지는 좀 더 기대야 옳은가.

그의 시선이 흘긋 제가 불러 모은 증인들에게로 향했다. 젊고 어린 궁녀들이 불안한 낯으로 입술을 깨물고 울음을 터뜨리기 직전이었다.

쓸모없는 것들. 휘강의 앞에서 려화가 이러했다, 아까 태황태후에게 고해바치던 것처럼 읍소를 해도 모자랄 판이건만.

그리 시간이라도 끌어야 제가 중재를 하고 이곳을 파한 뒤, 시간을 벌고 우선은 본가로 돌아갈 수 있었다. 그러나 저 어린 것들에게는 그러한 쓰임을 기대할 수 없을 듯 보였다.

도리어 용서를 청한다 허튼소리나 지껄이지 않으면 다행일 터. 노 시중이 눈을 질끈 감으며 앞으로 나섰다.

"폐하, 소신 노필상. 늦게나마 폐하께 인사 올립니다."

"지금 네 놈이 끼어들 자리라고 보는가?"

휘강이 노 시중을 찢어 죽일 듯 노려보았다. 자신의 원수이며 또한 지금은 려화의 원수이기도 한 자였다. 태황태후의 눈을 이리 흐리게 만든 것도, 아마 노 시중의 작당일 것이었다.

그런 자가 감히, 제 앞가림도 못 하고 이리 입을 놀리려 하니 휘강의 진노가 다시 하늘로 치솟았다.

이유는 알 것 같았다. 태황태후전의 중앙에서 오들오들 떨고 있는, 저 궁녀들의 입이 열릴까 두려워 선수를 치고 물러가려는 것이겠지.

휘강은 그를 허할 생각이 추호도 없었다. 당장 이 자리에서 저 간악한 자를 작신 내지 않은 것만으로도 많이 참았다.

"시중에게는 짐이 따로 선물을 준비했으니, 지금은 닥치고 있으라."

"폐하, 그러나 지금 이 자리는……."

"닥치라 하였다. 지금 이 상황이 누구의 작품인지를 짐이 몰라서 웃고 떠드는 것으로 보이는가?"

한 발 앞으로 디디면 추락하는 낭떠러지 끝에 몰렸다. 하나 뒤로 물러날 수도 없었다. 그것이 지금 노 시중의 상황이었다.

하나 위안인 것이 있다면, 휘강이 당장 저를 어쩌지는 않을 것으로 보였다. 그렇다면 붙어 있는 목숨으로 수습할 방법이야 어떻게든 찾을 수 있으리라.

노 시중이 굴욕감에 젖은 얼굴로 한발 물러섰다. 태황태후가 망연하여 자리에 주저앉았다. 대체 일이 어찌 돌아가는가. 철석같이 믿고 있던 노 시중이 저리 약하게 물러서는 것을 보니, 제가 무엇을 잘못한 것이 맞는 듯하였다.

괴롭고, 괴롭기 짝이 없었다. 태황태후가 저도 모르게 혼잣말을 뇌까렸다.

"일이 어찌 이리되었는가……. 이 할미는 그저 황상의 곁에 붙은 간악한 계집을 떼어 내려 했을 뿐인데……."

혼잣말일 뿐이었으나, 휘강의 곁이었다. 눈과 귀가 밝은 휘강에게 들리지 아니할 도리가 없었다. 휘강이 실소했다.

"하……. 하하하, 아하하하! 하아……."

실소는 곧 광소가 되어 터져 나왔고, 휘강은 제 여인을 간악한 계집이라 칭한 조모에게 환멸을 느끼고야 말았다.

그의 흰자에 핏발이 섰다. 려화가 다급히 휘강의 옷자락을 쥐어 말렸으나, 이번만큼은 려화도 휘강을 말려 내지 못했다.

"할마마마. 이 여인, 려화는 소자가 살아남도록 도운 은인의 딸입니다."

다만 려화는 휘강에게서 흘러나온 말이 다소 온건하기에, 그나마 안심하며 그의 옷깃을 놓았다. 그러자 휘강은 려화의 손길이 제게서 떨어져 나가는 것을 참지 못하고 그녀를 아예 제 품에 끌어안았다.

"폐, 폐하!"

"할마마마께서 려화를 천시하시는 것은 오로지 이 여인이 소자의 그릇된 명으로 잠시 죄인의 굴레를 뒤집어썼기 때문이 아닙니까?"

"아니, 아닙니다. 황상께서 어찌 그릇된 판단을 내렸겠습니까? 아니, 그것이 아니라……. 지금의 황상께서 이상한 겁니다! 저 계집은 죄인이 맞아요! 숙비의 아이를 해하려 하지 않았습니까! 황상도 이미 상황을 다 알고 온 것이 아닙니까?"

휘강의 말을 온전히 받아들이지 못한 태황태후가 기어이 저 또한 목에 핏발을 세우며 소리쳤다. 아니, 온전히 받아들이지 못한 것이 아니라 아니 한 것이었다. 늙어서 한 번, 또 다른 이유로 한 번 흐려진 태황태후의 눈은 이제 젊을 때처럼 진실을 보지 못했다.

옳은 길만을 곧게 보는 힘을 잃었다. 황실의 큰 어른, 휘강이 인정하여 유일하게 살려 둔 핏줄이며 가족이었던 그녀는 이제 이곳에 없었다.

휘강이 싸늘한 눈으로 주저앉은 태황태후를 내려다보았다. 유일하게 존중하고 어른으로 인정했던 저의 조모였다. 그런 자의 몰락을 보는 것은 휘강에게도 그리 유쾌한 일만은 아니었다.

"영도제에게서 소자를 지켜 내야 한다 옳은 판단을 내리셨던 할마마마는 이제 세상에 없는 모양입니다. 그때의 할마마마셨다면, 필시 숙비의 진심을 깨달았을 것이고 제 품에 안긴 이 여인의 진면모를 바로 보셨을 터이니."

"지금 황상은 이 할미를 무엇으로 보는 것입니까!"

바락거리는 태황태후의 모습이 초라하기 짝이 없었다. 휘강은 이제 제 조모가 가여우면서도 더는 참아 줄 수 없는 지경에 이르렀음을 깨달았다.

품에 안은 려화의 향기가 되레 그의 분노를 더욱 부채질하는 형국이 되었다. 이리 가여운 여인을 괴롭게 한 제 조모를 용서할 수 있을까.

입맛이 썼으나, 기어이 주워 담을 수 없는 말이 휘강의 목구멍을 넘었다.

"무엇으로 보고 말고 할 것도 없습니다."

"황상!"

"할마마마, 지금 정신은 온전하십니까? 또 제게서, 과거의 조부님을 보고 계신 것은 아니지요?"

태황태후가 충격으로 숨조차 들이켜지 못한 채 몸을 굳혔다. 뒤늦게 허어억, 하고 급히 숨을 들이켜는 소리와 함께 그녀가 눈을 까뒤집었다. 막을 수 없는 세월과 함께 찾아온 제 치부를, 휘강이 알고 있었다.

"마마! 마마!"

태황태후가 혼절하였다.

＊＊＊

황제가 승전보를 들고 돌아왔건만 황궁은 그 어느 때보다도 조용했다. 찍소리조차 제대로 낼 수 없는 그러한, 폭풍 전야였다.

곧 천지가 개벽하는 소리를 내며 몰아칠 폭풍우에서 유일하게 빗겨 간 채선궁 처소 안, 이리 몰아칠 비를 몰고 온 휘강은 세상에 다시없을 유순한 얼굴로 려화를 바라보고 있었다.

"늦어서 미안하다."

"다친 곳 없이 성히 돌아오셨으면 그만입니다."

"네 말과 행동이 다르지 않으냐."

휘강이 자리를 옮겨 려화가 앉은 침상 옆자리를 차지했다. 려화의 몸이 자연스레 휘강이 앉은 반대편으로 기울었다. 어쩜 시선 한 번을 주지 않는 야속한 려화의 태도에 휘강은 애가 닳았다.

"네 앞에서 피를 보지도 않았고, 전쟁을 오래 끌긴 하였으나 그건 불가항력에 가까운 일이었다. 그리고 또……. 더는 짚이는 것이 없는데 대체 어디에 화가 난 것이야."

"제가 폐하께 화를 낼 주제가 되겠습니까?"

"지금 내고 있질 않은가."

태황태후전에서 돌아온 이후 휘강은 내내 려화와 함께였다. 있던 일을 상세히 보고하겠다는 유 태감까지 물리고 기어이 채선궁을 찾았다. 려화를 만나 회포를 푸는 것이 지금의 그에게 가장 중한 일이었기에 그러했다.

한데 그리도 보고 싶었던 려화는 도통 저를 봐 주지 않으니, 휘강은 미칠 지경이 되었다.

그리 휘강의 애간장이 다 닳아 녹을 즈음이 돼서야, 려화가 서늘함을 지우지 아니한 눈으로 휘강을 바라보았다.

"폐하의 조모 되시는 태황태후마마께서도 폐하께는 찍소리를 못하시는데요."

휘강이 그것이었냐는 얼굴로 려화를 바라보았다. 그러다간 이내 찌푸려지는 미간을 손으로 짚어 폈다. 오랜만에 보는 연모하는 이의 앞에서 굳은 얼굴을 보일 수야 없었다. 이미 아까 저녁나절에 한참을 굳은 얼굴만을 보여 주었으니 더욱.

"고작 그것이었느냐?"

"고작이라니, 어찌 그리 말씀하신답니까?"

"고작이다. 죄 없는 너를 건든 것이 누구인가? 바로 할마마마다. 심지어 나는 그마저도 많이 참고 참은 처사였다. 나의 성정이 얼마나 고약한지 잘 알지 않느냐?"

"제게 어찌 죄가 없습니까? 적어도 친히 저를 죄인으로 삼으셨던 폐하께서는 그리 말씀하셔선 아니 됩니다."

따라오는 려화의 반박에 휘강이 꿀 먹은 벙어리가 되었다. 려화의 말처럼 그녀를 죄인으로 삼은 것이 다름 아닌 자신이었으니 말이다.

물론 그때의 려화에게 죄가 아주 없었느냐면……. 그리 생각지는 않았다. 제가 먼저 입을 놀려 려화에게 황실에 대한 불온한 생각을 품게 한 것은 사실이나 말이다.

역시 돌아 돌아 생각해 보니, 그조차 전부 자신의 잘못이었다. 이리 귀하고 사랑스러운 여인을 보고 어찌 진노했는가. 휘강은 과거로 돌아가 일여 년 전의 자신을 쥐어박지 못함에 통탄했다.

"태황태후마마님의 입장에서는 당연히 제가 고까울밖에 없습니다. 죄를 물으시려거든 시중에게 물으실 것이지, 어찌 태황태후마마께 그리 잔인한 말을 뱉으신 것인지 저는 이해할 수 없습니다."

"말했잖으냐. 너를 위험하게 해서라고……."

"그조차 시중의 계략에 빠지셨기 때문이 아닌지요?"

"내 필시 곽인령을 조심하라 일렀다. 그런데 내 말을 곧게 듣지 않으신 것은 할마마마시니……."

어느 순간 휘강은 미주알고주알 변명을 뱉어 내는 제 모습에 실소가 터졌다. 그리고 려화를 도저히 이해할 수 없는 자신을 발견하였다.

공려화라는 여인은 어찌 이러한가.

그녀에게 태황태후는 자신을 죽음으로 이끌 뻔한, 제 사람을 상하게 한 적이 아닌가. 휘강이 그녀의 입장이었더라면 필시 태황태후를 적으로 간주하여 되레 더한 말을 쏟아 주지 못한 것에 통탄했을 것이다.

려화는 달랐다. 저를 위협에 빠트린 이라도, 그 심정적 배경이 해악한 것이 아니라면 그를 참작하고자 하였다. 더해 가엾게 여기고 긍휼히 보기까지 했다.

휘강은 과거 려화를 죄인으로 삼기 직전 자신의 곁에 려화를 황후로 앉히려 했음을 떠올렸다. 만일 그때 일이 잘못되지 않았더라면 지금의 려화는 죄인이었던 여인이 아닌 황후였으리라. 그것도 몹시 자리에 어울리는 현숙한 황후 말이다.

그러했다면 어땠을까. 지금처럼 이리 꼬이고 꼬여 려화에게 씻을 수 없는 상처를 주고 나서야 깨달은 이 마음을 평생 몰랐을까. 아니다. 그럴 리 없다. 그리되었어도 휘강은 공려화라는 여인에게 반하고야 말았으리라.

결국 어떻든 종착점은 같았으리라. 제 마음의 시작은 한참 오래전이고, 깨달음이 늦었을 뿐이니.

휘강은 사랑스러운 려화에게 또 내심 지고야 말았다. 이제는 이길 수가 없음을 인정했다.

해서 방법을 바꾸었다.

"내가 잘못했다."

"언젠가 말씀드린 적이 있습니다. 저는 폐하께······."

"바라는 것이 없다면 이리 화를 내지도 말았어야지."

휘강이 단숨에 려화를 침상 위로 밀어트렸다. 그 위로 타고 오르니, 상체만 겨우 침상에 걸쳐 몸을 겹친 야릇한 자세가 되었다.

이러한 상황으로 이어질 거라곤 상상조차 하지 못한 것인지 려화의 눈동자에 당혹의 기색이 스쳤다.

휘강이 야릇한 얼굴로 웃었다. 무엇보다도 이 여인을 품에 안고, 살 내음을, 머리칼에서 나는 은은한 향취를, 그리고 이 사랑스러움을 맡고 싶었다.

휘강이 려화가 불편하지 않도록, 그녀의 허리를 살짝 들어 끌어안고는 침상의 가운데로 옮겼다.

"꺄악, 폐하!"

려화의 새된 비명에 휘강이 키득거리며 먹히는 웃음소리를 내었다. 웃음소리가 잦아들고 나니, 휘강의 눈이 려화를 가만히 직시했다. 새카맣게 빛 하나 들지 않는 듯 온통 어둠뿐인 눈이 촉촉함을 머금었다. 그러자 그 어둠에도 영롱한 별이 떴다.

"어찌······, 그리 보십니까?"

그 눈에 담긴 감정을 다 읽을 수 없어서, 려화는 그리 물을 수밖에 없었다. 공진성에 다녀오기 전, 휘강은 사랑을 말하면서도 이리 애틋한 눈을 한 적이 없었는데. 그간 무슨 일이 있었기에 이런 눈으로 자신을 보는 것일까. 어쩌면, 그곳에서 휘강은 자신보다도 더 험한 일을 겪었을까.

"그저 너를 이리 눈에 담고 싶었다."

"이제부터 질리게 보실 텐데요."

"내가 그대에게 질릴 일이 생길까."

휘강의 말 하나하나에 진심이 묻어 있었다. 그것이 려화에게 몹시 무거웠다. 끊어 낸 마음이, 바스러져 비워진 마음이 다시 채워질 것만 같았다. 이러한 것은 옳지 않으니.

려화는 휘강의 눈을 외면하며 슬쩍 고개를 비틀었다.

"······변덕이 심한 폐하이지 않으십니까."

"그렇지 않다."

"그리 말씀하시지 않으셨습니까?"

"그리 계속 담아 둘 것이냐?"

려화는 답하지 않고 입을 다물었다. 휘강의 앝은 한숨이 려화의 목덜미를 타고 흘렀다. 품에 안고 있는 것은, 그저 껍데기뿐이라는 것을 다시 실감하였다. 한데 이 껍데기만이라도 놓칠 수 없는 자신의 신세가 참으로 웃음이 났다.

무던히 사랑스럽고 어여쁘게 웃던 아이였다. 그리 비참하고 고통스러운 과거가 있으리라곤 상상도 못 하도록 말이다. 그런 여인을 제가 이리 망가뜨렸다. 그것을 실감하였다. 매일, 려화를 이리 마주할 때마다 말이다.

공진성의 일을 해결하느라 려화를 보지 못했던 사이 감정은 더욱 깊어만 갔다. 도대체 누가 그러던가. 눈에서 멀어지면 마음에서 또한 멀어진다고. 휘강은 오히려 려화를 멀리 두고 온 그때에 더욱 려화를 사랑하게 되었다.

깊이, 더 깊이.

"담아 둔 것은 아닙니다. 폐하께서 하신 말씀이니 기억하고 있을 따름이지요."

"그것이, 변명이라고 하면 어떠하냐."

그래서, 휘강은 부끄러움을 무릅쓰고 진심을 꺼냈다. 이미 제 무릎을 꿇리고 사랑을 구걸하게 만든 여인이 아닌가. 려화의 앞에서 무엇이 더 수치스럽고 부끄러우랴. 다 커서 어른의 몸을 갖추었으되 그 어떠한 감정도 똑바로 배우지 못했던 도휘강의 마음에 이제야 사람의 마음이 찾아들었다.

그제야 알았다. 사랑이라는 감정 앞에 분노란 흩어지는 한 줌 모래만도 못한 것을. 그저 오롯이 사랑하기에 솔직해지고, 온유해질 따름이라는 것을.

제가 려화를 만나고 혈기를 누를 수 있었던 이유가 무엇이랴.
그때부터 자신은.

이미 공려화라는 이 미워할 수 없는 여인을 사랑한 것이다.

"변명은, 약자가 하는 것입니다. 강자에게서 제 몫을, 목숨을
구걸하기 위해서요. 폐하께서는……."

"네 앞에서는 약자다. 나는 그보다 전부터 아마도 너를 연모했
으니 말이다."

아픈 고백이었다. 휘강으로서는 이미 가질 수 없는 것을 알면
서도 제 진심을 풀어내는 일이기에.

려화에게는 엇갈림을 깨닫고 고통에 몸부림칠 수밖에 없는 말
이기에.

"거짓입니다!"

려화가 화급히 휘강을 밀어내었다. 딱딱하게 굳어진 턱이 려
화의 안에 휘몰아치고 있는 감정을 조금이나마 짐작게 하였다.

처음에는 이해할 수 없었다. 휘강이 이리 말하는 이유를 말이
다. 어쩌면 자신을 속여 마음마저 농락하기 위한 수작인가 하였
다. 그러나 그의 눈동자는 진심만을 담고 있었다.

사람이 꾀를 내어 마음을 속일 수 있다 한들 눈빛마저 완벽하
게 거짓되게 꾸며 낼 수는 없었다. 그는 진심으로 사랑에 빠져,
사랑을 말하고 있었다.

곧잘 마주하던 유 태감도 자신의 마음을 알아채고, 휘강을 낭
군님이라 놀려 대지 않았던가. 그러한 마음은 꾸며 내거나 숨길
수 없는 법이었다. 그러니 믿고 싶지 않게도 휘강의 저 눈빛 또
한 진심이리라.

해서 화가 났다. 뒤늦게 깨달은 사랑을 제게 고백하는 휘강이 미웠다. 밉고 미워 어쩔 줄을 몰랐다. 이리 돌고 돌아와 제게는 남은 것이 없는데. 잃은 것이 너무 많아, 다시 손에 쥔 것을 지키기도 어려워 무력한 자신에게 괴로웠는데.

왜 오래전부터 저를 사랑했고, 그를 이제야 깨달았다고 말하는 것인지 화가 났다. 차라리 사랑하지 말 것이지. 왜 이제 와서.

"거짓이 아니다."

"거짓이라 하십시오. 제게 바라는 것이 생겨 이리 말하는 것이라 하세요!"

려화의 외침이 뼈를 깎아 내는 것처럼 아팠다. 아직 완전히 여물지 못한 휘강의 감정은, 이리 복잡한 마음을 이해하지 못했다. 그러니 휘강은 답답증이 일었다. 려화가 어찌 이리 화를 내는지 알 수 없었다.

남은 것 한 톨 없이 전부 사라졌다 했다. 껍데기만 남았다고 하지 않았던가. 그 말이 몹시 괴로웠기에, 휘강은 그날 밤을 기억에서 지울 수조차 없었다.

려화를 어찌하지조차 못했다. 그랬는데. 그래서 공려화는, 차라리 제 마음을 달란 말만 아니면 무엇이든 괜찮을 줄만 알았는데.

사랑을 고백하는 것 정도는, 욕심낼 수 있을 줄 알았는데.

그것이 아니었다. 이유도 모른 채 휘강은 날카롭게 벼린 감정으로 저를 난도질하는 려화를 황망히 지켜보았다. 그녀에게 아무것도 남지 않은 것은 아니구나, 그리 안심할 수 없었다.

그러기에는 도휘강이 려화에게 품은 마음이 몹시 컸기에 그러했다.

"……그래, 거짓이다."

하여 무겁게, 려화를 달래듯 내뱉었다. 이는 진심이 아니었다. 그런데 거짓된 마음을 듣고야 려화는 가까스로 안심하여 놀라 부푼 마음을 가라앉혔다.

안도한 기색이 완연한 얼굴로 려화가 휘강에게 다가갔다. 아직 완벽하게 안정되지는 않았으나, 가까스로 평정을 찾은 얼굴에 만개한 거짓의 미소를 띠고 휘강의 손을 붙잡았다.

"큰일을 겪고 오시어, 힘드셨을 터입니다. 해서 혼곤함에 잠시 그러신 것이라 알겠습니다."

"네가 그리하겠다면 나는 그저…… 그렇다, 네 말이 맞다 할 따름이지."

너무 놀라 가슴을 부풀렸던 작은 새가 휘강의 손에 감싸졌다. 여린 마음을 달래기 위해 휘강은 거짓을 말하고야 말았으니, 그 복잡한 격통은 휘강을 마냥 웃지 못하게 하였다.

하나 그래도 이것으로 되었다. 려화가 안도하고는 다시 제 품으로 날아들지 않았는가.

"해서, 나름의 이해와 용서를 받았으니 벌은 없는 것이냐?"

"어찌 폐하께 제가 벌을 내리겠습니까?"

"또, 황제의 할미도 못 하는 것을 네가 어찌하느냐는 말을 할 거라면 그만두어라."

휘강이 애써 짜낸 볼멘소리에, 려화가 그제야 안도한 듯 한숨 같은 웃음을 뱉었다. 그마저 웃음이라고 안정을 찾은 여인이 어여쁘니, 휘강의 가슴에 없은 답답증도 어느새 스르르 녹았다.

저도 모르는 사이 휘강은 그리 생각했다.

네가 괜찮다면 모든 것이 다 괜찮다고. 일국의 황제라도 연모하는 네 앞에서라면 그저 사랑의 노예에 지나지 않는다고.

한데 그것이 싫지 않았다. 그저 려화의 손짓, 표정, 몸짓 따위의 것이 제게는 가장 중요해졌다. 사랑하는 이가 아프지 않은 것이 세상 가장 중요한 일이었다.

과거의 저라면 상상조차 하지 않았을 감정의 흐름이, 이제는 몹시 당연한 일로 자리 잡았다. 그것을 깨달을 새도 없이 말이다.

"벌은 아니지만······. 제 궁금증을 풀어 주신다면 제 마음 또한 조금은 더 풀리겠지요."

"궁금한 것이 무엇인데? 말해 보아라."

"혹 제가 들어도 괜찮다면, 어찌 도중에 연락이 끊기셨던 것인지 알려주세요."

휘강은 려화의 말에, 짐짓 뜸을 들이며 턱을 쓰다듬었다. 워낙에 많은 일이 있었으니, 그 중 어느 것을 추려 말해야 려화에게 덜 미움받을 수 있을지 절로 고민하게 되었다.

"정사와 관련한 일이여서, 여느 계집이 듣기 어려운 일이라면 듣지 않아도 괜찮습니다."

휘강의 침묵을 달리 해석한 려화가 그리 말했다. 휘강이 곧장 고개를 저었다.

"내 일 중에 네가 들으면 안 될 것은 없다."

"말씀은 감사하나, 어찌 나랏일이 그렇겠습니까?"

"어쩌면, 오히려 네가 들어야 할 일이기도 하다."

휘강의 말이 몹시 뜬금없었던지라, 려화의 눈이 동그랗게 커졌다. 내심 공진성이라면 저의 고향이기도 하니 말을 저리하시나 싶었으나, 꼭 그런 것만은 아닌 듯하였다.

"폐하께서 그리 여기시는 연유를, 저는 짐작조차 할 수 없습니다. 혹 무슨 일이 있으셨는지요?"

"무슨 일이라면 있었지만, 꼭 나쁘기만 한 일은 아니다."

휘강의 의뭉스러운 대답이 이어졌다. 점점 오리무중으로 빠지는 느낌에 려화가 고개를 갸웃거렸다. 휘강은 려화의 그 표정이 몹시 사랑스러워, 자제해야 함을 알면서도 기어이 그녀의 이마에 입을 맞추고야 말았다.

"앗……."

부드럽게 닿았다 떨어지는 입술이, 그러나 몹시 까슬했다. 그것이 휘강의 고생을 짐작게 하여, 려화는 방금 제가 그리 화가 나 날뛴 것이 괜히 부끄러워졌다. 이제 막 전쟁터에서 돌아온 이다.

미움이든 무엇이든 감정의 앙금이 남았더라도, 저를 위험에서 구하기 위해 재게 달려왔을 휘강에게 과했다. 제 아픔이 그리 컸던가.

아니, 아픔보다는 두려움이었다. 다시금 그를 향한 마음이 살아나 또 무엇을 잃고 눈물지을까 전전긍긍한 것이리라.

곧 해가 바뀌고 저 또한 더욱 어른의 길로 한걸음 옮길 터인데, 이 감정이라는 것은 어찌 단단히 굳어질 줄을 모르는가. 무르익어 터지기 직전의 감처럼 조금만 건드려도 자국이 남고 제 아픔을 알리려 고래고래 소리만 지르려 하는 것 같았다.

느낀 바가 많았지만, 려화는 굳이 그것을 풀어 휘강에게 일러주지 않았다. 그리할 이유가 없으니까, 그리고 그리하는 것이 두려우니까.

대신, 눈앞에 놓인 궁금증을 해소하는 것을 택했다.

"나쁘기만 한 일은 아니라면, 마냥 좋은 일 또한 아니라는 말씀이신지요?"

"글쎄. 내 나름으로는 네게 선물이 되리라 생각한다."

"선물이라니……."

려화는 자연스레 과거 제가 받았던 은장도를 떠올렸다. 제가 위리안치의 형을 받아 모든 것을 빼앗기며, 붕 떠 버린 휘강의 첫 선물이었다. 그러했던 적도 있었지, 하는 생각이 스칠 찰나.

"유 태감, 그를 데려오게."

휘강이 몹시 당연하게도 처소 바깥문에 유 태감이 서 있을 것이라는 듯 그를 불렀다. 려화가 눈을 동그랗게 떴다. 본디 휘강이 채선궁을 찾든, 제가 황제궁으로 가든 늘 모두를 멀리 물려 두던 휘강이었건만.

더구나 아까 궁으로 들어서면서도 휘강의 뒤로 유 태감은 보이지 않았다. 려화는 잠시 의아해하다간, 휘강이 때를 맞추어 그를 대기시켰겠거니 여기곤 넘겼다. 그러곤 고개를 갸웃대며 휘강을 보다간 슬쩍 미소 지었다.

"또 선물이라 이르시고 사람을 데려오신 겁니까? 그렇다면 산여가 드디어 풀려난 것인가요?"

"그 아이는 내가 네게 가기 전에 이미 연통을 넣어 형부에서 빼냈다. 그리고 지금은 황의의 진맥을 받고 있으니 너무 걱정 말라."

그 짧은 사이 산여가 황의의 진맥이 필요할 정도가 되었다는 말에, 려화의 얼굴이 침중하게 가라앉았다. 하나, 산여가 아니라면 이제 제게 선물이 될 만한 사람이 없을 터인데.

려화의 궁금증은 도통 풀릴 줄을 몰랐다. 려화가 얕은 한숨을 뱉었다. 휘강은 갸웃거리는 려화의 모습이 몹시 귀여워 어쩔 줄을 모르는 속을 숨기며 쓰게 웃었다.

려화가 저의 선물을, 좋아할지 아니면 서글퍼 주저앉아 눈물을 터뜨릴지. 도무지 알 수가 없기로는 휘강 또한 매한가지였다.

채선궁 처소 바깥이 소란스러웠다. 곧 유 태감이 '준비를 마쳤습니다.'하고 알려 왔다.

"대체……. 저는 미욱하고 미욱하여 폐하의 생각을 가늠할 수가 없습니다."

휘강이 부드럽게 려화의 머리칼을 쓰다듬었다. 이 밤, 그녀의 안을 파고들지는 않더라도 진득하게 품에 안고 싶었다. 하나 지금은 자리를 피해 줄 때이리란 생각이 들었다.

그가 아쉬움을 뒤로하고 자리에서 일어났다.

"이제 알게 될 터인데. 나는 그대가 이 선물을 마주할 시간을 방해하고 싶지 않으니, 오늘만은 일찍 물러가지."

"폐하……?"

휘강이 아쉬움을 담아 려화의 손을 들었다. 그녀의 손바닥을 펴서, 그곳에 가볍지만 농밀한 입맞춤을 했다. 그러고는 려화의 눈을 다시금 애틋하게 바라보았다.

그 뒤에야 휘강이 물러났다. 얼떨떨한 얼굴로 려화가 멍하니 휘강이 사라진 제 처소 문을 바라보았다.

닫혔던 문은 곧바로 다시 열렸다. 자연스레 열린 문으로 들어

오는 이의 얼굴을 마주하게 된 려화가 저도 모르게 두 손을 들어 놀라 벌어진 입을 가렸다.

려화의 눈에 그렁그렁 눈물이 들어찼다. 그 눈물이, 제 있을 자리를 잃고 후드득 떨어졌다. 볼을 타고 흐르는 눈물은 몹시 뜨겁기 그지없었다.

"오, 오라버니⋯⋯!"

기억 속의 오라버니가, 수척한 얼굴을 하곤 머쓱하게 웃었다. 정갈하게 성장한 모습과 달리 그 안에 숨은 몸에는 고생한 흔적이 역력했다. 기억 속의 단단함이라고는 찾아볼 수 없는 메마른 손이 괜스레 제 귀를 매만졌다.

"기억 속의 형님이 더 컸다면, 지금은 수염을 매달고 더욱 의지 되는 모습이셨겠지요. 아버지처럼 말입니다."

그는 려화의 오라버니가 아니었다. 휘강이 려화에게 선물이라 말한 이의 이름은 공의준.

"아주⋯⋯. 오랜만에 다시 봅니다. 누님."

그는 이만큼이나 자라 버린, 려화의 어린 동생이었다.

한편, 휘강에게 선물을 받은 또 다른 이는 몹시 대경하여 선물을 손에서 놓치고야 말았다.

그의 입술이 파르르 떨리고, 턱에 달린 희끗한 수염 또한 바들거렸다. 뒤늦게 달려온 탓에 제 안사람이 이것을 먼저 보고 경악해 까무러쳤다고 했던가.

"이걸……. 어떻게……."

노 시중의 손에서 떨어져 바닥을 데굴데굴 구르게 된 것은 사람의 수급이었다. 돼지 피를 정교하게 가공하여 실물을 본떠 만든 면구(面具)가 절반이 찢어져, 본모습이 드러난 이 수급은 노 시중도 아는 얼굴이었다.

과거 공진성에서 있었던 일을 덮기 위해, 휘강의 사람을 몰아내기 위해 제가 세워 두었던 가짜 우 장군. 그의 얼굴이 고통과 두려움에 가득 차, 혀를 빼물고 노 시중을 노려보았다.

*
**

노 시중이 제대로 선물을 받아 본 것을 확인하였다. 휘강이 기밀대에게 그를 보고받고는 입가에 미소를 띠었다.

밤하늘엔 별과 달이 영롱하였다. 구름 하나 끼지 않은 맑은 밤하늘, 조각나지 않고 온전하게 뜬 보름달은 휘영청 밝기도 하여 음험한 자의 어둠을 쉬이 몰아낼 것처럼 보였다.

이리 밝은 밤이었다. 휘강은 지난번과는 달리 제 발로 이 허름한 곳간을 찾을 이를 기다렸다. 처음에는 눈을 가리고 포박하여 이곳으로 안내했었던 자.

홍덕권이 제 딸의 시신을 확인했던 곳간으로 들어섰다.

"신 홍덕권, 도국의 옳은 길을 이끄는 황제 폐하를 뵙습니다."

"지금 짐에게도 그대에게도 인사가 중하진 않을 터."

예를 취하는 시간도 아깝다는 듯한 휘강의 말에 홍덕권이 금시에 고개를 들어 올렸다. 휘강의 입가에 맺힌 잔잔한 미소가 벼려진 칼처럼 날카로웠다.

과거라면 저 미소가 두려워 몸을 발발 떨었을까, 하나 지금의 홍덕권은 휘강이 숨긴 저 벼려진 검이 자신 또한 지켜 줄 것처럼 기꺼웠다.

"주부의 눈을 보니 선택은 끝난 것 같군."

"어느 것부터 듣고자 하십니까, 폐하."

휘강의 물음에 홍덕권의 답은 마치 동문서답처럼 들려왔다. 하나, 휘강은 과거 그에게 선택의 기회를 주마, 하였다. 홍덕권이 지금에 이르러 휘강에게 보고를 올리겠다고 말하는 것은 휘강을 따르는 길을 선택했다는 뜻이었다.

아둔한 선택을 할 수도 있었다. 하나 홍덕권은 자멸하는 길을 택하지 않았다. 자신을 택한 이유까지야 낱낱이 알지 못하는 휘강이나, 기실 그에게는 그를 알아야 할 이유도 없었다.

만족스러운 답이었다. 휘강이 곳간에 어울리지 않는, 낡았지만 고풍스러운 옥좌의 손잡이를 손끝으로 문질렀다.

"짐의 여인과 관련한 것부터."

휘강의 말에 답하듯 홍덕권이 자리에 무릎을 꿇고 앉아 허리를 깊이 숙였다. 이마가 땅에 닿았다 떨어지고 나서야, 홍덕권이 긴 이야기의 물꼬를 텄다.

"폐하께서 황궁을 떠나 계셨던 동안에 벌어진 일을 꾸민 것은 노 시중입니다."

"능히 짐작하는 바이다."

"그러나 짐작일 뿐 증좌는 없으십니다. 그렇지요?"

홍덕권의 물음에 휘강이 곧바로 고개를 끄덕였다. 공진성을 침략한 마갈족과 손을 잡은 정황이야 확실한 증좌를 찾았고, 관련한 선물을 노 시중에게 보내 둔 터였다. 하나 황궁의 일은 유 태감과의 연락을 통해 대략의 전개만을 알고 추측할 따름, 홍덕권의 말대로 명확한 증좌는 없었다.

"결국 폐하께선 있었던 일을 전부 듣고자 하실 테니, 우선 노 시중이 소유한 것들을 먼저 고하겠습니다."

"노 시중의 소유라?"

"다루 목한루, 상단으로는 수림상단, 또……."

홍덕권의 입에서 흘러나오는 목록이 제법 길었다. 휘강이 파악하기로는 다른 신료의 것으로 알고 있던 곳의 이름 또한 몇 번이고 등장하였다.

"마지막으로, 도국에서 두 번째로 큰 전장인 대염장이 그의 소유입니다."

홍덕권의 마지막 말에 휘강의 눈이 번뜩 커졌다. 대염장, 제국 황성에서 가장 큰 전장으로, 도국의 귀족과 호족 모두가 한 번은 그곳에 물건을 보관해 보았을 것이다. 절반은 그곳에서 빚을 져본 경험이 있다는 말이 단순한 우스갯소리가 아니란 말도 있었다. 또한, 그곳은 다름 아닌 려화의 장신구가 보관되어 있던 곳이기도 했다.

그곳이 노 시중의 소유였다면 기밀대를 통해 전국의 소식을 하루 이틀 안팎의 차이로 전해 듣는 자신보다 노 시중이 먼저 려화의 장신구를 찾은 것이 능히 설명되고도 남았다.

"대염장까지 그자의 소유였다?"

"그렇습니다. 다만 대염장을 소유로 한 것은 일 년이 채 되지 않았습니다."

일 년이 채 되지 않았다면, 노 시중의 성정으로 미루어 보건대 육관억이 그의 말을 듣지 않던 시기와 관련이 있으리라.

"대염장에 빚을 두고 있는 신료들이 많은가?"

휘강의 의표를 찌르는 물음에 홍덕권이 놀라 눈을 크게 뜨고는 고개를 끄덕였다.

"어찌 아셨습니까? 폐하의 말씀대롭니다."

"육관억이 그리되고도 노 시중을 따르는 신료들이 많았잖은가. 거기다 원래부터 노 시중의 사람이 아니던 자들도 그의 발언에 대다수 꼼짝하지 않던 것까지."

"사정 모르는 자라면 노 시중의 인품이 출중하여 그렇다 여겼겠지요. 사리 분별 또한 대단한 인물이기도 하고 말입니다."

휘강이 피식 웃으며 반문했다.

"그놈이 인품이라는 말을 가져다 댈 작자인가?"

휘강의 물음에 홍덕권 또한 실소했다. 노 시중의 곁에 직접 붙어 있으며 겪은 바가 많았다. 그는 인품이나 성품, 고아한 자태 같은 것들과는 거리가 먼 자였다.

물론, 깊이 생각하지 않으면 전장을 통해 급한 금전 사정을 해결해 주고 아랫사람의 말 또한 쉬이 넘기지 않는 태도가 마치 노 신료의 귀감인 것처럼 보이지만 말이다. 그 모든 것이 실상은 사람들이 저를 배신하지 못하도록 옭아맬 덫이었다.

"정보는 목한루와 행상을 기반으로 성장하여 지금도 행상 쪽의 일을 접지 않은 수림상단을 통해서 취하는 것으로 보였습니다. 그곳에서 얻은 정보로 휘하 신료들의 약점을 쥐고, 그곳의 소유를 알려 주어 자신의 위세를 과시하며 쉽사리 배신하지 못하게 하고 말입니다."

"해서 이것과 이번 도아궁에 일어난 일이 무슨 연관이 있지?"

"그것은 다시 돌아가 대염장을 언급해야 합니다. 그곳에서 궁녀의 패를 맡기고 급전을 빌린 궁녀가 하나 있지요."

대염장에서 급전을 빌린 궁녀가 있다. 그가 이번 일을 꾸밀 실마리가 되었다. 더해 만전을 기하기 위하여 황제를 변방의 전쟁터로 몰아냈다.

어쩌면 전쟁터로 몰아낸 것과 일을 꾸민 것의 순서는 조금 다를 수도 있었다. 하나 일의 순서는 그리 중한 것이 아니었다.

"그 궁녀가 누구인지도 알고 있나?"

"송구하오나 거기까진 파악지 못했습니다."

홍덕권이 머리를 깊이 숙여 죄를 청했다. 하나 휘강이 고개를 내젓고 홍덕권에게 고개를 들라 명했다. 여기까지 알아내는 것만 하더라도 홍덕권에게는 많은 위험이 따랐을 것이었다. 어쩌면 노 시중이 꿍꿍이속이 있어 일부러 그에게 자신을 노출했을 수도 있는 일이었다.

휘강이 본 홍덕권은 맡은 자리보다는 능력이 출중한 이였다. 과거 홍덕권에게 기회를 준 것은, 단순히 그의 딸이 육관억의 일에 휘말려 사망했기 때문만은 아니었다.

해서 그를 시험하며 일을 맡겼고, 그는 휘강이 원했던 것 이상을 해내었다. 이리 옳은 선택을 하고 자신을 찾았다. 마땅히 상을 내리면 내렸지 벌을 내릴 일이 아니었다.

"여기까지 알아보는 것도 충분히 몫을 한 것이니 송구해할 일이 아니다."

"그리 여겨 주시니 감읍할 따름입니다."

"오히려 그 늙은 너구리 같은 노 시중에게 낌새를 보여 그대가 위험하진 않았을지, 짐은 그것이 걱정되는군."

휘강의 말에 홍덕권이 저도 모르게 실소하고야 말았다. 얼마 전 자신을 토끼라 칭했던 노 시중이 생각난 까닭이었다. 자신은 그런 노 시중에게, 당신은 우리 신료들이 따라야 할 우두머리 늑대라 했던가.

마음에 없는 아부였던지라 노 시중에게 속내를 들키지 않기 위해 얼마나 절절맸던지. 그를 모르고 노 시중은 제가 토끼가 아닌 늑대라는 말에 그저 기껍다는 듯이 웃었다.

늑대는 고사하고 토끼조차 노 시중에게는 어울리지 아니한 비유라고 여겼었다. 한데 휘강이 말한 늙은 너구리라는 말이 노 시중에게 너무나도 딱 들어맞았다.

하여 자리가 어떠하든 감히 황제의 앞이건만 저도 모르게 웃음을 터뜨리고야 말았다.

"짐의 걱정이 우스운가?"

"아니, 아닙니다. 송구합니다. 폐하. 그럴 리가 있겠습니까? 폐하께서 노 시중을 너구리라 하신 것이 너무나 딱 맞는 비유로 들려 그만 웃음이 터지고 말았습니다. 용서하십시오."

"그놈을 칭할 말이 너구리 말고 또 있겠는가?"

홍덕권의 안면에 다시금 균열이 갔다. 휘강이 보기에는 또 튀어나오려는 웃음을 참는 것처럼 보였다. 기어이 궁금증을 참지 않고 휘강이 물었다.

"어찌 그리 웃음을 참지 못하는가?"

"아아, 정말로 송구합니다. 그것이……. 노 시중이 자신을 토끼라 칭하였던 것이 자꾸 생각나서 그만……."

"뭐라? 토끼? 그 작자가 자신을 토끼에 비했다 그 말인가?"

이번에는 휘강이 참지 못하고 파안대소했다. 토끼라니. 이리 음흉한 속내를 가지고 제 마음대로 세상을 주무르려 하는 토끼가 어디 있단 말인가.

노 시중이 하필이면 저를 토끼에 비유한 사정까지야 듣지 못해 알 수 없었지만, 굳이 들을 가치도 없는 일이었다. 다만 우습기 짝이 없었다.

"토끼든 너구리든 잡으면 그만이지."

"응당 옳으신 생각이십니다."

"이미 짐은 그대에게 들은 황궁의 사정이 아니더라도, 노 시중 그 늙은이를 막다른 곳으로 몰아넣을 증좌를 충분히 갖춘 참이다."

"혹……. 이번 전쟁과 연관이 있습니까?"

"뿐이겠는가? 과거의 악연까지 더해서 말이지."

언제 그리 서로를 보고 웃었냐는 듯이, 다시금 분위기가 낮게 가라앉았다. 휘강이 말하는 과거의 악연이란, 분명 그가 보위에 오르기 전을 이르는 것일 터였다.

"전부, 폐하의 승리로 끝나실 것이라 믿어 의심치 않습니다."

"주부가 처음 인사 올릴 때부터 그리 말하지 않았나. 도국을 옳은 길로 이끄는 것이 바로 짐이라고. 짐이 가는 길이 옳은 길이고, 곧 이는 승리하는 길이라. 그대는 도중에 길잡이를 아주 잘 갈아탔어."

어쩐지 뼈가 느껴지는 말이라, 홍덕권이 다시금 고개를 조아렸다. 한때나마 완벽히 노 시중의 줄을 탔던 자신을 꾸짖는 것처럼 들렸기 때문이었다.

대다수 신료가 노 시중의 손아귀 안에서 놀았으나, 모든 신료가 전부 그를 따르는 것은 아니었다. 휘강의 편을 들지는 않아도 중립을 고수하며 옳은 이치를 직접 생각해 손을 들어 주는 이들도 분명 존재했다.

자신은 곧은 신념을 지키지 못하고 노 시중의 줄을 탔다. 먼저 손을 내민 것은 노 시중이라지만, 그의 손을 잡은 것은 저의 의지였다. 이리저리 휘둘리는 처지가 두려워 가문의 영광을 위해서라는 핑계를 대고 말이다.

그로 인해 결국은 딸을 잃었다. 잃은 것이 생기고 나서야 깨달았다. 노 시중은 절대 옳은 길잡이가 아님을.

"이제 짐은 노 시중을 다시는 황궁에 발붙이지 못하게 할 것이다. 그자는 작금의 도국에 해악을 미치는 악의 근원이니, 그의 뿌리를 뽑아서 짐을 방해하는 것들을 모조리 발본색원할 것이다."

공간을 아우르는 휘강의 목소리에, 그를 듣고 있는 유일한 청자인 홍덕권의 얼굴에도 긴장감이 어렸다.

"그 전에 묻고자 한다. 그대에게 다짐을 받고자 하는 것이기도 하다. 그대는 왜, 과거 짐이 준 기회에서 짐을 선택했는가? 다시 노 시중에게 돌아가지 않고 왜 짐의 부름에 응했지?"

휘강의 물음에, 홍덕권은 곧바로 답하지 않았다. 그 물음이 무거웠고, 자신이 답해야 할 의지 또한 가벼워서는 아니 되었다.

"한 번 구명한 그대의 목숨을 이어 가기 위해서인가?"

"……아닙니다."

"짐이 노 시중을 끌어내린 자리에, 그대의 이름이 오를 것 같아서인가?"

"그 또한, 아닙니다."

휘강의 입가에 의미 모를 웃음이 고였다.

"그럼 뭔가? 자네를 짐에게로 이끈 의지는."

연달아 몰아친 휘강의 물음은, 답을 채근하기 위해서가 아니었다. 자신의 벌거벗은 적나라한 진의를 듣기 위해서였다.

홍덕권은 휘강의 잇따른 질문을 통해 자연스레 깊이 생각하게 되었다.

지금까지, 몇 번이고 노 시중의 의심을 사 위험을 넘기면서도 그의 곁에 붙어서 정보를 캐내게 한 힘은 어디서 왔을까.

그의 다루를 알게 된 것, 노 시중이 자신의 근본을 알려 주기 시작한 것이 위험의 시작임을 알면서도 계속해서 그의 정보를 캐낸 이유는 무엇인가.

단순히 휘강의 명을 따라 그가 준 기회를 잡기 위해서인가?

그 때문만으로 위험을 무릅썼는가? 다루의 가장 낮은 이들까지 쫓아다니며 들리는 말에 귀 기울인 것. 그를 통해 정보를 수집한 것이 전부 그 때문인가?

어느 하나 놓칠 수 없어서 목숨까지 걸고, 결국 다루를 운영하는 그의 하수인에게까지 손을 뻗은 것은?

"제 딸, 세의의 옳은 복수를 하기 위해섭니다."

"죽은 딸의 복수를 위해서라. 그대가 택한 복수의 대상은 짐이 아니라 노 시중인가?"

"육 시중이 일을 칠 것을 그는 알고 있었습니다. 해서 대염장을 제 것으로 만들었습니다. 만일 육 시중이 일을 그르치게 되더라도, 대염장을 소유하고 있으면 그곳에 빚을 진 신료들이며 엮인 군상들을 전부 손에 쥐고 주무를 수 있으니 말입니다. 말하자면, 육 시중의 대비책이었습니다."

노 시중이 대염장을 자신의 소유로 한 지가 일 년이 채 되지 않았다 하였다. 그렇다면, 홍덕권이 의심한 것처럼 육관억이 언젠가 사고를 칠 것을 대비한 것일 수 있었다. 실제로, 육관억은 여름 나절 후궁 사건을 벌여 모든 것을 잃고 불귀의 객이 되었다.

노 시중이 대염장을 인수한 것은 일러도 올해의 초, 시기는 의심이 합리적일 정도로 상당히 맞물렸다.

"그러나 노 시중은, 만일 육 시중의 일이 성공할 경우도 염두에 두고 그를 완벽히 제어하지 않았습니다."

"그러했나."

"더불어 육 시중이 그런 흉계를 꾸미고 펼치도록 그를 가르친 것 또한 다름 아닌 노 시중이었습니다. 그는 저 또한 육 시중처럼 다루기 위해 가르치려 들더군요."

분노를 이기지 못한 홍덕권의 턱이 파르르 떨려왔다. 주먹 쥔 손 또한 핏줄이 불거졌다.

그가 뜨겁게 달아올라 곧이라도 튀어나올 것 같은 제 눈을 눈꺼풀로 덮어 숨겼다.

짙은 회한이 묻은 표정이, 홍덕권을 감쌌다.

"결국 제 딸은, 노 시중의 큰 그림을 완성하기 위해 목숨이 끊긴 것입니다. 그러니 저의 원수가 누구이며, 제가 누구에게 복수해야 하겠습니까?"

차분하게 아뢰는 목소리에는 그럼에도 불구하고 비통함이 가득했다. 제 딸을 죽인 원수, 그의 윗전이자 딸을 죽게 사주한 것이나 다름없는 자의 곁에 무슨 마음으로 붙어 있었던가.

과거의 휘강은 그런 복잡다단한 사람의 감정을 모두 알지 못했다. 하나 지금은, 어렴풋이 사람이 무엇으로 움직이는지 알 수 있었다.

사람은 목적과 당위성만으로 움직이지 않았다. 저 또한, 려화를 향한 맹목적인 감정에 한해서는 눈앞의 홍덕권과 다르지 않았다.

"대답은 잘 들었다."

"옳은 답이었습니까?"

"듣기 나쁘진 않았어."

홍덕권이 얕은 한숨을 내쉬었다. 휘강의 답은 아직 끝나지 않았으리라. 자신 또한 아직 휘강에게 할 말이 남아 있었다.

"이번에는 전면에 나서 증인이 되어야 할 터인데, 할 수 있겠나?"

"노 시중을 추락시킬 수만 있다면 무엇이든 못하겠습니까?"

휘강이 굳은 의지를 보이는 홍덕권을 바라보며 고개를 끄덕였다. 그리고 휘강이 입을 열려 할 때였다.

"하나 그 전에, 폐하께 보고드릴 것이 하나 더 남았습니다."

"남았다?"

노 시중이 숨겨 둔 힘을 파악하고, 황궁에 벌어졌던 도아궁의 일을 그가 어찌 꾸몄는지도 실마리를 잡았다. 그런데 홍덕권이 제게 더 말할 것이 남았다?

"태황태후마마와 관련한 보고입니다."

휘강의 미간에 주름이 아로새겨졌다.

*
**

황제가 승전하여 돌아왔건만, 승전연은 열리지 않았다. 도리어 황궁은 주인을 되찾고도 어수선하기만 하였다.

이리 어수선한 가운데 신료들은 예상치 못했던 큰일이 발생하였다. 조정 대신들의 영수이자 큰 어른인 노 시중이 죄인이 되어 본가에 구금되었다.

어찌나 소리 소문 없이 진행되었는지, 신료들은 구금 사실조차 조정에 참여한 휘강의 입을 통해 들었다.

"폐하, 폐하께서 공진성을 정리하시는 동안에 시중께서는 공명정대하게 폐하의 빈자리를 대신하였습니다. 한데 시중 나리를 구금하시다니요."

예부상서가 난처한 얼굴로 그리 말했다. 신료들은 예부상서의 말에 수긍하면서도 자못 의아한 기색이 있었다. 육관억의 일이 있고 나서 분명 예부상서와 노 시중은 사이가 틀어졌었다. 하여 완벽히 다른 길을 걷게 되었다.

한데 지금은 예부상서가 노 시중의 편을 들고 있으니 의아할

만도 하였다. 다만 그 또한 노 시중과 틀어졌다 하여 황제의 사람은 아니니, 신료들의 힘을 지키는데 노 시중이 필요하다고 판단한 것이라 여기고들 넘어갔다.

하나 휘강은 예부상서의 말에 놀라지도 당혹하지도 않았다. 도리어 휘강이 예부상서를 바라보며 의뭉스럽게 웃었다. 어쩐지 그의 웃음이 몹시 불길하기 짝이 없어, 예부상서는 등에 절로 소름이 돋아났다.

"예부상서는 빚이 얼만가?"

"예?"

난데없는 휘강의 물음에 예부상서는 그 나이에 맞지 않게 맹한 얼굴이 되었다. 저도 모르게 감히 황제에게 얼빠진 되물음을 건네고는, 뒤늦게야 가까스로 정신을 추슬러 벌어진 입을 닫았다.

"노 시중에게 진 빚 말이네. 아니, 대염장에 진 빚을 물어야 알아듣겠는가?"

"소신, 폐하께서 대관절 무슨 말씀을 하시는지……."

"정녕 모르겠나?"

휘강이 곤룡포의 넓은 소맷자락에서 자그마한 책을 하나 꺼내 대신들의 가운데로 던졌다. 조용한 대전에 책이 뚝 떨어지는 소리가 크게도 울렸다.

모두, 이를 어찌 받아들여야 하냐는 표정으로 서로를 살폈다. 일이 돌아가는 방향을 파악한 듯 일찍이 낯이 허옇게 질린 이들도 있었다.

조용히 먼발치에서 지켜보고만 있던 홍덕권이 별안간 대전의 중심으로 걸어 나왔다. 그리고 휘강이 내던진 작은 책을 들어 펼쳐 보았다.

"예부상서 곽태구, 금 오십 냥. 딸 인령의 배필로 삼고자 하는 송운필 호부상서의 아들 송혜삼을 공부 계제사로 넣는 것에 함께 힘씀."

홍덕권이 책의 가장 앞 장을 읽어 내렸다. 예부상서의 얼굴은 숫제 흙빛이 되었다.

"호부시랑 제갈준호, 은 팔십 냥. 나라에서 금지한 독초를 사용해 환락을 즐기던 아들이 벌인 살인 사건을 덮음."

"이, 이보게 홍 주부!"

호부시랑이 화급히 홍덕권을 불러 다그쳤다. 홍덕권이 그제야 책에서 눈을 떼고, 호부시랑을 바라보았다. 감정이 하나도 읽히지 않는 눈으로 저를 바라보는 홍덕권이, 호부시랑은 처음으로 두렵게 여겨졌다.

"폐하의 앞입니다. 어찌 큰소리를 내십니까?"

"자네는, 자네는 이래서는 안 되지!"

"어째서요?"

"자넨……."

홍덕권이야말로 신료 중 누구보다 노 시중을 따랐으니, 말하자면 자신들의 아군이었다. 한데 지금, 이 상황은 다 무엇인가. 마치 홍덕권이 휘강의 명을 받아 장단을 맞추는 것처럼 보이지 않는가.

홍덕권이 피식 웃음을 터뜨렸다. 그러고는 안타까움과 경멸을 담아 말했다.

"저의 어떤 것을 죄로 삼고자 하십니까? 저는 시중 어르신의 사람인데 지금 폐하께 박쥐처럼 달라붙어 있단 말씀이라도 하시려고요?"

"이보게!"

"폐하의 앞이니 언성을 높이지 말라 말씀드리지 않았습니까?"

홍덕권이 더는 호부시랑에게 신경 쓰지 않겠다는 듯 고개를 돌렸다. 그리고 곧바로 책자를 다시 읽어 내리려다가, 휘강을 돌아보았다.

"폐하, 그만 읽는 것이 좋겠습니까?"

"왜. 듣기 좋은데, 어디 계속 읽어 보게."

"그렇다면 재개하겠습니다. 다음으로는……."

휘강이 동조하였으니, 더는 누구도 나서 말을 보태지 못했다. 조용한 대전에는 이제 책을 읽어 내리는 홍덕권의 목소리만이 가득해졌다.

작은 책을 전부 읽어 내리고 나니 너른 대전을 채운 신료 대부분의 이름이 나왔다. 절반은 빌린 금전과 심히 그릇된 행적이 모두, 절반은 그럭저럭 참아 넘길 수 있는 죄질 정도가 적혀 있었다.

단 하나도 이름 올리지 않은 이는 홍덕권을 포함해 채 열 명이 되지 않았다. 홍덕권이 휘강을 향해 허리를 깊이 숙여 인사했다. 휘강이 손을 까닥여 책을 다시 가져올 것을 명했다.

홍덕권이 휘강에게 책을 넘기고는 아주 자연스레 휘강의 왼쪽 뒤편에 섰다. 본디 이곳에 나오지 못한 노 시중이 있어야 옳은 자리였다.

"아무도, 이 책에 적힌 내용에 관해 짐에게 입을 털어 볼 작자
는 없는가?"

휘강이 물었으나 대전은 여전히 조용하기만 했다. 자신뿐 아
니라, 소문으로만 어렴풋이 알고 있던 다른 자들의 죄목과 빚까
지 낱낱이 적혀 있었다. 아마도 저것을 모두 알고 있었을 노 시
중은 이 자리에 없다.

뜻하는 바가 무엇이겠는가. 노 시중에게서 나온 신빙성 십 할
의 정보란 말이었다. 죄가 톡톡히 밝혀졌으니 입이 열 개라도 할
말이 있으랴.

"그렇다면 앞으로도 닥치고 있으라. 짐은 그를 위해 큰 죄인을
벌함에 앞서, 굳이 네놈들의 죄를 밝혔으니."

휘강이 홍덕권에게 책자를 읽도록 미리 명한 데에는 다른 이
유도 하나 있었다. 지금쯤이면 구금된 채로도 머리를 굴리고 있
었을 자가 황궁으로 압송되었을 것이다.

휘강이 기밀대에게 전음을 보냈다. 역시나 시간을 잘 맞추어,
대전 앞에 노 시중이 도착하였다는 소식이 전해졌다.

휘강이 입꼬리에 진득한 웃음을 물었다.

"대전 문을 열고 죄인을 들라 하라!"

황제의 우렁찬 외침에 신료들이 드는 대전의 큰 문이 열렸
다. 묵직한 소리를 내며 열린 문 너머로 빛이 가장 먼저 새어
들어왔다.

그리고 찬 바람과 함께 하루 사이 몹시 수척해진 노 시중이 오
라에 묶인 채 끌려 들어왔다.

"간밤은 잘 보낸 모양이야. 그렇지?"

휘강은 몰골이라 부름직한 노 시중의 꼴을 보고도 웃으며 그리 말했다. 노 시중은 당장이라도 사람을 찌를 듯 날 선 눈으로 휘강을 노려보았다.

"선물은 잘 받았나?"

"여부가……, 있겠습니까?"

휘강이 보낸 선물이라면 모두 잘 받았다. 가짜 우장군의 수급부터, 가택 구금까지 말이다. 어찌 그리 때를 잘 맞추었는지 자신이 수급을 확인하고 돌아 나가려던 그 시점에 이미 집 주변을 휘강 직속의 황군들이 둘러싸고 있었다.

황군들이 저를 구금하기 전 이미 밖에 나가 있던 하인들을 통해 돌아가는 상황이나마 가까스로 전해 들을 수 있었다. 휘강은 자신을 구금시킴과 동시에 대염장부터 하여 소유한 모든 곳을 급습하였다.

대관절 어찌 그 모든 것을 파악하였던가. 의심은 곧장 풀렸다. 휘강의 뒤, 본래라면 자신이 있었어야 할 자리에 홍덕권이 서 있었으니 말이다.

소리라도 지르고 싶은 것을 간신히 참았다. 지금은 자신이 화를 내고 분노를 내지를 때가 아니었다. 대신에 노 시중은 휘강과 홍덕권을 향하던 시선을 거두어 주변을 돌아보았다.

자신이 늘 챙겨 주었던 신료들이 조금이라도 저를 지켜 주리라. 항명해 주리라 믿었다.

한데 노 시중의 기대는 시작하기도 전에 구겨져 바닥에 처박혔다.

신료 모두가 자신의 눈을 피해 시선을 돌리고 딴청을 피우기 바빴다. 이들의 표정이 가히 좋지 않았다. 필시 무슨 일이 있어도 단단히 있었던 게다.

"헛된 기대는 말라. 노필상 네놈의 죄에 빗댈 것은 못 되나, 여기 모인 이들 중 대다수도 또한 죄인임이 네가 오기 전에 밝혀졌으니 말이다."

제 모든 것이 털렸다 하나, 이리 낱낱이 밝혀졌을 줄은 몰랐던 노 시중이었다. 그가 패배감에 젖어 무겁기 짝이 없는 고개를 떨구었다.

휘강에게만 진 것이 아니었다. 믿지 않아서 모든 것을 알려 주지는 않았던 홍덕권에게까지 패배했다. 어찌, 제 심처에는 들인 적조차 없건만 이리 모든 것을 파헤쳐 휘강에게 가져다 바쳤단 말인가.

"금일 조정은 죄인 노필상의 죄를 밝히고 벌하는 것으로 대신한다."

대전에 묵직하게 휘강의 목소리가 울렸다. 휘강의 입가는 미약한 웃음을 띠고 있었다.

발본색원.

또는 회자정리.

과거에는 정리치 못해 남겨 두었던 찝찝한 폐물을, 이제는 완벽히 치울 차례였다.

"우선 첫 번째. 죄인 노필상은 채선궁의 주인 공려화를 궁에서 내치기 위해 감히 짐의 아이를 가진 숙비에게 해를 입혔다. 이를 인정하는가?"

"……모두 폐하를 위해서였습니다."

"인정하는가?"

노 시중은 죄명 자체를 피하지는 않았다. 아니 그리할 수 없었다는 편이 옳았다. 이미 휘강이 대염장과 목한루를 털어 제가 쥐고 있던 신료들의 약점을 들고 있다면, 금번 일을 꾸민 궁녀들의 약점 또한 쥐고 있는 것이 명백하기 때문이었다. 하여 자신의 진심을 고했다.

그러나 휘강에게는 노 시중의 진심이 완벽한 답이 되지 못했다. 누가 누구를 위한단 말인가? 개잡소리였다. 또한, 완벽하지 않은 답은 받지 아니할 생각이었다. 하여 휘강이 재차 물었다. 노 시중은 억울함이 가득한 낯으로 휘강을 바라보았다.

"인정합니다. 하나 숙비 마마께서는 여전히 무리 없이 안정적이시고, 또한 채선궁의 계집이 궁에 남아 있는 것이 더욱 마마를 불안케 할 것이었습니다. 그러니 저는 죄인이 되고자 일을 벌인 것이 아니라, 폐하와 폐하의 후사를 지키고자 그리 한 것이었습니다!"

휘강의 입에서 비소가 터졌다. 헛웃음이었다. 어찌 저리 입바른 말을 잘도 하는지, 노 시중이 우습기 짝이 없었던 탓이었다.

"개소리를 잘도 지껄이는군. 짐의 아이에게 해가 갈 수도 있을 것을 알면서 일을 벌였다는 소리가, 그 주둥이로 잘도 튀어나오는구나."

"아이의 어미란 생각보다 강한 존재이니까요."

"네놈이 짐의 할마마마까지 끌어들여 일을 벌인 탓에, 숙비가 하혈하였다. 한데 짐의 아이가 상할 일은 없다 혼자 판단하였다?"

숙비, 공영의 몸에 이상이 생겼다는 말에 노 시중이 눈을 크게 뜨고 휘강에게 외쳤다.

"그럴 리가요!"

"황의를 불러다 직접 들려주랴? 숙비의 몸을 더 상하게 할 수는 없으니 말이다."

"하오나 아이에게는 무리가 없을 것입니다!"

"네 놈이 보낸 약재 때문에 말이냐? 그것은 도아궁 문턱을 넘지도 못했다."

휘강의 반박에 노 시중도 더는 입을 열지 못하였다. 그가 입술을 깨물고 눈을 감았다. 삭이지 못한 분노가 수척한 노 시중의 몸을 파들파들 떨게 하였다.

"또한, 숙비와 공려화, 두 사람이 궁녀 시절부터 절친한 사이임을 이미 할마마마 앞에서도 숙비가 밝혔다 들었는데. 어찌 려화가 숙비의 위협이 되는가?"

"그는 모두 채선궁 계집의 모략에 휘말리신 것으로, 숙비 마마의 속내는 결단코 그렇지 않습니다."

"더 들을 필요도 없는 헛소리다. 짐이 이미 오전 숙비의 안부를 물으며 직접 들었다. 눈물로 려화에게는 죄가 없다 읍소하는 것이, 전부 진심이 아닐 수는 없을 터."

"모두가 두려움 때문에 뱉는 거짓에 불과합니다!"

못 들어 줄 말을 지껄이는 노 시중에게 휘강이 일갈하였다.

"죄인은 짐이 사람의 진실도 구분하지 못하는 천치로 보이는가!"

"어찌 소신의 충심을 그리 곡해하십니까?"

휘강이 보기에 노 시중은 천연덕스럽기 짝이 없었다. 누구보다 자신을 위험에 빠트렸던 자가 바로 눈앞의 노 시중이 아닌가. 그는 공진성에 관한 죄 또한 밝혀질 것을 알면서도 이리 굴고 있는 것이었다. 참으로 어이가 없을 지경이었다.

"네놈의 충심이 그리 간곡하단 말이지?"

"그러하옵니다."

"그 간곡하고 같잖은 충심으로 짐의 목숨을 빼앗으려 할 정도로 말인가?"

휘강의 엄청난 발언이 삽시간에 대전의 모든 이들을 경악시켰다. 여전히 능청스럽기 짝이 없게도 영문을 모르겠다는 얼굴을 한 노 시중을 제하자면 말이다.

휘강에게 모든 것을 전해 들은 것이 아닌지라, 공진성의 일은 전혀 모르는 홍덕권조차도 방금의 발언에는 놀라고야 말았다.

"소신은 그러한 적이 없습니다. 어찌 그리 무서운 말씀을 입에 올리시나이까?"

"그러한 적이 없다? 네 놈은 선황 시절과 이번까지 두 번이나 마갈족과 내통하여 짐의 목숨을 해하려 하지 않았던가?"

"마갈족이라면 찢어 죽여도 모자랄 오랑캐가 아닙니까? 감히 도국의 기상을 모르고 날뛰어 침략을 일삼는 이들을 소신과 이어 말씀하시는 것은 무슨 연유이신지요?"

노 시중이 휘강의 선물을 통해 귀띔받고 추측한 것은 공진성 성주와 휘하 군사들에 대한 것뿐이었다. 휘강이 감히, 제가 수에 수를 거듭해 증좌를 남기지 않으며 마갈족과 내통한 일까지 파악했으리라곤 생각지 않았다.

결코 그래선 안 되었다.

"하나라도 죄를 덜어 보고자 애쓰는 네놈의 꼴이 몹시 우습기 짝이 없다. 짐이 증좌도 없이 널 음해하는 것만 같으냐?"

"소신은 실로 마갈족 따위와는 손을 잡은 적이……."

"증인을 들게 하지."

휘강이 단칼에 노 시중의 변명을 자르곤 명했다. 대전 밖에서 휘강의 명을 기다리고 있던 유 태감이, 이번 일의 증인인 려화의 동생과 진짜 우 장군을 데리고 안으로 들어왔다.

"이들이 누구인데 소신의 없는 죄까지 만들어 낼 증인들입니까?"

려화의 동생은 노 시중도 모르는 얼굴이었으나, 우 장군이라면 그도 얼굴을 알았다. 하여 노 시중은 다급히 휘강에게 물었다. 우 장군이라면 이미 죽었어야 할, 자신은 죽은 것으로 알고 있던 이였다. 대체 제 손이 닿지 않는 곳에서 일이 어찌 돌아갔던 것인지 알 수가 없어졌다.

눈앞이 캄캄해졌다.

"적어도 하나는 잘 아는 얼굴일 터인데 어찌 모르는 척을 하는지 모르겠군."

휘강이 어떻게든 상황을 모면해 보려 중언부언하는 노 시중을 비웃었다. 신료들은 낯선 얼굴들의 등장에 작게 웅성거렸다.

려화의 동생인 공의준은 고관들이 가득한 대전의 분위기가 낯설고, 어쩌면 조금 두렵기까지 한 듯 보였다. 우 장군이 긴장으로 굳은 의준의 어깨를 짚어 주며, 나서 저를 소개했다.

"폐하께서 태자이던 시절, 영광스럽게도 공진성 전투를 함께

하였던 우영명이라 합니다. 오늘은 저 죄인, 저자가 마갈족과 접선하여 공진성을 두 번이나 초토화하였던 죄를 낱낱이 밝히기 위해 이 자리에 섰습니다."

먼저 운을 틔워 주니 조용히 서 있던 의준의 긴장도 다소 풀어졌다. 제가 무엇을 해야 하는지 길잡이를 받은 셈이었다. 그리되니 제 원수, 가족의 원수가 눈에 들어왔다.

의준이, 눈앞의 노 시중을 눈으로 난도질이라도 할 듯 날카롭게 노려보며 입을 열었다.

"전 공진성 성주의 아들, 공의준입니다. 현 공진성 성주의 손에 죽을 뻔하였다가, 이리 우 장군님의 도움을 받아 살아남았습니다."

두 사람의 소개가 끝났으나 신료들은 여전히 오리무중이었다. 과거의 공진성 전투와 관련이 있는 자들이라고는 하나, 이들이 어찌 노 시중의 죄를 밝히는 것과 연관이 있는지 그것을 알 수 없었다.

휘강에게 무어라도 묻고 싶은 심정이었으나, 이들은 이미 노 시중이 끌려 나오기 전 휘강에게 한 대 얻어맞은 상황이었다.

개중, 처음 책자를 읽을 때 이름 불리지 않은 신료 하나가 용기를 내어 입을 열었다.

"폐하, 소신 송구하오나 이들이 이번 노 시중의 죄를 밝히는 것과 어떠한 연관이 있는지 알 수가 없사옵니다."

"들어 보면 알 터."

휘강이 짜증 섞인 한마디를 뱉었다. 그에 신료가 찔끔하며 제자리를 찾아 물러났다. 휘강이 노 시중의 얼굴을 살폈다. 이리저리 눈알을 굴리며 빠져나갈 길을 모색하는 얼굴이 참으로 볼 만하였다.

"짐은 이들을 금번 공진성 전투에서 구해 냈다. 다름 아닌 마갈족의 주둔지에서 말이다. 또한 우영명, 저이는 제 입으로 밝힌 것처럼 짐이 태자이던 시절 공진성에서 함께 싸운 전우이기도 하지."

우 장군이 휘강의 말을 받아 주며 답했다.

"폐인이 다 된 소인을 전우라 여겨 주시니, 망극합니다."

"충직하기 짝이 없는 그대를 전우로 여기지 않으면 짐이 누구를 전우라 부르겠는가? 여하간 그리 믿었던 이이기에 폐허가 된 공진성을 죽 지켜 달라 명하고 돌아오기도 했었다."

휘강이 말을 마치고 신료들을 돌아보았다. 빙 둘러본 시선의 종착지는 노 시중이었다.

"한데 이번 침략이 있기까지는 조용하기만 했던 공진성에서 우 장군이 어찌 저리 폐인이 되었을까?"

곱은 등, 한쪽이 휑하니 빈 팔과 반백이 된 머리칼까지. 우 장군의 몰골은 좋은 옷을 차려입고 안정을 취한 지금에도 폐인의 꼴이었다. 단지 이번의 짧은 공진성 전쟁에서 받은 피해로 그리 되었다 여기기는 어려웠다. 우 장군의 몰골에는 해묵은 상처와 고통이 녹아 있었다.

다시금 대전에 침묵이 내려앉았다. 무겁기 짝이 없는 침묵을 깬 것은 우 장군으로, 그는 휘강의 물음에 답했다.

노 시중의 죄를 밝히는 포문이 되기도 하였다.

"소인의 능력이 모자란 것이 가장 큰 이유이겠으나, 제가 팔을 잃고 허리가 굽은 것은 모두 현 공진성 성주의 짓입니다."

담담한 목소리로 우 장군이 여태까지 있던 일들을 소상히 밝혔다. 폐허가 된 공진성을 지키며 새로운 성주를 맞아들인 일, 그 성주가 전쟁범을 숙청하라는 어명을 받았다며 공씨 성을 가진 모두를 잡아들인 일.

그것으로 모자랐는지, 몇 년 뒤에는 아예 숨어 있을지도 모를 공씨 가문의 뿌리를 뽑겠다며 전 성주를 닮은 아이들을 모두 잡아들여 지하 옥사에 가둔 일까지.

우 장군은 공진성에서 묵묵히 맡은 바 제 임무를 하려 하였다. 휘강이 맡기고 간 명을 지켰다. 다시는 공진성으로 누구도 침략하지 못하도록 변방을 정리하는 것 말이다.

한데 현 성주가 우 장군을 불러들여, 제가 벌이는 추악한 짓에 공조하기를 명했다. 우 장군은 성주의 명에 불복하였고, 더해 휘강을 통해서라도 중앙에 이를 알리려 하였다. 그 일로 성주의 분노를 사 장수의 생명이랄 수 있는 오른쪽 팔을 잃은 채 옥에 갇히게 되었다.

"그 옥사에서, 다른 소년들과 함께 갇혀 있던 전 성주님의 친자를 만나게 되었습니다. 그가 바로 지금 제 옆에 있는 공 도련님이고 말입니다."

신료 몇몇에게서 안타까운 탄식이 흘렀다. 일부는 빠져나갈 길을 찾지 못한 노 시중을 향한 것이었다. 또한 듣기 괴로운 과거사를 담담히 털어놓는 우 장군을 향한 것도 있었다.

"장군께서 저를 살리셨습니다. 공진성의 진짜 주인에게 성을 돌려주어야 하니, 여기서 죽으면 안 된단 말로 체념하고 있던 저를 깨우쳐 주기도 하셨습니다."

곧 의준의 이야기가 이어졌다. 고작 네 살의 나이, 일가족을 모두 잃고 살아남은 의준은 일곱 살 무렵까지 공진성의 백성들 손에서 양민으로 둔갑되어 자랐다. 다행인지 불행인지 어렸을 적의 기억은 너무나 선명했다.

그러다 아비를 닮은 외모 탓에 결국은 공진성 성주에게 끌려가 옥에 갇혔다. 본래 제 것이 아닌 자리에 앉아 있는 것이 불안했을 그의 손에 목숨을 잃기 직전까지 갔다.

"지금 공진성의 성주로 있는 자가, 우 장군께 살고 싶다면 저와 다른 아이들을 죽이라는 명을 내렸습니다. 하나 장군께서는 그 역시 불복하셨습니다."

휘강이 의준의 말을 듣고는 미간을 찌푸렸다. 이미 그 사정을 공진성에서 도성으로 오는 길에 충분히 들은 터였다. 그런데도 다시 들으니 새삼 다시금 화가 일어났다.

제가 모르는 곳에서 자신이 원치 않는 일이 일어난 것에 하나. 그 일을 겪은 것이 또한 려화의 동생임에 하나. 그 일을 명한 진짜 죄인이 씹어 먹어도 모자랄 노 시중인 것이 마지막 하나.

화가 일고 혈기가 뻗칠 이유는 많고도 많았다.

"명에 불복했다면 성주는 우 장군을 죽이려 했을 터, 어찌 살아남았는가?"

휘강이 제 분노를 다스리며 엄한 목소리로 물었다. 이미 일의 전말을 다 알고 있다고 하여도 신료들 앞에서는 공명정대히 양쪽을 의심하는 모습을 보일 필요가 있었다.

"이상하게도 성주는 곧장 우 장군님을 죽이지 않고 살려 두었습

427

니다. 간혹 옥으로 찾아와 제 사람이 되라 윽박지르고 하는 것이, 마치 무언가 일이 풀리지 않아 곤란하거나 시간을 버는 것처럼 보이기도 했습니다."

"해서?"

"장군께서는 그리 성주가 시간을 끄는 사이에, 저희를 탈옥시키셨습니다."

탈옥이라니. 그를 가만히 보고만 있었단 말인가. 전혀 모르는 소리를 하고 있다는 듯 억울한 표정을 짓고 있던 노 시중의 얼굴에 잠시 금이 갔다.

휘강은 계속 노 시중을 지켜보고 있었기에, 곧장 둘의 시선이 마주쳤다. 휘강이 입꼬리를 비틀어 올렸다. 노 시중이 입술을 깨물며 분노를 참았다.

이런 일이 있었는데도, 자신이 꽂아 놓은 공진성의 현 성주 강택주는 제게 알리지 않았다. 거기서부터 일이 틀어졌던가. 그 쓰레기 같은 작자는 자신을 믿지 않아 일을 이리 그르쳤는가.

노 시중이 속으로 무슨 생각을 하든, 그의 죄를 밝히는 자리는 여지없이 흘러갔다.

"아이들을 살렸나?"

"그렇습니다. 또한 저를 포함한 아이들이 마지막까지 옥을 탈출하는 것을 보고서야 몸을 움직이셨습니다. 그러다 저흴 쫓던 병사들에게 잡혀 두들겨 맞고 이리 허리가 굽게 되었고요."

"한데 병사들은 어찌 우 장군의 죽음을 확인하지 않았지?"

"죽다……, 죽다 살아나셨습니다. 숨이 멎고 가슴의 박이 그친 것을 같이 탈출한 아이들과 제가 부모와 어른들을 불러와 겨우 살렸습니다."

휘강이 함께 이 충격적인 이야기를 들었을 신료들의 표정을 살폈다. 감히 이런 이야기를 꾸며 내 황제의 앞에서 거짓으로 고할 담력은 없어 보이는 소년의 입에서 나오는 말을 들은 자들의 얼굴을 말이다.

그들은 하나같이 떫은 감을 입에 문 듯한 표정으로 노 시중과 의준을 번갈아 보기 바빴다. 더러는 입을 다물고 눈을 내리깔았다. 휘강의 시선을 느껴 두려운 것처럼.

휘강이 다시금 노 시중을 바라보았다. 그는 여전히 모든 것을 포기하지는 않은 듯 보였다. 저 늙은 몸에 가득한 아집과 욕망, 이런 것들이 휘강의 눈에 선히 보였다. 아지랑이처럼 피어오르는 분노까지 전부.

이런 상황에서도 제 일을 그르친 자들을 탓하고 어떻게든 빠져나갈 궁리를 하는가?

대관절 저자는 무엇으로 이루어진 놈이기에 저리 뻔뻔하고 사람 같지가 않단 말인가. 차라리 황궁의 핏줄이거든 저자 또한 미치광이라 여기면 될 터인데, 그도 아니건만.

"그럼, 그 뒤엔 어쩌다 마갈족에게까지 흘러가게 된 것인가?"

휘강의 질문에 곧이어 의준이 답하기를, 다른 아이들은 가족들이 숨겨 주며 키우면 될 일이었지만 자신과 우 장군은 상황이 달랐다 하였다. 해서 아예 공진성을 벗어나 국경 지대에 걸친 산 깊은 곳에서 숨어 살 작정이었다 했다.

한데 우 장군의 몸은 날이 갈수록 삶을 이어 가기를 힘들어했고, 자신 또한 고작해야 일곱 살의 어린아이였다.

의준은 어린 몸으로 병마를 이기지 못해 혼절한 우 장군을 끌고 인적이 있는 곳으로 향했다. 그곳이 하필이면 국경을 맞댄 마갈족이 사는 곳이었다.

마갈족은 낡고 해졌으나 자신들의 원수인 도국의 복식을 한 우 장군과 의준을 해하려 하였다. 그러나 질기게 이어 온 목숨이 다하기 전, 마갈족의 족장이 폐인 꼴의 우 장군을 알아보고는 그들을 살렸다.

적진의 명장이라도 전사로서 예우하는 마갈족의 전통은 지켜야지 않겠냐는 말로 마갈족을 회유했고, 그리 살아남았다. 필시 우 장군 혼자였다면 질긴 목숨을 스스로라도 끊고 말았을 것이나, 그는 자신이 모시는 휘강이 지키라 명했던 공진성의 정수를 끝까지 지키려 하였다.

"장군께서는 저를 지키고자, 절 당신의 조카로 삼고 그들에게 저 또한 살려 달라 하셨습니다. 마갈족은 쓸모가 없는 이는 부족에 데리고 있을 수 없다 하였으나 제겐 무예의 길이 맞지 않았습니다. 해서 마갈족의 심부름을 하며 겨우 목숨을 부지했고요."

"그런 다음, 이번 전쟁에 관해서도 할 말이 있지 않은가?"

휘강의 이번 질문을 기다렸다는 듯, 의준이 손가락으로 노 시중을 똑바로 가리키며 외쳤다.

"바로 저놈, 저 죄인이 마갈족과 내통하며 보낸 서신들을 제가 확인했습니다!"

노 시중이 휘강을 똑바로 바라보았다. 누렇게 변한 흰자위에 시뻘건 핏줄이 불거져 야차의 꼴을 한 노 시중이 외쳤다.

"이 모든 것이 전부 도국의 영화를 위해서였습니다!"

"짐을 죽이는 것이 도국의 영화를 위함인가?"

휘강의 나직한 한마디에 대전의 모두가 숨을 허억, 하고 들이켰다. 놀라 자리에 주저앉은 자 또한 있었다.

"그때는 선황 폐하께서 택하신 것이 그것이었으니 따랐을 따름입니다! 한데 폐하께서 보위에 오르셨으니 그때부터는 폐하를 따라 이리 도국을 가꿔 온 것이 바로 저입니다!"

"짐이 태자이던 시절, 짐을 죽이려 했던 것은 인정하는 바인가?"

"그때는 황후께서……!"

"당시의 황후 육현음은 회임 중이었으나 절대 멀쩡한 아이를 낳을 수 없었다. 그건 네놈도 잘 알고 있었을 텐데? 그러니 네 놈과 선황은 황후의 회임 사실을 알리지 않은 게 아니냐. 해서 짐 또한 그를 모를 줄 알았는가?"

노 시중이 왜 그리 행동했는지, 휘강은 전부 알고 있었다. 당시 제 아비의 두 번째 정부인이자 제 어미를 이어 황후가 되었던 육관억의 딸이 회임했었으니 말이다.

하나 황실의 씨를 품는 것은 보통 일이 아니다. 당시 황후가 된 육관억의 딸은, 선황의 총애를 몰아 받기 위해 사내를 홀리는 기운을 풍기는 탕약을 복용한 끝에 결국 몸에 이상이 생기고 말았다.

절대로, 아이가 태어난다 해도 멀쩡할 리가 없었다. 반은 백치로 태어날 수도 있었다. 창관의 기생들이나 쓰는 탕약의 부작용이 바로 그것이었으니 말이다.

그렇다면 노 시중의 의중은 무엇인가.

과거부터 지금까지. 백치와 같은 황제를 세워 두고 도국을 제 마음대로 주무를 생각이었다는 결론밖에는 나오지 않았다.

선황 또한 그를 완전히 모르지는 않았을 터, 한데 육관억의 딸에게 빠져 그 모든 것을 잊고 경거망동했다. 또한 멍청한 자식은 제 목숨을 위협하지 않으리라 여겼겠지.

멍청하기 짝이 없는 이들의 춤사위에 고통받은 자가 몇인가. 어렴풋이 그때의 상황을 인지하고 막으려 했던, 지금의 태황태후에게까지 반목하던 자들이 바로 이들이었다.

그로도 모자라 지금은 태황태후에게 더한 몹쓸 짓도 일삼았다.

"해서 과거에는 육현음, 두 번째 황후의 아이를 황위에 올릴 셈이었다고 치더라도 이번에 마갈족과 손을 잡은 것은 무어라 할 셈인가?"

"어찌 폐하를 위협에 빠트리기 위해서였겠습니까! 모든 것은 도국을 위함이었습니다! 감히 황제 폐하의 곁에 붙어 눈을 가리고 머리를 흐리게 하는, 죄 많은 몹쓸 여인을 떼어 내기 위해서였습니다!"

제 누이를 욕보이는 노 시중의 언사에 의준이 이를 물고 달려들려 하였다. 하나 우 장군이 먼저 나서 의준을 말렸다. 노 시중을 더욱 확실히 절벽 아래로 떨어뜨릴 자가 의준 이상으로 분노하고 있었으니 말이다.

언감생심 황제의 분노보다 자신의 것을 우선하여 터뜨릴 순 없으니, 의준이 이를 악물며 가까스로 저를 다스리고 물러났다.

"죄 많은 몹쓸 여인은 누구를 이름인가? 짐이 친히 채선궁을 내린 짐의 여인을 말함인가?"

"어찌 그리 악한 계집을 폐하의 여인이라 칭하십니까! 폐하께서는 그 계집을 만나시어 후사를 봐야 하는 것도 잊고 황후를 들이지도 않으셨습니다! 더해 그 계집은 황실을 모욕한 적 또한 있지 않습니까? 어찌 그리 격이 떨어지는 계집을 폐하의 곁에 두려하십니까! 폐하께서 그리하시니, 충신인 저라도 나서서……!"

가까스로 화를 참으며 소리를 내지르지 않고 있던 휘강조차도, 이제는 더 참을 수 없었다.

휘강이 곤룡포에도 잊지 않고 지니고 다니는 검을 검집째 풀어 노 시중에게 내던졌다. 무거운 검집에 맞은 노 시중의 머리에서 듣기 두려운 소리가 나며 핏물이 줄줄 흘러내렸다.

"그만 짖으라! 려화가 짐에게 그리 말할 수밖에 없도록 한 것 또한 네놈의 죄가 아니냐! 여기 있는 공의준의 누이이자, 짐을 살린 공진성 전 성주의 딸이 또한 그 아이이다!"

"그렇다면 그 계집은 무도하게도 국법을 어기고 신분을 감추어 황궁에 잠입한 것이 아닙니까? 그를 알고도 폐하께서 벌하지 않도록 폐하의 눈을 흐리고 말입니다!"

노 시중의 목소리는 숫제 발악이라도 하듯 커졌다. 잔뜩 쉬고 찢어져 갈라진 목소리는 금방이라도 피를 토해 낼 듯하였다.

휘강이 옥좌에서 일어나 한 걸음, 한 걸음 노 시중에게로 다가갔다. 휘강이 검을 내던진 차였다. 아무도 입을 열지 못하고 숨 죽여, 혹여나 불똥이 튈까 벌벌 떨며 고개를 조아렸다.

"태자 시절 노필상 네놈은 짐을 죽이고자 병사들 사이에 간자를 심어두었다. 그것을 알린 것이 바로 공진성의 전 성주이지. 너 따위 오물이 아니라, 그가 바로 나라를 생각하는 자이다. 유일한 태자인 짐을 살리고, 공진성을 이르게 바로잡고자 제 목숨을 희생한 그가 말이다."

휘강이 노 시중의 턱을 손으로 쥐고 올렸다. 저를 노려보는 눈을 당장이라도 터뜨려 버리지 못하는 것이 작금의 한이었다.

"그를, 공진성을 지켜 내지 못했다며 전쟁범으로 삼은 것이 누구인가?"

"선황 폐하께서는 옳은 판단을 하셨습니다!"

"네놈이 짐은 그릇되다 지껄이고, 유일한 후사였던 짐을 죽이려 한 선황은 감싸는구나. 네 편을 들어 주던 선황이 그리도 그립더냐? 또한, 죽은 자에게 네놈의 죄를 밀어내면 네 추악함이 덜어질 것 같더냐?"

"폐하! 어억!"

휘강이 노 시중의 턱을 쥔 손에 힘을 주었다. 꽉 짓눌리는 고통이 상상 이상이라 노 시중은 고통에 인상을 찌푸렸다. 곧 넘어가려는 숨을 붙잡고 있기도 힘들었다.

"선황이 아니다. 선황의 곁에서 속살거리던 너다. 너와, 이미 명을 달리한 버러지 같은 족속들이란 말이다."

"커헉, 소, 소신은……!"

"공진성에 강택주를 내려보내자 추천한 것 또한 너지. 짐이 보위에 올라 황제가 되자, 불안하여 공진성의 아이들을 죽이라 명령한 것도 너다. 결국 내 가련한 여인이, 고생한 것도, 짐을 원수로 여겨 그리 망발하게 만든 것도 전부 네 탓이란 말이다."

이 자리에서 당장 노 시중을 죽일 수는 없었다. 통탄할 일이나 그러했다. 그러니 휘강은 뼈를 끊어 내는 마음으로 노 시중의 턱을 놓아주었다.

시커먼 멍이 든 얼굴이 숨을 고루 쉬며 바닥을 내려다보았다. 그것만으로도 조금은 속이 시원하긴 했다.

그러나 정리할 것이 아직도, 너무나 많았다. 휘강이 사위를 둘러보았다. 제가 두려워 고개를 숙인 신료들의 모습이 우습기 짝이 없었다. 어느 하나, 이리 큰 죄가 밝혀진 노 시중을 욕하는 자가 없는가.

이것이 단지 두려움 때문만인가.

휘강이 모두 들으라는 듯 다시 목소리를 높였다.

"아. 하나 더 있다. 네 멋대로 황궁을 휘저으려, 감히 짐의 유일한 혈육인 태황태후에게 정신을 흐리는 약을 먹인 것 또한."

노 시중이 태황태후에게 해를 입힌 죄를 들먹이자 신료들이 술렁거리기 시작하였다. 휘강에게는 그러한 신료들의 모습이 우습기 짝이 없었다.

그에 앞서 작금의 황제이자 과거의 태자였던 자신을 시해하려던 죄를 먼저 밝히지 않았던가. 그때는 다들 노필상이 반역에 가까운 일을 저지른 것에 놀랄지언정 누구도 이리 격하게 반응하지 않았다.

그저 황제 도휘강이라면 어떤 해를 입히려 해도 털끝 하나 상하지 않을 것처럼 보여서인가? 정녕 그렇기에 저들이 그러는 것인가? 아니다. 자신에게 입힌 해는 아무렇지 않아도, 황실의 어르신으로 '저들이' 인정한 태황태후가 입은 피해는 중하게 여긴다는 게 옳았다.

우습기 짝이 없었다.

"너다."

이자들이 과연 자신의 신하인가.

정말로 도국을 위하는 자들인가?

모조리 쓸어버리고 싶었다. 려화를 만나 잔잔해졌던 용암이 가슴 안에서 다시금 끓어 치솟아 오르는 것만 같았다.

하나 죄를 하나하나 찾아서 다스리는 것이 자신의 업이다. 황제의 자리가 가진 의무였다. 추악한 입으로 도국을 위함이라 나불대는 노 시중과 자신은 달라야 할 것 아닌가.

실로, 제 사랑하는 여인이 사는 나라를 지켜 가꾸어서 바쳐야 할 것이 아니겠는가.

그래서 참았다. 휘강은 백 번이고 만 번이고 가슴에 인내를 쌓았다. 노 시중에게 받아야 할 것이 많았다. 그에게 받을 죗값뿐이겠는가. 어떤 이유로든 그에게 쓰여 죄를 지은 자들, 자신은 억지로 그러했으니 죄가 없다 여기며 노 시중의 추악함 뒤에 숨은 자들 또한 찾아내야 하였다.

"……정히 그리 여기신다면, 폐하께서는 이 죄 많은 노신을 죽이십시오."

휘강의 속을 아는 모양인지, 다 죽어 가는 꼴로 노 시중이 거드름을 피웠다. 제가 쥐고 있는 패를 다시금 확인한 모양이었다. 해서 목숨을 구명한다 해도 이제 와 어쩔 셈인지. 이미 밝혀진 죄가 이리도 크건만.

"단순히 죽음만으로 갚을 수 있는 죄인 줄 아는가?"

"폐하께서, 소신을 지금 단죄하지 못하신다면 거기에는……."

휘강이 노필상의 말을 도중에 끊고 적나라한 비웃음을 흘렸다. 노필상이 입술을 꽉 깨물고 휘강을 노려보았다. 불경하기 짝이 없었으나, 그런 노필상을 나무라는 이는 아무도 없었다.

다만 모두의 시선이 휘강에게로 집중되었다.

"단죄하지 않는다, 하지 않았다."

*
**

황궁이 온통 겨울로 뒤덮였다. 바람도 없이 조용히 내린 눈은, 첫눈임에도 황궁을 온통 하얗게 덮고야 그쳤다.

이리 춥고 매서운 겨울이 찾아왔음에도 채선궁 안만큼은 봄인양 훈풍이 불 듯하였다. 다만 채선궁에 훈풍을 몰고 온 장본인인 의준의 표정은 왜인지 도국을 찾은 겨울의 어떠한 바람보다도 춥고 매서웠다.

"해서, 폐하께서는 친히 그 죽일 놈을 단죄하지 않으시고 대신들 손에 맡기셨습니다. 어찌 이럴 수 있단 말입니까?"

려화가 씩씩거리는 제 동생 의준을 애틋함을 숨기지 못한 눈빛으로 바라보았다. 입꼬리에는 묘한 미소가 걸렸다.

의준이 아무런 대답이 없는 려화를 흘긋 보고는, 슬그머니 입을 닫았다. 어찌 이리 조용한가. 누이라면 필시 저와 같은 생각을 할 것이라 여겼는데.

"누이, 어찌 저를 그리 보십니까? 누이는 화가 나지 않으십니까?"

"너에게는 화가 날 일이었니?"

"그렇지 않고요! 전 폐하께서 그 자리에서 그를 단죄하실 줄 알았습니다."

이번에는 려화가 아예 대놓고 풋, 하고 웃음을 터뜨렸다. 의준은 제 누이의 웃음에 무언가 멋쩍어져선 얼굴을 붉히고 코를 쓰다듬었다.

"우리 동생은 만난 지 얼마 안 된 폐하께 깊은 신뢰를 느끼게 되었구나. 폐하의 무엇이 우리 의준이를 사로잡았을까?"

"꼭 그런 것이 아니라······."

려화의 말에 의준은 곰곰이 생각하게 되었다. 제가 휘강에게 지니게 된 맹목적인 신뢰에 대하여 말이다.

의준은 내심 이번 휘강의 처사에 대해 실망을 느끼고 있었다. 필시 저와 누이의 인생을 망친 노 시중을 그가 완벽히 바닥으로 끌어내려 주리라 여긴 것이었다. 그 자리에서 그의 구족을 멸하고 다시는 황궁에 발붙이지 못하게 할 줄 알았다. 그것을 기대했다.

어쩌면 노 시중의 목은 자신이 칠 수 있게 해 주지 않을까, 그래서 대전까지 부른 것이 아닐까 하고 생각하기도 했다.

그러나 휘강은 그리하지 않았다. 잔악무도한 죄질을 들어 기함하고도, 노 시중에게 욕 한마디 던지지 않던 신료들의 손에 그를 던졌다.

그들이 과연 노 시중에게 옳은 판결을 내리겠는가. 어찌, 대단한 능력으로 자신과 우 장군을 구해 내고 이리 죽은 줄만 알았던 누이를 다시 만나게 해 준 휘강이 그럴 수 있단 말인가.

의준이 한숨을 푹 내쉬었다.

"맞습니다. 누이의 말이 맞아요. 저는 폐하를 믿어 의심치 않았습니다. 저를 이리 구해 주신 폐하께서 그 자에게 엄히 복수해 주시리라고요."

려화가 희게 웃었다. 아장거리며 걷다가 넘어져 으앙 울고, 어미의 품을 언제 떠날까 싶다가도 나이 차가 많이 나는 손위 형제들과 까르르 웃으며 놀던 어린 의준이 떠올랐다.

웃는 것, 우는 것, 아니면 떼를 쓰거나 제 것을 빼앗기지 않겠다고 고집을 부릴 줄이나 알던 귀여운 동생이 참으로 많이도 자랐다. 이리 복잡한 생각을 가지고 화를 내지를 않나. 믿음이 깨어졌다 속상함을 숨기지 못하는 얼굴로도 제 누이의 말에 수긍할 줄도 알게 되었지 않나.

그리 시간이 많이 흘렀다. 이렇게 변해 처음에는 제 동생을 려화가 한 번에 알아보지도 못했을 만큼 말이다.

"폐하께서는 아직 단죄를 끝내지 않으셨을 거야."

"예?"

"아마도, 폐하께서는 오늘내일 안에 방을 붙이실 것 같구나. 대전에 있던 신료들뿐 아니라, 그곳에 발을 들일 수 없는 낮은 관직의 신료들 또한 노 시중의 처벌을 어찌 결정할지 상소를 내라는 내용이 아닐까 해."

"어찌……. 폐하께서 누이에게 그리 말씀해 주셨습니까?"

려화가 가벼이 고개를 저었다.

"네가 폐하께서 곧바로 노 시중을 처벌하리라 믿었던 것은, 단순히 폐하를 믿어서만은 아니었을 테지. 이곳 황궁에 발 들인 지 너 또한 며칠은 되었고, 알기로 공진성 성주직을 되찾기 위해 늘은 공부를 한다고 하였으니 그만큼 궁의 사람들을 많이 접하였을 거야. 하여 그들을 통해 황궁 안에서의 폐하를 조금은 알게 되었을 것이고."

려화의 말이 맞았다. 휘강의 명으로 의준은 제 나이에 배우지 못했던 것들을 때늦게 배우고 있었다. 태자를 가르쳐도 모자람이 없을 훌륭한 선생들을 모시게 되었다.

휘강이 의준에게 붙여 준 선생들은 본래라면 마주할 일도 없었을 지방 성주의 아들을 극진히 가르쳤다. 더러는 불편한 심기를 채 표현조차 못 하고 어려워하기도 했다.

마갈족 사이에서 구르고 구르며 열여섯의 나이를 채운 의준이었다. 재빠른 눈치로, 그들이 휘강을 두려워함을 알았다. 단순히 삭탈관직 따위가 아니라 어쩌면 목숨을 잃을 것까지 걱정하고 있음을 말이다.

그들의 두려움을 의준은 나름대로 십분 이해했다. 마갈족을 도륙해 피가 낭자한 모습으로 성큼 다가온 휘강의 첫 모습은, 의준으로서도 두렵기 짝이 없는 형상이었었다.

하나 그 열기가 식지 않은 피가 묻은 손은 자신을 구했다. 그러니, 그런 휘강을 향한 자신의 신뢰가 아주 이상한 것은 아니지 않겠는가. 생명을 구해 주신 은인이니 말이다.

"누이의 말이 옳습니다."

"그렇다면 너는, 폐하께서 결코 너와 내게 보여 주시는 모습처럼 단순히 온화하고 따뜻한 분만은 아님을 알 것이야."

"맞습니다. 그래서……. 사실 노 시중이라는 작자를 그리 보내 준 게 더, 속상하기도 했고요."

"그렇다면 폐하께서 내리실 단죄의 철퇴가 노 시중에게 바로 향하지 않았다고 속상해하기보단, 폐하의 깊은 뜻을 의아히 여기며 먼저 헤아려 보아야 했어. 그렇지 않니?"

저와 같이, 어린 나이에 모든 가족을 잃고 홀로 떠돌았을 려화였다. 한데 의준이 놀랄 정도로 려화의 심계는 깊고도 깊었다. 자신이 단순히 생각하여 속상하다 넘긴 일을, 제 누이는 휘강의 속마음까지 고려하고 있었다.

"아……."

무언가를 깨달은 듯 숨을 뱉어 낸 의준의 얼굴이 다시금 붉어졌다. 려화가 제 오라버니를 먼저 떠올렸을 정도로 다 큰 모습으로도 어릴 적의 귀여움이 남아 있는 동생의 손을 붙잡았다.

"폐하께서는 노 시중뿐 아니라, 지금까지 숨어 제 명줄을 부지해 보려는 다른 이들 또한 솎아 낼 작정이신 듯해. 이 누이는 감히 그리 폐하의 의중을 헤아려 보았단다."

"실로 그렇습니다. 단순히 노 시중 그 작자만의 힘으로 이리 모든 것을 숨겨서 준비하고……, 일을 꾀하진 않았겠군요. 제 생각이 짧았습니다. 감히 폐하의 깊은 뜻을 모르고 섭섭함을 느끼다니……."

"네 나이 이제 열여섯이지? 나와 다섯 살이 차이가 나니 말이야. 더군다나 네 나이 네 살에 공진성이 그리되어 마땅한 교육을 받지 못하고 자랐으니, 아직은 정치나 사람을 보는 눈이 다 자라지 못한 것도 이해하지 못할 일이 아니야."

려화가 어린 동생을 달래듯 말했다. 열여섯이면 도국의 나이로 아직은 성인이 되지 못한 나이였다. 물론 평범하게 자랐더라면 곧 일가를 이루고 제 삶을 꾸려 나갈 나이이기는 하였다.

다시 만나고 아직 짧은 시간밖에 흐르지 않았으나, 려화가 보는 의준은 역경을 겪으며 목숨을 가까스로 부지해 왔음에도 참 바르게 자랐다.

제 동생을 보는 시선이기에 객관성이 부족할 수 있으나, 적어도 흉포하거나 아둔하지는 않다고 확신했다. 전해 들은 이야기로 보자면 꼭 그랬다. 낯설고 두려웠을 대전에서도 제 할 말은 다 하고 휘강과 죽을 잘 맞추었다 들었다.

그러나 부족한 공부는 안타깝게도 제 동생을 얕게 만들었다. 조금만 더 일찍 태어났으면 오라버니와 함께 돌아가신 아버지의 아래서 많은 것들을 배웠을 텐데. 그랬다면 지금의 이 얕음도 조금은 덜 했을 텐데.

"그래도, 의심할 줄은 알아야 한단다. 당장 폐하께서 어찌 그런 결정을 내리셨는지."

"반성하겠습니다, 누이."

"또, 나의 말도 의심할 줄 알아야지."

"예?"

열여섯, 성장을 겪으며 어른의 모습이 다 된 의준의 얼굴에 다시 어린아이의 깨끗함이 떠올랐다. 그 표정이 가엾으면서도 한편으로는 귀엽게 느껴졌다. 려화는 떨어져 보내던 시간 동안 알려 주지 못했던 아버지와 어머니의 지혜와 가르침을 이제라도 제 동생에게 알려 주기로 하였다.

"내 폐하께 들은 게 없다고 말했잖니? 한데 마치 앞으로 일어날 일은 반드시 그러할 것이다, 하고 확정하듯 네게 말했고."

"그러셨죠."

"그렇다면 누이의 말에는 어째서 의심을 하지 않은 거니?"

"그야……. 누이께서는 폐하의 총애를 받고 계시잖아요. 아니, 총애라기보다는 사랑이죠. 그러니까 응당 그런 감정을 쌓아 갈 정도면 누이께서는 폐하를 아주 잘 알고 계셔서……."

더듬거리며 답한 제 동생 의준이 귀엽긴 하였으나, 려화는 아주 단호히 고개를 저었다.

"우선 나는 폐하와 그런 감정을 쌓지 않았으며, 폐하께서는……. 그저 변덕으로 나를 총애하실 따름이야. 그렇다 하셨단다."

의준이 다소 놀라 눈을 동그랗게 떴다. 날까지 서 있는 듯한 려화의 반응이 의아한 까닭이었다. 제가 어렵게 살아왔다 하여 사람의 감정을 모를까, 오히려 눈치라면 백 단이다. 제가 느낀 휘강은 항시 제 누이인 려화를 떠올릴 적이면 정말로 애틋한 사랑에 빠진 눈을 하였다.

하나 려화가 이리 날을 세우는 데에도 이유가 있겠지. 의준은 눈치 없이 반문하지 않고, 려화의 다음 말을 기다렸다.

"여하튼, 네 이유를 막론하고 너는 그저 너와 핏줄인 나를 믿은 게 가장 크리라 생각해. 그렇지?"

"아무래도……. 영향이 없지는 않겠지요."

제 동생 의준을 향한 려화의 시선은 마치 가엾고 기특한 것을 보듯 하였다. 배우지 못한 것, 겪지 못한 것. 바닥의 치열한 삶과는 거리가 먼 것. 그래도 솔직히 자신의 모자람과 속내를 인정하는 것은 성장의 동력이 될 테다.

"믿는 것이 나쁘진 않지만, 그것 또한 나의 사견일 뿐임을 알았다면 너의 머리로 직접 생각할 줄 알아야 한다. 이제는 그래야 해. 알겠지?"

"예, 누님. 명심하겠습니다."

의준의 답을 들은 려화가 말없이 희미하게 웃으며 그를 바라보았다. 의준은 려화의 시선에서, 더 할 말은 없느냐는 뜻을 읽었다.

"그런데 누님."

"물으렴."

"그럼, 누님은 어떤 이유로 그리 추측하셨습니까? 왜 하필 폐하께서 그리 번거로운 방법을 쓰시리라 여기셨는지 참으로 궁금합니다."

려화는 의준의 물음에 어떻게 답하는 것이 가장 좋을지, 잠시 고민하였다. 이윽고 려화의 입에서 차분한 목소리가 흘러나왔다.

"그는 내가 아버지께 배운 방법이라서. 또한 가장 현명하게 상황을 이끌어갈 방법이라 여겨서. 폐하께서는 능히 현명하게 시국을 이끌어 갈 분이라 믿어서."

의준이 조용히 려화의 다음 말을 기다렸다. 공진성의 성주를 아비로 두었기 때문이라는 려화의 말에, 자신은 이제 기억에도 없는 아비의 모습을 조금이라도 알게 될까 싶어 내심 기대되었다.

"아버지께서는 공진성에서 이리 죄를 지은 이들이 있거든, 항상 내가 추측한 대로 벌을 정하셨단다. 그러면 죄질에 비해 약하고 약한 벌을 요구하는 이들이 늘 있었지. 그럼 아버지께서는 그들을 기억하셨다가, 그들의 죄 또한 찾아내 벌하여 해결하셨단다. 해당 사건에 연루된 자도, 그와 비슷한 죄를 짓고 있던 자들도 일거에 파악할 방법이지."

"더해서, 꼭 죄를 지은 자가 아니라도 다른 이들의 생각 또한 알 방법이기도 하네요?"

"그렇지. 현명하셨단다. 이 누이가 보기엔 내 동생도 그리 현명하셨던 아버지의 피를 제대로 받은 듯하구나."

의준이 려화의 칭찬에 기분이 좋아져선 방긋 웃었다. 이제 의준은 괜히 휘강에게 느꼈던 섭섭함이 도리어 송구하게 느껴졌다. 그리고, 아마도 일은 려화의 생각대로 흘러갈 것이 자명하게 느껴졌다.

아주 막연한 생각이지만, 아버지에게서 누이에게로 이어진 저 깊은 사고가 휘강에게까지도 전달되었을 것만 같았다.

말로 하지 않아도, 려화가 자신의 과거를 휘강에게 전하지 않았어도 반드시 그리될 것만 같았다.

려화야 완강할 정도로 휘강과 저는 아무 사이가 아니라 하지만, 의준이 본 휘강은 달랐다. 려화를 그리는 그의 눈빛에는 달콤하고 농밀한 감정이 완연했다. 어떠한 안타까움도 느껴졌다. 그때는 몰랐지만, 그 안타까움의 정체를 이제는 알 것 같았다.

저리 휘강을 거부하는 제 누이 때문이겠지.

의준이 그리 생각하며 려화를 바라보는데, 어쩐지 려화의 표정이 마냥 밝지를 않았다. 저처럼 노 시중이 마땅한 벌을 받지 않을까 걱정하는 것도 아닐진대 말이다.

무언가, 아직 해결되지 않은 것이 남아 고심하는 듯이 보였다. 그러한 누이의 모습이 너무나 진중해 의준은 되레 려화에게 묻지 않을 수가 없었다.

"누이, 표정이 어찌 그러십니까? 마치 고민이 있는 것처럼 말입니다. 이제 저희의 원수도 추락할 일만 남았지 않습니까? 한데 누님께서는 아직도 고민을 안고 계신 것만 같습니다."

려화는 의준의 진심 어린 걱정에 처음에는 고개를 저었다간, 이내 다시 마음을 바꾸어 고개를 끄덕였다.

의준이 본 대로 려화에게는 아직 풀지 못한 고민이 있었다. 다른 일이 다 정리되니 이제는 숙제처럼 남아 버린 일 하나.

려화의 눈이 채선궁 처소와 소주방을 이어 주는 복도로 통하는 문을 향했다. 정확히는 그곳에서 자리를 지키고 있을 세야를 향한 시선이었다.

누구와의 내통인지 알 수는 없으나, 제게 식사를 강요하던 세야의 모습은 이상하기 짝이 없었다. 더해 공영 또한 세야를 의심하라 제게 언질해 주기도 하였다.

아마도 식사에 무엇을 탄 것이리라. 이리 잘 살아 있는 것을 보면, 그것이 생명과 관련한 극독은 아니리란 것은 예상이 갔다. 다만 자신의 몸에 무언가 영향을 끼칠 만한 것을 분명히, 세야는 분명히 음식에 탔을 것이다.

아마도 생각했던 것보다 오래전부터.

휘강이 황궁을 떠나자마자 노골적으로 하던 식사 강요는 다시 잠잠해졌다. 아니, 이제 세야는 아예 말을 붙이지 않고 저의 눈치까지 보기 시작했다.

그러나 여전히 음식에 무슨 수를 쓰는 것은 변하지 않았는지, 말은 안 해도 식사 때마다 자신의 식사량을 살피는 일은 그치지 않았다.

려화가 얕은 한숨과 함께 입을 열었다.

"내게, 폐하께 맡기지 않고 직접 정리해야 할 일이 남았단다. 네 생각과 같이 말이야."

*
**

채선궁으로 와서 처음으로, 려화가 먼저 소주방을 찾았다. 생각지 못한 방문 탓인지 세야가 몹시 깜짝 놀라며 자리에서 일어나 려화를 맞이했다.

"네가 여기까지 무슨 일이야?"

"무슨 일이 있어야 찾아오리라 생각될 만큼 내가 네게 소홀했구나."

려화가 눈썹을 누그러뜨려 부드럽게 웃으며 말했다. 세야는 복잡한 속내를 숨기며 어설픈 웃음으로 답했다.

"그런 뜻은 아니야. 네가 이 궁의 주인인데……, 이런 곳에 오는 것이 보통 일은 아니니까."

"그렇게 생각하는구나."

려화의 답이 몹시 의미심장하였다. 소주방은 채선궁 중심의 처소나 사랑과는 달리 바깥의 추위가 제법 들어 쌀쌀했다. 불을 다루는 곳이니 환기를 위해서였다.

한데 이 쌀쌀한 곳에서도 세야는 등 뒤로 식은땀이 흐르는 것을 느꼈다. 어디 려화가 두려워서일까. 그녀의 뒤를 단단히 받치는, 휘강이 돌아온 것이 두려워서였다.

휘강이 노 시중을 죄인으로 세웠던 조정 회의에서 려화의 본래 신분도 밝혀졌다. 하여 세야는 기실 지금에 와서는 려화 자체만으로도 두려움이 없지는 않았다.

처음, 예비궁녀로 궐에 들면서 려화와 자신을 같다고 여겼다. 잡을 끄나풀 하나 없어 배척받고 소외당하던 꼴이 정말 막 들어왔던 그때만 하더라도 다르지 않았다.

한데, 자신은 여전히 잡을 끈이 없어 바닥을 기고 있건만 려화는 한 번에 기회를 잡아 누구보다 앞서 정식 궁녀가 되었다. 궁녀 명부에 이름을 올리고 참으로 편하게 일했다.

질투가 났다. 똑같이 시작했으면, 자신과 같이 서로의 꼴을 보고 위로하며 바닥을 기었어야지. 홀로 저리 날개옷이라도 입은 듯 훨훨 올라가는 것은 반칙이 아닌가. 그럼 홀로 남아 여전히 바닥을 기는 자신은 뭐가 되는가.

물론, 려화에게 구명 받은 적도 있으니 그 고마움이야 잊지 않았다. 다만 그뿐이었다. 제가 퇴궐 당할 것을 막아 주었을 뿐, 저와 같은 하늘로 올려주지는 못하지 않았는가.

자신은 어리바리하던 려화를 그리 챙겨 주었건만.

"아, 아무튼. 이리 찾아와 주니 반갑긴 한데 어쩐 일로 온 거야? 정말로."

"내 네게 도움을 청할 게 있어서."

"도움? 뭐든 말만 해."

"너도 알다시피, 내가 십여 년 만에 죽은 줄 알았던 동생을 만나게 되었잖아. 그 아이에게 해 줄 것이 무언가 고민했지."

려화가 동생을 언급하자, 세야의 얼굴에 어두운 기색이 어렸다. 세야는 늦게야 려화가 자신과 같은 바닥이 아니었음을 알게 되었다. 해서 이제는 신분이나 한때 죄인이었던 과거는 려화에게 아무것도 아니게 되었다.

그것이 무엇을 뜻하느냐면, 곧 려화가 공영 이상으로 높은 자리에 오를 수도 있다는 것이다. 황비. 어쩌면 황후까지도.

타고난 신분이 달랐다. 또한 그 신분에 걸맞게 예비궁녀 시절부터 숨길 수 없는 기품을 지니고 있던 려화였다. 어쩌면 그것을 알아보지 못한 것은 자신뿐일지도 몰랐다.

그렇다면 세야는 그를 알아채지 못한 자신을 반성해야 했다. 그러나 역으로, 그마저도 려화를 향한 질시와 분노가 되었다. 자신이 귀한 신분임을 친한 벗에게는 알려 줄 수 있지 않은가.

아니면 처음부터…….

저는 귀한 신분임을 밝히고 궁에 들어와 자신을 끌어 주었어도 좋았을 일이 아닌가.

당시만 하여도 려화의 아비인 공진성 성주가, 성을 지켜 내지 못한 전쟁범으로 취급되었음을 알면서도 세야는 그리 생각했다.

제가 지은 죄 때문이었다. 처음부터 자신이, 감히 려화에게 이리 죄를 짓지 않도록 려화가 잘 처신했으면 되었을 일 아니냐는 생각을 하게 되었다.

일종의 자기연민이었다. 제 죄를 덮으려는 당연하면서도 우스꽝스러운 심리였다.

"그래서?"

"따뜻한 밥 한 끼 내 손으로 해 주고 싶더구나. 내가 전쟁에서 그 아이가 죽었다고, 그리 쉽게 포기하지 않았더라면, 내 손으로 진작 챙겨 주었을 그 밥 한 끼 말이야."

"상냥한 누이네."

"일찍이 그 아이를 포기했던 이상, 나는 상냥한 누이는 될 수 없을 테지만 네 말은 기껍네. 해서, 날 도와줄 수 있니?"

세야가 이를 말이냐는 듯 눈을 동그랗게 뜨고 고개를 끄덕였다. 내심, 려화에게 이리 마음의 빚을 지워 놓으면 언젠가 써먹을 데가 있겠다는 계산도 있었다. 그러니 려화의 부탁은 세야에게 퍽 기꺼운 일이었다.

"물론이고말고! 어떤 도움이든, 네게 필요하다면 내가 행하는 것은 당연한 일이잖아."

"그리 답해 주니 고맙다. 그럼 우선……, 나도 직접 할 수 있는 쉬운 음식이 뭐가 있을지 골라 줄래?"

"글쎄……. 너도 나처럼 변인서 출신이니 우선은 과일이 함께 들어간 소채나 후식이 편하지 않을까 싶은데?"

려화의 질문에 세야가 답했다. 그밖에도, 누군가에게 대접하는 식사인지라 준비할 것이 많았다. 하여 우선 무엇을 놓을지 차례를 정하는 데에만 반 시진을 썼다.

아주 오랜만에 세야와 려화가 과거로 돌아간 듯, 종종 까르르 웃기도 하며 대화를 주거니 받거니 하였다. 그리하니 벌써 저녁을 준비해야 할 시간이었다.

"벌써 시간이 이리……."

"얼른 움직여야겠다. 네 앞치마를 좀 빌려줄래?"

"마침 여벌이 하나 있어서 다행이네. 여기."

려화가 칼을 잡고 도마 앞에 섰다. 한겨울에도 영롱하게 홍옥 빛으로 빛나는 사과 한 알을 껍질째 채 썰었다.

그 옆에서 세야는 주 요리에 들어갈 고기와 생선을 손질했다. 려화는 변인서의 일을 거들지 않은 지 오래되어 손이 무뎌졌을 것이란 제 말과는 달리 칼을 아주 능숙하게 다뤘다.

처음 두어 번 조심스럽게 도마를 오가던 손은 이제 세야와 그리 다르지 않은 속도로 움직였다. 금세 사과를 채 썰고, 곧 옆에 놓인 배와 다른 소채까지 썰어 냈다.

"네 실력은 여전한 듯한데?"

"생각보다 몸에 새긴 기억은 오래가는 모양이야."

려화가 그리 웃으며 답했다. 하나 이후로 려화의 손은 마치 의도한 것처럼 다소 느려졌다. 반면에 세야는 아까보다 속도가 빨라졌다. 려화는 세야가 모르도록 픽 웃음을 터뜨렸다. 세야는 아직도 어린아이처럼 제게 시기심과 경쟁심을 느끼는 모양이었다.

'그게 너를, 내게 못된 짓을 하도록 이끌었니?'

려화는 세야에게 닿지 않을 물음을 마음속으로 건네 보았다. 물론 세야에게는 들리지 않은 물음이었으니, 질문에 답은 돌아오지 않았다.

려화의 손이 점점 더 속도를 잃었다. 대신에 그녀의 눈이 바삐 움직였다. 주로 조미를 돕는 설탕과 소금, 장류가 든 쪽이었다.

황궁에 저녁을 알리는 두 번째 종이 울렸다. 곧 초대한 이들이 채선궁을 방문할 시간이었다. 재게 움직여야 옳건만 려화의 손은 이제 거의 멈추다시피 하였다.

그런 려화를 대신해 세야가 요리를 거의 마무리했다. 간을 보고, 접시에 옮겨 담는 일만 남았다. 세야가 간을 더할 때 필요한 것들을 화로 옆 널찍한 공간에 늘어놓았다.

"네가 했던 기분을 내려면 역시 간은 네가 직접……."

"세야."

려화가 나긋한 목소리로 저의 벗을 불렀다. 저의 벗이었던 배신자를 불렀다. 세야가 영문을 모르겠다는 천진한 얼굴로 려화를 바라보았다.

"응? 왜. 간 맞추는 것도 혹 자신이 없어?"

"아니, 네게 묻고 싶은 게 있어서."

세야의 얼굴에서 표정이 사라졌다. 이제야 세야도 려화의 분위기가 평소와 다름을 눈치챈 것이다. 다만, 세야는 제가 들킬 일은 하지 않았다고 굳게 믿었다.

그러니 려화가 무엇을 묻더라도 그것은 심증조차 없는 의심에 지나지 않으리라.

"물어봐."

"내게 먹이던 약은 어디에 숨겼니?"

"무슨, 말인지……. 모르겠네?"

아무렇지 않은 척, 영문을 모르는 척해 보았지만 어설픈 티가 났다. 세야가 더듬거리며 뱉은 대답에 려화가 고개를 모로 기울이며 웃었다.

그대로 한 걸음 한 걸음씩 다가가 세야의 바로 앞까지 당도한 려화는 세야를 무시하곤 세야가 만들어 낸 음식들의 간을 맞추었다.

어떤 것엔 설탕을, 어떤 것엔 조청을 넣고 또 소금이며 간장을 더하기도 했다. 세야는 꿀 먹은 벙어리처럼 입을 다물었다.

"더 할 말은 없니?"

애초에 답을 기대하지도 않았다. 그러나, 차라리 좀 더 뻔뻔하고 아무렇지 않게 넘길 줄이나 알았다면. 지금의 세야가 조금은 덜 가련하게 느껴졌을까. 아주 가증스럽지도, 아주 불쌍하지도 않은. 이도 저도 아닌 제 어린 시절의 벗에게 무엇을 어찌 해 주어야 옳을까.

"차라리 이미 숨겼길 바라마. 아예 더는 수를 쓸 수 없게 모조리 처분해 버렸길 바라."

"난 대체 네가 무슨 소릴 하는지 모르겠다! 너, 혹시 내가 네게 무슨 짓을 했다고 의심하는 거니?"

"단순한 의심일 것 같아?"

뒤늦게야 발악하듯 씩씩거리는 세야를 향해, 려화는 여전히 차분한 낯으로 물었다. 그러나 담갈색의 투명한 눈동자에는 쉬이 무시하고 넘어갈 수 없는 진득한 분노가 자리했다.

려화는 쉬이 분노하는 아이가 아니었다. 세야가 아는 려화는 그러했다. 그런데 려화의 눈에 진득이 고인 지금의 이 분노는 무어란 말인가.

어디서 어떻게 눈치를 챘을까. 아니, 저 아이가 저렇게 확신을 가지게끔 한 것은 무엇이었을까. 필시 제가 탄 약에서는 아무런 맛도 향도 나지 않았을 것인데.

심증만이라면 누군가의 증언을 들었더라도, 저리 성급히 질문을 던질 아이였던가? 려화가?

"지금 이 질문에 답할 수 없다면."

"답할 수 없는 게 아니라, 답할 게 없는 거야! 난 네게 무엇도 하지 않았으니까!"

"그래? 그렇다면 다른 걸 물어도 되니?"

"뭐든 물어봐! 난 네가 뭘 묻든 결백하고, 뭐가 됐든 네 의심에 걸릴 게 없을 것 같으니 말이야!"

려화가 피식 웃었다. 음식을 식기에 옮겨 담으면서 말이다. 세야 쪽은 바라볼 필요도 없었다. 이리 물으면, 세야가 지금처럼 버럭 화를 내며 모든 것을 부인할 줄 예상했다. 하지만 정말 제 예상대로 되어 버린 이 상황이 우습기 짝이 없어 실소하지 않을 도리가 없었다.

그냥, 그랬다. 무어라 표현하기 어려운 감정이 려화의 안을 사로잡았다.

"이번에 산여가 잡혀갔을 때, 내가 태황태후마마의 앞에 섰을 때. 나와 산여의 앞에서 위증한 그 궁녀는 너의 사람이지?"

"난 걔가 누군지도 몰라!"

"너는 네가 모르는 아이에게, 날 지키기 위해서라면 몸이라도 던지라고 말했어? 폐하의 총애를 받는 여인이니 뭘 어쩌든 내 뒤의 폐하가 지켜 주실 것이라고?"

세야가 입술을 깨물었다. 낯빛은 하얗게 질렸다. 그런 일이 있었던 것을 알지 못했다. 떨리는 손을 등 뒤로 넘겨 숨겼다. 그러고 나서야, 려화의 시선을 피하며 세야는 가까스로 다시 입을 열 수 있었다.

"나는, 나는 모른다니까! 채선궁에 널 무시하는 아이들이 여럿 있었잖아. 그들을 모아두고 한번 말한 것뿐이야!"

"그래?"

"그래! 널 위해서 그리했을 뿐이야. 널 위해서! 그런데 넌 그런 일로 나를 의심하다니, 우리가 친구는 맞니?"

려화의 손으로 음식이 완성되었다. 세야와 려화의 끝이 엉망 진창인 것과 달리 음식은 정갈하고 아름다웠다.

음식을 내갈 소반에 식기를 옮긴 려화가 손을 뗐다. 따뜻하게 데워 둔 소주방 구석의 물로 손을 닦고, 세야가 빌려준 앞치마를 벗었다.

처음, 깨끗하기만 했던 앞치마는 음식을 만들며 여기저기 튄 잔해들로 지저분해졌다. 조심스레 준비했다고 생각했음에도 불구하고 말이다.

려화는 이 앞치마의 꼴이 저와 닮았다 생각했다. 정확히는 세야와 제 사이를 닮았다고 해야 할까.

모르던 새 이미 틀어지고 지저분해진 사이. 앞치마는 빨면 다시 희게 돌아오기야 하겠지만, 그래도 흐리게 남은 얼룩은 쌓이고 쌓이겠지. 그러면 누렇게 바랜 것은 쓰임을 잃고 버려질 테다.

우리의 사이도 그렇게 버려질 시기인 모양이다. 안타깝게도.

하나 나는 마지막으로 네게 조그마한 기회를 주고자 한다. 네가 그것을 눈치챈다면, 그래서 죄의 무게를 조금이라도 가벼이 하면 좋으련만.

"난 손님을 맞을 준비를 하러 가야겠구나. 이건 네가 들고 들어와 줬으면 좋겠다."

"……원래 내 몫이야. 네가 말하지 않아도 알아서 해."

"그래."

려화가 앞치마를 세야에게 건네곤 소주방을 떠났다. 세야는 제게서 멀어지는 려화의 뒤통수를 노려보았다.

저와 려화가 달랐던 건 고작 타고난 신분뿐이었다. 한데, 그 신분 덕에 고결함을 유지할 수 있었던 주제에 저를 내려다보고 힐난한 려화가 미웠다.

너무도 미웠다. 이 자리가, 사실은 려화가 제게 마지막으로 내리는 자비를 위함임은 모르고 말이다.

려화가 준비한 식사는 전부 세 명 몫이었다. 려화가 저의 동생과 함께할 식사라면 두 명의 몫이면 족할 터인데, 어째서 세 명의 몫인지 세야는 알지 못했다. 그저 제 분노를 이기지 못하고 파르르 떠느라, 그를 의아하게 여길 새도 없었다.

의복을 새것으로 갈아입고 화장을 다시 마친 려화가, 때맞추어 방문자를 알리는 목소리에 입가에 희미한 미소를 띠었다.

며칠, 옥고를 치르느라 상한 몸을 다스리느라 예상보다 길게 자리를 비웠던 산여가 돌아와 마중하는 것을 도왔다. 산여가 돌아와서인지 마음은 한결 가벼워졌다. 소주방에서 세야와 설전을 벌였을 때보다는 말이다.

"오셨습니까."

"내 여인이 날 위해, 그것도 고마움을 표하고자 손수 식사를 준비했다는데, 내가 어찌 오지 않을 수 있겠는가."

숫제 호들갑이라도 떨 듯 기껍게 답하는 휘강을 보고 려화가 흐리게 웃었다. 산여는 황제 폐하까지 오시는 것이었냐는 얼굴로 눈을 동그랗게 뜨고는 려화를 바라보았다. 그러다간 화급히 휘강에게 예를 취했다.

곧이어, 황제보다 먼저 인사를 받을 수 없어 휘강의 뒤에 섰던 의준 또한 려화의 손님맞이를 받았다.

입구에서부터 셋은 퍽 화기애애했다. 의준은 려화에게 연신 휘강이 얼마나 멋지게 저를 구해 냈는지를 피력했고, 려화는 의준의 말에 웃으며 차분히 맞장구를 쳐 주었다. 휘강은 그 모습을 기꺼운 눈으로 바라보다간 종종 끼어들었다.

려화가 이리 맑게 웃는 것이 의준 덕임을 알아, 의준이 려화와의 대화를 주도하는데도 기분이 나쁘지 않았다. 무엇보다 제가 연모하는 여인의 동생 아닌가.

세 사람은 채선궁에 올 때면 늘 향하던 려화의 처소가 아니라, 종이 갓을 씌운 등불을 몇 개고 놓아 장식한 정원이 한눈에 보이는 방으로 향했다.

삭막하기만 하였던 정원에 소담히 쌓인 눈과, 그 눈까지 따스한 노란 빛으로 물들이는 등불이며 색색의 종이 갓을 쓴 등이 찬란했다. 앙상한 나뭇가지뿐이던 삭막한 광경이 이리 보드랍고 아름다운 광경으로 바뀌었다.

"풍취가 좋구나. 이곳에서 네가 만든 음식을 먹을 수 있다니 꿈같아."

"그리 좋게 여겨 주시니 오히려 제가 감사할 따름입니다."

"아, 물론 네 아우가 주이고 내가 부가되는 손님인 것은 아주 잘 안다."

휘강이 답지 않게 저를 낮추었다. 려화가 놀라 눈을 동그랗게 떴다가, 이내 눈꼬리를 휘어 내리며 웃었다.

457

"농이 지나치십니다."

사실 휘강에게 조금 미안한 감도 있었다. 그를 이용해 이 자리를 마련한 것이나 다름없으니 말이다. 조금이지만 가라앉은 려화의 기색을 먼저 눈치챈 의준이 려화에게 괜찮다는 듯 웃어 보였다.

"농은 아니다만, 어찌 나를 누고 남매끼리만 정겨운 눈길을 나누는가? 그것은 아무리 자애로운 짐이라도 조금은 기분이 언짢아지는데?"

목소리를 낮게 깔아 말은 그리했지만, 휘강은 여전히 웃는 낯이었다. 려화가 식탁 아래로 미안한 마음을 담아 휘강의 손을 먼저 붙잡았다.

휘강은 금세 또 슬그머니 빠져나가려는 려화의 손을 힘주어 꽉 붙잡았다. 그러곤 아예 려화의 손을 들어 입을 맞추었다.

"폐, 폐하······."

아무럼 어떤 자리든 동생의 앞이었다. 그것도 오랜만에 조우한 죽은 줄 알았던 동생 말이다. 그러니 려화는 괜히 낯이 부끄러워져 얼굴을 붉혔다.

휘강이 뭐 어떠냐는 얼굴로 의준을 바라보았다. 의준이 '보기 좋습니다. 이리 말해도 좋은지요?'하고 추임새를 넣었다.

분위기는 화기애애하였다. 곧이어 려화의 청으로 음식이 하나씩 식탁 위에 놓였다. 가짓수가 꽤 되는지라, 한 번에 한 사람이 옮길 수 없어 소주방 일을 하지 않는 채선궁의 궁녀들도 몇이나 차출되었다.

그리고 이번 식사의 중심이랄 수 있는 고기와 생선을 이용한 음식은.

마지막으로 세야가 들고 들어왔다.

"으, 음, 음식을 올리겠습니다."

전혀 예상치 못했던 황제의 등장에 세야는 아연한 기색을 감추지 못했다. 떨리는 손을 가까스로 진정시키며 세야가 식탁 중심에 송아지 요리를 놓았다. 그리고 이제는 개인 접시에 담긴 생선국을 차례로 놓아야 했다.

하나 세야는 곧바로 움직이지 못하고 한동안 얼어 있었다. 려화와 조금 전까지 의미심장한 대화를 나눴는데, 별안간 등장한 황제의 곁으로 가기가 두렵고 꺼려진 까닭이었다.

그러나 마냥 이리 서 있을 수만은 없었다. 휘강의 눈에 의아한 기색이 서리다간, 이내 자신의 즐거운 시간을 망칠지도 모를 세야를 노려보기 시작했다.

달달 떨리는 손이 주체가 되지 않아 들고 있는 소반에까지 진동이 전해졌다.

"너, 무슨 죄라도 지었나? 왜 짐을 앞에 두고 산짐승이라도 만난 것처럼 떨어 대는가?"

"아, 아니, 그것이 아니오라……."

세야가 어서 이 자리를 벗어나야겠다는 일념 하나로 드디어 손을 움직였다. 탕국이 넘치지 않도록 안간힘을 다해 떨리는 손을 진정시켜 휘강의 앞에 놓았다.

다음으로는 이곳에서 두 번째로 국을 받아야 할 사람, 려화의 앞이었다. 받을 사람은 둘이 남았는데, 소반에 남은 탕은 한 그릇뿐이었다.

휘강이 미심쩍은 얼굴을 거두지 못하고 연신 세야를 쏘아보았다. 려화는 반대로 세야를 한 번도 바라보지 않았다. 이곳에 세야가 등장하고 단 한 번도 말이다.

이 이상한 기류를 눈치채지 못할 휘강이 아니었다. 그의 입에서 허탈한 미소가 흘렀다. 려화를 탓할 생각은 없지만, 그래도 조금은 섭섭하였다. 처음부터 저는 곁다리이고, 이 식사의 진정한 주인은 죽은 줄로만 알았던 동생인 것을 알았음에도.

이 자리를 만든 목적만큼은 그래도, 직접 만든 요리를 대접하는 것뿐일 줄 알았건만.

휘강의 섭섭함을 알고 달래려는 것처럼 한참 조용히 있던 려화의 입이 그제야 열렸다.

"폐하. 그리 윽박지르시진 마십시오. 저를 보아서라도 말입니다."

"글쎄."

"변인서도 소주방도 오래 떠나 있던 제가 도움을 청한 이입니다. 한데 폐하께도 진상할 것이라 하면 긴장해 혹 음식을 망칠까 하여, 미리 전하지 못했더니 긴장한 것 같습니다."

"그저 단순히 긴장해, 그뿐이다?"

여전히 찬 기운이 뚝뚝 떨어지는 휘강의 답이 나오고 나서야, 려화는 세야를 바라보았다. 세야가 려화의 앞에도 탕국을 놓았다.

"그렇습니다. 그러니, 폐하의 방문을 몰랐으니 이 친구가 가져온 탕국은 두 개뿐이겠지요."

감히 황제에게 답하면서도 여전히 려화의 시선은 세야에게 머물렀다. 세야가 고개를 푹 숙이고 입술을 물었다.

려화의 뜻을 알아차렸다. 직접 고백하라는 뜻이다. 이번에도 음식에 무슨 짓을 했다면, 이는 황제에게도 위해를 가하는 일이 될 터이니 고백하라고. 그것이 아니라도, 죄를 먼저 나서 자백한 다면 그만큼은 봐주겠다고.

려화는 그리 단호한 의지를 자신에게 전하고 있었다. 세야가 눈을 치켜떠 려화를 노려보았다. 황제의 앞이 아니었더라면 필시 욕이라도 뱉었을 것이다.

못된 년. 그래도 한 때 친구였던 제 허물을 깨끗이 덮어 주지는 못할망정 이렇게 판을 벌이다니.

세야는 그리 생각했다. 그러니 려화가 세상에 다시없을 철천지원수처럼 여겨졌다. 세야도 황궁 안에서 나름대로는 갖은 역경을 버텨 내며 자리를 지켰다. 그러니 휘강이 미치광이 황제라는 것쯤은 아주 잘 알았다.

죄지은 자의 목숨을 얼마나 부질없이 끊어 내는지 또한 알았다. 멀리 갈 것도 없이, 자신과 함께 노 시중을 따르던 궁녀가 죽었다. 산여와 려화를 음해하는 위증을 했던 바로 그 아이 말이다.

또, 후궁 후보 살해 건은 어떠했던가. 그때는, 제가 모시던 고관대작 육관억조차도 그 대단한 신분과 재물을 가지고도 목숨을 보전하지 못했다.

그런데, 그리 사람 목숨을 우습게 아는 황제의 앞에서 죄를 고백하라고?

"그럼 하나를 더 가지러 가지 않고, 이 계집은 대체 여기서 뭐 하는 거냐? 너와 눈싸움이라도 하는 건가?"

"글쎄요. 어쩌면 할 말이 있어서일까요?"

려화가 그리 말했으면 응당 휘강의 눈은 세야를 다시 보아야 맞건만, 그는 반대로 의준을 바라보았다. 의준은 시뻘겋게 변한 얼굴로 휘강에게 송구하다는 듯 고개를 숙였다.

남매가 함께 꾸민 일인 것만큼은 확실해졌다. 휘강이 허탈한 미소를 지었다. 그가 괜히 머리를 쓸어 올리곤 그제야 세야를 다시 바라보았다. 희게 질린 얼굴은 질겁한 듯했지만, 그녀의 표정은 단순히 공포만 담고 있지는 않았다.

"려화의 말대로, 짐에게 할 말이 있는가?"

자연스레 놓게 된 손, 그 손을 려화가 다시금 먼저 잡아 왔다. 휘강은 이를 어찌 해석해야 하나 생각하다간, 저답지 않게 도무지 답을 알 수 없어 그저 세야에게나 집중하기로 했다.

하나 세야의 입 또한 쉽사리 열리지 않았다.

"대관절 이게 뭐 하는 것들이지? 짐은 이 상황을 어떻게 해석해야 하는가?"

"폐, 폐하……."

"드디어 그 입이 열렸나? 그럼 어디 지껄여 봐. 네가 뭐기에 내 여인이 짐을 이렇게까지 해서 불러들였는지 말이야."

"소, 송구하오나 저는……."

어떤 쪽을 선택해야 옳은가. 세야의 머릿속이 하얗게 비었다. 이렇게까지 되었다면 이제, 피할 수 없다. 그렇다면 제 죄를 낱낱이 밝혀야 옳겠지.

나쁜 계집. 미운 계집. 차라리 이런 시간 없이 목이 떨어져 나가게 할 것이지. 왜 이런 두려운 순간을 제게 안기는 것인지. 왜. 어째서.

세야의 눈에서 여러 감정이 뒤엉킨 눈물이 흘렀다. 감히 황제의 앞이건만, 이제는 죽음을 앞에 두니 두려울 것이 없어진 모양이었다. 세야는 려화를 노려보았다.

노려보다간, 기어이 눈을 감았다. 이 원망이 잘못된 것을 안다. 비틀린 것도, 어린 제가 이 궁에서 살아남기 위해 택한 처음이 잘못인 것도 알았다. 알아 버렸다.

그러나 그밖에 제가 할 수 있는 일이 무엇이 있었겠는가. 려화는 거기까지는 헤아려 주지 못하는 친구인 모양이었다.

하긴, 누가 앞으로는 친한 척하며 뒤로는 자신이 고난을 겪도록 사주받아 흉계를 펼친 친구를 헤아려 주겠는가. 아무렴 실수로 출궁당할 뻔한 일을 막아 주었던 착하기 짝이 없는 려화라도.

안다. 처음부터 다 알았다. 어찌 모르겠는가. 인정의 길을 버렸다 한들 처음부터 사람이 아니게 태어난 것도 아니었거늘.

알면서도 원망했다. 아둔한 연세야는 그저 그렇게밖에 제 죄책감을 지울 방법을 찾지 못했으니까. 죄악감을 모른 척하고 살 만큼 비틀린 사람이 아니었기에 오히려, 더.

"저는……. 려화가 위리안치된 그 순간부터, 려화의 식사에 회임을 막고 끝내 밥을 말리는 약을 탔습니다."

차라리, 모든 것을 체념하고 제 죄를 인정하니 몸의 떨림은 가라앉았다. 마지막으로 제가 해야 할 말은 깨끗하게 목을 타고 떠나갔다.

무엇을 음식에 탔으리란 건 알았지만, 그 정체까지 알진 못했던 려화가 숨을 들이켰다.

이미 회임할 수 없는 몸, 달거리를 하지 않는 나약한 제 태를 말리는 약이었다니.

세야를 향한 뒤늦은 원망과 함께, 이미 잃어 다시 볼 수 없게 된 아이를 향한 서글픔이 려화를 잠식했다. 몹시, 금방이라도 깨질 것처럼 투명하고 파리한 얼굴로 려화는 슬퍼했다.

잠깐이나마 려화에게 섭섭함을 느꼈던 휘강이었다. 한데 지금 려화의 표정을 보니, 제가 느끼는 섭섭함은 아무것도 아니었다. 려화의 서글픔과 상실이 휘강에게 전해졌다.

려화가 먼저 잡아 주었음에도 덤덤히 그저 자리만을 지켰던 손에 휘강이 힘을 주었다. 려화의 손을 감싸듯이 바투 쥐었다.

감히 제 아래 속한 계집, 궁녀로서 저의 여인에게 해코지한 세야를 향한 분노가 없지 않았다. 도리어 그의 안에 넘실거렸다. 하나 그는, 이 일을 심판할 자가 자신이 아님을 알았다.

이 슬픔을, 고통을 또 가슴에 한가득 삼켜 내고 평정을 가장할 자신의 사랑에게 권한을 넘겨주어야 했다. 그것이 가장 옳은 선택임을, 휘강은 곧장 깨달았다.

"괜찮은가?"

"괜찮지 않지만……, 괜찮습니다. 곧 괜찮아질 것입니다."

"내가, 그대에게 저 계집의 판결을 맡기길 바라는가?"

려화가 저의 서글픔을, 충격과 고통을 말간 담갈색 눈의 어딘가로 다 숨겨 버리곤 휘강을 바라보았다. 말간 눈이 휘어진 눈 사이로 숨었다. 려화는 웃음 안으로 울음을 삼키는 것이 몹시 익숙했다.

이것을 가르친 것이 누구인가. 휘강은 괜히 제게 또 죄책감을 없었다. 꼭 쥔 려화의 손을 올려, 그가 그녀의 손등에 입을 맞추었다.

자리에 죽은 듯 가만히 앉아 상황을 관망하던 의준은 얕은 한숨과 함께 고개를 돌렸다. 제 누이가 이 궁에서 버텨 온 것들의 일면을 직접 보았다. 그러니 그의 입안은 텁텁하기 짝이 없었다.

주인의 입에 닿아 보지도 못하고 음식은 전부 싸늘하게 식어 버렸다. 려화가 휘강의 손을 꼭 마주 붙잡았다.

"말씀드리지 않아도 제 마음을 전부 헤아려 주시니, 감사할 따름입니다."

휘강의 물음에 늦게야 답한 려화가, 이제는 다시 세야를 바라보았다. 모든 것을 체념한 세야는 자신이 알던 어릴 때의 그녀도 아니고, 방금까지 자신을 속였던 그녀 또한 아니었다.

어느새 자리에 주저앉아 무릎을 꿇고, 처분을 기다리는 여인의 체구는 참으로 작고 볼품없었다. 오동통 볼에 젖살이 올라 귀엽고 천진하게 웃던 때가 세야에게도 있었다.

하나 그릇된 선택을 마치고 지금 이 자리까지 오게 된 이상, 이제 그 과거만을 반추하는 것은 아둔한 짓이었다.

그러나 마지막만큼은 직접 제 죄를 자백한 것, 떠나간 제 아이의 목숨값까지는 세야가 모르는 것. 그것만큼은 생각해 주어야지. 그러나 네가 그리 어긋난 선택을 해서까지 아등바등 살아남으려 했던 궁에, 이제 네 자리는 없으리라.

려화가 마음을 정했다.

"연세야. 너는 이제 더는, 궁녀가 아니야."

려화의 말은 그것으로 끝이었으나, 다음이 제게 남아 있음을 세야는 누구보다 잘 알았다. 궁녀 지위 박탈. 즉 출궁 조치. 최고 결정권자인 휘강의 바로 곁에서 뱉은 말이니 이는 곧바로 실행될 것이었다.

하여 궁에서 세야가 마지막으로 지은 표정은, 허탈한 웃음이었다.

**

세야의 출궁은 아주 조용히 이루어졌다. 려화의 명으로 당장에 채선궁에서 짐부터 챙긴 뒤 간단한 조사가 이어졌다. 끝나고 나니 아직도 늦은 저녁께인지라, 잠시 채선궁에 제가 머무르던 방에서 시간을 죽였다.

그 뒤, 세야는 아무도 모를 야밤에 복숭아 농원이 있는 후문 쪽의 외진 문으로 궁을 떠나갔다.

어쩌면 려화의 배려일지도 몰랐다. 자신의 죄를 만천하에 알리지 않고 조용히 떠날 수 있게 해 준 것이니 말이다.

고마운가, 고맙지 않은가. 체념하여 죄를 털어놓았으면서도 그중 하나의 감정만을 제 것으로 할 수가 없었다. 하여 심란했고, 궁을 막 떠난 발걸음은 미련과도 같은 것들로 무겁기만 하였다.

이제 원망은 없었다. 열아홉, 도국의 나이로는 어른이었다. 풍파가 많았던 궁에서 버텨 낸 세월 동안 저도 모르게 마음은 자라 있었던 걸까. 살아남겠다는 이유로 눈앞의 이득만을 쫓느라 버려두었던 마음의 성장이 이제야 세야를 찾아왔다.

그러니, 려화의 온 마음을 알아서. 감히 폐하의 노기를 누르고 저를 살린 려화의 고마움을 알아서 더는 그녀를 원망할 수 없었다.

하나 이기적인 마음을 온전히 떨칠 만큼 제가 선한 사람은 못 되는 모양이다. 미안함보다는 궁을 떠나는 아쉬움이 우선이니 말이다.

그래도 입 밖으로 뱉지 못하는 한마디, 마음으로나마 뱉으련다.

'미안해. 려화. 미안해. 부디 네게 앞으로는 행복한 일만 있길 바라. 나 같은 건 이제 네 곁에 나타날 일이 없으니.'

이제 이번 생과도 마지막이니까. 그제야 솔직해질 수 있었다.

제 목을 죄며 얼굴을 가려 오는 검은 주머니 속에서 눈물을 흘리며, 세야가 온 마음으로 려화의 홍복을 빌었다.

까무룩, 그녀에게 밤보다 깊은 밤이 찾아왔다.

*
**

휘강을 이용한 것이 못내 미안했다. 하여 려화는 휘강에게 깊은 밤 잠시라도 저를 찾아와 달라 미리 청했다.

휘강이 어찌 려화의 청을 무시하랴, 더해 결국 먹지도 마시지도 못했던 그 식사 자리에서 려화가 곧 죽을 낯빛을 하고 있던 것도 보지 않았던가. 휘강은 두말없이, 어쩌면 려화가 청하고 예상했을 시간보다 이르게 려화를 찾았다.

"공사다망하실 터인데, 이리 이르게 저를 찾아 주셨습니까?"

"내 누구의 부름인데 늑장을 부리겠는가? 일이야 빠르게 해내면 그만이다."

휘강이 부드럽게 웃으며 다가왔다. 눈을 동그랗게 뜨고 놀라 휘강을 보던 려화가 뒤늦은 인사를 건네려 허리를 숙였다. 휘강이 곧장 려화를 말려 세웠다. 그러곤 려화의 머리칼을 쥐고 깊이 향취를 음미했다.

"인사는 이것으로 대신하지."

"폐하께서 원하신다면 그리하시지요."

아까의 일 때문인지 오늘의 려화는 평소보다 고분고분하였다. 부드럽고 상냥한 목소리가 기꺼워야 하건만, 휘강은 도리어 려화의 그러한 모습이 마음에 들지 않았다. 아니, 안타까웠다.

어쩌면 기대를 품게 하고 자신을 이용한 것이니 화가 나야 옳겠거늘, 그러니 이렇게 고분고분한 려화가 당연하게 여겨져야 하겠거늘 그러했다.

"저녁의 일로 내게 미안함을 느끼는가?"

"감히 도국을 책임지시는 만인지상의 폐하를 굶게 하였으니 어찌 그렇지 않겠습니까?"

"정녕 그것만이 미안한가?"

"그는……."

려화가 휘강의 품에 고개를 기대었다. 진심을 다 전하기보다는 그저 제 몸을 던지는 것이 아직도 편한 것인가. 휘강은 말없이 려화를 안아 주고 그녀의 등을 쓰다듬었다.

싸늘한 바깥 공기를 쐬고 실내로 들어온 것은 휘강일진대, 려화의 몸이 더욱 냉기를 품고 있었다. 휘강의 커다란 손은 몹시 따듯하여, 려화는 자꾸만 무의식적으로 그에게 기대게 되었다.

이런 사람이 아니었는데.

아니, 그는 제게 이런 사람인 줄로만 알았던 때가 있었는데. 모두 착각이었지만. 거짓이었지만.

"그는 아닙니다. 그뿐만이 아니지요……."

"그럼 또 무엇이 미안한가?"

"제가 감히……. 폐하를 이용하였습니다."

려화는 차마 휘강과 시선을 마주할 수 없다는 듯 고개를 수그렸다. 그는 려화가 제 시선을 피하는 것이 더 마음에 차지 않았으므로, 려화의 고개를 들어 올렸다.

시선을 맞추기 위해서였건만, 려화의 죄책감을 가득 담은 붉은 입술만 보였다. 고개를 숙이고 있던 동안 얼마나 잇새에 물고 괴롭힌 것인지 붉게 부은 입술이.

휘강의 엄지가 려화의 붉은 입술을 매만졌다. 붉은 것이 꽃물을 들인 듯하였다. 아니, 꽃잎은 이만한 물기를 머금지 못한다. 이처럼 슬프기보다는 한때의 화려함으로 제 생을 빛나게 할 작정밖에 모르지 않는가.

그렇다면 꽃보다 더욱 려화의 입술을 닮은 것은 무엇인가. 둥근 함 안에 숨은 보석이려나. 보석처럼 감정이 없고 단단하지 않으니 그조차도 아니었다. 세상 무엇을 빗대어도 려화의 입술이 지닌 아름다움과 그를 빛낼 감정들을 모두 표현할 수 있을까.

하나 반드시 닮은 것을 찾고자 한다면.

그래. 석류 알을 닮았다. 서글픈 씁쓸함과 아릿한 새콤함이 숨은 그것. 보석을 닮았으나 보석보다 찬란한 바로 그것 말이다.

휘강의 시선을 어찌 해석한 것인지, 려화가 먼저 발꿈치를 들었다. 그래도 한 뼘은 모자란 길이에 려화의 입술은 아슬아슬하게 휘강의 턱 끝이나 스쳤다.

그녀의 손이 휘강의 목을 감았다. 파르르, 속눈썹이 떨리며 눈이 감겼다. 휘강이 려화의 청에 응하듯 그녀의 입술에 제 입술을 겹쳤다. 하나 거기서 더 깊어지진 않았다.

오로지, 저 붉은 슬픔이 터져 올라 저를 다 적시기 전에, 그저 매끈한 붉은 빛의 아슬아슬한 달콤함만을 취하고 물러갔다.

"어찌……."

영문 모를 시선으로 려화가 휘강을 올려다보았다. 언제부터일까. 휘강은 이제, 려화의 말간 담갈색 눈 안의 고요하지만 진득한 슬픔이 모두 보였다. 알지 못했던 세상들이 그의 앞에 펼쳐졌다.

"오늘은 여기까지다."

"제게, 죄를 사해 달라 청할 기회조차 뺏으려 하십니까?"

"그것이 아니다."

려화가 제 말간 눈을 눈꺼풀 속에 숨겼다가 꺼내듯 눈을 깜박였다. 영문을 모르겠다는 저 표정이 상황에 맞지 않게 왜 이리도 깜찍한가. 휘강은 절로 입에 미소를 머금게 되었다.

역시, 이리 배우는 하나하나가 사랑인가.

곧 웃음에는 쌉싸름한 맛이 배었으나 그래도 괜찮았다. 여전히 입에 들어오면 단숨에 목구멍으로 쑥 넘기고 싶은 달콤함이었다. 휘강이 배워 가는 사랑이라는 감정은 그러했다.

어쩌면 이리도 달고 애틋해, 하지 않던 짓까지 일삼게 되는 것일지도 모르겠다.

"그대에게 받고 싶은 것이 없다. 내 그대에게 주고 싶은 것만이 있을 뿐. 그러기엔 이 채선궁이 비좁기에, 나는 오늘 밤 그대와 이곳에만 머물러 있고 싶지 않음이다."

"저는, 도통 무슨 말씀이신지……, 꺅!"

휘강이 더 말할 것도 없다는 듯, 려화를 아예 들어 안았다. 단숨에 그리되어 깜짝 놀란 려화가 본능적으로 휘강의 목에 감아둔 두 팔에 힘을 주었다. 허공에 붕 떠오른 몸에 한 번, 침상으로 향하지 않을 것임에도 절 들어 안은 휘강에게 한 번 놀랐다.

"폐하!"

"모르겠다면 보면 될 일이다. 가는 길에는 하나만 알면 될 일이고."

"대관절 무엇을 말입니까?"

"내가 그대에게 줄 것이 있다는 사실 말이다."

휘강은 그리 말하곤 거침없이 걸었다. 채선궁을 빠져나오는 것은 몹시 금방이었다. 그러나 그의 품에 안긴 려화는 어떠한 흔들림도 느끼지 않았다. 마치 구름에 쌓여 흘러가듯, 부드럽기 짝이 없었다.

이리할 수 있는 것도 능력이다. 제가 불편함을 느끼지 않도록 휘강이 배려하는 것이기도 하였다. 려화는 저도 모르는 사이에 휘강의 목에 감은 손에 힘을 주었다. 그를 믿고, 그렇기에 더욱 그에게 기대게 되었다. 려화 자신도 모르는 변화였다.

마음의 벽이 이리 허물어지고 있음은 말이다.

"날이 좀 추운데 괜찮은가?"

"폐하께서 따뜻하셔서, 지금은 모르겠습니다."

"내가 그대를 내려놓아도 춥지는 않아야 할 터인데."

려화의 답이 생각지 못하게 사랑스러워 휘강은 절로 입가에 미소를 머금었다. 곧 휘강이 려화에게 줄 것들을 준비해 둔 곳에 도착했다.

두껍게 누빈 천을 둘러 만든 천막이 보였다. 본디는 겨울철 국가에 행사가 있을 때, 황제가 추위를 피할 수 있게 만든 귀한 것이었다.

흰 비단에 금실로 자수를 넣어 만든 고급스러운 누빔 천을 길게 늘여 놓은 천막, 그마저도 들어오는 바람이 추울까 작은 화톳불도 세 개나 피워 두었다.

그 한 가운데에는 차를 즐길 수 있도록 준비된 작은 상이 놓여 있었다. 두 사람이 마주 보고 차를 즐길 수 있도록 놓인 의자 또한 누빈 비단으로 바닥과 팔걸이, 등받이를 대어 참으로 따듯할 것으로 보였다.

하나 이것들은 그저 눈앞에 펼쳐진 다른 풍경을 즐기기 위해 준비된 것에 불과했다.

"이게 다……."

"그대는 수국을 좋아해. 궁에서 수국을 보고 싶다 말한 적이 있었다. 내 옳게 기억한 것인가?"

휘강은 내심 뿌듯한 표정으로 그리 말했다. 려화는 아연하여 주변을 돌아보느라, 휘강의 그 뿌듯한 표정을 살피지조차 못했다.

휘강이 조심히 려화를 내려놓았다. 려화는 홀린 듯이 휘강을 벗어나 제 눈앞에 보이는 화려한 풍경으로 다가갔다.

수국이 있었다. 겨울이니 꽃이 필 리 없건마는 수국이 말이다.

하나 작지만 선명한 이파리가 색색을 뽐내는 보통의 수국과는 달랐다. 되레 투명했다. 투명한 꽃에, 바닥에 놓인 촛불의 은은한 빛이 타고 올라 반짝반짝 빛이 났다.

려화는 저도 모르게 다가가 수국의 작은 이파리에 손끝을 가져다 대었다.

'차가워······.'

금세 뗀 손끝에는 물이 묻어났다. 려화가 동그랗게 뜬 눈으로 휘강을 돌아보았다. 먼저 의자에 착석한 휘강이 흐뭇한 눈으로 려화를 보고 있었다.

"이걸 전부, 이리 짧은 시간에 준비하신 것입니까?"

"그리 짧은 시간은 아니었다."

"하나 제가 폐하께 와 주시라 청한 것은······."

"그로부터 준비한 것은 이 찻잔일 뿐이라, 수국은 내가 황궁으로 돌아오는 날부터 준비한 것이니 짧은 시간은 아니었지."

려화의 눈가부터 볼까지 발그레하게 붉은 빛이 번졌다. 단순히 춥기 때문은 아니었다. 려화의 볼이 미어지도록 바람이 불어대기 때문도 아니었다.

수국을 이룬 얼음이 녹은 것과 같은, 아주 투명한 물기가 려화의 눈가에도 어렸다. 주체할 수 없이 날뛰는 감정의 물꼬가 터졌다. 기실 격렬함을 잊었던 려화의 안쪽에서 무언가가, 자꾸만 자라났다.

려화는 차가운 숨을 크게 들이켜 제 속을 달랬다. 달래고는 천천히 휘강의 곁으로 걸어갔다. 걸음이 멎자 려화가 깊이 허리를 숙였다.

"이리……, 큰 것을 주실 줄은 몰랐습니다."

"그리 기쁜가?"

"감읍합니다. 그럴 따름입니다."

휘강이 자리에서 일어나 다시금 려화를 안았다. 기다렸다간 준비한 찻물이 식으리라, 려화가 도통 자리에 앉을 생각을 하지 않으니.

휘강이 려화의 금세도 차게 식은 볼에 가볍게 입을 맞추고는 준비된 자리에 앉혔다. 그녀가 앉은 자리에는 새카만 오가 준비되어 있었다. 휘강이 곤룡포 위에 흰 외투를 두르고, 흰 유에 석류군 치마를 입고 있던 려화는 그 위에 준비된 오를 두르게 되었다. 두 사람의 모습이 마치 서로의 차림을 그대로 반전한 듯 되었다.

려화가 그것을 깨닫곤 작게 웃었다. 아직 촉촉한 눈가가 휘어지며 빛나는 것이 하늘 위에 뜬 초승달과 닮았다. 휘강의 눈에 그것이 매우 아름답게 보였다.

오늘의 달은 기울어 갸름하고 흐릿했다. 어두운 밤을 비추는 것은, 오늘만큼은 달이 아니라 총총히 뜬 별이다. 려화에게 걸쳐 준 새카만 오가 오늘의 하늘과 닮아 있었다. 금실 은실로 작게 수놓은 잔꽃들이 별처럼 보였다.

"그대의 볼이 차갑다. 따뜻한 차로 몸을 녹여야지."

"천막 안은 마치 봄인 양 훈훈합니다. 이리 좋은 것을 주셨으니, 차는 제가 대접해야 옳겠지요."

려화가 김이 오르는 뜨거운 물이 담긴 물동이와 주전자 쪽으로 손을 뻗었다. 하나 휘강이 잽싸게 려화의 손을 붙잡아 말렸다.

"내가 오늘 그대에게 주고자 했던 것이 바로 이것이다. 저것은 오늘의 여흥을 빛낼 배경에 지나지 않고 말이야."

"예?"

"황제가 손수 우린 차를 대접하겠다는 뜻이야. 그대에게, 생에 처음으로."

그리고 곧장 시작된 휘강의 다예 솜씨는 수준급이었다. 무릇 황제라면 누군가의 시중을 받는 일이 훨씬 익숙할 터였다. 아니, 나고 자람에 있어 제 손으로 이리 차를 우리고 따를 일이 없을 터였다.

장인서에서 차를 맡은 궁녀들이 찻잎을 준비하고, 그를 황제 궁의 궁녀가 우려 올리면 마시면 그만. 그것은 황제가 아니라 태자라도 마찬가지였다.

궁에서 나고 자란 이들이란 무릇 궁을 떠나게 되더라도 제 손 발로 이런 일은 하지 않는다. 그것이 옳았다. 간혹 어린 시절 어미나 황태후가 원하거든 연습해 올리는 경우도 있었다고는 하지만.

휘강은 자신이 우린 차를 대접하는 것은 생에 처음이라 하였다.

"모르는 제가 보기에도 솜씨가 좋으십니다. 또한, 감히 제가 폐하께서 내주신 차를 마셔도 좋을지 모르겠습니다."

"어릴 때, 그나마 내 어머니의 건강이 좋았을 때는 어머니께서 내게 차를 우려 주셨지. 그것을 눈대중으로 보아 기억하고 있었다."

"그러셨습니까?"

"어머니께서는 얼마 안 가 시름시름 앓다 명을 달리하셨지만 말이다."

제 어미의 죽음을 논하면서도, 휘강은 감흥이 없어 보였다. 도리어 려화의 눈에는 그러한 휘강이 더욱 슬프게 보였다. 그가 슬퍼할 수는 있는 사람인가, 그리 의심하던 것이 얼마 전까지건만.

동질감일까, 저 또한 눈앞에서 어미를 지켜 내지 못하고 하늘로 보낸 일이 있으니 말이다. 려화는 한때, 어쩌면 자신의 존재로 어머니가 죽었다고 여겼다. 저를 밀어내고 동생을 끌어안은 채, 온몸으로 불길을 받아 내던 어머니의 모습이 밤마다 악몽으로 되살아나 그녀를 괴롭히던 시절도 있었으니 말이다.

어쩌면, 지금은 저리 평온하게 제 어머니의 죽음을 말하는 휘강 또한 그런 때가 있었을는지도 모른다. 제가 태어난 것만으로, 어머니는 반려의 무관심보다 더한 냉대를 받게 되었으니.

"그리고 전쟁터를 전전하게 되었지. 종종 날이 추우면 따뜻한 차 한 잔이 그립더군. 어머니가 우려 주시던 차를 떠올리는 감상적인 사람은 못 되는 나라도."

"폐하께는 마음까지 함께 녹여 주는 한 잔이었을 테니 말입니다."

"말했잖아. 안타깝게도 내게 그런 감상적인 부분은 존재치 않아. 그저 습관 같은 것이었지. 그러나 내 처지가 그러하고, 합리적인 것을 좋아하는 성정이 그러하니 전쟁터에 차 우리는 아랫놈을 끌고 다닐 순 없지 않았겠어."

"해서, 직접 우려 드셨습니까?"

휘강은 그저 잔잔하게 웃었을 뿐, 달리 답하지 않았다. 대신에 물줄기를 가늘게 뽑아내어 곱게 말린 찻잎에 담긴 맛 하나하나를 전부 뽑아내려 하였다.

려화는 일견 묘기처럼도 보이는 그 광경을 잠시 홀린 듯 바라보았다. 휘강의 긴 팔을 따라 저 높이서부터 이어지는 끊길 듯 가느다란 물줄기가 화롯불과 등불의 노란 빛을 머금어 반짝였다.

"그거 아느냐?"

"무엇을요?"

"방금 보여 준 것은, 내 네게 보여 주려 연습이란 걸 좀 하였다."

"아하하, 폐하께서요?"

짓궂은 농을 뱉듯 장난기 어린 목소리로 말한 휘강 덕에 려화의 입가에 해맑은 웃음이 고였다. 시원하고, 달고, 부드러운 웃음이었다. 이른 봄 여린 햇살 위에 고인 이슬처럼.

휘강은 려화가 과거와 같이 소녀처럼 터뜨린 그 웃음이 좋았다. 슬픔 한 조각 남기지 않고 말갛기만 한 웃음이 차의 아쉬운 단맛조차 채워 줄 것 같았다.

"맛보거라."

다 우려진 차는 아주 맑은 수색을 띠고 있었다. 어쩌면 려화의 눈동자와도 닮은 따뜻한 담갈색이었다. 려화가 찻잔을 손에 쥐었다.

휘강의 품에 안겨 있을 때의 그 온기, 열기에 가까운 뜨끈함이 찻잔에서 느껴졌다. 그것에 차게 얼어 곱았던 손이 사르르 녹았다. 손끝에 피가 돌며 붉은 꽃이 피었다.

"맛보래도."

"귀한 것입니다. 향과 온기부터 천천히 음미하려 합니다."

"짐의 솜씨를 믿지 못하는 것은 아니고?"

"어찌 감히 그리 여기겠나이까?"

그저 잠시 상황과 온기에 취해 있던 려화가, 휘강의 채근에 결국 찻잔을 입으로 옮겼다. 달콤한 향이 따뜻한 공기를 머금고 려화의 코를 촉촉이 적셨다. 이내 찻잔에 입술이 닿았다.

머금은 찻물은 향처럼 달지는 않았다. 그러나 적당한 쌉쌀함과 부드러움, 풍부한 고소함이 느껴졌다. 고소함은 특히나 곡물차인가 싶을 정도였다. 휘강이 우리는 것을 보았을 때 분명 여러 종류의 말린 잎만이 보였는데도 말이다.

"맛이……. 제 미욱한 세 치 혀로 표현하기 어려울 만큼 풍부하고 좋습니다."

"그대의 입에 맞는다면 그로 족한 일이다."

휘강 또한 그제야 흐뭇하게 웃으며 제 앞에 따른 잔을 비우기 시작했다.

"폐하의 어머니, 그러니까 황태후께서 폐하께 우려 주신 차도 이것이었습니까?"

달리 할 말을 찾지 못한 려화가 휘강이 했던 말을 더듬어 짚어선 화제를 찾았다. 휘강이 마시다 만 잔을 내려놓았다. 잔을 더 드는 그의 손끝에 많은 생각이 어렸다.

"이건 오직 내가 그대를 위해 준비한 것이다."

"그렇군요……."

"그대의 모자란 열을 보하고, 울혈을 풀어내고, 그대가 배신당해 모르는 사이 먹은 약을 해독하는 것이니 어쩌면 차이기 이전에 약이기도 하다."

려화 또한 잔을 내려놓았다. 제 몸에 조금이라도 이상이 있는 부분을, 무엇 하나 놓치지 않고 있었다. 눈앞의 휘강이 말이다. 그것이 참으로 오묘했다. 제 모든 것을 몰라주던 이, 그리하여 자신으로 하여금 그를 향한 모든 감정을 거세하게 했던 그가 지금은 오로지 자신을 향해 곧은 시선을 보냈다.

더는 피할 수도, 무시할 수도 없게. 따뜻한 물방울처럼, 흘러넘쳐 조용히 떨어지던 그의 감정은 기어이 려화의 가슴에 파문을 일으켰다. 단단히 굳어져 무엇도 느끼지 못하던 메마른 땅에 다시금 무언가를 피어오르게 하고 있었다.

미웠다. 밉고 원망스러웠다. 왜 이제야, 왜. 더는 미워할 수 없었다. 그는 이제 더는 자신의 가족을 죽인 원수도 아니었으며, 진짜 원수로 인해 자신과 함께 고통받은 피해자였다.

다만 하나 다른 것이 있다면, 저는 휩쓸려 왔고 그는 단단하게 버텨 내 원수를 끌어내렸다. 그리고 죽은 줄만 알았던 동생을 찾아내 제게 안겨 주기까지 하지 않았던가.

다시금 려화의 눈가가 발갛게 달아올랐다. 단단히 걸어 잠갔던 마음이 깨져 봇물 터지듯 터진 감정은 참으로 여러 가지를 담고 있었기에. 가장 우선한 것은 모든 것을 인정하고 싶지 않은 아집이었기에.

"내가 함부로 그대의 아픔을 다스리고자 하여 화가 났는가?"

"이런 분이 아니셨잖아요."

어쩌면 동문서답 같은 말이 불쑥 튀어나왔다. 울음을 참는 목소리는 참으로 볼멘소리와 닮아서, 휘강은 잠시 놀라 눈을 둥그랗게 떴다가 곧 휘어 고운 웃음을 만들었다.

표정이 없을 땐 날카롭게만 보이던 인상도, 사랑하는 여인을 앞에 두고 부드럽게 웃거든 세상에 다시없이 좋은 사람처럼 보였다. 휘강이 그러했다.

그는 려화의 변화가 기꺼웠다. 지금 려화가 투정 부리듯 뱉은 이 말은, 근래 겪었던 려화의 무엇보다도 진심에 가까우리라. 그것을 알아서, 휘강은 려화의 저 말이 무섭기보다는 반갑고 고마웠다.

"앞으로 계속 이런 사람이 된다면, 그대는 그게 싫은가?"

"싫지 않습니다. 그것이 두렵습니다. 폐하, 저는……."

"어느 날 내가 다시 돌변하여, 그대를 힘들게 할 것이 두려운가?"

머뭇대며 대답을 피하던 려화가 단단히 턱을 굳혔다. 기어이 려화의 눈에서 눈물이 후드득 떨어졌다. 휘강의 눈동자에 곧장 안타까움이 내려앉았다. 려화가 눈을 꼭 감고, 떨어지는 눈물을 주체하지도 못한 채 고개를 끄덕였다.

그 한 번의 솔직함이 려화에게는 얼마나 힘들었을까. 지금의 휘강은 려화를 아주 조금이나마 이해하고 알 수 있었다. 상처 입고 역경을 거치며 흉터로 단단하게 싸인 외피는 그녀를 어른스럽고 강인한 사람으로 보이게 하였으나, 그 안에는 여전한 여린 속살이 존재함을.

지금의 대답이 제 속을 다 보이는 것이기에 또한 려화에게 얼마나 어려운 것인지를.

휘강이 자리에서 일어나 려화의 바로 곁으로 다가갔다. 그러고는 주저 없이 무릎을 꿇었다. 려화보다 조금 낮아진 시선에, 고개 숙여 제 눈을 피하던 려화의 눈과 맞추어졌다.

새빨갛게 눈물로 익은 눈 안의 담갈색 눈동자가 바들바들 떨리고 있었다. 어여쁜 사람. 어여쁘고 가여운 사람.

"사실은, 나 또한 내가 무섭다."

려화가 솔직하게 제 속살을 내보였으니, 휘강 또한 솔직함으로 려화를 마주하지 않으면 안 되었다.

"나 또한, 빌어먹을 아비를 닮아 나의 반려를 외롭게 두고 냉대하다간 잡아먹지 않을까 두려웠다. 빌어먹을 아비와 같은 사람일까 걱정했다."

려화가 고개를 저었다. 예비궁녀 시절, 휘강의 입으로 들었으나 휘강이 아닌 얼굴 모를 황제의 이야기인 줄만 알았던 것들이 떠올랐다. 그리 휘강이 조금씩 보여 주었던 제 상처들을, 려화는 지금껏 외면해 왔었다.

그때 휘강이 했던 말들이 사실은 모두 제 이야기였겠구나 하고 생각했으면서도, 그를 연민할 마음이 제겐 없었다. 거기까지 생각이 미치기에는 저도 아프고 힘들었다. 그리고 또한, 휘강이 너무나 미웠으니까.

그러나 지금은, 이제는 그럴 수 없었다. 그의 아픔이 너무도 솔직하게 려화에게 닿아 왔다.

"또한, 예전부터 그대를 향하던 나의 마음을 연심이라 생각할 수 없었다. 내가 아는 나는, 저주받은 핏줄을 받아 그런 간지러운 감정을 가질 수 없는 사람이라 여겼기 때문에 그러했다."

담담하게 뱉는 휘강의 모든 말이, 절절했다.

"그때도 나는 그대를 곁에 두고 싶었음에도."

휘강이 려화의 손을 붙잡았다. 가는 손목, 마른 손끝이 단단하고 따뜻한 손에 휘감겼다. 작은 찻잔의 온기로도 쉽게 데울 수 있는 약하고 가녀린 사람. 그런 사람을 이리 얼음장처럼 차갑게 만들었으니 제 죄는 평생 속죄해도 다 갚을 수 있을까.

휘강이 탁자를 덮은 천 아래 숨겨 두었던 것을 꺼냈다. 모든 것을 준비함에 앞서, 이것을 찾는 것이 가장 오래 걸렸다.

고급스럽지만 세월을 뒤집어써 낡아 버린 작은 함이 열리고, 온갖 어여쁨을 담아 만든 작은 장신구가 드러났다.

나이를 타지 않는 목걸이, 작지만 화려한 귀걸이. 머리 장식 일체까지. 똑같이 생긴 네 장의 꽃잎을 주제로 한 장신구였다.

한 번도 본 적은 없었지만 려화의 눈에는 마음에 오래 품어 익숙한 것이기도 했다.

려화가 열 살 생일에 받아야 했던, 바로 그 장신구였다.

"으흡……!"

이미 흐르고 있던 눈물은 그 샘이 마르지도 않는지 더욱 거세게 려화의 눈을 비집고 흘러나왔다. 혼절이라도 할 것처럼 펑펑 울어 대는 려화를 휘강은 그저 말없이 품에 안아 도닥였다.

더 무엇을 바라지도, 이것으로 려화가 제게 마음을 돌리기를 원하지도 않았다. 이제 휘강은 그저 제 곁에 남아 있어 주는 것만으로도 려화에게 감사할 줄 알았다. 해서 려화가 숨이 넘어갈 듯 우는 시간을 그저 조용히 기다렸다.

탁자 위의 찻잔에는 여전히 반 잔씩 차가 남았다. 그것이 천막 안의 훈훈함만으로는 버틸 수 없어 기어이 싸늘하게 식었을 때에야 려화의 눈물은 그나마 잦아들었다.

휘강이 제 품 안의 려화를 끌어안은 팔에 좀 더 힘을 실었다. 그러곤 려화가 앉았던 자리에 앉아 그녀를 제 무릎 위에 앉혔다. 휘강은 어쩌면 자애롭다는 말이 어울릴 정도로 온기 가득한 표정으로, 려화가 울음을 온전히 그칠 때까지 그녀를 그리 바라보았다.

이 상황이 겸연쩍고 어쩔 수 없이 부끄러운 것은 오로지 려화 한 사람뿐인 것 같았다. 려화의 볼이 아까와는 다른 이유로 발그레해졌다.

"돌아가신 양친을 좀 더 추억해도 좋다. 나는 신경 쓰지 않아도."

"폐하……."

"혹 추운가? 그렇다면 다시 채선궁으로 돌아가도 좋고."

"그것이 아니라……."

"그럼, 그럼 왜."

휘강이 려화의 찻잔을 쥐었다. 무예를 익히며 따라 익힌 신묘한 재주로 식은 차를 다시 따뜻하게 데웠다. 눈물을 쏟아 내느라 말라붙은 려화의 목소리가 안타까우니, 그를 축여 줄 셈이었다.

려화가 잔을 받아들고, 찔끔찔끔 목을 축였다. 개운한 것도 같고, 그러나 아직 목구멍에 크고 단단한 무엇이 박혀 튀어나오지 않는 듯해 답답하기도 했다.

그러나 목구멍에 박힌 앙금은, 고작 남은 차 반 잔으로 스르르 풀려 버렸다.

"……이제 저를 더 놀라게 하실 건 없으시지요?"

"놀랄 일이었는가?"

"여러모로요."

속을 다 털어 내듯 울고 난 이후여서인가. 휘강이 보기에 려화의 담갈색 눈동자는 전에 없이 맑게 빛나는 듯 보였다. 하늘의 별을 가져다 대어도 려화의 영롱한 눈동자보다 아름다울까.

차마 그것을 만질 수 없으니 아쉬움에 휘강의 입술은 려화의 차가운 손끝에 닿는다. 이리 성애보다는 연심에 가까운 접촉에도 항상 몸을 굳히던 려화였다. 한데 더는 그러지 않았다.

의도한 것은 아니나, 려화의 마음에 한풀 여유가 생겼는가. 그것만으로도 좋았다. 휘강은 려화를 향한 연심과 함께 또 하나를 배웠다. 바라지 않는 것. 그저 바라지 않아도 네가 좋다면 나 또한 그것으로 족하다는 마음.

"오늘 이리 차를 대접해 주신 마음도, 제가 평생 찾지 못하리라 여겼던 부모님의 마지막 선물을 찾아 주신 것도요."

"놀랄 일이라곤 여기지 못했다. 그저 그대가, 기뻐하기를 바랐다."

"기쁘기도 했습니다."

"울기도 했잖은가."

휘강의 목소리에 옅은 장난기가 배었다. 려화가 휘강을 살짝 흘겼다. 그마저 귀엽고 사랑스울 따름이라 휘강은 그저 웃었다.

펑펑 흘려낸 눈물 끝에 려화가 이리 맑은 표정을 담을 수 있게 되었으니 오늘의 이 시간은 성공이라, 휘강은 그리 여겼다.

"울린 것도 폐하십니다. 폐하께서 준비하신 것들로 흘린 눈물이 아닙니까?"

새침하게 말하는 투는 휘강에게 몹시 그립고도 애틋한 그때와 닮아 있었다. 그저 기꺼운 시간, 어쩌면 제가 준비해 려화에게 준 것보다 그로 인해 제가 얻은 것이 더 많은 것만 같았다.

"미안하다."

"그것을 미안하게 여기시라 드린 말씀은 아니고요."

"그럼 뭔가?"

"저 또한 폐하께 눈물의 복수는 해야지 않겠습니까?"

말은 복수라 하였으나 려화의 목소리는 가볍고 영롱하기 짝이 없었다. 하여 휘강은 그리 긴장하지도, 개의치도 않으며 려화의 다음 말을 기다렸다.

"무엇이든 받으마. 그대에게 죄가 많은 내가 아니냐."

하나 려화가 꺼낸 말은, 휘강이 생각조차 하지 않던 말이었다. 그러나 바라마지 않던 말이기도 하였다.

"감히 일개 여인에 지나지 않는 저이나, 폐하를 용서합니다."

어떤 의미로는 정말 눈물의 복수가 되었다. 이번에는 휘강의 눈시울이 붉어졌으니 말이다.

하나 휘강은 사내가 되어 제가 연모하는 이의 앞에서 차마 눈물을 보일 수는 없다는 생각에, 목구멍을 넘으려는 어떤 것을 가까스로 참아 내었다.

그리고는, 그저 려화를 품에 꽉 끌어안았다.

*
**

황궁 전역에 누구도 보지 못하는 일이 없도록 엄청난 양의 방이

붙었다. 사흘 내로 죄인 노필상의 죄에 어떠한 처벌을 내리는 것이 합당할지, 궁에 있는 자라면 그 누구라도 생각을 밝혀 올리라는 내용이었다.

려화의 예상이 거의 적중한 것이었다. 다만 려화는 이를 신료들만으로 한계 지었다면, 휘강은 그 영역을 더 넓혀 황궁 모든 이에게 의견을 밝히라 하였을 따름이었다.

"궁녀들의 상소가 도착했다 합니다. 폐하, 이것으로 마지막입니다."

"그러한가. 고생했네."

주름이 자글자글한 얼굴이건만 표정 때문인지, 유 태감은 칼끝 하나 들어가지 않을 것처럼 날이 서 보였다. 한데 자세히 살피면 입술이 비죽 나와 있는바, 필시 어떠한 불만이 있는 것으로 보였다.

휘강은 노필상을 잡아 족치는 일에 몰두하느라 유 태감 쪽은 쳐다보지도 않았다. 그러나 오랜만에 다시 불러들인 것이라 하여도 지난날 손발을 맞춰 온 시간이 있는바.

"뭐가 또 불만인가?"

휘강은 얼굴을 살피지 않아도, 아무렇지 않은 것처럼 들리는 유 태감의 목소리만 듣고도 그 불만을 꿰뚫어 보았다.

"어찌 감히 만인지상의 폐하를 모시는 일에 있어 불만이 있겠습니까?"

"만인지상의 짐을 모시고 있는 게 불만이로군."

유 태감은 황제인 휘강의 물음에도 감히 답하지 않았다. 그렇지 않다 답하지 않음은 곧 긍정이라, 휘강이 피식 웃으며 앞에 놓인 상소들을 치워 내고 그제야 유 태감을 보았다.

마침 눈이 피로하던 참이다. 미간을 주무르며 저를 보는 휘강을 유 태감은 또 감히 마주 보았다. 나이도 있겠다, 태자 시절의 휘강을 돕기도 하였겠다. 이 정도의 무례를 휘강이 트집 잡지 않을 것은 알고 있으나, 혹여 트집 잡는대도 어떠한가.

살 만큼 살았으니 먼 길 떠나면 될 일을.

"태감이 되어선 황제를 보는 눈이 불손하지 않은가?"

"폐하."

"할 말 있으면 하라."

"이제 제 할 일은 끝나지 않았겠습니까?"

멀리 돌아 말하자면, 작금 휘강이 다스리는 도국은 제국이었다. 그리 칭해도 부족할 정도로 아주 큰 땅덩이를 가진 나라였다. 더해 이러한 규모를 유지한 것도 참 오랜 세월이었다.

그러니 어떻겠는가. 제국의 성세가 그러하니 도성 중앙을 차지한 황궁의 규모 또한 남달랐다. 그곳을 오가는 양민 신분 이상의 모든 이들에게서 상소를 받아 냈다.

면밀히 살피고 결정하는 것은 휘강이라 하나, 그에 앞선 처리를 위해선 응당 태감의 손이 차고 넘치게 필요했다.

일흔도 아닌 여든에 가까워지고 있는 나이의 유 태감이었다. 과중한 업무가 아니겠는가? 또한 치사하게 덧붙이자면 처음 휘강이 저를 다시 궁으로 불러들인 것은 이러한 쓰임을 위함이 아니었다.

"왜?"

"예?"

"왜 그리 생각하는가?"

휘강의 물음에 유 태감은 순간 할 말을 잃었다. 이리 쉽게 당황을 일삼는 성격은 결코 아님에도 말이다. 유 태감이 얕은 한숨을 뱉었다.

"폐하께서 소인을 다시 궁으로 불러들이시며 무어라 하셨습니까?"

"내 여인을 지키라 하였다."

"그리고 채선궁의 주인은 지금 더는 위험할 일이 없지요."

"아, 려화가 기댈 기둥이 되어 달라고도 하였지."

휘강이 몹시 얄밉게도 말을 덧붙였다. 유 태감의 눈빛이 저도 모르게 불손해졌다.

지금보다 어렸던 적엔 온 사방에 가시를 세우고 다니는 모습이었던 것 같은데. 어느새 이리 유들거리며 사람 속을 뒤집게 되었던가.

가진 것이라곤 일신의 힘뿐이었던 핏덩이가 이리 자라고 사람의 태를 갖추는 것은 기꺼웠으나, 그리 배운 유들거림을 제게 행사하는 것은 마냥 유쾌하지만은 않은 경험이었다.

"이제는 폐하께서 직접 기댈 곳이 되어 주셔야지요."

"아아, 글쎄······."

"그러기 위해서 지난 밤 그리 큰일을 벌이신 것 아니셨습니까?"

"큰일이랄 게 있었나? 짐과 려화 둘만의 시간을 가진 것뿐인데. 여느 때처럼."

말은 그리하면서도 휘강의 얼굴에는 만족스러운 웃음이 그득 고여 있었다. 오늘따라 어찌 이리도 얄미울까.

"여느 때와 같다 할 수 있겠습니까. 쓰인 인력과 금전이 얼마인데요."

"인력이야 짐이 놀던 놈들을 잡아 온 것이고, 금전이야 짐의 내탕금 아니던가."

"해서 트집 잡을 것이 없으니 속이 좀 쓰립니다. 폐하."

"짐을 이만큼이라도 물고 늘어질 솜씨를 지닌 이는 그대뿐이니 너무 배 아파 말라."

기어이 유 태감이 이마를 짚었다. 끙 앓는 소리까지 내는 유 태감을 보고 휘강이 한 번 피식 웃었다. 어느새 그의 눈은 다시금 상소들을 훑기 시작하고 있었다.

큰 죄를 엄히 다스려야 옳으나 어차피 죽음이 머지않은 시기, 그 연배를 따져 온정을 베푸는 것도 나쁘지 않겠다. 혹은 구족을 멸하여도 옳겠다.

노 시중의 벌을 정하는 상소문은 이리도 중간이 없었다. 다만 엄하게 벌하라 말하는 이들도 무작정 노 시중의 사람이 아니라 여길 수는 없으니.

휘강은 상소를 올린 이가 노 시중에게 그러한 처벌을 원하는 논지를 몹시 꼼꼼하게 살폈다. 간혹은 상소문을 작성한 이의 이름을 찾아 조사해 둔 명부와 대조해 보기도 하였다. 그때, 유 태감의 목소리가 끼어들었다.

"사비에 인력까지 들여서 보낸 시간은 성과가 좀 있으셨습니까?"

"알면서 묻는 것으로 들리는데?"

"내탕금은 뒤로하고 인력은 할 일 없는 놈들을 쓰셨다 하여도 나라의 녹, 백성의 혈세를 받는 이들입니다. 사사로이 쓰실 수야 없지요. 소인은 폐하께서 그에 합당한 성과를 올리셨는지 묻고자 하옵니다."

"건방지기 짝이 없도다."

휘강이 무덤덤한 목소리로 그리 말했다. 유 태감의 말에 담긴 진의를 파악한 탓이다.

유 태감은 휘강에게, 그래서 려화에게 온당한 자리를 약조하였느냐 묻고 있었다. 그 자리를 려화가 허락하여, 내명부에 온당히 이름을 올릴 수 있겠느냐고.

휘강에게는 적어도 려화에게만큼은 염치라는 것을 챙기게 되었다. 하여 려화에게 사소한 부담이라도 될 일일랑 감히 만들 수가 없었다. 려화는 저를 용서한다고 하였으나, 그는 아직도 자신이 려화에게 무엇을 바라서는 아니 된다 여겼다.

한데 려화에게 첩지를 내려도 좋으냐 묻는다면. 아니, 그 이상의 자리를 함께해 줄 수 없느냐고 한다면.

"건방지고 무례한 인사임을 알면서도 다시 태감직에 꽂아 두신 것은 폐하이십니다."

"적당히 개길 줄 아는 인사라 꽂은 것도 있다."

"해서, 폐하의 여인은 여전히 부평초의 신세를 면하지 못한 모양이군요."

"그래서 네가 여전히 짐의 곁에서 일하게 되었으니 짐을 탓하려 함인가?"

유 태감이 얕은 한숨과 함께 시선을 내리깔았다. 주름진 눈꺼풀에 반쯤 숨은 눈빛에는 려화를 향한 연민이 한가득인지라, 휘강은 그를 더 채근하지 않고 그저 바라보았다.

"짐과 그녀에게는 여유가 필요함이라. 짐이 려화에게 상처를 주었던 그 시간을 어찌 다 보상하랴마는, 그래도 그 마음이 다스려질 시간은 주어야 할 것 아닌가?"

"정녕 거기까지 어심이 미치셨다니, 폐하를 어린 시절부터 지켜본 소인은 감회가 새롭습니다."

"네놈도 인간 다 되었다는 말을 참으로 곱게도 하는군."

휘강의 핀잔에도 유 태감은 그저 웃었다. 휘강이 말을 꺼냈는데 려화가 거절한 것이 아니라면 그는 실패가 아니었다. 휘강의 분위기를 보아하니 둘 사이의 앙금이 조금은 풀어지긴 한 듯하였다.

어쩌면 저 또한 노 시중에 버금가도록 죽음을 앞둔 나이인지라, 마음이 급했던 것일지도 모르겠다. 유 태감은 그리 생각하며 괜히 려화에게 닿지 않을 미안함을 전했다.

려화의 처지야 정식으로 휘강의 여인이 되는 것이 훨씬 낫겠지만, 그녀의 마음은 아직 받아들일 준비가 되지 않았을 수 있음을 망각했으니 말이다.

"어찌 감히 소인이 폐하께 그런 말을 입에 올리겠습니까?"

"늙은이가 말은 잘해."

"본래 나이를 먹으면 뱃속의 능구렁이가 자라는 법입니다."

"짐은 아직 젊어서 모르겠네."

"이미 훌륭하십니다."

서로 한 번씩 주고받은 유 태감과 휘강이 마주 보며 피식 웃었다. 휘강은 그동안도 막 도착한 궁녀들의 상소를 면밀하게 살폈다.

궁녀들의 것이 마지막이었다. 그것을 다 살폈으니, 이제는 결정만이 남았다. 유 태감도 휘강의 눈치를 살펴 곧 그를 깨달았다.

"아쉬운 대로 노가만 정리해도 채선궁의 그분께는 퍽 안전할 것입니다."

"그러잖아도 이제 막 정리를 끝낸 참이다."

노 시중은 려화에게도 철천지원수겠으나, 유 태감에게도 남다른 감상을 남기는 자였다. 하여 유 태감이 노 시중을 향한 진득한 투기와 살심을 감추지 않고 휘강을 바라보았다.

"해서, 어찌 결정하셨습니까?"

휘강이 유 태감을 마주 보고 웃었다. 그 웃음은 몹시 산뜻하기 짝이 없었음에도 뒷골을 서늘하게 하는 무언가가 담겨 있었다.

"당분간은 살려 두어야지."

휘강의 말과 표정이 뜻하는 바가 다르니, 유 태감은 저도 모르게 미간을 찌푸렸다. 그리 위험하고 간악한 자를 아직도 살려 둘 자비가 넘치는 휘강이 아니건만.

그러나 유 태감의 이러한 의문은 더 지속될 것도 없이 풀렸다.

"어차피 죽을 날만 앞둔 노인, 목숨을 빼앗는 것만으로 죗값이 되겠는가?"

"그러시다면……?"

"살려는 둘 것이나, 그가 사는 곳은 이제 황궁이 아니라 지옥이 되리라. 더해, 그가 뿌린 모든 씨앗이 바싹 메말라 자취를 감출 때까지는 살려 둘 필요가 있지 않겠나."

"부러 경계를 풀어 두실 것입니까?"

휘강의 입가에 오른 진득한 미소가 더욱 깊어졌다.

"추악한 발버둥을 몇 번이고 자근자근 짓밟아 줄 것이다."

16장. 만개하다 上

보름이나 흘렀을까. 그사이 노 시중, 그의 꼴이 말이 아니게 되었다. 휘강의 검집으로 후려 맞아 깨졌던 머리통에서 흐른 피로 백발이 성성한 머리는 검붉게 떡 졌고, 주름지고 깡마른 얼굴에는 생기라곤 하나 찾아볼 수 없었다.

그러나, 아직 눈빛만큼은 살아 있었다. 형형하게 타오르는 눈동자가 아직 완전히 꺾이지 않았으니, 이는 필시 차후에 어떻게든 일을 칠 상이다.

'반성이라곤 모르는 족속임을 내 잘 알고 있었으나, 이번에마저 그런 눈을 하고 있을 줄은 몰랐군.'

노필상이 휘강의 말에 그제야 고개를 수그렸다. 하나 저것이 본심이 아님을 누구보다 잘 알고 있는 것이 바로 휘강이었다.

노필상이 옥에 갇혀 있던 동안에 그를 찾은 이 또한 파악하고 있었다. 옥을 지키는 형부의 황군을 믿을 수 없어 기밀대를 숨겨 두었다.

역시나, 형부의 황군들은 아무도 그를 찾지 못하도록 철통 방어했다고 보고했으나 기밀대는 그와 다른 보고를 올렸다. 물을 필요도 없이 기밀대의 보고가 옳았다.

휘강이 기밀대를 통해 전달받은, 당시 노필상을 찾았던 신료들을 하나씩 거들떠보았다. 무언가 켕기는 게 있는 참이라, 그들은 조용히 휘강의 눈을 피했다.

노필상이 작금 명줄과 권세 양쪽에서 죽음을 앞두고 있건만, 대관절 저들이 그러한 노필상이라도 찾은 이유가 무엇이겠는 가. 자신이 찾지 못한 무언가가 남은 것이다.

그리고 휘강은, 이를 모두 뿌리 뽑을 생각이었다.

'짐은 오늘 네놈의 낱낱이 밝혀진 죄의 값을 물을 것이다. 그 전에 남길 말이라도 있는가?'

'과거와 지금이 온전히 같은 마음입니다. 소신은 오직 도국의 영화를 위하여 행하였을 따름이지요. 비록 그 과정이 폐하의 눈에는 불온하고 합당치 못하게 보이셨음이 자명하지만 말입니 다.'

죽어 가는 낯빛으로 잘도 나불대는 노필상을 보며 휘강이 실소했다.

'네놈은 지옥을 앞두고도 헛바닥이 길구나.'

휘강은 어쩌면 조금은 노필상의 속을 알 것도 같았다. 그는 꾸준히 황실이 아닌, 백성도 아닌 도국을 위함이라 하였다.

마치, 제가 만인지상의 황제로 이 도국을 다스리기라도 하듯이 말이다.

도국을 위해, 자신과 아랫것들의 영화를 위해서 황제조차도 제멋대로 주무르는 기분이 아주 쏠쏠하였던 모양이지. 어쩌면 선황이 저와 모친에게 부린 패악 또한 그 뒤에는 노필상의 영향력이 있었을지도 모르겠다.

그렇다고 하여 선황을 이해할 생각은 추호도 없지만 말이다.

드디어 노 시중을 거꾸러뜨릴 시간이었다. 감회가 남달라 사색이 길었다. 대전 안의 모두가 휘강의 꾹 닫힌 입만을 바라보았다.

"짐은 추악한 죄인인 노필상의 죄를 어찌 벌할지 이 자리에서 드디어 그 뜻을 밝히겠노라."

대전에 휘강의 목소리가 준엄하게 깔렸다. 숨소리조차 조심하며 신료 일동이 모두 휘강에게 고개를 조아렸다.

휘강이 손을 들어 까닥였다. 그의 뒤에 서 있던 홍덕귄이 노필상에게 내릴 형벌이 적힌 문건을 가져다 바쳤다.

휘강이 그를 손에 들어 펼쳤다.

"죄인 노필상에게 벌을 내리기에 앞서, 모든 형벌은 네놈을 어찌 벌할지 정하여 밝히라 황궁 인사들에게 받은 상소문에서 발췌하였음을 알린다."

노필상이 고개를 수그린 채 피식 웃음을 터뜨렸다. 어차피 어떤 형벌이 적혀 있든 거기에 저를 죽음으로 이끄는 벌이 하나는 포함되어 있을 것이기에.

의미가 없는 일이었다. 휘강이 이 자리에서 직접 검을 빼 들지 않는 이상, 자신은 죽지 않으리라. 또한 휘강은 이곳에서 제 손으로 목을 치려 하지는 않을 것이었다.

그럴 것이었다면 이리 길게 꼬고 꼬아서 의미 없는 시간을 쓰지 않았으리라. 해서, 노필상은 자신이 이겼다고 여겼다.

휘강이 제게 죽음을 명한다고 한들, 자신은 진짜 죽지 않을 테니까. 노필상이라는 이름과 가문과 빛의 길을 걷던 영예는 죽을 터이나, 자신의 영향력은 끝나지 않을 것이다.

"죄인 노필상의 삼족과 노필상의 측근에서 일하던 종자를 모두 팽형에 처한다. 노필상은 이 모든 형벌을 두 눈으로 똑똑히 지켜보아야 할 것이다. 만일, 단 한 번이라도 시선을 피하게 된다면 그때는 삼족에서 사족까지, 오족까지 하나씩 그 범위를 넓혀 갈 것이니 그리 알라."

노필상이 얼굴을 일그러뜨렸다. 아무렴, 살아 나갈 구멍을 어떻게든 마련해 두었다 하여도 제 실수로 말미암아 가족들의 명을 단축하였으니 그 기분이 좋을 수 없었다. 더구나 두 눈으로 가족이 솥에 삶겨 죽는 것을 지켜보게 되었으니 그 참혹한 심정은 이를 데가 없었다.

삼족이라면 자식놈의 어린 손주까지도 포함되는 것이니, 노씨 가문의 대를 끊어 놓자는 속셈이 아니겠는가. 노필상이 아무리 대단한 자라 제 살길을 마련했다 하여도, 자식은 몰라도 손자의 목숨까지 바꿔 칠 재주는 없었다. 이 짧은 시일에.

"또한, 네놈 가문의 살아남은 자들은 모두 양민으로 격하되며 구족까지는 관노비로 삼을 것이다. 더해 앞으로 짐의 치세 하에는 그들이 벼슬길에 오를 일은 없을 것이며, 노필상이 국법의 눈을 피해 운영하여 폭리를 취하고 정보를 사고팔던 모든 업장은 폐쇄한다. 또한 폐쇄하고 남은 이익은 모두 국고로 환수할 것이다."

길고 길었다. 휘강이 정한 노필상에게 내려질 벌이 말이다. 신료 사이에서 침음이 흘렀다. 노필상의 구족이라면 이들 신료 사이에도 있었다. 노필상을 잡으며 그들 또한 한 줌 명예와 목숨이 모두 사그라들게 된 것이었다.

하나, 노필상의 죄가 너무나 명명백백하므로 그 누구도 나서서 살려 달라 울부짖지도, 죗값이 너무나 크다고 반박하지도 못하였다.

정말로 길고 길었다. 그러나 노필상은 이것으로 제 형벌이 끝이 아니라고 여겼다.

휘강은 아직, 자신에게 직접 행해질 벌을 입에 담지 않았다. 한데 노필상의 생각과는 달리, 휘강은 할 말을 마친 것처럼 펼쳐 두었던 문건을 다시 말아 홍덕권이 선 제 뒤편으로 던졌다.

"끝이다."

"이 늙은이의 목숨을 살려 주셨으니……. 자비롭다, 하여야 할까요."

이를 악물고 노필상이 물었다. 휘강이 피식 웃었다. 차라리 제게 죽음을 청하는가, 그 속이 뻔히 보여서 웃지 않을 수 없었다.

"정녕 짐이 자비롭기 짝이 없어 네놈에게 죽음을 내리지 않은 것으로 보이는가?"

"늙어 곧 죽을 소신을 배려함이신지요?"

"아, 어쩌면 제 식솔들이 삶겨 죽는 것을 보고 까무러쳐 질긴 목숨이 끊어질지도 모르지. 이것이 배려인가?"

비웃음이 가득한 휘강의 답변에 노필상의 입이 꾹 다물렸다. 저 속을 알 수가 없었다. 휘강의 처사는 자신에게 너무나 유리하게 작용했기 때문이었다.

휘강이 죽인 것은 오로지 노필상의 명예와 권력, 주변인뿐이었다. 그러니 저의 목숨은 큰 무리 없이 유지되리라. 그렇다면 노필상은 휘강에게 아직 들통나지 않은 것들을 가지고 어떻게든 살아가며, 도국의 흐름을 움직일 자신이 있었다.

거기까지 생각이 미치지 아니할 휘강이 아닐 터였다. 그가 아무리 어리고 멍청한 왕이라도 광증을 지닌바, 이런 당연한 이치를 모를 정도로 가진 소양이 모자라지는 않았다.

한데 어째서.

"네놈이 쉽게 죽어 편히 영면에 드는 꼴을 보지 않기 위함이다."

"불명예한 죽음이 어찌 영면이 되겠습니까?"

"짐에게 죽여 달라 청하는 것인가? 그러나 짐은 그리하지 않을 것이다. 네놈이 무엇을 원하든, 짐은 그를 들어줄 생각 또한 없다."

어찌 그리 말씀하시냐는 눈빛으로 노필상이 휘강을 노려보았다. 휘강이 옥좌에 팔을 괴고는 사냥을 마친 맹수처럼 만족스레 웃었다.

"네놈과 원치 않게 십수 년을 마주했던 짐이다. 한데 네놈의 속을 모를까?"

"소신은 이미 죽은 것과 다름없는……."

휘강이 의미 없는 노필상의 주절거림을 끊었다.

"발버둥 쳐 봐."

그러곤 옥좌에서 일어났다. 하늘과 땅의 차이처럼 노필상과 휘강의 시선은 더욱이나 거리가 벌어졌다. 닿을 수 없을 정도로 높아진 휘강의 시선이 태양처럼 이글거리며 노필상의 머리통을 찍어 낼 듯이 노려보았다.

"짐을, 이 도국을 네 마음대로 휘두를 수 있다고 생각한다면 어디 그리 해 봐."

"작금 소신의 꼴로 어찌 그리하겠습니까? 폐하께서는 소신에게 반성을 명하셔야지요."

"지금조차 짐을 가르치려 드는 것인가? 그런 네놈이기에 더욱 확신이 선다. 네게는 아직도 숨겨진 것들이 있어. 그것으로 짐과 이 나라를 휘두를 것이야."

노필상은 휘강에게 아무런 답도 내주지 않았다. 무슨 말을 하든 의미 없음을 깨달았기 때문이었다. 다만 휘강이 저를 내려다보는 그 눈빛만큼이나 형형한 눈빛으로 저 또한 반격하듯 휘강을 쏘아보았다.

"복수든 개짓거리든 무엇이든 해 봐. 할 수 있다면 죽을힘을 다해 짐을 흔들어 봐라."

휘강이 걸음을 옮겼다. 노필상의 앞까지 가는 데는 다섯 걸음도 필요치 않았다. 지금의 이 가까움은 곧 닿지 못할 아득함이 되리라.

"몇 번이든 시도하라. 짐은 그런 네놈을 작신작신 밟아 꿈틀거리기조차 못하게 해 줄 터이니."

휘강의 입가에 고인 미소가, 수천이 넘는 사람의 목숨을 앗아 간 검날보다 더욱 날카롭게 벼려져 있었다. 노필상은 기어이 휘 강을 마주하던 시선을 거두어 낼 수밖에 없었다. 땅바닥을 향한 노구의 눈빛에는 진득한 패배가 묻어 있었다.

패배감에 휩싸인 노필상은, 그러나 완전히 저를 포기하지 않 았다. 그는 여태까지 저를 살려 두었던 휘강이 이제 와 자신을 이렇게까지 비참하게 만드는 저의를 찾고자 하였다.

늙어 굳어진 머리는 여지없이 조금 더 쉬운 길을 찾는다. 제 주인을 위해 합리화를 반복하였다. 그것이 패착임을 노필상 본 인만 몰랐다.

공려화.

그 이름 하나가 노필상의 뇌리를 가득 채웠다.

휘강이 도국을 위해 힘쓰는 것을 알았기에 불만이 있어도 내 버려 두었던 저를 찍어 내게 한 이유.

그것이 바로 공려화였다. 노필상의 머릿속에서는 적어도 그리 각인되었다.

자정 시를 넘었다. 노필상을 드디어 황궁에 발붙이지 못하게 한바, 가장 큰 과업을 끝냈으니 휘강은 무엇보다 려화가 보고 싶었다.

하나 너무 늦은 시각이었다. 려화가 태중 아이를 잃고 난 뒤 로부터 휘강은 그녀를 금방이라도 깨지고 녹아 없어질 얼음 조각처럼 대하였다. 그러니 이리 늦은 시각에 제 생각만으로 불쑥 찾아갈 수는 없었다.

더해 정리할 것도 아직 남기까지 하였다. 가장 큰 과업을 끝냈다 하나, 실상은 이제부터 노필상을 발붙일 곳 없이 끌어내리는 일의 시작점이기도 하지 않겠는가.

이런저런 핑계를 대어 가며 휘강은 자꾸만 채선궁으로 향하려는 제 걸음을 붙잡았다. 그리 자정도 훌쩍 넘어서야 휘강은 황제궁에 도달했다.

황제궁의 주인은 오직 저뿐만이라서인가. 휘강은 늘 이 황제궁으로 들어서면 사람의 온기를 느끼지 못하였다. 궁녀와 환관들이 한시도 비우지 않고 오가는 곳임에도 말이다.

한데 이상한 일이었다. 오늘은 조금 달랐으니 말이다. 이 야심한 시각 황제궁을 채운 궁녀의 수가 평소보다 많은가. 아니었다. 그렇다면 환관의 수가 많은가. 그럴 리 없다.

제 성정이 예민하고 난폭하기 짝이 없어, 황제궁은 늘 수발들 최소한의 인원만을 남기고 조용히 돌아갔기에.

"궁에 평소보다 온기가 돈다."

"송구하옵니다, 폐하. 안에 손님이 들어 계십니다."

"짐이 근래 중한 일을 처리하고 있으니 방문자를 들이지 말라 일렀다."

휘강이 싸늘하게 일갈하였으나 어쩐지 독기가 모자랐다. 그를 알아서인지, 혹은 다른 이유인지 휘강에게 손님이 있음을 알린 궁녀의 표정은 두려움보다는 당혹에 가까운 감정이 어려 있었다.

"하나 태감께서 돌려보내는 것이 더욱 폐하의 심기를 상하게 할 것이라 하셔서 그만⋯⋯. 송구하옵니다."

입으로는 송구를 아뢰는데 궁녀의 표정은 그렇지 아니하였다. 제 제어를 벗어난 일이 벌어졌으니, 휘강은 지금 응당 화를 내어야 옳았다. 하나 어떠한 가정이 그의 분노를 내리눌렀다.

여기서 분노하고 일을 치는 것보다 더욱 빨리 행해야 할 것이 있었다. 감히 황제 없는 황제궁을 찾은 손님의 확인.

휘강이 궁녀를 흘깃 보고는 걸음을 재촉해 처소로 향했다. 이 온기는 처소에서부터 시작된 것이 틀림없었다. 제가 없는 황제궁을 찾을 이라면 보통 손님을 위한 사랑채에 있을 것이나.

지금 휘강이 예상한 이가 정말로 지금 황제궁을 방문한 손님이 맞는다면 필시 황제궁의 가장 은밀한 곳, 처소에 있을 터이니까.

그러나 아니라면 어쩐단 말인가. 이미 기대를 품어 버린 마음이 식으면 그만큼의 허무함이 저를 채울 것인데. 그리 생각하니 다시금 휘강의 걸음이 무거워졌다.

처소의 문을 앞에 두고 휘강은 차마 들지 못하고 머뭇거렸다. 저의 예상대로 온기는 처소에서부터 느껴지고 있는 것이 맞았음에도 말이다.

"대관절, 너는 나를 몹시도 겁쟁이로 만드는구나⋯⋯."

휘강이 자조하며 그리 말했다. 하나 이미 밤이 깊었고, 영영 처소 문 앞에 서 있을 수만은 없었다. 처소 문을 지키는 궁녀들이 휘강의 눈치를 살피다간 고개를 조아렸다.

"문을 열라."

궁녀들이 지체하지 않고 육중한 나무문을 열었다. 활짝 열린 처소 안에서 훈기를 타고 휘강에게는 매일 그립기만 한 내음이 흘러나왔다.

넘치듯 저의 코를 간질이는 그 향에 취해 휘강이 천천히 처소 안으로 발을 들였다. 소리 없이 조용한 문이 등 뒤로 닫혔다. 걸음을 옮겨 침소 중앙의 침상으로 다가가는 휘강의 걸음이 점점 빨라졌다.

금침을 모아 두르고 웅크려 앉아 선잠이 든 어여쁜 여인의 모습이 선녀와도 같았다. 늘어뜨린 새카만 머리칼이 금침 위로 쏟아지는 것이 황금 절벽에 밤이 폭포수가 된 듯하였다.

그리 아름다웠다. 아름답고 희고 작고 가녀린 여인이 제 공간을 차지하고 있었다.

휘강에게는 작금의 이 공간이 선계처럼 느껴졌다. 그만큼이나 제 눈에는 성스럽게만 보이는 광경이었다. 하여 다가가서 선녀와도 같은 여인, 려화의 잠을 깨우는 것이 몹시 불경하게 여겨졌다.

감동이 물밀 듯 밀려와 가슴을 적시는 느낌이 이러한가. 휘강이 불경함을 이겨 내고 려화의 머리칼을 조심히 쥐어 입을 맞추었다.

아주 조심스러운 손길이었다. 차마 입을 맞추는 것마저도 조심스러웠다. 내쉬는 숨조차 조심하며 그저 려화의 향기를 들이켰다.

한데도 눈이 뜨였다. 려화가 얇은 눈꺼풀로 덮어 두었던 담갈색의 눈동자를 세상에 보였다. 그것이 등불을 받아 여명의 색으로 변모하였다.

명성의 빛이, 그 시선이 휘강을 향하더니 곱게 휘어졌다.

"일이 고되셨습니까? 늦으셨습니다."

날이 서 있는 사심 하나 없이 부드럽고 담백한 목소리가 휘강을 반겼다. 유혹을 위한 교태도 무엇도 없건만 그럼에도 휘강이 유일하게 홀리고야 마는 목소리였다.

휘강의 눈 또한 려화를 따라 곱게 휘어졌다. 그저 무표정하기만 해도 싸늘하기 그지없는 눈이건만 그리 휘어지니 이른 봄이 온 것만 같았다.

"며칠 과업이 많았던 것은 사실이다."

"너무나, 너무나 큰 수고를 하셨습니다."

닫힌 봉오리처럼 려화를 싸고 있던 금침이 걷혔다. 피어난 꽃 사이에 앉은 선녀와도 같던 려화가 그대로 팔을 뻗어 휘강을 끌어당겼다.

늘, 휘강이 뜨겁고 려화는 차갑기 그지없었다. 둘이 몸을 겹치고선 그러지 아니한 적이 없었건만 오늘만큼은 달랐다. 두꺼운 솜이불을 한 꺼풀 벗은 려화는 따뜻했고, 바깥의 기운을 몰고 온 휘강은 차가웠다.

"한데 어찌 내가 부르지도 않았거늘 그대가 이곳을 찾았는가?"

"꾸짖으심인가요?"

휘강의 물음에 려화가 밉지 않게 눈을 흘기며 물었다. 입가에 머금은 미소 때문인지 어쩌면 투정처럼도 보였다. 휘강이 웃으며 고개를 저었다. 제가 어찌 려화를 탓하고 꾸짖겠는가.

"불경하게 폐하의 처소에 말도 없이 찾아든 이유를 물으심인가요?"

"내 어찌 너를 불경하다 여기겠는가. 내가 갈 수 있는 모든 곳은 그대 또한 갈 수 있다."

이번에는 정말로 장난을 담아, 려화가 휘강의 귓가에 속삭였다.

"궁 밖으로도 말인가요?"

휘강이 짐짓 표정을 굳혔다. 려화가 곧 까르르 웃으며 고개를 저었다.

"농입니다. 저는 궁을 벗어날 마음이 없습니다."

"정말인가?"

"폐하께서 제가 궁을 나서야 할 이유를 전부 해결해 주시지 않았습니까? 동생도, 이것도요."

려화가 고개를 모로 꺾어 제 귀와 목에 단 장신구를 보였다. 려화의 팔뚝 안쪽 꽃점을 따서 만든 것으로, 얼마 전 휘강이 찾아 려화에게 돌려준 것이었다.

오로지 려화에게 집중하느라 그를 몰랐던 휘강이 뒤늦게 알아보고는 얕은 한숨을 내쉬었다.

"온전히 너의 것이다. 몹시 어울린다. 이를 보여 주기 위해 나를 찾았음인가?"

"아닙니다."

"그러면 다른 이유인가?"

려화가 고개를 끄덕였다. 그러곤 휘강의 손을 붙잡아 그의 손등 위에 부드럽게 입을 맞추었다. 잠결에 말랐을 만도 하건만 려화의 입술은 여지없이 부드럽고 촉촉했다.

"근래 폐하께는 받기만 하고 드리지를 못했지 않습니까?"

"그대가 내 곁에 있어 주는 것만으로도 나는 많은 것을 얻는다."

"그것과 지금의 제 마음은 다릅니다. 저를 몰염치한 사람으로 만들 생각이신가요?"

"해서 내게 그대를 선물하러 왔는가?"

"아무것도 없는 제게 있는 것이라곤 오직 폐하와 저의 몸뚱이 뿐이니까요. 폐하께 폐하를 드릴 순 없으니……."

려화가 무릎을 세워 휘강의 목을 더욱 강하게 끌어안았다. 가슴에 닿는 뭉클한 감각에 휘강은 저의 하초에 뻣뻣하게 힘이 들어가는 것을 느꼈다. 그가 얕은 한숨을 뱉었다.

너무도.

너무도 오래 려화를 안지 않았다. 상황이 그러했으나 제가 원하면 려화는 안겼으리라. 하나 그러고 싶지 않았기에 참았다. 사랑이란 참 우습고도 요망한 감정이라서, 려화를 미친 듯이 갈구하게 하면서도 그녀를 참을 수 있는 인내심 또한 안겨 주었다.

하나 그것도 려화의 미약하고 은근하기만 한 유혹 앞에서는 힘을 쓰지 못했다.

"싫으신가요?"

아니다. 미약하지 않았다. 은근하지 않았다. 서툴게 피어난 꽃잎은 제 본분을 잊지 않았다. 흐드러지고, 뜨겁고, 아름답고. 청초한 물 냄새를 풍기는 여인을 앞에 두고 휘강은 처음으로 포식자가 아닌 피식자의 감정을 느꼈다.

그가 허탈하게 웃었다. 마지막 인내심을 끌어올려 려화에게 물었다.

"그대의 몸이 아직 온전치 않아."

"마음이라면 다스려야 할 것이 남았지만, 몸이라면 충분히 건강합니다."

"마음의 상처 또한 몸에 흔적을 남긴다."

"그것을 다스려 주기 위해 폐하께서 제게 차를 내려 주셨지요."

아이를 잃은 상처가 쉽게 치유되랴. 려화가 말한 마음의 상처는 그것이라, 몸에 남은 상처 또한 그와 관련한 부인병을 이름이다.

휘강은 짧은 대화로 려화가 제가 내린 차의 정체를 알아챘음을 깨달았다. 황의의 도움을 받아 여인의 몸을 보하고 여인의 밭을 안정시켜 주는 약재를 주재로 하여 차를 만들었다.

차를 덖고 새 차를 개발하는 장인의 도움 또한 얻었다. 그것을 모두 간파한 려화의 눈치는 역시나 보통 이상이었다. 다만 그것을 알고도 이리 부드러운 반응을 보일 줄은 몰랐던 휘강이었다.

"나의 의도를 알았음에도 화를 내지 않는가?"

"처음에는 당혹스러웠습니다. 더러 화도 조금 났습니다. 어쩌면 폐하의 어심을 곡해할 뻔도 하였지요."

"그런데?"

"의준, 그러니까 제 동생이 그러더군요. 딱 한마디였습니다. 폐하께서 그리 생각이 없는 분이 아니라고 말한 것은 누이가 아니냐고요."

휘강이 낮게 웃었다.

"해서 그대가 깨달은 나의 참뜻은 무엇인데?"

"어떻든 모두 괜찮을 것이라, 저를 보듬어 주신 것이 아니신지요?"

휘강이 기특한 것을 보듯 려화를 보다간, 이제는 제가 려화를 품에 안고 침상 위로 올라앉았다. 새된 비명과 함께 휘강의 품에 안겼던 려화는 어느새 그의 가슴 위에 올라앉은 자세가 되었다.

곤룡포가 흐트러졌다. 단정함을 잃어도 휘강이 지닌 황제의 기상은 여전하였다. 그 기상을 넘어서 무엇을 하든 좋은 것은 오직 그의 위에 올라탄 려화뿐이리라.

이번에는 휘강이 려화의 손을 붙잡아 끌었다. 가만히 끌려간 손마디 끝에, 한 번씩 휘강의 입술이 닿았다 떨어졌다.

까끌까끌하고, 단단하고, 그러나 따뜻했다. 온기가 담긴 입맞춤이 다섯 개의 손가락을 모두 스쳤다. 그 뒤로, 눈을 감은 휘강의 깊은 한숨이 회한을 더했다.

"그대에겐 아무것도 바라지 않아야 하건만, 어찌해 그대는 나를 이리도 흔드는가."

눈물조차 없이 메말라 붙은 입술로 말했던 그 말을 휘강은 선명하게 기억하고 있었다. 려화는 볼을 붉히고, 그저 침묵하며 웃었다.

지금은 밝힐 수 없었다. 그 말이, 휘강에게뿐 아니라 자신에게도 냉정하게 선언하는 말이었음을. 언제나 휘둘리고 기대하고 바라던 쪽은 제가 먼저였음을.

아직은 밝히고 싶지 않았다. 어쩌면 아집이겠지만 그러했다.

말했잖은가. 아이를 얻고, 잃었던 그 마음의 상처는 아직도 다 아물지 않았다고. 더는 싹을 일굴 수 없는 밭은 이듬해 봄을 잊었으니까. 잊어야만 그 아픔이 녹아내려 넘치지 않을 테니까.

"혹, 또 제가 모든 것을 하나뿐인 몸뚱이로 해결하려 한다 여기서서 되레 기분이 상하셨습니까?"

하여 려화는 휘강의 언급을 듣지 못한 척 말을 돌렸다. 휘강이 려화에게 장단을 맞추듯, 그저 기특하다는 얼굴로 웃으며 고개를 저었다.

"아니. 내게 무엇이든 해 주려는 그대의 마음이 기특하기 짝이 없다."

"한데 지금 폐하께서는 말과 달리 너무나 성인군자처럼 행동하시질 않습니까."

휘강이 피식 웃었다. 그의 손길이 야릇함을 담고 려화의 허리를 쓰다듬었다.

"어떤 성인군자가 여인을 제 몸 위에 눕히더냐?"

"여인을 몸 위에 눕히고도 이제야 그를 찾는 손이 성인군자가 아니고 무엇이겠습니까?"

휘강이 가슴을 울리듯 낮게 웃으며 단숨에 몸을 뒤집었다. 곧장 위아래가 역전되었다. 휘강의 탄탄한 몸 아래 려화가 갇혔다. 그의 그림자가 온전히 려화를 덮었다. 어떠한 긴장감이 려화를 사로잡았다. 하여 그녀는 놀라 소리를 낼 새도 없이, 침부터 꿀꺽 삼켰다.

"글쎄. 네 나를 어찌 생각하는지 모르겠으나, 아무래도 나는 이번 생에 성인군자가 되기는 틀린 것 같다. 이리 그대의 유혹에 약하기 짝이 없으니 말이다."

휘강이 려화의 가슴에 얼굴을 묻었다. 갑작스러웠으나 몹시 부드럽기 짝이 없었다. 그저 고개를 묻은 채 숨을 들이켜고 내쉬며 그녀의 향기를 온전히 저의 폐부에 품었다.

휘강의 날숨이 뜨겁고 간질거리며 려화의 가슴에 감겼다. 말 캉하고 보드라운 살결이 눌리는 느낌이 선명하였다. 특히나 곧 고 높게 선 휘강의 콧날이 그대로 느껴졌다.

려화가 숨을 들이켰다. 그만큼 높아진 가슴팍으로 휘강의 얼 굴이 좀 더 깊이 파고들었다. 어쩐지 안타까운 간질거림이 가슴 안쪽에서부터 피어올랐다.

조바심인가? 려화는 저의 마음을 도무지 알 수가 없어졌다. 그 간질거림이 자꾸만 안타까움을 불러일으켰다. 어쩌면 피하고 싶었다. 거칠게 핥고, 깨물고, 깊이 빨아들여 흔적을 남기는 것 이거든 익숙하련만.

오늘의 휘강은 저를 조금만 잘못하면 깨질 듯 소중히 다루었 다. 그의 손이 채 숨기지 못한 욕망을 가지고도 느리게 움직였 다. 허리를 부드럽게 쓸고 올라와 가슴 아래를 받치는 그의 손 은 절대로 강하게 움켜잡는 일이 없었다.

부드러움은 낯설었으나 그의 손길과 체향은 려화에게 익숙한 것이라. 햇수로 이 년, 중에서도 일 년 반을 족히 휘강에게 안겼 으니 당연한 일이었다.

한데 어째서 몸 안에 피어오르는 이 감각과 감정들은 생경하 기 짝이 없는 것인가.

려화의 볼이 상기되었다. 빨간빛이 피어올라 도드라지는 것을 보고, 휘강은 사랑스러운 것을 보듯 하였다. 그가 고개를 숙여 려화의 입술을 살짝 물었다.

촉촉하고 보드라운 입술 안으로 숨은 단단하고 고른 치열, 그것을 또 벌리고 들어가면 오직 그녀의 향만이 가득한 별천지가 펼쳐지리라. 휘강은 그 안에서 저의 음욕이 과하게 활개 치지 않도록 조심에 조심을 기했다.

조금씩, 부드럽게 다가가 맞닿는 려화도 좋았다. 하여 려화에게 방문을 청하듯 조심스레 혀를 내밀어 그녀의 치열을 쓸었다. 흐웅, 하는 신음과 함께 조금 열린 입안으로 휘강은 이번에도 아주 천천히 방문하였다.

늘 단단하고 거칠고 날쌘 줄만 알던 손님이 오늘은 몹시 유순하기 짝이 없다. 조심스럽게 려화의 입안으로 찾아들어 그녀의 안을 무엇보다 소중히 맛보고는 금세 물러갔다.

그러한 일이 있었던 듯, 혹은 없었던 듯. 구름을 베어 먹으면 이리 홀린 느낌일까 하였다. 해서 려화가 하아, 하고 숨을 들이켜자 휘강이 입술을 쪽 맞추고 웃는다.

낮은 웃음이, 그의 몸통을 타고 려화에게 맞닿았다. 휘강은 오늘 이리도 부드럽고 야릇했다. 그것이 공존할 수 있는 것임을 려화는 처음 알았다.

"폐하……."

한데 이 부드러움이, 저를 희롱하기 위함이 아니라 마음에서부터 우러나온 조심스러움이 려화는 몹시도 생경했다. 이 감정을 무어라 표현해야 할지 몰라 려화는 그저 휘강을 불렀다.

응당 휘강은 그 부름에 응하여 려화를 바라보았다. 그의 눈빛은 온유하기 짝이 없었다. 새카만 눈동자 깊은 곳에 숨은 정염은 이글거리고 있었으나, 그 불꽃은 야수처럼 날뛰지 못했다.

창살에 가로막혀 있었다. 사랑이라는 이름의 창살에 말이다.

그 눈빛이 너무나도 애틋해 려화는 오히려 가슴이 미어졌다. 하여 마주할 수 없는 시선을 피하려 눈을 감았다.

"어찌 나를 불러 놓고, 내 시선은 피하는 것인가."

"저는……. 아닙니다. 계속하시옵소서."

사실은 그만두고 싶었다. 정확히는 도망치고 싶었다. 하나 이것은 제가 만든 자리였다. 제가 먼저 휘강에게, 저의 원과 한을 풀어 주어 감사하다며 보은하는 자리였다.

그러니 도망칠 수는 없어, 려화는 아무것도 아니라고 제게 되뇌며 마음을 다잡았다. 그녀의 얼굴에는 이윽고 거짓된 웃음이 떠올랐다. 입꼬리가 화사하게 오르고 볼에는 볼우물이 팼다.

"……소녀같이 웃는구나."

마음을 다해 려화를 사랑하는 휘강이었다. 그러니 려화의 웃음에 섞인 거짓됨을 금세 알아채었다. 하나 그녀의 그 거짓 웃음이 무던한 애씀임을 알기에 같이 에둘러 넘겨주었다.

려화가 휘강을 바라보며 마주 웃었다. 여전히 거짓됨이 섞여 있었으나, 이렇게라도 자신에게 고마움을 표하려는 려화가 휘강은 몹시 기특하고 사랑스러웠다.

그리 웃던 려화가 퍽 비장하게도 휘강의 곤룡포 옷깃을 붙잡았다. 휘강이 적잖이 놀라며 눈을 동그랗게 뜨고 려화를 바라보았다.

"폐하."

"또 의미 없이 나를 부르는가. 이리, 멱살까지 쥐고 말이다."

긴장한 려화를 풀어 주기 위해 휘강이 농을 던졌다. 려화가 얕은 숨을 내쉬곤 휘강을 흘겨보았다. 그래 봐야 제 아래서 올려다보는 것이니 위협이라고는 눈곱만치도 되지 않았다.

도리어 귀여워 휘강은 려화의 머리칼을 쓸어 넘겨주었다.

"멱살을 쥔 것이 아닙니다."

"그럼?"

"유혹에 넘어갔다 하시는 폐하께서 도무지 행하지 않으시니, 제가 먼저 폐하를 넘어트려야 하느냐고 묻는 것입니다."

"무엇을 행하는데?"

"알면서 물으십니까?"

휘강이 려화의 귓가에 야릇한 목소리로 속삭였다. 그의 속삭이는 목소리는 항상 낮고 또 낮아 온몸을 짜르르하게 울리는 무언가가 있었다. 이번에도 같았다. 하여 려화는 그 목소리가 을러준 이야기보다도, 목소리 자체의 감각에 더욱 집중할 수밖에 없었다.

"그대의 입으로 듣고 싶어서."

"흐읏……."

온몸에 소름이 오소소 돋았다.

"그것으로 답을 대신할 참인가?"

"저는……."

려화가 휘강의 옷깃을 더욱 꼬옥 잡았다. 귀한 용포에 구김이 가거늘 휘강은 그저 만족스레 웃는 낯일 따름이었다.

려화는 긴장으로 메마른 입술을 혀로 축이고는 휘강의 용포 허리끈을 붙잡았다. 도국의 복식이란 사내나 여인이나 허리끈을 풀고 나면 그때부터는 몹시도 쉽게 그 속을 보이도록 만들어져 있으니.

려화가 이 끈의 끝을 붙잡아 당기면 휘강의 곤룡포는 완전히 흐트러지리라. 그 안에 입은 속옷이며 내복은 차치하고 말이다.

려화의 행동에 숨은 뜻을 모르랴. 휘강이 려화에게 어서 해 보라며 시선으로 재촉을 보냈다. 려화가 침을 꿀꺽 삼켰다. 처음 도 아니건만, 휘강의 명으로 그의 옷을 벗긴 적도 수두룩하건만.

제가 유혹하고자 휘강의 옷을 먼저 벗긴 적도 없지 않았다. 그런데 자꾸만 손끝이 떨려 왔다. 휘강이 조금씩 웃음을 보이려 는 때 려화의 손이 드디어 움직였다.

고작 한 번이었다. 그저 슬쩍 팔꿈치를 당겼을 뿐인데 휘강의 허리끈이 풀렸다. 넓게 배를 감싼 장식 띠가 흘러내려 려화의 배 위로 떨어지고 굳게 다물려 있던 용포는 속 끈만으로 고정되 어 헐겁게 려화의 가슴 위를 덮었다.

려화의 귀여운 행동은 기꺼웠으나 덕분에 그녀의 아름답고 풍만한 가슴을 눈에서 잃었으니 휘강은 오묘한 기분이 되었다. 그가 제 속 끈을 당겨 용포를 완전히 벗으려 하였다.

려화가 급히 휘강을 말렸다.

"어찌 그러는가? 막상 저지르고 보니 오늘은 날이 아니었다 싶다면, 그만두어도 좋다."

"그런 뜻이 아닙니다."

"그럼?"

"내친김에 마저 제가 하려 합니다."

휘강이 어깨를 으쓱였다. 그러곤 려화에게 제 가슴팍을 내밀 었다. 려화가 후, 또 한숨을 뱉고는 휘강의 용포를 완전히 벗겼 다.

날이 이리 춥거늘 용포 안으로는 얇은 속옷 하나뿐이다. 하긴, 휘강은 늘 따뜻하다 못해 뜨겁고 열이 많으니 그리 이상한 일이 아닐지도 모른다. 무예를 깊이 익혔으니 이 정도 추위는 아무것도 아닐 수도 있고 말이다.

려화는 계속하여 생각을 돌리고 돌렸다. 그리 손과 머리가 달리 바삐 움직였더니, 어느새 휘강은 나신이 되었다. 그의 몸을 감싸고 있던 귀한 옷들은 침상 위며 아래에 널브러졌다.

여지없이 탄탄한 가슴이며 근육으로 굴곡진 배, 그곳에는 감히 황제의 몸이라 생각지 못할 정도로 잔 흉터들이 가득했다.

반면에 려화의 몸은 궁녀가 될 수 있을 정도로 깨끗하였다. 려화는 휘강의 흉터에서 그가 겪은 세월의 아픔을 읽었다. 이러한 감상은 처음이었다. 그의 맨몸을 보게 되었던 순간부터 그녀에게 휘강이란 그저 원수일 따름이었으니.

이러한 생각의 변화들이 자꾸만 밀려왔다. 눈썹을 일그러뜨린 오묘한 표정이 되고야 말았다. 휘강이 그러한 려화를 가만히 바라보았다.

그러다간 이제 휘강의 손이 려화의 가슴 아래를 향했다. 여인의 옷은 매듭지어 옷을 고정하는 끈이 아래에 있으니 말이다.

"손해라 생각하는가?"

"무엇이 제게 손해이기에 그리 여기겠습니까?"

"그대는 나를 나신으로 만들기 위해 몇 번이고 손을 놀려야 했잖은가."

휘강이 아주 살짝, 려화의 옷을 고정한 끈을 당겼다. 려화는 속이 조금 비치는 흰 속옷만을 입고 있었다. 그러니 저 끈을 풀면 저고리와 치마가 한 번에 벗겨져 나신이 될 터였다.

"한데 나는 한 번이면 그대를 태초의 모습으로 만들 수 있으니까."

려화가 휘강의 손 위에 자신의 손을 겹쳤다. 그리고 휘강을 이끌 듯이 팔에 힘을 주어 제 옷을 고정한 끈을 당겼다.

스르륵, 고운 비단이 스치는 소리가 작게 울렸다. 그뿐이었다. 비단은 결이 곱디고와 금방 려화의 몸에서 흘러내렸다. 저고리는 이미 팔뚝에만 걸쳐졌을 따름이고 치마의 조임도 헐거워졌다.

그를 따라 려화의 가슴도 더욱 봉긋하게 제 모양을 찾았다.

"나는 그대 앞에서 지엄한 군주이기는 틀린 모양이다."

휘강이 한숨을 내쉬며 허탈하게 웃었다. 려화가 영문을 모르겠다는 얼굴로 휘강을 바라보았다. 본능적으로 려화의 손이 드러나려는 제 가슴을 가렸다.

"어찌 그리 말씀하십니까?"

휘강이 가슴 위로 올라온 려화의 손을 치웠다. 가까스로 려화의 가슴 위를 지키던 치맛자락이 그녀의 팔뚝에 쓸려 내려갔다.

봉긋한 가슴 위로 꽃봉오리처럼 소담히 자리한 젖꼭지가 드러났다. 얇은 천이나마 옷이라고 감싸고 있다가 바깥 구경을 하자니, 추워서 그런 것인지 오똑 솟았다.

휘강의 손이 부드럽게 려화의 유륜을 따라 동그라미를 덧그렸다. 은근하지만 아찔한 자극에 려화가 눈을 반쯤 감고 허리를 긴장시켰다.

"흐읏……."

517

"그대의 모든 모습이 다 기꺼우나 역시나 아무것도 걸치지 않은 지금이 가장 좋으니 말이다."

"사내란……. 사내란 다 그런 것이라 하지 않으셨습니까?"

여전히 제 가슴을 보드랍게 매만지고 꼭지를 희롱하는 휘강을 슬쩍 흘기며 려화가 그리 말했다. 휘강은 제가 언제 그러한 말을 했는가 헤아려 보았다.

참으로 려화의 앞에서 별말을 다 했구나 싶어 제가 우스우면서도, 또한 얼마나 많은 말로 그녀의 가슴을 헤쳤을까 싶어 미안함이 몰려왔다.

더해 려화의 기억력에 탄복했다. 저 또한 세세한 기억으로는 못지않으나, 그것은 저의 능력이라기보다는 광증이 발현하며 얻은 것에 지나지 않는다 여겼다.

"그걸 다 기억하는가?"

"폐하께서 이르신 말씀인데 어찌 잊겠습니까?"

"그리 말하는 네게서 원망이 느껴진다. 나의 착각이냐?"

"폐하께서 좋을 대로 생각하십……, 아홋!"

려화의 새침한 반응이 얄미웠던 탓인가, 아니면 과거를 불러와 제게 미안함을 불러온 것이 야속했던 때문인가. 휘강의 손길이 옷을 벗기 전보다 조금 더 농밀해졌다.

사실 그저 려화의 흰 살결이 휘강을 홀리기 때문이었다. 그가 려화의 가슴을 매만지던 손으로 허리를 쓸어내리고, 려화의 골반과 음부 또한 부드럽게 간질였다.

휘강의 거근은 이미 준비를 마치고도 오랜 시간이 흘러 앞을 적시고 있었다. 하여 번들거리며 빛나는 것이 휘강이 움직일 때마다 려화의 눈에서 사라졌다 다시 비추었다 하였다.

그것을 보는 것만으로, 려화의 몸은 제 안을 드나들던 그의 감각을 되살려 내었다. 몸이 뜨거워졌다. 안쪽 깊은 곳에서부터 붉은 불씨가 몸을 달구었다.

"무엇이든 그대에게 상처를 준 내 업보이니, 내 어쩌겠는가. 그대가 하는 말이라면 모두 그대 뜻에 따를밖에."

"으응, 흣, 폐하…… 거긴……!"

려화의 음부를 부드럽게 쓸어내리던 휘강의 손이 은밀한 곳의 도톰하고 말랑한 살을 젖혔다. 얕은 굴곡 사이의 깊은 곳은 꼭 다물려 있었다. 휘강이 촉촉한 소리를 내는 그녀의 얕은 굴곡들을 매만지며 려화를 바라보았다. 눈 속의 정염이 점점 크기를 키워, 사랑이라는 울타리를 넘기 시작하였다.

휘강의 손가락이 기어이 려화의 깊은 곳으로 침투했다.

"아흥!"

려화가 허리를 띄웠다. 부러 그런 것이 아니라 절로 그리되었다. 휘강이 그리 제게 가까워진 려화의 허리를 붙잡고, 려화의 목덜미에 입을 맞추었다.

입술 사이로 붉고 탄탄한 혀가 미끄러져 나왔다. 그리 자연스레 나와선 꿀이라도 발라 놓은 것처럼 려화의 살갗을 탐했다.

부드럽지만 끈질겼다. 은근하지만 결코 멈추지는 않았다. 려화가 제 속에 품은 꿀을 기어이 흘려 내고 말 때까지 휘강의 손과 입은 쉬지 않았다.

목을 깨물고 핥던 입술이 올라와 려화의 입술을 덮었다. 몸에 익은 대로 려화의 입술이 벌어지자 그 안으로 들어온 휘강의 혀는 려화의 은밀한 곳을 희롱하는 손과 같은 박자로 노닐었다.

위와 아래가 하나의 틀림도 없이 같은 장단으로 물들었다. 려화의 허리가 통통 뛰었다. 그러면 휘강의 빈손이 려화의 등과 허리를 쓰다듬다간 엉덩이 골을 따라 미끄러졌다.

"폐, 흐읍, 으으응……!"

휘강을 부르려던 려화의 애탄 목소리는 다시금 휘강의 입에 삼켜졌다. 휘강이 려화의 혀를 희롱하는 사이 손가락의 개수를 하나 더 늘렸다.

아래쪽의 자극이 강해졌다. 려화가 저도 모르게 힘을 주어 휘강의 손가락을 조였다. 허리가 들썩이는 것이 심해지나 싶더니 휘강의 손가락이 왈칵 젖었다.

려화의 아랫배에 닿은 휘강의 남근이 더욱 힘을 더했다. 단단해진 남근이 아랫배를 지긋하게 누르는 느낌 또한 자극적이었다.

려화가 눈가를 발갛게 물들이고는 눈을 꼭 감았다. 눈꼬리에 물기가 어렸다. 휘강이 려화의 입술을 그제야 놓아주고는, 그녀의 눈가에 맺힌 물기에 입을 맞추었다.

"오늘따라 유난히……."

"유난히 네 허리가 기운차구나."

"유난히 저를 놀리듯, 흐읏, 하십니다……!"

"내 어찌 네 감사를 받으며 그대를 놀리겠는가?"

려화가 갸름히 눈을 뜨고 휘강을 흘겼다. 휘강은 려화의 야속한 눈빛을 모르겠다는 듯 슬그머니 웃어넘겼다.

저야 처음부터 준비를 마친 지 오래였고, 려화 또한 은근하고도 끈질긴 자극에 충분히 젖었다. 아직 제 손가락을 물고 있는 려화의 안쪽에서부터 이제는 모를 수 없는 열기가 느껴졌다.

색색거리며 오르내리는 려화의 가슴이 아름다워, 휘강은 지나치지 않고 그녀의 가슴을 매만지고 유두를 희롱했다. 색이 옅어 봄의 꽃봉오리와도 같던 려화의 유두 또한 붉은빛이 어렸다.

휘강이 려화의 유두 옆에 그보다 더 짙은 빛의 흔적을 만들었다. 허리를 굽혀 숙인 그가 깊이 빨아들이는 자극에 려화가 몸서리쳤다. 남겨 놓은 흔적은 짙고 짙어 먼저 피어난 꽃송이 같았다.

꽃이 피었으니 응당 향기에 홀린 이가 등장할 차례라, 휘강이 려화의 안에서 그제야 손가락을 빼고는 그녀를 안아 들었다.

등허리에 닿는 휘강의 한쪽 손이 축축하게 젖어 있었다. 려화가 수치감에 볼을 붉혔다. 두 손으로 얼굴을 가려야겠건만, 휘강에게 안겨 자리가 옮겨지고 있으니 그의 목덜미를 감느라 바빴다.

대신에 꼭 감은 려화의 눈꺼풀 위로 휘강의 입술이 닿았다. 가볍게 쪽 소리를 내며 떨어진 그의 입가에는 만족스러운 웃음이 어렸다.

"자리가 불편하진 않은가?"

"폐하께서……, 하아. 몸을 쉬어 가시는 곳입니다. 어찌 불편하겠습니까?"

"하나 그대에겐 항상 야릇한 밤을 보내는 곳이었지 않은가. 다음 날 허리며 다리며 아픈 곳이 많을 터이니, 미리 조금이라도 편할 방도를 찾을밖에."

휘강이 짓궂게 웃으며 그리 말했다. 려화가 고개를 저었다. 내 친김에 휘강을 아까보다 더 샐쭉한 눈으로 흘겨보았다. 색색거리는 숨이 조금은 가라앉기도 하였다.

"자리의 문제가 아니라, 저를 품으시는 폐하의 문제라 여기진 않으시는지요?"

"해서 내 살살 하고 있지 않은가."

그대를 사랑하는 만큼 참아 가면서.

차마 려화에게 입으로 뱉을 수 없는 말을 목구멍으로 삼키며 휘강이 웃었다. 그 속을 알 길 없는 려화가 뾰로통한 얼굴로 여전히 휘강을 노려보다간 곧 피식 웃었다. 여하튼 그의 말이 옳았다.

오늘의 그는, 어쩌면 자신이 느끼기에 더욱 간질거릴 정도로 조심 또 조심하였다. 그렇다고 그의 성정이 아예 어디로 홀랑 도망간 것은 아니라, 조심스럽되 집요하고 길었다. 참으로 길었다.

하여 이리 은근하게 지핀 불로도 기운이 모두 빠질 수 있음을 알았다. 려화가 한숨을 푸 뱉으며 배를 꺼트렸다. 마른 몸뚱이에 숨까지 빠져나가니 려화의 허리가 한 줌이라, 휘강은 괜히 그것이 안쓰럽게 여겨졌다.

"평소처럼 하셔서 이르게 끝마쳐 주실 생각은 없으시고요?"

"글쎄. 내 인내심이 이르게 끝마칠 정도로 닿을지 모르겠는데."

휘강이 그리 말하며 려화의 자세를 다시 잡아 주었다. 제 허리에 려화의 다리를 감고 허리를 조금 들어 올렸다. 허공에 붕 뜬 느낌에 려화의 허리에 자연스레 힘이 들어갔다. 휘강이 그곳에 베개를 대었다. 푹신한 곳에 허리가 닿으니 한결 나아 려화가 그제야 긴장을 풀었다.

이제 정말로 휘강이 려화의 안을 찾을 시간이었다. 휘강의 첨단이 려화의 은밀한 곳 입구를 찾았다. 뜨거운 곳과 뜨거운 곳이 닿았으나, 서로가 서로의 열기를 고스란히 느꼈다.

눈을 감은 려화가 침을 꿀꺽 삼켰다. 항상 이리 시일을 두고 그에게 안길 때면 마치 처음과 같은 통증을 느끼곤 했다. 오늘 휘강이 아무리 부드럽게 저를 다룬다 한들 그의 거근은 또 제게 통증을 내릴 것이었다.

"아웃······!"

역시나 그러했다. 휘강은 그 어느 때보다 부드럽게 밀고 들어갔으나, 려화는 아찔한 고통을 맛보았다. 그대로 숨이 멎었다가, 한참 뒤에야 숨을 뱉는 려화를 휘강이 집중하여 살폈다.

미간에 새겨진 주름이 펴지고 려화가 적응할 때까지 기다렸다. 그렇게 한참을 아주 조금씩, 휘강이 려화의 안으로 밀고 들어왔다.

"하아······."

휘강이 허리를 숙여 려화를 안아 주고는, 그녀의 볼에 몇 번이고 보드랍게 입을 맞추었다. 사랑하는 이가 자신을 품으며 제게 맞춰지는 이 순간이 너무나 아름답게 보였다. 하나 아픔을 표하는 표정은 안타깝기 짝이 없어, 그저 달래 줄 길이 없으니 달게 입 맞출 따름이었다.

이제 요와 철이 빈틈없이 합을 맞추었으니 움직여야 옳았다.

한데.

"힘든가?"

"아니, 아닙니다. 그 어느 때보다 다정하지 않으십니까……."

려화의 표정에는 구김 하나 없었다. 다만 있어야 할 다른 무엇도 없었다.

느끼는 것이 없어서가 아니었다. 무엇을 참기 위해, 숨기기 위해 거짓을 뒤집어쓴 것이었다.

이것이 벌써 두 번째였다. 려화는 아까도 휘강에게 거짓 미소를 보였다. 그러니 이제는 휘강도 모르는 척 넘어갈 수가 없었다.

려화는 제가 기특하다, 사랑스럽다 그리 입 맞춰 주는 것에 얼어붙었다. 그러고는 이리 무표정을 뒤집어썼다.

열기 어려 홍조가 가득하던 얼굴이 하얗게 식었다. 그 마음을, 그 속을, 려화가 감추려 하여도 휘강은 알 것 같았다.

"그대는 나의 다정함이……. 아니다."

"폐하? 정말로 저는 괜찮습니다."

마음을 숨기며 려화가 그리 답했다. 이제야 시작인데 여기서 그만두고 물러서려는 휘강의 어깨를 꼭 쥐었다.

하나 휘강이 옳았다. 려화의 마음 안에는 버거운 감정이 잔뜩 몰려들었다. 버석하게 마른 얼굴을 좀 더 건드리면 숨겨 둔 감정이 눈물과 함께 섞여 왈칵 터져 나올 것이었다.

차라리 거칠게 안아 주었더라면, 휘강이 제 욕망만을 탐했더라면 그 탓이라고 울어 버렸을까. 아니, 이리 마음이 울렁거리지도 않았을 것이다.

"오늘은 네게 충분히 받았다. 너를 충분히 맛보았다. 나는 그러하다."

"시작조차 하지 않지 않았습니까?"

"네게 오늘 밤의 너를 선물 받은 내가 충분하다 느낀다. 그러니 족하다."

"하나……."

려화가 입술을 질끈 깨물었다. 제 마음이 휘강의 말처럼 오늘은 그만두고 싶다 여기니, 그를 설득하는 데에 힘이 실리지 않았다. 머뭇대고 있는 것은 오히려 자신이 아닌가.

휘강을 용서한다고 하였다. 실로, 마음에는 이제 휘강을 볼 때마다 아무 감정도 없이 메마르기만 했던 그 모래바람이 불지 않았다.

한데 그래서 문제였다. 다시금 찾아오는 봄의 기운이 무섭고 두려웠다. 그는 모든 것이 변덕이었다고 했던 자신의 지난 말이 실은 변명이었다고 하였으나.

그것이 이번에는 정말 사실이 될까 두려웠다. 자신을 진심으로 사랑한다 말하는 저 입술이, 이번에야말로 정말 변덕처럼 사랑이 식었다 그리 말할까 두려웠다.

그를 두려워하는 이유가 무엇이겠는가.

'나는 단 한 순간도……. 당신을 향한 마음을 모조리 정리한 적이 없었던 것이란 말입니까. 단 한 순간도…….'

메마른 눈동자에 눈꺼풀이 덮이니 뜨거움이 몰려왔다. 곧 이 열기를 식히기 위해 눈물이 뒤따를 것만 같았다.

억울했다. 제 미련한 모습이 억울했다. 이도 저도 하지 못하는 미련퉁이가 된 자신이 한심했다.

결국 휘강이 려화에게서 물러났다. 그의 거근은 여전히 열기를 식히지 못해 어서 담금질을 해 달라 보채듯 꺼떡거렸다. 하나 휘강은 아무렇지 않은 듯 려화의 옆에 누웠다.

이제는 허리를 불쑥 올려 불편하기만 할 베개를 다시 치워 주고 구석에 널브러진 금침을 가져다 려화에게 덮어 주었다.

"만일, 네가 아직 모자란다 여겨 내게 미안하다면 새벽 시간을 내게 다오."

"……그것으로도 충분치 않습니다. 저는 폐하께 유일하던 쓸모조차 잃었습니다."

"그렇지 않다. 너와 한 공간에 있는 것만으로도 나의 광증이 다스려지고, 해서 평안을 얻으니 그만으로도 너는 내게 몹시 소중하지 않으냐."

"위로는 그쯤으로 충분합니다. 폐하. 위로를 받아야 할 것은 지금 폐하가 아니시옵니까."

휘강이 부드럽게 웃으며 려화를 끌어안았다. 제 팔을 내어 주어 려화가 베고 눕도록 하고는 그녀의 머리통에 입을 맞추었다.

"그대가 내 품에 있질 않은가. 그것으로 나는 충만하다."

"좀 더 욕심부리고, 좀 더 욕망껏 행해 주세요. 폐하께서는……."

"나는 네게 그럴 수 없다. 사실, 내가 이리 변모했기에 너를 더 아프게 하는 것 또한 잘 안다. 그래도 그리할 수밖에 없으니, 어쩌면 나는 또 그대에게 상처만 주는구나."

"흐읍……!"

참았던 눈물이 터졌다. 려화가 숨죽여 울며 눈물을 쏟아 냈다. 휘강이 얼굴을 가린 려화의 두 손을 치우고 그녀의 눈가를 조심스럽게 쓸어 주었다. 닦아도 닦아도 려화의 눈가는 마를 길이 없어 보였다.

차라리 크게 곡소리라도 내면 좋으련만 기어이 눈물을 터뜨리고도 다 가슴으로 삼키려고만 하는 려화가 몹시 안타까웠다. 휘강은 하여 이 또한 저의 업이라 여기며 그저 조용히 려화를 달랬다.

"좀 진정이 되었는가?"

마르지 않는 샘 같던 려화의 눈물도 조금은 잦아들었다. 휘강이 려화의 기분을 살피며 아주 조심스레 물었다. 려화가 부끄러움에 다시금 얼굴을 숨기려다가, 휘강을 흘긋 보고는 고개를 끄덕였다.

넋 채 고개를 움직이니 려화의 새카만 머리칼이 흐트러졌다. 휘강이 먼저 그것을 잘 정리해 넘겨 주고는, 말없이 려화를 보고 웃었다.

"……조금은요."

려화가 다소 늦은 답을 뱉었다. 휘강은 그저 말없이 고개를 끄덕여 주었다. 려화가 조금이라고 하였으니 조금일 것이다. 그렇다면 다 괜찮아질 때까지는 아니더라도, 좀 더 그녀에게 시간을 주어야 하리라.

휘강은 기다릴 수 있었다. 기다릴 수 없더라도, 기다릴 셈이었다. 단순히 오늘 밤만을 말하는 것이 아니었다. 려화의 마음이 저를 향하지 않더라도, 그저 평안해지기를 기다릴 생각이었다.

그래야 옳다고 여겼다. 제가 려화를 괴롭게 한 것만 족히 두 해였다. 그리 려화의 마음에 상처를 주고는, 그것이 금세 아물고 저를 보통처럼 대해 주길 바라는 것은 과욕이 아니겠는가.

휘강은 그저, 온유한 시선으로 려화에게 말하였다. 나는 네가 어떻든 지켜보고 기다리는 것만으로도 족하다고.

빨리 괜찮아질 필요도, 괜찮은 척할 필요도 없다고.

"그러면 말이다, 내 조금은 괜찮아진 그대를 안고 잠드는 호사를 조금 욕심내도 좋겠는가?"

려화가 작게 고개를 끄덕이곤 눈을 감았다. 휘강이 려화의 머리칼을 쓰다듬으며, 그녀의 붉게 부어오른 눈가를 한참 바라보았다.

사랑과 연민, 죄책감과 다른 어떠한 감정들이 가득한 눈빛으로.

심정의 격동으로 지친 려화의 숨이 고르게 변해, 새벽이 지나고 여명이 밝을 때까지.

*
**

려화의 마음은 시간이 멈춘 듯 아직도 겨울의 격동이 휘몰아치건만, 물계의 세월은 그녀를 기다려 주지 않았다. 밤은 지나고 해가 떠올라 아침이 밝았다.

휘강은 려화가 깨어나 저를 마주하면 어색함을 감추지 못할 것을 우려한 것인지 일찍 황제궁을 떠났다. 본디 이곳은 휘강의 공간이건만, 아직은 객이라 할 수 있는 려화를 배려한 것이었다.

려화가 침상에서 몸을 일으키자 곧 바깥에 대기하고 있던 궁녀들이 들어와 그녀를 살펴 주었다. 려화는 그들의 수발을 받지 않아도 괜찮다며 만류했으나 소용없었다.

지엄한 어명이 있었다는 말에, 그들을 곤란케 할 수는 없었으니 말이다. 하여 그들의 수발을 받아 의관을 정제하고 아침조차 황제궁에서 들었다.

도국의 황후조차도 감히 황제의 공간에서 주인 없이 식사를 들지 못하거늘, 이것이 무슨 불편한 호사인가 하였다.

그리고 심란한 마음에 늘어지는 발길을 돌려 채선궁으로 향했다. 채선궁으로 가는 길마저 황제궁의 궁녀들을 뒤로 줄줄이 달고 가야 한다는 것을, 가까스로 만류하고서야 말이다.

"부인!"

"산여!"

옥중고로 피폐해진 심신을 정양하느라 자리를 비웠던 산여가 채선궁으로 돌아왔다. 려화가 돌아오는 것을 보고는, 산여가 눈꼬리에 눈물까지 맺어 가며 려화를 반겼다.

"내가 너를 이곳에서 기다리다 반겨 주어야 했건만, 이리 반대가 되었으니 부끄럽기 짝이 없어."

"왜 그렇게 말씀하세요. 부인께서 누구보다 저를 먼저 챙기셨음을, 태감 나리께 들어 알고 있습니다."

참으로 말도 어여쁘게 하는 산여를 보며 려화가 힘을 내어 웃었다. 산여는 저 또한 옥사에서 받은 고통과 공포를 아직 잊지 못하였을 것임에도 려화를 우선하여 챙겼다.

산여의 나이 열여덟, 도국의 어른이라 하나 아직은 서툰 것이 더 많은 나이였다. 그러니 제가 겪은 두려움을 토로하며 서운함을 표해도 이상할 게 없건만 산여는 어느덧 진짜 어른스러움을 갖추었다.

그러니 더욱이 려화는 산여의 앞에서 부끄럽고 작아졌다. 제가 순수하고 밝던 아이를 저리 바꾼 것과 다름없었다. 산여가 이번에 입은 화는, 자신의 궁녀가 아니었더라면 입지 않았을 것이었기에.

"네게 미안해. 미안하고 또 미안해."

"부인을 모시는 궁녀입니다. 부인이 가장 총애하시니, 다른 이들도 그를 알고 저를 택해 시련을 준 것이잖아요. 부인께서 절 애정하기 때문에 벌어진 일을 부인의 탓으로 돌리시면 안 되세요."

"그래도, 그래도 말이야……."

려화가 기어이 산여를 품에 끌어안았다. 보드레한 젖살이 채 가시지 않은 것이 느껴져 더욱이나 마음이 아팠다. 이제는 그런 일을 겪지 않도록 하리라. 려화의 마음에 결심이 굳어졌다.

산여 또한 려화의 마음을 느꼈는지, 머뭇대던 손을 올려 려화의 등을 같이 폭 끌어안았다.

"퍽 감동적인 장면이오만, 부인께 소인은 보이지 않는 모양이지요."

산여의 조금 먼 뒤편에 섰던 유 태감이 껄껄 웃으며 그리 말했다. 유 태감의 말에 산여도 려화도 화들짝 놀라 서로 떨어지고는 볼을 붉혔다.

"그리 놀라실 것이야 있습니까? 제가 뭐 이상한 소문이라도 낼까 봐요?"

"설마 태감께서 그리하시겠습니까."

"그럼 제게 인사는 건네 주시고 다시 하셔도 좋습니다."

유 태감이 부러 손을 휘저으며 그리 말했다. 하나 이미 산통
이 깨졌건만 다시 얼싸안을 기분이 날까.

대신에 분위기가 매우 부드러워졌다. 기어이 려화와 산여도
피식 웃음을 터뜨렸으니 말이다.

"태감께서 계실 줄은 몰랐습니다. 폐하께서 정사를 시작하셨
으니 곁에 계실 줄 알았지요."

"폐하께서 노인의 뒤치다꺼리가 필요한 연배는 아니시지요."

"그러나 태감의 일이 아닙니까?"

"뭐……."

유 태감이 어깨를 으쓱였다. 려화가 고개를 모로 기울이고는
잠시 오묘한 눈으로 유 태감을 바라보았다.

"폐하께서 보내셨습니까?"

"그건 아닙니다. 소인이 나이를 적잖게 먹어, 불경하게도 간혹
폐하의 어명이 들리지 않고 누가 오라 가라 한다 해서 오가지는
않게 되었지 뭡니까."

"하하, 무슨 대답이 그러하십니까?"

"뭐어……. 그나저나, 계속 이리 밖에 계실 것입니까? 겨울이
깊어 날이 춥습니다. 이 노인의 뼈에 바람이 스미는군요."

려화가 눈을 동그랗게 떴다. 유 태감이 우스갯소리와 섞어 돌
려 말하긴 했으나, 기실 그 뜻은 이야기를 이곳에서 계속해도
좋겠냐는 것이었다.

아무럼 이제 려화를 해할 사람이야 모두 자리를 보전치 못하게 되었다지만, 황궁이 어떤 곳인가. 려화가 웃으며 고개를 끄덕였다.

"제가 생각이 짧았습니다. 태감께서도 산여도 이 추운 날 밖에서 저를 오래 기다렸을 텐데 말입니다."

"그렇다면 들어가시지요."

처소 안은 어제와 다른 것이 없었다. 산여는 세야가 궁을 떠나가며 소주방이 비었기에, 려화와 유 태감에게 대접할 차를 내오겠다며 또 자리를 비웠다.

려화가 오랜만에 본 산여가 또 눈에서 사라지는 것이 아쉬운지 산여의 뒷모습을 쫓았다. 그 모습을 지켜보던 유 태감이, 려화를 보며 조심스레 입을 열었다.

"얼굴에 수심이 가득합니다."

"제가요?"

"늙어 흐려진 눈이라지만 괜한 것에는 밝게 마련이라서 말입니다."

려화가 고개를 숙이고 조용히 웃었다. 아무럼 유 태감이 태감이라 하여도 휘강이 지난밤을 미주알고주알 일러바쳤을 것으로 생각되지는 않았다. 휘강이 그러한 성정이 아님을 잘 알았다. 그렇다면 그만큼이나 제 얼굴에 심란함이 가득한 것이겠지.

"그리 티가 납니까?"

"노인의 눈에나 보일 정도이니 괘념치 마십시오."

"그런데도 제게 물으신 데는 이유가 있으시겠지요?"

"역시 이 노인이 괜한 말을 꺼낼 나이는 지났지요?"

려화가 살포시 웃으며 유 태감의 말에 수긍했다. 꼭 연배 탓이 아니더라도, 유 태감이라는 사람이 늘 필요 없는 말을 꺼내는 인사는 아니었다.

짚어 보면 복숭아 농원의 유 노인이었을 때부터 그러했다. 그가 농처럼 던지는 말들마저 다 괜한 농이 아니었다. 특히나, 자신도 채 깨닫지 못한 마음을 가장 먼저 깨달은 것조차 아마도 유 태감이었으리라.

어쩌면 조부처럼도 기대던 사람이었다. 그에게 마음을 전부 숨길 수 있으랴. 다만 전부 내보이기에는 황제의 사람임이 분명한 그의 태감이라는 자리가 문제일 뿐.

"무엇이 불안하십니까?"

"제가 불안하여 마음이 고달픈 것으로 보이시나요?"

"그저, 제가 아는 겉핥기로는 그리 보이니 여쭙는 것입니다."

"아마도……."

려화의 표정에 쓸쓸함이 깃들었다. 때가 좋은 것인지, 아닌지 모를 때에 산여가 차를 들고 처소로 돌아왔다. 산여가 묘한 분위기가 흐르는 유 태감과 려화를 번갈아 보고는, 제가 낄 자리가 아니라 생각한 것인지 걸음을 물리려 하였다.

려화가 그리 눈치를 살피는 산여를 보고는 다시금 마음 아픈 표정을 지었다. 누구보다 자신의 사정에 제일 먼저 휘둘리는 이가 산여거늘.

그런데도 제 부끄러운 마음과 사연을 산여의 앞에서, 아직은 풀어놓을 자신이 없으니 저는 참 몹쓸 사람이었다.

산여가 저는 괜찮다는 미소를 려화에게 지어 보이며 기어이 자리에서 물러났다.

"아마도 태감께서 생각하시는 대로이겠지요."

"부인께서 느끼는 불안함의 기저는 아마도 폐하이겠고요."

유 태감이 아는 것이 맞았으나, 차마 그에 수긍하고 답할 수는 없었다. 하여 려화는 고개를 숙이고 낮게 웃었다.

"탓하는 것이 아닙니다. 노인이 보기에도 폐하께서는 파렴치한이나 다름없으시니까요."

"……아무렴, 어찌 그리 말씀하십니까?"

"제게 어찌 그러냐 말씀하시는 부인의 얼굴에 웃음이 가득합니다."

"그 정도는 아닙니다."

역시 긴 세월을 살아 낸 노인이었다. 유 태감은 과하게 가라앉아 어떤 이야기도 나눌 수 없을 법했던 분위기를 금세 띠웠다. 풀어진 공기 덕에 려화의 목을 막고 있던 답답한 멍울도 조금은 풀어졌다.

"이 노인은 말입니다, 부인만을 생각하자면 부인이 좀 더 폐하를 괴롭히셔도 된다고 생각합니다."

"제가, 폐하를 괴롭힌다고 여기시는 겁니까?"

"부인이 누굴 일부러 괴롭게 할 성정이십니까?"

"그런데요?"

"역으로 묻겠습니다. 과거의 폐하께선 일부러 부인을 반하게 하려고 모든 행동을 계획하고 부인께 보였겠습니까?"

다시 려화의 입이 꾹 다물렸다. 그녀의 볼과 귀가 새빨갛게 달아올랐다. 유 태감은 려화가 소녀였던 시절 휘강에게 춘풍과도 같은 마음을 품고 있었음을 알고 있었다. 그것도 아주 제대로 말이다. 유 태감이 나서서 그를 밝힌 것이나 다름없으니, 려화는 과거의 제 속을 들킨 것이 부끄러워 얼굴을 붉히지 아니할 수 없었다.

그것은 뒤로하고라도 유 태감의 말이 지닌 행간이 참으로 뼈아팠다. 자신이 의도하지 않아도, 지금의 행동이 휘강에게 상처를 주고 있을 것이라는 뜻이지 않은가.

"죄책감을 드리려 올린 말씀이 아닙니다."

"그것은……, 저도 압니다."

"더구나 그리하며 괴로운 것은 오로지 폐하만도 아니지 않으십니까?"

"그게 무슨 말씀이십니까?"

"폐하께서 괴로우신 만큼, 항상 부인께서도 같이 괴로우시지 않습니까?"

려화의 표정이 무너졌다. 세상을 잃은 듯이 텅 빈 얼굴로 유 태감을 바라보았다. 유 태감은 그런 려화를 안타까운 것을 보듯 바라보았다.

"……그 말은 즉, 제가 저를 괴롭게 하고 있다는 뜻이신지요?"

"아닙니까?"

려화가 두 손으로 얼굴을 감쌌다. 두꺼운 겨울옷으로 성장하고 있건만 발가벗고 있는 기분이 들었다. 한데 수치심보다는 무언가를 깨달은 감각이 더욱 려화를 괴롭게 하였다.

여러 감정이 섞인 한숨이 려화의 입술을 비집고 흘렀다. 유 태감은 더 말을 보태기보단 제 앞에 놓인 찻잔을 들어 목을 축이는 쪽을 택하였다.

여기서부터는 려화가 깨닫고 선택해야 할 몫이었다. 깨달은 본심을 인정하든, 아니면 다시 덮어 두고 아무 일도 없었던 듯 지금의 상황을 유지하든 말이다.

"어르신의 연륜을 어찌 이기겠습니까? 말씀하신 모든 것이 옳습니다⋯⋯."

려화가 모든 것을 내려놓은 듯한 목소리로 말했다. 그 모습이 몹시 애처롭기 짝이 없어, 유 태감은 괜히 자신이 아직 아물지 않은 상처를 후벼 판 것은 아닌가 하는 죄스러움을 느꼈다.

하나 어쩌면 누군가는 나서 한 번쯤 짚어 주어야 했을 일이었다. 려화의 상처에는 빼지 못한 가시가 박혀 있어, 그 때문에 어쩌면 아물지 못하고 계속 시린 피를 흘려 내고 있었던 것이기에.

적어도 오랜 세월을 살아 버틴 유 태감이 보기에 그러했다. 황궁에서 남녀상열지사가 허락된 것은 오직 황제와 그의 비빈들뿐이라지만 사람 사이에 오가는 감정의 군상은 많고도 많았다.

어쩌면 고독한 주변인이기에 많은 것들을 관찰자의 입장에서 바라볼 수 있었다. 그렇기에 려화의 마음 또한 알아본 것일지도 모르겠다.

하나 한 번도 내 일이었던 적이 없는 감정들이기에, 어쩌면 너무나 쉽게 건드렸는지도 모르겠다. 유 태감은 아프고 또 아파 비어 버린 려화의 표정을 보며 저도 모르게 미간에 주름을 만들었다.

가여운 것. 어쩜 이리도 짧게 살아온 생에 굴곡과 상처뿐인지.

려화의 어린 봄은 너무나 짧기만 하였다. 그 끝에 꽃피우지 못한 가지는 덥석 잘려 나갔고, 한동안 뿌리가 말라 더는 자라지 못했더랬다.

그랬던 것이, 어쩌면 지금의 아픔을 겪고 새순을 틔워 내려는 것이리라.

가엾고 딱한 것. 그리해 이것이 저 아이의 생에 마지막 시련이면 좋으련만.

"마음의 정리가 필요하십니까?"

"언제고……, 시일이 지나면 정리되겠지요."

"제가 도와 드릴 수 없으니 참으로 딱합니다."

"응당 마음이 흐르는 방향이야 인력으로 어찌할 수 없는 법 아니겠습니까?"

여전히 생각은 복잡하게 가지를 쳐 나가고, 답으로 도달하기에는 멀고 먼 길이 남았다. 하나 려화는 그 복잡함을 안으로 삼키고 웃으며 말했다. 그러한 모습이 더욱 상대에게 안타까움을 불러일으킴은 몰랐다.

유 태감이 잠시 고민하는 기색을 띠다간 려화에게 나긋하게 말했다.

"이제, 차라리 황궁을 떠나 모든 것을 피하고 싶은 마음은 없으십니까?"

려화가 조심스러운 유 태감의 물음에 큰 고민 없이 고개를 내저었다. 황궁을 떠나고 싶은 마음이야 없었다. 그런 생각을 하였던 과거조차 잊고 있었다.

자신이 황궁을 떠나려 했던 이유야 크게는 두 가지밖에 없었다. 부모님이 준비해 주셨으나 받지 못했던 열 살 생일의 장신구를 찾기 위함과, 원수인 휘강에게 휘둘리지 않기 위함이 아니었던가.

하나 지금은 휘강이 제 원수가 아님을 알았다. 또한 실로 자신의 철천지원수였던 노필상의 몰락을 보았다. 노필상을 거꾸러뜨린 것이 다름 아닌 휘강이니, 이것에 관하여서는 휘강은 도리어 자신에게 은인에 가까웠다.

거기다 휘강은 장신구에다, 생각지도 못했던 동생까지 찾아주지 않았던가. 이러하니 려화는 굳이 황궁을 떠날 생각이 없었다.

뿐이겠는가, 휘강을 제하고서라도 이제 려화의 생을 채워 낸 모든 인연은 전부 황궁이 아니고서는 볼 수 없는 자들이었다. 산여와 공영, 그리고 눈앞의 유 태감까지 말이었다.

"이제 저의 적은 황궁이 아니니까요. 비록 근본 없이 별궁을 차지해 호칭조차 명확하지 않은 채 살고 있다 하여도 말입니다."

"그리 생각한다면 이 노구는 참으로 다행이라 여깁니다."

사실 유 태감은 거기에 더해, 려화가 당장 황제의 온당한 반려가 되지는 않더라도 낮은 첩지나마 받기를 원했다. 그러나 작금 이리 고민이 많아 수척한 얼굴을 한 려화에게 그를 강요할 수는 없었다.

제가 모시는 주인인 휘강이 먼저 려화를 존중하여, 그녀에게 첩지를 내려도 괜찮겠느냐 묻기조차 않고 있질 않은가.

그렇다면 이 주책맞은 노구는 무엇으로 가여운 여인의 마음을 조금이나마 달래 줄 수 있겠는가.

고민하던 유 태감이 대뜸, 여태껏 나누던 대화와는 맥락상 전혀 상관없는 듯한 내용을 늘어놓았다.

"이거 아십니까?"

"무엇을요?"

"이곳 황궁의 주인은 폐하이십니다."

"당연한 말씀을 하시는군요."

려화가 유 태감의 뜬금없는 당연한 소리에 픽 웃음을 터뜨렸
다.

"한데 황궁의 주인께서도 웬만해서는 발 디디지 못하는 곳이
있음을 아십니까?"

"황궁에 그러한 곳이 있다고요?"

"바로 그렇습니다."

유 태감이 수염 없는 턱을 괜히 쓰다듬으며 뜸을 들였다. 막
상 주책을 부려 말을 꺼내긴 하였으나, 기실 이 황제의 금지는
눈앞의 려화에게도 사실 가서는 아니 될 공간에 가까웠다.

하나 유 태감은 곧 자신의 기우를 머릿속에서 치워 버렸다.
제 생각에, 앞으로 려화의 처지란 그녀의 생각만 정리하면 일사
천리로 정리될 터였다. 그렇다면 이 공간 또한 려화에게 당연히
허락되는 공간이 될 것이니, 큰 문제는 되지 않으리라.

그것 말고도 걸리는 것이 하나 있었던 것은 같으나…….

유 태감의 얼굴에 찰나의 씁쓸함이 스쳐 갔다. 그러나 없었던
일인 양 씁쓸함이 사그라든 얼굴에는 곧 인자하지만 짓궂은 조
부의 표정이 깃들었다.

"폐하께서 찾지 못하시는 공간인 것을 더해 내밀한 곳인가
봅니다. 그러니 궁녀로 일하였던 저 또한 모르는 것이 아니겠

습니까?"

"꼭 내밀한 곳은 아닙니다. 다만 지금은 주인을 잃다시피 하여 찾는 이가 없을 것이니 어쩌면 비밀스러운 기운이 깃들기도 하였겠습니다."

"갑자기 이 이야기는 어찌 꺼내신 것입니까?"

유 태감이 려화의 물음에 껄껄 웃었다. 제 뜻을 알 것이면서도 돌다리 두들기듯 조심스레 되묻는 려화의 모습이 퍽 귀엽게 느껴져서였다.

"부인께 고민의 주체와 마주치지 않고 생각에 취할 곳이 필요하지 않을까 하여서 말입니다."

"그리 저를 챙겨 주심은 감사한 일이나……. 어찌 제게도 금지(禁地)일 곳에 발을 들이겠습니까?"

"괜찮습니다. 지금은 아무도 찾지 않으니까요. 더해 폐하와 사내들에게만 발길 들이는 것이 금지된 공간일 뿐 국법으로 드나들 이들을 제한한 곳은 아닙니다. 어쩌면 부인이 궁녀 시절, 이미 윗전을 모시던 동기들은 이미 가 본 적이 있는 곳일 수도 있습니다. 또한, 어쩌면 차후 부인의 것이 될 수도 있는 공간이 아닙니까."

려화가 의문을 표하며 눈을 동그랗게 떴다.

"황제의 여인임이 확실시된 이들은 큰일이 있더라도 궁을 떠나지 못합니다. 그런 마님들께 향수를 달래고 마음 놓을 곳이 필요해 만들어진 곳입니다."

"그렇다면 역시 제가 갈 곳은 아니겠지요."

려화가 고개를 내저었다. 유 태감은 굳이 강요하는 것은 아니라는 것을 표할 생각으로 두 손을 내밀어 내저었다.

"강요하는 것은 아니나, 그리 금지라고 여기실 것까지야 있겠습니까? 기실 황제의 여인이 몸을 쉬어 가라 폐하의 출입만을 막아 두었을 뿐입니다. 부인 또한 폐하의 여인이시니 넓게 보면 아주 못 갈 곳은 아닙니다."

"새겨 두겠습니다."

려화가 대수롭지 않게 넘기며 답했다. 아마도 그리 말하곤 또 한 귀로 흘려버려 듣지 못한 일처럼 넘겨 버릴 테다.

유 태감은 제 나름대로 고심하고 꺼낸 이야기가 이리 박대를 받으니 은근한 오기가 생겼다.

"사시사철 꽃을 볼 수 있는 작은 실내 화원입니다. 그러니 새겨 두었다가 꼭 지금이 아니라도 언젠가는 들러 보십시오. 선대에 공진성에서 온 후비마마도 계셨으니, 부인께서도 고향의 향수를 달래기에 나쁘지 않으실 것입니다."

이번에는 려화도 마냥 흘려 넘기지만은 못했다. 그녀가 저도 모르게 귀를 기울였다. 다만 이미 몇 번이나 괜찮다고 유 태감에게 거절 의사를 표현한 다음인지라 선뜻 그곳이 어디인지 먼저 묻지 못했다.

그러나 유 태감의 눈치가 어디 보통인가, 그가 껄껄 웃으며 슬그머니 려화가 민망하지 않도록 그곳으로 가는 길을 흘렸다.

휘강은 실소하였다. 아직 모든 이들을 치죄하지 않았음에도,

노필상을 쳐 내는 것만으로도 자신이 뽑고자 했던 악의 근원이 절반이 넘도록 해결되었다.

노필상과 혼례로 이어진 가문만 하여도 스무 곳이 넘었다. 한데 노필상의 가문은 그의 죄로 말미암아 위아래로 삼 대를 멸하도록 하였다. 더해 십 대까지 더는 도국의 귀족도 벼슬아치도 되지 못하도록 하지 않았던가.

도국의 국법은 연좌제를 적용할 시에 남녀가 유별하지 않으므로, 그것만으로도 열 몇의 신료가 같이 화를 면치 못하였다.

거기다 노필상을 치죄하자니 명목상 그의 죄와 연관한 자들 또한 줄줄이 딸려 나왔다. 그것이 또 서른이 넘는지라.

그들 모두를 참형할 수는 없는 노릇이라, 휘강은 백성과 국상인 자신을 기만한 죄를 지은 이들만을 참수하고 다수는 삭탈관직한 뒤 유배형을 내렸다.

이나마도 하고 나니 당장에 이 벌들을 실행하고 국정을 살펴야 할 자들의 숫자가 부족하였다. 하여 휘강은 번뇌했다. 제가 아무럼 초인에 가깝다 하나 그렇다 하여 자신이 모든 일을 다 처리하고 해결할 수는 없는 일이었다.

정사에는 자리에 맞는 사람이 처리하고 꼭 통해야 할 과정이라는 게 있는지라.

"경한 죄인들 또한 처리해야 한다."

"폐하. 국정이 중지될 것이라니까요. 뿌리를 싹 뽑아 부패를 척결하고 정화하는 것도 중요하나, 일단 나랏일은 돌아가야 하지 않겠습니까?"

"유 태감!"

"폐하. 이에 관하여서는 태감의 말이 옳습니다."

강경하게 나서는 휘강을 바라보며 홍덕권 또한 나긋하게 유 태감의 편을 들었다. 휘강이 날 선 눈으로 홍덕권을 노려보았다. 그러다간 결국 한숨을 내쉬고야 말았다.

무어라 더 탓을 하기도 어려웠다. 중죄인들만을 골라 그들의 죄를 묻고 정리한 것만으로도 조정 신료의 절반에 가까운 인원 이 모조리 정리되었다. 이는 자리의 위와 아래 또한 가리지 않 고 이루어졌으니 단순히 빈자리를 기존 인선으로 채워 올려 해 결될 일도 아니었다.

하여 남은 자들이 과중한 업무를 어떻게든 해결해 내고 있는 형국이었다. 그러니 과로로 인하여 유 태감도 홍덕권도 사람의 꼴을 벗어나다시피 한 지가 오래였다.

휘강이 홍덕권에게 핀잔을 놓으려다가 그친 것도 그 탓이었 다. 어쨌든 국정이 중지되는 것을 두고 볼 수 없어 과로한 홍덕 권의 얼굴이 거무죽죽했다.

늙은 유 태감이고 비교적 젊은 홍덕권이고, 나이를 막론하고 누가 먼저 북망산천에 먼저 도달하는가 경주라도 하는 꼴이다.

"조금만 버티면 별시로 인선을 충원할 것이다. 그러니 그때까 지만 좀 더 무리하라는……. 젠장."

휘강이 기어이 된소리를 뱉었다. 제가 뱉은 말이지만 얼마나 허황하고 과도한 헛소리인지 아는 까닭이었다.

지금도 문하시중이 된 홍덕권이 해야 하는 바를 유 태감이 도 맡아 하고 있으며, 홍덕권은 예부서 일하던 경험을 살려 육부의 큰일을 거의 전담하고 있었다.

특히나 이번에는 삭탈관직하거나 여타 다른 징벌을 받은 신료가 많았다. 그러하니 역으로 사람은 줄었건만 형부의 업무는 미어터졌다. 관련한 잡무는 급히 하급 신료들에게 임시직을 맡겨 가까스로 구멍을 메우고 있었다.

그러나 결국 그를 전부 확인하고 처리하여 휘강에게 넘기는 것, 기록으로 남기는 일의 지휘는 전부 홍덕권이 책임지고 있었다.

유 태감이 본래 홍덕권이 해야 할 업무인 시중의 일을 별수 없이 돕게 된 것도 이 때문이라 하겠다. 아무렴 황제를 지근에서 모시는 태감이라도 감히 정무에 직접 힘을 보태는 것만은 월권임에도 말이었다.

한데 유 태감이 그렇다고 본래의 업무를 잊으랴. 기실 유 태감 또한 이미 과부하 상태였다. 휘강이 바쁘니 그를 보좌하는 유 태감 또한 똥줄이 빠지도록 바쁜 것은 당연한 이치였다.

"최대한 이르게 별시를 열 것이다. 하여 새로 뽑은 자들은 또한 즉시 과업에 투입하여 굴릴 것이니 조금만 더 애써."

"폐하, 그 별시의 준비조차 앞당기려면 결국 죽어 나가는 것은 저희가 아니겠습니까? 소인 농담이 아니오라 근래 눈을 감으면 저승차사의 검은 옷자락이 보입니다."

"태감의 엄살이 과하다."

"제 나이 일흔여섯입니다. 폐하, 농담이 아니오라 여생을 즐기다가도 호상을 겪어 이상할 나이가 아니온데, 어찌 저를 졸기시키려 하시나이까? 예?"

휘강이 거세게 반발하는 유 태감을 노려보았다. 객관적으로 과중한 업무를 시키고 있음을 알고 있기에 차마 입을 열어 무어라 하지만 못할 따름이었다. 하나 입만 꾹 다물었다 뿐이지, 일이 많은 것이 아니었다면 저 눈빛만으로 태감을 죽일 정도였다.

"태감과 홍 시중의 피로가 과한 것을 내 모르지 않는다. 하나, 이번에 칼같이 상벌을 확실하게 처리하지 않으면 그는 별시로 새로 뽑아 올린 신진들에게까지 영향을 미칠 것이다. 지금도 가까스로 파직을 면한, 중하지도 경하지도 않은 죄인이 이 궁에 몇인가? 그들이 제 버릇을 다 버릴 수 있으리라 보는가?"

휘강의 말에 유 태감도 일견 동의하는지라 입을 다물었다. 나서서 말을 보태자면 못 보탤 것은 없지만, 이미 유 태감은 앞서 휘강에게 한도 이상으로 대거리를 해 놓은 차였다.

그러니 휘강의 말에 입을 꾹 다물었다. 살기는 살아야겠기에, 옳다는 말만큼은 죽어도 하지 않고 말이다. 여태까지는 관망하듯 우직하게 일에만 집중하며 종종 유 태감의 말에 한마디씩 힘이나 싣던 홍덕권이 그제야 입을 열었다.

"폐하의 말이 모두 옳습니다."

"아무렴, 누가 보아도 짐의 말이 옳다. 그러나 네놈의 본심은 이 뒤에 이을 말에 오겠군."

휘강의 심사 뒤틀린 목소리에 홍덕권이 어설픈 웃음을 띠었다.

"물길을 잡아 흙탕물을 가라앉히고 수질을 정화하는 일에 어설피 굴어서는 아니 됨을 어찌 저희 또한 모르겠습니까?"

"한데?"

"다만 작금 노필상 그자를 제거하며 폐하의 지엄함이 높고 높음을 모두가 알고, 그릇된 자는 그 어느 때보다 몸을 숙이고 있지 않겠습니까?"

"그래서?"

"그러니 그들이 당장 이번 별시에서야 폐하의 안정을 속이고 엄한 수작을 부릴 생각을 감히 품을 수 있겠습니까?"

휘강이 홍덕권을 직시하며 피식 비웃었다. 비틀려 올라간 입꼬리에 불만이 한가득 고였다.

"홍가가 아직 때가 덜 묻었군."

"폐하께서 성심으로 여기시는 모든 일이 잘못되었다고 말하고자 함이 아닙니다. 그저 제가 잠깐이나마 그들의 편에 섰던 적이 있기에, 누구보다 그 속 시커먼 것들이 제 안위를 챙김에 민감한 족속들임을 알고 있는 것뿐입니다."

"아둔한 머리통을 굴려 멀리 보고 안위를 챙긴답시고 제 사람을 심을 궁리를 할 놈들이기도 하다."

"그러나 지금은 아닐 것입니다. 저들도 만만치 않다 여겼던 노필상이 거꾸러지지 않았습니까?"

휘강이 홍덕권에게서 시선을 거두어 제 앞에 놓인 두루마리 중 하나를 더 펼쳤다. 그리고 그것을 보며 한숨을 푹 내쉬었다. 짜증과 울화가 솟아오르는 탓인지 몸에 열이 뻗쳤다.

이 열기를 잡아 줄 이라면 오직 려화뿐이거늘, 일이 바쁘고 바빠 려화를 보지 못한 지도 벌써 닷새를 넘겼다.

휘강이 려화의 우아하며 청초한 자태, 그 흑단과도 같은 머리칼에서 느껴지는 은은하고 청량한 향취를 떠올리며 가까스로 화를 가라앉혔다.

홍덕권의 말이 맞을 것도 같았다. 그러나 티끌만큼의 불씨도 남기고 싶지 않은 욕심을 도저히 거두기가 어려웠다.

"썩은 물에 맑은 새 물을 덧대어 흘려보내는 것도, 물을 정화하는 한 가지 방법이 아니겠습니까. 이를테면 지금은 물을 정화하는 것이 아니라, 이나마 있는 맑은 물 또한 말려 버리는 일이 될 수도 있습니다."

휘강의 마음에 흔들림이 생긴 것을 눈치챈 것인지, 홍덕권이 제 의견을 굳히고 나섰다.

"홍 시중. 정녕 그렇게 생각하나?"

"무작정 소신의 생각이 옳다 확신하지야 못하겠지만……. 이 자리의 저와 태감뿐 아니라 죄가 없어 살아남은 신료들 또한 과중한 업무로 말라비틀어져 가고 있음은 사실입니다."

홍덕권의 말이 옳았다. 어디 지금 휘강의 눈앞에 있는 유 태감과 홍덕권뿐인가, 작금 쓸 만하고 청렴하여 황궁을 돌아다니며 일하는 모두의 꼴이 시체와 같았다.

기실 휘강은 한 번에 모두 정리하고 새로이 시작하고 싶은 마음이 아직 강하였으나, 일이라는 것이 어디 마음대로만 흘러가겠는가. 그가 만인지상의 천자라 하여도 황궁에서 일하는 자 모두의 과로까지 어찌할 수는 없었다.

휘강이 거의 홍덕권의 의견이 옳다는 쪽으로 제 생각을 기울였다. 이대로만 두면 앞으로 더해졌을 고생길도 조금은 덜어질 차였다.

유 태감이 슬그머니 한마디를 보탰다.

"신료들뿐이겠습니까? 이제 신년이 밝고 봄이 돌아오면 내명부에도 좋은 일이 많이 있을 터인데, 그때 쓸 인력 또한 무시 못하게 부족하지요."

"아아, 내명부라면 궁녀와 여궁들……. 확실히 그쪽도 그러합니다. 한데 내명부에 좋은 일이라면 숙비 마마의 출산을 이르심입니까?"

"허어, 그보다 더 좋은 일도 있지요."

그리 말하며 유 태감이 휘강을 슬쩍 바라보았다. 휘강이 유 태감을 마주 보았다. 한데 그 눈빛이 방금까지만 하여도 홍덕권의 말에 수긍하며 한풀 꺾여 있었건만, 다시금 날이 섰다.

"더 좋은 일이라시면……?"

"폐하의 곁, 그 빈자리가 주인을 찾아가야지요. 책봉식이 어디 보통 일이겠습니까?"

제 시선을 피해서 미주알고주알 늘어놓는 유 태감을 향해 기어이 휘강이 참지 못하고 일갈했다.

"유객춘!"

"어찌 늙은이 이름을 부르신답니까?"

뭘 잘못 건들긴 건든 모양이라, 유 태감이 어깨를 찔끔하며 슬쩍 휘강의 시선을 피했다.

참으로 답답한지고, 폐단을 숙청하고 일을 추진하는 것에 있어서는 이리 과격하여 사람을 힘들게 하는 사람이 려화만 엮이면 반대로 사람을 퍽 답답하게 만들었다.

"이리 부려먹고 홀대하신다면 에라이, 종묘고 사직이고 뭐고 저는 그만두렵니다."

유 태감이 흘긋 휘강의 눈치를 보면서 자리에서 일어났다. 관

모를 손에 들고 집어던지기 직전이었다. 휘강이 눈을 내리깔고 씩씩거렸다. 네 맘대로 하라고 내지르고 싶었으나, 지금 상황에 유 태감이 정말로 다 그만두고 나가 버리면 죽도 밥도 되지 않았다.

"여태 참아 준 건 생각 안 하고 저지르는 것 보게. 아주 고얀 놈이 아닌가?"

"아니 솔직히 말입니다. 폐하. 어차피 때려치우나 가만 버티나 제 명줄이 내일, 모레 하는 것 같으니 말이나 속 시원히 하렵니다."

"그 입 닥치라. 점점 더⋯⋯!"

차라리 이 자리가 유 태감과 둘만 있는 자리였다면, 휘강은 못 들은 척 유 태감이 떠드는 것을 봐주고 넘어갈 수도 있었다. 한데 이곳에는 홍덕권이 함께였다.

휘강이 살벌한 눈으로 유 태감을 노려보고는, 그 사이 홍덕권 또한 흘깃 바라보았다. 홍덕권은 대관절 이게 또 무슨 일이냐는 얼굴로 유 태감과 휘강을 보다가, 눈치껏 다시 산처럼 쌓인 두루마리로 시선을 내렸다. 그랬다간 또 궁금증에 다시 고개를 올려 보길 반복하였다.

"대체 려화 그 아이의 자리는 언제 찾아 주시려고 그러십니까!"

"객춘아!"

"려화⋯⋯. 공려화. 채선궁 부인 말씀입니까?"

홍덕권이 려화의 이름을 곧장 알아듣고는 끼어들었다. 기실 자신이 낄 자리가 아니라 여기면서도, 난생처음 보는 휘강의 절절매는 낌새가 궁금증을 불러일으켰기 때문이었다.

유 태감이 바로 홍덕권의 질문에 답을 내놓았다.

"바로 그렇다네. 폐하께서 유일한 제 여인이라 칭하는 이이기도 하지. 폐하께서 태자시던 시절 죽음의 위기에서 폐하를 구해 낸 공진성 성주의 딸이고 말이야!"

"확실히 이번 일로 채선궁 부인 또한 제 신분을 찾았지요. 그런데 부인에게 찾아 줄 자리가 또 있습니까? 아……."

홍덕권이 제 질문에 곧장 제가 답을 알아내고는 탄식했다. 그러고는 슬그머니 휘강의 눈치를 보다가, 괜한 헛기침을 하며 서류로 시선을 내렸다.

휘강이 채선궁 부인을 감싸고도는 것은 홍덕권 또한 아주 잘 알고 있었다. 작금 이리 일이 커지고 결국 노필상이 거꾸러진 것부터가 어쩌면 려화 탓이 아니겠는가.

노필상이 려화를 건들 마음을 먹지 않았다면, 휘강 또한 무리해서 이리 기반이 다 갖춰지기도 전에 그를 쳐 내지 않았을 것이다. 이는 단순한 추측만은 아니었다. 유 태감이 지금 휘강과 나누는 이야기만 보아도 채선궁 부인, 려화라는 이는 휘강에게 아주 중요한 의미를 가진 이로 보이니까.

아주 중요한 의미라 하면 곧 마음이 통했단 뜻이렷다. 그렇다면 려화가 찾아야 할 자리란 휘강의 비어 있는 옆자리이리라. 비빈의 자리에는 이미 숙비가 있으니 말이다.

한데 또 이리 생각이 뻗치니 무언가 이상하였다. 아귀가 맞지 않았다.

채선궁 부인이 제 신분을 찾았으니, 신분이 문제가 되지는 않을 것이었다. 또한 그녀가 신분을 숨긴 것 또한 휘강이 나서 문제 삼지 않았으니, 그 또한 문제가 되지 않았다.

그렇다면 첩지를 내리고 책봉식 날짜만 미루어 확정해도 되었을 일인데, 휘강은 달리 그에 관해 말을 꺼내지 않았다.

도리어 지금 상황은 유 태감이 휘강을 닦달하는 모양새였다.

대체 왜?

"폐하. 소신 물을 것이 있는데 해도 좋겠습니까?"

"안 된다."

"아닙니다. 하시오! 폐하께서 답을 못하시면 제가 답해 드리지요!"

"객춘이 너 오늘 왜 그러느냐? 벌써 노망이 와서 미쳤는가?"

"못 그럴 나이는 아닙니다만 미치지는 않았습니다!"

이게 대관절 무슨 소동인가 하였다. 그래서 별시는 어쩌자는 건지, 경한 죄인들을 쳐 내자는 건지 내버려 두자는 건지. 또 채선궁 부인의 처지는 어쩌자는 것인지.

무엇보다도 해서 황제의 반려, 국모인 황후의 자리는 어찌 되는 것인지. 가만히 생각하자니 나라의 중요한 자리랄 수 있는 국모의 자리가 너무나 오래 비어 있지 않았던가.

홍덕권이 짧게 경험한 것과 저의 식견을 통해 추측하기로는, 아마도 휘강이 려화를 위해 비워 둔 것만 같았다. 처음엔 아니었더라도 지금은 그것이 확실한 것으로 여겨졌다. 다른 신료들은 몰라도 자신은 관련하여 겪은 바가 있으니 더욱이나 확신할 수 있었다.

이제 채선궁 부인이 제자리를 찾아야 할 시기라면, 그리하면 되었다. 휘강이 인도하는 그의 반려 자리를 차지해도 위험할 일은 없었다. 노필상이 거꾸러졌으니 말이다.

그런데 휘강이 유 태감의 말을 막아 가며 머뭇거리고, 려화 또한 그 자리를 욕심내지 않는 것으로 보였다. 그렇다면 혹시…….

"……설마, 폐하께서 여인 하나 때문에 절절매실 리가."

"……쿨럭!"

있었다.

홍덕권이 대경해 놀라며 눈을 동그랗게 뜨고 휘강을 바라보았다. 몹시 불손한 눈빛이었으나 그를 생각할 겨를조차 없었다. 정말로, 몹시, 아주 놀랐으니 말이다.

황실의 광증이 전해져 세상 무서울 것이 없는 휘강, 정말로 여인 하나에게 절절매리라고 누가 예상했겠는가.

"홍 시중이 제대로 보셨습니다. 폐하께서는 지금 연모하는 여인에게 지은 죄가 커서 몹시 절절매고 계시니 말입니다. 못할 말도 아닌데, 너를 황후로 세우려 한다, 이리 한번 말이라도 붙여 볼 수 있는 것 아닙니까?"

"국모의 자리를 계속 비워 둘 수도 없으니까요……."

슬그머니 홍덕권도 휘강의 눈치를 보며 유 태감의 말에 동의했다. 짜증이 잔뜩 인 휘강의 얼굴에 더는 건드려선 안 되겠단 생각으로 유 태감과 홍덕권이 고개를 숙였다.

그러나 그래도 휘강에게서 뻗치는 열기와, 그의 귓가가 붉어진 것은 눈에 보였다. 참으로 진귀한 모습이니 자꾸만 그리로 눈이 갔다.

휘강이 회한 가득한 한숨을 뱉었다. 려화를 황후로 삼아 자신의 곁에 평생 둘 수만 있으면 누구보다 그리하고 싶은 것이 바로 자신이었다.

그러나 려화에게 황후의 관을 써 달라 요구하는 것은 너무나 염치가 없는 행동이었다. 무엇도 바라지 말라는 말을 할 정도로 제게 상처 입고 실망했던 여인이 이제야 저를 조금이나마 용서했는데, 그 용서만으로도 버겁고 힘들어 또 눈물을 흘리기까지 하였는데.

그런 려화에게 감히 제 곁에서 공식적인 반려로 서서 국모가 되어 달라 어찌 말할 수 있겠는가? 거절이 두렵기에 앞서 감히 그러한 말을 꺼내는 것부터가 휘강에게는 너무나 어려웠다.

"짐은 지금 상황으로도 만족한다. 아무도 그녀에게 막중한 자리와 일을 강요치 말라."

"첩지라도 내려 주시든지요."

"태감. 구시렁거릴 시간이 있을 정도로 일이 아직은 할 만한가 보지?"

"……궁에서 불릴 호칭이라도 정리해 달라는 말씀 아닙니까?"

휘강이 어딘가 서글픈 것도 같은 얼굴로 피식 웃었다.

"내 여인이 그조차 원하지 않으니, 그저 궁에 남아 주는 것만으로 족하다. 더는 누구도, 그녀의 위치도 무엇도 강요하지 말게."

무엇도 강요하지 말라는 말을 하는 휘강의 눈에는 다소 날이 서 있었다. 한마디를 보태려던 유 태감도 찔끔하여 입을 다물었다.

휘강의 힐난에 유 태감보다야 자유로운 홍덕권은, 고개를 깊이 숙이고 참지 못한 만큼의 웃음을 헛기침으로 넘겼다. 만인지상의 황제가 상상치 못하게 가냘픈 여인에게 터무니없이 약하다는 것을 알게 된 것이 몹시 우스웠던 까닭이었다.

유 태감이 연륜과 긴 세월 함께한 것으로 휘강과 려화의 감정을 알았다면, 홍덕권은 일가를 이루고 자식까지 키워 낸 경험으로 그들의 역학 관계를 어렴풋이 읽어 냈다.

어쩌면 사랑이라는 것을 하고 계시는가. 둘 사이에 그러한 감정이 자리 잡고 있는지도 모르겠다. 그러한 것들을 떠올리자니 홍덕권의 얼굴에 쓸쓸한 미소가 자리 잡고야 말았다.

사랑에 치이고 아둔하고 비정한 아비에게 내몰려 이제는 명을 달리한 딸이 생각나 가슴이 미어진 까닭이었다.

애써 슬픈 생각을 떨쳐 내니 문득, 건방지기 짝이 없던 난봉쟁이 오촌 조카가 지금의 부인을 만나 잡혀 사는 것이 떠올랐다. 범부와 황제를 감히 빗댈 수는 없겠으나, 만일 채선궁 부인이 국모의 자리에 오르거든 도국의 실세는 려화가 될 것 같았다.

아주 먼 이야기거나, 실행되지 않을 이야기일 수도 있겠지만 말이다.

다행인지 불행인지 그 어색한 밤을 지낸 이후 려화는 휘강과 마주할 일이 없었다. 유 태감도 제게 넌지시 황제가 쉬이 걸음할 수 없는 곳을 알려 주었던 그 날 이후 볼 수가 없었다.

노필상의 일로 여러 신료가 목숨과 관직을 잃었다. 그러니 황궁의 인사에 구멍이 크게 생겨 별시를 치러야 하겠건만, 별시를 준비할 인력조차 요원하니 모두가 두문불출할 정도로 바쁜 것이었다.

아무래도 려화에겐 차라리 퍽 다행한 일이었다. 휘강의 다정함, 애틋함, 저를 사랑하는 것을 숨기지 못하는 모든 행동이 무섭고 두려웠다. 그러니 휘강을 향한 자신의 감정을 갈무리하기 전까지는 그를 마주하고 싶지 않았다.

자꾸만 그에게 자신의 두려움, 어려움, 복잡한 감정들을 드러내게 될 것 같았다. 그리해 이번엔 또 자신이 휘강에게 마음의 빚을 쌓게 될 것이 두려웠다. 그렇게 아무것도 정리되지 않은 상태에서 그를 받아들이게 될 것이 또한 무서웠다.

그러니 이리 그를 보지 못하도록 돕는 상황이 기꺼웠다. 하나 아무리 휘강이 바쁘다 한들 이곳은 황제가 소유한 궁이었다. 그러니 언제라도 황궁 어디에서 휘강을 마주칠 수 있으리라. 또한 바쁜 일을 마친 휘강이 저를 찾을 수도 있었다.

"부인의 얼굴이 어둡구나. 역시 내게 말하지 못하는 걱정이 있는 것이지?"

려화와 함께 걸음을 옮기고 있는 공영이 말했다. 려화가 공영을 바라보며 흐릿하게 웃었다. 고민이야 있었지만 아이를 수태한 어미에게 고민을 덜어 달라는 것이 어디 할 짓인가.

거기다 사랑하는 이를 잃고 아이나마 가까스로 지켜 위태위태한 공영에게 사랑 놀음과 닮은 이러한 일을 털어놓을 수 있겠는가.

"이제 안정기에 접어드셨습니까?"

하여 려화가 화제를 전환했다. 공영은 속이 보이도록 말을 돌리는 려화를 보고 그녀와 같은 얼굴로 마주 웃다간, 제 아랫배를 쓰다듬으며 답했다.

"아직 달이 다 차기 전까지는 시간이 남았지만 그러하지."

"그래도 이리 오래 걷는 것이 자칫 아기씨에게 나쁜 영향을 끼칠까 두렵습니다."

"그렇진 않을 걸세. 황의 또한 오히려 춥다고, 몸이 힘들다고 내원에만 박혀 지내는 것이 더욱 좋지 않다고 하더군. 내 자네 덕에 좋은 곳을 알게 되어 산책하는 재미가 있다네."

"저야말로 궁금한 곳이었는데 숙비 마마님의 덕으로 마음 편히 구경합니다."

공영이 말하는 좋은 곳이란 다름 아닌 유 태감이 려화에게 알려 준 곳이었다. 궁에 들어 황제의 여인이 된 이들이 향수를 삭이고 마음을 다스리는 화원이었다.

한겨울에도 사시사철의 꽃 전부가 각기의 자리에서 자라도록 관리가 무척 잘된 곳으로, 그저 보기만 해도 아름다워 마음이 녹는 곳이었다. 특히나 역대 황후와 귀비들이 고향의 꽃을 앞다투어 가져와 심어 두었으니 이곳만 구경해도 도국 전역의 화초를 다 경험했다 여겨도 과언이 아니었다.

이리 좋은 곳이나, 사실 려화가 혼자 들어올 수 있는 곳은 아니었다. 누가 입구를 지키는 것도 아니었고 딱히 황제가 아니면 걸음하지 못할 이유가 없지만 그러했다.

유 태감에게 들은 것에 따르면 본디 이곳은 황제의 광증이 발현하였을 때 황제의 여인들이 몸을 숨기는 곳이었다. 려화는 정식으로 첩지를 받지 않았으니 사실 이곳에 들 자격이 없다고 보는 편이 맞았다.

그러니 려화는 처음엔 이곳을 찾지 아니할 생각이었다. 다만 그러자니, 유 태감이 이곳에 공진성을 추억할 화초들이 많다고 저를 유혹하던 목소리가 자꾸만 맴돌았다.

더군다나 무엇보다, 이곳에 있는 동안은 휘강이 갑자기 찾아올 걱정을 덜 수 있을 것이었다. 그리 걱정 없이 휘강을 향한 자신의 마음을 곱씹을 수 있을 거의 유일한 곳이었다.

당장에 답은 확실히 서지 않아도 말이다.

해서 공영을 만나, 공영에게 산책을 청하며 부탁했다. 저와 함께 이 화원을 찾아 달라고 말이다.

공영은 려화의 말이라면 무엇이든 흔쾌히 받아들였다. 이미 안정기에 접어들어 오히려 적당히 운동이 필요한 공영에게 들어주기 어려운 청도 아니었다.

"배 속 아기님이 이곳에만 오면 이리 발길질을 하신다네."

"마마께서 이곳을 즐거이 여기시니 아기님 또한 즐거이 노니는 것이겠지요."

"예쁜 것을 좋아하나 봐. 어쩌면 어여쁜 공주님이 태어나시려나……. 아, 또 한 자리에 이리 가만히 서 있었더니 요동을 치시는구나."

려화가 공영의 말에 조심스레 그녀의 부푼 배 위에 손을 얹었다. 태중 아이는 제 어미의 말이 거짓이 아니라는 것을 려화에게 증명이라도 하듯, 그녀의 손을 톡톡 두드렸다.

쿡쿡 찔러오는 감각이 너무나 신기하여 려화의 눈이 곱게 휘었다. 공영에게는 다소 아플 정도인지 그녀가 푸, 하고 얕은 숨을 뱉었다.

"제가 너무 잡아 두었습니다."

"아니야. 그럼 나는 아기님이 원하는 대로 오늘도 이곳을 천천히 돌아야겠네."

"따를까요?"

"아니. 그대는 보고자 하는 꽃이 따로 있잖아? 나 또한 나대로 아기님과 둘만의 오붓한 시간을 가지고자 하니 난 신경 쓰지 말게."

공영이 려화를 배려하며 그리 말했다. 처음 이곳을 찾을 때부터 공영은 이리 말하며 려화를 물렸다. 려화가 어떠한 고민이 있어 이곳을 찾은 거란 걸 꿰뚫어 본 것이었다.

려화가 눈빛으로 감사를 표하고는, 곧장 수국이 피어난 곳으로 걸음을 옮겼다.

푸르고 붉은빛으로 피어난 수국 꽃을 앞에 두니 기분이 참으로 차분해졌다. 수국은 참으로 신기한 꽃이어서, 붉은 꽃이 피는 곳에서는 절대로 푸른 꽃이 피지 아니하고, 반대의 경우도 그러했다.

땅의 기운을 따라간다고 하던가. 려화가 손을 뻗어 붉은 꽃잎을 살짝 매만졌다. 화원 안은 꽃들이 얼지 않기 위해 따뜻한 기운을 품고 있었으나 수국 꽃잎은 서늘하였다.

"청홍이 섞이지 아니하니, 너희는 참으로 나를 닮았구나……."

려화가 내뱉는 혼잣말이 서글펐다. 푸름과 붉음이 노상 따로 노는 꼴이 마치 휘강과 저의 사이를 대변하듯 하였다.

연모하는 마음이 같이 갔다면 좋았을까. 제가 휘강에게 품었던 마음이 순수한 연정이었을 때, 휘강 또한 저의 마음을 깨달았더라면 이리 서로가 서글플 일은 없었을까.

그보다 휘강의 그 마음은 진실로 사랑이 맞을까.

려화가 피식 웃었다. 그의 마음을 의심케 하는 지금의 제 안에 피어난 새로운 감정은 또한 순수한 연정이 맞겠는가.

휘강과 저는 닿을 길 없이 비틀린 사이이리라. 저 수국이 어느 땅에서 자라느냐에 따라 아주 다른 색을 띠고, 더는 바뀌지 못하는 것처럼.

서글픈 눈으로 수국을 바라보는 려화의 얼굴 위로, 고운 종이를 발라 만든 온실을 넘어 노을이 비쳤다.

그저 꽃을 보고 잠시 사색에 취했을 따름인데 벌써 이만큼 시간이 지났는가 하였다. 겨울의 한낮이란 이리도 짧을 따름이었다.

려화가 수국을 바라보기 위해 웅크렸던 몸을 펴고 일어났다. 두꺼운 겨울 비단이 사락거리며 펴지는 소리가 조용한 화원에 울렸다. 어느덧 화원에 혼자였다.

공영은 처음 려화가 이곳에 가 보는 게 어떠냐고 청했을 때부터 려화의 속마음을 알았다. 그곳에서 수국을 보며 슬픈 표정을 숨기지 못하는 려화를 보면서 제 생각에 확신을 가졌다.

그래서였는지, 공영은 항상 려화와 같이 이 화원을 방문했으나 돌아갈 때는 조용히 먼저 떠나갔다. 마치 려화에게 자리를 비켜 주듯이 말이다.

말 없는 배려였으나 부담스럽지 않고 고맙기만 했다. 어찌 그러느냐, 묻지 않아도 속을 알아주는 것이 참으로 신기하기도 하였다. 려화의 머릿속에 남은 어릴 때의 공영은 이런 배려를 아는 아이가 아니었는데 말이다.

그만큼 세월이 지난 탓도 있겠지만, 그보다는 짧았어도 진득한 감정의 교류가 있었던 것이 더 큰 이유이리라.

더해 공영에게 저와 아이를 구명받은 은혜를 갚을 염치가 있는 것 또한 크겠지. 려화가 이번에는 다른 이유로 서글픈 미소를 입에 머금고 고개를 저었다.

보은보다 개인의 영달이 먼저였던 과거의 벗이 떠오른 까닭이었다.

"숙비 마마께서 피곤을 느끼셔서 먼저 도아궁으로 돌아가셨습니다. 마마께서 부탁한 것이 있으니, 부인께서는 화원에 더 있다가 돌아가셔도 좋다는 말씀 또한 있으셨습니다."

"오늘도 먼저 돌아가셨구나. 일러 주어 고맙다."

화원 입구에서 기다리고 있던 도아궁의 궁녀가 오늘도 전과 같은 말을 전했다. 려화 또한 매번 같았던 답을 주었다. 궁녀가 고개를 숙여 려화에게 인사하고 물러갔다.

궁녀의 태도가 다름은 궁에서 려화의 위상이 달라졌음을 바로 보여 주었다. 과거였으면 어느 궁녀가 려화의 앞에서 저리 달갑게 고개를 숙여 인사했겠는가. 채선궁의 궁녀들이라면 모를까 말이다.

이리 모든 것이 달라졌다. 채선궁으로 돌아가던 길, 눈앞에 갑작스레 나타난 휘강의 공으로 말이다.

"……해서 별시는 익월에 치르도록 하는 게 좋겠군."

"폐하, 익월이면……. 아닙니다. 준비하다 죽으나 인력이 차지 않아 죽으나 그게 그것일 것입니다."

"유 태감이 오늘 방자하기 짝이 없다."

근래 몹시 바빠서 보이지 않던 휘강이었다. 오늘은 웬일로 아직 해가 완전히 지지 않은 시각에 정무를 보는 전각을 벗어났나 싶었더니 아직 일을 마치지는 않은 모양이었다. 유 태감과 별시 이야기를 나누는 걸음이 그리 빠르지도 느리지도 않은 것을 보면 잠시 산책 중인 것이려나.

려화는 저도 모르는 사이 휘강을 피해 수풀에 가려지는 곳으로 몸을 숨겼다. 기민한 휘강이 무엇을 느낀 것인지 잠시 멈추었다.

"어찌 멈추십니까?"

"아니다."

"아무렴 당분간 석강이 없도록 일정을 짰다 해도, 일이 바쁩니다. 폐하."

"태감이 짐을 겁박하는가?"

"어찌 그렇겠습니까? 재게 걸음을 옮겨 주십사 청하는 것입니다."

하나 휘강이 려화를 배려한 것인지, 아니면 정말로 바쁘게 일하느라 눈과 귀가 흐려진 것인지 그는 려화를 찾지 않고 지나쳐 갔다.

그리 유 태감과 휘강의 목소리가 려화에게서 멀어졌다. 다만 그들이 향하는 길이 려화가 채선궁으로 향하기 위해 가야 할 길

561

과 겹쳤다.

지금 갈 수는 없었다. 혹 휘강이 결국 저를 보고자 다시 돌아올까도 저어되었다. 지금은 휘강을 마주치고 싶지 않았다. 마음이 정리되지 않았으며, 그때의 서먹함이 다시 저와 그를 휘감을 것 같았다.

해서, 빠르게 마음을 정해야 한다고 자신을 채찍질할 것 같았다.

하면 어째야 좋겠는가. 려화가 걸음을 돌렸다. 왔던 곳으로 되돌아갔다. 걸음은 점점 빨라져 달음박질이 되었다.

어느덧 밤을 알리며 어둠이 깊이 내려앉았다. 려화가 숨을 고르며 멈추어 섰다. 은은한 등불이 밤에도 여전하게 아름다운 꽃들을 비추는 곳.

결국 돌아 다시 화원 앞에서 려화의 걸음이 멈추었다. 달음박질 때문인지 휘강을 마주쳤기 때문인지, 영문 모르게 뛰어 대는 가슴을 진정시키고 주변을 둘러보니 이곳이었다.

다시 되돌아 채선궁으로 가랴. 이미 도착한 것, 가라앉은 가슴과 달리 아직도 날뛰는 감정을 갈무리하고자 려화가 화원 안으로 들어갔다.

이 밤의 화원은 처음이었다. 찾는 이가 없어도 밤새 불을 밝혀 두는 모양인지 은은한 등불이 아까와는 다른 빛으로 꽃들을 비추었다. 그러니 꽃들도 다른 색 옷으로 갈아입은 것처럼 낮과는 다른 자태를 뽐내었다.

여느 때라면 곧바로 제 고향의 것과 같은 수국을 보러 걸음을 옮겼겠지만, 지금의 려화는 그저 다른 이들의 고향을 옮겨 둔 꽃들을 차근차근 바라보았다.

그저 걸음이 이끄는 대로, 키가 다르고 색과 향이 다른 꽃들의 흐름을 따라 발을 옮겼다.

그러다 또.

휘강을 피하려 들어 온 화원에서 피하고 싶은 다른 이를 마주했다. 오늘은 어찌 이러나 싶어 허탈한 미소가 려화의 얼굴에 앉았다.

"금등화야, 너 오늘도 참으로 아리땁구나. 너는 누가 그리 사랑을 주어 아름답게 피었느냐?"

어쩐지 수더분한 꼴을 한 태황태후가 나붓한 목소리로 그리 말했다. 세월을 이기지 못해 늙어진 손이 달달 떨리며 금등화의 꽃잎을 쓰다듬었다.

속옷뿐인 치마에, 한겨울임에도 겉옷은커녕 누빈 유를 걸치지도 않은 태황태후의 모습은 한눈에도 정상이 아니었다.

려화가 태황태후를 처음이자 마지막으로 마주했던 때에 그녀는 려화를 제 원수처럼 여겼다. 궁에서 내쫓든 목숨을 거두든 하기 위해서 저를 궁지로 몰려 하였다.

노쇠했으나 죽지 않은 눈빛이 표독스럽게 저를 질타했다. 그 기억이 태황태후에 대한 처음이자 마지막이었으니 려화에게 그녀는 썩 반가운 상대가 아니었다.

더군다나 태황태후의 지금 꼴은 한눈에 보아도 정상이 아니니 등을 돌려 모른 척 지나가야 옳았다.

그러나 려화는 그리하지 못했다. 그리할 수 없었다.

금등화에게 사랑을 묻는 태황태후의 목소리에 스민 서글픔이

563

려화의 걸음을 붙잡았다. 그때와 달리 지금은 미물과도 같은 벌레 한 마리 잡지 못할 것처럼 쇠한 그녀의 모습이 몹시도 안타까웠다.

려화가 기어이 태황태후에게 다가갔다. 늙어 주름진 살이 가까스로 뼈를 감싼 것처럼 애처롭게 마른 그녀의 어깨 위로 제가 입고 있던 겉옷을 벗어 덮어 주었다.

"날이, 날이 많이 춥습니다. 마마."

태황태후가 네년의 동정은 받고 싶지 않다고 옷을 벗어 내던져도 별수 없었다. 그저 잠시라도 저 마르고 가련한 어깨에 무언가를 덮어 감싸 주고 싶었을 따름이었다. 그 뒤에 따라올 표독스러운 욕설이야 감내하면 그만이었다.

휘강을 향한 정리되지 않은 감정을 갈무리하는 것보단, 차라리 태황태후의 독기를 받는 것이 더 나으리라 여겼다.

하나, 태황태후는 려화가 덮어 준 겉옷을 내던지지 않았다. 오히려 몹시 고맙고 반갑다는 눈으로 려화를 올려다보았다.

"오, 능소로구나. 그래, 황궁에서 아직 때 묻지 않고 이리 따뜻하게 구는 이라면 너밖에 없지. 암."

"마마, 저는……."

려화가 하려던 말을 멈추었다. 마주한 태황태후의 눈빛이 몹시 탁했다. 초점을 마주치지 못하는 것은 아니나 이지라고는 찾아볼 수 없었다.

려화는 이와 같은 눈빛을 본 적이 있었다. 조부가 공진성의 성주를 할 때부터 그를 옆에서 도왔다는 시종 할아범의 눈빛이 이와 같았다.

그는 가끔 세월을 뛰어넘었으며, 자주 알고 있던 것을 잊고 황망해했다. 그러나 려화를 보면 챙겨 두었던 산딸기며 당과 같은 것을 건네고 사람 좋게 허허 웃었다.

아버지에게 사람 좋은 할아범은 어찌 자신을 알다가도 모르고 가끔 다른 이름으로 부르냐고 물었다.

아버지는 퍽 슬픈 얼굴로 려화에게 그리 말했다. 할아범은 세상에서 가장 슬픈 병을 앓고 있다고 하였다. 사랑하고 아끼는 것들조차 하나씩 잊어 가는 병.

태황태후는 그때의 할아범과 같은 치매를 앓고 있었다.

"내 또 채신머리없게 태자비를 이름으로 불러 속이 상했는가?"

"아닙니다, 마마. 편하게 부르소서."

"늘 이리 보잘것없는 나를 이해해 주니 항시 어여쁘고 고맙지."

려화가 어쩔 줄 모르겠단 얼굴로 태황태후를 보며 마주 웃었다. 저보다 한참 윗전을, 한참 이르게 세상을 살아간 분을 연신 내려다보고 있었다는 것 또한 늦게 깨달았다.

이미 자리를 피하기는 늦었으니, 려화는 이제라도 태황태후와 같은 자세로 웅크려 앉아 시선을 맞추었다.

"이 추운 날, 이 추운 밤에 어찌 이리 계십니까? 황후전으로 돌아가시지 않고요."

"황후전에서는 이 금등화를 볼 수 없으니까."

려화는 태황태후에게 어찌 답해야 할지 길을 찾을 수 없어 잠시 침묵했다. 문득 유 태감이 이곳에 심은 꽃들은 역대 황후와 총애받던 비빈들의 고향을 옮겨 놓은 것이라 했던 것이 떠올랐다.

"……고향이 그리우십니까?"

"아무렴 그럴까. 능소, 나는 그대와 같이 도성에서 나고 자란 것도 잊었는가? 그리 황궁 생활이 고되었는가?"

"그래도 친정의 뜰에 피어 있는 꽃만 하겠습니까? 황궁에서는 그와 같은 분위기를 찾을 수 없으니, 혹 마마께서 그를 그리워하실까 싶어 여쭸지요."

이번에는 태황태후가 갸륵한 것을 보는 눈으로 려화를 보며 웃었다. 그러고는 고개를 좌우로 내저었다.

"능소, 내가 그대를 왜 이름으로 부르는지는 일전에 얘기했던가……? 아니했던가?"

태황태후의 기억이 어느 시점인지 몰랐다. 그에 앞서 려화는 진짜 능소, 그러니까 선황의 첫 황후이자 휘강의 어미가 아니었으니 알지 못했다.

다행히 태황태후의 기색이 알려 준 것을 왜 기억하지 못하느냐 책하는 것이 아닌 정말로 기억이 흐린 느낌이었다. 려화가 조용히 고개를 저었다.

"송구하오나 들은 기억이 없습니다."

태황태후가 려화의 손을 붙잡아 왔다. 희고 말간, 이제 막 입궁해 암중의 혈투라곤 모르는 어리고 어여쁜 태자비가 가엾다는 얼굴이었다.

태황태후는 려화의 손을 잡은 제 손이 이상할 정도로 주름진 것에 잠시 멈칫했다가, 대수롭지 않게 넘겼다. 그러지 않으면 안 될 것 같았다. 조금씩 아파지는 머리가, 안개가 낀 듯한 이 흐릿한 느낌이 걷히면 또 엄청난 아픔이 자신을 찾아올 것 같기도 하였다.

"금등화의 다른 이름이 능소화라 불리기에 그렇지. 내 그래서 태자비의 이름이 모능소라는 것을 듣고는 곧장 그대에게 끌렸지 않겠어."

"그러셨습니까?"

본의 아니게 휘강의 어미가 어떻게 궁의 선택을 받아 선황의 부인으로 올랐는지 알게 되었다. 려화는 저의 이야기가 아님에도 괜히 겸연쩍은 기분이 되어 볼을 붉혔다.

"천자께 그를 말씀드렸을 때, 그분께서 내게 이리 물으셨다네."

려화를 곱게 흰 눈으로 바라보던 태황태후가 다시금 금등화를 바라보았다. 붉은 꽃잎에 노란 심지가 어우러져 화려하나 꽃잎의 모양은 소박한 데가 있는 그 꽃. 담장을 타고 오르는 가련한 줄기는 투박한가 싶으면서도 잎사귀의 모양에서는 만만치 않은 기세가 느껴졌다.

참으로 복잡한 분위기를 풍기는 꽃이었다. 려화는 내심 태황태후와 금등화가 또한 서로를 닮지 않았는가 하였다.

"하나뿐인 아들이 멍청하니 그렇게라도 명예를 안겨 주고 싶은가?"

부부의 연을 맺은 사이라고는 믿을 수 없을 만큼 차가운 말이었다. 하여 려화는 답할 말을 찾지 못하고 그저 침묵했다. 제가 정말로 당시의 태자비 모능소였다고 하더라도 쉽사리 입을 열지 못했을 것이었다.

계도제는 금등화의 꽃말이 명예인 것을 알고 있기에 그리 말했다. 금등화란 그 뜻 때문에 어느 뜰이며 담에 함부로 심지 못했다. 도성에서 황궁으로 드는 입구가 있는 담에 의미를 담아 심었고, 그와 가까이 사는 귀족 가문 몇이 아니면 담장에 심을 수 없었다.

그런 꽃이었다. 그러니 계도제의 말에 숨은 뜻을 풀어 보자면, 외척의 힘을 끌어서라도 아들을 지켜 황태후가 되고 싶으냐는 말이었다.

명백한 비웃음이었다. 제 아들과 반려 모두에게 내려지는 것이었다. 지금 계도제는 죽어 없어진 지 오래거늘 려화는 그가 제 곁에 있는 것처럼 한기를 느꼈다.

"정말 내가 그런 뜻으로 능소 네가 태자비가 되기를 바란 것 같으니?"

"송구하오나 저는 잘 모르겠습니다."

려화는 선황 시절 황도가 어찌 돌아갔는지 몰랐다. 또한 태황태후의 물음에 적절한 답이 모른다, 이기도 하였다. 다만 추측하기로 적어도 쉬이 심을 수조차 없는 금등화의 다른 이름을 딸에게 붙일 정도라면 휘강의 모친 가문이 위세가 없진 않았으리라 생각했다.

"그러면, 금등화의 다른 뜻을 아는가?"

려화는 태황태후가 내린 질문의 답을 알고 있었다. 답을 알기에 몹시 서글퍼졌다. 어찌해 하필이면, 이 가련한 여인이 황궁으로 들어 금등화를 아끼게 되었는가 하였다.

"……기다림."

려화가 답을 맞히자, 태황태후는 조금 놀란 듯하였다. 금등화는 명예와 영광 같은 드러난 뜻이 큰지라, 그에 어울리지 않는 숨은 뜻까지 아는 자가 많지 않았다.

그러니 태황태후는 사실 자신이 능소로 알고 있는 려화가 답을 맞히리라 생각지 않았다. 그저 다음 말을 이을 물꼬를 트고자 물은 것뿐이었다.

한데 려화가 답을 맞히는 것뿐 아니라 그 속에 숨은 저의 생각까지 읽은 듯 서글픈 표정을 짓는 것을 보며 자신도 가슴이 저렸다.

사실 려화는 금등화의 기다림을 마음에 품은 태황태후만을 안타까이 여긴 것이었으나, 태황태후의 눈에는 려화 또한 자신과 같은 처지가 되어 기다리고 있는 것처럼 보였다.

그 서글픔, 영원히 오지 않을 기다림에 지치고 지쳐 너덜거리게 될 마음을 어떻게 보듬으면 좋을까.

자신도 제 마음을 다스리지 못해 이리 매일 야심한 밤, 보이지 않는 가시를 두른 제 안에 숨은 마음을 금등화를 보며 달랠 따름인데 말이다.

"……마마께서는 무엇을 그리 기다리셨나이까?"

"글쎄. 무엇을 기다렸을까. 나의 폐하께……."

멋모르고 궁에 들어왔을 땐 사랑을 기대했다. 귀족가 여인의 삶이란 다 그러한 것이라서, 우연히 만나 운명적으로 서로 연모하게 되고 애틋하게 정을 나누다가 이어지는 것은 기대하지도 않았다.

그러나 가문의 사정이 통해 백년가약을 맺게 되었더라도, 처

569

음 얼굴을 마주한 그 순간에 서로가 서로에게 정을 주기를 바랐다. 그럴 만큼 멋진 사내를 만나고 싶었고, 저 또한 사내가 반할 만큼 아름다운 여인이었으면 했다.

태황태후의 바람은 반쪽만큼은 이루어졌다. 가문의 힘으로, 또한 황실 일가의 선택으로 그녀는 감히 황태자로 선 이와 혼인하게 되었다. 젊음이 막 피어난 황태자였던 계도제는 아름답고 준엄하였으나 새 신부에게 부드러운 미소를 지을 줄은 아는 이었다.

그러니 태황태후는 계도제에게 한눈에 반했다. 하여 그도 저에게 반하기를 바랐고, 그것이 길고 진한 연정이 되어 가약을 맺은 백년이 되도록 이어지길 바랐다.

하나 계도제의 미소는 거짓이었다. 가약을 맺으며 서로를 존중하고 아끼고 사랑하며 보필하라는 말에 그러마, 했던 답조차 거짓이었다.

그는 황위에 올라 황제가 되자 외척의 목소리가 커질까 '저어된단' 이유로 태황태후의 가문을 핍박했다. 결국 역모를 저지르지만 않았을 뿐 역심을 품었다는 누명을 쓰고 가족이 전부 죽었다.

가까스로 살아남은 건 가문이 쇠락하기 전에 시집을 갔던 언니 하나였다. 그러나 언니와 그녀가 시집간 가문은 태황태후와 일체 엮이길 거부했다. 패악스러우나 누구도 그 앞을 가로막을 수 없는 계도제에게 어떠한 꼬투리도 잡히고 싶지 않았기 때문이었다.

그렇게 고립되었다. 계도제에게 사랑을 바라지 않아야 함을 알게 됨과 동시였다. 차마 그 무서운 사람에게 가족들을 살려 달라 말로 할 수 없어, 매일 밤 그를 황후전으로 끌어들였으나 그조차 의미 없는 일이었다.

남은 것이라곤 서로 사랑해서 생긴 것이라 여겼던, 눈에 넣어도 아프지 않을 아이들이었다. 가족을 모두 잃었고, 계도제는 자신의 가족은 아니었다.

그는 자신을 사랑하지 않았다. 그러니 존중이라도 해 주길 바랐으나, 존중조차 해 주지 않았다. 그렇담 잊어 주길 바랐다.

다만 하나, 욕심이 생겼다. 배 아파 낳은 자식들이라도 지켜 주길 바랐다. 태황태후 자신의 아이이나 또한 계도제의 피를 절반 이은 아이들이기도 하지 않은가.

그들이 자라 황제가 되고 중역을 맡지 않더라도, 궁을 나설 만큼 자랄 때까지 '기다려' 주기라도 하기를 바랐다.

그마저 허사였다.

"언젠가는 무언가 내게 틈을 주시길 바랐던 것도 같은데, 이제는 무엇도 기다리지 않아. 그런 것 같네."

"그러하셨습니까?"

"그랬지……. 이 황궁에 저를 의탁한 여인은 다 같지. 궁녀든 비빈들이든 황후든 태후, 천자의 어미가 되었든 할미가 되었든……."

태황태후가 계속해서 고개를 저었다.

"그저 기다릴 뿐이지. 처음에는 반려의 사랑을 기다리고, 그것이 아니 되면 다음에는 존중을 기다리고, 그것조차 해 주지 않으면."

태황태후가 회한 섞인 한숨을 뱉었다. 이미 늙어진 얼굴에 더욱 짙은 세월이 앉았다. 먼지를 켜켜이 뒤집어써 쓸모를 잃은 골동품이 이와 같은 빛일까.

"그때는……."

태황태후의 움츠린 어깨는 작고 작아서 그대로 바스러져 사라질 것 같았다. 땅으로 돌아갈 날이 얼마 남지 않았으리라.

"이제는 끝을 기다려야지."

려화에게 태황태후는 휘강의 말을 따라 따지자면 원수에 가까웠다. 그러나 려화는 진심으로 지금의 태황태후가 가여웠다.

"마마……."

"능소는 내가 가여운가?"

"제가 계속 그러한 눈으로 마마를 보았다면, 제가 몹시 불경하고 무례하였습니다. 송구합니다. 마마. 하오나……."

"그것이 사실인데 어찌 내가 우리 어여쁜 능소에게 무례함의 죄를 묻겠는가?"

내내 서글프기만 했던 태황태후의 눈에 황자의 어미이며 황후인 자의 위엄이 깃들었다. 려화까지 정신을 바짝 차리게 하는 눈빛이었다.

"내 능소, 아니 이제는 황후가 되었으니 황후라 불러 주어야 옳겠군. 황후에게 말하지 않았는가?"

이야기는 맥락에 맞게 이어졌으나, 태황태후의 머릿속은 시간을 훌쩍 뛰어넘었다. 어리고 젊은 아들의 황자비였던 능소가 황후가 되고, 그녀는 모후가 되었다.

이는 슬픈 병을 앓고 있는 이들이 종종 보이는 일인지라, 려화는 잠시 놀랐다간 곧 이해하곤 고개를 수그렸다. 태황태후가 휘강의 어미에게는 무엇을 말했을지, 려화는 알지 못하니 태황태후의 말을 기다렸다.

"지아비의 사랑을 기다리지 말게. 이 황실의 핏줄이란, 특히 사내들이란 사랑을 모른다네. 어쩌면 존중은 해 줄지도 모르겠어. 내가 낳은 아들은 상황의 말을 빌리자면 광증도 저주도 받지 못한 반편이니까 말이야."

"마마……."

"그러나 아무것도 바라지 말게. 기다리지도 말아. 그저 버티게. 내가 그러했듯, 황후가 된 자네도 그저 도국을 위해 황실의 혈맥을 이어 가는 것만이 사명이라 여기고 버텨."

태황태후의 눈빛은 단단해졌고, 그의 목소리는 준엄했으나 어찌하여 려화에게는 지금의 태황태후가 더욱 슬프게 비추어지는가. 정말로 휘강의 모친이 살아 있던 때에도, 태황태후는 그녀에게 이런 말을 했었을까.

그러했다면 그녀는 또한 어찌 답했을까.

려화는 아무것도 몰랐다. 제가 태어나기도 전의 일이었을 수도 있고, 태어난 뒤라 하여도 그때 저는 몹시 어렸으리라. 도성의 귀족도 아니고 변방의 호족이니, 전쟁으로 가족을 잃지 않았더라면 평생 모르고 살았을 일이겠지.

어쩌면 휘강과 엇갈린 이 감정들로 고민할 일도 아파할 일도 없었을 것이다. 만일 휘강의 모친인 능소와 태황태후 또한 황궁에 들지 않았더라면 그저 그렇게 살아갔을 것이었다. 이러한 것은 모르고, 그저 평범하게.

필부의 사랑을 받았을 수도 있고, 혹은 평범하게 뒷방에서 그저 자리만을 차지한 정부인이 되어서 사랑을 갈구했을 수도 있겠지. 그런다 한들, 황궁에 갇힌 여인들의 비통함보다는 나았을 것 같았다.

황궁의 여인들은 친정 가문의 힘에 기댈 수도 없이 이리 홀로 고립되어 평생 바뀌지 않을 자신의 반려를 기다리고 또 기다렸으리라.

"마마께서는 그리 버티셨습니까?"

"내가 그리했으니, 황후에게도 그리하라 말할 수 있겠지. 내가 황후가 되었던 적 황태후께서 내게 해 주신 말씀에 따랐다네. 그것밖엔 믿을 게 없으니까."

"그렇다면 역시…… 거짓되게 사랑을 속삭이는 말에조차 기대면 아니 되겠지요?"

능소의 마음으로, 혹은 공려화 그대로인 채. 려화가 물었다. 그리고 태황태후는 그녀의 말에 피식 웃었다.

사랑?

태황태후가 비틀거리며 자리에서 일어났다. 려화가 황급히 태황태후를 부축했다. 태황태후는 자신을 부축하는 려화의 손길을 감사히 받지 않았다. 과하지는 않았으나 온건하게나마 려화를 밀어냈다.

태황태후의 눈빛은 이제 흐리지 않았다. 똑바로 려화를 바라보았으며, 더는 서글프지도 준엄하지도 않았다. 표독스럽지도 않고 분노에 차 있지도 않았다.

그저 담담하였다. 그러나 려화는 곧 태황태후가 살아 내고 있는 지금의 시간으로 돌아와, 능소가 아닌 공려화를 바라보고 있음을 깨달았다.

"나의 손자, 휘강이 네게 사랑한다고 하던가?"

거짓으로 능소를 연기할 때는 차라리 잘만 나오던 목소리가 지금은 튀어나오지 않았다. 목구멍이 단단히 막혀서 끽소리 하나 낼 수 없었다.

담담하게 세월을 버텨 낸 태황태후의 시선은 차라리 일전의 표독스러움보다 더 두렵게 느껴졌다.

"정녕 그리 말했나?"

"……정녕, 그리 말했습니다."

태황태후가 어쩌면 한 대 맞은 듯한 얼굴로 려화를 바라보았다. 그러다간 회한에 찬 한숨을 내쉬었다.

"거짓된 속삭임을 믿어야 하느냐고?"

태황태후가 다시금 능소화를 바라보았다. 아까처럼 웅크리고 앉은 것이 아니니 그 화려하나 초라한 꽃을 내려다보게 되었다.

"도씨 성을 가진 황제들은 말이야. 사랑이라는 감정을 알지 못하니 거짓으로라도 그를 꾸며 내지 못해. 나도, 능소 그 불쌍한 아이도. 나의 시모도, 시모의 시모께서도 단 한 번도 거짓되나마 연모한단 말을 들어 본 적이 없어."

태황태후가 제 어깨에 얹어진 려화의 외투를 두 손으로 꽉 쥐어 여몄다. 화원 안은 꽃들을 위해 내도록 따뜻하건만 그 안에선 태황태후만이 몹시 추운 듯하였다.

또한 외롭게 보였다.

"믿든 안 믿든 네가 알아서 할 일이지."

"마마……."

"그러나, 내가 보기엔 네가 이겼구나. 나는 졌고 말이야."

"마마 저는……!"

그렇다면 휘강이 저를 사랑한다고 했던 마음을 믿어야 한단 말인가? 평생 사랑을 모르고 살아가는 천자의 핏줄이 사랑을 배웠으니, 그 마음이 변치 않으리라 믿어도 된다는 뜻인가?

려화의 머릿속이 복잡했다. 그를, 염치 불고하고 태황태후에게 묻고 싶었다. 자신의 마음은 어디로 향해야 좋으냐고 치맛자락을 붙잡고 알려 달라 애원하고 싶었다.

"네 외투는 좀 빌리마."

다만 마음뿐이라, 려화의 손은 태황태후의 치마를 쥐지도 외투 자락을 잡지도 못했다.

"이 겨울이 춥고 추운데, 너는 너를 덮어 줄 사내가 있고, 나는 없으니 말이야."

려화가 복잡한 얼굴로 자리에 주저앉았다. 태황태후가 비척거리는 걸음으로 화원을 빠져나갔다.

려화는 한참이나, 아주 한참이나 태황태후가 바라보던 금등화를 바라보았다.

<4권에 계속>